Thomas Breuer
Leander
und die alten Meister
Inselkrimi

LEDA

Thomas Breuer
Leander und die alten Meister

Thomas Breuer
Leander und die alten Meister
Henning Leanders dritter Fall
Ein Föhr-Krimi

1. Auflage 2014

ISBN 978-3-86412-071-8
© Leda-Verlag. Alle Rechte vorbehalten
Leda-Verlag, Rathausstraße 23, D-26789 Leer
info@leda-verlag.de
www.leda-verlag.de

Lektorat: Maeve Carels
Titelillustration: Carsten Tiemeßen
Druck und Bindung: GGP Media GmbH, Pößneck

Für meine Frau Susanne

*»Wir alle seins Brüder,
Wir alle seins gleich!«*

*Losung der Fremden Freiheitsbrüder,
basierend auf den Idealen der Französischen Revolution
(1789): »Freiheit, Gleichheit, Brüderlichkeit«*

1

Insel Föhr, Utersum, außen, Nacht, Totale

Eine Szenerie wie von Hitchcock arrangiert: Der Neumond klebt als neblig-matte Kreisfigur mit verwaschenem Rand am nachtschwarzen Himmel. Dunstschwaden ziehen an ihm vorbei, er ist mehr zu erahnen als wirklich zu sehen, so dass die Nacht noch undurchdringlicher erscheint, als sie hier draußen in der Marsch zwischen dem Utersumer Ortskern und dem flachen Dünengürtel ohnehin schon ist. Eine stickige Julinacht, die Luft steht, der Dunst wallt über das Gras. Jetzt verschwindet der Mond hinter dünnen Wolkenfetzen. Irgendwo ruft eine Eule, vielleicht ist es auch nur ein Käuzchen – vom Effekt her ist es egal.

Die schmale Straße führt zwischen Hecken durch die Wiesen. Am Ende ruht eine Villa wie zufällig in die Landschaft geworfen unter ihrem ausladenden Reetdach. Hier macht die Straße einen Knick und läuft schließlich vor den Dünen aus, die den Utersumer Strand von der Marsch trennen. Die Abgeschiedenheit ist perfekt, weit und breit gibt es kein anderes Haus, so dass die Bewohner des weitläufigen Anwesens ihre Ruhe haben – und die drei Männer mit den schwarzen Masken auch.

Von nun an sieht das Storyboard Handlung vor: Drei schwarze Schatten huschen im Schutz der Hecken und Sträucher über den Rasen. Sie achten darauf, dass sie nicht in die Reichweite der Bewegungsmelder kommen, die so eingestellt sind, dass sie nicht von windbewegten Sträuchern oder umherstreunenden Tieren ausgelöst werden können. Erst in der letzten Nacht haben sie es noch einmal mit zwei Katzen ausprobiert. Eigentlich kann also nichts geschehen, alles ist gründlich vorbereitet, aber der Teufel steckt im Detail. Flutlicht ist das Letzte, was sie jetzt gebrauchen können.

Sie verständigen sich allein durch rasche Handzeichen, während sie das Gebäude umrunden und sich in den Schutz des nach hinten hinaus gelegenen Gartens bringen. Dabei vermeiden sie jeden Laut, denn man kann nie sicher sein, ob nicht Geräuschdetektoren die Sicherheitsanlage des Anwesens komplettieren. Zuzutrauen ist dem Villenbesitzer das, alles hier sieht nach Hollywood aus: der riesige Pool, über den man bei schlechtem Wetter ein gewölbtes Glasdach schieben kann; die Garten-Bar aus weißem Marmor; der Pavillon mit dem ausladenden Beduinenzeltdach; die der griechischen Antike nachempfundenen Skulpturen auf dem Rasen – der Diskuswerfer, der Speerwerfer, der sitzende Bodybuilder; die überdimensionalen Glas-Schiebetüren des Wohnzimmers. Das alles bestätigt die Informationen der drei Männer: Die Besitzer der Villa sind Kunstsammler und Liebhaber wertvoller Spielereien.

Die Männer ducken sich in die Dunkelheit der Büsche, als ein Lichtkegel von der Straße her durch den Garten streift. Der Anführer trägt eine Motorradhaube, deren Sehschlitz er durch mittiges Zusammennähen der Ober- und Unterkanten brillenartig verkleinert hat. Jetzt deutet er mit der rechten Hand auf die Terrasse. Einer seiner Kumpane mit einer Skihaube über dem Gesicht zieht wie besprochen lautlos an ihm vorbei, immer im Schutz der Büsche, bis er die Hauswand erreicht. Er verschwindet an der Seite der Villa, bleibt eine Weile, die in dieser Situation der gefühlten Zeitdehnung unterliegt, verschwunden und taucht dann an derselben Stelle wieder auf. Mit einem Handzeichen gibt er Entwarnung. Die Luft ist rein, der Sicherheitsdienst hat das Haus pünktlich passiert und nichts bemerkt. Der Anführer atmet auf.

Dicht an der Hauswand entlang huscht er zur Terrassentür. Die beiden Videokameras unter dem Dachüberstand, die man von hier aus zwar nicht sehen kann, von deren Existenz die drei aber wissen, machen ihm keine Angst; er weiß, dass sie ihm nicht mehr gefährlich werden können. Er streift sich Schutzhüllen über die Schuhe. Dann zieht er ein Spezialwerkzeug aus seinem Slingbag, der dicht an seinem Körper ruht, und setzt es am Schloss an. Nahezu geräuschlos öffnet sich die

Tür und schwingt leicht zur Seite. Auf das Vertrauen reicher Leute in die Technik ist Verlass, schließlich ist sie teuer genug. Um wie viel schwerer wäre es gewesen, hätten die Türen zusätzliche mechanische Sicherungen, die im Baumarkt einen verschwindenden Bruchteil der teuren Alarmanlage kosten.

Der Anführer hält die zurückschwingende Tür fest. Dann gleitet er in das Zimmer und zieht sie leise wieder ins Schloss. Jetzt hat er neunzig Sekunden Zeit, um in der Diele den Code einzugeben. Draußen halten sie den Atem an, das weiß er, alles hängt an diesen eineinhalb Minuten. Die Sekunden rasen jetzt, als müsste die Zeit nachholen, was sie da draußen eben noch versäumt hat. Nun ist Routine gefragt und genügend Selbstvertrauen, um nicht aus der Ruhe zu geraten. Mit flinken Fingern bedient er die vorbereitete Technik, liest die Zahlen ab, gibt den Code ein, registriert die grüne Leuchtdiode als Zeichen seines Erfolges und grinst zufrieden unter seiner Maske. Die Alarmsicherung im Haus und auf dem gesamten Grundstück ist jetzt deaktiviert. Und schon ist er wieder im Wohnzimmer, stößt die Tür weit auf und gibt seinen Kumpanen das erwartete Zeichen.

Die beiden Gestalten lösen sich aus dem Schatten der Büsche und huschen mitten über die Terrasse, vorbei an der komfortablen Wohnlandschaft aus Korbgeflecht-Sesseln mit weißen Leinenauflagen. Nachdem sie ebenfalls Plastikhüllen über ihre Schuhe gezogen haben, schlüpfen sie nacheinander ins Haus. Der letzte Einbrecher zieht die Tür hinter sich zu, jetzt befinden sich alle drei im Wohnzimmer. Der Anblick sollte vertraut sein, aber bei Nacht wirkt der Raum doch anders als am Tag.

Hollywood die Zweite, Innen, Nacht: eine Sitzgruppe aus Büffelleder, kostbare Teppiche auf weißem Carraramarmor, kunstvolle und farbenprächtige Echtgras-Intarsien aus irgendeiner afrikanischen Savanne in der doppelflügeligen Glastür, die in die Diele hinaus führt. Alles hier stinkt förmlich nach Geld. Sicher ist auch keines der Bilder an der Wand eine billige Kopie; wer so wohnt, zeigt seinen Reichtum den erlesenen

Gästen. Die Gläser unter den Halogen-Strahlern in den Vitrinen sind augenscheinlich aus schwerem Bleikristall und alte Sammlerstücke. Zwei Vitrinen an der gegenüberliegenden Seite enthalten aufgeklappte Schatullen mit Goldmünzen und fein ziseliertem Goldschmuck, der, wenn überhaupt, vor mehreren Jahrhunderten getragen worden ist.

Der Anführer deutet auf die Gold- und Schmuckvitrinen, und während sich seine Kumpane schweigend daran machen, nahezu geräuschlos die Schlösser zu knacken, steuert er zunächst auf die Tür zur Diele zu, horcht noch einmal durch den luftigen Empfangsraum die Freitreppe hinauf, vergewissert sich, dass oben im Haus bei den Schlafräumen alles ruhig bleibt, und schließt dann lautlos die Tür. Jetzt nimmt er den breiten Kamin ins Visier. Vor dem Relief des Rauchabzuges bleibt er stehen, umfasst das aus dem Sandstein herausgearbeitete Familienwappen mit der rechten Hand, dreht es leicht und löst damit den Mechanismus aus, der eine Steinplatte an der Rückwand der Feuerkammer aufklappen lässt und den Blick auf die Tür eines großformatigen Tresors freigibt.

Der Mann zieht eine kleine LED-Taschenlampe aus seinem Slingbag, schaltet sie ein, steckt sie sich zwischen die Zähne. Dann zieht er seine schwarzen Lederhandschuhe aus und streift sich weiße Baumwollhandschuhe über, in denen er mehr Gefühl hat – so hat er es gelernt, und es hat sich in all den Jahren bewährt. Er greift unter den Rauchabzug und holt ein Kästchen hervor. Selbstsicher bedient er im Lichtkegel der Taschenlampe ein paar winzige Knöpfe, und schon läuft auf einem kleinen Display ein Film ohne Ton ab: Die Steinplatte gleitet zurück, eine Hand streift an der Linse vorbei zum Tastenfeld des Tresors, tippt in rascher Folge sechs Zahlen ein, die Tresortür schwingt durch das winzige Bild. Der Mann stoppt den Film und spielt ihn dann im Slow-Motion-Modus noch einmal ab; er will nichts riskieren, und jetzt haben sie ja Zeit.

»2-7-0-9-7-5«, liest er leise mit und lacht in sich hinein – wenn das mal nicht das Hochzeitsdatum der Hausbesitzer ist oder der Geburtstermin ihres ersten Kindes! Die meisten

Menschen sind ja so einfallslos, wenn es darum geht, ihr Hab und Gut mittels eines Geheimcodes zu sichern. Gut so, denn davon lebt eine ganze Zunft.

Er schaltet das Kästchen ab, rezitiert noch einmal in Gedanken die Zahlen und tippt sie in das Bedienfeld der Tresortür. Nach der letzten Taste zählt er lautlos bis dreißig, und schon signalisiert der Mechanismus mit einem leisen Klicken und dem dreifachen Blinken einer grünen Leuchtdiode, dass er die Tür freigibt. Geräuschlos schwingt sie auf, der Mann grunzt zufrieden. Derartige Tresore knackt er inzwischen spielend, zumal er über hilfreiche Technik verfügt. Nun wechselt er die Baumwollhandschuhe wieder gegen die aus Leder. Aus seinem Slingbag holt er ein paar grüne Stoffbeutel mit dem Werbeaufdruck der Insel Föhr. Er richtet die Taschenlampe mit den Zähnen auf das Innere des Tresors, entnimmt ihm einen Stapel Geldbündel. Genussvoll zählt er sie und überlegt kurz, dann legt er zwei wieder zurück. Nun greift er nach den Schmuckschatullen aus Leder, den Sammlerboxen mit Münzen, einem Ordner mit Papieren, mehreren Briefmarkenalben. Schnell sichtet er seine Beute, schiebt den Ordner wieder in den Tresor, legt ein Briefmarkenalbum dazu. Den Rest stopft er in die Stoffbeutel.

Plötzlich ein Geräusch aus dem Off: Oben im Haus tut sich etwas. Der Anführer hält den Atem an, drängt sich an den Kamin, als könnte der ihn decken, nimmt die kleine Taschenlampe aus dem Mund, schaltet sie aus, registriert, wie sich seine Kumpane seitlich der Vitrinen eng an die Glaskörper ducken. In der Diele geht Licht an, leise klatschende Schritte auf der Marmortreppe: Da kommt jemand barfuß aus dem Obergeschoss herunter. Ein Schatten hinter den Grasintarsien der Glastür, der aber sofort wieder blasser wird. Der Anführer lauscht in die Tiefe des Hauses. Eine Tür wird geöffnet, eine Klapptür geht – der Kühlschrank. Der Anführer gibt seinen Leuten ein Zeichen. Sie springen auf, huschen zur Dielentür hinüber, die Plastikschoner über den Schuhen knistern. Das Geräusch wird im Kopf verstärkt, als müsse es kilometerweit zu hören sein. Die Männer platzieren sich links und rechts der Tür – auch darauf hat er sie vorbereitet –, einer nimmt eine Porzellanvase von einem Podest, hebt sie über seinen Kopf. Wieder geht die Kühlschranktür, das Küchenlicht erlischt, Schritte patschen auf das Wohnzimmer zu. Die Zeit steht still. Der Schatten wird dunkler, klärt sich zum Umriss, geht an den Grasintarsien vorbei, die Schritte entfernen sich die Marmorstufen hinauf. Das Licht erlischt, alles ist wieder ruhig. Zwei Schrecksekunden später atmen die drei aus. Der Mann mit der Vase lässt diese langsam sinken, als erlahme sein Arm in Zeitlupe, und stellt sie leise auf das Podest zurück.

Der Anführer fühlt den Schweiß in Bahnen unter seiner Sturmhaube, die Baumwolle nimmt ihn nicht mehr auf. Er gibt seinen Leuten ein Zeichen, weiterzumachen. Er selbst schließt die Tresortür, schiebt die Steinplatte zurück, bis sie leise einrastet, platziert das Kästchen wieder dort, wo er es vorgefunden hat. Die Schlaufen der Beutel wickelt er sich um das Handgelenk. Dann wendet er sich seinen Kumpanen an den Vitrinen zu, die inzwischen alle Schlösser mit ihren Spezialwerkzeugen geöffnet haben und dabei sind, Münzen, historische Orden und ein paar aufwändig gearbeitete Colliers zu erbeuten. Der Anführer achtet genau darauf, dass sie nur jedes zweite Stück aus den Vitrinen nehmen und in die grünen Föhr-Beutel stecken. Einer der Männer deutet schließlich wortlos auf ein Gemälde an der Wand, aber der Anführer schüttelt den Kopf. Sein Kumpan lässt nicht locker, zeigt mit dem Zeigefinger an, dass er wenigstens dieses eine Bild abhängen will. Auf das wütende Zischen aus dem Mund seines Anführers hin gibt er endlich nach. Resigniert hebt und senkt er die Schultern, wirft sich seinen Slingbag über und greift nach seinen Stofftaschen. Mit dem wird nachher zu reden sein; es kann nicht angehen, dass vorherige Absprachen vor Ort in Frage gestellt werden. Langsam wird der Mann offensichtlich übermütig.

Auf ein Zeichen des Anführers bewegen sich alle drei auf die Glasfront zu. Er greift an ihnen vorbei, öffnet die Terrassentür und deutet hinaus. Sekunden später haben die Männer das Wohnzimmer mit ihrer Beute hinter sich gelassen. Sie ziehen die Plastikschoner von den Schuhen und verstauen sie. Der Anführer gibt dem Mann, der zuvor die Lage gepeilt hat, ein Zeichen, und während der um das Haus herum verschwindet, huscht er selbst in die Diele zurück und schaltet den Alarm wieder scharf. Sekunden später ist er wieder an der Terrassentür, zieht sie vorsichtig ins Schloss und verriegelt sie mit seinem Spezialwerkzeug, als wäre sie niemals offen gewesen. Als sein Kumpan an der Seite des Hauses auftaucht und mit Daumen und Zeigefinger okay signalisiert, wählen sie erneut den Schutz der Büsche, um das Grundstück unbemerkt verlassen zu können. Nur gut, dass hier kein Rottweiler oder sonst eine blutrünstige Bestie für Schutz sorgt, die billiger wäre als jede Alarmanlage – aber sie würde ja auf den Rasen scheißen.

Die ganze Aktion hat keine zwanzig Minuten gedauert, und schon liegt die Villa wieder ruhig zwischen den Hecken in der Einsamkeit der Marschlandschaft. Ein letzter Augenschwenk des Anführers über den Ort der Handlung. Schnitt.

Fünfhundert Meter entfernt beladen die Männer einen Kombi, der im Schutz hoher Büsche in einer Feldzufahrt geparkt ist, unsichtbar für den Fahrer der Security-Firma. Sie werfen ihre Masken und Handschuhe ebenfalls auf die Ladefläche, drücken die Klappe leise ins Schloss und springen in das Fahrzeug. Der Anführer steuert den Wagen rückwärts aus der Zufahrt, gibt vorsichtig Gas und fährt langsam und ohne Licht an Utersum vorbei. Erst ein paar Kilometer weiter auf der Hauptstraße in Richtung Süderende schaltet er das Abblendlicht ein.

Die Kamera zoomt vom Kopf des Fahrers weg, hinaus aus der Seitenscheibe, bleibt stehen, lässt den Wagen vorbeifahren.

Rote Rücklichter entfernen sich, langsamer Schwenk auf die blasse Mondscheibe, das Käuzchen ruft, das Motorengeräusch verschwindet langsam im Off.

Dunstschwaden gleiten vor den Mond. Stille.
Schwarzblende.

2

»Das darf doch alles nicht wahr sein!«

Wütend starrt Polizeihauptkommissar Jens Olufs in den leeren Tresor, reißt sich aber dann zusammen, weil er die völlig erschlagen wirkenden Hausbesitzer auf dem Sofa nicht noch weiter deprimieren will. Die können schließlich nichts dafür, dass er die Einbruchserie noch immer nicht gestoppt hat. Seine beiden Kollegen Jörn Vedder und Dennis Groth stehen verloren mitten im Raum. Hilflos blicken sie sich um und wagen nicht, irgendetwas anzufassen. Sie wüssten ohnehin nicht, wo sie anfangen sollten.

Draußen wird das Grundstück von weiteren Polizisten gesichert. Olufs hat alle greifbaren Beamten der Insel herbeordert.

Verdammt noch mal! Seit einem halben Jahr tanzen ihm diese Ganoven auf der Nase herum und knacken ein Haus nach dem anderen. Mit diesem Einbruch ist eine neue Dimension erreicht: Zum ersten Mal ist nach der Serie auf Sylt jetzt auch auf Föhr ein wohlhabender Kunstsammler Ziel der Einbrecher geworden, nachdem bisher immer nur kleine Haus- und Wohnungseinbrüche stattgefunden haben. Offenbar machen die Einbrecher nicht einmal mehr vor den kniffligsten Tresoren Halt und führen Jens Olufs, den Leiter der Föhrer Polizei, wie einen blutigen Anfänger vor. So ist es bis vor einem halben Jahr auch den Kollegen auf Sylt ergangen, bis die Bande offenbar die Insel gewechselt hat.

Wenn das so weitergeht, ist Olufs die Leitung der Dienststelle, die er erst vor einem knappen Jahr übernommen hat, schneller wieder los, als er sie bekommen hat. Die ganze Büffelei an der Fachhochschule in Kiel wäre für die Katz gewesen. Die bohrenden Kopfschmerzen, die Jens Olufs seit ein paar Wochen mal mehr und mal weniger begleiten, fressen sich langsam wieder von der Nackenmuskulatur nach oben. Bald werden sie seine Kopfhaut wie eine eiserne

Zwinge umschließen und erbarmungslos zudrücken. *Mützensyndrom* nennt sein Arzt das, weil es sich wie der Dauerdruck einer viel zu engen Strickmütze anfühlt. Fraglich, ob es sich dabei um einen medizinischen Fachbegriff handelt, aber er trifft die Sache.

Diese verfluchten Einbrecher! Warum machen sie, verdammt noch mal, nicht endlich einen Fehler oder suchen sich zumindest eine andere Insel aus? Sie hätten doch auf Sylt bleiben können. Sollen sich doch die Kollegen in Westerland mit ihnen rumschlagen, die haben ohnehin mehr Erfahrung mit Ganoven. Die Insel ist doch voll davon.

Das Schluchzen der Frau des Hauses lenkt die Aufmerksamkeit des Polizeihauptkommissars wieder auf das öde Bild, das dieses sonst sicherlich so prächtige Wohnzimmer bietet: Kahle weiße Wände strömen die Kälte aus, die immer dann entsteht, wenn man sie der Farben beraubt, die ihnen bislang von kostbaren Gemälden verliehen wurden. So sehr weiße Wände Gemälde hervorheben, so trostlos wirken sie, wenn nur noch Haken und die Stahlseile der Aufhängungen und der Alarmsicherungen sinnlos und traurig daran herabhängen. Das können auch die terrakottafarbenen Teppiche auf dem kalten weißen Marmor nicht ausgleichen, zumal die vier leeren Glasvitrinen an den beiden Zimmerwänden die Dramatik noch steigern. Und mitten in dieser Ödnis sitzen Frau und Herr Kopius, bis gestern noch stolze Eigentümer einer der kostbarsten privaten Kunstsammlungen der Nordfriesischen Inseln, vielleicht sogar ganz Norddeutschlands, wenn man von den privaten Museen einmal absieht.

»Herr Kopius«, beginnt Jens Olufs mit nur mäßig unterdrückter Resignation in der Stimme, »Sie verfügen doch sicher über eine Alarmanlage. Wie kann es denn sein, dass Sie und Ihre Frau oben im Bett liegen und nichts davon mitbekommen, dass man Ihnen hier unten das ganze Haus ausräumt? Ich meine, das ist doch keine Kleinigkeit, die Einbrecher haben stapelweise Bilder weggeschleppt.«

Malte Kopius schaut ihn an, als wolle er sagen, dass der

junge Polizist ja nun offensichtlich überhaupt keine Ahnung von Sicherheitssystemen habe, während seine Frau aufschluchzt und auf eine der leeren Vitrinen deutet.

»Die Colliers«, bringt sie mühsam hervor. »All die wertvollen Colliers. Das waren Einzelstücke, zum Teil aus dem Besitz des belgischen Königshauses. Wir haben bei *Sotheby's* ein Vermögen dafür bezahlt. Und all die kostbaren Kristallgläser aus dem Besitz der russischen Zarenfamilie! Das ist doch niemals zu ersetzen.«

»Herr Kopius«, reagiert Jens Olufs genervt und nimmt seine Mütze ab, um sich mit dem Handrücken den Schweiß von der Stirn zu wischen. »Die Alarmanlage!«

»Ich weiß es nicht«, antwortet der Mann mit einer Mischung aus Wut und einer Niedergeschlagenheit, die für den sonst so selbstbewussten Reeder sicher nicht an der Tagesordnung ist – dieser Einbruch muss ihn ins Mark getroffen haben.

»Was wissen Sie nicht? Ob Sie eine Alarmanlage besitzen?«

»Doch, natürlich haben wir eine Alarmanlage!« Jetzt wird er ungehalten, Augenbrauen und Mundwinkel zucken hektisch. »Aber die Banditen haben sie ausgeschaltet.«

»Wie geht das denn? Wie, bitte schön, sollen die Einbrecher durch gesicherte Türen ins Haus eindringen und dann erst die Alarmanlage deaktivieren? Oder hat man von draußen aus Zugriff auf den Stromkreis?«

Malte Kopius blickt auf wie ein Schuljunge, den man beim Abschreiben erwischt hat, und schlagartig wird Jens Olufs die Situation klar.

»Keine zusätzliche Sicherung an den Türen?«, fragt er fassungslos.

Kopius schüttelt den Kopf.

»Aber die Kameras auf der Terrasse und an der Haustür?«

»Laufen alle über dieselbe Steuerung, und die befindet sich vorne im Windfang am Hauseingang. Die Einbrecher müssen sie ausgeschaltet haben, als sie im Haus waren.«

»Und vorher? Ich meine, die Kerle sind über die Terrasse

eingestiegen, da müssen die Kameras doch etwas aufgezeichnet haben, bevor sie ins Haus gekommen sind und die Anlage ausschalten konnten.«

»Nur Reet.«

»Wie bitte?« Langsam wird der Reeder für den Hauptkommissar, der sonst die Ruhe in Person ist, zu einer echten Herausforderung. Der reinste Diamantenschleifer, dieser Mann.

»Ich weiß auch nicht. Es ist nur Reet auf den Aufzeichnungen. Ich habe natürlich sofort nachgesehen. Irgendwie müssen die Kameras verstellt worden sein, als das Dach letzte Woche überprüft worden ist. Jedenfalls waren die Kameras viel zu hoch ausgerichtet.«

»Alle Kameras gleichzeitig?«

Der Reeder zieht resigniert die Schultern hoch und lässt sie in Zeitlupe wieder sinken.

»Unglaublich«, ist alles, was der Polizeihauptkommissar dazu sagen kann. »Falsch eingestellte Überwachungskameras und ungesicherte Terrassentüren.«

Auch die beiden anderen Polizisten blicken sich zweifelnd mit hochgezogenen Augenbrauen an. Entweder ist der Mann ein absoluter Idiot, total weltfremd, oder die Geschichte stimmt von vorne bis hinten nicht.

»Was ist mit den Bewegungsmeldern im Garten?«, startet Olufs einen neuen verzweifelten Versuch.

»Ausgeschaltet. In letzter Zeit gibt es einen Fehlalarm nach dem anderen, da haben wir sie vorübergehend abgestellt.«

»Was halten Sie denn von Reparaturen?«, wird Olufs jetzt sarkastisch.

»Wir wollten ja die Alarmanlage auf den neuesten Stand bringen – die Bewegungsmelder im Garten und auf der Terrasse, Erschütterungssensoren in den Glaselementen und im Fußboden – aber das Geld, wissen Sie?«, meldet sich nun Frau Kopius kleinlaut zu Wort.

»Was glauben Sie, wie viel ist das Beutegut aus diesem Einbruch wert?«, erkundigt sich Jens Olufs, der Mühe hat, seine Stimme unter Kontrolle zu behalten.

»Hundertfünfzig, vielleicht hundertsechzig oder mehr«, vermutet Malte Kopius.

»Tausend?«, vergewissert sich Jens Olufs.

»Millionen!«, antwortet Malte Kopius empört.

Nun ist es Polizeihauptkommissar Olufs, der das Gefühl hat, keine Luft mehr zu bekommen. Ächzend sinkt er neben den beiden Geschädigten auf das Sofa und stiert vor sich hin. »Hundertsechzig Millionen!«

»Mindestens«, setzt Malte Kopius noch einen drauf. »Der Wert der Gemälde ist ja zum Teil unschätzbar.«

»Nur damit ich das alles richtig verstehe: Sie haben Wertgegenstände für mehr als hundertsechzig Millionen Euro im Haus und kein Geld für eine zeitgemäße Einbruchsicherung an den Türen?« Jens Olufs' Stimme lässt keinen Zweifel daran, wie unglaubwürdig das für ihn ist.

Malte Kopius zieht erneut die Schultern hoch und lässt sie wieder sinken, als wolle er fragen: Was kann ich denn dafür?

Es dauert eine Weile, bis Olufs wieder eines klaren Gedankens fähig ist. »Ich brauche eine Liste von allen gestohlenen Gegenständen. So etwas haben Sie doch sicher für ihre Versicherung, oder?« Er hofft inständig, dass ihm jetzt nicht auch noch eröffnet wird, die Gemälde und Schmuckstücke seien wegen der hohen Versicherungsprämien nicht versichert gewesen und folglich habe man keine Listen geführt. Wenn du jetzt wieder die Schultern hochziehst, scheuer ich dir eine, denkt Olufs, Disziplinarverfahren hin oder her.

Aber Malte Kopius nickt, erwacht plötzlich zum Leben, weil er nun offensichtlich aktiv werden kann, und erkundigt sich: »Reicht es Ihnen, wenn Sie die Liste heute Mittag haben? Ich muss erst eine Kopie machen, alles genau durchsehen und die Dinge streichen, die nicht gestohlen worden sind.« Jetzt hat seine Stimme wieder etwas Geschäftsmäßiges, das ihr Sicherheit verleiht.

»Also gibt es noch mehr Wertgegenstände im Haus«, stellt Jens Olufs fest. »Dann machen Sie sich mal Gedanken darüber, wie Sie die in Zukunft sichern.«

»Sie meinen, die kommen wieder?«, fährt Frau Kopius erschrocken hoch.

Aber Jens Olufs schüttelt beruhigend den Kopf. »Das ist nicht anzunehmen. Die Sicherheitsmaßnahmen hier sind zwar eine regelrechte Einladung, aber die Einbrecher werden nicht riskieren, noch einmal hier aufzutauchen. Schließlich sind Sie jetzt besonders sensibilisiert.«

Das hat Olufs im Seminar über die psychischen Folgen von Einbrüchen und Überfällen gelernt. In der Zeit nach einem Verbrechen sind die Opfer besonders aufmerksam, häufig sogar übervorsichtig bis hin zur Paranoia. Einerseits ist das gut, weil sie dann auf Hinweise achten, die ihnen vorher fatalerweise entgangen sind, andererseits legen sie aber auch häufig ein typisches Opferverhalten an den Tag, das Nachfolgetäter geradezu anzieht. Immer wieder kommt es vor, dass ein und dieselben Banken, Supermärkte und auch Privathäuser mehrfach hintereinander ausgeraubt werden. Letzteres jedoch verrät er dem Ehepaar Kopius lieber nicht.

»Wann sind Sie denn letzte Nacht ins Bett gegangen?«, fragt er stattdessen.

»Gegen ein Uhr, warum?«, zeigt sich Frau Kopius verständnislos.

»Wir müssen herausfinden, wann der Einbruch stattgefunden hat. Vielleicht lassen sich dann Zeugen finden, die irgendetwas beobachtet haben.«

»Zeugen? Was für Zeugen? Hier draußen wohnt doch sonst keiner.«

»Also um zwei herum war noch alles in Ordnung«, erklärt Malte Kopius und ergänzt auf die fragenden Blicke seiner Frau und Jens Olufs hin: »Ich war um kurz nach zwei noch einmal unten. Um zwei Uhr habe ich das Fahrzeug vom Sicherheitsdienst gehört, danach konnte ich nicht gleich wieder einschlafen, also bin ich in die Küche gegangen und habe ein Glas Milch getrunken. Da war hier unten alles ganz normal und völlig ruhig.«

»Was für ein Sicherheitsdienst?«

»*FrisiaSecur*. Wir haben die beauftragt, regelmäßig alle zwei Stunden hier vorbeizufahren und nach dem Rechten zu sehen. Der Staat hat ja kein Geld, um uns angemessenen Schutz zu garantieren.«

Weil du und deinesgleichen kaum Steuern zahlen, denkt Jens Olufs, schweigt aber lieber und freut sich stattdessen darüber, dass der sicherlich teure Sicherheitsdienst den Einbruch auch nicht verhindert hat. »Waren Sie denn auch hier im Wohnzimmer oder nur in der Küche?«

»Nur in der Küche. Und in der Diele natürlich, das ist ja klar.«

»Also hätten die Einbrecher auch im Haus sein können, ohne dass Sie etwas davon mitbekommen haben«, stellt Olufs fest.

Malte Kopius und seine Frau schauen sich einen Moment verständnislos an, dann wechseln ihre Gesichtsausdrücke über eine kurze Erkenntnisphase zu panischer Verzweiflung.

»Mein Gott, Malte!«, bringt Frau Kopius nur heiser krächzend heraus, während es ihrem Mann offenbar die Sprache verschlagen hat und er japsend nach Luft ringt.

»Sie nehmen vielleicht jetzt doch besser ein Beruhigungsmittel«, schlägt Jens Olufs vor und erhebt sich vom Sofa. »Dann kümmern Sie sich bitte um die Liste und melden den Einbruch Ihrer Versicherung. Und fassen Sie hier nichts an, bevor die Spurensicherung durch ist. Die Kollegen werden im Laufe des Vormittags aus Husum eintreffen. Am besten halten Sie sich bis dahin nur in der Küche auf. Wir sehen uns schon einmal vorsorglich hier um.«

Er gibt seinen Kollegen Vedder und Groth ein Zeichen, ihm auf die Terrasse zu folgen. Mit einem Taschentuch zieht er vorsichtig die Tür hinter sich zu, so dass sie nun einigermaßen außer Hörweite der Hausbesitzer sind.

»Wenn wir uns jetzt da drin umsehen, dann passt um Gottes willen auf, dass ihr keine Spuren verwischt«, ordnet er leise an. »Fasst am besten gar nichts an, und wenn es nicht anders geht, dann nur mit Handschuhen. Ich habe keine Lust, mir nachher von den Kollegen aus Husum einen Einlauf verpassen zu lassen.«

»Suchen wir etwas Bestimmtes, Chef?«, erkundigt sich Dennis Groth.

»Ich habe das Gefühl, dass hier etwas nicht stimmt. Das sieht doch alles so aus, als hätten die Täter sich nicht nur hervorragend ausgekannt, sondern auch noch Schlüssel für das Haus und die Kombinationen für die Alarmanlage und den Safe gehabt. Achtet mal auf Hinweise darauf, dass hier gar nicht eingebrochen wurde, sondern dass die Hausbesitzer das alles nur fingiert haben.«

»Du glaubst …?«, beginnt Jörn Vedder.

»Ich glaube grundsätzlich gar nichts«, stellt Jens Olufs klar. »Aber ich halte alles für möglich. Die Sache mit den Türsicherungen und den Kameras stinkt doch zum Himmel. Was werden solche Dinger wohl kosten? Zehntausend, vielleicht zwanzig, wenn sie mit einer separaten Alarmsteuerung verbunden sind? Das ist doch Möwenschiss im Vergleich zu den Millionen, die bei denen an den Wänden gehangen haben. Also los, und passt auf, dass die beiden nichts verändern. Weicht ihnen nicht von der Seite. Wir bleiben vor Ort, bis die KTU den Tatort übernimmt.«

Jörn Vedder und Dennis Groth blicken sich unsicher an, marschieren aber dann wieder zurück ins Haus und nehmen die Stellen, an denen die Bilder gehangen haben, mit hinter dem Rücken verschränkten Armen unter die imaginäre Lupe, als gäbe es an den weißen Wänden etwas zu entdecken.

Jens Olufs geht derweil vor der Terrassentür auf die Knie und sieht sich das Schloss genauer an. Mit bloßen Augen ist hier nichts Außergewöhnliches zu erkennen. So sieht ein Schloss aus, wenn es immer mit einem passenden Schlüssel geöffnet wird – keine Kratzer, keine Macken. Wenn wenigstens eine Scheibe eingeschlagen worden wäre! An der Lage der Splitter könnte man leicht einen fingierten Einbruch nachweisen. Laien stellen sich manchmal überaus dämlich an. Aber hier gibt es wirklich überhaupt nichts zu entdecken, was einem Polizeihauptkommissar ohne Röntgenaugen auf die Sprünge helfen kann.

Olufs gibt den Polizeibeamten auf dem Grundstück Anweisung, besonders die Zugänge im Auge zu behalten und niemanden auf das Grundstück oder davon herunter zu lassen. Dann schlendert er über den Rasen, vorbei an Pool und Gartenbar, zum Zaun hinüber, und lässt seinen Blick über die Landschaft schweifen. Die Lage des Hauses ist ein Traum. Weit und breit ist kein anderes zu sehen. Niemand schaut den Leuten hier über den Zaun, es gibt keinen Nachbarschaftsstreit, nicht einmal die Wege zu den Strandzugängen führen an dem Grundstück vorbei. So bleibt das Anwesen auch den neugierigen Augen der Urlauber verborgen, die täglich mit Strandmatten und Kühltaschen beladen dem Utersumer Sandstrand zustreben, der mit einem berauschenden Blick auf die Nachbarinseln Amrum und Sylt lockt. Derart abgeschieden lebt es sich ruhig, ohne soziale Kontrolle, aber auch ohne den Schutz der Siedlungen mit ihren tausend Augen, die in der Regel alles sehen. Olufs seufzt, als ihm klar wird, dass er in diesem Fall sicherlich überhaupt keine Hinweise aus der Bevölkerung zu erwarten hat. Utersum ist so schon der Arsch der Welt. Und dann erst nachts um zwei oder drei!

Er geht wieder ins Haus und untersucht die offenstehende Tresortür. Außer dem Tastenfeld hat der Safe keine weitere Sicherung. Und weder die Tastatur noch die Türkanten weisen Spuren auf. Das Innere des Tresors kann treffend mit dem Begriff *gähnende Leere* beschrieben werden. Olufs ist gespannt darauf, was alles auf Kopius' Liste stehen wird. Der Inhalt von Tresoren ist für ihn schon immer besonders interessant gewesen, weil er etwas Geheimnisvolles, Intimes hat. Es ist nicht auszuschließen, dass die Liste in dieser Hinsicht unvollständig sein wird, denn Tresorinhalte sollen häufig dem Fiskus vorenthalten werden. Nach einem Diebstahl kann man die Geldbündel dann unmöglich als gestohlen melden, ohne Nachfragen vom Finanzamt zu riskieren.

Auch die Schlösser an den ausgeräumten Vitrinen lassen keine Spuren erkennen. Wenn die Täter keine Schlüssel gehabt haben, müssen sie ausgebuffte Profis sein, mit allen

Wassern gewaschen sozusagen und mit neuesten Spezialwerkzeugen ausgerüstet. Jens Olufs zieht die Schultern hoch und atmete schnaufend durch die Nase ein. Verdammte Einbrecherbrut! Wenn das Leute von der Insel gewesen sind, würde er ihnen den Hintern aufreißen. Wenn nicht, und davon muss er angesichts ihrer Fachkenntnis ausgehen, kann er nur hoffen, dass seine Vorgesetzten auf dem Festland Verständnis für seine Situation haben. Schließlich ist er irgendwie auf Bewährung.

Als vor eineinhalb Jahren der frühere Dienststellenleiter, Polizeioberkommissar Torben Hinrichs, unfreiwillig seinen Posten geräumt hatte, war Jens Olufs auf Vermittlung der Kriminalhauptkommissarin Lena Gesthuisen vom LKA in Kiel die nicht gerade übliche Chance gegeben worden, die Aufstiegslaufbahn im Eiltempo zu beschreiten. Übergangsweise hatte ein Kollege aus Niebüll, der kurz vor der Pensionierung stand, die Leitung der Wyker Dienststelle übernommen. Dann, nach zahlreichen Lehrgängen, hatte Olufs sie übertragen bekommen. Dabei war ihm der Umstand zu Hilfe gekommen, dass Inselposten nicht gerade begehrt sind. Wer einmal auf so einem Sandhaufen im Watt festsitzt, kann sich in der Regel bis zur Pensionierung dort einrichten. Auf dem Festland findet sich normalerweise niemand, der nach einem Versetzungsgesuch die Stelle einnimmt oder sich darauf bewirbt. Deshalb ist man in Husum, Niebüll und Flensburg ganz froh gewesen, als Olufs sich für die Dienststellenleitung beworben hat, und hat ihm mangels Alternativen und angesichts der Protektion durch das LKA die Sicherheit der nordfriesischen Insel anvertraut.

Nun muss er allerdings auch liefern, sonst ist er auf dem Posten kaum zu halten, das ist ihm klar. Und ebenfalls klar ist, dass er das ohne die Hilfe der Kripo aus Husum nicht hinbekommen wird. Ihm rieselt es kalt über den Rücken, als er sich vorstellt, wie die Kripo-Leute hier in seinem Revier, auf seiner Insel ermitteln werden. Einen Vorgeschmack davon hat er ja im letzten Jahr bekommen, auch wenn damals eher sein Chef Torben Hinrichs das Ziel der arroganten Attacken der Kriminalhauptkommissare Bennings und Dernau aus Flensburg gewesen ist.

»Eines dürfen Sie niemals vergessen«, hört Jens Olufs in Gedanken seinen Dozenten an der Führungsakademie sagen, und er sieht dabei den erhobenen Zeigefinger vor sich, »die Schutzpolizei ist eine eigenständige Gliederung. Niemand – ich betone: nie-mand! – ist Ihnen gegenüber weisungsbefugt. Vergessen Sie die Szenen aus schlechten Fernseh-Krimis, in denen Kripo-Leute den Uniformierten Befehle erteilen. Sie sind keine Kaffeeholer und auch keine Zeugenzuführer. Das fällt nicht in ihre Aufgabenbereiche, das sollen die Herrschaften von der Kripo gefälligst alles selbst erledigen!«

Der hat gut reden. In der Realität sieht das oft ganz anders aus. Da muss man als Dienststellenleiter der Schutzpolizei auf so einer Insel schon ganz schön abgebrüht sein, um sich den Kollegen in Zivil zu widersetzen, wenn die einen bitten, doch mal eben einen Zeugen zum Verhör vorzuführen oder einen Festgenommenen in seine Zelle zu bringen. Außerdem ist er auf den Erfolg gerade bei diesen Ermittlungen ja selber in hohem Maße angewiesen. Kompetenzstreitigkeiten kann er nun wirklich nicht gebrauchen. Er weiß doch, wie so etwas läuft: Am Ende ist er der Blöde!

»Chef«, meldet sich Jörn Vedder. »Nichts, Chef. Alles wie geleckt. Ich kann mir kaum vorstellen, dass die KTU hier etwas findet.«

»Unterschätz die Kollegen mal nicht«, widerspricht Jens Olufs. »Was denen an Menschenverstand und Erfahrung fehlt, ersetzen sie durch Technik. Und genau die fehlt uns intelligenten Insel-Sheriffs.«

Er lässt die grinsenden Polizisten vor den Vitrinen stehen und schlendert durch die Terrassentür hinaus und zu seinem Dienstfahrzeug. Eine ruhige Stunde in der Zentralstation wird ihm jetzt guttun, bevor die Husumer über die Insel herfallen und ihm die nächsten Tage zur Hölle machen. Einen Moment lang überlegt er, ob er nach Hause fahren und erst einmal in Ruhe frühstücken sollte, aber den Gedanken verwirft er gleich wieder. Wenn seine vorgesetzte Dienststelle ihn zu erreichen versucht und ihn zu Hause erwischt statt am Tatort, kann das nur unnötigen Ärger geben. Er sehnt sich den Tag herbei, an dem die Einbrüche aufgeklärt sind und endlich wieder der Dauerschlaf des Inselfriedens über ihn und seine Dienststelle hereinbrechen wird. Wie idyllisch sind doch die Verkehrssicherungseinsätze bei Feuerwehr- und Landfrauenfesten! Nie wieder würde er sich unterfordert fühlen, unzufrieden sein und sich wünschen, richtige Verbrechen aufzuklären – nie wieder!

3

Henning Leander wird von einem heftigen Niesen geschüttelt, das nicht wie üblich nach dem dritten Mal beendet ist, sondern sich gnadenlos immer weiter fortsetzt. Er taucht atemlos aus der Staubwolke auf, die ihn umfängt, seit er seinen Kopf in diese alte Seemannskiste gesteckt hat. Röchelnd arbeitet er sich zwischen Kartons und abgedeckten Möbelstücken durch die sich unaufhaltsam ausbreitende Partikelwand zu dem Lichtstreifen vor, der die Lage der Dachgaube markiert. Auf gut Glück tastet er nach dem schmalen Griff, stößt das kleine Fenster weit auf und schiebt seinen Kopf hinaus an die frische Luft, die ihm nach der Hitze unter dem First belebend vorkommt. Mühsam ringt er nach Atem und hustet sich in ein paar heftigen Stößen frei. Leander ist nahe daran, es als einen Fehler zu bezeichnen, ausgerechnet im Sommer den entscheidenden Anlauf zu nehmen, das Leben, respektive den Dachboden, seines vor zweieinhalb Jahren verstorbenen Großvaters auszumisten. Aber die Alternative, es im Winter zu tun, hat er angesichts der Frostkälte unter dem Dach zu eben jener Jahreszeit verworfen. Der Frühling ist zu schön gewesen und hat zu stundenlangen Strandspaziergängen eingeladen, und

Leander ahnt, dass der Herbst mit ähnlichen Verlockungen aufwarten wird. Außerdem steht dann die Arbeit im Garten wieder an. Bleibt also nur der Sommer für diese Mammutaufgabe. Und wie sonst soll er jemals etwas über seine Vorfahren herausfinden, wenn nicht auf diese mühsame Art und Weise?

Nun, da er wieder Luft bekommt, wagt Leander einen Blick auf den Gegenstand in seiner linken Hand, den er in der Kiste mehr ertastet als erspäht und dann nicht mehr losgelassen hat. Es handelt sich um ein etwa fünfzehn Zentimeter dickes, rundes Messinggehäuse – ein Kompass aus der Zeit der Segelschifffahrt. Das nautische Gerät ist in einem bemerkenswert guten Zustand. In früheren Zeiten hat jeder Steuermann und jeder Kapitän einen eigenen Kompass und einen eigenen Sextanten besessen, mit deren Hilfe man die Position des Schiffes und die Fahrtrichtung bestimmen konnte. Vielleicht gibt es Letzteren ja auch noch in der Kiste zu entdecken.

Leanders Großvater, der alte Heinrich, den alle immer nur Hinnerk genannt haben, ist Krabbenfischer gewesen und Eigner eines Kutters, der *Haffmöwe*. Leider ist das kleine Schiff vor zweieinhalb Jahren im Sturm gesunken, aber Hinnerk hat offenbar nicht nur die für alle Zeit verlorenen Instrumente besessen, die sich im Führerhaus des Kutters befunden haben. Die alte Seemannskiste hat das Zeug dazu, sich zu einer wahren Fundgrube zu entwickeln. Zuoberst hat eine alte Uniform gelegen, die den Großteil des Staubes getragen hat, der sich nun in Leanders Bronchien und Lungenflügeln befindet. Darunter hat der ehemalige Kriminalhauptkommissar und jetzige Ahnenforscher in eigener Sache den Kompass ertastet und zur Dachluke gerettet.

Leander pumpt seine Lungen voll Frischluft, schließt das Gaubenfenster und taucht zurück in das Halbdunkel des Dachbodens, in dem sich der tanzende Staub langsam auf die Dielen senkt.

Er legt den Kompass vorsichtig ab und sucht in der Truhe nach weiteren Schätzen. Alle Gegenstände, die er ertastet, darunter zwei Holzkisten vom Format mittelalterlicher

Schmuckkassetten und besagte Uniform, die alles abgedeckt hat, legt er ebenfalls rund um die Luke ab. Als er abermals vor Staub und Husten keine Luft mehr bekommt, beschließt er, es für heute gut sein zu lassen, und macht sich auf den Rückzug. Vorsichtig trägt er die Fundstücke die Leiter hinab und klappt die Dachluke zu, so dass der Staub fürs Erste wieder eingepfercht ist. Dann bringt er die Gegenstände Stück für Stück hinunter in den Garten und legt sie auf dem Tisch aus wetterfestem Tropenholz ab.

Der Messingkompass bleibt nicht das einzige nautische Instrument, das Leander vom Dreck der Jahrzehnte befreit. Er hat eine Sanduhr mit Holzgestänge und dickem Glasgehäuse entdeckt, mit der auf den alten Segelschiffen die Zeit in Glasen gemessen worden ist. Außerdem gibt es einen Lederkasten mit kunstvoll graviertem Zirkel und Lineal. Damit hat ein Steuermann oder Kapitän die gemessene Position auf seinen Kartenblättern festgehalten und anschließend in der Verlängerung der gefahrenen Strecke seit der letzten Eintragung den weiteren Kurs festgelegt. In einer der Holzkisten findet sich tatsächlich ein Sextant, der in demselben guten Zustand ist wie der Kompass. Die Sammlung auf dem Gartentisch hat etwas Beeindruckendes: Da stehen und liegen Jahrhunderte Seefahrergeschichte vor dem ehemaligen Kriminalhauptkommissar. Diese Instrumente haben neben dem materiellen einen großen familiären und damit ideellen Wert für Henning Leander.

Er greift nach dem Sextanten und blickt so durch das kleine Rohr, wie er es in einigen Filmen gesehen hat. James Cook hat mit solch einem Instrument die Inseln der Südsee gefunden und vermessen und nach dem mysteriösen großen Südland gesucht, das nach Ansicht des Schreibtisch-Geographen Delrymple als Gegengewicht zum Nordpol die Weltkugel im Süden auspendeln musste. Aber Leander sieht so gut wie nichts, denn er hat keine Ahnung, wie er die Skala an der Seite verwenden und worauf er das Gerät eigentlich ausrichten muss. Vielleicht sollte er seinen Freund Tom Brodersen nach einem Fachmann fragen, der ihm den Umgang mit alten nautischen Geräten erklären kann. Leander legt den Sextanten wieder vorsichtig in seinen Holzkasten zurück.

Dann greift er nach der zweiten Kiste, in deren kleinem Schloss an der Seite ein altertümlicher Schlüssel steckt. Knirschend bewegt er sich unter seinen Fingern und lässt sich schließlich einmal ganz herum drehen. Leander stellt die Kiste auf seinen Knien ab und klappt den Deckel auf. Er weiß zwar selber nicht, was er erwartet hat, aber als er nur einen Stapel Fotos vorfindet, ist er etwas enttäuscht. Vorsichtig nimmt er einen Teil davon heraus und blättert ihn langsam durch. Es sind sepia-verfärbte Schwarz-Weiß-Aufnahmen, teilweise quadratisch mit gezähntem, vergilbtem Rand, die in der Regel Männer in Seemannskleidung zeigen. Einige sind augenscheinlich an südlichen Gestaden aufgenommen worden, auf manchen stehen neben den Seeleuten Schwarze mit nackten Oberkörpern. Auf drei Fotos ist ein großer Dampfer zu erkennen, auf einem steht er sogar unter Dampf, der in dicken Rauchfahnen aus dem schwarzen Schornstein quillt. Den Namen des Schiffes kann Leander nicht entziffern. Es gibt Fotos mit Chinesen und welche, die offenbar im afrikanischen Urwald aufgenommen worden sind, denn sie zeigen eine Kolonne weißer Seeleute und schwarzer Träger. Auch die Hafenfotos in dem Stapel haben eher exotischen Charme und sehen nicht aus, als wären sie in Europa oder gar in Deutschland aufgenommen worden.

Auf den meisten Bildern ist inmitten der Seeleute und fremdländischen Menschen immer wieder derselbe junge Matrose zu erkennen, der mal ernst in die Kameralinse schaut, mal fröhlich lacht. Woher kommt ihm dieser Seemann so bekannt vor? Vielleicht helfen die Fotos im Wohnzimmer weiter. Leander springt auf, läuft ins Haus und holt die Bilder, auf denen sein Großvater mit seinen Freunden abgebildet ist. Diese Fotografien sind in den jungen Jahren der Männer aufgenommen worden und zeigen sie in der Uniform der deutschen Kriegsmarine zur Zeit des Dritten Reiches. Leander hat sie vor zweieinhalb Jahren im Kellerraum unter dem Wohnzimmer gefunden, als er dem rätselhaften Tod seines Großvaters nachgespürt hat. Jetzt vergleicht er die Gesichter darauf mit dem des jungen Mannes auf den Fotos aus der Kiste. Ist das einer von ihnen? Kann der Matrose Hinnerk sein? Ist der Fischer zur See gefahren, bevor er sich auf Föhr Haus und Kutter gekauft hat? Nein, dazu ist Hinnerk eindeutig zu jung gewesen. Wahrscheinlich hat er noch nicht einmal gelebt, als die Fotos in Afrika und vermutlich China aufgenommen worden sind. Und dennoch hat der Seemann Ähnlichkeit mit dem jungen Soldaten Heinrich Leander. Vielleicht ist das Hinnerks Vater, Henning Leanders Urgroßvater? Leander weiß absolut nichts über seine Familiengeschichte.

Auch da muss er seinen Freund Tom Brodersen um Rat fragen. Der Geschichtslehrer befasst sich in seiner Freizeit mit Heimatforschung und ist das Wühlen in Archiven und staubigen Abgründen gewohnt. Also greift Leander zum Telefon, das auf dem Gartentisch liegt, weil er auf einen Anruf von seiner Freundin Lena wartet, und wählt Toms Nummer. Der Lehrer ist auch sofort am Apparat. Bestimmt hat er wieder an seinem Schreibtisch gesessen und an seinem neuen großen Projekt, einer Darstellung der Geschichte Nordfrieslands, gefeilt, für das er seit Monaten so gar keinen Einstieg finden kann. In wenigen Sätzen erklärt Leander ihm, was er gefunden hat.

»So, nautische Instrumente«, meint Tom Brodersen, und Leander kann geradezu körperlich fühlen, wie angespannt sein Freund nachdenkt. »Und Fotos, sagst du. Natürlich kann ich sie mir ansehen, aber ich habe da einen viel besseren Vorschlag. Wenn ich es mir recht überlege, ist das sogar ein Wink des Schicksals, dass du gerade heute diese Fotos gefunden hast.«

Leander ahnt Furchtbares. Seit Wochen versucht Tom Brodersen, ihn zu überreden, sich an seinem großen Projekt zu beteiligen. Genau gesagt bedeutet das, Leander soll mit Tom über die Friedhöfe der Insel ziehen und Grabsteinforschung betreiben. Aber seit er sich aus dem eigenen gesundheitlichen Tief von vor drei Jahren mühsam wieder herausgearbeitet hat, zieht es ihn weniger an die Ruhestätten der Toten als an Orte des Lebens. Im Biergarten eines seiner besten Freunde, des ehemaligen Priesters und jetzigen Kneipiers Mephisto, zum Beispiel, fühlt er sich deutlich wohler.

»Heute Nachmittag findet bei mir um die Ecke auf dem Friedhof von St. Nikolai eine Führung mit Karola de la Court-Petersen statt«, fährt Tom Brodersen fort. »Die Frau ist eine Geschichtskennerin ersten Ranges und hat mit Dokumenten und Fotos Erfahrung wie niemand sonst hier auf der Insel. Sie ist nämlich die Kuratorin des *Friesenmuseum*s und veranstaltet jedes Jahr neue thematische Friedhofsführungen. Ich will da hin. Komm doch mit.«

»Oh nein! So nicht, mein Lieber. Du willst mich nur wieder auf diesen Friedhof locken, damit ich dir bei deinen Endlosforschungen helfe – von denen ich, wie du weißt, ohnehin nicht viel halte.«

»Quatsch! Um mich geht es doch jetzt gar nicht. *Du* hast doch Fotos gefunden und willst etwas darüber erfahren. Und wer weiß, vielleicht fällt ja für meine *Große Geschichte Nordfrieslands* auch etwas dabei ab. Lebensgeschichten sind die Basis für lebendige Geschichte! Also los, raff dich auf. Ich verspreche dir auch, dich mit meinem Kram in Ruhe zu lassen.«

Leander überlegt einen Moment, ob er dem Braten trauen kann. Tom ist geschickt, wenn es darum geht, alle in seinem Umfeld für sich einzuspannen. Ehe man es sich versieht, hockt man in Museen, Kirchen, Archiven und auf Friedhöfen und macht die Kleinarbeit für ihn. Andererseits hat er recht: Was hat Leander zu verlieren? Wenn diese Karola de la Dingsbums ihm nicht weiterhelfen kann, ist er eben einfach wieder weg.

»Also gut«, gibt er nach. »Wann und wo?«

»Fünfzehn Uhr auf dem Friedhof von St. Nikolai. Aber du kannst ruhig eher bei mir vorbeikommen, ich …«

»Danke für das Angebot«, lehnt Leander lachend ab. »Ich werde pünktlich am Friedhof sein.«

»Und denk an die Fotos«, hört er Tom Brodersen noch rufen, bevor er das Gespräch wegdrücken kann.

Er lehnt sich zurück und schaut auf seine Armbanduhr: 13 Uhr 37. Er hat also noch eine gute Stunde Zeit, um sich unter der Dusche von der Schweiß- und Staubschicht zu befreien und etwas zu essen. Seufzend erhebt er sich aus dem bequemen Gartenstuhl und rafft seine Schätze zusammen, um sie ins Wohnzimmer zu tragen.

Karola de la Court-Petersen ist der lebende Beweis für die unwiderstehliche Anziehungskraft, die Uniformträger auf junge Mädchen ausüben können: Ihre Urgroßmutter väterlicherseits ist die Tochter eines Mannes, dessen Vater ein französischer Soldat gewesen ist. Edmond de la Court war im Korps des französischen Kaisers Napoleon Bonaparte 1807, als Nordfriesland noch zu Dänemark gehörte, im dänisch-englischen Krieg als Verbündeter der Engländer nach Föhr gekommen. Karolas Ururgroßmutter hatte sich eines Nachts im magischen Schein des Vollmonds dem Kürassier im Heu einer Scheune am Rande Boldixums hingegeben.

Derart geschichtsträchtig vorbelastet, hat sich Karola schon früh für Heimatforschung interessiert und im Laufe der Jahre ihr Leben immer mehr den Toten verschrieben. Allerdings tut sie das mit dem erklärten Ziel, sie bei ihren Friedhofsführungen und in ihren Büchern wieder auferstehen zu lassen und die Inselgeschichte so im dialektischen Sinne mit Leben zu erfüllen.

Als Henning Leander die Stätte der Toten erreicht und sein Fahrrad abstellt, haben sich schon an die fünfzig Personen auf dem Friedhof von St. Nikolai in Boldixum versammelt und bilden einen Halbkreis um die Heimatforscherin, die mit ihren 1,80 Metern aus der sie umgebenden Gruppe deutlich hervorsticht. Sie hat ihre graublonden Haare streng nach hinten gekämmt und in einen Dutt geknotet, den ein schwarzes Samtband ziert. Die Ärmel ihres roten Hoodys hat sie hochgekrempelt, den Halsausschnitt verschließt ein weißes Polo-Hemd mit aufgestelltem Kragen. Auf dem Rücken trägt sie einen kleinen bunten Rucksack, in der Hand hält sie einen

Satz Karteikarten, von denen sie gerade durch ihre goldgerandete Sonnenbrille die Lebensdaten ihrer französischen und halbfranzösischen Vorfahren vorliest und mit lebendigen Erzählungen frei ergänzt. Aus der Gruppe des Auditoriums winkt Tom Brodersen ungeduldig zu Leander herüber.

»Wie Sie sehen, war meine Ururgroßmutter eine ziemlich verwegene Frau für die Zeit, in der sie lebte«, erzählt Karola de la Court-Petersen nicht ohne Stolz in der Stimme, während Leander umständlich sein Fahrrad abschließt. »Vier Kinder von mindestens vier unterschiedlichen Männern; man kann sie wohl als sehr umtriebig bezeichnen.«

In der Zuhörerschaft, die zu mindestens achtzig Prozent aus älteren Damen besteht, hebt ein verhaltenes Gelächter an, das in dem Maße anschwillt, in dem die Friedhofsführerin durch ihr eigenes Lachen andeutet, dass ihr diese Familiengeschichte überhaupt nicht peinlich ist. Leander tritt zu Tom Brodersen und blickt ihn fragend an, bekommt aber nur ein Nicken zur Antwort.

»Im Falle meines Ururgroßvaters kam ihr sicherlich die farbenprächtige Uniform zupass, denn die französischen Soldaten jener Tage waren ja nicht in so langweiliges Camouflage gekleidet wie unsere heutigen Streitkräfte, für die beige-braun schon bunt ist. Und wenn Sie sich nun weiter vorstellen, welche Erfahrungen die weibliche Föhringer Dorfjugend mit südländischen Männern hatte – nämlich gar keine –, dann werden Sie die Anziehungskraft nachvollziehen können, die junge, schneidige Franzosen auf die vom Wattenmeer abgeschlossen aufgewachsenen Mädchen ausgeübt haben. Unsere Deerns kannten doch sonst nur gammelig gekleidete und nach Fisch oder Schweinestall stinkende ungehobelte Kerle. Und die hatten im Gegensatz zu den Franzosen ja auch gar keine Zeit für die Mädchen, denn sie mussten den ganzen Tag arbeiten, und die Soldaten haben hier ein lauschiges Garnisonsleben geführt. So kam es, wie es kommen musste: Manch friesischer Backfisch hat sich einen kleinen Franzosen anhängen lassen. Bei meiner Ururgroßmutter ist das samstagabends nach dem

Besuch eines Dorffestes in einer Scheune passiert. Edmond de la Court war jung, hübsch, französisch charmant und in Liebesdingen überaus geschult, denn er war dank des großen Kaisers schon weit herumgekommen. Nun ja, meine Ururgroßmutter wird ihren Spaß gehabt haben.«

Wieder lacht das Auditorium zusammen mit der Erzählerin, die aber keine lange Pause zulässt.

»Ein paar französische Soldaten liegen da vorne am Nebenausgang begraben. In relativer Nachbarschaft dazu finden Sie die Gräber meiner Familie. Leider sind sie nie von der Insel weggekommen, schon gar nicht nach Frankreich. Was geblieben ist, ist der schöne französische Name, den auch wir Frauen trotz Heirat bis in die heutige Zeit hinübergerettet haben. Allerdings haben die Soldaten seinerzeit bei den Männern der Insel für so viel Unmut gesorgt, dass sich die meisten Föhringer bis heute weigern, den Namen auch französisch auszusprechen. Statt Frau de la Court bin ich hier für alle nur ›die Kurt, die Böchers schreibt und alte Fotos sammelt‹.«

Nun ist das Lachen schon deutlich lauter, denn man kann sich gemeinsam über die heutigen sturen Inselköppe lustig machen.

»Sie sehen, meine Damen und Herren, Geschichte wird aus Geschichten geschrieben. Und weil ich Ihnen diese möglichst facettenreich nahebringen möchte, werden wir uns jetzt auf den Weg zu den ersten Grabsteinen dieser Friedhofsführung machen. Sie werden sehen, dass es sich dabei geradezu um sprechende Steine handelt, die uns ganze Lebensgeschichten zu erzählen haben.«

»Meine Rede!«, raunt Tom Brodersen Henning Leander aus seinem Vollbart begeistert zu und nickt so heftig, dass sein blonder Pferdeschwanz zu aufgeregten Sprüngen ansetzt. »Geschichte wird aus Geschichten gemacht. Heute wirst du vielleicht endlich verstehen, was ich dir schon seit Wochen klarzumachen versuche.«

Leander ist sich da gar nicht so sicher. Für Geschichte interessiert er sich durchaus, nur kann der ehemalige Kriminalhauptkommissar keinen Sinn darin erkennen, unzweifelhaft geklärte Zusammenhänge noch einmal neu zu untersuchen und den zahlreichen Abhandlungen, die es darüber schon gibt, eine weitere hinzuzufügen. Viel lieber befasste er sich mit der Zeit des Dritten Reiches, denn da gibt es auf der Insel noch manche Lücke zu schließen. Außerdem geht ihn und seine Familie das auch persönlich etwas an. Seit den Ermittlungen im Fall seines Großvaters vor ein paar Jahren lässt ihn das Thema nicht mehr los. Bis Tom bei seinem Tempo allerdings im zwanzigsten Jahrhundert angekommen sein wird, wird Leander selber alt und grau sein. Zudem sind da ja auch noch die Fotos aus der Kiste! Was kümmert ihn die französische Vergangenheit einer Friedhofsführerin, solange er selbst noch weiße Flecken auf seiner Familienlandkarte zu füllen hat?

»Los, es geht weiter«, raunt Tom Brodersen ihm zu und ist auch schon auf dem Weg hinter der Besuchergruppe her.

Seufzend folgt Leander seinem Freund. Allerdings sind die Erzählungen der Friedhofsführerin derart lebendig und spannend, dass auch er bald aufmerksam an zahlreichen Gräbern den Lebensgeschichten derer lauscht, deren Überreste darin längst vermodert sind. So erfährt er, dass Anton Bahnsen, dessen Grabstein die Gravur eines Autos ziert, den ersten Lastwagen auf die Insel gebracht hat. Und Jens Jensen hat mit seinem Kutter Seemoos gefischt, was ihm den Beinamen *Jens Moos* eingebracht hat, und ist damit sehr reich geworden.

Die Friedhofsführung dauert über zwei Stunden, und am Ende folgen die meisten Besucher der Heimatforscherin zu ihrem Auto auf den kleinen Parkplatz, denn nun geht es aus dem Kofferraum heraus ans Verkaufen ihrer Bücher. Leander bemerkt, dass Tom Brodersen immer noch schweigt, was sonst überhaupt nicht seine Art ist. Mit entrücktem Blick steht der Lehrer da und knetet seine Unterlippe zwischen Daumen und Zeigefinger.

»Tom? Geht es dir nicht gut?«, erkundigt sich Leander besorgt, bekommt aber keine Antwort »Tom? Hier spricht Houston, Erde an Tom, verdammt noch mal, was ist denn los bei dir da oben?«

»Wie? Ach, entschuldige, aber ich glaube, ich habe da eben eine tief greifende Erkenntnis gehabt. Du hast ganz recht, die geschichtlichen Daten sind tatsächlich schon alle aufgearbeitet, und die alten Grabsteine der Seefahrer und Walfänger sind bis in ihre Details erforscht. Die Hoffnung, da noch etwas Geheimnisvolles auszugraben, dürfte wohl gleich Null sein. Wenn ich es recht bedenke, hat uns bisher ein roter Faden gefehlt, eine zündende Idee, das Neue an der Sache. Deshalb sind wir auch nicht vorangekommen.«

»Was heißt *uns*? Wen meinst du mit *wir*?«, wehrt Leander ab.

»Warte einen Moment«, ignoriert Tom Brodersen den Einwand. »Ich bin gleich wieder da.«

»Was hast du vor? Ich dachte, ich bin wegen meiner Fotos hier.«

»Jaja, klar. Aber lass mich erst einmal alleine vorfühlen. Wir sollten Frau de la Court-Petersen nicht überrumpeln. Wir Historiker sind sehr empfindliche Wesen, musst du wissen.«

Ehe Leander reagieren kann, ist Tom Brodersen schon auf dem Kiesweg unterwegs zum Parkplatz, wo er sich in die Schlange vor Karola de la Court-Petersens Kofferraum einreiht.

Nachtigall, ick hör dir trapsen, denkt Leander. Wenn Tom da mal nicht wieder etwas einstielt, das nicht in Leanders Sinne ist.

Schließlich kehrt Brodersen strahlend zurück und lässt sich neben ihm auf die Bank fallen. »Lieber Freund«, verkündet er, »jetzt bin ich dir fast dankbar dafür, dass du unsere Arbeit mit den Grabsteinen derart verschleppt hast.«

»Was habe ich?«

»Schon gut, schon gut. Ich werfe es dir ja gar nicht vor. Jedenfalls haben wir auf die Art kaum ins Leere gearbeitet. Du hast intuitiv gemerkt, dass mir bislang der richtige Ansatz gefehlt hat. Erstaunlich eigentlich für einen Laien wie dich. Aber nun habe ich die Aufgabe gefunden, nach der ich so lange gesucht habe. Die Geschichten von Anton Bahnsen und vor allem Jens Moos haben mich auf die Idee gebracht. Hast du vor dieser Friedhofsführung schon einmal von dem Beruf des Seemoosfischers gehört? Eben! Ich auch nicht. Und ich wette mit dir, dass das neunundneunzig Komma neun Prozent aller Menschen so geht. Aber wir werden das ändern! Wir werden uns mit den alten Berufen derer, die unter diesen Steinen liegen, beschäftigen; mit dem historischen Handwerk hier auf der Insel, das so typisch für Nordfriesland ist. Du weißt schon: Reetdächer decken, Grabsteine für Walfangkapitäne anfertigen, Enten in Vogelkojen fangen, Deiche bauen, als Kapitän auf Handelsschiffen fahren und eben auch Seemoos fischen.«

»Oh, nein, das heißt doch schon wieder, Museen und Archive durchstöbern zu müssen!« Leander hebt abwehrend beide Hände. »Verdammt noch mal, du wirst doch nicht vergessen haben, dass ich dich hierher begleitet habe, weil ich Auskünfte über meine Familie haben wollte. Wir wollten der Dame Fotos zeigen. Gib zu, du hast diese de la Dingsda wegfahren lassen, ohne sie darauf anzusprechen.«

»Deine Fotos!«, stöhnt Tom Brodersen und schlägt sich mit der Hand vor die Stirn. Als er sieht, dass Leander erschüttert ist, bricht er in schallendes Gelächter aus und schlägt ihm auf die Schulter. »Keine Angst, ich habe Karola natürlich von deinen Entdeckungen erzählt. Sie ist höchst interessiert und möchte deine Funde sehen. Morgen Vormittag werden wir sie treffen – auf dem Friedhof von St. Johannis in Nieblum.«

»Wenigstens etwas«, zeigt sich Leander wenig begeistert, und dann begreift er. »Moment mal! Wieso auf dem Friedhof? Das kommt überhaupt nicht in Frage! Fotos können wir uns auch bei mir zu Hause ansehen.«

»Schon, aber wir haben ja jetzt einen klar umrissenen Forschungsgegenstand: deine Vorfahren. Damit steigen wir ein. Und Karola glaubt zu wissen, wo wir die finden.«

Leander blickt Tom Brodersen alarmiert an. Nicht nur, dass der offenbar auf Anhieb mit der Heimatforscherin per Du ist, irgendetwas brütet Tom aus. Seinen Winkelzügen ist nicht zu trauen. Wenn der jemanden für seine Sache einspannen will, schreckt er vor nichts zurück, und in Karola de la Dingsbums scheint er eine Gleichgesinnte gefunden zu haben. »Auf dem Friedhof in Nieblum?«

»Karola meint, da mal so einen verwitterten Sandstein gesehen zu haben, auf dem dein Name steht – beziehungsweise dein Familienname, na, du weißt schon. Die Wurzeln deiner Familie sollen allerdings eher auf einer der Halligen liegen, wenngleich ein paar Generationen in Oldsum und Umgebung gelebt hätten. Jedenfalls glaubt sie, schon einmal in einem anderen Zusammenhang den Namen Leander gehört zu haben. Morgen Vormittag wissen wir mehr. Wir radeln raus zum Friesendom und nehmen Kontakt zu deiner Geschichte auf.«

Tom Brodersen schlägt ihm erneut aufmunternd mit der Hand auf die Schulter, erhebt sich, bevor Leander, dem das langsam auf die Nerven geht, zurückschlagen kann, und strebt dem Ausgang zu. Seufzend folgt Leander ihm und schiebt sein Fahrrad neben dem Freund her. Der legt den Weg bis zum Kirchweg, in dem er mit seiner Familie wohnt, schweigend und in seine neuen Pläne vertieft zurück. Leander ist das recht. Für heute hat er genug von Toms Spinnereien. Er freut sich darauf, endlich aus der Hitze herauszukommen und seinen Ruheplatz unter dem schattigen Apfelbaum im Garten zu beziehen.

4

Lena Gesthuisen ordnet in ihrem Büro zum letzten Mal die Unterlagen für die bevorstehende Dienstbesprechung. Seit Henning Leander das Dezernat 21 zur Bekämpfung der Organisierten Kriminalität zunächst befristet, dann aber für immer verlassen hat, leitet Lena es kommissarisch. Dass sie noch nicht endgültig als Leiterin eingesetzt ist, hat sie dem Umstand zu verdanken, dass ihr Kollege Gerd Trienekens ebenfalls darauf scharf ist und Kriminaldirektor Ahrenstorff glaubt, gerade aus dieser Konkurrenz den größtmöglichen Gewinn für das LKA ziehen zu können. Ganz falsch liegt er damit nicht, wie Lena eingestehen muss, denn beide Kriminalhauptkommissare legen sich mächtig ins Zeug, um gegeneinander zu punkten. Die Leitung des Dezernats OK wird damit nicht leichter, aber das ist Lenas Problem. Sie ist eifrig darauf bedacht, dass keinerlei Behinderung oder Einschränkung der Ermittlungsarbeit oben ankommt, weil das dann eindeutig gegen ihre Führungskompetenz ausgelegt würde.

Nun hat sich eine neue Chance für beide aufgetan: Schon Leander hatte in Absprache mit dem Dezernat 12, in dessen Zuständigkeit die internationale Zusammenarbeit fällt, die internationale Koordination der Ermittlungen im Bereich OK an das LKA Schleswig-Holstein und damit an sich gezogen. So ist es für Kriminaldirektor Ahrenstorff nur konsequent gewesen, die vom Bundesinnenminister gewünschte Sonderkommission zur Ermittlung der Museumseinbrüche und Kunstdiebstähle ebenfalls nach Kiel zu holen. Dabei kam ihm entgegen, dass sich im letzten halben Jahr in Norddeutschland und im Grenzbereich zu Dänemark die Einbrüche gehäuft haben und dadurch auch auf der Landesregierung Schleswig-Holsteins ein immenser Druck lastet.

Diese Sonderkommission soll ebenfalls Lena leiten. Als Leiterin OK hat sie das Erstzugriffsrecht gehabt, denn alle beteiligten Dienststellen gehen von internationaler Bandenkriminalität aus. Hätte sie abgelehnt, wäre Trienekens zum Zuge gekommen und hätte damit möglicherweise den entscheidenden Vorsprung in Ahrenstorffs Gunst errungen. Lena hat also sofort zugesagt, wohl wissend, dass Gerd Trienekens auf ausdrückliche Anordnung des Kriminaldirektors ebenfalls Mitglied der Soko sein und nicht zögern würde, ihr den Teppich unter den Füßen wegzuziehen, wenn sich ihm die Gelegenheit dazu böte. Außerdem ist sie insgeheim ganz froh, diesen Schwerpunkt zugewiesen bekommen zu haben, denn in den Zuständigkeitsbereich des Dezernates OK gehört auch die Bekämpfung der Rauschgiftkriminalität, und die tritt sie gerne an Gerd Trienekens ab, weil in dem Metier inzwischen mit verdammt harten Bandagen gekämpft wird.

Lena atmet tief durch, rafft die Papiere zusammen, sieht auf die Uhr und ärgert sich über das Kribbeln in der Magengegend, das sich immer einstellt, wenn eine neue Aufgabe auf sie zukommt. Nach dem üblichen Sicherungsblick über den Schreibtisch, ob sie auch nichts vergessen hat, zieht sie die Bürotür hinter sich ins Schloss und geht nach rechts in Richtung Besprechungszimmer.

In dem großen, hellen Raum stehen Kollegen paarweise zusammen, sprechen leise miteinander und machen auch keine Anstalten, sich ihr zuzuwenden. Lena geht wortlos zwischen ihnen hindurch. Jetzt hängt ihre zukünftige Position entscheidend davon ab, wie souverän sie in der ersten Sitzung auftritt. Sie nimmt am Kopfende des Konferenztisches Platz, die große Fensterfront im Rücken, und sortiert noch einmal demonstrativ ihre Unterlagen. Dabei lässt sie die Kollegen, die allesamt männlich sind, unbemerkt nicht aus den Augen. Ihr ist klar, dass sie angesichts der Zusammensetzung dieser Soko ihre besondere Kompetenz unter Beweis zu stellen hat, denn Männer neigen dazu, Dezernatsleiterinnen zu unterstellen, dass ihre Bevorzugung einzig und allein ihrer Weiblichkeit zu verdanken ist. Ganz Unrecht haben sie angesichts der um sich greifenden Frauenquoten in Behörden damit nicht, wie Lena eingestehen muss. Aber das sagt nichts darüber aus, ob sie sich nicht auch ohne Frauenquote gegen die männlichen Mitbewerber durchgesetzt hätte.

Sie öffnet eine kleine Flasche Wasser, gießt sich gelassen ihr Glas dreiviertelvoll und nimmt einen Schluck. Dann faltet sie die Hände über ihren Unterlagen und blickt sich auffordernd um. Langsam lösen sich die Grüppchen auf, und die Kollegen begeben sich zu ihren Plätzen, ohne ihre Gespräche dabei abzubrechen. Lena lässt ihren Blick in die Runde schweifen und nimmt dadurch Kontakt zu jedem Einzelnen der Männer auf, bis alle Augen erwartungsvoll auf ihr ruhen. Die meisten Kollegen kennt sie, nur hier und da blickt sie in ein Gesicht, das sie noch nie bewusst wahrgenommen hat. Vor allem bei einem kleinen, drahtigen Mann mittleren Alters bleibt sie etwas länger hängen, und sie versucht, sich zu erinnern, mit wem er bei ihrem Eintreten im Gespräch gewesen ist, um so zumindest die Dezernatszugehörigkeit erraten zu können. Aber da stellt sich kein Bild ein. Auch jetzt blättert er scheinbar abwesend und isoliert durch einen Stapel Zettel, den er vor sich auf den Tisch gehäuft hat, und nimmt überhaupt keine Notiz von dem Geschehen um sich herum.

»Meine Herren, ich begrüße Sie alle zur konstituierenden Sitzung dieser Sonderkommission«, eröffnet Lena schließlich mit leicht rauer Stimme die Besprechung. »Kriminaldirektor Ahrenstorff hat Sie ja alle bereits in seiner Einladungs-Mail über den Zweck dieser Soko informiert und lässt sich für diese Sitzung entschuldigen. Er hat mich heute Morgen noch einmal wissen lassen, dass ihm an unserem Erfolg sehr gelegen ist. Es gehe hier um das – ich zitiere – internationale Renommee des Landeskriminalamtes, Zitat Ende.«

Überall am Besprechungstisch hebt ein verhaltenes Kichern an, denn alle hier kennen die theatralische Rhetorik des LKA-Chefs, wenn er sich auf der politischen Bühne wähnt.

»Ich muss Ihnen darüber hinaus nicht erklären, dass wir unter besonderer öffentlicher Kontrolle stehen, seit sich andere Landeskriminalämter vor ein paar Jahren bei der Beobachtung der rechtsextremen Szene so dilettantisch benommen haben, dass unter ihren Augen und denen des Verfassungsschutzes die sogenannten *Dönermorde* begangen werden konnten.«

Ein unwilliges Raunen und hier und da ein Nicken. Das ist in der Tat ausgesprochen peinlich gewesen mit den zehn Morden der Zwickauer Terrorzelle, aber so langsam muss es damit ja wohl mal gut sein. Nur weil die Landesämter für Verfassungsschutz Bockmist gebaut haben, allen voran das in Thüringen, muss man doch nicht immer wieder daran erinnert werden. Hier ist man schließlich in Schleswig-Holstein, nicht im wilden Osten!

»Vor Ihnen liegen einige Unterlagen, die Sie bitte bis zur nächsten Lagebesprechung genau studieren«, fährt Lena fort. »Obenauf finden Sie die Tagesordnung für heute. Keine Angst, Kollegen, das wird die Ausnahme bleiben, aber ich dachte, für unser erstes Zusammentreffen könne ein protokollarischer Rahmen nicht schaden.«

Einige der Kollegen blättern lässig durch die vor ihnen liegenden Zettel, andere schauen Lena erwartungsvoll an. Gerd Trienekens sitzt zurückgelehnt mit verschränkten Armen da und blickt ihr grinsend direkt in die Augen, ohne sich mit den Papieren zu befassen.

Arschloch!, denkt Lena. Jetzt bloß nicht aus dem Konzept bringen lassen. Das könnte dir so passen: ein Blackout gleich in der ersten Sitzung. Leicht fahrig blättert sie mit ihren Händen die vor ihr liegenden Papiere auf, unterlässt es aber sofort wieder, als sie es bemerkt.

»Die meisten von Ihnen kennen sich bereits«, fährt sie fort und zwingt ihre Hände zur Ruhe. »Sie werden sich schon über den Umfang dieser Kommission gewundert haben und darüber, dass alle zentralen operativen Dezernate des LKA hier vertreten sind. Deshalb schlage ich vor, dass wir zu Beginn eine kurze Vorstellungsrunde machen, in der jeder seine konkrete Funktion in dieser Soko darstellt.«

»Lasst uns über den Vorschlag abstimmen«, fordert Gerd Trienekens, der als Nächster zu Lena sitzt und sie weiterhin herausfordernd ansieht, und erntet ein paar leise Lacher aus der Runde.

»Lieber Gerd«, entgegnet Lena mit eiskalter und ruhiger Stimme, »du solltest wissen, dass es nicht immer auf die Wortwahl ankommt, sondern auf die Position des Sprechers und die Handlung, die mit dem Gesagten verbunden ist.«

»Soll heißen?«

»Wenn ich als Leiterin dieser Sonderkommission eine Vorstellungsrunde *vorschlage*, darfst du das als *Anordnung* verstehen. Wir sind hier zumindest in diesem Stadium noch kein Debattierclub.«

»Hört, hört!« Trienekens richtet sich demonstrativ auf, erntet diesmal aber keine Lacher mehr.

Alle Augen sind auf Lena gerichtet, die mit einem leichten Grinsen um die Mundwinkel zur Kenntnis nimmt, dass die erste und hoffentlich entscheidende Runde an sie gegangen ist. »Also, mein Name ist Lena Gesthuisen. Ich leite kommissarisch das Dezernat OK und damit auch diese Soko, die, wie Sie alle wissen, mit dem Ziel ins Leben gerufen wird, die zunehmende Zahl von Kunstdiebstählen und Einbrüchen gerade im norddeutschen und nordeuropäischen Raum aufzuklären. Kriminaldirektor Ahrenstorff und ich haben gemeinsam überlegt, welche Dezernate des LKA und anderer Organe daran beteiligt sein sollten. Wir bewegen uns hier im internationalen Kontext. Während andere Länder seit Langem Spezialeinheiten gebildet haben, die sich mit diesem Feld beschäftigen, steht die Bundesrepublik noch ganz am Anfang. Wenn wir unsere Arbeit gut machen, und davon gehe ich aus angesichts der hier versammelten Expertise, dann könnte das der Anfang einer ganz neuen Abteilung sein; möglicherweise sogar auf der Ebene von Europol. Kriminaldirektor Ahrenstorff hat jedenfalls so etwas angedeutet.«

Gerd Trienekens sieht sie an, als wollte er sagen: ›Und du bewirbst dich hiermit auf deren Leitung!‹, aber er schweigt. Offenbar ist er schlau genug, zu merken, dass er momentan über keine Mehrheiten verfügt. Er kann warten, bis Lena ihren ersten Fehler macht. Und die ist schlau genug, ihn nicht zu unterschätzen.

»Während der Ermittlungen möchte ich immer von Ihnen auf dem Laufenden gehalten werden, auch außerhalb der Lagebesprechungen, wenn sich etwas Wichtiges ereignet«, stellt Lena klar.

»KHK Gesthuisen bittet zum Rapport«, hört sie Trienekens seinem Nebenmann zuflüstern, der aber demonstrativ nicht darauf reagiert, sondern ungerührt seine Vorgesetzte anschaut.

»Gerd, wenn du weitermachen möchtest?« Lena lächelt ihn verbindlich an.

Trienekens räuspert sich kurz, richtet seinen Oberkörper auf und blickt offen in die Runde. »Gerd Trienekens. Ich leite stellvertretend für unsere geschätzte Kollegin das Dezernat OK, genauer gesagt bin ich für den Bereich der Rauschgiftkriminalität zuständig. Ihr werdet euch wundern, dass unser Dezernat hier doppelt vertreten ist. Das liegt daran, dass gestohlene Kunstobjekte heute verstärkt zur Finanzierung von Drogengeschäften verwendet werden.«

Lena räuspert sich leise und nutzt seine kurze Atempause, um ihn einigermaßen unauffällig zu unterbrechen: »Danke, Gerd. Ich denke, das reicht fürs Erste als Orientierung. Genaueres wirst du uns sicher in einer der nächsten Lagen referieren.«

Sie nickt dem Mann neben Trienekens zu, der auch sofort das Wort ergreift: »Sven Schröter. Ich arbeite im Dezernat 12 und werde den Kontakt zu Interpol und zu den italienischen Kollegen vom *Comando Carabinieri Tutela Patrimonio Culturale* in Rom halten. Die Spezialeinheit der italienischen Polizei gibt es seit 1970, und sie gilt als die erfolgreichste weltweit im Aufspüren gestohlener und gefälschter Kunstobjekte. Außerdem halte ich den Kontakt zum *Art Crime Team* des FBI und zur zentralen Kunstdatenbank von Interpol in Lyon. Ihr dürft in mir also so eine Art internationalen Koordinator sehen. Allerdings werde ich personelle Unterstützung brauchen, wenn wir erst richtig im Einsatz sind.«

Letzteres ist an Lena gerichtet, die ihm zunickt und ergänzt: »Wir profitieren hier von dem Umstand, dass der Kollege Leander über Jahre hinweg mit Hilfe des Dezernats 12 diese Kontakte aufgebaut und intensiv gepflegt hat. Nachdem er vor ein paar Jahren das LKA verlassen hat, ist der Kollege Schröter nun für die Zusammenarbeit der Abteilung 1, Besondere Zentralstellenaufgaben mit Schwerpunkt auf die Internationale Zusammenarbeit, und der Abteilung 2, Ermittlungen und Auswertung, zuständig. Wir sollten uns bewusst sein, dass wir damit in große Schuhe treten und alles daransetzen müssen, die ausländischen Kollegen nicht zu verprellen. Das geht nicht gegen dich, Sven, sondern es ist an uns alle – mich inbegriffen – gerichtet, denn ich weiß, dass wir Deutschen schnell zu Überheblichkeit neigen. Und dazu haben wir gerade in diesem Bereich nicht den geringsten Anlass. Lasst uns also bei allem gebotenen Selbstbewusstsein zunächst kleine Brötchen backen.«

Ein teils zustimmendes, teils kritisches Raunen geht durch den Raum, was Gerd Trienekens lächelnd zur Kenntnis nimmt.

»Wir werden morgen durch eine Expertin aus London verstärkt, eine deutsche Kunsthistorikerin, die bei der weltweit größten Datenbank für gestohlene Kunstwerke arbeitet, dem *Art Loss Register*«, fährt Lena fort. »Sie wird uns über den aktuellen Stand unterrichten und darüber, wie unsere freiberuflichen und zivilen Kollegen international arbeiten. Mit ihrem Sachverstand dürfte sie die wohl größte Lücke in unserer Soko schließen. Ich möchte dich bitten, Sven, morgen früh gegen acht Uhr zu einer Vorbesprechung in mein Büro zu kommen. Die Kollegin wird dann ebenfalls anwesend sein.«

Sven Schröter macht sich kommentarlos eine Notiz auf einem Zettel. Mit einem Nicken fordert Lena den nächsten Kollegen, der ihr direkt gegenüber sitzt, auf, mit der Vorstellungsrunde fortzufahren.

»Heiko Carstens vom Dezernat 22, Wirtschaftskriminalität. Eine Reihe von Einbrüchen geht mutmaßlich auf Versicherungsbetrug zurück. Deshalb bin ich Mitglied der Soko.«

»Gregor Steffens«, übernimmt der nächste Kollege am Tisch übergangslos, als Carstens sich wieder zurücklehnt. »Dezernat 23, Bandenkriminalität. Meine Beteiligung dürfte sich von selbst erklären.«

»Kollege Carstens und Kollege Steffens, Sie werden uns morgen über den Stand der Ermittlungen Ihrer Dezernate unterrichten«, ordnet Lena an. »Ich möchte möglichst bald eine Liste aller gemeldeten Einbrüche europaweit, sagen wir der letzten zwölf Monate im Detail, von den älteren nur die wirklich bedeutenden, bei denen sich ein Zusammenhang zu den jüngeren Fällen andeutet. Das muss natürlich nicht alles schon morgen sein. Ein grober Überblick reicht zunächst.«

Carstens nickt ihr geschäftsmäßig zu, spricht sich kurz mit Steffens ab und macht sich eine Notiz. Dann lehnen er und Steffens sich wieder zurück und geben Lena den Blick auf den auffallend kleinen Mann frei, den sie zuvor schon nicht hat zuordnen können. Er trägt eine halbe Lesebrille und scheint vollkommen in die Tischvorlage vertieft, die er langsam durchblättert, wobei er die Lippen bewegt, als sei er Legastheniker und übe sich mühsam im Entziffern von Buchstabenreihen. Lena räuspert sich, aber das Männchen nimmt um sich herum überhaupt nichts wahr, bis Gregor Steffens ihn mit dem Ellenbogen unsanft in die Seite boxt. Erschrocken blickt er auf, lässt seine Äuglein über dem Rand der Lesebrille durch die Runde kreisen und bleibt dann an Lena hängen.

Die schmunzelt und trifft um sich herum ebenfalls auf belustigte Blicke. Zum ersten Mal fühlt sie, dass sich die allgemeine Anspannung etwas löst. Fast ist sie dem weltfremden Gnom dafür dankbar. »Herr Kollege, entschuldigen Sie die Störung, würden Sie sich bitte kurz vorstellen und uns Ihre Funktion in dieser Soko mitteilen?«

»Pückler«, antwortet das Männchen mit erstaunlich tiefer Stimme. »Gandolf Pückler.«

Als weiter nichts folgt, nickt Lena ihm auffordernd zu – ergebnislos. »Sie kommen von welchem Dezernat?«, erkundigt sie sich deshalb und begreift, dass er bisher nichts von dem wahrgenommen hat, was hier stattfindet.

»Ach so, ja. Entschuldigung. Zollamtsrat Pückler. Ich komme vom Zoll.«

»Zoll, richtig. Entschuldigen Sie, dass ich Sie vorhin nicht begrüßt habe, aber ich habe heute noch gar nicht mit Ihnen gerechnet. Kriminaldirektor Ahrenstorff hat Sie erst für morgen angekündigt.«

»Was hat denn der Zoll mit uns zu tun?«, hakt Gregor Steffens nach, der ein genervtes Gesicht macht, so dass Lena befürchtet, Gandolf Pückler würde sich den nächsten Rippenstoß einfangen, wenn er jetzt nicht antwortet.

»Geschützte Kulturgüter«, erklärt der Zöllner, will es schon damit genug sein lassen, begegnet aber Steffens' drohendem Blick und fährt hastig fort: »Jedes Land führt eine Liste geschützter Kulturgüter, die die Landesgrenzen nicht übertreten dürfen. Solche Kunstgegenstände und Reliquien sind unter anderem bei den Einbrüchen der letzten Jahre gestohlen worden. Zuständig dafür ist der Zoll. Deshalb bin ich hier. Wegen der geschützten Kulturgüter. Übrigens haben Sie eben das *Comando Carabinieri Tutela Patrimonio Culturale* erwähnt. Wenn Sie möchten, stelle ich Ihnen einen direkten Kontakt zu Tenente Colonello Ferdinando Musella her. Der Tenente Colonello und ich haben schon häufiger zusammengearbeitet.«

»Na bitte.« Steffens nickt Lena zu. »Es kann sprechen, es quasselt sogar wie ein Wasserfall.«

Lena betrachtet den kleinen Mann mit zusammengekniffenen Augen. Der ist offensichtlich gar nicht so verpeilt, wie es zunächst den Anschein gehabt hat. Kriminaldirektor Ahrenstorff hat ihr berichtet, dass er eigentlich nur aus Pflichtbewusstsein alle Behörden über die Einrichtung der Soko informiert hat. Entsprechend gering ist der Rücklauf gewesen. Nur der Zoll hat darauf bestanden, an der Sonderkommission beteiligt zu werden. Lena nimmt sich vor, nicht den Fehler zu machen, den Mann zu unterschätzen, und nickt dann den Kollegen auf der anderen Tischseite zu.

»Volker Dietels. Wie der Kollege Schröter von der Abteilung 1, Dezernat 12, allerdings bin für die europaweiten Fahndungsmaßnahmen zuständig. Ich denke, es bietet sich an, wenn Sven und ich weiterhin zusammenarbeiten.«

Lena nickt ihm zustimmend zu, woraufhin Sven Schröter und Volker Dietels zufriedene Blicke austauschen.

»Helge Bauer, von der Abteilung 4, Kriminaltechnik und Erkennungsdienst. Ich bin Mitarbeiter im Dezernat 42. Wir sammeln dort die Daten über die Werkzeugspuren, die an den Tatorten sichergestellt werden konnten, und werten sie aus. Es gibt aber auch Fälle, bei denen die Täter einfach während der Öffnungszeiten die Ausstellungen gestürmt haben. Dann sind natürlich keine Spuren vorhanden.«

»Mit Ausnahme der verwendeten Waffen«, widerspricht der nächste Kollege. »In einem Fall sind am Tatort nämlich Waffen sichergestellt worden, die ins Stasi-Milieu führen. Deshalb bin ich hier. Eberhard Stürmer – der Name ist Programm.«

»Staatsschutz?«, hakt Gregor Steffens nach.

Stürmer nickt herablassend. »Genau, Abteilung 3. Ich arbeite im Dezernat 32: Innere Sicherheit. Wir befassen uns nicht nur mit rechtsextremistischen und islamistischen Terrorzellen, sondern auch mit den alten Stasi- und KGB-Seilschaften. Es gibt Hinweise, dass die immer noch aktiv sind, auch wenn sie heute eher unter die Sammelbegriffe *russische Mafia* oder *osteuropäische Banden* fallen.«

Er nickt Lena zu, die sofort wieder die Regie übernimmt, bevor sich eine Diskussion über die gelegentlich unrühmliche Rolle des Staatsschutzes in der jüngeren Vergangenheit entspinnen kann. »Vielen Dank, Kollegen. Das sollte fürs Erste reichen. Sie sehen an der Größe dieser Soko, wie wichtig höhere Stellen diesen Bereich der organisierten Kriminalität inzwischen nehmen. Das heißt aber auch, dass wir eine Menge Geld kosten; Geld, das nicht unbegrenzt zur Verfügung stehen wird. Man erwartet schnelle Ergebnisse von uns. Also an dieser Stelle meine dringende Bitte an Sie alle: Hängen Sie sich rein. Pünktlichen Feierabend wird es während der nächsten Wochen für keinen von uns geben. Bereiten Sie bitte alle für morgen früh eine Zusammenfassung der momentanen Erkenntnisse Ihrer Fachbereiche vor.«

Als Lena demonstrativ ihre Papiere zusammenschiebt und die Sitzung damit beenden will, meldet sich Gerd Trienekens mit einem herablassenden Lächeln noch einmal zu Wort: »Hast du nicht etwas vergessen?«

Lena nimmt direkten Blickkontakt auf und fordert ihn auf: »Hilf mir, lieber Gerd.«

»Na, wir brauchen doch wohl noch einen Namen.«

»Stimmt, das hätte ich tatsächlich fast vergessen. Kriminaldirektor Ahrenstorff schlägt *Soko Emil* vor.«

Gerd Trienekens lacht laut auf: »*Parole Emil*, genau!«

»Stört dich etwas daran?« Lena merkt, wie die Wut unaufhaltsam in ihr hochkriecht.

»Ganz und gar nicht. Es erinnerte mich nur an Erich Kästners Kinderbuch *Emil und die Detektive*. Die Kiddies verwenden da auch die *Parole Emil*.«

»Vielleicht solltest du zur Abwechslung mal etwas anderes lesen, oder schafft ihr Rauschgiftleute das nicht mehr, wenn ihr nach Feierabend die sichergestellten Asservate testen müsst?«, versetzt Steffens und lockt damit zahlreiche Lacher hervor.

»Hast du einen besseren Vorschlag?«, erkundigt sich Lena bei Trienekens.

»Nein, nein, das passt wie die Faust aufs Auge. Bestimmt habt ihr euch etwas dabei gedacht, der Kriminaldirektor und du.«

»Natürlich haben wir das. Wir ermitteln in Sachen Kunstraub mit Schwerpunkt in Norddeutschland. Diejenigen unter uns, die nicht nur Kinderbücher lesen, wissen, dass unser bedeutendster norddeutscher Maler Emil Nolde ist. Wo immer bei den Einbrüchen der letzten Monate ein Nolde gehangen hat, ist er gestohlen worden. Deshalb *Soko Emil*.«

In der Runde wird zustimmendes Gemurmel hörbar. Offensichtlich haben alle von den Kindereien genug und wollen an ihre Arbeit gehen.

»Da wir aber schon einmal bei der grundlegenden Organisation sind«, schiebt Lena mit einem Seitenblick auf Trienekens nach, »können wir auch sofort die Frage klären, wer mein Stellvertreter in der *Soko Emil* sein wird.«

Gerd Trienekens richtet sich so erwartungsvoll wie fordernd auf, was Lena wieder eine Genugtuung ist, denn offenbar ahnt er die kommende Demütigung noch nicht. Entsprechend lässt sie sich einen Moment länger als nötig Zeit und schiebt sorgfältig ihre Unterlagen zusammen, bevor sie fortfährt. »Kriminaldirektor Ahrenstorff und ich sind uns bei der Wahl einig. Da die internationale Dimension in unserem Fall von zentraler Bedeutung ist, wird Sven Schröter die Soko stellvertretend leiten. Sven, auf gute Zusammenarbeit.«

Lena nickt Sven Schröter zu, der die Ernennung zum Stellvertreter wie selbstverständlich aufnimmt, ordnet das nächste Zusammentreffen für den kommenden Tag um neun Uhr an und schließt dann die Besprechung.

»Herr Pückler«, ruft sie dem Zollbeamten im Aufstehen zu. »Kommen Sie bitte kurz mit in mein Büro? Du auch, Sven?«

»Ich komme nach«, verspricht ihr neu ernannter Stellvertreter und beginnt umständlich, seine Unterlagen zusammenzusuchen.

Als sie mit Zollamtsrat Pückler den Raum verlässt, steht Gerd Trienekens mit Heiko Carstens und Volker Steffens neben der Tür. »Pony Hütchen und Zwerg Nase«, hört sie ihn sagen. »Das kann ja heiter werden.«

5

Polizeihauptkommissar Jens Olufs lehnt an der Wand neben der Terrassentür und beobachtet, wie die Männer von der Kriminaltechnik aus Husum in ihren weißen Schutzanzügen das Wohnzimmer nach Spuren absuchen. Dabei setzen sie ihre *Lumatec Superlite 400* ein, eine Multispektrallampe, mit der sie mittels Fluoreszenzprüfung nach Blutspuren und Körpersekreten suchen können. Selbst Faserspuren, Fußabdrücke, Fingerprints und dergleichen werden durch die Wunderlampe leuchtend hervorgehoben. Bereits im letzten Jahr hat Olufs die eindrucksvolle Leistung dieser *Superlite* bewundern dürfen, als die Kriminaltechniker die Boldixumer Vogelkoje nach dem Mord an Chefjäger Nahmen Rickmers unter die Lupe genommen haben. Heute haben sie allerdings absolut nichts gefunden, was einerseits eine Genugtuung für Olufs ist, weil es zeigt, dass er und seine Leute ebenfalls keine Deppen sind, andererseits aber auch bedeutet, dass sie keinerlei Anhaltspunkte für ihre Ermittlungen bekommen. Und Letzteres ist deprimierend.

Paul Woyke, der Leiter der KTU, grinst, während er den Tresor ableuchtet und mit einer Speziallupe untersucht. Er kennt die Ungeduld der ermittelnden Beamten, lässt sich davon aber nicht im Geringsten unter Druck setzen. Dickfelligkeit ist eine Grundvoraussetzung für einen guten Spurensicherer, denn wer sich hier aus der Ruhe bringen lässt, zertrampelt oder übersieht vielleicht entscheidende Details. Dummerweise gibt es am Tresor auch nicht die kleinste Spur. Mit Gewalt sind die Einbrecher nicht vorgegangen, auch nicht mit subtiler. Sie haben sich sicher bewegt und sich ausgekannt. Außerdem kannten sie offenbar die Zahlenkombinationen für die Alarmanlage und den Safe. Es sei denn, der Hausbesitzer hat die Tresortür offen gelassen, aber so blöd würde er ja wohl nicht gewesen sein.

»Tja, Kollege«, sagt Woyke bedauernd und gesellt sich zu

Olufs. »Sieht ehrlich gesagt bescheiden aus. Bis jetzt haben wir fast nichts gefunden. Die Einbrecher haben offensichtlich Schutzanzüge und Handschuhe getragen. Selbst über die Schuhe müssen sie Schutzhauben gezogen haben. Nur an den Vitrinen haben wir unter der Lupe feinste Kratzer entdeckt. Da haben die Kerle Spezialwerkzeuge eingesetzt. Den Tresor haben sie mit dem passenden Zauberwort geöffnet.«

»Was meinen Sie, wie oft kommt es vor, dass Einbrüche nur fingiert sind?«, erkundigt sich Olufs und formuliert damit den Verdacht, den er einfach nicht los wird.

»Sie meinen, der Besitzer hat selbst …?«

Olufs zieht die Schultern hoch und lässt sie wieder sinken. »Ist doch möglich.«

»Genau kann ich das nicht sagen, die Grauzone ist schwer abschätzbar, aber Versicherungsbetrug ist keine Seltenheit. Allerdings sind gerade die fingierten Tatorte die, an denen wir die meisten Spuren finden. Wirkliche Profis hinterlassen so gut wie nichts, aber Versicherungsbetrüger tun alles, um von sich abzulenken. Sie legen Spuren, über die wir einfach stolpern müssen, und genau das ist dann verdächtig.«

»Sie meinen also, dass hier nichts zu finden ist, spricht eher für die Hausbesitzer?«

»So sehe ich das. Es sei denn, sie haben Profis beauftragt, hier tatsächlich einzubrechen. Allerdings hätten sie dann wohl dafür gesorgt, dass sie selbst nicht zu Hause sind, um jeden Verdacht von sich abzulenken.«

»Scheiße!«, flucht Olufs.

»Das hätte selbst ich jetzt nicht treffender ausdrücken können«, stimmt Paul Woyke grinsend zu.

»Paul, hier ist was«, ruft ein Kriminaltechniker zu ihnen herüber, der mit seiner Speziallampe den Kamin ausleuchtet.

Paul Woyke eilt zu ihm, dicht gefolgt von Jens Olufs. Der Techniker tritt etwas zur Seite und hält die *Lumatec*-Lampe am langen Arm unter den Kaminsims. Woyke beugt sich vor und verdreht Oberkörper und Hals so, dass er nach oben in den Schornstein blicken kann, ohne das Licht abzuschatten.

»Klebstoff?«, fragt er in den Kamin hinein, so dass seine Stimme etwas dumpf herausschallt.

»Ich tippe auf doppelseitiges Klebeband«, bestätigt sein Kollege.

Woyke dreht den Kopf noch weiter und verschwindet nun bis zu den Schultern im Kamin. »Dachte ich's mir doch«, kommentiert er das Ergebnis seiner Untersuchung und kommt wieder aus dem dunklen Schlund zum Vorschein.

Jens Olufs beugt sich auf sein Handzeichen hin ebenfalls vor und entdeckt direkt über dem Sims einen leicht phosphoreszierenden Streifen. So also sehen die Reste von Klebstoff aus. »Und was sagt uns das?«, erkundigt er sich bei Paul Woyke.

»Ihnen offensichtlich nichts. Mir sagt es, dass da etwas geklebt hat.«

»Wunderbar. Muss man für derartige Schlussfolgerungen studiert haben, oder reicht es, wenn man überdurchschnittlich intelligent ist?«, ärgert sich der Polizeihauptkommissar.

Paul Woyke lacht und wendet sich an seinen Kollegen: »Erklär's unserem Kommissar.«

»Das ist doch ganz einfach«, bescheidet der Spurensicherer Jens Olufs. »Wenn Sie sich einmal die Position der Kleberreste ansehen, stellen Sie fest, dass sie sich leicht oberhalb, aber genau gegenüber dem Tresor befindet. Mit an Sicherheit grenzender Wahrscheinlichkeit, wie man so schön sagt, hat da ein Miniaufnahmegerät mit integrierter Kamera geklebt. Vermutlich war das Ding mit einem Bewegungsmelder versehen. Solche Teile gibt es heute schon in der Größe einer Streichholzschachtel. Damit haben die Einbrecher gefilmt, wie der Hausherr seinen Tresor geöffnet hat. Wenn das Gerät ein kleines Display hat, konnten die Kerle einfach die Aufnahme abspielen und kamen so in den Besitz der Zahlenkombination. Seit James Bond kennt so etwas doch jedes Kind.«

»Ich nicht«, gibt Olufs kleinlaut zu, ist aber nun wirklich beeindruckt. »Das liegt aber vielleicht daran, dass ich James Bond noch nie ausstehen konnte.«

»Sieh mal gegenüber der Alarmanlagensteuerung in der

Diele nach, ob da auch solche Spuren zu finden sind«, ordnet Paul Woyke an, woraufhin sein Kollege nickt und mit seiner Spezialleuchte loszieht.

»Das heißt aber doch, dass die Einbrecher schon einmal hier gewesen sein müssen, um die Kamera anzubringen«, überlegt Jens Olufs laut. »Und zwar im Haus!«

»Sie selber oder ein Handlanger«, stimmt Paul Woyke zu und fährt auf Olufs' fragenden Blick hin fort: »Es kommt gelegentlich vor, dass es Komplizen unter den Bediensteten gibt. Eine Putzfrau vielleicht oder einen Gärtner, der jederzeit das Haus betreten kann, ohne Aufmerksamkeit zu erregen.«

Jens Olufs nickt nachdenklich. Jedenfalls ist damit sein Verdacht gegen den Hausherrn so gut wie ausgeräumt, denn der brauchte die Zahleneingabe nicht zu filmen.

»Die gleichen Spuren gegenüber dem Steuerungskasten«, meldet der Kriminaltechniker, als er zurückkommt. »Wir nehmen Proben davon und lassen sie im Labor überprüfen. Vielleicht haben wir Glück, und es handelt sich um eine seltene Marke. Wenn das Klebeband allerdings von *Tesa* oder *Scotch* ist, haben wir zweiundachtzig Millionen Verdächtige alleine in Deutschland.«

»Na bitte, Kollege Olufs, das dürfte bis zu Ihrer Pensionierung reichen.« Paul Woyke klopft dem Kommissar auf die Schulter. »Und obendrein kommen Sie auch noch ganz schön rum in diesem unserem Lande.« Letzteres bringt er tief und dumpf nuschelnd hervor, wie dereinst der Saumagen liebende dicke Pfälzer und Kanzler der Einheit.

Dann machen sich die Spurensicherer daran, die kleinen Schlösser aus den Vitrinensicherungen auszubauen, um sie mit ins Labor zu nehmen.

»Werkzeugspuren sind häufig so einmalig wie Fingerabdrücke«, erklärt Paul Woyke. »Wir nehmen sie auf und lassen sie durch die Datenbank des BKA laufen. Vielleicht sind dieselben Werkzeuge schon einmal eingesetzt worden. Das kommt heute selbst bei Profis vor. Früher haben Spitzenleute nach jedem Bruch neues gekauft, damit man ihnen im Ernstfall keine weiteren Straftaten nachweisen konnte. Heute muss man offensichtlich auch in dieser Branche sparen. Löblich, bedenkt man die Ressourcen-Knappheit auf dem Globus.« Er beobachtet belustigt, dass Jens Olufs angesichts der Lage augenscheinlich keinen Sinn für Humor hat und immer unruhiger wird. »Wissen Sie was, Kollege?« Er legt dem Hauptkommissar einen Arm um die Schultern. »Sie fahren jetzt mal schön ins Revier, trinken ein Tässchen Kaffee, machen, was Sie sonst auch immer machen – nämlich nichts – und lassen uns hier unsere Arbeit tun. Wenn wir fertig sind, komme ich dort vorbei und berichte Ihnen. Okay?«

Olufs nickt niedergeschlagen und macht sich auf den Weg zu seinem Dienstfahrzeug. Er hat verstanden: Hier steht er nur im Weg.

Als Polizeihauptkommissar Jens Olufs die Zentralstation am Wyker Innenhafen betritt, nickt ihm Polizeihauptmeister Jörn Vedder zu und weist dabei mit dem Kopf unauffällig auf die Stuhlreihe gegenüber dem Tresen. Dort blättert ein Herr mittleren Alters im dunkelgrauen Anzug mit einer schmalen Aktentasche auf den Knien durch eine der Polizei-Zeitschriften, die hier ausliegen. Olufs begrüßt den Mann und stellt sich knapp vor.

»Ulf de Vries von der *Axa Art*. Ich komme wegen des Einbruchs bei Familie Kopius.«

»Sie sind aber schnell«, wundert sich Jens Olufs.

»In solchen Fällen immer. Aber sollen wir das nicht vielleicht besser ...« Er deutet auf Olufs' Büro.

»Natürlich, entschuldigen Sie.« Jens Olufs geht voran und weist de Vries einen Stuhl vor seinem Schreibtisch zu. »Also ... Was meinen Sie mit ›in solchen Fällen immer‹? Geht es um die Schadenshöhe?«

»Auch. Herr Kopius hat seine Kunstgegenstände bei uns versichert. Als er heute Vormittag anrief, haben bei mir sofort die Alarmglocken geläutet. Wir reden hier über einen dreistelligen Millionenbetrag. Malte Kopius ist einer der bedeutendsten Privatsammler in Norddeutschland. Allein der Matisse und der Modigliani, die ihm gestohlen worden sein sollen, sind schon einen großen Teil der Summe wert. Genau lässt sich das nicht sagen, weil solche Werke gewöhnlich nicht gehandelt werden und deshalb der aktuelle Marktwert eher ein theoretischer ist.«

»Also, Herr de Vries, wenn ich Sie richtig verstehe, dann kommen Sie doch von einer Spezialversicherung, die Kunstwerke versichert.«

»Wir sind die größte Versicherung dieser Art weltweit, so ist es.«

»Nun, für mich sind dreistellige Millionenbeträge unvorstellbar, aber Sie – verzeihen Sie, wenn ich das so sage – Sie müssten das doch gewohnt sein bei all den Museumseinbrüchen, von denen man so liest.«

»Auch für uns ist das viel Geld, aber vom Grundsatz her haben Sie natürlich recht. Was mich hellhörig macht, ist auch nicht die Summe an sich. So etwas kommt schon einmal vor, und schließlich ist es unser Risiko.«

»Aber?«

»Herr Kopius hat vor einiger Zeit Kontakt zu uns aufgenommen und angefragt, ob er die Versicherung eine gewisse Zeit ruhen lassen könne. Wir haben das natürlich bejaht, aber wir haben ihm auch gesagt, dass während der Ruhezeit kein Versicherungsschutz besteht. Daraufhin ist er von seinem Vorhaben offensichtlich zurückgetreten, zumindest haben wir seitdem nichts mehr gehört.«

»Ist das so ungewöhnlich?«

»Ja und nein. Es kommt vor, dass Kunden, sagen wir einmal, vorläufige Liquiditäts-Engpässe überbrücken müssen. Allerdings haben wir intern einen Grundsatz: In solchen Fällen überprüfen wir im Rahmen unserer Möglichkeiten die Kunden, um keine unangenehmen Überraschungen zu erleben.«

»Und diese Möglichkeiten sind trotz des Datenschutzes umfassend, nehme ich an«, wagt Olufs einen Vorstoß, den de Vries aber nicht beachtet.

»Im Fall Kopius hat die Überprüfung ergeben, dass seine Firma durch die Finanzkrise 2009 in eine solche Schieflage geraten ist, dass er sein gesamtes Privatvermögen und noch eine beträchtliche Summe darüber hinaus in das Geschäft einbringen musste, um nicht in Konkurs zu gehen. Auf gut Deutsch: Er hat sich hoch verschuldet. Davon hat er sich trotz der konjunkturellen Expansion in den darauf folgenden Jahren nie wieder richtig erholt. Und dann kam die Banken-Krise, die fälschlicherweise immer als Euro-Krise verkauft wird, damit wir den ganzen Rettungswahnsinn mitmachen. Um ganz deutlich zu werden: Die Banken, die ihm das Geld geliehen haben, stehen seitdem selbst mit dem Rücken an der Wand und haben einen Teil der Kredite zurückgefordert, weil sie per Gesetz größere Eigenkapitaldeckung leisten müssen als vor der Krise. Kurz und gut: Kopius ist pleite. Auch das kann passieren, natürlich, aber wenn ein Kunde bei uns Auskünfte einholt und dann bei einem Einbruch gezielt derart teure Kunstwerke gestohlen werden und die Versicherungssumme fällig wird, dann werde ich hellhörig.«

»Da müsste er aber ganz schön bescheuert sein, wenn er sich so verdächtig macht«, wendet Olufs ein. »Er hätte die Kunstwerke doch einfach verkaufen können, dann wäre er wieder flüssig gewesen.«

»Das sagen Sie so in Ihrem jugendlichen Leichtsinn. Wenn solche Gemälde erst einmal verkauft sind, bekommt man sie nie wieder. Das bringt ein Sammler nicht so ohne Weiteres übers Herz. Vielleicht hofft er einfach, dass wir ihn für unverdächtig halten, gerade weil wir ihm eine solche Dummheit nicht zutrauen.«

»Jetzt verstehe ich Ihr Problem.« Olufs lehnt sich in seinem Drehstuhl zurück. »Sie tippen also ernsthaft auf Versicherungsbetrug.«

Ulf de Vries zieht halb zustimmend, halb zweifelnd die Schultern hoch und lässt sie wieder sinken – eine Geste, die Olufs in diesem Fall zu verfolgen scheint. De Vries lehnt sich ebenfalls zurück und schlägt die Beine übereinander. »Der

Verdacht drängt sich jedenfalls auf. Deshalb dachte ich, ich komme zuerst zu Ihnen, und das möglichst zeitnah, bevor ich den Tatort besichtige und ein Gutachten für meine Versicherung erstelle.«

»Tja, Herr de Vries, so wie es aussieht, müssen wir von einem tatsächlichen Einbruch ausgehen. Ich will den Kollegen von der Kriminaltechnik nicht vorgreifen, aber es gibt Spuren, die darauf hinweisen, dass die Familie Kopius ausgespäht wurde und nicht selbst beteiligt ist. Außerdem: So wie ich die Eheleute erlebt habe, sind die tief getroffen und jammern den verlorenen Kunstwerken nach. Ich habe nicht den Eindruck, dass das nur vorgetäuscht ist.«

»Das macht sie nur verdächtiger, denn eigentlich müssten die gar nicht derart deprimiert sein. In den meisten Diebstahlsfällen melden sich die Einbrecher nach der Tat bei den Versicherungen und bieten ihnen die gestohlenen Gemälde an. Die Versicherungen kaufen sie für einen Bruchteil ihres Wertes und geben sie an den Besitzer zurück, weil das billiger ist, als die Versicherungssumme zu zahlen. Das geht natürlich unter Ausschluss der Öffentlichkeit vonstatten und steht auch nicht in der Presse. Also kann Herr Kopius relativ gelassen sein, und das erst recht, wenn er die Einbrecher selber beauftragt hat. Dann macht er mit den Ganoven Halbe-Halbe und ist seine Geldsorgen los, ohne auf seine Bilder verzichten zu müssen.«

»Das hört sich aber sehr professionell an. Wie kommt denn ein seriöser Reeder wie Malte Kopius an solche Verbrecher?«

»Ach, da machen Sie sich mal keine Illusionen. Wenn Sie wüssten, wie offen in den Kreisen der sogenannten High Society über vermeintliche Kavaliersdelikte wie Steuerhinterziehung und Versicherungsbetrug gesprochen wird …! Da werden freimütig Telefonnummern von Autoschiebern ausgetauscht oder Steuerberater empfohlen, die, sagen wir mal, besonders kreativ im Umgang mit dem Steuerrecht sind. Wer sein Auto stehlen oder bei sich einbrechen lassen will, der findet die passenden Leute in kürzester Zeit. Und die Wenigsten haben dabei ein schlechtes Gewissen, weil sie ja scheinbar nur eine anonyme Versicherungsgesellschaft bestehlen, die genug Geld hat.«

Jens Olufs ruft sich das Bild der beiden Einbruchsopfer ins Gedächtnis, wie sie am Morgen auf ihrem Sofa gesessen haben. Nein, das kann nicht gespielt gewesen sein. Die sind tatsächlich tief getroffen gewesen. Mit berufsmäßigen Verbrechern machen die niemals gemeinsame Sache. Oder sollte seine Menschenkenntnis in diesen gesellschaftlichen Schichten ihre Grenzen haben? Ist man angesichts der Gefahr eines finanziellen Absturzes gerade in Unternehmerkreisen zu Taten bereit, die man den Leuten sonst niemals zutrauen würde?

»Wie gesagt, die Spuren deuten darauf hin, dass die Einbrecher die Codes für die Alarmanlage und den Tresor ausgespäht haben. Wenn Kopius selber beteiligt wäre, hätten sie das doch nicht nötig gehabt.«

»Wie wurde ausgespäht?«

»Mit Minikameras, im Kamin und gegenüber der Steuereinheit der Alarmanlage versteckt.«

»Im Haus also. Sehen Sie? Wie kommt denn jemand ins Haus, bevor er die Alarmanlage ausgespäht hat, um eine Kamera zu installieren, die die Alarmanlage ausspäht? Das hört sich für mich nach Beteiligung einer Person aus der Familie oder vom Personal an. Möglicherweise wird auch eine Einbruchserie nachgeahmt, mit der sich das LKA momentan befasst. Ich selbst werde ab morgen bei der Soko mitarbeiten. Das ist ein weiterer Grund dafür, dass ich heute Morgen sofort hierher gefahren bin.«

»Was für eine Soko beim LKA?«, erkundigt sich Olufs.

»Es geht um bandenmäßigen Kunstraub überall in Europa. Genaueres weiß ich auch noch nicht. Jedenfalls wird eine Sonderkommission eingerichtet, zu der wir von der *Axa Art* als Experten hinzugezogen werden.«

Jens Olufs will nicht komplett uninformiert dastehen und fragt deshalb nicht weiter nach. Allerdings sieht er zum ersten Mal Licht am Ende des Tunnels, denn wer sagt ihm, dass die Einbrüche auf Föhr im letzten halben Jahr nicht ebenfalls auf die Kappe internationaler Banden gehen und er deshalb mit seinen Ermittlungen auf der Insel nicht weiterkommt? Er nimmt sich vor, sich genauer über diese Soko zu erkundigen. Vielleicht sind die beim LKA ja sogar froh, wenn er seine Daten mit ihren abgleicht.

»So, ich fahre dann mal raus zu Kopius.« De Vries erhebt sich. »Kann ich später noch einmal vorbeikommen, wenn Sie die Informationen von der Kriminaltechnik haben, falls Ihre Kollegen vor Ort zu schweigsam mir gegenüber sein sollten?«

»Natürlich. Und Sie halten mich bitte auch auf dem Laufenden, wenn Sie etwas herausfinden?«

De Vries grüßt mit einer Handbewegung zum Abschied und verlässt das Büro. Jens Olufs geht zu seinem Kollegen Vedder in die Wachstube, der gerade wegen einer entlaufenen Katze mit einer älteren Dame in Boldixum telefoniert und ihr zu erklären versucht, dass es sinnlos sei, jede Stunde anzurufen und nach Ermittlungsfortschritten zu fragen.

Als er schließlich entnervt aufgelegt hat, klopft Olufs ihm aufmunternd auf die Schulter. »Sei froh, dass du dich mit diesem Kleinscheiß abgeben darfst. Ich würde im Moment wirklich gerne mit dir tauschen. Hast du bei der Sicherheitsfirma etwas herausgefunden?«

»Der Mann von der *FrisiaSecur* war gegen zwei Uhr an der Villa Kopius. Er hat die Haustür kontrolliert und durch die Scheibe einen Blick auf die Steuerung der Alarmanlage im Windfang geworfen. Das Lämpchen habe grün geleuchtet, also sei alles in Ordnung gewesen. Ich habe vorsichtshalber gefragt, ob die Anlage zu dem Zeitpunkt schon ausgeschaltet gewesen sein kann. Er hat das vehement bestritten. Bei einer deaktivierten Anlage dieses Typs leuchte das Lämpchen gelb, nicht grün.«

»Ist er später noch einmal auf seiner Runde da vorbeigekommen?«

»Um vier. Da war auch alles in Ordnung. Das war dann auch seine letzte Runde. Um sechs Uhr ist es im Sommer wieder hell, nur im Winter macht die *FrisiaSecur* dann auch noch eine Kontrollfahrt.«

Jens Olufs überlegt einen Moment und bittet Jörn Vedder dann, ihm eine Telefon-Verbindung zu Malte Kopius zu machen. Der Mann ist umgehend am Apparat und kann Olufs' Frage ohne nachzudenken beantworten. Olufs legt wieder auf und knetet nachdenklich seine Unterlippe zwischen Daumen und Zeigefinger.

»Der Einbruch muss erst nach vier Uhr stattgefunden haben, denn heute Morgen war die Alarmanlage ausgeschaltet«, erklärt er seinem Kollegen schließlich und wendet sich dann ab, bleibt aber in der Tür noch einmal stehen. »Besorg dir doch mal die Dienstpläne der *FrisiaSecur* und vergleich die Einsätze zu den Zeitpunkten der verschiedenen Einbrüche. Es wäre zwar zu schön, um wahr zu sein, aber vielleicht gibt es da interessante Übereinstimmungen. Vorher erkundige dich bitte, wer beim LKA mit der neuen Sonderkommission gegen Kunstraub befasst ist, und versuch, ihn ans Telefon zu bekommen. Ich bin in meinem Büro.«

Kurz vor dem Schichtwechsel kommt Jörn Vedder mit einem Zettel in Olufs' Büro und legt ihn grinsend vor seinem Vorgesetzten auf den Schreibtisch. »Ich weiß jetzt, wer die neue Soko leitet. Das wird dich freuen. Sie ist aber nicht zu erreichen«, erklärt er und geht wieder hinaus.

Olufs muss ebenfalls erleichtert grinsen, als er Lena Gesthuisens Namen entziffert. Mit der Frau kann man klarkommen, die ist in Ordnung.

Es klopft, und Paul Woyke kommt herein. Er steuert grußlos auf den Stuhl gegenüber dem Schreibtisch zu und lässt sich darauf fallen. »Wir haben zwar nicht viel, aber wenigstens ein paar Fußspuren.«

»Fußspuren«, echot Jens Olufs in einem Tonfall, der erkennen lässt, dass er diese Mitteilung für wenig sensationell hält.

»Genau. Und zwar auf der Terrasse. Wir konnten mit Hilfe unserer Technik saubere Abdrücke auf den Platten sichern. Es handelt sich um extrem grobe Sohlen wie bei Bergschuhen oder Trecking-Stiefeln.«

»Bergschuhe an der Nordsee?«, zeigt sich Olufs skeptisch. »Heißt das, wir haben es mit bayerischen Einbrechern zu tun, oder was?«

»Quatsch! Obwohl ... – aber lassen wir das, sonst heißt es nachher wieder, wir seien ausländerfeindlich. Nee, nee, das mit den Bergschuhen ist nur ein Beispiel. Was für Sohlen das genau sind, werden wir noch herausfinden, da bin ich sicher.«

»Und sonst habt ihr nichts?«

»Außer den Werkzeugspuren und den Kleberresten nicht, nein.«

»Scheiße! Ich habe langsam die Faxen dick mit diesen Einbrüchen. Seit einem halben Jahr wird die Insel systematisch ausgeraubt, und wir kommen nicht einen Schritt weiter. Ich habe keine Lust, bis zu meiner Pensionierung an diesem Fall zu arbeiten.«

»Das müssen Sie auch nicht. Bei der Größenordnung in Utersum ist ohnehin Husum zuständig«, erklärt Woyke und fährt auf Olufs' erleichterten Gesichtsausdruck fort: »Außerdem gleichen die Spuren denen aus der Einbruchserie auf Sylt. Bis vor einem halben Jahr haben die Einbrecher dort eine Villa nach der anderen geknackt. Dann brach die Serie plötzlich ab, und das ist doch genau der Zeitpunkt, von dem ab ihr hier das Theater habt.«

»Stimmt«, meint Jens Olufs.

»Ich wundere mich sowieso, dass unsere Jungs aus Husum noch nicht hier sind. Das heißt, wahrscheinlich wird da unsere Kriminalaußenstelle in Niebüll zuständig sein. Dann tun Sie mir allerdings eher leid. Sie wissen ja sicher, wer da jetzt das Sagen hat?«

Jens Olufs zieht gespannt die Augenbrauen hoch. »Keine Ahnung. Wer?«

»Der nette Kriminalhauptkommissar Dernau«, antwortet Paul Woyke und muss lachen, als er Olufs' erschrockenen Gesichtsausdruck sieht.

»Ich denke, der ist in Flensburg!«

»Leider nicht mehr. Strafversetzt. Das heißt: nach oben

befördert, weil das Ansehen der Polizei in der Öffentlichkeit zu leicht Schaden nimmt, wenn man einen leitenden Beamten strafversetzen muss.«

»Hat er es jetzt also endlich übertrieben«, stellt Jens Olufs fest, der den Kollegen Dernau in schlechter Erinnerung hat.

»Nachdem er im letzten Sommer im Rahmen der Ermittlungen im Kojenmord wie ein Pitbull über eure Honoratioren hier auf Föhr hergefallen ist, hat sich sogar das Innenministerium beschwert. Man hat ihm nahegelegt, sich auf die neu ausgeschriebene Leitung in Niebüll zu bewerben. Das hat Dernau dann auch gemacht, denn andernfalls hätte man ihn bei nächster Gelegenheit entsorgt. Allerdings soll ihn der Kriminaldirektor so richtig ins Gebet genommen haben. Bei weiteren Beschwerden über sein unverschämtes Verhalten würde er wirklich strafversetzt. Zumindest wird das im Buschfunk in Flensburg getrommelt.«

»Wieso ausgerechnet Niebüll? Da ist er doch erst recht für uns zuständig, und ich denke, er ist versetzt worden, weil er unserem Bürgermeister auf die Flossen getreten ist.«

»Was anderes war nicht frei. Jedenfalls ist das die offizielle Lesart. Ich denke eher, dass jemand im Ministerium mit eurem Oberhäuptling auch noch eine Rechnung offen hatte.«

»Scheiße!«, meint Olufs resigniert und bemerkt, dass er dieses Wort in letzter Zeit relativ oft verwendet.

»Und Dernau ist nicht ungefährlicher geworden«, ergänzt Paul Woyke augenzwinkernd. »Seit der Einbruchserie auf Sylt brennt ihm der Arsch. Aber ich hätte da einen Tipp: Bei einem der nächsten Einbrüche solltet ihr eine Leiche an den Tatort legen. Bei Kapitaldelikten wie Mord ist für euch hier oben nämlich immer noch das K1 der Kriminaldirektion Flensburg zuständig. Und da sitzt nach wie vor Dieter Bennings. Mit dem kann man auskommen. Und wenn ich mich nicht irre, hätte der auch nichts dagegen, wieder einmal nach Föhr zu kommen.«

»Wieso?«

»Na, immerhin hatte er im letzten Sommer doch etwas mit eurer wilden kleinen Vogelwartin. Wie heißt die doch gleich?«

»Eiken Jörgensen«, murmelt Jens Olufs gedankenverloren und macht den Eindruck, als überlege er, wie er möglichst schnell und unauffällig an eine Leiche kommen könnte.

Als Lena an diesem Abend ihre Wohnung betritt, empfindet sie die Stille und Leere zum ersten Mal seit Langem nicht als bedrohlich, sondern als entlastend. Nachdem Henning Leander und seine Frau sich getrennt hatten, hatte er zwar eine eigene kleine Wohnung mitten in Kiel bezogen, aber nach und nach waren Lenas drei Zimmer zu ihrem eigentlichen gemeinsamen Zuhause geworden. Nach Leanders endgültiger Übersiedlung in sein neues Heim in Wyk hat sie sich einsam und verlassen gefühlt. Die Wohnung erschien ihr wie ein emotionaler Kühlschrank, und sie ist vor den langen Abenden in ungezählte Überstunden geflüchtet, die sie ganze Nächte im LKA festgehalten haben. Natürlich hat sie sich das nicht eingestehen wollen und ihre Karriereorientierung vorgeschoben. Und genau das macht sich nun ironischerweise bezahlt.

Lena ist zufrieden mit sich. Sie hat heute ihre Feuerprobe bestanden. Damit hat Gerd Trienekens sicher nicht gerechnet. Er hat geglaubt, sie in ihrer Unsicherheit gleich in der ersten Lagebesprechung der Sonderkommission demontieren zu können. Stattdessen ist er es gewesen, der klein beigegeben hat. Natürlich lauert er nun auf jeden Fehler, da macht sie sich nichts vor, aber damit kann sie leben, denn daran, dass sie eine erstklassige Polizistin ist, besteht bei ihr überhaupt kein Zweifel. Lena hat plötzlich eine innere Ruhe und Ausgeglichenheit, die sie an sich bisher überhaupt nicht kannte.

Als sie sich mit einem Teller Spaghetti und einem Glas Rotwein in ihren Relaxsessel im Wohnzimmer setzt, schweifen ihre Gedanken hinüber auf die Insel Föhr, auf die sonnenbeschienene Wyker Promenade und den Südstrand. Warum hat man eigentlich immer nur den Sommer im Blick, wenn man an die Nordsee denkt? Was ist mit den stürmischen Herbsttagen, an denen man das Haus besser nicht verlässt, oder mit den zum Teil eisigen Wintermonaten, in denen es passieren kann, dass man von der Außenwelt abgeschnitten wird? Für diese Zeiten muss man mehr in der Reserve haben, um nicht völlig durchzudrehen oder depressiv zu werden. Das ganze Jahr, vielleicht ein ganzes Leben auf der Insel? Das ist für Lena unvorstellbar.

Nach ihrem letzten Telefonat hat sie den Eindruck gewonnen, dass Henning nun irgendwie die Kurve zu bekommen scheint. Er braucht einen großen Teil der Ruhe, die er auf Föhr hat, für sein inneres Gleichgewicht. Zudem ist die Clique, in die er dort aufgenommen worden ist, offensichtlich gut für ihn: der umtriebige Tom, der immer ein neues Projekt im Blick hat und für Leanders Interesse so dankbar ist; der lustige, wenn auch häufig ziemlich nervige Mephisto, der mit seiner ketzerischen Art die Dinge beim Namen nennt und einen guten Teil dazu beigetragen hat, dass Leander sich auch intellektuell neu orientiert hat; der geheimnisvolle Götz Hindelang mit seinem Maler-Atelier und der völlig unbekannten Vergangenheit, der ihrer Skatrunde einen künstlerischen und etwas anrüchigen Touch gibt; und nicht zuletzt Eiken Jörgensen, die Vogelwartin und Leiterin der Schutzstation Wattenmeer auf Föhr, zu der Leander eine besonders freundschaftliche Beziehung aufgebaut hat. Als Lena an Eiken denkt, hat sie zum ersten Mal an diesem Abend wieder ein Kribbeln im Magen, eine unterschwellige Angst wie vor einer schwierigen Prüfung oder einem Meeting, bei dem man überhaupt nicht einschätzen kann, was da auf einen zukommt. Leander und Eiken – diese Verbindung beunruhigt Lena, obwohl sie ihrem Partner eigentlich voll und ganz vertraut. Aber wer sagt ihr, dass er sich nicht gelegentlich genauso einsam fühlt wie sie und dass da keine Gefahr für ihre Beziehung lauert?

Lena trinkt einen Schluck Rotwein und drückt mit ihrem Körpergewicht die Rückenlehne so weit zurück, dass sie in die Liegeposition kommt und sich das Fußende zu einer Ablage für ihre Beine hochklappt. Langsam kriecht die wohlige Schwere des Weines zuerst in ihren Kopf und dann in ihre Glieder. Sie stellt das Glas auf den Tisch neben sich und schließt die

Augen. Sonderkommission hin oder her – sobald sich die Gelegenheit ergibt, wird sie zumindest für ein Wochenende nach Föhr fahren. Mit Eiken hat das natürlich gar nichts zu tun; aber auch Lena kann mal wieder ein paar ruhige Tage an der See gebrauchen.

Leander sitzt in seinem Garten unter dem Apfelbaum und blättert in den Fotoalben seines Großvaters, die er sich nach dem Abendessen herausgesucht hat. Die Sommerabende auf der Insel sind lang und hell. Die Luft steht heute und kühlt sich so gut wie gar nicht ab. Toms Idee, Leanders Familiengeschichte als Ausgangspunkt für seine Heimatforschung zu nehmen, hat er zunächst für unsinnig gehalten oder zumindest für einen Vorwand. Aber dann hat ihm der Gedanke gefallen.
Und so ist er noch einmal auf den Dachboden gestiegen, hat in der Kiste nach weiteren Zeugnissen aus alter Zeit gesucht und ist fündig geworden. Unter einem durch die untergehende Sonne rötlich gefärbten Sommerhimmel betrachtet er nun Bilder aus der Jugend seines Großvaters, als Männer noch wie echte Kerle ausgesehen haben. Auf einem Foto steht der junge Hinnerk zusammen mit ein paar anderen Männern jeden Alters vor einem großen Ruderboot. Alle tragen schwere, mutmaßlich graue Regenmäntel und den typischen breitkrempigen Südwester und blicken geradewegs in die Linse des Fotografen, der sicher mit einer Plattenkamera auf einem hölzernen Stativ vor ihnen gestanden hat. Alle machen ernste Gesichter, die meisten tragen wilde Vollbärte, einer hat sogar eine Tabakspfeife im Mundwinkel, die an einem gebogenen Stiel in seinen dichten Bart hinabhängt. Es ist ein schon reichlich verblichenes Schwarz-Weiß-Foto, auf dem selbst die Grautöne ineinander verschwimmen. Ob nachfolgende Generationen wohl noch in den Genuss alter Fotografien kommen werden, oder ob die digitalen Fotos bis dahin mitsamt ihren Datenträgern unlesbar geworden sind? Irgendwo hat Leander gelesen, dass die einst als mindestens für hundert Jahre haltbar deklarierten CDs häufig schon nach zehn Jahren keinen Zugriff mehr auf ihre

Datenfracht erlauben. Gespeicherte, aber nicht mehr lesbare Fotos sind dann für immer verloren.

Irgendetwas fesselt Leander an dem Bild, und er sucht in seinem Gedächtnis, wo er Vergleichbares schon einmal gesehen hat. Kann es im Carl-Häberlin-Museum gewesen sein oder im Dorfmuseum in Oevenum? Er weiß es nicht mehr. Aber dann erinnert er sich an eine Ausstellung in Kiel über die *Deutsche Gesellschaft zur Rettung Schiffbrüchiger*. Genau: Die großformatigen Fotos an den Aufstellwänden haben die gleichen Motive gezeigt. Das Boot auf diesem Foto ist zu groß und zu lang für ein Ruderboot oder ein schlichtes Rettungsboot von einem der Kutter. Es handelt sich um eines der ersten Seenotrettungsboote, die noch mit Muskelkraft durch die haushohen Wellen der Stürme gerudert werden mussten. Die Männer auf dem Foto sind Rettungskräfte, das erklärt auch die Altersunterschiede und die merkwürdige Kluft. Leander weiß, dass die Seenotretter früher alle nebenberuflich und freiwillig im Einsatz gewesen sind. Idealerweise fielen die Einsätze ja auch in die Sturmphasen, in denen sie als Fischer ohnehin nicht tätig sein konnten. Stattdessen setzten sie dann ihr Leben aufs Spiel, um anderer Menschen Leben zu retten.

Zumindest als junger Mann ist Heinrich Leander also so ein Held gewesen, und plötzlich versteht sein Enkel an diesem Abend hier im Garten die Rolle, die der Großvater in der Zeit des Dritten Reiches gespielt hat, viel besser. Erst vor zwei Jahren hat Leander diesen Teil seiner Familiengeschichte aufgedeckt, jetzt begreift er die Kontinuität, die Folgerichtigkeit, die Hinnerk dazu gebracht hat, selbst in der Zeit des Dritten Reiches aktiv zu werden, ohne dabei auf die Lebensgefahr zu achten, die das für ihn selbst bedeutet hat.

Fischerei und die Rettung Schiffbrüchiger sind Tätigkeiten, die im direkten Zusammenhang der Menschen mit dem harten Leben an der Küste und besonders auf einer Insel wie dieser stehen. Und wer kann schon wissen, ob in der weiter zurück liegenden Vergangenheit nicht auch Handelskapitäne oder Walfänger zu Leanders Vorfahren gehört haben? Auf einem

Foto in einem der anderen Alben sind mehrere junge Männer, fast noch Knaben, vor einem niedrigen Reetdachhaus abgebildet, das in irgendeinem der Dörfer der Insel aufgenommen worden sein kann. Sollte einer der Burschen ein Leander gewesen sein? Und warum sollte das Foto sich in diesem Album befinden, wenn es nicht so ist? Vielleicht handelt es sich um ein Klassenfoto – aber sind Knaben in dem Alter früher überhaupt noch in die Schule gegangen? Leander hat plötzlich das Gefühl, dass seine Familie ungeahntes historisches Potenzial haben könnte, und so beschließt er, seine Familiengeschichte bis ins Kleinste zu recherchieren. Und wenn er fündig würde, würde er sie aufschreiben. Leander kann selbst kaum glauben, welchen Entschluss er da gerade gefasst hat: Er wird aus der Geschichte der Familie Leander ein Buch machen!

Schon lange hat er nicht mehr dieses Feuer in sich gespürt, diese Lust, etwas Neues anzugehen. Er hat sich auf der Insel wie ein Pensionär eingerichtet und ein beschauliches Leben geführt. Erst jetzt merkt er, dass er sich etwas vorgemacht hat, wenn er das für Glück gehalten hat. Es ist nicht mehr als Ruhe gewesen, kostbar genug, ohne Zweifel, aber als Lebenssinn kann man das wahrlich nicht bezeichnen. Als er nun die Fotos weglegt und die Gartenmöbel zusammenschiebt, um dann ins Haus und ins Bett zu gehen, ist er seinem Freund Tom Brodersen geradezu dankbar. Ohne Toms nervige Hartnäckigkeit wäre Leander nicht auf diese neue Aufgabe gestoßen, obwohl sie doch nur konsequent ist, nachdem er sich nach dem Hilferuf seines Großvaters vor zwei Jahren auf den Weg zurück in seine eigene Geschichte gemacht hat.

6

Als Lena den Sitzungsraum zusammen mit Sven Schröter, Ulf de Vries und der Kunstexpertin des *Art Loss Register* betritt, sitzen alle Kollegen bereits auf ihren Plätzen und sind jeder für sich damit beschäftigt, die Unterlagen noch einmal zu ordnen und zu sichten, denn es ist ihnen bewusst, dass heute Morgen klare Informationen gefordert sind. Auch Zollamtsrat Gandolf Pückler sitzt an seinem Platz, abwesend wie gestern, irgendwo in den Hemisphären außerhalb des Raumes, vermutlich sogar außerhalb des Sonnensystems kreisend.

Lena nimmt am Kopfende Platz, bittet die Kollegen links und rechts darum, die Stühle für die Neuankömmlinge zu räumen und aufzurücken, und wartet, bis alle wieder Platz genommen haben.

»Guten Morgen«, eröffnet sie ohne langes Vorgeplänkel die Sitzung und gibt mit ihrer Geschäftigkeit das Tempo für die folgenden Stunden vor. »Bevor wir die ersten Berichte der einzelnen Abteilungen hören, möchte ich Ihnen zwei weitere Angehörige der Soko *Emil* vorstellen. Die Dame rechts neben mir habe ich Ihnen bereits gestern angekündigt. Frau Conradi, wenn Sie sich bitte kurz vorstellen und Ihre Aufgabe und Ihr Interesse hier bei uns skizzieren?«

»Guten Morgen, mein Name ist Helene Conradi. Ich arbeite für das *Art Loss Register* in London. Wir betreiben die weltweit größte Datenbank für gestohlene Kunstwerke, in der zurzeit etwa 180.000 vermisste Kunstgegenstände eingetragen sind, darunter etwa 40.000 Gemälde. Wir verfolgen das Ziel, den Handel mit gestohlener Kunst zu unterbinden. Dieses Ziel verfolgen auch alle Betroffenen in der Szene, also die Museen, Sammler, Versicherungen und nicht zuletzt die Strafverfolgungsbehörden, also Sie, meine Damen und Herren. Nun wissen Sie selbst am besten, dass Ihnen aus Datenschutzgründen und aus Gründen, die im Föderalismus und der nationalstaatlichen Trennung polizeilicher Dienststellen liegen, regelrecht die Hände gebunden sind. Sie tappen im Dunkeln, wenn Sie mir diese Metapher erlauben, denn bei den Strafverfolgungsbehörden in Europa verfügt die eine nicht über die Erkenntnisse der anderen.«

Unwilliges Gemurmel macht sich breit. Die Frau hat zwar recht, das wissen alle ganz genau, aber will man sich so etwas von Außenstehenden vorwerfen lassen? Lena blickt in die Runde und registriert die mürrischen Gesichter ihrer Kollegen. Nur einer reagiert anders auf die Kunstexpertin: Gandolf Pückler. Der Mann vom Zoll wirkt nicht mehr abwesend, sondern lauernd wie ein Kater auf Mäusejagd. Als er Lenas Blick begegnet, zuckt er leicht zusammen und widmet sich wieder seinen Unterlagen, als wäre nichts gewesen.

»Doch, doch, meine Herren. Der Austausch zwischen den verschiedenen Behörden ist, sehr vorsichtig ausgedrückt, verbesserungswürdig. Ganz zu schweigen von der Zusammenarbeit und Transparenz zwischen Europa und den USA. Vom ehemaligen Ostblock rede ich lieber erst gar nicht«, vervollständigt Helene Conradi die Liste der Unzulänglichkeiten. »Verzeihen Sie mir meine direkte Art, aber mit Höflichkeit und Rücksichtnahme kommen wir nicht weiter. Man muss die Probleme beim Namen nennen, und Ihr Hauptproblem ist, dass Sie angesichts der Kompetenzverteilung keinen Durchblick haben. Nun, da setzen wir vom *Art Loss Register* an. Wir unterliegen nicht der strengen Gewaltenteilung und der öffentlichen Kontrolle und können so allen Beteiligten unsere Dienste anbieten – gegen Geld, versteht sich.«

Hier und da erhebt sich triumphierendes Gelächter, als sei man einer Unanständigkeit auf die Spur gekommen.

»Wenn einem Museum irgendwo auf der Welt ein Gemälde zum Kauf angeboten wird«, fährt die Kunstexpertin ungerührt fort, »kann der Eigentümer bei uns nachfragen, ob es vor Jahren gestohlen wurde. Wir verhindern durch unsere Auskünfte mutmaßlich mehr Verbrechen als Sie, meine Damen und Herren.«

Die Soko-Teilnehmer rutschen unruhig auf ihren Stühlen

herum. Das ungehaltene Raunen breitet sich aus, aber niemand wagt es, die selbstgerechte Dame aus London zu unterbrechen, da Lena dies demonstrativ ebenfalls nicht tut, sondern sogar gelegentlich nickt.

»Und ein weiterer Vorteil liegt darin, dass wir ein privates Unternehmen sind«, ergänzt Helene Conradi. »Gestohlene Kunstwerke tauchen entweder während der ersten zwei bis drei Monate wieder auf, oder erst nach Jahren. Im ersten Fall sind Sie als Ermittlungsbehörden hellwach, aber machen wir uns nichts vor, im zweiten Fall gibt es Ihre Sokos und Ermittlungsgruppen in der Regel schon gar nicht mehr.«

»Da können Sie sich vor Anfragen sicher gar nicht retten«, wirft Gerd Trienekens mit höhnischem Unterton ein.

»Tja, das sollte man zwar meinen, aber so ist es leider auch nicht. Häufig erreichen uns Nachfragen, ob ein Kunstwerk gestohlen ist, erst nach acht bis zehn Besitzerwechseln, meist anonym über E-Mail. Wir wünschten uns natürlich mehr Nachfrage.«

»Angenommen, es stellt sich heraus, dass ein angebotenes Kunstwerk tatsächlich bei Ihnen als gestohlen gemeldet ist«, hakt Trienekens nach. »Dann haben Sie doch sofort den Zugriff und können die Strafverfolgungsbehörden einschalten. Ist das nicht ein viel zu großes Risiko für die Nachfrager?«

»Theoretisch ja, aber unsere Klienten können sich darauf verlassen, dass wir diskret vorgehen und niemanden kriminalisieren. Schließlich handelt es sich in der Regel um ehrenwerte Museums- oder Sammlungsleiter. Wir verhalten uns in solchen Fällen immer sehr vorsichtig, damit der Nachfrager, bei dem es sich ja auch um einen Privatsammler handeln kann, nicht wieder abtaucht. In der Regel verabreden wir Treffen im Ausland. Wir sind da zum Glück sehr flexibel und müssen nur einen Flug buchen, die Polizei könnte gar nicht so schnell reagieren. Sie wissen ja, was für einen Aufwand Sie treiben müssen, wenn Sie eine Dienstreise antreten wollen: Reisekostenanträge, Genehmigungen und der ganze Quatsch. Ganz zu schweigen von der fehlenden Zuständigkeit im Ausland.«

Nun kommt zustimmendes Gemurmel und zum Teil heftiges Nicken aus der Runde. Jeder hat damit schon Erfahrungen gemacht. Selbst Amtshilfegesuche an Stellen im Ausland werden schneller bearbeitet als Erstattungsanträge innerhalb der eigenen Behörde.

»Und was machen Sie bei diesen Treffen?«, will Sven Schröter wissen. »Kaufen Sie die gestohlenen Kunstwerke im Auftrag der früheren Besitzer zurück?«

»Meistens nicht. Nur selten wechselt Geld den Besitzer, weil man sich damit strafbar macht – Hehlerei, wie Sie wissen. Außerdem kann man schnell als leichte Geldquelle missbraucht werden, und das ist in niemandes Interesse. In der Regel können wir die momentanen Besitzer der gestohlenen Ware überreden, sie wieder zurückzugeben. Meistens reicht der Hinweis, dass wir vor dem Abflug Kontakt zur Polizei im Herkunftsland und im Zielland aufgenommen haben.«

»Von den rechtmäßigen Besitzern bekommen Sie sicher dann die Kosten erstattet?«, kommentiert Sven Schröter schmunzelnd. »Und ein kleiner Finderlohn ist sicher auch noch drin?«

»Wir sind schließlich nicht die Heilsarmee und auch keine barmherzigen Samariter«, bestätigt Helene Conradi.

»Kriminaldirektor Ahrenstorff und ich haben Frau Conradi gebeten, uns ihre Logistik und ihr Know-how zur Verfügung zu stellen«, übernimmt Lena wieder das Gespräch. »Als Kunsthistorikerin ist sie in der Lage, uns dabei zu helfen, die Fälle richtig einzuordnen. Und die Kollegen Schröter und Dietels können sicherlich auch von ihren internationalen Kontakten profitieren. Bis hierher vielen Dank für Ihre kurze und sehr informative Einführung, Frau Conradi. – Ebenfalls neu zu uns gestoßen ist Herr de Vries. Wenn Sie sich bitte auch kurz vorstellen?«

Der Mann im dunkelgrauen Anzug räuspert sich und blickt dann offen in die Runde. »Ulf de Vries von der *Axa*-Versicherung. Genauer gesagt: *Axa Art*. Wir gehören zu den größten Versicherern von Kunstobjekten weltweit. Worin unser Interesse besteht, dürfte klar sein.«

»Moment«, wendet Gerd Trienekens ein. »Was hat ein privatwirtschaftliches Unternehmen in einer Sonderkommission des Landeskriminalamtes zu suchen?«

»Herr de Vries ist bei der *Axa* als Versicherungsdetektiv angestellt und Fachmann für *Artnapping*«, erklärt Lena, schaut dabei aber in die Runde und nicht auf Trienekens. »Er hatte mehrfach Kontakt zu Kunstdieben, die die Versicherung erpressen wollten. Deshalb haben Kriminaldirektor Ahrenstorff und ich ihn hinzugebeten.«

»Und?« Steffens zwinkert dem Versicherungsmann zu. »Wie viel haben die Kerle euch schon aus dem Kreuz geleiert?«

»Nichts natürlich«, antwortet der ungerührt. »Jedenfalls dürfte ich es niemals zugeben, wenn wir doch gezahlt hätten. Schließlich wollen wir keine Nachahmer provozieren.«

»Sie glauben doch nicht, dass einer von uns gleich morgen losgeht, einen Picasso klaut und ihn Ihnen anbietet«, erregt sich Stürmer.

»Weiß man's?«, entgegnet de Vries augenzwinkernd. »Nein, Spaß beiseite. Zu gegebener Zeit, das heißt, wenn ich hier Bericht erstatte, lege ich die Daten auf den Tisch. Jetzt habe ich noch etwas, das Sie interessieren dürfte: Ich war erst gestern am Tatort eines Einbruchs, der sich in der vorletzten Nacht ereignet hat. Einer der bedeutendsten Privatsammler Norddeutschlands, ein Hamburger Reeder, ist in seinem Haus auf Föhr ausgeraubt worden. Er selbst gibt den Verlust mit einhundertsechzig Millionen Euro an. Unsere Leute überprüfen das gerade.«

Gregor Steffens pfeift laut durch die Zähne, und auch die anderen Sitzungsteilnehmer zeigen sich beeindruckt.

Heiko Carstens, zu dessen Bereich der Versicherungsbetrug gehört, beugt sich vor. »Bei solchen Summen werde ich immer hellhörig. Sagen Sie uns bitte offen, was Sie von der Sache halten.«

»Ich teile Ihren Verdacht.«

Nun unterrichtet Ulf de Vries die Runde kurz über alles, was er am Vortag erfahren hat. Dabei betont er seine Zweifel an der Ehrlichkeit des Reeders und begründet sie mit Kopius' geschäftlichen Schwierigkeiten. Auch die auffällige Häufung von Einbrüchen auf den Nordfriesischen Inseln erwähnt er. Während seines Berichts tauschen sich Lena und Helene Conradi kurz leise aus, was von Gerd Trienekens nicht unbemerkt bleibt.

Als der Versicherungsdetektiv geendet hat, erklärt Lena: »Frau Conradi und ich haben soeben beschlossen, uns den Tatort ebenfalls persönlich anzusehen. So wie es aussieht, haben wir die Chance, die Ermittlungen direkt im derzeitigen Haupteinsatzgebiet der Einbrecher zu übernehmen. Wir sind also hautnah dran, sozusagen.«

»Soso, hautnah dran willst du sein«, kommentiert Gerd Trienekens, aber niemand lacht, obwohl alle außer den LKA-fremden Personen den Bezug zu Henning Leander verstanden haben.

Lena beschließt, die Stichelei einfach zu ignorieren. Trienekens will Beachtung, und die wird er von ihr nicht bekommen. »Helge, setze dich bitte gleich nachher mit der zuständigen KTU in Verbindung, um die Daten mit dem zu vergleichen, was wir bisher haben.«

Der Kriminaltechniker nickt Lena zu und macht sich eine Notiz.

»Ich denke, es wäre hilfreich, wenn wir jetzt die Berichte über die letzten Einbrüche hören könnten«, fährt sie fort. »Vielleicht lässt sich ja schon jetzt ein Muster erkennen. Sven und Gregor, setzt ihr uns bitte kurz ins Bild?«

Sven Schröter und Gregor Steffens blicken sich an und nicken. Dann ergreift Steffens das Wort.

»Da es sich schwerpunktmäßig um Bandenkriminalität handeln dürfte, haben wir vom Dezernat 23 die Akten geführt. Seit Anfang der achtziger Jahre haben sich Banden aus Osteuropa auf Kunstraub spezialisiert, leider liegt die Aufklärungsquote nur bei zehn Prozent, was nicht zuletzt an den hervorragend organisierten Netzwerken im ehemaligen Ostblock liegt. Es würde zu weit führen, alle registrierten Einbrüche und Überfälle aufzulisten, und ich rede natürlich nur von den wirklich großen. Deshalb beschränke ich mich auf die international spektakulärsten und auf die in unserem direkten Einzugsgebiet in Norddeutschland und Skandinavien. 1990 wurde das *Isabella-Stewart-Gardner-Museum* in Boston überfallen. Die Diebe haben Gemälde von Jan Vermeer, Edgar Degas und Manet im Wert von über 400 Millionen DM mitgehen lassen. Sie haben sich als Polizisten ausgegeben und sind einfach so bewaffnet ins Museum marschiert. Dann haben sie das Personal und die Besucher bedroht und seelenruhig die Gemälde abgehängt. 1993 wurden aus dem *Museum für Moderne Kunst* in Stockholm sieben Bilder und eine Skulptur gestohlen, übrigens alles Kunstwerke von Pablo Picasso und Georges Braque, Wert: 112 Millionen DM. Nach einem Monat sind drei Picassos wieder aufgetaucht, der Rest ist nach wie vor verschwunden.«

Helene Conradi nickt bei all diesen Angaben.

»2001 haben in Madrid drei oder vier Männer den Wachmann eines luxuriösen Appartementhauses niedergeschlagen, gefesselt und geknebelt. Dann sind sie in eine Wohnung in der obersten Etage eingebrochen und haben dreizehn Gemälde und sechs Statuen gestohlen, darunter *Die Schaukel* von Francisco de Goya, eine Heiligenszene von Pieter Bruegel, die *Gitarre auf dem Stuhl* von Juan Gris und eine ägyptische Plastik; Gesamtwert über 100 Millionen DM.«

»Sind solche Wohnungen denn nicht gesichert?«, wundert sich der Kriminaltechniker Helge Bauer. »Verlassen sich so reiche Fatzkes nur auf einen Portier?«

»Die Wohnung wurde renoviert, die Besitzerin war im Urlaub, die Alarmanlage ausgeschaltet. Wegen der Handwerker lagen die Gemälde in Decken verpackt auf einem Stapel in der Wohnung, statt der üblichen vier Wachleute war nur einer am Haupteingang.«

»So mache ich das auch immer, wenn ich tapeziere«, höhnt Staatsschützer Stürmer. »Dann packe ich meine Van Goghs in Handtücher und lege sie neben die Haustür. Wer sollte die schon klauen?«

»Jedenfalls war der Eigentümerin nichts nachzuweisen«, fährt Steffens achselzuckend fort. »Und solche Sachen passieren auch nicht nur in Privatwohnungen. Im Mai 2002 wurde in der *Kunsthalle* in Hamburg während der langen Museumsnacht eine Bronzeskulptur von Alberto Giacometti gegen ein billiges Imitat aus Holz ausgetauscht, Wert: 500.000 Euro. Die Figur stand unter einer Plexiglashaube, die nicht einmal festgeschraubt war. Der Verlust wurde erst Tage später bemerkt, das Original ist bis heute verschwunden. Ihr seht, auch Museen stellen sich manchmal ganz schön dämlich an.«

»Gerade Museen«, wirft Ulf de Vries ein. »Die meisten sind nicht einmal versichert, weil ihnen die Prämien zu hoch sind. Wenn die ihre Alarmanlagen installiert haben, sind sie pleite.«

»Ein Hoch auf die deutsche Kulturförderung«, spottet Gerd Trienekens.

»Dazu habe ich noch ein passendes Beispiel«, setzt Steffens seinen Vortrag fort. »2003 sind Diebe über ein Renovierungsgerüst ins *Kunsthistorische Museum* in Wien eingestiegen. Durch eine Abhängeplane und ein Werbetransparent waren sie vor neugierigen Blicken geschützt. Im ersten Stock haben sie ein Fenster eingeschlagen und anschließend die gläserne Schutzhaube eines historischen Salzfasses von Benvenuto Cellini zerschlagen, Wert des Salzfässchens: etwa 50 Millionen Euro. Das muss nicht nur einen Heidenlärm gemacht haben, auch die Alarmanlage wurde ausgelöst. Allerdings haben die drei Sicherheitsleute nicht darauf reagiert. Auch die Videoaufzeichnung war nicht in Betrieb, zumal das Gerüst überhaupt keine eigene Sicherung hatte. Am nächsten Morgen wurden dann die Scherben entdeckt. Der Museumsdirektor hat eine Belohnung in Höhe von 70.000 Euro ausgesetzt, weil das Museum unterversichert war. Die *Axa Art*« – Steffens nickt zu Ulf de Vries hinüber – »hatte ein halbes Jahr vorher höhere Beiträge verlangt, woraufhin das Museum den Vertrag kündigte. Dummerweise berief sich der neue und billigere Versicherer *Uniqa* auf die Fehler der Wächter und zahlte nicht.«

»So spannend das ja alles ist«, wirft Gerd Trienekens gelangweilt ein, »aber können wir uns vielleicht jetzt mal auf die Fälle beschränken, die in unserem direkten Umfeld stattgefunden haben? Sonst kommt unsere Lena heute nicht mehr zu ihrem hautnahen Kontakt.«

»Ich danke dir für deine Fürsorge, auch wenn ich ihrer nicht bedarf«, entgegnet die Leiterin der Soko gelassen. »Allerdings sollten wir uns jetzt wirklich etwas einschränken. Detaillierte Berichte könnt ihr dann ja als E-Mails versenden, damit sich jeder selbst einlesen kann.«

»Gut, dann lass mich mal sehen, was ich euch noch an auffälligen Modi Operandi zu bieten habe.« Gregor Steffens blättert seine Unterlagen durch, legt ein paar Zettel nach links und andere nach rechts zur Seite. Schließlich greift er nach dem kleineren linken Stapel, stößt die Papierkanten auf die Tischplatte auf und setzt seinen Bericht fort. »Also, 2004 wurde das *Munch-Museum* in Oslo überfallen. Maskierte Männer stürmten während der Öffnungszeiten die Ausstellungsräume und bedrohten die Besucher und das Personal mit Schusswaffen. Anschließend rissen die Diebe einige Bilder direkt von den Wänden und hauten mit einem bereitgestellten Fluchtwagen ab. Das kommt in der Form in letzter Zeit öfter vor. Am 10. Februar 2008 haben drei bewaffnete Männer das Museum der *Sammlung Bührle* in Zürich während der regulären Öffnungszeiten gestürmt. Dort hingen Gemälde aus dem Französischen Impressionismus und dem Post-Impressionismus im Gesamtwert von einer Milliarde Euro. Trotzdem verfügte das Museum nur über extrem schlechte Sicherheitsvorkehrungen. Die Männer bedrohten die Besucher, zwangen das Personal zu Boden und raubten vier Gemälde direkt von den Museumswänden. Gesamtwert: 113 Millionen Euro. Obwohl jedes Bild mit Rahmen gut 15 Kilogramm gewogen hat, hat der gesamte Überfall nur drei Minuten gedauert. Wieder sind die Täter mit einem bereitstehenden Fahrzeug verschwunden. Und jetzt kommt die Verbindung zu uns und zu den osteuropäischen Banden, von denen ich eingangs gesprochen habe: Nach einer Zeugenaussage hat der Befehlsgeber Deutsch mit slawischem

Akzent gesprochen, ein anderer Dieb Schweizerdeutsch mit starkem osteuropäischem Akzent.«

»Ich kann das bestätigen«, schaltet sich Helene Conradi ein. »Die Stasi hat in den vierzig Jahren der DDR ein derart komplexes und handlungsfähiges Kunstschieber-Netzwerk aufgebaut, dass sich ehemalige Stasi- und KGB-Agenten nach dem Fall des Eisernen Vorhangs dieser logistischen Seilschaften bedienen konnten und sofort international einsatzfähig waren, während die Strafverfolgungsbehörden noch über Zuständigkeiten und Kompetenzerweiterungen stritten. Die Stasi hat vierzig Jahre lang mit Beutekunst aus dem Zweiten Weltkrieg gehandelt und damit Milliarden verdient, ohne dass ihr jemals jemand aus dem Westen auf die Spur gekommen ist.«

Über Zollamtsrat Pücklers Gesicht huscht ein angedeutetes Lächeln, das Lena sieht, weil sie ihn besonders während des Vortrags von Helene Conradi bewusst beobachtet hat. Erst als er merkt, dass Lenas Augen auf ihm ruhen, verändert sich seine Mimik wieder, und er weicht ihrem Blick aus. Lieber Freund, denkt Lena, irgendetwas stimmt mit dir nicht.

»Und zuletzt noch ein besonders deutlicher Hinweis auf Verbindungen nach Osteuropa«, fährt Gregor Steffens fort. »Im Juli 1998 wurde in Litauen ein Priester ermordet und eine Ikonensammlung gestohlen. Verdächtig war ein Ehepaar aus Litauen. Im August 2001 versuchten diese mit Haftbefehl gesuchten Eheleute Victor und Diana Dublomow drei Ikonen in Hamburg zu verkaufen und wurden bei der Übergabe verhaftet. Der Hammer ist, dass sie während der drei Jahre, in denen sie international gesucht wurden, anonym in einem nordfriesischen Dorf mitten in Schleswig-Holstein gelebt haben und dort als nette und hilfsbereite Menschen geradezu beliebt waren.«

Gregor Steffens lehnt sich zurück und lässt seine Zettel auf den Tisch sinken. Lena blickt in die Runde und sieht teils resignierte, teils betroffene Gesichter. Nach dieser Zusammenfassung ist allen Beteiligten schlagartig klar, vor welch einer gewaltigen Aufgabe sie stehen. Wenn sie in diesen Dschungel so etwas wie Ordnung und Übersicht bringen wollen, haben sie fast Übermenschliches zu leisten.

»Tja, bleibt eigentlich nur noch eine Frage offen«, wirft Gerd Trienekens ein. »Ich meine, wir sind hier beim LKA und haben unsere eigenen Fachabteilungen. Dass wir inzwischen schon die Logistik privater Dienste in Anspruch nehmen müssen, weil wir selber durch eine viel zu enge Gesetzgebung in der Ausübung unserer Ermittlungsarbeit behindert werden, ist schlimm genug. Entschuldigung, Frau Conradi und Herr de Vries, das ist nicht persönlich gemeint. Aber was jetzt auch noch andere außenstehende Dienste hier zu suchen haben, kann ich nicht verstehen. Darauf haben wir ja wohl gestern keine hinreichende Antwort bekommen.«

Lena blickt ihn demonstrativ verständnislos an, obwohl sie genau weiß, auf wen dieser vergiftete Pfeil abgeschossen worden ist, und wartet. Wenn Trienekens etwas stört, soll er das sagen, und zwar klar und deutlich. Vorher wird er von ihr keine Antwort bekommen. Die angespannte Aufmerksamkeit im Raum wird immer unerträglicher, je länger Trienekens wartet und Lena ihn auflaufen lässt.

»Ich meine«, gibt er den Schweigekrieg schließlich auf und geht zum offenen Angriff über, »was hat Zwerg ... ich meine, was hat der Zoll in einer Sonderkommission des LKA verloren?«

»Ich dachte eigentlich, das wäre gestern deutlich geworden«, antwortet Lena betont gelangweilt. »Aber gut, wenn dem nicht so ist, kann Herr Pückler dir die Frage sicher noch einmal beantworten.«

Alle Augen richten sich auf den Mann vom Zoll, der wieder völlig in seine Unterlagen vertieft ist, mit der linken Hand durch einige Zettel blättert und sich gleichzeitig mit der rechten Hand Notizen auf einem Blatt Papier macht. Von dem, was um ihn herum gerade stattfindet, bekommt er offensichtlich überhaupt nichts mit. Entsprechend erschrocken blickt er auf, als Lena ihn noch einmal etwas lauter direkt anspricht. »Äh, wie?«

»Herr Pückler, der Kollege Trienekens fragt, weshalb Sie hier sind. Er hat das gestern nicht so ganz verstanden.«

»Liest halt nur Kinderbücher«, kommentiert Sven Schröter. »Was will man da erwarten?«

»Na ja, geschützte Kulturgüter halt«, beantwortet Gandolf Pückler zerstreut die an ihn gerichtete Frage.

»Jetzt geht das schon wieder los!«, brummt Gregor Steffens. »Mann, kriegst du eigentlich gar nichts mit? Was interessiert den Zoll an den Einbrüchen, von denen ich eben berichtet habe? Wenn ich das richtig mitbekommen habe, bist du Zollamtsrat. Mit dem Dienstgrad leitet man Behörden und sitzt nicht verträumt bei einer Soko anderer Dienststellen rum.«

Der kleine Mann richtet sich steif auf, nimmt die Brille von der Nase und antwortet mit einem Funkeln in den Augen, das ihm niemand in der Runde zugetraut hätte. »Sie selbst haben eben von dem Diebstahl der Ikonen 1998 in Litauen und dem Einbruch 2001 in Madrid berichtet, bei dem bedeutende Kunstwerke und eine ägyptische Skulptur gestohlen wurden. All diese Gegenstände waren als nationales Kulturgut deklariert, das jetzt irgendwo in Europa gehandelt wird oder bereits in einer Sammlung in Übersee verschwunden ist. Das kann uns doch nicht kaltlassen.«

Die Sitzungsteilnehmer sind derart überrumpelt von dem Elan, mit dem Pückler quasi aus dem Nichts zum Leben erwacht ist, dass alle ihn erstaunt und teilweise mit offenen Mündern anstarren.

»Ihr Bericht ist zudem höchst lückenhaft, guter Freund«, fährt er fort, setzt seine Brille wieder auf und nimmt den Zettel zur Hand, auf dem er eben noch geschrieben hat. »Anfang August 2006 sind bei einem Diebstahl in der *Eremitage* in St. Petersburg 221 Gegenstände gestohlen worden, darunter wertvolle Juwelierarbeiten, Ikonen und andere Kunstwerke. Die Entstehungszeit reicht vom Mittelalter bis ins neunzehnte Jahrhundert. Die Dinge waren zwar nicht viel wert, insgesamt vier Millionen Euro, aber sie waren alle einzigartig. Sechzehn Objekte wurden innerhalb einer Woche wiederentdeckt, auch die Täter glaubt man zu haben: der Mann und der Sohn der verstorbenen Kuratorin, ein Antiquitätenhändler und jemand, der einer Mafia-Organisation angehört. Es gibt auch Geständnisse, aber die übrigen Kunstgegenstände sind weg und nun für den russischen Staat möglicherweise für immer verloren. Das ist aber nicht alles: Neuerdings werden überall in Europa Skulpturen von öffentlichen Plätzen gestohlen. Besonders Kupfer- und Bronzeskulpturen sind wegen der hohen Metallpreise beliebt. Die werden einfach eingeschmolzen!« Die letzten Sätze hat er regelrecht herausgebrüllt. Er blickt nun von seinem Zettel auf, lässt seine kleinen Augen durch die Runde kreisen, setzt schließlich die Brille ab und lehnt sich zurück, als wollte er fragen: Ist das jetzt verständlich genug?

Lena schaut belustigt auf ihre Kollegen, vor allem Gerd Trienekens scheint überfordert zu sein. »Ja, danke, Herr Pückler. Das ist sehr ... eindrucksvoll. Ich denke, dass damit alle Fragen fürs Erste geklärt sein dürften. Jetzt versteht ihr sicher auch, warum Kriminaldirektor Ahrenstorff und ich die Arbeit auf so viele Schultern verteilen wollten. Vor dem Hintergrund ist es fast schon zu schön, um wahr zu sein, dass die letzte Einbruchserie direkt vor unserer Haustür stattgefunden hat. Sven und Gregor, kümmert euch bitte als Nächstes um die Einbruchdiebstähle auf Sylt und Föhr. Sucht alles zusammen, was ihr darüber finden könnt. Lasst euch die Akten schicken. Helge, du stellst bitte eine Übersicht über kriminaltechnische Auffälligkeiten zusammen. Vergleiche die verwendeten Werkzeuge und Spuren in allen Fällen, sobald Sven und Gregor die Liste herumgemailt haben. Herr de Vries, Sie stellen bitte aus den Einbrüchen diejenigen zusammen, die Ihrer Ansicht nach am meisten auf Versicherungsbetrug hindeuten. Vermerken Sie jeweils, woraus sich Ihre Verdachtsmomente ergeben. Und, Sven, wenn die Aufstellung der gestohlenen Wertgegenstände aus Utersum kommt, gib sie bitte sofort in die Datenbank des BKA ein. Wie heißt die doch gleich?«

»*Securius*«, antwortet Sven Schröter.

»*Securius*, genau. Frau Conradi und ich fahren heute noch

nach Föhr und melden uns, sobald wir etwas in Erfahrung gebracht haben.«

Als niemand Anstalten macht, weitere Fragen zu stellen, beendet Lena die Sitzung und macht sich mit der Mitarbeiterin des *Art Loss Register* auf den Weg in ihr Büro, um die Dienstreise nach Föhr vorzubereiten.

»Sagen Sie, Frau Conradi, kann es sein, dass Herr Pückler und Sie sich kennen?«, erkundigt sie sich in Erinnerung an die merkwürdige Reaktion des Zöllners.

»Nicht, dass ich wüsste«, antwortet die erstaunt. »Wie kommen Sie darauf?«

»Ach, nur so. Es hätte mich nicht gewundert, da Sie beide ja in demselben Fachgebiet arbeiten.«

Helene Conradis Blick verrät Lena, dass sie das Ausweichmanöver erkannt hat, aber sie hakt nicht weiter nach. Auch Lena beschließt, der Sache keine weitere Bedeutung beizumessen. Sie muss grinsen, als sie daran denkt, was Leander jetzt sagen würde: Du hörst mal wieder die Flöhe husten, mein Schatz.

7

Kriminalhauptkommissar Dernau hat die erste Fähre genommen und wartet schon in Jens Olufs' Büro, als der an diesem Morgen seinen Dienst antritt. Er sitzt am Schreibtisch des Dienststellenleiters, hat die Füße darauf abgelegt und seine Hände hinter dem Kopf verschränkt. Ungeduldig blickt er dem Polizeihauptkommissar entgegen, der gleich erkennt, dass der Mann aus Niebüll eine Stinklaune hat.

Nur ganz ruhig bleiben, denkt Olufs. Wenn Paul Woyke recht hat, kann sich Dernau nicht mehr viel erlauben.

»Na endlich«, wettert Dernau. »Ich sitze mir hier den Arsch platt und verplempere meine kostbare Zeit, während der Herr

Kollege seelenruhig zu Hause frühstückt. Mann, Sie haben eine Einbruchserie aufzuklären. Da muss die Mutti schon mal alleine klarkommen. Mit der Dienstauffassung werden Sie hier nicht alt, das verspreche ich Ihnen.«

»Ihnen auch einen wunderschönen guten Morgen, Herr Hauptkommissar«, entgegnet Jens Olufs anscheinend ungerührt, denn er hat sich gestern Abend genau überlegt, wie er dem Kotzbrocken begegnen will, falls der auf Föhr auftaucht – mit dem gebührenden Leck-mich-am-Arsch-Gefühl.

»Also, Butter bei die Fische!«, wettert Dernau. »Was haben wir?«

Wir haben gar nichts, denkt Olufs. Wenn schon, dann habe *ich* etwas. Aber das sagt er nicht. Choleriker soll man nicht unnötig reizen. Also erstattet er kurz und pointiert Bericht über den Einbruch beim Ehepaar Kopius und die Beute im Wert von mindestens einhundertsechzig Millionen Euro.

»Weiß ich doch alles. Glauben Sie, ich kenne die Aktenlage nicht?«, schnauzt Dernau ihn an. »Schließlich hatte ich genug Zeit, Ihre Berichte zu lesen, als ich auf Sie warten musste. Ich will wissen, was Sie unternommen haben. Gibt es schon Spuren oder Verdächtige? Mann, wachen Sie auf, sonst kriegen Sie Ihre Einbrecher nie!«

»Wir gehen von verschiedenen Möglichkeiten aus. Möglichkeit eins: Versicherungsbetrug.« Olufs zieht sich einen der Besucherstühle heran, setzt sich rittlings darauf und legt seine Unterarme auf der Lehne ab. Dann fasst er die Ausführungen des Versicherungsdetektivs kurz zusammen. Schließlich deutet er auf den Aktendeckel vor Dernau auf dem Schreibtisch.

Der ignoriert den Hinweis und wedelt mit der rechten Hand, um den Bericht voranzutreiben.

»Möglichkeit zwei: Der Fall Kopius gehört in die Reihe von Einbrüchen, die in letzter Zeit in ganz Norddeutschland stattfinden. Bis vor einem halben Jahr wurden Villen auf Sylt geknackt, danach scheint die Bande nach Föhr gewechselt zu sein. Dafür spricht die professionelle Ausführung des Einbruchs in Utersum. Allerdings muss es dann Helfer im Umfeld des Hauses geben, die das Überwachungssystem angebracht haben, mit dem der Zahlencode von Safe und Alarmanlage ausgespäht wurde. Wir überprüfen momentan den Sicherheitsdienst *FrisiaSecur*, der für das Anwesen zuständig ist, weil wir davon ausgehen, dass bei der Auftragsvergabe eine gründliche Hausbesichtigung stattgefunden hat. Die Mitarbeiter der *FrisiaSecur* kennen sich also mutmaßlich aus, auch was Skimming angeht, also Ausspähen. In Frage kommt auch das Hauspersonal. Möglichkeit drei: Jemand ahmt die Einbruchserie nach. Dagegen sprechen die Gründe, die für Möglichkeit zwei sprechen.«

Hauptkommissar Dernau hat während des präzisen Berichts die Füße vom Schreibtisch genommen und sich vorgebeugt. Nun liegen seine Handflächen nebeneinander auf der Tischplatte, und die Finger trommeln taktlos vor sich hin. Offensichtlich hat sein Verstand wieder die Regie übernommen. Nachdenklich nickt er leicht und kommentiert dann in einem für seine Verhältnisse freundlichen Tonfall: »Na also, Olufs, Sie sind ja gar nicht so blöd, wie Sie aussehen. Wenn man Ihnen ein bisschen in den Arsch tritt, kommt oben etwas ganz Vernünftiges raus. Welche der drei Möglichkeiten erscheint Ihnen als die wahrscheinlichste?«

»Möglichkeit zwei. Ich tippe auf eine professionelle Bande und ein Leck bei *FrisiaSecur*. Dafür spricht auch, dass die Firma Zweigstellen auf Sylt und Amrum hat.«

»Haben Sie schon Verhöre durchgeführt?«

Jens Olufs schüttelt den Kopf und hat Mühe, Dernaus provozierendem Blick standzuhalten.

»Und warum nicht, verdammt noch mal? Ach, ja, ich vergaß. Sie mussten ja zu Mutti nach Hause, frühstücken. Damit ist jetzt Schluss, Olufs. Ab sofort herrscht hier ein anderer Wind.«

Weht, denkt Jens Olufs, sagt aber immer noch nichts, sondern fixiert den Kriminalbeamten und wartet auf die unausweichliche Anweisung, für die er gewappnet ist.

»Sie holen jetzt erst mal diesen Kopius her. Den nehme ich in die Mangel, dass ihm Hören und Sehen vergeht. Das garantiere ich Ihnen: Wenn der den Bruch getürkt hat, kriege ich das raus. Anschließend beordern Sie den Sicherheitsmann her, der in der Nacht Streife gefahren ist, und wenn dabei nichts rauskommt, nacheinander das gesamte Hauspersonal.«

»Sie scheinen zu glauben, dass ich von jetzt ab den ganzen Tag zwischen Wyk und Utersum hin und her fahre und für Sie den Laufburschen spiele«, entgegnet Jens Olufs, der spürt, wie der Druck in seinem Inneren immer größer wird, während Dernau sichtlich Vorfreude an dem drohenden Konflikt aufbaut.

»Na bitte, Sie kapieren doch ganz schnell. Und jetzt Abmarsch, wir haben schon genug Zeit verloren dank Ihrer Klüngelei heute Morgen.«

Jens Olufs bleibt sitzen, beugt sich vor und greift nach dem Telefonhörer. Auf Tastendruck meldet sich Polizeiobermeister Dennis Groth. »Jens hier. Wir haben hohen Besuch aus Niebüll, wie du sicher schon mitgekriegt hast. Richte dem Herrn Hauptkommissar im Besprechungszimmer ein Büro ein. Mit Telefonanschluss, damit er seine Verdächtigen zum Verhör herbestellen kann.«

»Und Kaffee, schwarz, nur mit Zucker«, ruft Dernau dazwischen. »Eine Kanne.«

Olufs grinst ihn an, nickt, als wolle er ihm zustimmen, und fährt an Groth gewandt fort: »Und, Dennis, wir sind weder Laufburschen noch Chauffeure für die Kripo, ist das klar? Anweisungen empfängst du nur von mir. Seinen Kaffee kann der Herr Hauptkommissar sich selber kochen.« Dann legt er den Telefonhörer auf, erhebt sich und lächelt Hauptkommissar Dernau verbindlich an. »Wenn ich jetzt meinen Schreibtisch wiederhaben könnte, wäre ich Ihnen sehr verbunden. Sie können vorne warten, solange Ihr Büro noch nicht zur Verfügung steht.«

»Vorsicht, Olufs. Wenn Sie mir irgendwie in die Quere kommen, lasse ich Sie aufs Festland versetzen. Sie tun gut daran, mit mir zusammenzuarbeiten.«

»Ich habe schon gehört, dass man in unserer Behörde

gelegentlich strafversetzt wird, wenn man das Maul zu weit aufreißt«, antwortet Jens Olufs gefährlich leise. »Es soll da ja Kollegen geben, die schon einiges in der Personalakte haben. Und was die Zusammenarbeit angeht, Herr Kriminalhauptkommissar: Mit meinem Vorgänger konnten Sie vielleicht so verfahren, aber ich bin nicht Torben Hinrichs. Es liegt an Ihnen, ob wir hier gut zusammenarbeiten können oder nicht. Meine Leute und ich können uns auch um den Verkehr auf der Insel kümmern, wir müssen die Einbrüche nicht ermitteln, nachdem Sie den Fall nun übernommen haben. Sie können auch Ihre eigenen Leute hierher beordern. Vielleicht lassen die sich Ihre unverschämte Art ja gefallen. Im Übrigen bin ich Hauptkommissar wie Sie. Denken Sie bitte in Zukunft daran, wenn Sie mit mir sprechen.«

Dernau erhebt sich ebenfalls und funkelt Jens Olufs an. Dabei umspielt ein leichtes Grinsen seine Lippen. Diese Runde ist zunächst an den Polizeihauptkommissar gegangen, aber der weiß, dass er dem Kriminalbeamten von nun an besser nicht den Rücken zukehrt, und hat Mühe, seine zitternden Knie zu ignorieren.

Trotz des noch frühen Vormittags strahlt die Sonne bereits von einem tiefblauen Himmel, über den der leichte, gleichmäßige Wind lockere weiße Wolken treibt. Henning Leander und Tom Brodersen stellen ihre Räder vor dem Friesenwall der Nieblumer Kirche ab und marschieren durch das geschwungene weiße Holztor auf den hellen Kiesweg, der über den Friedhof führt. Von Karola de la Court-Petersen ist weit und breit nichts zu sehen. Links und rechts wölben sich grasbewachsene Hügel, auf denen Grabsteine stehen. Teilweise sind Gräber angelegt worden, wie man sie von Friedhöfen überall in Deutschland kennt: Privatgärten gleich von Hecken oder Kantensteinen eingefasst und mit Sträuchern und Blumen bepflanzt. Aber viele Grabsteine stehen auch einfach im Gras. Das ist Leander, der dies von Friedhöfen in der Normandie und der Bretagne kennt, von Anfang an besonders sympathisch gewesen. Anstatt ihre abgrenzende Vorgartenkultur im Siedlungsleben auf Friedhöfe auszuweiten, haben die alten Friesen wie ihre seefahrenden Kollegen in anderen Ländern Gras über die Sache beziehungsweise ihre Vorfahren wachsen lassen. Offensichtlich haben sie mehr Wert darauf gelegt, der Nachwelt den Ruhm ihrer Familie auf den Grabsteinen selbst zu singen. Da stehen weiß bemalte Steinplatten mit schwarzer Schrift und bunten Symbolen – häufig Kreuz, Herz und Anker – neben grauen Sandsteinen, aus deren Fläche stolze Segelschiffe oder Mühlen ebenso herausgearbeitet sind wie die Lebensgeschichten der dort Begrabenen. Und über allem erhebt sich mächtig der gewaltige Kirchenbau, der schon von weither in der Marsch zu sehen ist.

»Da ist sie!«, ruft Tom plötzlich. »Da vorne!«

Aus einer etwas abgelegeneren Ecke winkt die Friedhofsforscherin zu ihnen herüber. Die beiden Männer verlassen den Kiesweg und steuern zwischen den Gräbern hindurch auf sie zu, immer wieder den unregelmäßig aufgestellten Monolithen ausweichend.

»Das ist er«, stellt Tom Henning Leander wie Christoph Columbus höchstselbst vor. »Hinnerks Enkel.«

»Freut mich«, begrüßt Karola de la Court-Petersen den Mann, dessen Großvater sie offenbar persönlich gekannt hat, und reicht ihm die Hand. »Hinnerk hat mir nie von dir erzählt.«

»Wir haben uns auch erst kurz vor seinem Tod kennengelernt«, erklärt Leander. »Aber das ist eine lange Geschichte, die ich selbst noch nicht so richtig verarbeitet habe, Frau ...«

»Nenn mich Karola. Vielleicht kann ich dir ja helfen. Tom hat mir gestern von deinen Funden auf dem Dachboden berichtet und gesagt, dass du gerne mehr über deine Vorfahren wissen möchtest. Hier liegen sie – jedenfalls die, von denen ich weiß.« Sie deutet auf ein Grab direkt neben sich, über das sich eine gewichtige Sandsteinplatte erhebt.

Der Stein ist dicht mit Flechten überwuchert, und die erhabene Schrift, die vor vielen Jahrzehnten ein Steinmetz in groben Buchstaben herausgearbeitet hat, wirkt ausgesprochen verwittert. Überall sind kleine Stücke abgesprungen, einige Buchstaben sind extrem flach und rau.

Leander beugt sich etwas vor und versucht zu entziffern, was da steht, aber außer den Namen, die in gröberen und größeren Buchstaben hervorgehoben sind, gelingt ihm das nicht. »Cordt Leander und Hilke Leander ... geborene Riewerts aus Wit...«

»Witsum«, hilft Karola aus. »Die Riewerts stammen fast alle aus Witsum. Die Leanders sind meines Wissens nach erst seit Ende des neunzehnten Jahrhunderts auf Föhr ansässig und kamen von Hooge. Jedenfalls hat Hinnerk mir das so erzählt. Zu weiteren Einzelheiten sind wir leider nicht mehr gekommen. Wer weiß, vielleicht hast du noch Verwandte auf der Hallig. Genaueres musst du selbst herausfinden, aber du hast ja kompetente Hilfe an der Seite.«

Leander sieht seinen Freund Tom Brodersen skeptisch an, geht aber nicht darauf ein. »Wenn man die Schrift wenigstens entziffern könnte. Da scheint ja mal ein halber Roman gestanden zu haben.«

»Das ist doch gerade das Tolle an diesen Grabsteinen«, erklärt die Friedhofsführerin. »Komplette Lebensgeschichten und Familienstammbäume sind hier eingemeißelt. Und dass dein Stein so verwittert ist, heißt nicht, dass er für uns verloren ist. Komm mal mit. Ich kenne da jemanden, der dir helfen kann.«

Die beiden Männer folgen der Frau zwischen den Gräbern hindurch und um den großen eckigen Turm der Kirche herum auf die andere Seite des Friedhofs. Auf den ersten Blick sieht hier alles genauso aus wie auf der anderen Kirchenseite: Grabsteine, wohin das Auge fällt. Nur ein paar riesige Gestelle, an die besonders große Steinplatten angelehnt sind, stehen hier etwas abseits. Die Steine sind offensichtlich sehr alt, verwittert, einige sind gesprungen und wirken, als würden sie jeden Moment auseinanderbrechen.

Im Windschatten der mächtigen Kirche bricht Leander augenblicklich der Schweiß aus, so unbarmherzig brennt die

Sonne heute vom Himmel. Karola blickt sich suchend um und deutet auf zwei junge Männer, die ein Stück hinter einem der Gestelle im Gras liegen, vor einem mannshohen Granitblock, grau und grob behauen. Der breite Teil des Steins ist dicht mit geschnörkelter Schrift besetzt, die jedoch kaum noch zu lesen ist, denn selbst der Granit ist stark verwittert und mit Flechten bewachsen. In den nach oben hin auslaufenden Bogen hat ein Steinmetz ein prachtvolles Schiff eingemeißelt, einen Dreimaster mit gerefften Segeln.

Die beiden Männer vor der Steinplatte halten ihre Gesichter mit geschlossenen Augen in die Sonne und scheinen ihr Publikum noch nicht bemerkt zu haben. Einer der beiden trägt einen goldenen Ohrring und die traditionelle Kluft eines Gesellen auf der Walz: weite beige Schlaghose aus Cord, weißes Hemd mit langen Ärmeln, darüber eine beige Cord-Weste mit dicken Messingknöpfen. Nur die schwere Jacke hat er ausgezogen und zusammen mit dem breitkrempigen schwarzen Hut neben sich ins Gras gelegt. Mit hochgekrempelten Hemdsärmeln liegt er neben seinem Kollegen, der deutlich luftiger in schlichte kurze Arbeitsklamotten gekleidet ist. Beide halten lange Grashalme zwischen ihren Zähnen und kauen gemütlich darauf herum.

Karola steuert auf die beiden zu. »Moin, die Herren. Wo finden wir denn euren Chef?«

Widerwillig schlagen sie die Augen auf und blinzeln die Störenfriede skeptisch an.

»Is nich da«, meint der Geselle in der Wanderkluft und schließt seine Augen wieder. »Is kurz weg.«

»Und wann kommt er zurück?«

»Weiß nich«, ist die knappe Antwort des zweiten Burschen, woraufhin sich auch seine Augen wieder schließen.

Im nächsten Moment springen die beiden Kerle aus dem Gras, als hätten sie auf einem Ameisenhaufen gelegen, denn hinter Karola, Tom und Leander erschallt eine mächtige Stimme, die alles andere als freundlich klingt: »Los, ihr Faulpelze! Liegt da nicht in der Sonne rum. Ihr hättet längst den

Stein untenrum freimachen können, wenn ich schon eure Dusseligkeit ausbade und die Gurte hole. Stinkfaules Pack!«

Eilig greifen die beiden Gesellen nach ihren Spaten und beginnen hektisch damit, die Grasnarbe abzustechen, die den Grabstein, vor dem sie vor einer Minute noch gelegen haben, dicht umfasst. Der Neuankömmling wirft ein paar breite Gurte neben die Gesellen auf den Boden und wendet sich dann herausfordernd den drei Beobachtern zu.

»Das ist Torge Hidding«, stellt Karola ihn vor. »Torge, ich habe einen Auftrag für dich. Henning Leander hier hat eben den Grabstein seiner Urgroßeltern entdeckt. Allerdings kann man ihn nicht mehr entziffern – völlig verwittert und von Flechten überzogen.«

Hidding hält Leander seine starke, raue Pranke hin. Als der unbedacht zugreift und sofort das Gefühl hat, seine Hand in einen Schraubstock gesteckt zu haben, spürt er die harten Schwielen, die man von der Arbeit mit Hammer und Fäustel bekommt. Erst jetzt betrachtet er den Mann genauer und ist erstaunt, dass der noch vergleichsweise jung ist, etwa fünfunddreißig Jahre alt, groß gewachsen, mit schulterlangen, lockigen blonden Haaren. Er trägt eine kurze, khakifarbene Hose und ein ebensolches T-Shirt, das schon deutliche Schweißflecken und weiße Salzränder unter den Achseln aufweist.

»Tom Brodersen.« Tom vermeidet es, Hidding die Hand zu geben, da er Leanders schmerzverzerrtes Gesicht gesehen hat.

»Dann lasst uns mal gucken, ob da noch was zu retten ist«, brummt der Steinmetz und folgt Karola hinüber auf die andere Seite des Friedhofs.

Leander und Tom gehen hinterher und wechseln zweifelnde Blicke. Offensichtlich kann Tom Brodersen sich ebenso wenig wie Leander vorstellen, dass ein derart grober Klotz zu feinen, und millimetergenauen Steinmetzarbeiten in der Lage ist.

Als sie den Grabstein erreicht haben, streicht Hidding über die verwitterte Oberfläche, umrundet die Steinplatte und betrachtet sie von allen Seiten. Dabei nickt er zwischendurch immer wieder. »Krieg ich hin«, stellt er schließlich fest. »Kostet aber. Und dauert.«

›Wie viel? Wie lange?‹, hätte Leander fast in gleicher syntaktischer Qualität gefragt, aber er kann das gerade noch verhindern und erkundigt sich in der für ihn gewohnten Langform.

»Schwer zu sagen«, ist die knappe Antwort. »Muss ich erst sehen.«

»Okay«, stimmt Leander mangels Alternative zu.

Torge Hidding blickt ihn durchdringend an, scheint ihn geradezu zu taxieren, und schließlich veränderte sich seine Mimik. Am Ende bringt er sogar ein Lächeln zustande, allerdings genauso grob wie seine ganze Erscheinung. »Der ist in Ordnung«, verkündet er zu Karola gewandt und klopft Leander fest auf die Schulter. »Wir nehmen den Stein heute Nachmittag mit in die Werkstatt. Aber bearbeiten kann ich ihn noch nicht. Nächste Woche, wenn ich den Kapitän drüben fertig habe. Keine Sorge, wir werden deinen Stein wieder zum Sprechen bringen.« Dann stapft er grußlos in Richtung Parkplatz davon.

»Merkwürdige Type«, kommentiert Tom Brodersen den Auftritt.

»Lass dich davon nicht täuschen«, widerspricht Karola. »Hidding ist nicht nur ein wahrer Meister seines Faches, er ist ein Künstler und macht einfach alles – Hauptsache, es ist in Stein gehauen. Der Gezeitenbrunnen am Sandwall ist von ihm und auch die Steine entlang der Strandpromenade, durch die man auf die Halligwarften von Langeneß und Gröde gucken kann. Außerdem restauriert er Grabsteine und fertigt neue nach traditioneller Art an. Solche Steine wie den hier« – sie deutet auf einen prächtigen Monolithen in ein paar Metern Entfernung, der das Relief einer Windmühle zeigt – »gibt es für neue Gräber nur noch, weil Hidding auf die Insel gekommen ist und die alte Handwerkskunst wiederbelebt hat.«

»Das heißt, er ist nicht von hier?«, greift Leander den Hinweis auf.

»Er kommt vom Festland und ist nach ein paar Urlauben

hier auf der Insel hängen geblieben. Ein Glücksfall für Föhr, wenn ihr mich fragt. Kommt mit, ich zeige euch etwas ganz Besonderes.«

Leander und Tom folgen Karola zurück in Richtung Kirche. Als sie gerade den Turm umrunden, erhebt sich vor ihnen lautes Geschrei. Tom ahnt offenbar Schreckliches, denn er stürzt sofort in die Richtung, aus der der Lärm gekommen ist. Sekunden später erkennen sie, wie richtig seine Reaktion gewesen ist, denn der Steinmetzgeselle mit der leichten Sommerbekleidung steht mit dem Rücken zu dem Grabstein, an dem die beiden eben gearbeitet haben. Jetzt beugt sich das Trumm im Fünfundvierzig-Grad-Winkel zu ihm hinunter und hat sich regelrecht auf ihm abgelegt, so dass er ihn nur mühsam vor dem Umfallen bewahren kann. Allerdings scheinen seine Kräfte allmählich nachzulassen, und auch seine Hilferufe werden schon deutlich schwächer. Der andere Geselle, der mit der Wanderkluft, ist nirgendwo zu sehen.

Tom Brodersen und Henning Leander eilen dem langsam immer mehr in sich zusammensackenden jungen Mann zur Hilfe und stemmen sich an beiden Seiten gegen den schweren Grabstein, so dass der Steinmetz sich vorsichtig umdrehen und nunmehr von unten dagegen drücken kann. Langsam richtet der Klotz sich auf und steht schließlich wieder senkrecht an seinem Platz. Dann stopft der Geselle hastig mit seinem Spaten Erde in den Spalt, den er zuvor offenbar zu beherzt freigebuddelt hat.

»Puh«, stöhnt er und wischt sich mit einem Stofftaschentuch den Schweiß von der Stirn. »Das war ja man knapp.«

In diesem Moment kommt der Wandergeselle fröhlich pfeifend und die Hände tief in den Taschen seiner beigen langen Hose um das große Gestell herumgeschlendert. »Was ist denn hier los?«

»Der Stein ist mir ins Kreuz gefallen«, wütet sein Kollege mit zorngerötetem Gesicht. »Ich hab geschrien wie bescheuert, aber du hörst ja wohl nichts.«

»Man wird doch wohl noch in Ruhe schiffen dürfen«,

entgegnet der betont gelassen, kann sich aber offenbar nur schwer ein Grinsen verkneifen. »Kann man dich denn keine zehn Minuten alleine lassen, ohne dass du hier den ganzen Friedhof abreißt?«

Hätte der schwitzende junge Mann nicht eben seine ganze Kraft an dem Grabstein ausgelassen, würden Karola, Brodersen und Leander sicher Zeugen einer handfesten Schlägerei. So sehen sie nur mit an, wie der Friese sich in sicherer Entfernung zu dem Grabstein ins Gras niederlässt und nach Luft schnappt, während es in ihm merklich brodelt.

»Jan Matzen«, stellt er sich schließlich vor, als er wieder ruhig atmen kann. »Und der faule Sack da drüben ist Klaus Lammers.« Mit einem abschätzigen Blick fügt er noch hinzu: »Der ist nicht von hier.«

»Wo kommen Sie denn her?«, erkundigt sich Tom Brodersen bei dem Wanderburschen, nachdem er, Karola und Leander sich ebenfalls vorgestellt haben.

»Aus Heidelberg.«

»Sie sind so richtig klassisch auf der Walz?«

Der Heidelberger nickt und lässt sich neben seinem Kumpel ins Gras nieder. Brodersen und Leander tun es ihnen nach und blinzeln nun wie sie in die gleißende Sonne des Sommervormittages, während Karola sich in Richtung Kirche entfernt.

»Wie lange haben Sie denn schon hinter sich?«, lässt Tom Brodersen nicht locker.

»Kannst *du* sagen«, bietet Klaus Lammers an. »Gut zwei Jahre. Eins muss ich noch.«

»Gesellen auf der Walz unterliegen strengen Regeln«, erklärt Tom Brodersen Leander. »Sie müssen drei Jahre und einen Tag wandern und in der Fremde für Unterkunft und Verpflegung arbeiten. Dabei dürfen sie sich nicht weniger als fünfzig Kilometer ihrem Heimatort nähern und nicht mehr dabei haben, als sie in ihrem kleinen Bündel über der Schulter tragen können. Außerdem dürfen sie nur wandern oder trampen, aber kein eigenes Fahrzeug besitzen. Sogar öffentliche Verkehrsmittel sind verpönt.«

»Genau so ist das«, stimmt Klaus Lammers ihm zu, sichtlich erfreut über die Detailkenntnisse.

»Ich wundere mich allerdings über die Farbe deiner Kluft«, fährt Brodersen fort. »Müsste die nicht schwarz sein?«

»Müsste sie nicht«, antwortet Klaus Lammers lachend. »Nur die Kluft der Handwerker aus den Holzberufen, der Zimmerleute, Schreiner und Dachdecker, ist schwarz. Die Handwerker aus den Steinberufen tragen traditionell eine sandfarbene Kluft. Nur die Hüte sind bei uns auch schwarz.«

»Warum macht man das denn heute noch?«, zeigt sich Leander verständnislos. »Okay, früher konnte man sicher in der Fremde eine Menge lernen, als die Lehrmeister zu Hause nur über regional begrenztes Wissen verfügten, aber heute ist doch alles standardisiert und genormt. Die Abschlüsse werden sogar international anerkannt.«

»Nee nee, mein Lieber«, wird Klaus Lammers jetzt redseliger. »Früher musste man sogar wandern, wenn man eine Meisterprüfung ablegen wollte, aber auch heute gibt es schon noch regionale Besonderheiten, die man nicht in der Lehre kennenlernen kann. Außerdem wollte ich raus. Ich bin in einem kleinen Dorf in der Nähe von Heidelberg aufgewachsen. Das war mir alles zu eng da. Am liebsten wäre ich nach Amerika gegangen, aber dazu hatte ich nicht genug Geld.«

»Also ist er jetzt hier bei uns«, wirft Jan Matzen ein. »Amerika ist ja auch nur eine Insel, wenn man es genau nimmt. Und auf Föhr ist es sowieso schöner als in Amiland.«

»Insel-Ei!«, entgegnet Klaus Lammers abschätzig. »Gesellen, die nie auf Wanderschaft waren, heißen bei uns Fremdgeschriebenen nur Kuhköppe.«

»Fremdgeschriebene?«, hakt Leander nach.

»So heißt das, wenn man in die Fremde geht. Kommen wir nach drei Jahren und einem Tag wieder nach Hause, schreiben wir uns wieder einheimisch.«

»Die sind doch bekloppt.« Jan Matzen tippt sich an die Stirn.

»Machen das denn noch viele Gesellen?«, fragt Tom Brodersen.

»Nicht so viele. Ein paar hundert vielleicht.«

»Und warum kommt ihr dann alle zu uns?«, stichelt Jan Matzen weiter. »Wir haben hier auf der Insel nämlich gleich drei von denen.«

»Alles Steinmetze?«, wundert sich Brodersen.

»Nee, Steinmetz bin nur ich. Einer ist Zimmermann, der andere Dachdecker. Die beiden arbeiten bei Andreesen.«

»Andreesen ist auf Reetdächer spezialisiert«, erklärt Brodersen Leander. »Das ist spannend, Klaus. Kannst du uns einen Kontakt herstellen?«

»Klar. Lässt sich machen. Wenn du das Bier zahlst.«

»Abgemacht«, stimmt Tom Brodersen lachend zu. »Kennst du *Mephistos Biergarten* in Oevenum?«

»Finden wir schon.«

»Freitag, zwanzig Uhr?«

Bevor der Geselle antworten kann, werden sie von Torge Hiddings wütender Stimme aufgeschreckt. »Was ist denn hier schon wieder los? Ihr sitzt ja immer noch rum!«

»Nur die Ruhe, Meister«, entgegnet Klaus Lammers, während Jan Matzen aufspringt und sich in etwas gebückter Haltung seinen Spaten schnappt. »Der Stein ist ja schon locker. Und wir wollen doch nicht, dass er umkippt, oder, Jan?«

Der junge Matzen berichtet kurz von dem Missgeschick, und Torge Hidding wird deutlich nervöser. Er untersucht den Grabstein, als handele es sich um ein rohes Ei, das aus einigen Metern Höhe auf die Erde getitscht ist.

»Mann, Mann, Mann«, sagt er schließlich. »Niemals wieder macht ihr so etwas alleine! Verdammte Hacke, wenn der nun durchgebrochen wäre! So ein Stein ist unersetzbar!«

»Is ja nix passiert«, stellt Klaus Lammers gelassen fest.

»Hätte aber«, zeigt sich Torge Hidding unnachsichtig. »Jeder Haarriss kann im Winter Wasser aufnehmen und bei Frost den ganzen Stein sprengen. Eine Katastrophe wäre das, gar nicht wiedergutzumachen.«

Jan Matzen hält sich lieber zurück und wartet auf Anweisungen. Er hat offenbar Erfahrung mit den Wutausbrüchen seines Meisters und nicht wie Klaus Lammers den Vorteil, einfach weiterziehen zu können, wenn das Klima in der Firma zu schlecht wird.

»Jetzt nehmen wir die Gurte und legen den Stein zusammen auf die Böcke«, ordnet Torge Hidding an. »Und wehe, einer lässt los, bevor ich das Kommando dazu gebe. Den schleife ich an seinen Eiern durchs Watt bis nach Amrum!«

Zu dritt lockern sie den Grabstein und machen sich an die schweißtreibende Arbeit, das Monstrum mit vereinten Kräften auf zwei bereitstehende Metallböcke zu hieven.

»Arme Schweine«, urteilt Henning Leander, als er sich zusammen mit Tom Brodersen auf den Weg in Richtung Kirche macht. »So eine Ackerei mit diesen riesigen Klötzen.«

»Was willst du? Sie haben nicht nur Arbeit, sondern das ist auch noch eine sichere Stelle in einem Beruf, der überall in Deutschland prekär ist. Wo, außer auf den Nordfriesischen Inseln, gibt es noch so viele historische Grabsteine? Hier gibt es immer welche, die wegen der rauen Witterung aufgearbeitet werden müssen.«

Am Kirchturm treffen sie wieder auf Karola, die gerade einen besonders schön gestalteten Stein untersucht. Er zeigt im oberen, leicht geschwungenen Teil das Relief eines Viermasters unter vollen Segeln.

»Also ehrlich«, gesteht Leander, »ich finde diese alten Steine ja ganz toll, aber wie man sich monatelang damit befassen kann, ist mir ein Rätsel.«

»Geschichte besteht aus Geschichten«, wiederholt Karola die Weisheit, die sie offenbar regelmäßig gebraucht, »und zwar aus den individuellen Lebensgeschichten, deren Zeugnisse diese Grabsteine sind. Da steht ein großer Teil des Lebenslaufs drauf: mit wem der Verstorbene verheiratet war, wie viele Kinder er hatte, wie viele Mädchen, wie viele Jungen, wer davon schon zu Lebzeiten des Vaters gestorben ist, welchen Beruf er hatte und so weiter. Deshalb nennt man diese Grabsteine auch ›sprechende Steine‹, weil sie uns so viel zu erzählen haben.«

Leander betrachtet den Stein, vor dem sie stehen, nun genauer. Über dem rechteckigen Textbereich befindet sich in einem hoch zulaufenden Rundbogen das Relief eines merkwürdigen Blumenstraußes. Genau genommen handelt es sich um einen Stängel, von dem zu beiden Seiten zahlreiche Blüten abgehen. Mühsam entziffert er die geschwungene Schrift, die von einem ruhmreichen Leben des verstorbenen Volkert Diederichs als Deichvogt berichtet:

Hier ruhen die Überreste nachbenanter Verstorbenen.
1 Des in vielen Jahren gewesenen Rathmannes und Deichvogten Volkert Adys aus Nieblum. Gebohren den 4te Julii 1732. Ist 2mal verheiratet gewesen und hat in seiner ersten 31 Jährigen vergnügten Ehe 6 Söhne und 5 Töchter gezeuget, davon aber nur ein Sohn und eine Tochter am Leben sind. Der Verstorbene zählte bei seinem Hingange, den 5ten Januar 1812 20 Enkeln, von denen 11 verstorben, und 1 Urenkel. Sein thätiges Leben brachte er auf 79 Jahre und 6 Monate.

2 Seine erste Ehefrau Inge Jung Rörden. Gebohren in Borgsum, den 8ten August 1730 mit der er den 5ten Marz 1755 sich verehelichte und wie oben bemerkt in einer 31 Jährigen Ehhe 11 Kinder erzeuget. Sie starb den 23. May 1786 in einem Alter von 55 Jahren und 9 Monate.

3 Seine 2. Ehefrau die Wittwe Marret Michels des gewesenen Schiffscapitain Michel Bohns Ehefrau aus Borgsum. Gebohren den 4te Junii 1729 in Midlum, zum 2ten Mal verheirathet mit dem Rathmann Volkert Adys.

Der Rest ist nicht mehr zu entziffern, doch auch so ist Leander beeindruckt. Die Steinmetze der damaligen Zeit müssen den zur Verfügung stehenden Platz schon sehr genau geplant und den Text entsprechend angepasst haben, was sicher auch die recht ungewöhnliche und selbst auf ein und demselben Stein nicht einheitliche Rechtschreibung erklärt.

Karola deutet auf das Blumen-Relief. »Selbst wenn der Text die Zahl der Kinder nicht hergäbe, könntest du sie aus diesem Bildwerk erschließen. Die Tulpen hier links stehen für die männlichen Nachkommen, die Sternblumen rechts für die weiblichen. Volkert Adys Diederichs hatte also sechs Söhne und fünf Töchter. Fünf Tulpen und vier der Sternblumen sind abgeknickt, das heißt, dass fünf Söhne und vier Töchter bereits zu seinen Lebzeiten verstorben sind.«

So langsam begreift Leander die Faszination, mit der Karola und sein Freund Tom diesen alten Steinen begegnen. Es ist wie bei einem Gedicht: Man muss die Bilder und Symbole entschlüsseln, dann versteht man, was man da liest.

»Solche inhaltsgeladenen Bilder findest du auf vielen alten Grabsteinen«, ergänzt Tom. »Schiffe in schwerer See zeigen, dass sich der hier beerdigte ehemalige Kapitän oft beim Walfang im Nordmeer in höchste Lebensgefahr begeben hat. Ist ein Segelschiff mit voller Takelage abgebildet, dann wurde der Kapitän, der da liegt, mitten aus dem aktiven Leben gerissen, oder er ist besonders reich geworden. Sind die Segel eingeholt, war der Mann schon im Ruhestand, als er starb. Manchmal finden sich hier auf dem Friedhof aber auch Grabsteine mit Segelschiffen, unter denen gar kein Seemann liegt. Dann bedeuten sie, dass der Verstorbene in den Hafen Gottes eingelaufen ist. – Sind Sextant und Zirkel abgebildet, war der Seemann als großer Navigator bekannt. Auf einem Stein hier auf dem Friedhof sind drei Mühlen abgebildet. Das heißt, dass der Mann drei Windmühlen auf der Insel besessen und betrieben hat und damit den Wohlstand ganzer Generationen seiner Familie begründete. Wenn man die Lebensgeschichten erschließt, taucht man quasi in die große Zeit der Segelschiffkapitäne, Großbauern und Windmüller ein, die damals gewinnbringende Berufe ausgeübt haben.«

»Das nehme ich mal als Stichwort«, nutzt Leander die Chance, auf seinen Grund für das Treffen zurückzukommen. »Es ist ja wohl wahrscheinlich, dass der Kompass und der Sextant, die ich gefunden habe, ebenfalls aus der Zeit der

Segelschifffahrt stammen. Dann könnte es doch sein, dass einer meiner Vorfahren Kapitän auf so einem Schiff war.«

»Oder Steuermann«, meint Karola. »Oder Hinnerk war einfach nur ein Sammler nautischer Geräte. Hoffen wir, dass uns der Grabstein dort hinten Auskunft darüber gibt, wenn Torge Hidding ihn restauriert hat. Gibt es sonst noch Hinweise auf die maritime Vergangenheit deiner Familie?«

»Fotos von einem Gebäude irgendwo auf der Insel, vor dem junge Männer stehen, ein paar Fotos von einem Schiff und Matrosen in Uniformen und noch einige andere Sachen. Genau habe ich das alles noch nicht gesichtet, weil es mir eh nicht so viel sagt.«

»Wie sehen die Uniformen aus?«

»Wie Uniformen halt aussehen. Keine Ahnung, ich kenne mich in solchen Sachen nicht aus. Aber ich habe so eine Uniform in derselben Kiste gefunden, in der die Instrumente lagen.«

»Wann kann ich mir deine Schätze ansehen?«

»Wann hast du Zeit?«

»Morgen Mittag? Sagen wir: dreizehn Uhr? Ich habe vorher noch einen anderen Termin.«

»Gut. Du weißt, wo ich wohne?«

»Ich kenne Hinnerks Haus. Du glaubst gar nicht, wie gespannt ich auf deine Funde bin. Ich will nicht voreilig sein, aber für mich hört sich das so an, als könnte sich dahinter eine mir bislang völlig unbekannte Geschichte verbergen. So, ich muss dann jetzt. Ich bin als Kuratorin im Vorstand des Museumsvereins und muss manchmal auch selber ran, wenn im *Friesenmuseum* viel zu tun ist. Die Sammlung und Ausstellung friesischer Trachten wird gerade neu gestaltet und soll übermorgen eröffnet werden. Da sind ein paar hochinteressante Stücke darunter. Allein die historischen Silberschließen und Broschen sind ein Vermögen wert.«

Karola winkt zum Abschied und eilt in Richtung Parkplatz davon. Leander und Tom blicken ihr nach und überlegen dann, was sie mit dem angebrochenen Tag anfangen sollen.

»Weißt du was?«, sagt Leander schließlich. »Ich bin mit dir stundenlang über Friedhöfe gekrochen, was hältst du davon, wenn du das jetzt wiedergutmachst?«

»Und wie?«, erkundigt sich Tom Brodersen vorsichtig.

»Zuerst lädst du mich in *Witt's Gasthaus* da drüben auf ein Glas ein, danach radeln wir nach Hause, und du hilfst mir, die alte Kiste vom Dachboden hinunter in die Wohnstube zu tragen. Dann muss ich nicht immer in den Staub hinauf, wenn ich etwas suche.«

Tom Brodersen ist einverstanden.

8

»Das ist aber nicht viel, was ihr hier bis jetzt habt«, zeigt sich Lena enttäuscht von dem Bericht, den Kriminalhauptkommissar Klaus Dernau ihr soeben in seinem zum Büro umgestalteten Besprechungszimmer gegeben hat.

»Ich weiß«, gibt der widerwillig zu. »Seit einem halben Jahr lassen sich die Inselkollegen hier von den Einbrechern verarschen. Wird Zeit, dass Ordnung in den Fall kommt.«

»Man kann sich aber auch an nichts wirklich orientieren«, verteidigt sich Jens Olufs kleinlaut. »Der Einbruch in die Villa Kopius ist der erste, bei dem Millionenwerte gestohlen wurden. Bei allen Brüchen zuvor haben die Einbrecher nur Schmuck und ein paar Tausend Euro gestohlen und wertvolle Bilder hängen gelassen.«

»Haben Sie Listen der jeweils nicht gestohlenen Gemälde?« Helene Conradi beugt sich interessiert auf ihrem Stuhl vor.

»Nee. Wozu? Wir haben nur Listen von den geklauten Sachen«, antwortet Olufs.

Die Kunsthistorikerin nickt, als hätte sie nichts anderes erwartet.

»Sollen wir jetzt auch noch eine Bestandsaufnahme aller

Sachen machen, die nicht gestohlen wurden?«, wendet sich der Polizeihauptkommissar an Lena.

Die schüttelt beruhigend den Kopf und blickt ihre Kollegin vom *Art Loss Register* fragend an.

»Ich hatte da nur gerade eine Idee«, erklärt Helene Conradi. »Anhand der gestohlenen und der nicht gestohlenen Gemälde könnte man vielleicht ablesen, ob sich die Einbrecher gezielt für bestimmte Epochen interessieren oder nur für die ganz berühmten Maler, für die ein internationales Interesse besteht. Regionale Kunstgrößen aus Norddeutschland sind in der Türkei schlecht im Austausch gegen Drogen absetzbar, außer Emil Nolde vielleicht, ein Picasso dagegen wird weltweit als Sicherheit anerkannt.« Dann macht die Kunsthistorikerin wieder ein verschlossenes Gesicht und runzelt die Stirn, und Lena hat den Eindruck, dass sie nicht alles sagt, was ihr durch den Kopf geht.

»Könnten Sie bei den betroffenen Eigentümern nachfragen, welche wertvollen Bilder sich in ihrem Besitz befinden, die nicht gestohlen wurden, obwohl sie offen an den Wänden hingen, als die Einbrecher im Haus waren?«, bittet Lena Jens Olufs.

Der stöhnt, nickt aber.

»Waren Sie für die Ermittlungen auf Sylt zuständig?«, erkundigt sich Lena nun bei Dernau.

»Als ich die Leitung dort übernommen habe, waren die Ermittlungen schon in vollem Gang«, antwortet der leicht verlegen. »Ich bin ja erst seit Kurzem in Niebüll und war gerade dabei, mich einzuarbeiten, als die Nachricht von Föhr kam.«

»Haben Sie die Akten dabei?«, fragt Lena, und als Dernau den Kopf schüttelt, ordnet sie an: »Übernehmen Sie das bitte, Herr Olufs. Sie kennen die Kollegen der Nachbarinsel doch bestimmt ganz gut. Die sollen uns Kopien rüberschicken. – So, dann schlage ich vor, dass Frau Conradi und ich uns einmal den Tatort draußen in Utersum ansehen und mit den Eheleuten Kopius reden. Sie, Herr Olufs, kümmern sich bitte um die Listen.«

Jens Olufs geht hinüber in sein Dienstzimmer. KHK Dernau ist sichtlich konsterniert über Olufs' Gefolgschaft den beiden Frauen gegenüber und macht Anstalten, ihnen zu folgen, als sie sich erheben, um hinauszugehen. Fragend blickt Lena ihn an.

»Ich komme mit«, erklärt Dernau gereizt. »Bei der Gelegenheit kann ich gleich diesen Kopius verhören. Das hatte ich ohnehin vor. Schließlich ist das hier mein Fall. Oder übernimmt jetzt das LKA?«

»Das kann ich noch nicht sagen«, antwortet Lena ruhig. »Zuerst machen wir uns jetzt mal ein Bild von der Sache. Sollte ich Herrn Olufs' Verdacht folgen und zu dem Schluss kommen, dass die Einbrüche hier im Zusammenhang mit den Fällen stehen, die wir von der Soko bearbeiten, übernehmen wir. Bis dahin wäre ich Ihnen dankbar, wenn Sie den Reeder erst mal uns überlassen. Natürlich können Sie mitkommen, wenn Sie sich im Hintergrund halten. Sie können aber auch gerne hierbleiben. Wir sagen Ihnen dann hinterher, was dabei herausgekommen ist. Vielleicht kümmern Sie sich inzwischen um die *FrisiaSecur*? Und, Herr Dernau, Hauptkommissar Olufs ist ein erstklassiger Polizist. Das LKA war nicht ganz unbeteiligt, als das Innenministerium ihm die Verantwortung für diese Insel übertragen hat. Wenn Sie ihm auf die Füße treten, treten Sie mir auf die Füße. Und wenn ich eines nicht mag, dann, dass man mir meine Schuhe verdemoliert.«

KHK Dernau kocht vor Wut, das ist ihm deutlich anzusehen. Aber es ist immer noch besser, dieser eingebildeten LKA-Tussi aus dem Weg zu gehen und eigenen Ermittlungen zu folgen, als am Tatort wie das fünfte Rad am Wagen hinterherzulaufen. Das Verhör des Geschädigten kann er später immer noch durchführen. Also steigt er draußen in seinen eigenen Dienstwagen und verlässt noch vor den beiden Frauen den Parkplatz der Zentralstation.

»Sagen Sie mir, was Sie wirklich denken?«, hakt Lena auf der Fahrt nach Utersum nach.

»Provinz-Eier, völlig überfordert mit Verbrechen dieser Größenordnung«, weicht die Gefragte aus.

»Das meine ich nicht. Sie haben doch einen Verdacht.«

»Ich bin mir noch nicht sicher«, antwortet Helene Conradi. »Lassen Sie mich erst noch ein paar Daten sammeln und recherchieren, sonst bringe ich Sie vielleicht auf die falsche Fährte. Ich hatte bei unserer Dienstbesprechung den Eindruck, als hätten wir für Überflüssiges keine Kapazitäten frei.«

»Da haben Sie recht, und deshalb kann ich es mir auch nicht leisten, Hinweise nicht zu kennen und womöglich wochenlang in die falsche Richtung zu ermitteln.«

Helene Conradi nickt, macht aber keine Anstalten, mehr über ihren Verdacht zu verraten. »Sagen Sie, dieser Dernau, was ist das eigentlich für einer?«

»Ich habe ihn vor ein paar Jahren in einem anderen Fall kennengelernt«, antwortet Lena. »Dernau ist ein verdammt guter Ermittler, wenn man von seiner Erziehung absieht. Wer weiß, vielleicht hatte er eine schwere Kindheit. Im letzten Jahr hat er es dann in einem Mordfall hier auf Föhr übertrieben. Der Kerl ist über die Insel getobt wie ein Irrer und hat so lange den Honoratioren in den Hintern getreten, bis die ihre Beziehungen im Innenministerium eingesetzt haben, um ihn loszuwerden. Jetzt leitet er die zuständige Kripo in Niebüll, und wir werden wohl oder übel mit ihm zusammenarbeiten müssen.«

»Und Olufs?«

»Sehr guter Mann. Leitet die Polizeidienststelle hier erst seit Kurzem, aber ich habe den Eindruck, dass er genau auf dem richtigen Posten sitzt. Für Olufs wäre es gut, wenn wir den Fall übernehmen und Dernau bändigen würden. Das hängt allerdings davon ab, ob die Einbrüche hier in das internationale Muster passen.«

»Dann setze ich auf Olufs«, erklärt Helene Conradi sachlich. »Auch wenn wir den Tatort noch nicht gesehen haben, bin ich sicher, dass wir es hier mit denselben Profis wie auf Sylt zu tun haben.«

Lena blickt sie von der Seite an, erkennt aber an dem verschlossenen Gesichtsausdruck, dass sie momentan nicht weiterkommt.

Leander hat den Nachmittag damit verbracht, alles zusammenzusuchen, was sich im Haus hinsichtlich der Geschichte seiner Familie finden ließ. Nachdem er und Tom die schwere Kiste vom Dachboden nach unten in die Wohnstube getragen haben, hat sich der Lehrer schnell verabschiedet. Er hat sich auf der schmalen Treppe vom Dachgeschoss ins Erdgeschoss übel den Rücken ausgerenkt und konnte kaum noch aufrecht gehen. Leander hat ihm angeboten, ihn mit dem Auto nach Hause zu bringen, aber Tom hat abgelehnt, weil er hoffte, dass die Bewegung beim Fahrradfahren seine Wirbelsäule wieder freimachen würde.

Also hat Leander alleine weitergemacht. Zuerst hat er auf dem Dachboden nach weiteren Kisten gesucht, die Schutztücher und -folien von den Möbelstücken gezogen und in Schubladen und hinter Türen nachgesehen. Nachdem er ein paar Fotoalben und Kladden ausgegraben, sonst aber nichts weiter gefunden hat, ist ihm der kleine Kellerraum unter dem Wohnzimmerboden eingefallen. Er hat ihn vor zwei Jahren dank Johanna Husen, der Haushälterin und Nachbarin seines Großvaters, entdeckt, als er auf der Suche nach Unterlagen für den Notar gewesen ist. Hier hat er schließlich die Ordner mit den fremdsprachigen Schriftstücken aus der Tiefe einer Kiste hervorgeholt, die er damals wieder hineingelegt hat, weil er ihren Inhalt aktuell nicht brauchte. Und auch ein zusammengelegtes Seidentuch hat er dort wiedergefunden. Daran, dass es sich um eine Art Wandbild handelt, konnte er sich noch erinnern, nicht aber daran, was darauf abgebildet ist.

Nun sitzt er mit seinen Funden draußen im Garten und faltet zuerst das Tuch auf dem Tisch auseinander, das sich dank des jahrzehntelangen lichtdichten Verschlusses im Keller in seiner ganzen Farbenpracht vor ihm präsentiert, so frisch und sauber, wie sein Großvater es dort unten deponiert hat.

Auf beigebraunem Seidengrund ist ein Adler mitten in das Bild gestickt, flankiert von jeweils sechs Flaggen, die links und rechts aus der Bildmitte herausragen. Über dem Adler prangt eine Krone mit einem roten, schalähnlichen Band. Der Greifvogel hält eine Schlange in seinen Fängen, die das braun gefärbte Foto eines jungen Mannes einrahmt. Unter der Schlange ist ein schwarzes Dampfschiff in ein Oval gestickt, das unter Dampf über die glatte See fährt. Schriftzüge gibt es auch: über der Krone ein Halbrund mit dem Wortlaut *Zur Erinnerung an meine Reise*, unter den linken Flaggen das Wort *China*, unter den rechten *Japan*. Das Oval ist mit einer Schärpe unterlegt, auf der die Jahreszahlen *1912* und *1915* zu entziffern sind und vermutlich der Name des Dampfschiffes. Die Buchstaben sind allerdings reichlich verschnörkelt, so dass Leander erst nach mehreren Anläufen das Wort *LPD Lübtow* entziffern kann.

Er legt den Stoff wieder ordentlich zusammen und greift den Aktenordner, der die Dokumente enthält, mit deren Hilfe er seinerzeit den Kauf von Haus und Kutter hat belegen müssen, um das Erbe seines Großvaters antreten zu können. Leander blättert darin, bis er auf das Schriftstück stößt, an das er sich noch erinnern kann, weil es in einer für ihn unverständlichen Sprache geschrieben ist. Es handelt sich nicht um Spanisch, wenngleich Ähnlichkeiten festzustellen sind. Portugiesisch vielleicht. Ob Karola etwas damit anfangen kann? Wenn überhaupt jemand, dann sie, befindet Leander, denn sie hat sicher schon einiges an Dokumenten und Zeugnissen der jahrhundertealten Inselgeschichte gesehen. Vielleicht ist sein Urgroßvater ja Kapitän auf einem holländischen oder gar portugiesischen Handelsschiff gewesen und hat damit die Welt umsegelt, wenngleich das seltsame Tuch eher ein Dampfschiff nahelegt.

Der ehemalige Kriminalhauptkommissar spürt das Kribbeln im Bauch, das ihn früher immer beschlichen hat, wenn er eine vielversprechende und spannende Spur verfolgt hat – ein untrügliches Zeichen, dass der Jagdinstinkt wieder erwacht, der den Idealismus seiner beruflichen Anfangsjahre befeuert hat. In diesem Moment ist er Tom regelrecht dankbar. Manchmal braucht man solche Freunde, um aus festgefahrenen Situationen wieder herauszukommen, vor allem dann, wenn man selbst noch gar nicht bemerkt hat, wie festgefahren man ist.

Leander nimmt das Fotoalbum und blättert langsam durch die Dorfszenen, mit denen er so gar nichts anfangen kann und von denen er nur weiß, dass sie sehr viel mit ihm zu tun haben, weil sicherlich ein paar der Menschen darauf zu seiner Familie gehörten. Bedenkt man, dass die Fotografie erst um das Jahr 1825 herum erfunden worden ist und die Inseln nicht zu den ersten Orten gehört haben dürften, an denen sich diese neue Technik durchgesetzt hat, und wenn man weiter berücksichtigt, dass sich früher nur wohlhabende Familien regelmäßig fotografieren ließen, die meisten jedoch nur ein- oder zweimal im Leben, dann ist es schon erstaunlich, über wie viele Fotos sein Großvater verfügt hat. Das liegt sicher daran, dass er zeitlebens mit dem Fotografen Ocko Hansen befreundet war, der selbst als fast Neunzigjähriger noch ein Fotogeschäft am Sandwall betreibt. Außerdem muss Hinnerk ein sehr familienbewusster Mensch gewesen sein. Anders als Leanders Vater Bjarne hat der alte Mann seine Wurzeln nicht verleugnet, sondern sie immer in Ehren gehalten. Leander nimmt sich vor, es ihm gleichzutun.

Jens Olufs hat seine Leute darauf angesetzt, die Einbruchsopfer aufzusuchen, bei denen wertvolle Bilder nicht gestohlen wurden. Danach ist er in Gedanken noch einmal seine Optionen durchgegangen und hat beschlossen, sich die Butter nicht vom Brot nehmen zu lassen und abzuwarten, wer in den nächsten Tagen die Ermittlung leiten wird. Anstatt auf dem Abstellgleis in seinem Büro zu sitzen, kann er genauso gut mit seinen eigenen Ermittlungen fortfahren, zum Beispiel bei der *FrisiaSecur*.

Als er auf dem Hof der Sicherheits-Firma am Ende des Gewerbegebietes seinen Wagen abstellt, kommt Dernau aus dem kleinen Bürogebäude. Lachend geht der Kriminalhauptkommissar neben einem ganz in Schwarz gekleideten Geschäftsmann und schüttelt ihm zum Abschied überschwänglich die Hand.

Olufs wartet, bis das Schauspiel sich dem Ende zuneigt, verlässt dann sein klimatisiertes Dienstfahrzeug und tritt hinaus in die Hitze, die sich hier auf dem Firmenhof zu stauen scheint. Der Geschäftsmann nickt ihm kurz zu und macht sich wieder auf den Weg zurück in sein Büro, während sich Dernau dem Polizeihauptkommissar zuwendet.

»Sie kommen mal wieder zu spät«, sagt er kalt lächelnd. »Aber machen Sie sich nichts daraus, hier ist ohnehin nichts zu holen. Wahrscheinlich war es sogar ganz gut, dass ich zuerst da war, bevor Sie unnötig Porzellan zerschlagen konnten.«

»Wie soll ich das verstehen?«

Dernau legt herablassend seine rechte Hand auf Olufs' linke Schulter. »Wenn Sie mir gleich gesagt hätten, dass Clemens Lüdecke der Chef von *FrisiaSecur* ist, hätten wir uns den Weg sparen können. Clemens und ich waren zusammen auf der Polizeischule. Der Mann versteht sein Handwerk und ist über jeden Zweifel erhaben.«

»Ein ehemaliger Kollege?«, stellt Olufs mehr fest, als dass er es als Frage für Dernau formuliert.

»Sie verschwenden hier Ihre Zeit«, meint Dernau und betätigt die Funkfernbedienung.

Als er vom Hof rollt, schaut Olufs ihm nach und überlegt, ob eine Vernehmung Lüdeckes jetzt noch Sinn hat, nachdem Dernau sich als zuständiger Ermittler in den Vordergrund gespielt hat. Verdammt, dieser Dernau ist in jeder Beziehung ein Stein im Schuh. Der Kriminalhauptkommissar hat sich nach dem Zusammenstoß mit Lena Gesthuisen erstaunlich schnell erholt. Und dieser Lüdecke muss schon ein besonders guter Kumpel gewesen sein, wenn er in der Lage ist, die Laune des widerlichsten Kotzbrockens bei der Kriminalpolizei so aufzuhellen. Olufs zieht sein Handy aus der Tasche und wählt die Kurzwahl der Zentralstation.

»Dennis, Jens hier. Sieh doch mal, was du über einen früheren Kollegen namens Clemens Lüdecke rauskriegst. Das ist der Chef der *FrisiaSecur*. Aber pass auf, dass Dernau nichts davon mitbekommt. Die beiden sind alte Kumpel.«

Er steckt sein Handy wieder in die Hosentasche, setzt sich in sein Dienstfahrzeug und verlässt unverrichteter Dinge den Hof der Sicherheitsfirma.

»Nun sieh sich das einer an!«

Wann Leander angesichts der stehenden sommerlichen Hitze eingeschlafen ist, könnte er nicht sagen. Jedenfalls muss er im Traum eine geraume Zeit mit seiner alten Nachbarin Johanna Husen verbracht haben, denn als er durch ein extrem unangenehmes Geräusch erwacht, vermischt sich die Stimme vor ihm genauso mit ihrer Stimme im Traum wie die Silhouette der Person, die nun direkt vor ihm steht, mit dem Warangesicht der alten Nachbarin.

»Das sieht dir ähnlich«, schilt die Stimme, während er noch darüber nachdenkt, wie die Frau dazu kommt, uneingeladen seinen Garten zu betreten und ihn noch dazu einfach zu duzen. »Da kann ich ja lange schellen.«

Leander hört nun im Zustand zunehmenden Erwachens einen Tonfall heraus, der so gar nicht zu Johanna Husen passt, und reibt sich die Augen, um den Traum loszuwerden. Als er die Fäuste wieder von den Lidern entfernt und in die grelle Luft blinzelt, glaubt er für einen Moment, schon wieder zu schlafen und sich diesmal in einem Wunschtraum zu befinden, denn vor sich erblickt er nun das leicht verschleierte Gesicht seiner Freundin Lena. Noch einmal reibt er sich die Augen, aber da verrät ihm ihr schallendes Lachen schon, dass er diesmal nicht träumt. »Lena ... was ... was machst du denn hier?«

»Na, das ist ja mal eine schöne Begrüßung«, beschwert sie sich. »Muss ich mich vielleicht anmelden, wenn mich die

Sehnsucht zu dir treibt? Oder hast du etwa jemand anderen erwartet? Eiken vielleicht? Raus mit der Sprache!«

»Quatsch Eiken! Ich habe geträumt. Einen Moment lang dachte ich, Frau Husen ständ hier vor mir.«

»Das wird ja immer doller! Jetzt verwechselst du mich schon mit dem alten Drachen! Ich glaube, ich fahre sofort wieder.«

Leander springt auf und nimmt seine Freundin in den Arm. »Das könnte dir so passen.«

»Nein, könnte es nicht«, flüstert sie zurück.

Leander holt Getränke in den Garten und setzt sich Lena gegenüber. »Was machst du hier? Warum hast du nichts gesagt?«

Lena erzählt ihm von ihrem schnellen Entschluss, sich den Einbruchsort in Utersum anzusehen, und davon, dass sie nun die Leiterin einer Sonderkommission gegen internationalen Kunstraub im LKA ist.

»Respekt!« Leander pfeift anerkennend durch die Zähne. »Da bist du in kurzer Zeit deutlich weiter gekommen als ich in all den Jahren. So eine Sonderkommission ist lange überfällig.«

Lena betrachtet ihn, als wolle sie ergründen, ob er vielleicht neidisch auf ihre Karriere ist. »Das hat aber auch zwei Seiten«, wendet sie ein. »Wenn ich mit der SoKo nicht erfolgreich bin, kann ich einpacken. Ahrenstorff steht unter immensem politischem Druck. Der Innenminister persönlich hat die Bildung der Sonderkommission angeordnet. Auf Sylt müssen einige sehr bedeutende Leute unter den Opfern der Einbrecher gewesen sein, deren Einfluss bis in die Landesregierung reicht. Außerdem hat Ahrenstorff nur noch ein paar Jahre bis zu seiner Pensionierung, und da will er nicht als Versager abgehen. In seiner beruflichen Laufbahn wäre dann keiner der ganz großen Fälle aufgeklärt worden. Waterkant-Gate um Uwe Barschel ist bis heute ein Trauma für das LKA.«

Leander nickt. Er weiß, wie tief der unaufgeklärte Todesfall des ehemaligen Ministerpräsidenten immer noch in den Knochen der höchsten Ermittler des Landes steckt.

»Und du?«, fragt sie schließlich und deutet auf die Fotoalben. »Womit beschäftigst du dich gerade?«

»Immer noch dieselbe Sache. Meine Familie.« Leander erzählt Lena in groben Zügen, was sich in Sachen Familienforschung in den letzten Tagen ereignet hat.

»Wenigstens hast du eine Aufgabe«, kommentiert Lena seine Begeisterung. »Ich habe schon befürchtet, dass du hier völlig versauerst.«

»Rede nicht mit mir, als wäre ich ein Rentner, der den ganzen Tag nur auf einer Bank am Hafen oder im Park zubringt.«

»Eben, ich sehe, dass du genau das nicht bist, und das beruhigt mich wirklich.«

»Wo hast du denn deine Kollegin gelassen, von der du eben gesprochen hast?«, wechselt Leander das Thema, weil er merkt, dass sich seine Laune sonst schnell verschlechtern würde.

»Sie hat sich alle Akten geschnappt, die unser Kollege Olufs über die Einbruchserie angelegt hat, und ist damit in ihr Zimmer im *Strandhotel* abgezogen. Irgendetwas brütet sie aus, aber sie gehört offenbar zu der Sorte, die erst darüber spricht, wenn ihre Idee endgültig geschlüpft ist.«

»Also haben wir den Abend für uns?«

»So ist es.«

»Dann schlage ich vor, dass wir uns frischmachen und in *Klatt's guter Stube* den Abend mit einer feudalen Fischplatte und einem guten Weißwein beginnen.«

»Der Auftakt hört sich gut an. Was schlägst du für danach vor?«

»Ein weiteres Fläschchen Wein in der *Alten Druckerei* und anschließend ein drittes hier bei mir. Warten wir ab, wie es dann weitergeht.«

»Na bitte, ein Ausflug auf die Inseln lohnt sich doch immer. Sollte ich viel öfter machen.«

»Meine Rede. Wie lange kannst du hierbleiben?«

»Das hängt davon ab, was wir herausfinden. Vielleicht übernehmen wir die Sache ganz und schicken die Kripo wieder nach Hause. Rate mal, wer hier auf der Insel ist und den Fall bearbeitet.«

»Dieter Bennings?«

»Falsch. Zuständig für Einbruchdiebstahl ist nicht Flensburg, sondern die Kriminalaußenstelle in Niebüll. Und da hat seit Kurzem Klaus Dernau das Sagen.«

»Scheiße!«, entschlüpft es Leander. »Da tut mir der gute Olufs direkt leid. Das sind dann ja schon zwei Gründe, die dafür sprechen, dass das LKA hier auf Föhr übernimmt.«

»Ganz so einfach ist das nicht«, bedauert Lena. »Ich kann Dernau nicht einfach so rausdrängen. Für ihn steht einiges auf dem Spiel. Er hat die Einbruchserie auf Sylt noch nicht aufklären können. Wenn er nicht als totale Niete dastehen will, muss er hier jetzt liefern. Ich brauche schon handfeste Gründe, um ihn nach Hause zu schicken.«

»Das macht die Sache nicht leichter. Weißt du was, ich wünsche uns eine ereignisreiche Woche und möglichst die Fortsetzung der Einbruchserie, damit du mir erhalten bleibst. Vielleicht sollte ich im *Inselboten* eine diesbezügliche Anzeige aufgeben und eine Belohnung für fleißige Einbrecher aussetzen.«

»Bloß nicht«, wehrt Lena ab. »So gerne ich ja hier bei dir bleibe, aber mit finanziellen Zuwendungen für Verbrecher haben die Ermittlungsbehörden in den letzten Jahren übel Schiffbruch erlitten. Denk nur an den Verfassungsschutz. Am Ende heißt es noch vor Gericht, du seist unser V-Mann im osteuropäischen Banden-Milieu, und die ganze schöne Ermittlungsarbeit war für die Katz.«

9

Am nächsten Morgen steht Leander früh auf und holt frische Brötchen bei Bäcker Hansen in der Mittelstraße, um Lena im Garten ein Frühstück zu bereiten, bevor sie zu ihren Ermittlungen in der Hitze des Inselsommers aufbrechen muss.

»Moin, Herr Leander«, begrüßt eine der fünf Verkäuferinnen ihn, die sich dem Ansturm der Urlauber in den Sommermonaten Tag für Tag stellen. »Zwei Dünenkrustis, wie immer?«

»Diesmal vier und noch zwei Kornkracher dazu.«

»Haben Sie Besuch?«, erkundigt sich die junge Frau, was nicht etwa ihre Neugier ausdrückt, sondern das übliche positive Interesse der Einheimischen an- und untereinander, wie Leander inzwischen weiß.

Er hat diese Art der sozialen Kontrolle anfangs eher befremdlich gefunden, betrachtet sie inzwischen aber differenzierter und bezieht auch ihre Komponente ehrlicher Fürsorge in seine Betrachtungen ein. Sicherlich liegt es an dem über Jahrhunderte entstandenen Sinn für eine schützende Gemeinschaft, die das Leben auf den Inseln besonders geprägt hat, weil der Blanke Hans nicht immer nur friedlich ist, sondern auch stürmische Zeiten zu bieten hat. In denen kann man leicht sein Leben lassen, wenn andere ihres nicht einsetzen, um in Gefahr Geratene zu retten.

»Meine Lebensgefährtin ist gestern angekommen«, gibt er deshalb bereitwillig Auskunft.

»Ach, die Kommissarin, ja? Ist sie wegen der Einbrüche hier? Unsere Polizei schafft das wohl alles nicht, was? Letzte Woche ist sogar bei meiner Schwägerin eingebrochen worden, am helllichten Tag. Stellen Sie sich das mal vor.«

Leander hat zwar keine Ahnung, warum gerade die Schwägerin der Verkäuferin ein derart unfassbares Opfer darstellen soll, aber er hat keine Lust auf stundenlange Tathergangsbeschreibungen, deshalb sagt er lieber nichts dazu.

»Die Presse fragt sich auch schon, ob wir hier auf Föhr überhaupt noch sicher sind«, mischt sich nun die Kundin ein, die hinter Leander in der Schlange steht, während sie von einer anderen Verkäuferin bedient wird. »Überhaupt, wenn Sie mich fragen, war der Fall der Mauer ein riesiger Fehler.« Den letzten Satz hat sie mit einem vorsichtigen Blick auf die Schlange hinter sich zu Leanders Verkäuferin hinübergeflüstert. Dabei deutet sie auf eine fette Schlagzeile auf der Titelseite des *Inselboten*, der stapelweise auf der Theke liegt: *Einbruchserie – Föhr im Visier der Russenmafia?*.

Die Verkäuferin nickt bedeutungsschwer und fährt an Leander gewandt fort: »Und stellen Sie sich vor, die Einbrecher kommen mitten am Nachmittag. Meine Schwägerin war nur zwei Stunden bei Freunden. In der Zeit haben die Russen das halbe Haus ausgeräumt. Aber das wissen Sie ja bestimmt schon, wenn Ihre Freundin jetzt da ist. Na ja, da wird der Spuk ja wohl nicht mehr lange dauern.«

Leander überfliegt kurz den Lead des Artikels, während die Verkäuferin das Wechselgeld aus der Kasse holt und sich dann der nächsten Kundin zuwendet. »Moin, Frau Klaasen. Haben Sie schon von dem Einbruch vorgestern Nacht gehört? Das wird ja immer doller. Da sollen ja Bilder geklaut worden sein, die über hundert Millionen Euro wert sind.«

»Mein Mann sagt immer, die Insel ist auch nicht mehr das, was sie mal war«, stellt die Angesprochene mit hochgezogenen Augenbrauen fest. »Mit den Touristen kommt auch das Verbrechen zu uns, sagt er. Allerdings frage ich mich schon, wie bekloppt man sein kann, wenn man so teure Bilder an die Wand hängt. Bei uns zu Hause hängen nur Kunstdrucke. Die klaut keiner.«

Leander verlässt den Laden und wundert sich, dass die anderen Kunden in der Schlange, bei denen es sich der bunten Freizeitkleidung nach überwiegend um Urlauber handelt, bei den nicht gerade gastfreundlichen Äußerungen so ruhig bleiben.

Bei Metzger Friedrich in der Mühlenstraße kauft Leander

noch etwas Aufschnitt und *Föhrer Bauernschmaus*, eine inseltypische Pastete. Dann beeilt er sich, nach Hause zu kommen.

Lena sitzt bereits am Frühstückstisch im Garten und hält einen Kaffeebecher in der Hand. Sie hat den *Inselboten* aufgeschlagen vor sich auf dem Tisch liegen und liest den Artikel über den Einbruch.

»Die Jungs von der Presse sind gut informiert hier auf der Insel«, meint sie und schiebt Leander, der sich ihr gegenüber niederlässt, die Zeitung hinüber.

Zuerst schaut der auf das Kürzel des Reporters: R. J. »Reinhard Jensen«, erklärt er Lena. »Du erinnerst dich an Bertolt Brüning? Der wurde letztes Jahr aufs Festland beordert. Man munkelt, dass der Bürgermeister sich für die schlechte Presse im Fall des Inselkriegs gerächt hat. Ersetzt hat ihn Jensen. Seitdem sind die Artikel eigentlich nicht mehr ganz so reißerisch. Aber wenn ich diese Schlagzeile lese ...«

»Reißerisch ist der Artikel auch nicht. Allerdings hat Jensen offenbar hervorragende Kontakte zur Polizei.«

Leander überfliegt den Text, in dem die Einbruchserie der letzten sechs Monate nachvollzogen wird. Jede einzelne Tat wird genau beschrieben, sogar die gestohlenen Gegenstände sind aufgelistet. Am Ende stellt Jensen die Frage, was es zu bedeuten habe, dass seit gestern das Landeskriminalamt in der Sache ermittelt.

»*Dem Vernehmen aus gut unterrichteten Kreisen nach ist die leitende Beamtin für die Bekämpfung von Bandenkriminalität beim Landeskriminalamt zuständig*«, liest Leander vor. »*Lässt sich daraus schließen, dass Föhr zum Ziel internationaler Banden, vielleicht sogar aus dem Einflussbereich der früheren Sowjetunion, geworden ist?*« Er faltet die Zeitung zusammen und legt sie beiseite, um Platz für den Brötchenkorb zu haben. »Lehnt sich ja ziemlich weit aus dem Fenster, dieser Jensen.«

»Dummerweise hat er recht«, wendet Lena ein. »Allein das gezielte Vorgehen in Sachen Kunstraub belegt, dass sie

Experten sind, die genau wissen, worauf sie es im Einzelfall abgesehen haben.«

»Ich weiß nicht, die nehmen doch offensichtlich, was sie kriegen können. Warum steigen die sonst in ganz normale Einfamilienhäuser ein und lassen etwas Schmuck und ein paar Euros mitgehen? Wenn nur Villen von Kunstliebhabern das Ziel wären, könnte ich dir ja zustimmen, aber wenn ich dem Artikel glauben kann, sind bei einigen Einbrüchen nicht mal tausend Euro und ein paar fast wertlose Schmuckstücke gestohlen worden. Eines der Opfer ist übrigens die Schwägerin meiner Bäckereifachverkäuferin von heute Morgen. Die Dame ist *not amused*, freut sich aber, dass das LKA den Fall ihrer Schwägerin übernimmt. Also, wenn du mich fragst: Für mich sehen diese verschiedenartigen Einbrüche nicht sehr organisiert aus. Es sei denn, wir haben mehr als einen Täterkreis.«

»Daran habe ich auch schon gedacht. Möglicherweise gehen einige der Einbrüche auf das Konto von Trittbrettfahrern«, überlegt Lena. »Ich werde mir gleich in der Dienststelle mal zusammen mit Olufs die Akten vornehmen. Vielleicht lassen sich ja wirklich zwei Gruppen bilden, die auf die Konten verschiedener Einbrecher gehen.«

»Wenn du Hilfe brauchst – jederzeit. Ich könnte zum Beispiel noch einmal mit der Bäckereifachverkäuferin meines Vertrauens reden«, schlägt Leander augenzwinkernd vor.

»Du hältst dich da raus, sonst kriegst du Ärger. Das ist mein Fall!«, entgegnet Lena, und der Ton macht deutlich, dass sie in der Frage keinen Spaß versteht.

Helene Conradi sitzt zusammen mit Jens Olufs in dessen Büro. Die Akten der Einbrüche liegen aufgeschlagen und auf drei Stapel verteilt auf dem Schreibtisch.

»Mir ist da etwas aufgefallen«, informiert die Mitarbeiterin des *Art Loss Register* die Hauptkommissarin statt einer Begrüßung. »Die Einbrüche sind höchst unterschiedlich. Ich habe nach Übereinstimmungen gesucht und die Akten entsprechend sortiert. Am Ende bin ich auf drei Gruppen gekommen, bei denen sich das Vorgehen und vor allem die Beute unterscheiden.«

Lena zieht sich einen Stuhl an den Schreibtisch. Jens Olufs, der neben ihr sitzt, macht ein zerknirschtes Gesicht.

»Zunächst sind da Einbrüche in Villen, deren Besitzer reich sind und bedeutende Kunstwerke ihr Eigen nennen – beziehungsweise nannten, denn die sind ja jetzt gestohlen«, erläutert die Kunstexpertin und deutet dabei auf den ersten Stapel. »Dann gibt es Einbrüche, bei denen auffallend hohe Geldbeträge und Schmuck gestohlen wurden, teure Gemälde aber an den Wänden hängen geblieben sind, obwohl sie nicht besonders aufwändig gesichert waren. Und zuletzt ist hier ein Stapel mit Einbrüchen, bei denen die Beute nicht der Rede wert ist.« Triumphierend setzt sich Helene Conradi zurück und strahlt Lena an, als wollte sie sagen: Da siehst du mal, was ich alles herausfinde, wenn ich mir nur einen Abend die Akten vornehme.

Jens Olufs schweigt betreten, denn der zieht sich den Schuh offenbar persönlich an. Lena hingegen zwinkert ihm aufmunternd zu. »Herr Olufs, genau auf diesen Umstand bin ich heute Morgen bei der Zeitungslektüre auch schon gestoßen. Können Sie nach Aktenlage bestätigen, dass wir drei verschiedene Vorgehensweisen bei den Einbrüchen haben?«

Jens Olufs überlegt einen Moment, zieht dann jeweils eine Akte von jedem Stapel heran und blättert vergleichend darin herum. Geduldig warten Lena und Helene Conradi auf das Ergebnis. »Ich tippe eher auf zwei Gruppen als auf drei«, antwortet er schließlich. »Denn der Modus Operandi bei den Bagatelleinbrüchen und den anderen beiden von Frau Conradi ausgemachten Gruppen unterscheidet sich deutlich. Wenn Sie mal den Fall Kopius nehmen, dann haben wir es da eindeutig mit Profis zu tun. Dass im Haus Kunstwerke von erheblichem Wert nicht gestohlen wurden, liegt meiner Ansicht nach daran, dass die Täter sich auf das Wohnzimmer beschränkt haben. Die übrigen teuren Bilder hingen im Flur im ersten Stock und in den Schlafräumen. Dahin sind die Einbrecher nicht gegangen. Das Wohnzimmer haben sie allerdings ausgeräumt. Entsprechend würde ich die Kunstdiebstähle und die sonstigen Einbrüche mit wertvoller Beute als eine Gruppe behandeln und die Bagatelleinbrüche als zweite.«

»Und in den Fällen, in denen alle wertvollen Gemälde gestohlen wurden, hingen die zusammen in einem Raum?«

»Zumindest auf derselben Etage, also im Erdgeschoss. Jedenfalls in den Fällen, in denen die Eigentümer zu Hause waren. Wenn die gestohlenen Bilder im Haus verteilt waren, waren die Besitzer in jedem Fall nicht zu Hause, also konnten die Einbrecher sich ungehindert und frei bewegen, ohne jemanden aufzuschrecken.«

»Und die Einbrüche, bei denen keine Kunstwerke, aber erhebliche Werte gestohlen wurden, sind Ihrer Ansicht nach eindeutig den Kunstdiebstählen zuzuordnen?«, fährt Lena fort.

»Gleicher oder zumindest vergleichbarer Modus Operandi. Dieselbe Spurenlage, oder besser gesagt, dieselbe Spurenarmut. In beiden Fallgruppen waren eindeutig Profis am Werk. Nur die Bagatelleinbrüche fallen aus dem Rahmen. In manchen Fällen habe ich da den Eindruck, dass wir es mit Dilettanten zu tun haben. Deshalb tippe ich da auf Trittbrettfahrer.«

Jetzt ist es Lena, die Helene Conradi anlächelt, als wollte sie sagen: Was sagen Sie nun? Das ist der Unterschied zwischen kriminalistischen Laien und Fachleuten.

Die Kunstexpertin lächelt zurück und nickt Lena anerkennend und ohne Neid zu. »Wir drei sind das perfekte Team, wenn Sie mich fragen.«

»Aber was schließen wir nun daraus?«, verbaselt Jens Olufs sofort wieder seinen Triumph.

»Es gibt zwei Einbrecherbanden«, erklärt Lena. »Zumindest müssen wir von der Möglichkeit ausgehen. Nehmen Sie sich alle Einbrüche vor, die einen vergleichbaren Modus Operandi aufweisen. Versuchen Sie, ein Muster zu erkennen oder eine zeitliche Entwicklung. Und überprüfen Sie, ob die Bagatell-Einbrüche vielleicht wirklich von völlig unabhängigen Kleinkriminellen ausgeführt worden sein können, die mit den anderen Einbrüchen nichts zu tun haben. Frau Conradi und ich sehen uns noch einmal die einzelnen Tatorte an.«

»Heute ist Freitag. Ich würde eigentlich lieber über das Wochenende nach London fahren«, wendet Helene Conradi ein. »Hier kann ich ohnehin nicht mehr sonderlich hilfreich sein. Wenn Herr Olufs mir seine Listen zufaxt, kann ich vielleicht unseren Computer befragen, ob das Muster der Einbrüche inselspezifisch ist oder ob sich vergleichbare Strukturen auch bei anderen Einbrüchen finden lassen. Falls eine Besichtigung der Tatorte Ihrer Ansicht nach wichtig ist, hole ich das in der kommenden Woche nach.«

»Einverstanden. Herr Olufs, was hat Ihre Recherche bei der *FrisiaSecur* ergeben?«

In diesem Moment öffnet sich die Tür und Klaus Dernau kommt herein. »Das habe ich mir gedacht«, begrüßt er die drei Anwesenden auf seine typisch unfreundliche Art.

»Guten Morgen, Herr Kollege«, entgegnet Lena. »Was, bitte schön, haben Sie sich gedacht?«

»Dass Sie beschlossen haben, mich auszubooten. Oder wie soll ich das verstehen, wenn Sie hier eine Dienstbesprechung abhalten, ohne mich zu informieren, obwohl es sich immer noch um meinen Fall handelt?«

»Sie haben recht, Herr Dernau«, gesteht Lena zur Verblüffung des Kriminalhauptkommissars, während Jens Olufs unruhig auf seinem Stuhl hin und her rutscht und Helene Conradi das Schauspiel mit einer gewissen Belustigung betrachtet. »Allerdings nur mit der Feststellung, dass es sich hier um Ihren Fall handelt. Die Dienstbesprechung, wie Sie das nennen, ist lediglich ein Austausch von Überlegungen, der völlig ungeplant stattfindet. Allerdings mit durchaus vorzeigbarem Erfolg.«

Lena unterrichtet ihren Kollegen kurz über die Erkenntnisse, die der Aktenvergleich gebracht hat. Ihre sachliche Art, mit dem Konfliktpotenzial umzugehen, zwingt den Kriminalhauptkommissar zusehends dazu, sich ebenfalls auf die Sachebene einzulassen. Schließlich steht er neben den drei anderen Polizeibeamten am Schreibtisch und liest in den Akten.

»Können Sie diese Unterschiede auch bei den Einbrüchen auf Sylt bestätigen?«, erkundigt sich Lena.

»Nein. Soweit ich das jeweils in Erinnerung habe, sind die Einbrüche, mit denen die Kripo befasst war, durchweg von Profis ausgeführt worden. Und in keinem Fall wurden wertvolle Gemälde hängen gelassen.«

»Dann hat sich, falls es sich um dieselben Täter hier auf Föhr handelt, mit dem Ortswechsel irgendetwas in der Organisation oder Struktur geändert«, schlussfolgert Lena. »Nun gut, bei Ihrem Eintreten war Herr Olufs gerade dabei, von seinen Ergebnissen beim Besuch der *FrisiaSecur* zu berichten.«

»Ich war gar nicht da«, erklärt Jens Olufs kleinlaut. »Das heißt, ich war schon da, aber ich habe keine Befragung durchgeführt, weil Kriminalhauptkommissar Dernau das schon übernommen hatte.«

Lena blickt Klaus Dernau erstaunt an. »Warum weiß ich nichts davon?«

»Deshalb bin ich ja hier«, kontert der Kriminalbeamte. »Um Ihnen von meinen Erkenntnissen zu berichten. Also: Dem Sicherheitsmann ist bei der Überprüfung des Hauses in der Nacht des Einbruchs nichts aufgefallen. Er ist wie üblich in die Einfahrt bis vor die Haustür gefahren, aber da war alles wie immer. Auch die Alarmanlage war aktiv, das konnte er durch die Haustür feststellen.«

»Allerdings gibt es im Fall der Einbruchserie hier schon eine interessante Übereinstimmung, denn fast alle betroffenen Villen, in denen Kunstwerke, wertvoller Schmuck oder große Geldbeträge gestohlen wurden, werden von der *FrisiaSecur* gesichert«, ergänzt Jens Olufs mit einem vorsichtigen Seitenblick auf den Kriminalbeamten.

»Schau an, das ist doch schon einmal eine Spur«, freut sich Lena.

»Ich weiß nicht … Es ist ja nicht unnormal, dass reiche Leute eine Sicherheitsfirma beauftragen«, wendet Dernau ein. ».Und die *FrisiaSecur* ist die einzige Firma auf Föhr, die Objektschutz anbietet. Es ist auch nicht immer derselbe Fahrer, der in den Einbruchsnächten für die Häuser zuständig war. Den Dienstplan faxt uns der Chef von *FrisiaSecur* heute noch zu. Ich habe die Firma übrigens sofort überprüft. Es liegt nicht eine Anzeige vor, nicht einmal ein Verdachtsmoment, der den Kollegen in Husum und Flensburg bekannt ist.«

Jens Olufs blickt den Kollegen Dernau skeptisch an und überlegt einen Moment, ob er Lena über das berufliche Vorleben des Chefs der Sicherheitsfirma informieren soll, beschließt aber, zunächst die Ergebnisse von Jörn Vedders Recherchen abzuwarten.

»Mag sein, dass es zu nichts führt, aber dennoch könnte ein Zusammenhang bestehen. Bleiben Sie da dran«, ordnet Lena an. »Und, Herr Olufs, Sie faxen oder mailen unsere Erkenntnisse auch nach Kiel. Ich schreibe Ihnen Faxnummer und E-Mail-Adresse des Kollegen Sven Schröter auf, der als mein Stellvertreter momentan die Arbeit in der SoKo leitet. Er soll seine internationalen Verbindungen nutzen, um zu sehen, welche Einbrüche in unsere zwei beziehungsweise drei Gruppen passen. Kollege Dernau, es wäre schön, wenn Sie mich an Stelle von Frau Conradi heute begleiten könnten. Dann können wir unser weiteres Vorgehen miteinander abstimmen.«

»Getrennt marschieren, vereint schlagen«, kommentiert Helene Conradi lachend. »Gut, ich gehe dann mal zurück ins Hotel und hole meine Sachen. Am Montag bin ich wieder in Kiel, es sei denn, Sie brauchen mich hier.«

»Nein, stimmen Sie sich mit dem Kollegen Schröter ab, vergleichen Sie Ihre Ergebnisse mit dem, was wir rüberfaxen. Wenn hier nichts weiter passiert, komme ich Anfang der Woche auch wieder zurück. So, Herr Olufs, jetzt hätte ich gerne eine vollständige Adressenliste, damit Herr Dernau und ich die Tatorte abklappern können.«

Henning Leander ist nach Lenas Aufbruch im Garten sitzen geblieben und hat sich der Zeitungslektüre gewidmet. Im

Innenteil, dem schmalen Feuilleton, ist er auf einen ungewöhnlich umfangreichen Artikel über die Neuorganisation der Ausstellung im *Carl-Häberlin-Museum*, dem sogenannten *Friesenmuseum*, gestoßen.

Da werden im Detail die wertvollen Trachten beschrieben, die vorsichtshalber nicht offen ausgestellt werden, sondern hinter einer Glasscheibe in einer nachgebildeten Friesenstube, an Schaufensterpuppen, die friesischen Mädchen nachempfunden sind. Man will um jeden Preis verhindern, dass Besucher des Museums die teuren Stoffe anfassen. Außerdem gehören zu den Trachten aufwändige und fein ziselierte Schließen und Knöpfe aus Silber, gearbeitet in einer Qualität, wie man sie heutzutage gar nicht mehr bezahlen kann. Insgesamt sieben Trachten und 54 Schließen und Knöpfe werden ausgestellt. Das gesamte Trachten-Inventar des Museums ist von Karola de la Court-Petersen gesichtet und arrangiert worden. Dabei hat sie auf Aufzeichnungen, Ölgemälde und Fotografien zurückgegriffen, um keine Kombinationen zu wählen, die historisch nicht nachgewiesen sind. Es wird deutlich, dass das Museum keine Kosten und Mühen scheut, um dem wissenschaftlichen Anspruch gerecht zu werden. In höchsten Tönen wird vor allem Karolas ehrenamtliches Engagement gewürdigt, ohne das eine solche Herausforderung für ein kleines Heimatmuseum gar nicht zu bewältigen wäre.

Und in noch einem weiteren Artikel wird Karola de la Court-Petersen angesichts ihres hohen wissenschaftlichen Sachverstandes an herausragender Stelle erwähnt. Es geht um eine Sonderausstellung im *Museum Kunst der Westküste* in Alkersum. Neben der Dauerausstellung finden dort regelmäßige Sonderausstellungen auf der Galerie über *Grethjens Gasthof* statt. In diesem Sommer soll *der auf Föhr ansässige Heimatkünstler Götz Hindelang seine durch die Dünen- und Wattenlandschaft geprägten märchenhaft verfremdeten Aquarellzeichnungen* im Museum vorstellen.

Leander wundert sich, denn Götz Hindelang darf er zumindest als Skatbruder, wenn nicht als Freund bezeichnen.

Entsprechend befremdlich findet er es, dass Hindelang bisher mit keinem Wort erwähnt hat, dass seine Bilder, die sonst vor allem in Wilhelm Jörgensens Galerie in der Westerstraße verkauft werden, nun eine eigene Ausstellung im Museum bekommen würden. So etwas ist doch eine besondere Ehre. Das erzählt man doch, wenigstens seinen Freunden.

Lena hat den Vormittag damit verbracht, zusammen mit Klaus Dernau die Einbruchstatorte abzuklappern und sich aus der Außenansicht der Häuser eine Vorstellung davon zu verschaffen, für welche Sorte Einbrecher sie von Interesse sein könnten. Jetzt sitzen sie schweigend in *Inge Haferkorns Apfelgarten* vor einem Stück Friesentorte und einem Cappuccino und lassen jeder für sich ihre Beobachtungen Revue passieren. Dernau ist den ganzen Tag über schon sehr einsilbig, was Lena darauf schiebt, dass er sich durch ihre Einmischung hier auf Föhr geradezu angepinkelt fühlen könnte.

Je mehr sie heute Vormittag gesehen hat, desto überzeugter ist Lena von der Richtigkeit der Theorie, die Leander und später auch Helene Conradi und Jens Olufs entwickelt haben. Nur wenige Objekte sehen von außen so aus, als wohnten dort Kunstsammler, bei denen wirklich etwas zu holen ist. Gäbe es Villen wie die der Eheleute Kopius nicht, wäre Lena davon überzeugt, dass keiner der Einbrüche auf das Konto osteuropäischer Banden ginge. Die meisten Häuser sind schlichte Einfamilienkäfige, einhundert oder maximal einhundertdreißig Quadratmeter groß. Da ist neben den Familienfotos an den Wänden gar kein Platz mehr für Gemälde. Und alarmgesichert ist bestimmt nicht einer dieser Wohnkartons. Viel wahrscheinlicher ist, dass hier eine Jugendbande ihr Taschengeld aufbessert. Die russische Mafia jedenfalls verschwendet mit Sicherheit keinen Blick darauf. Da kann man ja nicht mal sicher sein, dass man durch den Bruch die Überfahrt wieder raus hat.

Die Überfahrt? Lena lässt die Gabel sinken und lehnt sich in ihrem unbequemen Klappstuhl zurück, der wie alles hier einen Anschein von Einfachheit und Ursprünglichkeit des Landlebens erwecken soll und in keinem Verhältnis zu den hohen Preisen steht. Natürlich, an die simpelste Voraussetzung bei Einbrüchen auf einer Insel hat sie noch gar nicht gedacht. Die Diebe müssen ihre Beute von der Insel schaffen. Bei Geld und Schmuck ist das leicht, aber wie bekommt man unbemerkt Gemälde zum Festland hinüber? Zudem sind sie mitsamt den Rahmen gestohlen worden, und die wollen erst einmal transportiert sein. Mit einem Privatboot ist das sicher kein Problem, andererseits kann man die Bilder natürlich auch in einem Transporter auf die Fähre fahren, ohne dass irgendjemand Verdacht schöpfen würde. Aber würden die Diebe nach einem Einbruch wie dem bei Kopius dieses Risiko wirklich eingehen? Sie müssen doch damit rechnen, dass bei einer Millionenbeute sofort der Hafen abgeriegelt und eine Fahrzeugkontrolle angeordnet wird.

Lena ruft sich den Ablauf der Ermittlungen und der Fahndungen nach den Einbrüchen ins Gedächtnis, soweit sie die Akten bereits gelesen hat. In keinem Fall hat Jens Olufs schnell reagiert. Er ist immer sofort zum Tatort gefahren, aber dann hat er die wichtigen ersten Stunden damit verplempert, die Spuren zu sichern und die Hauseigentümer zu befragen. Bis die Kripo eingetroffen war, können die Bilder nicht nur von der Insel, sondern sogar längst in Polen, Dänemark, Holland oder sonstwo gewesen sein. Das Erste, was Lena organisieren muss, ist eine Ringfahndung, die direkt nach der Entdeckung der Einbrüche eingeleitet werden kann. Die Hafenmeisterei muss eingeweiht sein, damit alle Boote, die nachts den Jachthafen verlassen, lückenlos registriert werden. Auch die zugehörigen Personendaten müssen gründlich erfasst werden.

Bei den Fähren wäre der Aufwand schon erheblich größer. Wenn Lena daran denkt, wie lange es dauern würde, die Fahrzeuge zu kontrollieren, und mit wie viel Widerstand sie bei den Fahrzeughaltern zu rechnen haben, die häufig ihr Gepäck nur mit Mühe in die Kofferräume und auf ihre Ladeflächen gequetscht haben, wird ihr ganz mulmig. Aber es hilft schließlich nichts: Gemälde können aus ihren Rahmen gelöst und klein zusammengerollt werden. Viele Kombis haben heutzutage Staufächer unter dem Boden der Ladeflächen, in die solche Leinwandrollen locker hineinpassen. Natürlich, wenn sie mit ihren Kontrollen Erfolg hätten, stünden sie als Helden da, aber die Vorstellung, sie könnten rein gar nichts finden und dafür den kompletten Urlauberstrom stundenlang unterbrechen, ist der reine Horror. Die Schlagzeilen, mit denen sie anschließend durch den Kakao gezogen würden, will sich Lena gar nicht erst vorstellen. Es hilft nichts, sie werden sich bei den Kontrollen mit Stichproben zufrieden geben müssen.

Einen Moment lang überlegt sie, ob sie Dernau über ihre Gedanken informieren soll, entscheidet sich aber dagegen. Der Kriminalbeamte ließe sicher kein gutes Haar an Jens Olufs, der schließlich nicht rechtzeitig reagiert hat, und das will sie dem Leiter der Zentralstation nicht antun. Lieber wird sie Olufs ohne Rücksprache mit Dernau alles Wichtige in die Wege leiten lassen.

Als wäre der Fall nicht so schon verzwickt genug! Muss sie sich da auch noch mit Animositäten und Gezänk zwischen Kollegen herumschlagen? Seufzend beugt sich Lena wieder vor und stochert lustlos in ihrer Friesentorte herum.

»Wahnsinn!« Karola wendet den Sextanten in ihren Händen. »Das Instrument sieht aus wie frisch aus der Manufaktur.«

»Wahrscheinlich hat mein Urgroßvater es entsprechend gepflegt. Ich kann mir vorstellen, dass solche Präzisionsgeräte zu seiner Zeit ein Vermögen gekostet haben«, meint Leander.

»Oh, ja, das stimmt wohl. Steuerleute und Kapitäne haben ihre Instrumente gehütet wie ihren Augapfel. Gibt es denn nicht irgendwelche Urkunden, aus denen hervorgeht, welche Position dein Urgroßvater innehatte oder auf welchem Schiff er gefahren sein könnte?«

Leander legt sämtliche Papiere, die er diesbezüglich in den Ordnern gefunden hat, vor der Historikerin auf den Gartentisch. Sie blättert, nickt hin und wieder oder runzelt die Stirn. Bei dem Schreiben in portugiesischer Sprache verharrt sie etwas länger. »Verstehst du, was da steht?«, fragt sie Leander, aber der schüttelt nur den Kopf. »Eine Übersetzung hast du nicht gefunden?«

»Leider nein.«

Karola greift nach dem Fotoalbum und geht langsam die Seiten durch. Bei dem Foto, auf dem mehrere junge Männer vor einem Friesenhaus stehen, hält sie inne. Schließlich tippt sie mit dem Zeigefinger darauf und nickt. »Natürlich. Das ist die ehemalige Seefahrtschule in Nieblum, bevor sie Anfang des zwanzigsten Jahrhunderts erweitert wurde. Davon hängt auch ein Bild im *Friesenmuseum*, aber aus der Zeit nach der Erweiterung. Deshalb habe ich es nicht gleich erkannt. Wer im neunzehnten Jahrhundert zur See fahren und auf den holländischen Seglern Karriere machen wollte, konnte dort in Navigation unterrichtet werden. Erkennst du jemanden auf dem Foto?«

Leander deutet auf einen jungen Mann, der seinem Großvater auf dessen Jugendfotos ähnlich sieht. »Das könnte mein Urgroßvater sein, aber natürlich weiß ich es nicht genau. Außerdem ist die Aufnahme extrem schlecht.«

»Die alten Plattenkameras ... Aber wir können ja froh sein, dass wir überhaupt Fotos aus der Zeit haben. Ich bin mir nicht sicher, aber der ältere Mann hier mit dem Vollbart könnte Kapitän Volquardtsen sein. Häufig haben alte Kapitäne, die nicht mehr zur See fuhren, in der Nieblumer Schule ihr Wissen an junge Seeleute weitergegeben. Volquardtsen gehörte dazu. Er war ein sehr erfolgreicher Walfangkapitän, der sich nach seiner aktiven Zeit in Nieblum niedergelassen und dort eines der schönen weißen Kapitänshäuser bewohnt hat. Von seinem Wohlstand sollen die Nachfahren bis heute profitieren. Wenn dein Urgroßvater diese Schule besucht hat, war er anschließend mindestens Steuermann, später vielleicht Kapitän. Man müsste nur wissen, auf welcher Route er gefahren ist; ins Nordmeer oder auf der Westindien-Route.«

»China?«, vermutet Leander. »Könnte er nicht auch ein Chinafahrer gewesen sein? Ich habe hier nämlich etwas Merkwürdiges gefunden.« Er faltet das kunstvoll bestickte Tuch auf und legt es vor Karola auf den Tisch.

Sie betrachtet es in gewohnter Gründlichkeit, zwischendurch immer nickend, als wisse sie genau, was sie da vor sich hat. »Du könntest recht haben. Wenn dein Urgroßvater das tatsächlich selbst von einer seiner Reisen mitgebracht hat, deutet das darauf hin, dass er Chinafahrer war. Die Seeleute haben sich damals dort solche Seidentücher anfertigen lassen. Die Handarbeit war billig, und es waren beliebte Mitbringsel. Manche Afrikafahrer haben sogar Kästen mit echten Schrumpfköpfen mit nach Hause gebracht; ganz schön gruselig, das kann ich dir sagen. Merkwürdig ist das Schiff, das hier eingestickt ist. Das ist kein Segler, sondern ein Dampfschiff.«

»Sagt dir der Name etwas?«

»*LPD Lübtow*. Nein, den Namen habe ich noch nie gehört. Ich versuche mal, über das Schifffahrtsregister von Lloyds etwas herauszufinden.« Sie zieht eine Kompaktkamera aus der Tasche und fotografiert das Tuch, das Foto von der Seefahrtschule und einige Dokumente, darunter auch den portugiesischen Text. »Die Fotos schicke ich einem befreundeten Professor, der mir schon oft geholfen hat, wenn ich mit einzelnen Exponaten im *Carl-Häberlin-Museum* nicht weitergekommen bin. Er ist zwar eigentlich Spezialist für die Kaiserliche Kriegsmarine, aber wer weiß, vielleicht liegen wir damit ja gar nicht so falsch. Ich habe jedenfalls das Gefühl, dass wir hier einem bislang unbekannten Kapitel der Föhrer Seefahrtsgeschichte auf der Spur sind.«

»Was meinst du, wie lange es dauern wird, bis wir eine Antwort erhalten?«

»Zurzeit sind Semesterferien, die Kollegen an den Unis sind zum Teil im Urlaub oder auf Forschungsreisen. Allerdings passt mir das, wenn ich ehrlich bin, ganz gut, denn ich bin momentan selbst sehr eingespannt: Neben der Ausstellungseröffnung im *Carl-Häberlin-Museum* morgen arbeite ich gerade eine thematisch neue Friedhofsführung aus, die sich mit den bedeutenden Frauen Föhrs befassen soll. Und dann ist da noch die Vernissage im *Museum Kunst der Westküste*, für die ich mich auch ein bisschen verantwortlich fühle. Als Kennerin der Föhrer Maler zieht der Direktor mich manchmal hinzu, wenn es um einheimische Künstler geht.«

»Dann hast du ihm Götz Hindelang empfohlen«, nutzt Leander die Chance, seine Verwunderung über die Schweigsamkeit des Malers auszudrücken.

Sie bestätigt seine Vermutung. »Du glaubst gar nicht, welche Überredungskünste nötig waren, bis er sich bereit erklärt hat, seine Bilder auszustellen. Dabei kommt er mir sonst gar nicht so schüchtern vor. Und verstecken muss er sich mit seinen Werken nun wirklich nicht.«

»Vielleicht reicht ihm, was er durch den Verkauf über die kleinen Galerien verdient. Möglicherweise ist ihm die Ruhe für seine Arbeit wichtiger als Publicity und Ruhm. Wer weiß, wie er gelebt hat, bevor er nach Föhr gekommen ist.«

»Das ist auch so ein Punkt. Es war kaum etwas über seine Vita herauszubekommen, als ich ihn interviewt habe, um den Werbe-Prospekt und den Ausstellungskatalog vorzubereiten. Nur dass er ursprünglich aus Süddeutschland kommt, habe ich schließlich erfahren. Er sagt, er habe mit seinem alten Leben abgeschlossen. Seine Kunden sollen seine Bilder kaufen, nicht ihn und seine Lebensgeschichte. Nicht einmal Fotos aus seinem Atelier dürfen wir veröffentlichen. Man hat manchmal den Eindruck, er will gar nichts verkaufen, geschweige denn bekannt werden.«

»Tja, merkwürdig ist das schon. Vielleicht ist es ja gerade das, was er pflegen will: eine Aura des Geheimnisvollen.«

»Es gibt Künstler, die genau davon leben.« Karola schiebt die Unterlagen auf dem Gartentisch zusammen. »So, jetzt muss ich gehen. Ich möchte noch einmal die Ausstellung im *Friesenmuseum* begutachten. Der Teufel steckt manchmal im Detail, und es gibt wohl kaum etwas Peinlicheres, als wenn irgend so ein Studienrat aus Ostwestfalen oder dem Münsterland uns einen fachlichen Fehler nachweisen kann. Man glaubt ja gar nicht, was für Fachidioten und Erbsenzähler es da gibt, die förmlich nach dem kleinsten Schnitzer suchen – und wenn es ein Rechtschreibfehler oder ein falsch gesetztes Komma in den Begleittexten ist.«

»Ich höre dann von dir?«

»Sobald ich etwas weiß, melde ich mich. Aber wie gesagt: Das kann etwas dauern. In der Zwischenzeit nutze ich meine Recherche-Kaffeekränzchen bei den alten Leuten in den Dörfern, um etwas über deine Vorfahren herauszubekommen.«

Als Karola gegangen ist, kehrt Leander in den Garten zurück und überlegt, wie er den Rest des Nachmittags zubringen soll. Lena wird gegen achtzehn Uhr nach Hause kommen, für neunzehn Uhr haben sie sich mit Tom und seiner Frau Elke in *Mephistos Biergarten* verabredet. Bis dahin hat Leander noch ein paar Stunden Zeit. Zum Radfahren ist es heute zu heiß. Und mit den Fotos kommt er alleine auch nicht weiter. Was soll er machen? Es bleibt nur noch der Schatten seiner Apfelbäume.

10

Mephistos Biergarten liegt in Oevenum am Dorfrand direkt im Übergang zur Marsch. Den Namen verdankt er seinem Inhaber, einem ehemaligen katholischen Priester mit dem bürgerlichen Namen Dirk Wittkamp, der mit ketzerischen Predigten, denen er seinen Spitznamen verdankt, zunächst für die drastische Reduzierung der ohnehin schon kleinen katholischen Gemeinde und am Ende sogar für die Schließung der kleinen Kirche in der Mühlenstraße in Wyk gesorgt hat.

Inzwischen hat der umtriebige kleine Kerl einen alten Bauernhof in Oevenum gekauft. Dort entdeckte er dann ein altes Backhaus im Garten, das Jahrzehnte lang in einer Art

Dornröschenschlaf hinter Bretterstapeln und Rankgestrüpp gelegen hatte. Nicht zuletzt dadurch war die Idee gereift, einen Biergarten zu eröffnen und dort grundsätzlich nur eigenes Brot und rustikal gebackenen Kuchen anzubieten. Dank Mephistos Lebensgefährtin Diana, die ihm mitsamt den Brotrezepten ihrer russischen Großmutter just in dem Moment zugelaufen ist, als dieser Gedanke Gestalt annahm, hat Mephisto mit seinem Konzept von Anfang an einen derart durchschlagenden Erfolg gehabt, dass er inzwischen sogar nach alten Bierrezepturen forscht, um zukünftig auch den edlen Gerstensaft selber herzustellen.

Wie jeden Abend herrscht bereits Hochbetrieb in dem großen Garten hinter dem Bauernhaus, als Leander und Lena ihre Fahrräder abstellen. Direkt vor ihnen wird der Stammtisch und damit der letzte freie Tisch von einer sechsköpfigen Familie belegt. Mephisto, der mit Brotkörben und Aufschnittplatten beladen soeben aus der Küche kommt, erblickt seine Freunde und erfasst die Situation auf Anhieb.

»Moment«, raunt er ihnen zu. »Das haben wir gleich.«

Er balanciert seine Last zu einem der Tische, versorgt dort die Gäste mit ihren Bestellungen und eilt dann zum Stammtisch hinüber. Nach einigen Worten, die er mit heftigen Gesten seiner kurzen Arme wild fuchtelnd begleitet, erhebt sich die Familie wieder und strebt dem Ausgang zu. Leander wundert sich, dass die Gesichter vor allem der Eltern dabei freudig erregt scheinen und nicht wütend oder enttäuscht, wie man es vermuten würde. Mephisto winkt Leander und Lena an den Tisch und wischt imaginäre Krümel weg, bis beide sitzen.

»Wie hast du das denn gemacht?«, erkundigt sich Leander.

»Ganz einfach: Ich habe blitzschnell, wie es meine Art ist, einen dreistufigen Schlachtplan entworfen und ausgeführt. Zuerst habe ich die Leute freudig als neue Gäste begrüßt, was ihnen sichtlich geschmeichelt hat. Dann habe ich mein Bedauern ausgedrückt, dass sie schon heute gekommen sind und nicht erst morgen, denn am Samstag bekämen Gäste, die zum ersten Mal hier sind, das Essen grundsätzlich zum halben Preis. Als der Vater noch keine Anstalten machte, aufzustehen, habe ich die dritte Stufe nachgeschoben und behauptet, die erste Runde der Getränke gehe dann ebenfalls aufs Haus. Heute aber müssten sie alles selber bezahlen.«

»Aha, und jetzt kommen sie morgen wieder?«

»So hat der Mann es jedenfalls angekündigt.«

»Das wird aber ganz schön teuer für dich«, stellt Lena fest.

»Wieso?«, wundert sich Mephisto.

»Na, immerhin musst du morgen sechs Getränke ganz und genauso viele Essen halb verschenken, nur um uns heute den Tisch frei zu machen.«

»Wer sagt das?«, zeigt sich Mephisto immer noch verständnislos.

»Du hast das gesagt, eben zu der Familie, erinnerst du dich, oder hast du Alzheimer?«

»Werte Lena, für eine Kriminalistin hörst du einfach nicht genau genug zu. Ich habe dem Mann geschildert, was passiert wäre, wenn er morgen zum ersten Mal hier erschienen wäre. Wenn er aber nun morgen wiederkommt, ist das bereits das zweite Mal, denn schließlich war er ja schon heute hier, auch wenn er nichts verzehrt hat.« Die kleinen listigen Augen, mit denen der ehemalige Gottesmann seine Umwelt ins Visier zu nehmen pflegt, blitzen unter den buschigen Augenbrauen, und sein Gesicht nimmt die rosige Farbe diabolisch-freudiger Erregung an.

»Mephisto, Mephisto«, schimpft Leander mit erhobenem Zeigefinger. »Mit derartigen Spitzfindigkeiten hast du dereinst schon deine Kirche leergepredigt. So machst du dir keine Freunde und schon gar keine neuen Gäste.«

»Freunde habe ich mehr als ausreichend, schließlich habe ich mit euch Quälgeistern schon genug zu tun. Und was die neuen Gäste angeht: Hast du den Eindruck, dass ich hier unter Gästemangel leide? Außerdem sah der Mann wie ein Zahnarzt aus, und mit dem Berufsstand habe ich seit der Wurzelbehandlung in der letzten Woche ohnehin noch eine

Rechnung offen. Wenn ich den ärgern kann, verzichte ich gern auf ein paar Euronen.«

»Da bin ich ja froh, dass du keine Kinder hast«, tönt Tom Brodersen, der soeben mit seiner Frau Elke hinter den kleinen Gastwirt tritt.

»Weshalb?«, erkundigt sich Mephisto.

»Weil du dann irgendwann nach einer schlechten Note in einer Klassenarbeit deine Wut an mir ausließest.«

»Unsinn«, wehrt Mephisto mit einer wegwerfenden Handbewegung ab. »Schlechte Noten bekämen meine Kinder allenfalls in Religion, und das unterrichtest du nicht. Außerdem kann man Lehrer grundsätzlich und immer hassen, auch wenn man keine Kinder hat.«

»Ich denke, wir gehen«, sagt Tom zu seiner Frau. »Derart ketzerische Reden, die deinen von dir über alles verehrten Mann zum Ziel haben, möchte ich dir nicht zumuten.«

»Kommt gar nicht in Frage.« Elke Brodersen setzt sich gegenüber von Lena auf die Bank. »Im Gegensatz zu dir kann ich mit der Wahrheit leben.«

»In dem Fall bring mir bitte sofort *zwei* große Bier, damit ich mein verkorkstes Eheleben schöntrinken kann.« Tom Brodersen lässt sich resigniert gegenüber von Leander nieder, wobei er heftig das Gesicht verzieht und sich in den Rücken greift. »Verfluchte Schmerzen. Ich muss mich möglichst schnell betäuben, sonst halte ich das hier nicht aus.«

Auch die anderen bestellen Bier und Mephistos selbstgebackenes Brot mit Schinken. Während der Gastwirt in seinem Haus verschwindet, um in der Küche bei Diana die Bestellung aufzugeben und dann das Bier zu zapfen, nutzen Lena und Elke die ruhigen Minuten vor seiner Rückkehr, um sich erst einmal richtig zu begrüßen und die Neuigkeiten auszutauschen. Tom ergreift die Chance, sich zu erkundigen, was Karolas Besuch am Nachmittag ergeben hat. Leander schildert ihre Vermutungen und das geplante weitere Vorgehen.

»Was ist eigentlich mit Eiken?«, wundert sich Lena. »Die

weicht euch doch sonst nicht von der Seite, und bisher habe ich sie noch nirgendwo gesehen.«

»Eiken ist seit einer Woche bei einer Tagung auf Helgoland«, setzt Leander sie ins Bild. »Da treffen sich die Leiter der Schutzstation Wattenmeer mit Vertretern irgend so eines Instituts, das das dortige Aquarium betreibt, um über neueste Forschungsergebnisse zu reden. Es geht um den Zusammenhang zwischen dem Klimawandel, dem Abtauen der Pole und der Verlagerung des Golfstroms. Die Forscher befürchten wohl, dass es bei uns nicht wärmer, sondern kälter werden könnte, wenn wir aus dem Einflussbereich des Golfstroms herausgeraten. Heute wollte sie eigentlich zurückkommen.«

»Na, du bist ja gut informiert«, beschwert sich Lena. »Hast du vor Eikens Abreise eine Nachhilfestunde in Meereskunde bekommen, oder was?«

»Ich muss mich doch dafür interessieren, schließlich studiert meine Tochter Ozeanografie«, tut Leander unschuldig und freut sich insgeheim über den Anflug von Eifersucht in Lenas Miene.

»Ach ja? Und seit wann interessierst du dich wieder für deine Tochter? Hast du etwa neuerdings Kontakt zu deiner Familie? Gibt es da vielleicht etwas, von dem ich nichts weiß?«

»Vier Fragen auf einmal, das geht nun wirklich nicht!« Leander zwinkert Elke und Tom zu, die dem Geplänkel grinsend zugehört haben.

»Da habe ich etwas ganz Feines für euch.« Mephisto ist mit vier Brotplatten beladen zurück an ihrem Tisch. »Das ist Bierbrot. Statt Wasser habe ich für den Teig nur Bier verwendet; und zwar Landbier, weil es dadurch würziger schmeckt.«

Er stellt die Holzplatten vor seinen Gästen ab und eilt davon, um das Bier zu holen. Davon bringt er gleich sechs Krüge mit. Zwei stellt er vor Tom Brodersen ab, einen nimmt er sich selbst und prostet seinen Freunden zu.

Nach ein paar tiefen Zügen setzt er den Bierkrug mit einem lauten Schmatzen und einem wohligen »Ahhh!« wieder ab und erklärt zu allem Überfluss: »Das tut gut!«

Dann setzt er sich neben Tom auf die Bank und schubst ihn dabei mit seinem ausladenden Hintern etwas zur Seite, was ihm einen vorwurfsvollen Blick einbringt, den er aber völlig ignoriert. »Man hört ja schaurige Sachen über euch«, wendet sich Mephisto an Leander.

»Nämlich?«

»Ihr sollt euch in letzter Zeit vor allem auf Friedhöfen herumtreiben, wurde mir zugetragen. Muss ich mir da Sorgen machen? Sucht ihr euch nur schon einmal ein schönes Plätzchen für die Zukunft aus, oder seid ihr unter die Satanisten gegangen und betreibt einen düsteren Totenkult?« Letzteres betont er so, als hoffe er das geradezu.

»Für den Satanismus bist du ja wohl zuständig.« Tom Brodersen kämpft mit seinem ersten Bierkrug, den er leeren will, bevor der zweite verschalt. »Du und deine Hexe!« Dabei versucht er eine Haltung auf der rückenlehnenlosen Bank zu finden, die möglichst wenig schmerzhaft ist.

»Wovon spricht er?«, erkundigt sich Leander bei Mephisto.

»Sprechen würde ich das nicht nennen«, entgegnet der. »Eher schwafeln. Seit er bei seinen heidnischen Forschungen darauf gestoßen ist, dass die Göttin Diana im Mittelalter als Göttin der Hexen angesehen wurde, nervt er mich mit seinen unsinnigen Anspielungen auf meine holde Lebensgefährtin.«

»Weshalb unsinnig«, erwidert Tom Brodersen. »Anfangs habe ich mich gefragt, wieso sich eine Göttin mit dem Teufel persönlich einlässt. Seit ich aber weiß, dass deine Diana die Göttin der Hexen ist, passt ihr für mich sehr gut zusammen. Ich kann absolut nichts Unsinniges daran finden.« Als er nun seinen Bierkrug hebt und Leander mit einem Augenzwinkern zuprostet, schreit er plötzlich auf und verharrt in der Stellung, als habe ihm besagt Hexe soeben einen Giftpfeil in den Rücken geschossen.

»Was hat er?«, erkundigt sich Mephisto mit einem Blick äußerster Genugtuung bei Leander.

»Er hat gestern zum ersten Mal in seinem Leben körperlich gearbeitet, als er mit mir gemeinsam eine Kiste getragen hat.

Und weil sein verweichlichter Rücken das nicht gewohnt ist, hat er sich sofort verhoben.«

Mephisto blickt den Lehrer skeptisch mit zusammengekniffenen Augen an, erkennt aber den echten Schmerz in dessen Augen und nimmt ihm den Bierkrug aus der verkrampft ausgestreckten Hand. Tom Brodersens Blick schwankt daraufhin zwischen Schmerz und Dankbarkeit. »Mitkommen«, befiehlt Mephisto und erhebt sich von der Bank.

»Dir geht's wohl nicht gut«, schimpft Tom Brodersen. »Ich bin froh, dass ich sitzen kann.«

»Halt die Klappe und komm!« Mephisto zieht Tom Brodersen am Arm hoch, so dass der angesichts des Rucks in der Wirbelsäule vor Schmerzen aufjault, und schubst ihn unnachgiebig in Richtung Haus. Nach wenigen Minuten kommt er alleine zurück und setzt sich auf Toms Platz. »So, gleich wird er wieder laufen können.«

»Was hast du mit ihm gemacht?«, erkundigt sich Elke, und ihrer Stimme ist anzuhören, dass sie sich nun durchaus Sorgen um ihren Mann macht, weil Mephisto alles zuzutrauen ist.

»Ich? Gar nichts! Diana macht gerade etwas mit ihm. Das wird ihm sein Schandmaul verschließen, darauf könnt ihr Gift nehmen.«

Elke macht Anstalten, sich zu erheben und im Haus nach dem Rechten zu sehen, doch Mephisto zieht sie sanft, aber bestimmt auf die Bank zurück. »Keine Angst. Diana hat unlängst eine Heilerinnenpraxis in unserem trauten Heim eröffnet. Sie wird ihn nicht einmal berühren, nur energetisch behandeln.«

»Doch nicht mit Handauflegen«, zweifelt Elke.

»Just so! Du wirst sehen, nachher ist er wie neugeboren.«

»Habt ihr eigentlich nur Blödsinn im Kopf?«, schilt Leander den ehemaligen Priester, aber der antwortet ausnahmsweise mal nicht, sondern lächelt nur mit wissenden Augen zurück.

»Wenn Tom wieder hier ist, zeige ich euch mein neuestes Projekt«, verspricht er stattdessen. »Jetzt verratet mir erst einmal, wie euch mein Bierbrot schmeckt.«

Die drei Freunde loben das Backwerk in höchsten Tönen,

und alle drei meinen es offensichtlich ernst. Leander hat selten derart frisch-würziges und knuspriges Holzofenbrot gegessen, das hervorragend zu dem rauchigen Schinken und dem Bier passt. Kein Wunder, dass *Mephistos Biergarten* einen solchen Zulauf hat.

»Jetzt muss ich mich aber wieder um meine Gäste kümmern«, verkündet der schließlich und erhebt sich schwerfällig von der Bank. »Es wird Zeit, dass ich mir eine Bedienung anschaffe. Alleine komme ich kaum noch dazu, mich einzelnen Gästen länger zu widmen, und ich bin doch nicht Gastwirt geworden, um selber nichts davon zu haben.«

Er eilt davon und wird gleich an mehrere Tische gewunken, an denen offenbar die Gefahr besteht, dass die Gäste allmählich dehydrieren. In diesem Moment betritt Götz Hindelang den Biergarten, blickt sich kurz um und steuert, als er seine Freunde am Stammtisch erblickt, auf sie zu. Im Vorbeigehen bestellt er per Handzeichen bei Mephisto ein Bier und sitzt Sekunden später auf der Bank neben Elke Brodersen.

»Wo ist denn Tom?«, erkundigt er sich.

»Der wird gerade verhext«, antwortet Elke und fährt auf Hindelangs verständnislosen Blick fort: »Er hat sich den Rücken verrenkt und Diana legt ihm jetzt die Hand auf.«

»Ach so«, ist die lapidare Reaktion.

»Das scheint dich ja nicht gerade zu beeindrucken«, wundert sich Elke.

»Wieso sollte es? Diana hat heilende Hände. Was die nicht wieder hinkriegt, gibt es nicht.«

»Hast du etwa auch schon einschlägige Erfahrungen gemacht?«, stichelt Lena augenzwinkernd.

»Natürlich. Letzten Monat hatte ich einen fetten Bluterguss in meinem chronisch schmerzenden rechten Knie. Mein Orthopäde hat einen Knorpelschaden diagnostiziert, Tabletten verschrieben und gemeint, ich käme wohl kaum um eine Operation herum. Als Diana das gehört hat, hat sie laut gelacht und mich mit in ihre Praxis genommen. Sie hat mir zweimal die Hände aufgelegt, und der Bluterguss ging nach wenigen

Tagen zurück. Und nicht nur das: Statt des Knorpelschadens war ihre Deutung der Ursache, dass ich einen entscheidenden Richtungswechsel in meinem Leben noch nicht verarbeitet hätte. Das habe zu einer Blockade geführt, die sie bei ihrer Behandlung aufgelöst habe. Seitdem habe ich nicht einmal mehr Schmerzen im Knie gehabt.«

»Richtungswechsel, ja?«, zweifelt Leander. »Welche Richtung hast du denn gewechselt? Und wohin läufst du seitdem?«

Götz Hindelang verzieht peinlich berührt sein Gesicht, antwortet aber nicht.

»Und was hat dein Orthopäde dazu gesagt?«, erkundigt sich Lena.

»Zuerst hat er gestaunt und gemeint, die Tabletten hätten ja wahre Wunder bewirkt. Als ich ihm dann die volle Packung auf den Tisch gelegt und von einer Heilerin erzählt habe, ist er sauer geworden. Wenn ich lieber an diesen Hokuspokus glauben wollte, sollte ich mir einen anderen Orthopäden suchen. Ich habe ihm mitgeteilt, dass ich in Zukunft gar keinen Orthopäden mehr aufsuchen würde, nachdem ich diese Erfahrung gemacht habe. Zum Abschied hat er mir nicht mal mehr die Hand gegeben. Einen Privatpatienten zu verlieren, hat ihm sicher doppelt wehgetan, aber es ist ja nicht meine Aufgabe, Almosen an notleidende Scharlatane zu verteilen.« Jetzt lacht Götz Hindelang, und die anderen sind sehr nachdenklich geworden.

»Apropos Richtungswechsel. Was ist das eigentlich mit der Vernissage im *Museum Kunst der Westküste*, von der ich heute gelesen habe?«, wechselt Leander das Thema, weil ihm die Sache mit der Heilerei nicht ganz geheuer ist.

»Genau das, was du gerade gesagt hast. Eine Vernissage meiner Aquarelle oben auf der Galerie des Museums.«

»Und warum erzählst du uns nichts davon? Seid ihr Künstler plötzlich bescheiden geworden?«

Götz Hindelang macht nur eine wegwerfende Handbewegung.

»Wann ist denn die Eröffnung?«, erkundigt sich Lena.

»Nächsten Donnerstag. Zumindest ist das so geplant. Ist noch ziemlich viel Arbeit bis dahin.«

»Das kann ja wohl nicht wahr sein«, erhitzt sich Leander. »Hast du schon einmal daran gedacht, dass du Freunde hast? Wenn du uns ein Sterbenswörtchen gesagt hättest, hätten wir dir längst unsere Hilfe angeboten.«

In diesem Moment kommt Tom Brodersen zu ihnen zurück und quetscht sich rücksichtslos von hinten über die Bank hinweg zwischen Götz Hindelang und Elke.

»Na, dir scheint es ja wieder besser zu gehen«, beschwert sich seine Frau angesichts seiner Drängelei, durch die sie fast von der Bank rutscht.

»Das kann man wohl sagen. Der Nerv ist wieder frei.«

»Was hat Diana denn mit dir gemacht?«

»Wenn ich das wüsste. Sie hat längere Zeit hinter mir gestanden, ohne mich zu berühren. Trotzdem hat mein Rücken stark gekribbelt. Als ich nachgefragt habe, hat sie gesagt, sie schicke gezielt Energie in meine blockierte Wirbelsäule, und gefragt, ob ich in letzter Zeit in irgendeinem Bereich den Halt verloren hätte. Ich habe ihr von den Problemen erzählt, die Henning und ich bei unserer Forschungsarbeit haben. Plötzlich sagt sie: Genau, das ist es; ich löse das jetzt auf, dann kommt der eingeklemmte Nerv wieder frei. Sekunden später waren die Schmerzen weg. Frag mich nicht, wie das funktioniert. Im Moment ist mir das auch völlig egal. Ich bin froh, dass ich wieder gerade sitzen kann.«

Die Freunde betrachten den so plötzlich Genesenen wie eines der sieben Weltwunder. Nur Götz Hindelang ist kein bisschen überrascht.

»Eins sage ich dir«, fährt Tom an Leander gewandt fort. »Deine Kisten schleppst du in Zukunft alleine. Der eingeklemmte Nerv ist mir eine Lehre.«

»Wieso? Du weißt doch jetzt, wo du im Handumdrehen wieder kuriert wirst. Im Übrigen musst du dich entscheiden: Willst du ein selbstloser Freund sein oder eine Memme? Du kannst doch nicht nein sagen, wenn Götz uns so dringend braucht.«

»Götz? Wieso Götz?«

»Weil wir ihm bei der Vorbereitung seiner Vernissage helfen werden. Sonntagmorgen, würde ich vorschlagen.«

»Moment mal, werde ich selbst eigentlich auch gefragt?«, beschwert sich der Maler.

»Nö«, erklärt Leander. »Also, was ist, Tom? Sonntagmorgen um elf?«

Tom Brodersen weiß nicht, wie ihm geschieht, aber was soll er machen? Also willigt er seufzend ein, was seiner Frau ein schadenfrohes Grinsen ins Gesicht zaubert.

»Da sind sie ja!«, ruft plötzlich eine Stimme, und als Leander sich umdreht, erkennt er den Wandergesellen vom Friedhof wieder. Klaus Lammers kommt zusammen mit zwei weiteren jungen Männern auf sie zu, die ebenfalls die traditionelle Kluft tragen, aber in Schwarz. Die drei Gesellen klopfen auf den Tisch und lassen sich wie selbstverständlich nieder. Sie sehen sich in ihrer Kluft sehr ähnlich, nur einer trägt ein weißes Hemd ohne Kragen. Auch die beiden Kameraden von Klaus Lammers haben goldene Ringe im Ohr.

»Verdammt trockene Luft hier«, dröhnt einer der Männer und reibt sich theatralisch mit dem Handrücken über den Hals. »Ich bin schon völlig unterhopft.«

Tom Brodersen, der seinen frisch gewonnenen Elan nicht im Zaum halten kann, springt auf und läuft zu Mephisto hinüber. Gemeinsam mit dem Gastwirt verschwindet er im Haus. Zehn Minuten später schleppen die beiden Bierkrüge für alle heran.

»Wollt ihr auch etwas essen?«, erkundigt sich Tom bei den drei Handwerksburschen, als sei er hier der Gastgeber.

»Wenn wir so nett eingeladen werden, sagen wir nicht nein«, antwortet der Steinmetzgeselle todernst.

Tom nickt etwas verblüfft über so viel Dreistigkeit, bestellt aber dann bei Mephisto drei Schinkenplatten.

»Das sind also meine Kollegen«, stellt Klaus Lammers die anderen beiden Männer vor. »Maik ist Zimmermann und Steffen Dachdecker. Ich habe euch ja von ihnen erzählt.«

»Stimmt«, reagiert Tom erfreut. »Ihr arbeitet bei Andreesen und deckt Reetdächer. Das finde ich hochinteressant.«

»Dann komm doch mal vorbei«, bietet Steffen an. »Ich zeige dir, wie man das Reet vernäht. Macht total Bock, echt.«

»Und dein Meister hat nichts dagegen, wenn Henning und ich euch aufs Dach steigen?«

Leander will einwenden, dass er überhaupt keine Zeit habe, an Toms neuer Aktion teilzunehmen, aber er scheut die Diskussion, die das zur Folge hätte. Also entscheidet er, das später zu klären.

»Quatsch, der Andreesen ist echt in Ordnung«, entgegnet Steffen auf Toms Frage. »Manchmal tickt er zwar noch aus, wenn einer von uns Scheiß macht, aber der regt sich genauso schnell wieder ab. Am Anfang haben wir eine Menge Bockmist gebaut, aber inzwischen haben wir das Reetdachdecken voll drauf.«

Mephisto serviert die drei Schinkenplatten und wird diesmal von Diana begleitet, die ebenfalls eine Platte mit Aufschnitt bringt und sich damit selbst an dem Tisch niederlässt.

»Alles in Ordnung«, zeigt sich Tom Brodersen dankbar. »Der Rücken ist wieder topfit.«

»Natürlich«, entgegnet Diana wie selbstverständlich und widmet sich ihrer Wurstplatte. Sie ist wie immer ganz in ein weißes, wallendes Baumwollkleid gehüllt und hat ihre langen, schwarzen Haare zu einem Pferdeschwanz zusammengebunden. Nach Toms Bericht von vorhin wirkt sie auf Leander mehr denn je wie eine Hexe oder zumindest wie eine Druidin. Dieser Eindruck verstärkt sich bei ihm noch, als jetzt ein großer graugetigerter Kater auf ihren Schoß springt und sich einrollt, und könnte nur noch durch einen Raben auf ihrer Schulter verstärkt werden.

»Wer ist das denn?«, fragt Lena, die Katzen liebt.

»Das ist Artemis. Er ist mir zugelaufen. Sein Auge ist verletzt, wahrscheinlich von einem Kampf mit einem Artgenossen. Ich habe ihn behandelt, und seitdem weicht er nicht mehr von meiner Seite«, erzählt Diana. »Katzen reagieren sehr empfindsam auf jede Form von Energie.«

Die drei Wandergesellen werden etwas unruhig und tuscheln miteinander. Maik zeigt immer wieder zu einer Gruppe junger Leute, die sich eben erst in einer Ecke des Biergartens ein paar frei gewordene Tische zusammengestellt haben und nun lautstark Bier bestellen. Schließlich stehen Maik und Steffen auf, nehmen ihre Bierkrüge und die Schinkenplatten und machen sich wortlos auf den Weg zu der Gruppe. Auch Klaus Lammers erhebt sich.

»Tut mir leid«, entschuldigt er das Verhalten seiner Freunde. »Das sind Arbeitskollegen von Steffen und Maik mit ihren Freundinnen. Ich geh dann auch mal zu ihnen rüber. Die beiden arbeiten übrigens gerade in Oldsum an einem Reetdachhaus; ich meine, wenn ihr sie auf der Baustelle besuchen wollt.« Er nickt Tom und Leander zu und eilt seinen Freunden nach.

»Merkwürdiges Verhalten«, beschwert sich Elke. »Erst lassen sie sich einladen, dann hauen sie einfach ab.«

»Lass sie doch«, entgegnet Tom. »Bei uns ist es ihnen bestimmt zu langweilig. Und da drüben sind Mädchen, das lockt so junge Burschen einfach mehr als die alten Tanten hier am Tisch.«

Leander schaut zu den jungen Leuten hinüber, die lauthals und ohne Rücksicht auf die anderen Gäste irgendetwas zu feiern scheinen. Maik hat sich abseits von seinen Kollegen mitten zwischen die Mädchen gesetzt und unterhält sich offensichtlich hervorragend. Zwischendurch steckt er immer wieder einer hübschen blonden Deern Schinkenstückchen in den Mund, was die kichernd aufnimmt, während ihr einer der jungen Männer zornige Blicke zuwirft. Wenn das mal gutgeht.

»Ihr sitzt ja völlig auf dem Trockenen«, tönt Mephistos tiefe Stimme in Leanders Gedanken.

Der korpulente Mann schleppt bereits sechs Bierkrüge mit sich herum, in jeder Hand drei, und hat sichtlich Mühe, sie heile auf dem Tisch abzustellen. Dann eilt er ins Haus zurück und holt den letzten noch fehlenden Krug. Die Luft im Garten ist inzwischen angenehmer geworden, die große Hitze scheint für heute überstanden zu sein. Der Biergarten hat sich bis auf ihren Stammtisch und die Ecke mit den jungen Leuten geleert. Nur das Geschirr und die leeren Gläser stehen noch auf den Tischen.

»Das räume ich später ab«, erklärt Mephisto, als er Leanders herumstreifenden Blick bemerkt. »Jetzt komme ich erst einmal zu euch, sonst ist der Abend rum und ich habe kein Wort mit euch gewechselt.«

»Ich habe, ehrlich gesagt, bisher nichts vermisst«, stichelt Götz Hindelang.

»Im Gegenteil«, unterstützt ihn Tom Brodersen, »es war sogar angenehm ruhig hier.«

»Das wird sich jetzt ändern«, lässt sich Mephisto nicht beirren. »Hat Diana euch schon von meinem neuen großen Projekt erzählt?«

Allgemeines Kopfschütteln und vereinzeltes Stöhnen beantworten diese Frage. Jeder hier im Kreis kennt Mephisto gut genug, um zu wissen, dass dessen Projekte nicht selten groß angelegte Spinnereien sind, die aber glücklicherweise auch nicht immer konsequent umgesetzt werden. Leander befürchtet, dass nun wieder ein Schwall hochtrabenden Geschwätzes auf die Zuhörer niedergehen wird, und er soll in seiner Erwartung nicht enttäuscht werden.

»Also, dann hört einmal gut zu«, hebt Mephisto mit einem gewichtigen Tremolo in der Stimme an. »Wie ihr unschwer erkennen werdet und aus meinen bisherigen Berichten wisst – falls ihr zugehört habt und euch alles merken konntet – war dieser Biergarten nicht immer ein solcher, sondern ein stinknormaler Bauernhof. Und genau das soll er nun im Nebenerwerb wieder werden, allerdings werde ich ihn seiner Normalität früherer Zeiten berauben. Die Stallungen dort drüben liegen bislang ungenutzt und harren nur meines Genius, um aus ihrem Schlafe erweckt zu werden. Was soll ich sagen? Ich habe ihren Ruf erhört.«

»Um Gottes willen«, kommentiert Tom Brodersen. »Nicht genug, dass er wieder eine Fallhöhe erzeugt, aus der er am

Ende gnadenlos abstürzen wird. Er personifiziert auch noch die verfallenen Schuppen dort drüben.«

»So verfallen sind die gar nicht«, widerspricht Mephisto. »Ich habe sie mir genau angesehen und sicherheitshalber einen Architekten meines Vertrauens hinzugezogen – auch wenn sich das angesichts meiner universellen Expertise natürlich als überflüssig erwiesen hat. Nun, der langen Rede hoher Sinn: Ich werde in dem einen Gelass, das dereinst eine Wagenremise gewesen sein muss, ein Bauern-Café eröffnen. Das kann ich bei schlechtem Wetter und im Winter anstelle dieses dann unwirtlichen Biergartens nutzen.«

»Das klingt doch sehr vernünftig«, meint Lena und erntet allgemeines Kopfnicken.

Mephisto spornt das sichtlich an. Er erhebt seinen rechten Zeigefinger, was Diana mit einem belustigten Blick begleitet. »Das andere Gebäude aber, der ehemalige Stall, wird genau ein solcher wieder werden.«

»Du willst doch nicht etwa Kühe und Schweine halten!«, ruft Tom Brodersen erschrocken aus.

»Warum denn nicht?«, erkundigt sich Mephisto in übertrieben dargebotener Verwunderung, blickt Diana fragend an und bekommt ein zustimmendes Nicken als Antwort.

»Passt auf«, setzt Götz Hindelang Toms Befürchtungen fort. »Gleich erzählt er uns, dass er demnächst auch noch Hausschlachtungen durchführen und die Wurst und den Schinken für seine Aufschnittplatten selber herstellen will. Das wird dann der Moment sein, von dem an ich hier lieber nichts mehr zu mir nehme.«

»Nicht doch, nein, auch mein Elan hat seine Grenzen. Ich werde natürlich nicht selber schlachten und wursten. Dafür gibt es Metzger. Allerdings werde ich tatsächlich Tiere halten, denn genau das ist ja nun Sinn und Zweck eines Stalles. Ich werde die Tierrassen züchten, die vom Aussterben bedroht sind: alte deutsche Zwerghuhnrassen, Woll- und Sattelschweine und dergleichen. Eier und Fleisch geben die auch, aber sie lassen sich auch lebend wunderbar verkaufen. Dieser

Hof, liebe Freunde, respektive dieses altehrwürdige Anwesen wird ...« Mephisto legt eine Kunstpause ein und lächelt vielversprechend in die Runde, »... meine *Arche Mephisto*!«

Die anderen Anwesenden schweigen eine Weile betreten über so viel Selbstüberschätzung und lassen die Ankündigung auf sich wirken. Leander würde es gerne als Mephistos übliche Spinnerei abtun, aber irgendetwas hält ihn zurück. Die Vorstellung eines von Tieren belebten Ökohofes zieht vor seinem geistigen Auge auf, während Mephisto triumphierend in die Runde blickt und umso breiter grinst, je länger er die grübelnden Mienen betrachtet.

»Und das ist noch nicht alles, denn dort drüben« – er deutet in Richtung der Wiesen zur Marsch hin – »werde ich einen Obstgarten anlegen, eine Plantage gar. Auch dort wird es nur die guten alten und fast ausgestorbenen Apfel-, Birnen-, Kirschen- und Zwetschgensorten geben, die man sonst nirgendwo mehr bekommt. Sie werden unseren Kuchen hier im Gartencafé noch einzigartiger machen.« Er legt Diana seinen Arm um die Schulter und erntet ihr Lächeln wie ein Sternekoch nach erfolgtem Lob seiner Gourmet-Gäste. Die beiden machen den Eindruck, als hätten sie all das gemeinsam ausgeheckt und seien sich absolut einig in ihrem Vorhaben.

In diesem Moment erhebt sich lautes Geschrei in der Ecke der jungen Leute. Das Mädchen, das eben noch neben Maik gesessen und den Schinken genossen hat, liegt rücklings neben der Bank auf dem Boden. Maik und der junge Mann, der dem Treiben vorhin schon recht aggressiv zugesehen hat, stehen sich mit erhobenen Fäusten gegenüber. Die beiden anderen Wandergesellen versuchen, Maik zurückzuhalten, und zwei weitere junge Burschen haben sich zwischen die Kampfhähne gestellt.

»Mach keinen Scheiß, Frerk«, fordert einer der beiden Maiks Gegner auf. »Das ist es echt nicht wert.«

Mephisto eilt hinüber. »Was ist denn hier los? Wenn ihr euch prügeln wollt, verlasst meinen Biergarten. Aber vorher wird gezahlt.«

Die beiden jungen Männer zeigen sich völlig unbeeindruckt und fixieren einander wie Boxer in einem Schwergewichtskampf.

»Du lässt die Finger von meiner Freundin!«, befiehlt Frerk dem Wanderburschen. »Sonst wirst du erleben, wie wir euch schneller von der Insel jagen, als ihr hierher gekommen seid.«

»Das will ich sehen«, entgegnete Maik lachend. »Außerdem habe ich nicht den Eindruck, dass Jenny sich belästigt fühlt. Die scheint eher von einem Langweiler wie dir die Schnauze voll zu haben. Was, Jenny? Du willst mal einen richtigen Kerl haben!«

»Jetzt lass mal gut sein!« Klaus Lammers zieht Maik einen Meter zur Seite. »Wir wollen keinen Streit. Wir wollen hier in Ruhe arbeiten. Und du hältst dich jetzt zurück und trinkst heute Abend nichts mehr.«

Jenny hat sich inzwischen wieder aufgerappelt und hält sich von beiden Burschen fern. Inmitten ihrer Freundinnen inspiziert sie die Spuren, die der Sturz von der Bank hinterlassen hat. Maik lässt sich nur schwer beruhigen, und selbst, als er sich schließlich wieder auf seinen Platz setzt, lässt er seinen Gegner nicht aus den Augen. Auch Frerk wird nun von seinen Freunden am entgegengesetzten Ende auf die Bank gedrückt. Jenny hat Tränen in den Augen und will zur Toilette ins Haus schleichen, aber Frerk ergreift sie am Oberarm, als sie an ihm vorbeikommt, und zieht sie gewaltsam auf seinen Schoß, wo sie verschreckt und ohne Gegenwehr sitzen bleibt. Siegesgewiss lächelt der junge Friese in die Richtung Maiks, der erneut Anstalten macht, sich auf Frerk zu stürzen, aber Steffen und Klaus halten ihn zurück. Diese Runde ist an Frerk gegangen, allerdings kann man in Maiks Augen lesen, dass es nicht der letzte Kampf gewesen sein wird. Auch bei den anderen jungen Friesen rumort es jetzt, teilweise zwischen den Jungen und den Mädchen, wobei Letztere Partei für die Wandergesellen und Jenny ergreifen, Erstere für Frerk. Noch hat sich die Situation also nicht entspannt und kann jederzeit wieder hochkochen.

»Zahlen!«, ruft Klaus Lammers in Mephistos Richtung.

Tom Brodersen, der sich gefolgt von Leander dem Tisch ebenfalls genähert hat, sagt: »Schon gut, Mephisto, die Zeche der Wandergesellen geht auf mich.« Und zu den Burschen gewandt, fährt er fort: »Wir sehen uns dann am Montag auf der Baustelle in Oldsum.«

Klaus Lammers und Steffen winken ihm zum Abschied zu und verlassen mit Maik, der düster vor sich hin starrt, aber keinen Widerstand mehr leistet, den Biergarten. Mephisto wendet sich an die jungen Insulaner und setzt eine böse Miene auf. »Und was ist mit euch? Geht ihr auch, oder wollt ihr noch etwas bestellen?«

»Eine Runde auf mich«, entgegnet der vermeintlich siegreiche Kämpfer. »Wir haben etwas zu feiern.«

»Ich möchte nichts mehr«, wehrt seine Freundin ab.

»Unsinn. Sechs Bier auf meinen Deckel.«

»Deckel ist nicht«, widerspricht Mephisto. »Hier wird immer bar bezahlt.«

»Ist ja gut. Bringst du uns jetzt das Bier, oder was?«

Mephisto blickt noch einen Moment finster in die Runde, geht aber dann ins Haus, um die Bestellung auszuführen. Als Leander und Tom an den Tisch ihrer Freunde zurückkommen und Tom sich mit Elkes Frage auseinandersetzt, ob die Übernahme der Rechnung für die drei Wandergesellen denn nun wirklich nötig gewesen sei, beobachtet Leander, dass sich am Tisch der jungen Leute eine heftige Diskussion entspinnt. Offensichtlich wird der Kampfhahn Frerk von seinen Freunden in die Zange genommen, und auch seine Freundin Jenny rutscht von seinen Knien und setzt sich wieder zu den anderen beiden Mädchen. Erregt kontert der junge Mann die Angriffe, und schließlich, als Mephisto das Bier vor ihnen abgestellt hat, prosten sich alle sechs zu und verfallen danach in betretenes Schweigen.

»Suffköppe!«, schimpft Mephisto und setzt sich wieder auf seinen Platz.

»Nee nee«, entgegnet Diana. »Da steckt mehr dahinter. Die drei feschen Wandergesellen in ihren schwarzen Outfits sind für die Mädels eine Attraktion. Das sind nicht solche Hinterwäldler wie ihre Freunde aus den Inseldörfern. Die haben das Flair der Weltenbummler. Es sollte mich nicht wundern, wenn das noch zu ernsthaftem Streit zwischen den Jungs und ihren Deerns führt.«

»Wie bei Karolas Ururgroßmutter«, entfährt es Tom, worauf er nun die Geschichte von dem französischen Soldaten und der lebenshungrigen jungen Friesin erzählen muss, die außer ihm nur Leander schon kennt.

Die anderen hören ihm aufmerksam zu, und jeder weiß eine ähnliche Geschichte zu erzählen, die letztlich immer darauf hinaus läuft, dass die Fremden bleiben und ihr frisches Blut in die inzüchtigen einheimischen Ahnenreihen einbringen. Alle sind sich einig, dass Zugezogene für die entlegenen Inseln meistens ein Gewinn sind. Schließlich kommen alle außer Tom und Elke nicht von der Insel, und die beiden sind weltoffen genug, um diese Erkenntnis ebenfalls zu konstatieren. Allerdings weiß auch jeder von Fällen aus der Geschichte zu berichten, in denen der Einbruch Zugezogener in die heile Inselwelt am Ende zu Mord und Totschlag geführt hat.

Bevor sie aufbrechen, verabreden Mephisto, Tom, Götz und Leander eine Neuerung bei ihrem Skatabend am kommenden Mittwoch. Sie wollen sich von nun an reihum immer bei einem der Skatbrüder treffen; wenn Mephisto an der Reihe ist, im *Kleinen Versteck* in der Mühlenstraße, weil er hier im Biergarten nicht zur Ruhe kommen und die Arbeit regelrecht nach ihm schreien würde. Für das erste Treffen der neuen Art bietet sich Leander an, dessen kleiner Garten mit den Apfelbäumen jetzt im Sommer mit einer lauschigen Atmosphäre aufwarten kann. Dann lassen sie Diana und Mephisto in ihrem Biergarten zurück, wo nun die Aufräumarbeit anfängt. Lenas Angebot, ihnen wenigstens beim Abräumen und In-die-Küche-Tragen zu helfen, haben beide vehement abgelehnt.

»Morgen Abend ist Feuerwehrfest in Süderende«, erzählt Elke, als sie und Tom neben Leander und Lena auf dem Marschweg in Richtung Boldixum radeln. »Was haltet ihr davon, wenn wir gemeinsam hingehen?«

»Warum nicht?«, stimmt Lena zu. »Wenn ich erst mal wieder in Kiel bin, habe ich keine Freizeit mehr. Also nutzen wir die wenigen Abende, oder, Henning?«

Da auch der nichts dagegen einzuwenden hat, trennen sie sich schließlich am Dorfrand Boldixums mit einer festen Verabredung für Samstagabend um achtzehn Uhr bei Brodersens, um von dort aus gemeinsam zum Feuerwehrfest zu radeln.

11

Karola de la Court-Petersen betritt das Gelände des *Carl-Häberlin-Museums* durch zwei zu einem überdimensionalen Spitztor zusammengestellte Walkieferknochen. Direkt links vor ihr liegt das Haupthaus mit dem Kassenbereich und den Sammlungen, das den Schiffsnamen *Drie Süsters* trägt. An der Giebelseite prangt ein Nachbau des Schiffsnamensschildes. Die anderen beiden Gebäude, das *Haus Olesen* und die *Midlumer Scheune*, liegen im hinteren Teil des Geländes. Ein schmaler Weg aus den hier üblichen roten Backsteinen führt auf den Eingang zu.

Karola schließt die Holztür auf und betritt den kleinen Vorraum, in dem neben der Kasse die Bücherverkaufsstände untergebracht sind und von dem der Zugang in den Erdgeschoss-Ausstellungsraum und die Treppe in das obere Stockwerk abgehen. Sanftes Licht fällt durch kleine Sprossenfenster auf den Steinboden, aber es gelingt ihm nicht, die dämmerige Atmosphäre zu durchbrechen.

Die Kuratorin schaut auf die Uhr: halb neun, Zeit genug für einen letzten Kontrollgang durch das Haus und die Trachtenausstellung, deren Eröffnung heute ist. Sie schließt die Haustür von innen ab und lässt den Schlüssel gleich stecken. Draußen ist es für die frühe Stunde schon ziemlich stickig, und so genießt Karola die angenehme Kühle des alten Reetdachhauses, das gerade im Sommer hervorragend klimatisiert ist.

Zuerst besichtigt sie die Räume im Erdgeschoss, schließlich soll alles in Ordnung sein, wenn die Besucher ins Museum strömen. Sie durchquert den Raum mit den Reliquien aus der Vorgeschichte der Insel, dann den naturkundlichen Bereich, die Abteilung über das Seebad Wyk, in dem sie wie gewöhnlich einen Moment vor dem Modell des Warmbadehauses verharrt. Die detailgetreue Darstellung der Badekarren und der Seewasserpumpe ist immer wieder eine Augenweide. Schade, dass es diese schönen alten Wagen heute nur noch im Nachbau als Verleihstationen für Strandkörbe am Badestrand zu sehen gibt. Andererseits: Wollte sie selbst noch wie zu Großmutters Zeiten mit dem Karren an den Spülsaum gefahren werden, nur um dann im langen Kleid die Stufen hinunterzusteigen und sich gerade einmal die Beine benetzen zu dürfen?

Nun folgt die Ausstellung der traditionellen Handwerksberufe: die Werkzeuge der Reetdachdecker, Steinmetze, Tischler und Schlachter. Wunderbar, diese alten Gerätschaften, und durchaus schon sehr praktisch, wenngleich die Technik heute natürlich die Arbeit deutlich erleichtert. Und doch findet sie es immer wieder beglückend, einen Tischler noch mit einem Handhobel ohne Stromkabel arbeiten zu sehen. Viele der Gerätschaften, die in diesem Raum ausgestellt sind, hat die Kuratorin eigenhändig aus halb verfallenen Scheunen und Werkstätten ausgegraben und für die Nachwelt gerettet.

Hier und da hebt Karola ein Bonbonpapier oder eine achtlos weggeworfene Eintrittskarte auf und steckt sie vorübergehend in die Hosentasche; sonst ist hier unten alles in Ordnung. Sie steuert auf den Treppenaufgang zu, um in den Bereich zu gelangen, der an diesem Tag von ganz besonderem Interesse sein wird, den Volkstumsraum.

Die hölzerne Treppe ins Obergeschoss ist schmal und steil. Gerade richtig, um den Kreislauf etwas in Gang zu bringen, findet Karola. Ein leichter Luftzug strömt ihr entgegen. Hat sie etwa gestern ein Fenster offen gelassen? Natürlich, sie hat die Räume gelüftet, als sie zum letzten Mal Hand an die Trachtenpuppen gelegt hat, das muss es sein. Nur gut, dass es in der Nacht weder gestürmt noch geregnet hat. Nicht auszudenken, wenn die empfindlichen Exponate nass geworden oder umgefallen wären. Einige Gegenstände sind die letzten ihrer Art, zumindest hier auf Föhr, und damit nicht zu ersetzen.

Oben angekommen, durchquert sie die Seefahrt-Ausstellung. Eigentlich ist dieser Teil für Touristen immer der interessanteste, denn hier sind Modelle und Schiffsbilder aus der großen Zeit des Walfangs ausgestellt. Originale Galions- und Heck-Figuren aus dem achtzehnten Jahrhundert haben hier genauso ihren letzten Hafen gefunden wie die Schiffsmodelle der Walfänger *Juno* und *De Vriheit*. Auch das Original des Namensschildes draußen am Giebel hängt hier über einer ansehnlichen Sammlung von Geräten, die aus den Navigationsschulen der Insel und aus Privatvermächtnissen stammen. Ein letzter Blick in die Runde zeigt ihr, dass auch in diesem Bereich alles in Ordnung ist. Nur der Luftzug ist unangenehm.

Auf die Goldschmiedewerkstatt im nächsten Raum freut sich Karola schon, das ist ein echtes Highlight. Der abgetrennte kleine Handwerksraum mit dem historischen Werkzeug ist ihr besonders gut gelungen, absolut stilecht nachempfunden. Genauso klein und eng, aber ungemein gemütlich muss das Arbeitsumfeld einer Goldschmiede früher gewesen sein. Und dann diese Tabletts mit den wunderschönen, reich verzierten Brustketten und fein ziselierten Trachten-Knöpfen! Insgesamt sechs solcher Tabletts hat sie zusammengetragen; wenn das kein bemerkenswerter Schatz ist! Sie schließt die Augen für einen bewussten Moment, um sich gebührend auf den Anblick des blitzenden Silberschmucks hinter der Glasscheibe vorzubereiten, und atmet tief ein – warum, verdammt noch mal, zieht das hier nur so?

Dann öffnet sie die Augen. Nur zu gerne würde sie schreien, aber dazu fehlt ihr die Kraft. Mit hilflos vorgestreckten Armen steht sie da. Wo gestern noch Glasscheiben in dunklen Holzrahmen einen Schauraum im Stil einer friesischen Werkstatt abgesteckt haben, liegt jetzt ein Trümmerfeld aus Holz- und Glassplittern. Die sechs Tabletts liegen inmitten der Trümmer – leer und achtlos weggeworfen. Die wertvollen Ketten und Knöpfe! Alles weg! – Die Trachten! Um Gottes willen! An den Trachten sind ja ebenfalls Brustketten und Silberknöpfe angebracht! Karola hetzt weiter in den Volkstumsraum.

Auch hier hat der Schreiner nach ihren Anweisungen eine Wohnstube nachgebaut und durch Glaswände vom frei zugänglichen Bereich abgeteilt. Und auch hier bietet sich der Kuratorin ein Bild der völligen Zerstörung und Verwüstung. Wo gestern noch sechs Kunststoff-Friesinnen ihre aus Walfangzeiten stammenden Trachten präsentiert haben, liegen nun nackte Schaufensterpuppen wild durcheinander geworfen zwischen Holztrümmern und Glasscherben, die Arme unnatürlich verrenkt. Die Tabletts, auf denen Karola höchstpersönlich die sechsundvierzig wertvollsten Silberknöpfe, die das Museum zu bieten hat, angeordnet hat, sind genauso geplündert und geschändet wie ihre Pendants in der Goldschmiedewerkstatt.

Karola sackt in sich zusammen und ringt um Fassung. Unter dem Eindruck völliger Vernichtung zieht ihr Forscherleben an ihrem inneren Auge vorbei, auf dessen Gipfel sie sich bis vor wenigen Minuten geglaubt hat.

»Kein Wunder, dass es da unten so zieht«, stellt Polizeihauptkommissar Jens Olufs resigniert fest.

Er befindet sich zusammen mit Jörn Vedder auf dem Dachboden oberhalb des Raumes mit der Auswandererausstellung und blickt auf ein breites Loch im Reetdach. Gleich neben dem Schornstein und in dessen Schutz von außen kaum auszumachen, haben die Einbrecher mit einem Bolzenschneider den Bindedraht durchtrennt und dann einfach die Reetbündel von den Dachsparren gerissen. Anschließend haben sie zwei Dachlatten herausgesägt und so einen breiten Durchgang geschaffen. Das Ganze hat sicher nicht länger als fünf Minuten gedauert und den Vorteil, dass es von keiner Alarmsicherung erfasst wird.

»Ein Fall für Andreesen«, stellt Jörn Vedder lakonisch fest. »Der näht das wieder zu.«

»Sag das mal der Kurt, ich glaube nicht, dass die das beruhigen wird.« Die Kuratorin tut Jens Olufs ehrlich leid. Als die Polizisten vorhin eintrafen, hat sie ein Bild des Jammers abgegeben.

Vedder folgt seinem Vorgesetzten die schmale Treppe hinunter, die in den Auswandererraum führt. Im Volkstumsbereich stehen Lena Gesthuisen und Klaus Dernau zusammen mit Karola de la Court-Petersen vor den Trümmern der Goldschmiede. Die Museumskuratorin zittert immer noch am ganzen Körper.

Lena zieht einige weiße Holztafeln aus den Splittern und studiert die darauf abgebildeten Schmuckstücke und Erklärungen. »Haben Sie eine Ahnung, was die Beute wert sein könnte?«

Die Kuratorin schüttelt den Kopf, versucht dann aber doch eine Antwort: »Das sind zum Teil Erbstücke von Föhrer Familien, alle handgefertigt. Einzelstücke, die zweihundertfünfzig Jahre alt sind, einige sogar noch älter. Solche Unikate sind unbezahlbar.«

»Warum stellen Sie denn so wertvolle Originale aus?«, wundert sich Hauptkommissar Dernau. »In dieses Gebäude einzudringen, ist ja wohl kein Kunststück, das schafft jeder halbstarke Dorfgangster. Da hätten Kopien doch gereicht.«

»Kopien?« Karola de la Court-Petersen wirft sich in die Brust. »Wir sind doch hier nicht bei *Bijou Brigitte*! Unsere Besucher wollen echte alte Schmuckstücke sehen, die von den Menschen auf der Insel benutzt worden sind.«

»Tja, wenn Sie Pech haben, sind Ihre Kostbarkeiten die längste Zeit Schmuckstücke gewesen«, stellt Lena realistisch fest. »Vielleicht tauchen sie ja in einigen Jahren bei einer Auktion wieder auf, aber ich fürchte, es ist wahrscheinlicher, dass die Silberknöpfe schlicht eingeschmolzen werden. Bei dem guten Markt für Edelmetalle zurzeit würde mich das nicht wundern.«

»Eingeschmolzen? Der ganze schöne Brustschmuck? Einfach eingeschmolzen?« Der Körper der Museumskuratorin scheint sein letztes bisschen Spannkraft zu verlieren. Doch plötzlich strafft sie sich und blickt Lena Gesthuisen direkt in die Augen. »Das werde ich nicht zulassen. Ich setze eine Belohnung für die Rückgabe der Stücke aus. Ich weiß zwar noch nicht, wo ich das Geld herbekomme, aber ich bin sicher, ich werde es haben, wenn ich es brauche. Zehntausend Euro. Ich setze zehntausend Euro aus. Sie kennen sich doch mit so etwas aus. Bitte, geben Sie das an die Presse. Zehntausend Euro für die Wiederbeschaffung des Silberschmucks.«

Lena sieht Klaus Dernau an, dass der Kriminalbeamte diesen Aktionismus für genauso sinnlos hält wie sie selbst. Auch Jens Olufs macht keinen zuversichtlichen Eindruck. Allerdings schüttelt er nur sehr leicht den Kopf, gerade so, dass Lena es wahrnehmen kann. Man darf die Museumskuratorin jetzt nicht entmutigen. Schließlich handelt es sich hierbei um so etwas wie ihr Lebenswerk. Entsprechend legt Lena ihrem Kollegen Dernau die Hand auf den Arm, als der sich gerade äußern will. Erstaunt blickt er sie an und verkneift sich einen Kommentar.

»Ich kümmere mich um die Belohnung«, verspricht Lena der Kuratorin und wendet sich dann Jens Olufs zu. »Etwas entdeckt?«

»Die sind durchs Dach gekommen. Haben einfach ein Stück Reet rausgeschnitten. Also, wenn Sie mich fragen, Insulaner waren das nicht. Hier auf Föhr haben die Menschen viel zu viel Achtung vor Reetdächern. So etwas macht man nicht einfach kaputt.«

Lena bezweifelt zwar, dass junge Leute sich heutzutage noch an derart traditionellen Moralvorstellungen orientieren, aber sie will den Glauben des Kollegen an das Gute im Friesen nicht erschüttern.

»Ist der Hafen abgeriegelt?«, erkundigt sich Klaus Dernau. Er hat die Anordnung sofort gegeben, als Karola de la Court-Petersens Anruf in der Zentralstation eingegangen ist.

»Meine Leute durchkämmen jede zweite auslaufende Fähre. Die anderen Fähren werden in Dagebüll von den Kollegen dort durchsucht. Aber, ehrlich gesagt ...« Jens Olufs' Kopf pendelt schwerfällig hin und her.

»Scheiße, Kollege. Kommen Sie, zeigen Sie uns den Einstieg im Dach.«

»Wir wollten doch das Wochenende zusammen verbringen«, beschwert sich Henning Leander. Er ist demonstrativ sitzen geblieben, als Lena seinen Garten mit der Nachricht betreten hat, dass sie heute noch nach Kiel zurückfahren müsse.

»Du weißt doch, wie das ist.« Lena streicht ihrem Freund sanft über den Arm. »Hier auf der Insel komme ich nicht weiter. Die Durchsuchung der Fähren hat nichts ergeben. Kunststück, der Silberschmuck kann überall auf der Insel versteckt sein. Theoretisch könnte er sogar per Post verschickt werden, ohne dass es irgendwem auffällt.«

»Und die KTU hat auch nichts gefunden?«

»Woykes Leute haben Werkzeugspuren an der Tür zum Dachboden gesichert, die von den Einbrechern aufgehebelt worden ist. Auf dem Dachboden selbst gibt es Fragmente von Schuhabdrücken im Staub direkt neben dem Einstieg. Allerdings haben Olufs und Vedder fast alles vertrampelt. Ich konnte Paul Woyke und Klaus Dernau nur schwer davon abhalten, sie zu erwürgen. Vom Einstiegsort aus und in der Ausstellung selbst müssen die Einbrecher Schutzhüllen über ihren Schuhen getragen haben, jedenfalls gibt es da überhaupt keine Spuren mehr.«

»Das wäre dann doch eine Übereinstimmung zu dem Einbruch in Utersum«, wendet Leander ein. »Immerhin ein Anhaltspunkt.«

»Möglich, allerdings ist mir das zu wenig. Ich habe Paul gebeten, die Ergebnisse seiner Untersuchungen direkt an mein Büro im LKA zu mailen. Vielleicht kommen wir mit der Modus-Operandi-Datenbank des BKA weiter. Da ist dann ja auch noch die Theorie von den verschiedenen Tätergruppen zu überprüfen. Die Kuratorin schickt eine Liste der gestohlenen Trachten zusammen mit Fotos nach London, damit

Helene Conradi sie sofort in die Internetdatenbank des *Art Loss Register* eingeben kann.«

»Und das alles können deine Leute nicht, ohne dass du dabei bist, oder was?«, zeigt sich Leander immer noch unversöhnlich.

Lena seufzt. Kann er denn nicht verstehen, dass sie jetzt viel lieber auch hierbliebe, anstatt ausgerechnet am Wochenende in ihr leeres Büro im LKA zu fahren? Doch, natürlich kann er das; er will es aber nicht. »Ich kann nur schwer rechtfertigen, dass ich auf der Insel bleibe, obwohl wir die Fälle noch nicht eindeutig in unsere Zuständigkeit einordnen können. Schließlich ist die Kripo hier noch am Zug, also der Kollege Dernau, und der bleibt ja auch vor Ort.«

»Du machst denselben Fehler, den ich damals gemacht habe«, knüpft Leander an ihre Gedanken an, als könnte er sie lesen. »Wenn du nur für deinen Job lebst, rinnt dir dein Privatleben irgendwann durch die Finger und ist weg, bevor du es mitbekommst. Und dann ist es zu spät. Glaub mir, ich weiß, wovon ich rede.«

In diesem Moment klingelt Lenas Handy. Es ist Karola de la Court-Petersen, die ihr aufgeregt mitteilt, dass ein merkwürdiger Mann vor der Tür des *Carl-Häberlin-Museums* steht und Einlass begehrt. Er gehöre zur Sonderkommission des LKA und wolle unbedingt den Tatort sehen.

»Ich bin in zehn Minuten da«, verspricht Lena und ist trotz ihres schlechten Gewissens fast froh, dass sie auf die Art der Diskussion mit Leander entgehen kann.

»Was ist denn mit Sven Schröter?«, lässt der nicht locker. »Wozu hast du einen Stellvertreter in der Soko, wenn du alles selber machen musst?«

»Das ist es ja. Es gibt Probleme zwischen ihm und Gerd Trienekens. Gerd will einfach nicht akzeptieren, dass er sich unterordnen muss. Sven meint, ich müsse ihm das selber klarmachen.«

»An Gerds Stelle wäre ich auch sauer. Er ist dein stellvertretender Abteilungsleiter, aber in der Soko bootest du ihn aus.«

»Deshalb mache ich denselben Fehler mit Klaus Dernau ja auch nicht noch mal und lasse ihm seine Zuständigkeit, solange es geht. Aber lass uns später darüber reden. Ich muss rüber ins *Friesenmuseum*. Irgendjemand behauptet, Mitglied meiner Soko zu sein, und will den Tatort besichtigen.«

»Ich komme mit«, bestimmt Leander und greift nach seinem Haustürschlüssel.

»Musst du nicht.«

»Will ich aber.« Leander schiebt Lena vor sich her, zur Haustür hinaus und in die Hitze der Wilhelmstraße.

»Wo ist der Mann denn nun?«, erregt sich Lena, als sie am Museum ankommen und nur eine zerknirscht wartende Kuratorin am Eingang vorfinden.

»Oben. Er hat sich nicht aufhalten lassen, hat mich einfach zur Seite geschoben und gesagt, ich könnte ja genauso gut alleine auf Sie warten, während er sich schon einmal umsieht.«

Leander blickt Lena an. Das ist doch sehr merkwürdig. Er nickt ihr zu und eilt voraus, durch den Kassenraum und die Treppe hinauf ins Obergeschoss. Lena überholt ihn, als er einen Moment stehen bleibt, um sich zu orientieren. Gemeinsam hasten sie durch die kleinen Räume, bis sie in den Volkstumsbereich kommen. Im Dämmerlicht können sie zunächst niemanden entdecken, aber dann bewegt sich etwas zwischen den Trachten, die Karola nach dem Abzug der KTU aufgesammelt und provisorisch auf die Schaufensterpuppen drapiert hat.

Ein kleiner, schmächtiger Mann, der trotz der Hitze da draußen einen dunkelgrauen Anzug trägt, schlendert mit auf dem Rücken verschränkten Armen von einer Tracht zur nächsten. Er hat den Kopf weit vorgebeugt und bringt die Augen nah an den Stoff, so dass es scheint, als stoße er jedes Mal mit der Nase daran, die quasi als Abstandhalter fungiert. Dabei schaut er durch seine Brille, deren Gläser wie dünne Glasbausteine vor den Augen stehen, und murmelt vor sich hin. Lena bleibt stehen und hat sichtlich Mühe, sich das Lachen zu verkneifen. Fragend blickt Leander sie an.

»Herr Pückler«, ruft sie. »Wie kommen Sie denn hierher?«
Der Zöllner schreckt hoch, schaut über seine Brillengläser hinweg zu ihnen herüber und stammelt etwas von einer »Fähre«, als erkläre sich das nicht von selbst.

»Das ist Zollamtsrat Pückler«, stellt Lena den Sonderling vor. »Er ist Mitglied meiner Soko, zuständig für nationale Kulturgüter.«

Der Beamte hat sich schon wieder abgewandt und ist in seine Murmelphase zurückverfallen. Hin und wieder schüttelt er den Kopf, als könne er ganz und gar nicht verstehen, was er hier sieht. Leander fragt sich, welche Qualifikationen man heutzutage eigentlich beim Zoll mitbringen muss, um in den Höheren Dienst zu gelangen, von dem selbst er als Kriminalhauptkommissar noch einige Gehaltsstufen entfernt gewesen ist. Entweder hat diesen Herrn erst nach seiner Beförderung ein Schub von Demenz befallen, oder das, was er seinen Zuschauern hier bietet, entspricht nicht im Mindesten seinen eigentlichen fachlichen Qualitäten.

»Frau Hauptkommissarin«, meldet sich der Mann nun zu Wort und kommt zu ihnen herüber. »Hier stimmt etwas nicht.«

»Aha, und was stimmt hier nicht?«, entfährt es Leander.

Zollamtsrat Pückler blickt ihn an, als wolle er zunächst geklärt haben, über welche Befugnisse der Fragesteller eigentlich verfügt.

»Entschuldigung«, beeilt sich Lena. »Das ist Henning Leander, mein Lebensgefährte. Er war bis vor Kurzem selber beim LKA.«

»Ah ja, nun gut. Da kann man dann wohl eine Ausnahme machen. Also, ich frage mich, warum die Einbrecher die Trachten nicht mitgenommen haben. Wenn ich das richtig sehe, haben sie nur den Silberschmuck gestohlen, dabei sind die historischen Kleidungsstücke für Sammler mindestens genauso viel wert.«

»Sie kennen sich mit Trachten aus?«, wundert sich Lena.

»Werte Kollegin«, antwortet Pückler, »es handelt sich hier um nationales Kulturgut, unser kulturelles Erbe sozusagen.

Die Griechen haben die Akropolis und jede Menge Tonzeugs, und wir haben in ganz Deutschland unsere Trachten. Natürlich kenne ich mich damit aus, das ist schließlich mein Spezialgebiet, sonst wäre ich nicht Mitglied Ihrer Sonderkommission.«

Jetzt ist es Leander, der sich ein Lachen verkneift. Na bitte, die Theorie mit der Demenz kann er getrost ad acta legen. »Was schließen Sie daraus?«, erkundigt er sich.

»Dass es sich bei den Einbrechern nicht um Profis handelt, jedenfalls nicht um solche, die es auf wahre Kostbarkeiten und Sammlerstücke abgesehen haben. Ich fürchte, es ging ihnen nur um das Silber. Dabei wird für solch eine wunderschöne Tracht in den USA ein Vermögen bezahlt. Im Schwarzwald sind vor ein paar Jahren Trachten gestohlen worden, die später in einem dieser nachgebauten Schwarzwalddörfer in Übersee wieder aufgetaucht sind, wo noch deutsche Auswanderer leben, deren Vorfahren im neunzehnten Jahrhundert dorthin gegangen sind. Da wird heute noch das Deutsch von vor hundertfünfzig Jahren gepflegt. Die versteht zwar hier in Deutschland kein Mensch mehr so richtig, aber zu denen passen die historischen Trachten wunderbar. Und die sind auch bereit, dafür alles zu geben, nur um wieder so rumzulaufen wie ihre Ahnen.«

»Und Sie meinen, wirkliche Profis hätten das gewusst und nicht nur das Silber gestohlen«, schlussfolgert Lena.

Zollamtsrat Pückler hält eine Antwort offenbar für redundant und deutet nur mit hochgezogenen Brauen seine Zustimmung an. Er wirkt nun überhaupt nicht mehr so, als lebe er außerhalb dieser Welt.

»Das deckt sich mit den Erkenntnissen von Frau Conradi, was einen Teil der anderen Einbrüche angeht«, ergänzt Lena. »Außerdem hängen nach Auskunft der Kuratorin in den angrenzenden Räumen Gemälde von nicht ganz unbeträchtlichem Wert. Das sind zwar keine großen Kunstwerke, aber regional sind sie schon bedeutend. Die Einbrecher hatten daran offenbar nicht das geringste Interesse.«

»Und wenn es ihnen zu gefährlich ist, die Trachten zu exportieren?«, wendet Leander ein. »Die müssen doch damit rechnen, dass sie an den Zollaußengrenzen kontrolliert werden, und das Diebesgut wird bestimmt über die Datenbanken des Zolls zur Fahndung ausgeschrieben.«

»Ach was«, winkt Zollamtsrat Pückler ab. »Natürlich rufen wir die Außenstellen zur Mitarbeit auf. Aber kontrolliert wird nur, was deklariert wird. Wenn die Kleidungsstücke in einem Koffer aufgegeben werden, kommen die Kollegen gar nicht darauf, dass da geschützte Kulturgegenstände ausgeführt werden. Eine Kontrolle an den EU-Außengrenzen findet nur statt, wenn die Ware im Inland angemeldet wird. Jeder kennt natürlich das Gesetz zum Schutz gegen Abwanderung, es ist geltendes EU-Recht und unterliegt dem Zollkodex, aber im Einzelfall, sagen wir an der Grenze zwischen Polen und Russland, stehen immer noch die nationalen Vorschriften gegen das EU-Recht. Dreimal dürfen Sie raten, welches Recht faktisch angewandt wird.«

»Also hätten Profis die Trachten nicht hier liegen gelassen«, fasst Lena zusammen und bekommt zur Antwort ein entschiedenes Nicken des Mannes vom Zoll.

»Das spricht für die Trittbrettfahrer-Theorie«, bestätigt Leander.

Lena macht ein nachdenkliches Gesicht. Wenn sie so schaut, ist sie voll und ganz in ihren Job vertieft. Die Rückfahrt nach Kiel ist nicht mehr zu verhindern, das ist Leander in diesem Moment klar.

Auf dem Weg nach draußen erkundigt sie sich noch einmal bei Zollamtsrat Pückler, wie er so schnell von dem Einbruch erfahren hat und auf die Insel gekommen ist.

»Haithabu«, erklärt der in seiner üblichen Andeutungsrhetorik.

»Haithabu?«

»Genau. Da war ich gerade, als ich die Rund-SMS von dem Kollegen Schröter bekommen habe. Ich wollte mir die Wikinger-Siedlung ansehen, wenn ich schon mal so hoch im Norden unterwegs bin. Und von da aus ist es ja nicht mehr so weit.«

»Rund-SMS«, staunt Lena. »Das ist eine gute Idee.«

»Na bitte«, nutzt Leander die Chance. »Die kommen wunderbar ohne dich klar in Kiel.« Aber Lenas Blick verrät ihm, dass er jetzt besser nicht weiter insistiert. »Ist ja schon gut«, wehrt er die Augenpfeile mit erhobenen Händen ab und begleitet sie schweigend nach Hause.

12

»Das waren die Russen«, erhitzt sich Feuerwehrhauptmann Broder Brodersen, und es ist nicht mehr zu erkennen, ob die dunkle Röte in seinem von geplatzten Äderchen durchzogenen Gesicht von der heftigen Erregung oder vom chronischen Alkoholkonsum kommt. »Lasst es euch gesagt sein, seit die sich auf der Insel eingenistet haben, geht hier alles den Bach runter.«

»Jetzt übertreib mal nicht«, geht Malte Gunvaldsen dazwischen. »Meine besten Maurer und Putzer kommen aus der Ukraine. Da lass ich nichts drauf kommen.«

»Recht hat er«, stimmt Henk van der Valk ihm zu. »Wer von unseren jungschen Bengels macht sich denn noch die Hände schmutzig? Auf meinen Kuttern fahren bald nur noch Russen und Polen.«

»Du musst gerade reden«, faucht Broder Brodersen zurück. »Ihr Westfriesen seid ja gar keine richtigen Friesen. Ihr Holländer seid doch bloß hier, weil ihr uns ausziehen wollt bis auf unser letztes Hemd.«

»So ein Schwachsinn.« Henk van der Valk schüttelt den Kopf.

»Ach ja? Wie viele Krabbenkutter fahren denn noch auf eigene Rechnung? Du hast sie doch fast alle einkassiert und zahlst jetzt Hungerlöhne. Deshalb fährt kein ehrlicher und stolzer Friese mehr für dich, sondern nur Russen und Polen.«

»Und? Was könnt ihr echten Friesen euch kaufen für euren Stolz? Lewwer düad as Slav! Dass ich nicht lache! Wetten, dass euer Pidder Lyng längst auch für mich arbeiten würde, wenn er heute leben würde? Der würde sich nicht mehr abschlachten lassen für seinen lächerlichen Stolz. So bescheuert bist nur noch du.«

»Pidder Lyng kam von Sylt«, stellt Malte Gunvaldsen gelassen fest. »Das ist keiner von uns. Wir Föhrer sind nicht so blöd und ersticken unsere Feinde im Grünkohl.«

»Fakt ist, dass die Holländer uns von Westen in die Zange nehmen und die Russen und Polen von Osten. Da machste nix gegen, seit die Mauer weg ist und die ihre Zonendeutschen auf uns gehetzt haben. Beute-Germanen sind das, sonst nix!« Der Feuerwehrhauptmann ist nicht zu überzeugen. Wenn der sich mal in Brand geredet hat, ist er nicht zu stoppen, das wissen alle hier am Tisch im Festzelt, an dem nur die Honoratioren Süderendes sitzen dürfen. Wagt einmal ein Fremder, womöglich sogar noch ein Urlauber, sich mit seiner Pommesschale am Friesentisch niederzulassen, wird er auf gröbstmögliche Art wegkomplimentiert. Und dazu reichen meist schon die Blicke der friesischen Dorfrecken.

»Und wie ist das mit deinem Fanfarenzug?«, fährt Henk van der Falk fort. »Wenn ich nicht irre, spielen da doch auch ein paar Zugezogene aus dem Osten mit, oder etwa nicht?«

»Das sind Wolgadeutsche«, erklärt Broder Brodersen von oben herab. »Eine ganz andere Rasse ist das. Deren Vorfahren sind schon mit Katharina der Großen nach Russland gegangen und haben deutsches Kulturgut da rübergebracht. Das waren doch alles Barbaren da drüben, bevor wir Deutschen gekommen sind. Die wären doch verhungert ohne unsere Bauern.«

»Ah ja, und die Deutschen aus der Ukraine sind keine richtigen Deutschen, oder was?«

»Unsinn! So viele Deutsche gibt es auf der ganzen Welt nicht, wie da aus den Ostgebieten zu uns kommen und deutsche Großväter gehabt haben wollen. Die haben vielleicht mal einen Deutschen Schäferhund gehabt, das ist aber auch alles.« Broder Brodersen hält die vorbeikommende Bedienung, ein hübsches dunkelhaariges Mädchen in friesischer Tracht, am Rockzipfel fest und angelt geschickt drei Bierkrüge von ihrem Tablett.

»Die sind bestellt«, beschwert sich das Mädchen und will die Krüge wieder vom Tisch nehmen, aber Brodersen wehrt ihre schlanke Hand lachend ab und tätschelt ihr bei der Gelegenheit ausgiebig den Hintern.

»Finger weg!«, faucht das Mädchen und kann von Glück reden, dass der Rock ihrer Tracht so lang ist, dass Brodersen nicht mit der Hand darunter kommt.

»Schnuckelig«, lobt der Feuerwehrhauptmann, als sie sich mit zorngerötetem Gesicht in Richtung Tresen entfernt, um Ersatz für die stibitzten drei Bierkrüge nachzufassen.

»Vorsicht«, knurrt Henk van der Valk. »Nach deiner Weltsicht ist das Rassenschande, was du da treibst.«

»Wieso?«

»Helena kommt aus Polen.«

»Scheiße! Da siehst du, was ich meine. Die schleichen sich hier ein und unterwandern alles. Was fällt dem Weibsstück ein, eine Süderender Tracht zu tragen? Das steht ihr gar nicht zu!«

»Sie tanzt in der Trachtengruppe«, erklärt Malte Gunvaldsen genüsslich. »Da sind viele junge Leute drin, die aus Rumänien, Polen, der Tschechei und Russland kommen. Wir hätten die Truppe längst auflösen müssen, wenn wir die nicht hätten. Und du willst ja wohl nicht, dass die Mädels in tschechischer Tracht tanzen, oder?«

Broder Brodersen grunzt unwillig und nimmt einen tiefen Zug aus seinem Bierkrug, wobei ihm ein guter Schuss am Mund vorbei läuft und sich seine Bahn über das Kinn auf seine schmucke Hauptmannsuniform sucht. Mit dem Handrücken wischt er das feuchte Rinnsal weg und rülpst dabei laut. »Jetzt lenk hier nicht ab«, schnauzt er übergangslos in Gunvaldsens Richtung. »Ich sage ja nur, dass die Einbrüche auf deren Kappe gehen – Volkstanzgruppe hin oder her. Das macht keiner von uns. Friesen sind ehrliche Leute; im Gegensatz zu den Ostvölkern, die sind immer schon raubend und brandschatzend durch die Gegend gezogen. Denkt nur mal an Dschingis Khan und Stalin und wie die Verbrecher alle hießen.«

»Hitler?«, wagt Malte Gunvaldsen zu ergänzen, wird aber von Broder Brodersen mit völliger Ignoranz bestraft.

»Aha«, meint Henk van der Valk schmunzelnd. »Und die Wikinger waren dann wohl auch Russen, wie? Oder zumindest waren sie von Moskau gesteuert und haben ihre Kaperbefehle von dort erhalten. Und ihr wahren Friesen seid von denen unterwandert und getäuscht worden. Nach deiner Logik haben dann die Russen vor Columbus Amerika entdeckt. Ach ja, und Klaus Störtebeker fällt mir bei der Gelegenheit auch noch ein. Ein Russe, wie er im Buche steht!«

Broder Brodersen wehrt all das mit einer unwilligen Handbewegung ab. Für Argumente ist er in seinem Zustand nicht mehr zugänglich. Und Ironie versteht er selbst nüchtern nicht. »Wenn das Friesen gewesen wären, die ins *Carl-Häberlin-Museum* eingebrochen sind, dann hätten die nicht die Trachten liegen gelassen. Ein Friese ehrt die Tradition und damit auch die Tracht und schmeißt sie nicht in den Dreck. Der klaut auch keine Silberknöpfe, weil er nur auf das Silber scharf ist.«

»Entschuldige«, winkt Henk van der Falk ab. »Ich vergesse immer wieder, welche Bedeutung Uniformen für euch Teutonen haben. Wir Holländer können nämlich keine Uniformen mehr sehen, seit ihr damals bei uns eingedrungen seid, unsere Frauen vergewaltigt und am Schluss unser halbes Land unter Wasser gesetzt habt, weil ihr es den Engländern und Amerikanern nicht überlassen wolltet. Da waren übrigens auch Friesen dabei, für die Deiche eigentlich tabu sein sollten. Seitdem wissen wir Holländer, was euch Hunnen eure Prinzipien im Ernstfall wert sind.«

Broder Brodersen stützt seine schweren dicken Hände heftig auf der Tischplatte ab und drückt sich zu voller Körpergröße hoch, so dass er nun drohend über seinen Zechkumpanen steht und der Bierfleck auf der Jacke deutlich sichtbar ist.

Einen Moment lang verharrt er so und blickt finster auf die Männer herab. »Ich muss mich um meine Leute kümmern«, brummt er dann und wendet sich ab.

»Das mach mal«, stimmt Henk van der Falk unbeeindruckt zu. »Bevor du gleich ganz dicht bist und nicht mehr marschieren kannst.«

»Dein Onkel hat aber schon wieder ganz schön geladen«, stellt Elke Brodersen an Tom gewandt fest und deutet mit dem Kopf auf den Feuerwehrhauptmann, der schwankend aus dem Festzelt kommt und auf die Bierbude zu torkelt, an der fast ausschließlich Männer in Feuerwehruniform stehen und sich lautstark unterhalten.

Das Fest ist gut besucht. Zahlreiche Urlauberfamilien haben den Fahrradständer, der vorsorglich und aus der jahrelangen Erfahrung heraus außerhalb des Festplatzes auf einer Wiese in Richtung Marsch angelegt worden ist, überflutet. Nun belagern sie die langen Festtische und Holzbänke mit Bier, Cola, Bratwurst und Pommes frites. Das Stimmengewirr wird nur von der Sirene des Feuerwehrautos übertönt, das mit Kindern beladen eine Runde um das Dorf fährt, sie dann wieder ausspuckt und die nächste Gruppe einlädt.

Und jetzt setzt auch noch die Feuerwehrkapelle ein, gegen die jeder Fanfarenzug eines sauerländischen Schützenvereins ein Symphonieorchester ist. Leander hält sich die Ohren zu, da bereits ein leiser Pfeifton im linken Ohr die Rückkehr seines Tinnitus andeutet, vor dem er eigentlich seit über einem Jahr Ruhe hat.

»Keine Angst, bei der Hitze halten die nicht lange durch«, verspricht Toms Stimme nah an Leanders rechtem Ohr. »Außerdem scheinen die Jungs schon ganz schön gebechert zu haben.«

Tatsächlich sehen die schräg stehenden Gestalten in ihren alles andere als vorschriftsmäßig sitzenden Uniformen nicht gerade standfest aus. So hat Mutti sie vormittags garantiert nicht aus dem Haus gelassen. Allerdings darf man in dieser

Beziehung auf dem Dorf nicht so genau sein, denn die traditionelle innerfamiliäre Kontrollinstanz ist zu diesem Zeitpunkt bereits ausgeschaltet, da im Festzelt ein überladener Kuchenstand personalintensiv zu betreuen ist. Zudem kommt im dörflichen Bereich auf einen Ehemann und drei Söhne gerade einmal eine Frau – bei einem derartigen Missverhältnis muss man schon mal fünfe gerade sein lassen.

»Ich hole Kaffee und Kuchen«, verkündet Elke. »Sucht ihr einen freien Tisch.«

Sie schlendert ins Festzelt hinüber, und ihr ist anzusehen, dass sie den Rummel in Wahrheit genießt. Tom und Leander verständigen sich mit Blicken auf einen Tisch am Rande der Festwiese, an dem bisher nur eine vierköpfige Familie sitzt. Während die Kinder Pommes frites essen und Fanta trinken, sitzen die Eltern vor je einem Stück Friesentorte und einer Tasse Kaffee und blicken verständnislos um sich. Leander weiß, was die beiden denken. Mit beschaulicher Tradition und Folklore hat das alles hier verdammt wenig zu tun. Macht man sich Gedanken über Sinn und Zweck dieser Veranstaltung, wird man den Verdacht nicht los, dass die Binnen-Dörfler die Hauptsaison nutzen, um auch ein Stück vom Touristenkuchen abzubekommen. Jedes der kleinen Inseldörfer veranstaltet während der Sommermonate zumindest ein Feuerwehrfest. Das Angebot ähnelt sich dabei auf verräterische Weise: Rundfahrt mit dem Feuerwehrwagen, Rasentrecker-Rennen, Hüpfburg, Tombola mit gespendeten Preisen, Fress- und Bierbuden, ein von den Landfrauen gespeistes Kuchenbüffet und am Abend Tanz. Dann sind die meisten Touristenfamilien längst wieder zurück in ihren Unterkünften, und die Dorfgemeinschaften, die hier aufeinandertreffen, können so richtig die Sau rauslassen.

Elke Brodersen nähert sich mit einem Tablett, auf dem sie Butterkuchen und drei Kaffeetassen jongliert, und stellt es vorsichtig auf dem Tisch ab.

»Wusste ich doch, dass ich euch hier treffe«, ruft jemand, und Sekunden später umarmt Eiken Jörgensen Elke, Tom und

Leander nacheinander, um sich dann neben Letzterem auf der Bank niederzulassen. »Wo ist Lena? Ich habe mir sagen lassen, dass sie auf der Insel ist.«

»Nach dem Einbruch im *Friesenmuseum* musste sie zurück nach Kiel.« Leander gelingt es nicht, seinen Tonfall unter Kontrolle zu bringen, so dass alle deutlich mitbekommen, wie wenig ihm das gefällt.

»Schade, ich habe mich darauf gefreut, sie wiederzusehen. Wann kommt sie denn mal wieder für längere Zeit auf die Insel?«

»Wenn die Soko Erfolg hat. Vielleicht. In dem Job weiß man nie so genau, was passiert. Und aus einer laufenden Ermittlung heraus kann man nicht einfach Urlaub nehmen; jedenfalls nicht als Leiterin der Sonderkommission.«

»Fühlt sich da jemand vernachlässigt?«, fragt Eiken halb belustigt, halb ernst und blickt Leander forschend an.

»Bewundernswert, wie Lena das alles macht«, findet Tom, bevor Leander auf die Frage reagieren kann. »Ich stelle es mir nicht gerade einfach vor, ein Ermittlerteam zu leiten und bei all den Spezialbereichen, die da betroffen sind, immer den Überblick zu behalten.«

»Routine«, winkt Leander ab. »Das ist gar nicht so spannend, wie die Leute draußen immer glauben. Die meiste Zeit verbringt man mit Bürokram am Schreibtisch. Lena nutzt schon jede Gelegenheit, da rauszukommen. Sie hat aber das Problem, einen Kollegen zu haben, der die gleichen Karriereabsichten hat wie sie selbst und der ihr bei jeder Gelegenheit ans Bein pinkelt. Und ihr Chef weiß das und nutzt es weidlich aus.«

»Wenn ich dir so zuhöre, kann ich ja froh sein, dass ich selbst die Chefin bin«, verkündet Eiken lachend. »Und ich sollte mir gut überlegen, ob ich die Position so leichtfertig wieder aufgebe.«

»Wieso solltest du?« Leander bemerkt erstaunt, dass ihn eine leichte Unruhe befällt. »Willst du uns etwa verlassen?«

Eiken, die er als Vogelwartin kennengelernt hat und die inzwischen die *Schutzstation Wattenmeer* auf Föhr leitet, bewegt den Kopf zweideutig hin und her. »Das *Alfred-Wegener-Institut* hat mir auf Helgoland eine Stelle angeboten. Allerdings müsste ich dafür noch einmal für zwei Semester zur Uni und ein paar Kurse in Meeresbiologie nachholen.«

»Dann war deine Fortbildung auf dem Felsen also erfolgreich«, stellt Elke fest.

»Auf jeden Fall fühle ich mich ganz schön gebauchpinselt, weil so eine bedeutende Institution sich für mich interessiert«, gibt Eiken zu. »Abgesehen davon, dass die Aufgabe sehr reizvoll wäre, ist es auch eine tolle Bestätigung für meine bisherige Arbeit.«

Am Nebentisch lässt sich nun eine lärmende Gruppe junger Leute nieder und vertreibt die letzten Urlauber, die hier bis eben noch gesessen haben. Leander erkennt einige wieder, die am Vorabend in *Mephistos Biergarten* gewesen sind. Frerk nickt ihm freundlich zu und zieht seine Freundin Jenny neben sich auf die Bank. Auch die anderen jungen Männer sind in Begleitung da. Ausgelassen schwatzen sie durcheinander und lassen sich das Bier aus großen Krügen schmecken.

»Da sind Maik und die anderen!«, ruft Jenny plötzlich und winkt in Richtung des Festzeltes. »Maik! Hierher, hier sind wir!«

»Jetzt lass die doch!«, faucht Frerk sie an, aber offensichtlich ist es schon zu spät, denn die drei Handwerksgesellen, die trotz der Hitze wieder ihre dicke Kluft tragen, steuern schon auf die Gruppe zu.

Klaus Lammers grüßt zu Leander, Tom, Elke und Eiken hinüber, klopft auf den Tisch der jungen Leute und setzt sich. Maik streicht Frerks Freundin im Vorbeigehen sanft über den Rücken und kneift ihr ein Auge zu, aber so, dass ihr Freund es nicht sehen kann. Dann setzen er und Steffen sich neben Klaus. Die Stimmung am Tisch kippt schlagartig. Die Mädchen schielen mehr oder weniger auffällig zu den drei Wandergesellen hinüber, während sich die Mienen ihrer Freunde verdunkeln. Minutenlang herrscht betretenes Schweigen.

Maik bestellt bei der vorbeikommenden Bedienung drei Bier

und wendet sich dann an Frerk: »Und, Alter, was läuft so?«

»Siehste ja«, antwortet der und macht nicht den Eindruck, als wolle er sich auf ein weiterführendes Gespräch einlassen.

»Wo kommen die Vögel denn her?«, tönt in diesem Moment eine heisere, dafür aber umso lautere Stimme, und als Leander sich umdreht, sieht er einen alten Mann mit Stock in der rechten und einem Bierkrug in der linken Hand in leicht vorgebeugter Haltung auf den Tisch der jungen Leute zuhumpeln. »So läuft doch heute keiner mehr rum. Kommen die aus Bayern, oder was?«

Er lässt sich vorsichtig neben Frerk auf der Bank nieder und nimmt stöhnend einen großen Schluck aus dem Bierkrug, bevor er ihn lautstark auf dem Holztisch abstellt, seine Kapitänsmütze abnimmt, sich die Stirn mit den Worten »Eine Hitze ist das heute wieder!« abwischt und sich die Mütze etwas schräg wieder aufsetzt.

»Du hast uns gerade noch gefehlt«, ist Frerks grimmige Antwort. »Frag sie doch selber!«

»Oha«, raunt Tom Leander zu. »Das ist der alte Wilm Braren, der Dorfälteste hier. Wenn der geladen hat, wird er entweder extrem anhänglich und erzählt Heldengeschichten aus dem Weltkrieg, oder er sucht Streit. Außerdem ist er schwerhörig und schreit immer, als gelte es, einen Sturm zu übertönen.«

»Wo kommt ihr Vögel denn her?«, wendet der alte Mann sich an die Wanderburschen, als hätte er Frerks Abweisung wie einen Befehl aufgefasst. »Kommt ihr aus Bayern, oder was?«

»Wir sind Gesellen auf der Walz«, antwortet Klaus Lammers ebenso laut. »Ich bin aus Heidelberg, Steffen kommt auch aus Bayern, aus Pocking, Maik kommt aus Thüringen.«

»Pocking!«, brüllt Wilm Braren auf und schlägt lautstark mit der flachen Rechten auf den Tisch. »Pocking kenn ich, da war ich stationiert. 1939. Das liegt am Inn, gar nicht weit von Braunau, wo der Führer geboren ist, nur auf der deutschen Seite. Pocking! Junge, Junge, das waren schöne Zeiten. Funkerlehrgang. Ich war ja im Krieg Funker, müsst ihr wissen. Bordfunker später.«

»Müssen wir nicht«, bemerkt Frerk und wendet sich demonstrativ ab, aber Maik nimmt die Chance wahr, ihn noch mehr zu provozieren.

»In Pocking warst du? Das ist ja interessant, gell, Steffen? Erzähl doch mal, wie war denn das damals?« Dabei blickt er breit grinsend auf Frerk.

Dessen Gesicht rötet sich immer mehr. »Verdammt noch mal, wenn ihr euch von dem Alten zulabern lassen wollt, setzt euch gefälligst an einen anderen Tisch. Wir wollen hier in Ruhe feiern!«

»Tut mir leid«, heuchelt Maik grinsend. »Nichts mehr frei. Also, guter Mann, du kennst Pocking?«

Wilm Braren lässt sich nun nicht mehr stoppen, so begeistert ist er, dass sich die Wandergesellen offensichtlich wirklich für seine Geschichte interessieren.

»Mann, sind wir da geschliffen worden. Wenn unser Zugführer sauer war, weil er keinen Wochenendurlaub bekommen hat, hat der mit uns am Samstagabend einen Maskenball veranstaltet. Sagt euch das was: Maskenball? Natürlich nicht, ihr habt ja alle nicht richtig gedient. Ist ja heute gar nicht mehr zu vergleichen mit uns damals. Wir mussten antreten, die ganze Kompanie, mitten in der Nacht raus aus den Federn und im Nachthemd auf den Kasernenhof. Und dann hat der Zugführer gebrüllt: ›In drei Minuten steht ihr alle hier in Ausgehuniform.‹ Wisst ihr, was das heißt? Komplett mit Anzug und Schlips. Wir waren ja die Luftwaffe, wir haben Krawatten getragen, *Schlipssoldaten* hat man uns genannt. Und dann waren wir alle unterwegs auf unsere Stube. Da waren keine normalen Treppen in der Kaserne, das waren alles so schmale Wendeltreppen. Wenn die Ersten schon wieder auf dem Weg runter waren, kamen ihnen die Letzten noch entgegen. Und dann standen wir alle da in Ausgehuniform. Für jeden, der zu spät kam, mussten wir alle eine Runde um das Kompaniegebäude laufen. Da hat keiner gefragt, ob das ungerecht ist. Wir sind gerannt, das kann ich euch flüstern.«

»Flüstern wäre wirklich gut«, beschwert sich Elke leise.

»Und dann hat der Zugführer gebrüllt: ›In fünf Minuten steht ihr hier im Drillich.‹ Also alles wieder auf die Stuben, Ausgehuniform aus, Drillich an und zurück. Und wieder Strafrunden um das Gebäude. ›In drei Minuten steht ihr hier mit euren Strohsäcken!‹ Wir hatten ja Strohsäcke damals in unseren Betten. Also wieder rauf, Strohsäcke holen. Und dann mit den Strohsäcken über die Wendeltreppen. Und immer singen mussten wir dabei: *Wie schön ist es, Soldat zu sein.* Stellt euch die Strafrunden mit den Strohsäcken vor! Als wir dann alle wieder in Reih und Glied auf dem Kasernenhof standen, hieß es: ›In zehn Minuten Stubenappell.‹ Das ist die Hölle. In zehn Minuten mussten die Betten vorschriftsmäßig gemacht sein und alle Klamotten wieder ordentlich im Spind. Und kein Strohhalm durfte da rumliegen, in der Stube nicht und auf der Treppe auch nicht. Die ganze Stube stand dann angetreten im Nachthemd, und der Stubenälteste machte Meldung: ›Herr Hauptfeldwebel, Stube 17 vollständig angetreten!‹ Und wehe, wenn ein Hemd nicht ordentlich gefaltet im Schrank lag. Dann stand die ganze Stube anschließend im Regen draußen auf dem Kasernenhof, eine Stunde Strafappell im Stillgestanden, Kopf hoch, Hände an die Hosennaht. Wir waren pladdernass, als wir endlich wieder in unseren Betten lagen. Aber keiner von uns hat einen Schnupfen gekriegt. Wir waren abgehärtet damals, nicht so Schlappschwänze wie ihr! Zäh wie Leder, flink wie Windhunde, hart wie Kruppstahl! Mann, was waren das schöne Zeiten.«

»Da lob ich mir den Zivildienst. Schön im Transit Essen rumfahren, immer warm und trocken«, verkündet Steffen unvorsichtigerweise, nach allen Seiten grinsend.

»Mit so was wie euch könnten wir heute keinen Krieg mehr gewinnen«, winkt Wilm Braren verächtlich ab und nimmt einen langen Schluck Bier.

»Entschuldigung, das muss mir entgangen sein, dass ihr den Krieg damals gewonnen habt«, versucht Maik, den alten Mann zu stoppen.

»Und später dann war ich in Husum stationiert. NJG 3, *Pik-Ass-Geschwader*, sagt euch das überhaupt noch was?«, überhört der Alte die Provokation. »NJG? *Nacht-Jagd-Geschwader* heißt das. Wir gehörten zur *Legion Condor*. Wisst ihr überhaupt noch, was die *Legion Condor* war?« Als niemand antwortet, fährt er fort: »Natürlich wisst ihr das nicht! Das war die berühmte deutsche Legion, die in Spanien für Franco gekämpft hat, aber das lernt ihr heute ja alles gar nicht mehr. Und als Dank hat der Drecksack Franco uns dann im Stich gelassen, als wir ihn gebraucht haben. Wenn der Gibraltar zugemacht hätte, wären die Tommies gar nicht bis ins Mittelmeer gekommen. Der Rommel wäre bis zum Suez-Kanal durchmarschiert, und wir hätten den Krieg gewonnen.«

»Du warst ein Spanienkämpfer?«, höhnt Frerk und blickt auffordernd in die Runde, doch da entdeckt er nur Augen, die Interesse bekunden.

»Quatsch, dafür war ich doch viel zu jung. Aber das NJG 3 gehörte zur *Legion Condor*. Ich kam ja erst dazu, als Spanien schon lange vorbei war. Wir lagen in Husum damals, hörst du gar nicht zu? 14. Fliegerdivision, *Pik-Ass-Geschwader*, als das hier alles zu Ende ging.« Er blickt abwesend in die Ferne und lässt die alten Zeiten vor seinem geistigen Auge wiederauferstehen. Sein Auditorium genießt die kurzzeitige Ruhe, die selbst das Feuerwehrauto nicht stören kann. Dann seufzt der Alte und schüttelt den Kopf, als könne er immer noch nicht fassen, dass Deutschland damals den Krieg verloren hat. »Mann, Mann, Mann. Wenn ich daran denke. Ihr habt ja gar keine Ahnung, wie das damals war. Nachts mussten wir im Dunkeln landen.«

»Nachts ist es meistens dunkel«, mischt sich Frerk ein, dem man ansieht, dass er gleich explodiert.

»Quatschkopf! Die Start- und Landebahn war nicht beleuchtet. Wir mussten nach Funkfeuer landen. Bip-bip-bip. Dann wussten wir, wir sind in der richtigen Richtung. Da-di, da-di: weiter links halten. Di-da, di-da: rechts halten. Kann auch andersrum gewesen sein, weiß ich nicht mehr. Je schneller die

Signale wurden, desto näher war die Landebahn. Alles nach Gehör. Durfte ja keine Beleuchtung sein damals, hätten uns die Jungs von der RAF und von der USAF ja sofort bombardiert.«

»Da wäre uns einiges erspart geblieben«, kommentiert Frerk, während Maik ihn hämisch angrinst.

»Von Husum sind wir dann auf die Halbinsel Eiderstedt, als der Stützpunkt nicht mehr zu halten war. Ich weiß noch genau, da war ein Kamerad aus Hamm, das liegt in Nordrhein-Westfalen. Artur Liepold hieß der. Der hat uns so eine schwere Kiste auf den Wagen geschoben, als wir aus Husum weg sind. Keine Ahnung, wo der die her hatte. Ich hab noch gesagt: ›Was willst du denn mit dem schweren Trumm; lass die doch hier.‹ Aber der hat gemeint, wir brauchten schließlich was zu fressen, und da wär bestimmt Büchsenfraß drin oder Margarine, so schwer wie die war. Wir sind dann auf Eiderstedt in eine Scheune gezogen. Zuerst haben uns die Bauern da ja noch versorgt, aber dann kamen immer mehr von uns. Der ganze Rückzug aus Skandinavien und über die Ostsee aus Polen, da macht man sich ja gar kein Bild von, wie viele das waren. Da haben uns die Bauern nichts mehr umsonst gegeben. Artur hat dann seine Kiste aufgemacht, aber da war gar kein Futter drin. Was glaubt ihr wohl, wie wir geguckt haben, als der uns den Inhalt gezeigt hat: Kerzen! Die ganze Kiste voller Kerzen. So lange, dicke Stäbe. Aber dann hatte Artur eine Idee. Es gab ja kein Petroleum mehr damals, und die Stromleitungen waren alle zerstört. Die Bauern hatten kein Licht. Also haben wir die Kerzen gegen Lebensmittel getauscht. Am Anfang haben wir für eine Kerze sechs Eier gekriegt, später dann Wurst. Am Ende waren auch Kerzen so knapp, da hat der Artur uns für eine Kerze ein halbes Spanferkel organisiert. Mensch, haben wir geschlemmt. Das war die reinste Fettlebe. Eine Woche haben wir davon gelebt. Dann kamen die Tommies und wir mussten in Kriegsgefangenschaft. Was der Artur wohl macht heute? Jahrgang 25. Die haben den größten Blutzoll gezahlt.«

Seine Gedanken schweifen mit dem Blick in die Ferne. Einen Moment lang ist es wieder still am Tisch. Alle blicken in ihre Biergläser.

Frerks Freundin Jenny rutscht von der Bank und sagt gelangweilt: »Ich geh dann mal aufs Klo.«

Frerk will etwas erwidern, aber da ist sie schon zusammen mit einer Freundin auf dem Weg. Maik blickt den Mädchen nach, erhebt sich schmunzelnd, erklärt, er wolle sich um Nachschub kümmern, die Bedienung scheine ihren Tisch ja von der Landkarte gestrichen zu haben, und schlendert mit den Händen in den weiten Hosentaschen davon. Frerk blickt ihm unruhig nach und scheint zu überlegen, ob er ihm folgen soll. Aber dann verwirft er den Gedanken offenbar, denn er dreht sich zu Wilm Braren um, schiebt ihm zwei Euro über den Tisch und klopft ihm auf die Schulter. »Schöne Geschichte, Alter. Jetzt hol dir noch ein Bier, und dann kümmer dich mal um deine Kumpels. Oder hat das Altersheim heute keinen Ausgang?«

Der Greis funkelt ihn an, murmelt »Scheißkerl! Kein Respekt mehr vor dem Alter!«, will sich aber offensichtlich nicht mit dem friesischen Recken anlegen. Mühsam erhebt er sich von der Bank. Mit einem beiläufigen Schlenker seiner Hand streicht er das Zwei-Euro-Stück ein und macht sich schwerfällig, leicht vorgebeugt und auf den Stock gestützt, auf den Weg zum Bierstand. »Schnösel!«, brummt er noch. »Kein Krieg mit zu gewinnen, mit so was.«

»Das ist ja noch mal gutgegangen«, meint Tom.

Leander, Elke, Eiken und er sind die ganze Zeit über dem Gespräch gefolgt, nicht zuletzt, weil sie die Geschichten des alten Mannes durchaus interessant gefunden haben.

»Ist hier noch frei?«, erkundigen sich drei Männer in Feuerwehruniformen und setzen sich auf Toms einladende Geste an den Tisch. Einer von ihnen hat einen dicken schwarzen Schnäuzer, der an den Enden steil nach oben gezwirbelt ist, und wischt sich mit einem Stofftuch über die Stirn, auf der dicke Schweißperlen stehen. Der Zweite entspricht ganz dem Idealbild des Friesen: hochgewachsen mit einem wilden blonden Lockenschopf und einem dichten Vollbart. Der Dritte ist im Vergleich zu seinen Kameraden so unscheinbar, dass

Leander auf Anhieb nur die roten Haare auffallen.

Jetzt wird das Gespräch zwischen den jungen Männern und ihren Freundinnen am Nebentisch wieder lebhafter, so dass Leanders Aufmerksamkeit dorthin gelenkt wird. Die jungen Leute tauschen lautstark Frotzeleien aus, nur Frerk blickt sich unruhig um, als suche er etwas oder jemanden.

»Ich guck mal, wo die bleiben«, blafft er schließlich und steht auf.

»Warte«, ruft das Mädchen, das ihm gegenüber sitzt, gibt ihrem Freund einen Kuss und läuft hinter Frerk her. »Du kannst ja wohl schlecht auf dem Mädchen-Klo nachsehen.«

Kurz darauf erhebt sich Geschrei aus der Richtung, in der die beiden verschwunden sind, und schon taucht Frerk wieder auf. Er zieht seine keifende Jenny am Arm hinter sich her, wutentbrannt und knallrot im Gesicht.

»Lass mich los!«, faucht sie ihn an. »Du tust mir weh.« Am Tisch macht sie sich mit einem heftigen Ruck frei und weicht auf die andere Seite zu ihren Freundinnen aus. Mit schmerzverzerrtem Gesicht reibt sie sich den linken Oberarm, wobei Tränen über ihre Wangen laufen. Die anderen Mädchen kümmern sich um sie und sprechen leise auf sie ein.

Frerk setzt sich in dem Moment, in dem Maik ebenfalls auftaucht. Der Wandergeselle hält sich die Hand vor sein linkes Auge. Ein kleines Rinnsal Blut läuft von der Unterlippe über sein Kinn. Dicht hinter ihm folgt das Mädchen, das mit Frerk zur Toilette gegangen ist.

»Was ist denn mit dir los?«, erkundigt sich Steffen, während Maik mit einem Stofftaschentuch das Blut von seinem Kinn wischt.

»Nicht der Rede wert«, antwortet der. »Ich bin ausgerutscht.«

»Ausgerutscht! Ha!« Frerk macht Anstalten, wieder aufzustehen, aber zwei seiner Freunde drücken ihn auf die Bank zurück. »Ich hab ihm was in die Fresse gehauen! Wenn du deine dreckigen Pfoten nicht von meiner Freundin lässt, mach ich dich alle! Das sag ich dir, das nächste Mal kommst du nicht so davon, da schlag ich dir den arroganten Schädel ein!«

»Bin ich dein Privatbesitz, oder was?«, brüllt Jenny zurück.

»Du hältst jetzt die Schnauze«, befiehlt einer der anderen jungen Männer am Tisch. »Du hast schon genug Scheiße gebaut. Was musst du dich auch erwischen lassen, du blöde Kuh!«

Steffen steht auf und deutet Maik und Klaus per Handzeichen an, es ihm gleichzutun.

»Was ist denn?«, feixt Maik und nimmt seine Hand von seinem Auge, so dass jeder sehen kann, wie sich dort ein Veilchen andeutet. »Ist doch gerade so schön gemütlich hier.«

»Wir gehen!«, befiehlt Steffen. »Und dann werden wir beide uns mal ganz grundsätzlich unterhalten.«

Begleitet von dem Grölen der anderen jungen Männer brechen die drei Wandergesellen auf.

»Kommt ihr morgen Abend zum Tanz?«, ruft ihnen Jenny mit einem provozierenden Seitenblick auf Frerk nach, was der mit einem finsteren Blick bedenkt.

»Mal sehen«, antwortet Steffen.

»Klar!« Maik zwinkert ihr zu.

Klaus Lammers hat die ganze Zeit über gar nichts gesagt. Auch jetzt folgt er mit gesenktem Kopf seinen beiden Kollegen. Maik hat schon wieder die Hände in den weiten Hosentaschen und deutet mit gespitzten Lippen das Pfeifen eines Liedes an, als er hinter seinem sichtbar wütenden Kollegen Steffen her schlendert. Der Kerl ist einfach nicht kleinzukriegen.

Am Tisch der jungen Leute wird es jetzt laut. Frerk macht seinem Unmut Luft, und auch die anderen Männer sind der Ansicht, dass man sich das Verhalten dieser Hergelaufenen nicht gefallen lassen dürfe. Denen müsse man mal so richtig ihre Grenzen aufzeigen, fordert Frerk. Die Mädchen halten dagegen und betonen, sie seien schließlich nicht das Eigentum der Jungen. Außerdem dürften sie ja wohl auch mal mit jemand anderem tanzen. Jenny hält sich auffallend zurück und reibt sich den schmerzenden Arm. Zwischendurch funkelt sie Frerk an, und es ist klar, dass die Stimmung zwischen diesen beiden heute nicht mehr gut werden kann.

»Was ich immer sage: Das Problem sind die Fremden«, tönt der Rothaarige, der mit den beiden anderen an Leanders Tisch sitzt. »Die Urlauber sind schon schlimm genug, aber dass die jetzt auch noch herkommen und uns die Arbeitsplätze und die Mädels wegnehmen, geht zu weit.«

»Seit wann bist du Dachdecker?«, kontert der Zwirbelbart.

»Darum geht es doch gar nicht«, mischt sich der friesische Recke ein. »Es geht ums Prinzip. Wenn wir das zulassen, ist für unsere jungen Leute bald gar kein Handwerk mehr sicher. Dein Sohn ist Zimmermann. Wer sagt dir denn, dass demnächst nicht noch mehr Schreiner und Zimmerleute hier auftauchen in ihren schwarzen Klamotten? Das sind doch Zigeuner!«

»Recht haste«, stimmt der Rothaarige zu. »Und Zigeuner stören nicht nur, die klauen auch! Ist euch eigentlich schon aufgefallen, dass die Einbrüche angefangen haben, als die hier aufgetaucht sind?«

»Jetzt mach aber mal halblang«, wehrt der Zwirbelbart ab. »Das fehlt gerade noch, dass wir jetzt wieder anfangen, Zigeuner zu verfolgen. Vielleicht erinnert ihr euch mal daran, dass unsere eigenen Vorfahren in der Fremde gearbeitet haben, als es hier auf der Insel keine Arbeit gab. Hätten die Holländer sie auch wegjagen sollen?«

»Blödsinn«, antwortet der Rothaarige. »Unsere Vorfahren waren Spitzenleute. Die sind als Kapitäne bei den Holländern gefahren. Solche Seeleute hatten die doch selber gar nicht.«

»Vorher sollen die Typen auf Sylt gewesen sein«, erzählt der Recke. »Und da ist auch ständig eingebrochen worden. Jetzt ist da Ruhe, und wir haben das Theater am Hals.«

»Sag ich doch! Die Sheriffs sollten sich mal die Fremden vorknöpfen«, meint der Rothaarige. »Dann hätten die schnell ihre Einbrecher. Und wir wären das Pack endlich los.«

»Lasst uns gehen«, fordert Eiken die anderen so laut auf, dass die drei Männer es hören können. »Langsam finde ich diese germanischen Volksfeste zum Kotzen.« Dabei zwinkert sie dem Zwirbelbart freundlich zu, während der Rothaarige und der blonde Recke sie grimmig anfunkeln.

Leander und Tom nehmen ihre Bierkrüge und folgen ihr.

»Langsam wird es ungemütlich auf der Insel«, stellt Tom fest. »Wird Zeit, dass die Einbrüche aufgeklärt werden, sonst kann man für die sogenannte gesunde Volksseele nicht mehr garantieren.«

Leander nickt. Mit liebenswerter Tradition, wie er sie in den letzten Jahren hier kennengelernt hat, hat das momentan alles nichts mehr zu tun.

Sie wählen mit ihren Rädern den Weg über die Lembecksburg und Borgsum zurück nach Wyk.

»Maik war heute verdammt nah dran, sich so richtig was einzufangen«, meint Tom. »Wenn der nicht aufpasst und die Finger von den Mädchen lässt, findet er sich demnächst im Krankenhaus wieder.«

»Männer!«, beschwert sich Eiken. »Das Mädchen hatte doch recht. Wir Frauen sind doch nicht euer Eigentum.«

Zwischen Tom und Elke entspinnt sich nun ein kleines Streitgespräch über Eikens Vorstellung von weiblicher Selbstbestimmung und die Herangehensweise im umgekehrten Fall mit einem ganz anderen Maßstab. Währenddessen denkt Leander über den Satz nach, den einer der Männer zuletzt am Tisch gesagt hat: »Ist euch eigentlich schon aufgefallen, dass die Einbrüche angefangen haben, als die hier aufgetaucht sind?« Er nimmt sich vor, bei seinem nächsten Telefonat mit Lena darüber zu sprechen. Da ist so ein Gefühl, und auf sein Gefühl hat er sich während seiner aktiven Dienstzeit häufig besser verlassen können als auf die reine Logik.

13

»*Grethjen's Gasthof*«, sinniert Leander. »Wie kommt das Restaurant eines Kunstmuseums zu solch einem bodenständigen Namen?«

Leander, Tom und Götz lehnen am Geländer des hufeisenförmigen Galerieganges im ersten Stock des Gebäudes, die Ellenbogen aufgestützt, und blicken hinunter in die Gaststube.

»Hier stand mal ein alter Gasthof, der diesen Namen trug«, antwortet Tom. »Und auf den Grundmauern dieses Gasthofes hat man das Museum errichtet. Als man sich dann überlegte, dass es nicht nur ein Café, sondern ein richtiges Restaurant zur Bewirtung der Museumsbesucher beherbergen sollte, lag die Anleihe bei dem historischen Gasthof einfach nahe.«

Was Leander da sieht, erinnert eher an ein Atrium, allerdings nicht in klassischem, sondern in modernem, fast unterkühltem Stil, da die Grundfarben Weiß und Grau sind und die Materialien überwiegend aus kalt anmutendem Stein, Glas und Metall bestehen. Das entspricht allerdings dem gesamten Ambiente des *Museums Kunst der Westküste*, in dem sie sich hier befinden. Das Hauptgebäude ist zwar im Baustil einer Scheune errichtet und mit Reet gedeckt, allerdings mit hellgrauem Stein verblendet. Die Fenster reichen als schmale Rechtecke von der Decke bis zum Boden, milchglasbestückt und von innen mit grauen Stoffbahnen verhängt. Das Museum geht, verbunden durch die Eingangshalle, in der sich Kassenbereich, Buch- und Posterhandlung befinden, nahezu ansatzlos in den Gasthof über. Gemütlich ist für Leander etwas anderes.

»So, Freunde, wenn ihr euch schon aufdrängen musstet, dann lasst uns jetzt auch an die Arbeit gehen«, fordert Götz sie auf und dreht sich von der Balustrade weg.

Auch Leander und Tom wenden sich den Ausstellungswänden zu. Man hat dem Maler nur die Wände rund um das Geländer zur Verfügung gestellt. Praktisch heißt das, dass er drei in Hufeisenform zueinander gerichtete Flächen zur Verfügung hat: zwei lange und eine kurze. Die vierte Wand ist unerreichbar, da hier die beiden Enden des Geländers direkt vor die Stirnwand stoßen. Zwischen Geländer und Außenwand befindet sich jeweils ein zweiflügeliges Fenster. Darüber hinaus öffnet sich in dem rechten Winkel links der Durchgang zu einem Nebenraum, rechts sind drei zweiflügelige Fenster in die Wand eingelassen.

»Da passt aber nicht so ganz viel hin«, unkt Tom. »Scheint ja doch eher eine Nebenausstellung zu werden.«

Während Leander grinst, blickt Götz seine Freunde finster an. »Von mir aus hätte das gar keine Ausstellung werden müssen. Ich bin mit den Verkäufen über die Inselgalerien sehr zufrieden. Davon kann ich leben und meine Materialien bezahlen, mehr brauche ich nicht.«

»Berühmt zu werden, ist eben nicht jedermanns Sache«, frotzelt Tom. »Wer weiß, vielleicht besitzt Karola einige deiner Bilder und erhofft sich durch die Vernissage in einem bedeutenden Museum, dass der Wert sprunghaft steigt.«

»Wie viele Bilder willst du eigentlich aufhängen?«, erkundigt sich Leander.

»Ich habe möglichst einheitliche mittlere Formate ausgesucht, so dass an der kurzen Wand fünf, an den beiden langen Wänden jeweils neun Bilder Platz haben. Für größere Arbeiten ist der Abstand, den der Betrachter zwischen sich und das Bild bringen kann, zu klein, weil er direkt mit dem Rücken an das Geländer stößt.«

Tatsächlich ist der größtmögliche Abstand weniger als ein Meter – ein weiterer Hinweis darauf, dass die Museumsleitung Götz Hindelang nicht für ganz so bedeutend hält. Man hätte ihm ja wenigstens den Nebenraum dazugeben können.

»Also los, lasst uns die Bilder heraufholen, damit wir vorankommen.«

Als alle Bilder oben sind und aus der Folie befreit nebeneinander an die Wände gelehnt dastehen, wird die ganze Bandbreite des Malers deutlich. Leander betrachtet die fantastischen Motive, die allesamt auf Seekarten gemalt sind. Er erinnert sich an seinen ersten Kontakt mit Götz Hindelangs Kunst vor ein paar Jahren, kurz nach seiner Ankunft auf Föhr. Im Büro des Rechtsanwalts Petersen hat er das großformatig Bildnis eines Wracks bewundert, das zerschlagen am Meeresgrund liegt und von seiner großen Zeit als stolzes Schiff unter vollen Segeln träumt. Petersen hat sich seinerzeit als Mäzen dargestellt, der fest davon überzeugt war, dass Hindelang eines Tages berühmt sein würde und sich das Vertrauen in den Künstler in barer Münze auszahlte. Er hat recht behalten. Hindelang steht kurz davor, einem breiten kunstinteressierten und sicher zum Teil auch solventen Publikum vorgestellt zu werden. Dem Notar allerdings gönnt Leander diesen finanziellen Erfolg nicht.

Aber da sind auch andere Bilder, die nicht in fantastische Ideenwelten abdriften, Bilder, die gekonnt die Stimmung der nordfriesischen Landschaft und das Spiel des Lichts einfangen. Die Komposition aus der Weite des Wattenmeeres mit seinen wellenförmig geriffelten Sandstrukturen, den Konturen der wie Perlen ins Wasser geworfenen Halligen, den Nebelschwaden und den Lichtreflexionen der Blauen Stunde verfügt über eine Magie, die Märchenhaftigkeit mit der Natürlichkeit dieser einzigartigen Landschaft in Einklang bringt. Leander fragt sich, ob er immer dafür empfänglich gewesen ist. Oder hat sich nur sein Verhältnis dazu verändert, seit er in den täglichen Genuss dieser vielfältigen Naturschauspiele kommt, ohne sich derer immer so bewusst zu sein? Vielleicht ist das ja eine zentrale Aufgabe der Kunst, das Alltägliche als etwas Besonderes sichtbar zu machen.

»Danke«, dringt Götz in Leanders Gedanken durch. »Das Aufhängen übernehme ich jetzt selber. Dabei bin ich lieber ungestört.«

»Das geht wieder einmal gegen mich«, beschwert sich Tom, aber Leander sieht ihm an, dass er in Wahrheit froh ist, so unverhofft frühzeitig entlassen zu werden.

»Und nun?«, erkundigt sich Tom mit einem Unterton, der

klarmacht, dass er bereits genau weiß, was sie jetzt machen werden. »Sofort zu Hidding oder erst irgendwo ein Glas trinken?«

»Hatten wir das nicht für morgen geplant?«, versucht Leander Toms Vorstoß abzuwehren, weil es immer verdächtig ist, wenn der Lehrer derartiges Engagement zeigt.

»Was bedeutet schon Planung?«, entgegnet der mit Pathos in der Stimme. »Flexibilität, Spontaneität, das sind doch die wahren Antriebe, die zu großen Entdeckungen führen.«

»Heute ist Sonntag«, versucht Leander einen letzten Einwand. »Du glaubst doch nicht, dass Hiddings Werkstatt geöffnet ist.«

»Irrtum, lieber Freund. Wenn in Süderende Feuerwehrfest ist, hat Torge Hidding seine Werkstatt mit Sicherheit geöffnet. Schließlich lebt er davon, seine Skulpturen zu verkaufen. Außerdem ist er als Künstler nicht so ein Hinterwäldler wie unser Freund Götz.«

In diesem Moment klingelt Leanders Handy. Er zieht es aus der Hosentasche und erkennt auf dem Display Lenas Telefonnummer, allerdings die aus ihrem Büro. Offensichtlich sind verkaufstüchtige Bildhauer und Künstler, die eine Vernissage vorbereiten, nicht die einzigen Menschen, die kein Wochenende kennen.

»Ich wollte nur kurz deine Stimme hören«, sagt Lena, nachdem Leander das Gespräch angenommen hat. »Bevor ich gleich in die Lagebesprechung muss.«

»Heute ist Sonntag«, sagt Leander überflüssigerweise und erinnert sich, wie viele Sonntage er früher selbst im Dienst verbracht hat statt zu Hause bei seiner Familie, wo er eigentlich hingehört hätte.

»Es gibt neue Erkenntnisse«, erklärt Lena. »Sven ist da auf etwas gestoßen, das von Interesse sein könnte. Außerdem duldet Ahrenstorff keine Pause, bevor die Einbruchserie aufgeklärt ist. Du kennst ihn ja, vor allem wenn ihm das Innenministerium im Nacken sitzt.«

»Was habt ihr denn Neues?«

»Sven hat die Spuren aus Utersum in die Datenbank des BKA eingegeben. Er scheint da Übereinstimmungen gefunden zu haben mit anderen Einbrüchen. Außerdem erwarte ich den Bericht der KTU. Unser Freund Woyke hat mit seinen Leuten die Werkzeugspuren mit der Datenbank abgeglichen.«

»Hört sich spannend an«, kommentiert Leander wenig überzeugend. Für einen Moment herrscht Schweigen.

»Ich wäre jetzt auch lieber bei dir«, gesteht Lena, und Leander hört eine Traurigkeit heraus, die für seine Freundin ungewöhnlich ist. »Was hast du heute vor?«

»Tom will mich zu Torge Hidding schleppen. Du weißt schon, das ist der Steinmetz, von dem ich dir erzählt habe.« Diesmal dauert das Schweigen länger.

»Ich komme«, hört Leander schließlich am anderen Ende der Leitung, doch das ist offensichtlich nicht an ihn gerichtet, denn es klingt leiser und vom Hörer abgewandt.

Vor seinem inneren Auge sieht er Sven Schröter in Lenas Bürotür stehen, hoch aufgeschossen, blond, und mit Handzeichen und lautlos geformten Worten mitteilen, dass er schon einmal in den Besprechungsraum vorgehe. Und er sieht Lena nicken und auf den Hörer in ihrer Hand deuten, vielleicht seinen, Leanders Namen mit den Lippen formend.

»Ich muss«, sagt Lena schließlich. »Aber ich melde mich heute Abend noch mal.«

Leander bleibt noch eine Weile stehen und beobachtet das dumpfe Druckgefühl in Magen- und Herzgegend, das sich langsam zu einem Klumpen zu verdichten scheint. Hat Inka früher auch immer so zu Hause gesessen, wenn er sich kurz aus dem Büro gemeldet hat, um mitzuteilen, dass es wieder später würde oder sie am Wochenende nicht mit ihm rechnen könne? Damals hat er sich gut gefühlt, wie jemand, der trotz seines stressigen Jobs immer noch ein paar Minuten fand, um sich zumindest telefonisch um seine Frau und seine Kinder zu kümmern. Dass das nicht reichte, hat er viel zu spät begriffen, und wie einsam seine Frau gewesen sein muss, wird ihm erst jetzt so richtig bewusst.

Und Lena macht jetzt auch nur ihren Job. Sie übt einen Beruf aus, der in kaum vergleichbarer Weise im Dienste der Allgemeinheit steht und kompromisslosen Altruismus verlangt. Das ist nun einmal so, ob er es will oder nicht. Leander bleibt nur die Wahl, sie in vollem Umfang zu unterstützen oder sich von ihr zu trennen. Inka hat sich seinerzeit für die Trennung entschieden. Wahrscheinlich hat er ihr die Unterstützung einfach zu schwer gemacht, oder sie hat nicht die nötige Kraft dazu besessen. Doch auch der Entschluss zur Trennung ist sicher kein leichter für sie gewesen, da macht sich Leander gar nichts vor. Wahrscheinlich hat sie sogar aus Notwehr gehandelt, bevor sie an dieser Beziehung endgültig zugrunde gegangen wäre. Aber will Leander das im umgekehrten Fall? Befindet er sich in einer vergleichbaren Notlage, nur weil er sich in seinem selbst gewählten Exil alleine fühlt? Darf er Lena sein Lebensmodell aufzwingen? Nein, entscheidet er. Also bleibt nur die bedingungslose Unterstützung. Je eher der aktuelle Fall abgeschlossen ist, desto mehr Zeit steht ihnen wieder für ihr Privatleben und die Zweisamkeit zur Verfügung. Doch wie kann er dazu beitragen?

Leander denkt wieder an den Satz, den dieser Idiot am Nebentisch gestern geäußert hat: »Ist euch eigentlich schon aufgefallen, dass die Einbrüche angefangen haben, als die hier aufgetaucht sind?«

Warum hallt das immer noch in ihm nach? Vielleicht, weil es für ihn jetzt die einzige Möglichkeit ist, Lena zu unterstützen? Ihr sagt er allerdings besser nichts davon. Zum einen verbittet sie sich grundsätzlich jede Einmischung in ihre Ermittlungen und ist gerade bei ihm besonders empfindlich, zum anderen will er sich nicht lächerlich machen, wenn am Ende gar nichts an der Sache ist. Jedenfalls hat er so das Gefühl, aktiv an seinem und Lenas Schicksal mitzuwirken. Und bei dem Steinmetzgesellen kann er gleich damit anfangen.

Nachdenklich schlendert Leander hinüber zu den Fahrradständern, wo Tom geduldig auf ihn wartet und leise vor sich hin pfeift.

»Alles klar?«, erkundigt sich der Freund besorgt.

»Alles klar«, antwortet Leander. »Auf zu Torge Hidding. Und anschließend gebe ich auf dem Feuerwehrfest ein Bier aus.«

»Was ist denn mit dir los?«, wundert sich Tom über den Sinneswandel seines Freundes.

»Flexibilität, Spontaneität – erinnerst du dich? Außerdem fahre ich halt gerne mit dir durch die Landschaft«, heuchelt Leander und schiebt sein Fahrrad voraus zu der viel befahrenen Hauptstraße, die lang durch Alkersum führt.

»Diese verdammte Melancholie!«, flucht Lena und versucht, sich aus dem Eindruck des Telefonats zu befreien und in die notwendige Stimmung für die bevorstehende Lagebesprechung zu bringen.

In letzter Zeit fällt ihr dieses Leben zwischen den zwei Welten immer schwerer. Aber was soll sie machen? Leander auf die Insel folgen? Ihren Job schmeißen? Auf ihre Karriere verzichten? Von Leanders Geld leben? Gerade jetzt, da die ganze Plackerei endlich Früchte zu tragen verspricht? Vielleicht ist sie ja in ein paar Jahren dazu bereit, aber jetzt noch nicht. Wird Leander so lange durchhalten?

Das ist ja nicht mal eine Wochenendbeziehung, die sie beide da führen. Klar, sie telefonieren regelmäßig, aber diese Kontakte machen die Entfernung, die sie trennt, jedes Mal nur noch deutlicher. Andererseits ist es immer wie Flitterwochen, wenn sie sich dann wiedersehen. Dadurch behält ihre Beziehung eine Frische, die sicher längst im Alltag verloren gegangen wäre, wenn sie beide in Kiel oder auf Föhr zusammenlebten.

Lena spürt den schalen Geschmack dieses vorgeschobenen Trostes auf der Zunge und schraubt ihre Mineralwasserflasche auf. Das Knirschen des Aluminiumverschlusses im Glasgewinde zieht sie ganz zurück ins Hier und Jetzt, und mit dem ersten kühlen Schluck strömt auch ihre übliche Entschlossenheit wieder in ihren Körper. Sie hat einen Fall zu lösen. Ihre Leute setzen auf sie. Und die Besitzer der Häuser, in die eingebrochen worden ist, ebenfalls, denn die werden bereits seit einigen Jahren immer wieder von diesen Einbrechern in ihrem Sicherheitsgefühl gestört. Jede neue Meldung reißt alte Wunden wieder auf, ganz zu schweigen von dem Schaden, den die Bande anrichtet. Hier liegt ihre Aufgabe, das ist der Sinn ihres Berufes, und der ist für sie mehr als nur ein Job.

»Lena, wir warten!« Sven Schröter steckt erneut vorsichtig den Kopf zur Tür herein.

»Natürlich, ich komme.« Sie rafft entschlossen ihre Unterlagen zusammen.

»Oha! Das sieht nicht gut aus«, urteilt Tom.

Sie stehen am Rande des Werkstattbereiches von Torge Hidding vor dem Grabstein von Leanders Urgroßeltern und begutachten resigniert das Schriftbild des Steinquaders, dessen Verfall durch das grelle Sonnenlicht erbarmungslos in Szene gesetzt wird.

»Ist doch halb so wild«, versucht Klaus Lammers sie zu beruhigen, der in seiner sandfarbenen Kluft samt schwerer Jacke in der Hitze wie aus einer anderen Welt aussieht. »Ich hab schon Schlimmeres gesehen.«

Leander hält das angesichts der deutlich sichtbaren Schäden für eine reine Durchhalteparole, und auch Tom blickt den Steinmetzgesellen an, als hielte er ihn für unzurechnungsfähig. Hilfe suchend schaut sich Leander nach Torge Hidding um. Der steht nur wenige Meter entfernt inmitten einer Besuchergruppe vor einem Steinquader und erklärt, wie man mittels der Klangprobe herauszufinden versucht, ob der Stein zur Bearbeitung geeignet ist, oder ob man damit rechnen muss, dass man plötzlich auf einen Riss stößt, der mitunter die Arbeit von Tagen, wenn nicht von Wochen zunichte machen kann, weil der Stein dann einfach auseinanderplatzt. Dann setzt er mit Fäustel und einem Werkzeug, das er als Sprengeisen bezeichnet, an einer bestimmten Stelle des Blockes an und teilt ihn mit wenigen geschickten Schlägen genau so, dass er eine Platte mit relativ glatter Oberfläche in Händen hält.

»Und jetzt nehme ich das Spitzeisen und spitze die Oberfläche« erklärt der Steinmetz. »Das heißt, ich treibe kleine punktförmige Vertiefungen, die sogenannten *Spitzhiebe*, hinein. Dann bleibt die Oberfläche lebendig, aber das Muster wird sehr gleichmäßig. Sie finden auf Grabsteinen häufig entweder ganz glatte, polierte oder eben fein gespitzte Oberflächen.«

Immer mehr Besucher scharen sich um den Steinmetz. Überhaupt ist die Werkstatt an diesem Sonntag extrem gut besucht. Die Urlauber interessieren sich für die alte Arbeitstechnik und für die steinerne Kunst, mit der Hidding es versteht, Tradition und Moderne zu verbinden, auch wenn wohl kaum jemand etwas davon kaufen wird.

»Echt kein Problem«, dringt Klaus Lammers' kräftige Stimme wieder zu Leander durch. »Wenn einer das hinkriegt, dann Torge. Der Typ ist ein Genie. Was meinst du denn, warum ich mir seine Launen so lange gefallen lasse? Wenn ich von dem nicht so viel lernen könnte, wäre ich längst wieder weitergezogen.«

»Ist doch alles marode«, meint Tom und streicht mit den Fingern über die Oberfläche des Grabsteins, was umgehend dazu führt, dass neben trockenem Moos auch graues Steinmehl herunterrieselt.

»Jetzt lass mal die Finger davon«, befiehlt Klaus Lammers. »Da müssen Fachleute ran, und dann wird das auch was.«

»Ach ja? Und wie willst du Fachmann das machen?«, lässt sich nun Torge Hiddings tiefe Stimme vernehmen, der unbemerkt hinzugetreten ist. »Dann lass mal hören.«

»Zuerst reinigen wir die Oberfläche so vorsichtig wie möglich von den Moosen und Flechten. Klar, dass da der eine oder andere Buchstabe nicht ganz heile bleibt, aber das lässt sich nicht ändern. Wenn ich das richtig sehe, dann ist die Oberfläche gespitzt, da sieht man hinterher sowieso nicht viel davon. Nur die Buchstaben sind erhaben, und die müssen wir eben wieder aufbauen. Aber zuerst würde ich den Stein mit Silanen konservieren.«

»Warum nicht verkieseln?«, fragt Torge Hidding nach, und

Leander hört am Tonfall heraus, dass dieses Fachgespräch hart an der Grenze zu einem Prüfungsgespräch verläuft.

»Ganz einfach, Chef: Der Kieselsäureester bindet zwar die Absandungen und Abschuppungen, aber er dringt nur wenig in die Poren ein. Wenn wir dann die Risse mit Spezialmörtel verfüllen und die Schalen hinterfüllen, besteht die Gefahr, dass sich eine sehr dünne verhärtete Schicht bildet, die später im Winter großflächig vom Stein abgesprengt wird. Dann ist das Teil endgültig hin.«

»Und bei einer Vollkonservierung mit funktionellen Silanen passiert das nicht?«

»Nö. Silane sind ein mineralisches Festigungsmittel, das zwar in die Poren eindringt und sie ummantelt, aber nicht verschließt. Das heißt, die Poren bleiben offen, der Stein kann atmen.«

»Und wie geht so was?«, zeigt sich nun auch Tom interessiert. »Wird das Mittel aufgestrichen oder -gespritzt?«

Torge Hidding will antworten, aber Klaus Lammers lässt sich jetzt nicht mehr stoppen: »Das ist ein ziemlich aufwändiges Verfahren. Der Stein wird in einer Tränkwanne, im sogenannten Autoklaven, geflutet und unter Vakuum gesetzt, damit die Luft entweicht. Dann werden die Silane mit Druck in den Stein gepresst und dringen dadurch wesentlich tiefer ein als der Kieselsäureester. Man macht das in mehreren Durchgängen hintereinander weg und lässt den Stein dann gründlich aushärten. Die Buchstaben werden dann mit Spezialmörtel repariert. Am Ende sieht der Stein aus wie neu und ist so haltbar wie niemals zuvor.«

Torge Hidding grinst und nickt Klaus Lammers zufrieden zu. »Genau das hätte ich dir auch empfohlen«, sagt er, an Leander gewandt.

»Gut, dann muss ich wohl in den sauren Apfel beißen und so lange warten.«

»Geduld ist eine Tugend«, doziert Tom. »Das versuche ich dir ja immer beizubringen.«

Torge Hidding klopft Klaus Lammers anerkennend auf die

Schulter. »Guter Mann. Ein bisschen locker im Umgang mit Sekundärtugenden, aber fachlich topp. So, ich muss mich jetzt wieder um die anderen Besucher kümmern. Klaus, du kannst ruhig Feierabend machen, immerhin ist heute Sonntag.« Er nickt Leander und Tom zu und geht dann zu einem älteren Ehepaar hinüber, das vor einer Vogeltränke aus Granit steht und offensichtlich den passenden Platz im heimischen Garten bespricht.

»Hunger?«, wendet sich Tom an Klaus Lammers. »Wenn du Zeit hast, laden wir dich auf die Festwiese ein. Ich würde mir gerne etwas über die Walz erzählen lassen.«

»Da sage ich nicht nein.«

»Wunderbar. Also los!«

Sie schlendern nebeneinander hinüber zur Festwiese. Klaus Lammers hat seine Hände tief in die Hosentaschen versenkt und scheint trotz der Mittagshitze selbst im Gedränge der Fress- und Bierbuden überhaupt kein Problem mit seiner schweren Jacke zu haben. Erst als sie an einem der Tische Platz nehmen und ihr Essen und die Getränke abgestellt haben, zieht er Jacke und Weste aus und setzt sich in seinem weißen Hemd neben Leander und Tom gegenüber. Der Schweißgeruch, den er nun verströmt, raubt Leander einen Moment den Atem.

»Musst du eigentlich immer diese dicken Sachen tragen?«, erkundigt er sich vorsichtig und beschließt, von nun an nur noch durch den Mund einzuatmen.

»In der Öffentlichkeit ja«, ist die knappe Antwort. »Das gehört zu unseren Artikeln. Aber wie du siehst, halte ich mich auch nicht immer daran.«

Bevor Leander nachhaken kann, was denn Artikel seien, fragt Tom: »Torge Hidding ist also ein absoluter Fachmann?«

Klaus Lammers nickt und beißt ein großes Stück von seinem Schinkenbraten ab.

»Gilt das auch für Andreesen?«

»Klar. Andreesen ist der beste Reetdachdecker, den wir bisher kennengelernt haben. So einen gibt's nicht mal auf Sylt, und die Jungs da sind schon klasse.«

»Ihr wart vorher auf Sylt?«, hakt Leander nach.

»Genau. Ungefähr ein halbes Jahr; das ist die Zeit, die wir an einem Ort verbringen sollen. In Keitum habe ich zum ersten Mal an diesen sprechenden Steinen arbeiten dürfen. Da hab ich auch die Restaurationstechnik gelernt, die ich dir eben geschildert habe. Und Maik und Steffen haben bei einem Bauunternehmer gearbeitet, der auch Zimmerleute und Dachdecker beschäftigt hat. So'n Allrounder. Aber der war nichts gegen einen Spezialisten wie Andreesen. Sylt ist cool. Echt. Da wäre ich gern noch 'ne Weile geblieben.«

»Warum seid ihr das nicht?«

»Ach, weil Maik immer dieselbe Scheiße abzieht. Kaum sind wir irgendwo so in die Dorfgemeinschaft integriert, dass wir an Festen und Tanzabenden teilnehmen können und Spaß haben, fängt er was mit den Mädels an. Das gibt jedes Mal Zoff. Die Jungs gucken sich das nicht lange an, ist ja klar, Mann. Maik müsste es eigentlich besser wissen, schließlich sind wir verpflichtet, uns zünftig zu benehmen, also so, dass die Meister immer wieder gerne Tippelbrüder aufnehmen.«

»Wo habt ihr drei euch eigentlich kennengelernt?«, fragt Tom und schaut skeptisch zu Leander hinüber. »Ich meine, gibt es so etwas wie eine Agentur, die Wanderfreundschaften vermittelt? Sonst trifft ein Geselle aus Thüringen doch nur schwer zwei andere aus Bayern.«

Klaus Lammers lacht. »Da liegst du gar nicht so falsch. Maik hat uns erwandert. Jeder Jungwandernde braucht nämlich einen Betreuer, der schon eine Weile unterwegs ist und ihn in die Bräuche und das Leben auf der Walz einführt. Maik kommt aus Thüringen und ist über den Harz nach Bayern gewandert. Da sind wir dann zu ihm gestoßen. Steffen und ich kennen uns schon lange. Ich habe auch in Pocking gewohnt, bis mein Alter wegen seiner Arbeit immer nach Heidelberg musste. Wir sind dann in so ein kleines Kaff in der Nähe von Heidelberg gezogen, aber Steffen und ich haben den Kontakt nie abgebrochen. Wir haben auch zusammen beschlossen, nach der Freisprechung fremdzuschreiben, weil wir einfach raus mussten aus dem Mief da unten in Bayern.«

»Langsam. Was ist denn eine Freisprechung?« Leander staunt darüber, dass die Wandergesellen offenbar über eine völlig eigene Sprache verfügen.

»So nennen wir die Gesellenprüfung. Jeder Wanderbursche muss als Bedingung für die Tippelei freigesprochen sein. Außerdem muss er ledig, kinderlos und schuldenfrei sein und darf keine Eintragung in seinem polizeilichen Führungszeugnis haben.«

»Maik ist also so etwas wie euer Vorgesetzter?«, stellt Tom fest.

»So weit kommt's noch!«, reagiert Klaus Lammers mit lautem Lachen. »Nee nee, der hat uns nur erwandert. Auf der Walz sind wir dann alle wieder gleich. *Wir alle seins Brüder, wir alle seins gleich.* Das ist unsere Losung, und die gilt schon seit der Französischen Revolution.«

»Und dann seid ihr also von Bayern aus gleich ans andere Ende der Republik gegangen?«, forscht Leander weiter.

»Nee, zuerst haben wir den Schwarzwald abgeklappert. Es gibt ja super Fachwerkhäuser da unten, nur für mich ist da echt tote Hose. Mit Steinmetzen haben die Kuhköppe im Schwarzwald es nicht so.«

»Kuhköppe«, echot Leander.

»Genau. So nennen wir alle, die nie fremdgeschrieben waren. Wir sind dann durch das Rheinland nach Norden gewandert.«

»Alles zu Fuß?«, staunt Leander.

»Quatsch. Lange Strecken trampen wir natürlich, das ist erlaubt. Aber lustig ist das trotzdem nicht. Im Winter ist es in den Scheunen echt arschkalt und zugig, und bei Regen sind wir oft so nass geworden, dass uns nur noch das Heu trocknen konnte. War'n scheiß Winter, echt. Irgendwann waren wir in Emden. Von da aus haben wir uns mit Kleckerarbeiten über Wasser gehalten. Die ostfriesische Küste haben wir komplett zu Fuß gemacht, aber da ist wandertechnisch der Hund verfroren. Nur Backstein und Beton-Dachpfannen. Echt langweilig. Ein Tippelbruder in Stade hat uns dann von Sylt erzählt, und da stand der Entschluss fest. Wir haben gar nicht erst unterwegs Station gemacht, sondern sind direkt rauf nach Niebüll getippelt und rüber auf die Insel. Aber wie gesagt: Das ging nicht lange gut. Irgendwann hat Maik als letzte Warnung so richtig die Schnauze vollgekriegt. Drei Tage Krankenhaus in Westerland, das war echt nicht mehr schön. Also sind wir rüber nach Föhr. Den Torge kennt in der Branche ja jeder, und da stand der Entschluss für mich fest. Maik und Steffen haben Glück, dass es hier den Andreesen gibt und dass der volle Auftragsbücher hat. Der deckt sogar Dächer auf Amrum und auf den Halligen und manchmal auch auf dem Festland, so bekannt ist der.«

»Bekommt ihr keinen Ärger, wenn ihr euch nicht zünftig benehmt? Ich meine, gibt's da keine Innung oder so was, die das kontrolliert?«

»Theoretisch schon, allerdings heißt das nicht Innung, sondern Schacht. Nur Maik ist in einem Schacht organisiert, Steffen und ich sind Freireisende. Auf diesen Vereinskram haben wir keinen Bock. Wir haben uns nur am Anfang von Maiks Schacht einweisen lassen und sind so auch auf ihn gestoßen. Trotzdem müssen wir uns natürlich an die Artikel im Artikelbuch halten, das ist unser Regelwerk für die Walz.«

»Und eine Regel lautet, dass ihr in der Öffentlichkeit immer eure Kluft tragen müsst, egal wie heiß es ist«, stellt Leander fest, der damit endlich die Antwort auf seine Ausgangsfrage bekommen hat.

»Genau.«

»Also kann niemand euch zur Rechenschaft ziehen, wenn ihr keinem Schacht angehört?«, greift Tom seine Frage wieder auf.

»Kann schon sein, dass es für Maik irgendwann eng wird, wenn die Kameraden aus den Schächten mitkriegen, dass er sich nicht zünftig verhält. Schließlich haben wir bei der Lade, das ist die Einführungsfeier, einen Geselleneid auf die Artikel geleistet. Außerdem riskiert er immer auch das Stadtwappen.«

Leander und Tom sehen sich so ratlos an, dass Klaus Lammers wieder laut lacht und Leander schon befürchtet, dass sie von ihm auch als Kuhköppe bezeichnet werden könnten.

»Jeder Fremdgeschriebene führt ein Wanderbuch mit sich«, erklärt der Geselle dann. »Da werden die Städtewappen eingetragen, wenn er irgendwo gearbeitet hat. Das Wappen kriegen wir vom Bürgermeister. Allerdings müssen wir dort zünftig um das Siegel vorsprechen. Bis jetzt hat das immer geklappt, aber wenn Maik so weitermacht, kann ihm der Bürgermeister das Siegel verweigern. Und im schlimmsten Fall wird er von anderen Kameraden zum Schlitzohr gemacht. Die sind da nicht zimperlich.«

»Schlitzohr, soso«, meint Leander. »Kommt der Begriff also auch aus eurer Sprache.«

»Genau. Wir tragen alle einen goldenen Ohrring. Der ist traditionell für Notfälle da, wenn wir Geld brauchen, weil wir keine Arbeit haben und auch keine Zunft in der Nähe ist, wo wir ein Zehrgeld bekommen können, quasi als kurzfristiges und einmaliges Hartz IV für Fremdgeschriebene. Früher wurden die Ohrringe auch benutzt, um das Begräbnis eines Wandergesellen in der Fremde zu bezahlen, wenn ihm etwas passiert war. Wenn sich ein Fremdgeschriebener nicht zünftig verhält, kann es passieren, dass man ihm den Ohrring ausreißt. Dann hat er einen Schlitz im Ohrläppchen und ist für alle anderen Fremdgeschriebenen ein für allemal gezeichnet.«

»Das sind ja harte Sitten«, kommentiert Leander. »Was bin ich froh, dass ich nur ein Kuhkopp bin.«

»Da kannste einen drauf lassen«, stimmt Klaus Lammers lachend zu. »Aber so weit muss es ja nicht kommen. Steffen und ich passen schon auf ihn auf. Was ist, gebt ihr noch ein Bier aus?«

Tom schiebt ihm einen Geldschein über den Tisch. »Aber du holst es dir selbst und bringst uns gleich zwei mit.«

Klaus Lammers nickt lachend, erhebt sich und schlendert in Richtung Bierbude davon.

»Was läuft hier eigentlich?«, zischt Tom, als der Wandergeselle außer Hörweite ist.

»Was meinst du?«

»Verarsch mich nicht, ja! Mit dem Bengel kannst du das vielleicht machen, aber mich verkaufst du nicht für dumm. Du hast Klaus nach allen Regeln der Kunst verhört. Glaubst du, ich merke das nicht?«

»Respekt. Ich dachte, ich hätte es schlau genug angestellt. Aber Hauptsache, Klaus Lammers hat nichts gemerkt.« Leander erzählt seinem Freund nun von seinem Verdacht, der von dem Satz des Lokalpatrioten am Tag zuvor ausgelöst worden ist.

»Blödsinn!«, erregt sich Tom. »Seit wann hörst du auf diese Dorfnazis? Die drei Jungs sind in Ordnung. Die arbeiten noch richtig für ihr Geld. Hast du nicht kapiert, was die alles auf sich nehmen, um in ihren Berufen etwas dazuzulernen? Außerdem hast du ja gehört, dass die ein sauberes Führungszeugnis brauchen. Gegen keinen der drei liegt demnach irgendetwas vor.«

»Tja, das habe ich eben auch gedacht«, gesteht Leander ein. »Damit ist der Verdacht wohl wirklich hinfällig. Du hast natürlich recht: Solche Jungs mit einer absolut sauberen Weste können eigentlich keine Einbrecher-Profis sein.«

»Eben, also lass den Scheiß. Ich möchte von denen noch einiges über die guten alten Traditionsberufe erfahren. Da kann dein Misstrauen nur schaden.«

»Wem misstraust du denn?«, erkundigt sich Klaus Lammers und stellt die Bierkrüge auf den Tisch.

»Ach, wir haben gerade nur noch mal über den Grabstein geredet«, beeilt sich Tom. »Henning hat Angst, dass Torge ihm zu viel abnimmt für die Restaurierung.«

Das hat Leander nun davon. Jetzt steht er wie ein kleinkarierter Spießbürger da. Aber das ist immer noch besser, als wenn Klaus Lammers die Wahrheit mitbekommen hätte.

»Ich verstehe dich nicht«, stellt der nun mit genau dem verächtlichen Blick fest, den man einem geizigen Spießer entgegenbringt. »Wenn es in meiner Familie so einen Grabstein gäbe, würde ich den in Ehren halten. Und da sind ein paar hundert Euronen doch wohl ein Katzenschiss.«

»Recht hast du«, bestätigt Tom und grinst hämisch zu Leander hinüber. »Aber was willst du machen? Henning ist halt ein alter Geizknochen.«

»Ist ja schon gut. Jetzt kriegt euch mal wieder ein«, reagiert der gereizt.

»Wie lange bist du eigentlich noch ... äh ... fremdgeschrieben?«, wechselt Tom das Thema.

»Ein gutes Jahr.«

»Und dann?«

»Mal sehen. Job suchen, Meisterschule, und dann am besten 'ne eigene Bude.«

»In Heidelberg?«

»Nee, da kriegen mich keine zehn Pferde mehr hin. Am liebsten würde ich hier in der Gegend bleiben. Mal sehen, vielleicht stellt Torge mich ja erst mal ein. Und sonst gehe ich zurück nach Sylt. Schweden wär auch cool. Oder Norwegen, die suchen ja immer Handwerker da.«

»Sprichst du denn Schwedisch oder Norwegisch?«, wundert sich Tom.

»Nö, aber das kann man ja lernen. Wird schon nicht so schwer sein.«

Leander findet, dass Klaus Lammers auffallend wortkarger wird, jetzt, da es um seine Zukunft geht. »Ist aber ganz schön teuer, so eine eigene Firma«, stellt er fest und achtet genau auf die Reaktion des Wandergesellen. »Wo willst du denn so viel Geld hernehmen? Gespart haben kannst du auf deiner Wanderschaft ja wohl nicht viel.«

»Mal sehen. Irgendwo kriege ich die Kohle schon her. Gibt doch sowas wie Existenzgründungs-Darlehen. Für irgendwas muss der Staat ja gut sein. Und wenn nicht, sind da ja auch noch die Banken. Die können doch nicht alleine davon leben, dass sie das Geld der Anleger verzocken.«

Er wird jetzt deutlich unruhiger, aber das kann auch daran liegen, dass in diesem Moment Frerk und Jenny in ihrem Blickfeld auftauchen. Als der Friese den Wanderburschen sieht, fasst er seine Freundin am Arm und zieht sie in die Gegenrichtung davon.

»Ich geh dann jetzt.« Klaus Lammers steht auf und greift nach seinen Sachen. »Bin ganz schön kaputt, und morgen geht die Maloche wieder los. Danke fürs Bier und das Essen. Macht's gut!«

Erstaunt blicken Leander und Tom dem Jungen nach, der innerhalb von Sekunden zwischen den Festgästen verschwunden ist.

»Das war ja mal ein schneller Abgang«, stellt Leander fest.

»Wahrscheinlich ist ihm deine Fragerei auf den Sack gegangen«, reagiert Tom gereizt. »Und weißt du was? Mir wäre es genauso gegangen. Aber du kannst wohl nicht aus deiner Haut. Bulle bleibt Bulle.«

Ein paar Minuten sitzen sie sich schweigend gegenüber, dann legt Leander dem Freund seine Hand auf den Arm. »Frieden?«

Tom scheint einen Moment mit sich zu ringen, dann bringt er ein gequältes Lächeln zustande und nickt Leander zu. »Und was machen wir jetzt noch?«, fragt er vorsichtig.

»Du, sei mir nicht böse, aber ich möchte nach Hause und mich in meinem Garten in den Schatten setzen. Morgen sind wir auch schon wieder unterwegs und gucken uns die Baustelle an. Außerdem möchte ich noch mit Lena telefonieren.«

Tom scheint nichts dagegen zu haben. Wahrscheinlich ist er froh, wenn er Zeit mit seiner Familie verbringen kann. Leander hofft, dass die Anspannung am nächsten Tag abgebaut sein wird. Sie radeln auf dem direkten Weg durch die Marsch zurück nach Boldixum und trennen sich gleich hinter der Wrixumer Mühle. Genau hier wollen sie sich am nächsten Tag wieder treffen und dann gemeinsam nach Oldsum radeln.

Als Leander eine halbe Stunde später in seinem Garten unter dem Apfelbaum sitzt und den Tag Revue passieren lässt, muss er einräumen, dass Tom mit seiner Reaktion nicht ganz falsch gelegen hat. Es spricht wirklich nichts für die fremdenfeindliche Theorie der Volksfestbesucher. Klaus Lammers ist ein zuverlässiger junger Mann und offensichtlich ein von seinem Meister geschätzter Handwerker. Maik ist zwar ein Bruder Leichtfuß, der sicher noch so manches Mal eins auf die Mütze kriegen wird, aber auch er hat schließlich ein sauberes Führungszeugnis gehabt, als er sich auf die Walz begeben hat. Und über diesen Steffen kann Leander gar nichts sagen, der ist für ihn bisher noch nicht hinreichend in Erscheinung getreten. Also beschließt er, seinen Verdacht ad acta zu legen und auch Lena keinen diesbezüglichen Hinweis zu geben, wenn sie am Abend telefonieren. Nur wo, verdammt noch mal, kann er dann noch ansetzen, um seiner Freundin zu helfen, den Fall möglichst bald abzuschließen?

Als das Telefon klingelt, wacht Leander auf. Das wird ja langsam zur Gewohnheit, dass er in seinem Garten am helllichten Nachmittag einschläft! Die Hitze steht schweißtreibend selbst unter dem sonst Schatten und Frische spendenden Apfelbaum. Mühsam rappelt er sich hoch und angelt nach dem Telefonhörer auf dem Gartentisch.

Lenas Stimme klingt weit entfernt und abgespannt. Ihre Lagebesprechung in Kiel ist anstrengend gewesen und hat mehr Fragen aufgeworfen, als sie beantwortet hat. Aber immerhin hat der Kollege Sven Schröter etwas Systematik in die Ermittlungen gebracht. Die Einbrecher ziehen eine Spur quer durch Deutschland, den Daten nach von Süden nach Norden, und sind vor der Insel Föhr eindeutig zuletzt auf Sylt tätig gewesen. Bei der Überprüfung der Spuren, die die jeweilige Kriminaltechnik ins System eingegeben hat, offenbart sich ein Problem: Es gibt Tatorte in Nürnberg, Düsseldorf und Hannover, die deckungsgleiche Werkzeugspuren zu Einbrüchen in Kampen und Utersum aufweisen. Spuren anderer Tatorte in denselben Städten auf dem Festland hingegen decken sich mit Einbrüchen in Westerland und an verschiedenen Tatorten auf Föhr. Auch die Fußspurenlage ist widersprüchlich, denn bei einem der ersten Einbrüche gibt es identische Fußspuren mit dem Einbruch in Utersum, aber die Werkzeugspuren stimmen nicht überein. Das kann natürlich auf einen Werkzeugwechsel hindeuten, was aber nicht sehr wahrscheinlich ist wegen der anderen Übereinstimmungen. Da ist ein Zufall der Schuhabdruckübereinstimmung fast schon wahrscheinlicher, weil dasselbe Modell in derselben Größe ja auch von verschiedenen Leuten gekauft worden sein kann. Nur im Fall eines Schuhabdrucks gibt es eine Besonderheit, nämlich eine Auskerbung am linken Absatz, die an einem Tatort in Düsseldorf identisch ist mit einer der Spuren auf der Terrasse in Utersum. Fast könnte man den Eindruck bekommen, als seien zwei Einbrecherbanden parallel zu einander durch das Land gezogen.

Insgesamt ist das zwar ein Anfang, aber befriedigend oder richtungsweisend ist es noch nicht. Lena berichtet, dass sie in der Sonderkommission übereingekommen sind, die einzelnen Ermittlungsführer der Fälle, bei denen es im Falle der Werkzeuge keine übereinstimmenden Merkmale gibt, noch einmal gezielt zu konsultieren, ihnen die eigenen Ergebnisse vorzulegen und zu hoffen, dass sie noch etwas beizusteuern haben, das nicht in den Datenbanken steht. Alles in allem liegt damit eine ganze Menge Kleinarbeit vor den Mitgliedern der Sonderkommission.

Falls sich keine neue Spur findet, die auf die Nordfriesischen Inseln führt, werden sich Leander und Lena also eine geraume Zeit lang nicht mehr sehen. Entsprechend deprimiert beenden beide das Telefonat nach über einer Stunde und immer länger werdenden Redepausen, die am Ende unerträglich geworden sind.

Leander lehnt sich in seinem Stuhl zurück und denkt über das eben Gehörte nach, kann sich aber keinen rechten Reim darauf machen. Immerhin einen positiven Aspekt gibt es, über den er sich wirklich freut: Lena hat offenbar keine Probleme damit, ihm, einem inzwischen Außenstehenden, sensible Ermittlungsergebnisse mitzuteilen. Das Vertrauen zwischen ihnen ist so groß, dass er sich hüten muss, Lena mit eigenen Ermittlungen zu hintergehen.

Vielleicht sollte er sich lieber um seine Familiengeschichte kümmern. Zum Beispiel lassen sich die Daten des Schiffes, auf dem sein Urgroßvater möglicherweise gefahren ist, doch sicher im Internet recherchieren.

Er holt seinen Laptop aus dem Haus und meldet sich im örtlichen W-LAN an, um auf andere Gedanken zu kommen. Google meldet erstaunlicherweise keine Treffer, als er *LPD Lübtow* eingibt, jedenfalls keine, die auf ein Schiff zutreffen. Da ist von einem Professor Lübtow an der Freien Universität Berlin die Rede und von einem K. v. Lübtow, aber das führt ja nun wirklich nicht weiter.

Eine halbe Stunde lang surft Leander durch das Internet, stößt auf fragwürdige Seiten von Veteranenverbänden aus beiden Weltkriegen und von unverbesserlichen Kolonisatoren, die die große alte Zeit pathetisch überzeichnen, bis er endlich die Nase voll hat und den Rechner wieder herunterfährt. Das ist offensichtlich nicht sein Tag heute.

Wie zur Bestätigung beginnt es über ihm nun leise zu grummeln. Es hat sich inzwischen völlig zugezogen, und der bleiernen Schwüle des Nachmittags entspricht jetzt ein ebensolcher Himmel. Sicher wird es heute Abend ein heftiges Gewitter geben.

Leander erhebt sich und schiebt die Gartenstühle dicht an den Tisch heran, damit sie vom Sturm nicht umgeworfen werden. Dann nimmt er seine Sachen und geht ins Haus. Er wird den Sonntag mit einem Fernsehabend beschließen, immerhin gibt es ja den obligatorischen *Tatort*.

14

»Das ist ganz alte, überlieferte Handwerkskunst.« Thies Andreesen greift nach einem Bündel Reet, das vom Stapel gerollt ist. »Dieses Reetgras wuchs früher überall an der Küste und an Seen und Flussufern. Auch hier auf der Insel gab es ergiebige Stellen, aber da war die Marsch noch feucht und nicht entwässert. Damals war es die billigste Art, ein Dach zu decken. Außerdem war Reet immer schon ökologisch unschlagbar.

Es wächst unablässig nach, dicht gelegt und geklopft hält es Wasser ab, und durch die Luftröhren ist es ein hervorragender Dämmstoff, im Winter gegen Kälte und im Sommer gegen Hitze. Es ist langlebig und schafft ein sehr angenehmes Raumklima. Allerdings ist es heute teuer, weil es auf riesigen Feuchtflächen auf dem Festland angepflanzt werden muss. Häufig müssen wir es sogar aus Polen heranschaffen.«

»Und es brennt«, wendet Tom ein. »Ich könnte mir so ein Dach an sich schon nicht leisten, von der Feuerversicherung ganz zu schweigen.«

»Auch das ist richtig«, gibt Thies Andreesen zu. »Vom Arme-Leute-Dach zum Luxus-Baustoff, wenn das keine Karriere ist. Wir benutzen im Grunde auch heute noch dieselbe Technik wie vor vielen hundert Jahren. Wenn es Betriebe wie meinen nicht gäbe, ginge all das wunderbare alte Handwerk verloren. Jeder kann vorgefertigte Betonpfannen ineinanderschieben, aber kaum ein Dachdecker kann heute noch ein Reetdach decken oder eines aus Holzschindeln. Fragt mal die Jungs aus Süddeutschland. Der Steffen hat im Schwarzwald gelernt, Dachschindeln selber zu schneiden und so zu verlegen, dass das Dach dicht ist und nicht beim nächsten Sturm wieder abgedeckt wird. Ist sowieso ein guter Junge, der Steffen. Mal sehen, vielleicht behalte ich den nach seiner Wanderzeit. Bei fast fünfzigtausend Reetdächern allein an den norddeutschen Küsten haben wir enorme Nachwuchsprobleme. Und die Renaissance des Reetdaches hat gerade erst begonnen.«

»Und Maik?«, hakt Leander so lauernd nach, dass Tom leise stöhnt. »Taugt der auch was?«

»Der Vogel ist mir zu leicht«, antwortet Thies Andreesen abschätzig. »Mit dem ginge das auf die Dauer nicht gut. Macht keine gute Stimmung auf dem Dach, der Bengel. Und da oben sind wir aufeinander angewiesen. Wenn du Pech hast, stürzt du nur einmal ab und dann nie wieder.«

Der Dachdeckermeister lacht über die Doppeldeutigkeit seines Scherzes, aber Leander sieht ihm an, dass sein Urteil über Maik feststeht.

»Zeigst du uns, wie das geht?«, lenkt Tom das Gespräch wieder in eine unverfängliche und für ihn viel interessantere Richtung. »Ich meine das Dachdecken mit Reet.«

Thies Andreesen schaut auf die Uhr, runzelt die Stirn, gibt sich aber dann einen Ruck. »Na gut, was soll's. Ist eh gleich Mittagspause, dann steige ich mit euch da rauf und zeige es euch, während meine Leute essen.«

Leander blickt zu den Dachdeckergesellen hoch, die sich freihändig auf kurzen viersprossigen Leitern, die sie mit langen Haken ins Reet gesteckt haben, sicher seitwärts über das ganze Dach bewegen. Sie verlegen Reetbündel und klopfen sie mit einer Art kurzstieliger Schaufel schräg. Strohstaub wirbelt in Wolken um sie herum. Am anderen, noch völlig offenen Ende des Daches steht Maik frei auf ein paar Balken und nagelt Dachlatten in immer gleichen Abständen an. Ihn scheint die Hitze nicht zu stören, obwohl seine Arbeit sicher auch sehr schweißtreibend ist.

Überhaupt ist die Hitze heute geradezu unerträglich. Das Licht ist so grell, dass es Leander schwer fällt, nach oben auf das Dach zu schauen, ohne dabei ununterbrochen zu blinzeln. Das Gewitter ist in der Nacht über die Insel hinweggezogen, ohne für eine Abkühlung zu sorgen, und hat sich offenbar erst über dem Festland ausgeregnet.

»So, Jungs, Mittag!«, ruft Thies Andreesen hinauf.

»Puh«, stöhnt Steffen und reibt sich mit dem Ärmel seines Hemdes über die Stirn.

Auch Frerk und ein weiterer Geselle, die mit Steffen zusammengearbeitet haben, sehen erschöpft und staubig aus. Schweigend machen sich die drei an den Abstieg, rutschen schnell mit den Füßen auf den Holmen der langen, schräg angelegten Leiter hinab und setzen sich dann in den Schatten des Hauses, wo ihre Butterbrotdosen liegen und Wasserflaschen in einem Wasserkübel. Maik klettert an seinem Ende des Daches eine Leiter hinab und tut es ihnen gleich, allerdings setzt er sich etwas abseits, während Steffen inmitten der Kollegen auf einem Holzbalken hockt und vollkommen integriert scheint.

Thies Andreesen gibt Leander und Tom ein Zeichen, ihm auf das Dach zu folgen, und klettert flink freihändig die Leiter hoch. Dabei nimmt er immer zwei Sprossen auf einmal. Tom folgt deutlich ungeschickter, Sprosse für Sprosse, und macht schon nach den ersten Schritten den Anschein, als rechne er jeden Moment damit, aus der gefährlichen Höhe von knapp drei Metern in die unendliche Tiefe zu stürzen. Leander bleibt das Lachen über seinen Freund im Halse stecken, als er selbst von der Leiter auf den Dachstuhl wechselt und von hier aus nach unten guckt. Einen Moment lang hat er das Gefühl, das Gleichgewicht zu verlieren, und nun ist es an Thies Andreesen, zu lachen, weil er den ehemaligen Beamten festhalten und zu sich auf das Dach ziehen muss.

»Ich habe Höhenangst.« Leander fühlt die Röte in sein Gesicht steigen.

»Unsinn!«, weist der Dachdeckermeister ihn zurecht. »Wenn jemand Flugangst hat, hat er Angst vorm Fliegen. Bei Höhenangst müsstest du Angst vor der Höhe haben, hast du aber nicht. In Wahrheit hast du Angst vor der Tiefe, der du gegenüber stehst. Also hast du Tiefenangst.«

Auch wenn Leander die Definition einleuchtet, ist es ihm doch vollkommen egal, welchen Namen das Gefühl hat, das ihn gerade terrorisiert.

Andreesen, der offensichtlich genau weiß, was Leander gerade denkt, klopft ihm auf die Schulter und fährt fort: »Das ist im Grunde dein Glück, denn da du ja keine Angst vor der Höhe hast, musst du jetzt nur nach oben gucken, nicht nach unten, und schon ist der Schwindel vorbei.«

Leander folgt dem Rat und blickt an dem zur Hälfte gedeckten Reetdach hoch. Tatsächlich, sofort hat er das Gefühl, wieder Boden unter den Füßen zu haben. Derart ermuntert, klettert er hinter Tom und dem Dachdecker her die Dachsparren hoch und hockt sich schließlich auf die gleiche Weise oberhalb der bereits gedeckten Reetschichten seitlich zwischen zwei Hölzer, wie der Fachmann es ihnen rät.

Andreesen selbst steht freihändig auf einer kurzen Leiter,

greift nach ein paar Reetbunden, legt sie dicht nebeneinander auf den Latten ab und zieht die Bindefäden heraus. Dabei schiebt er sie unter einen dicken Draht, der von Sparren zu Sparren quer über das ganze Dach gespannt ist. Nun drückt er sie eng zusammen und wuschelt sie mit den Händen durch. »Es ist wichtig, dass es keine Ansätze gibt«, erklärt er. »Die Bunde müssen vollfugig liegen. Nun klopfe ich sie noch vorsichtig an den unteren Halmenden auf Höhe und stecke sie mit den Knechten fest.«

Er schiebt kurze Haken in das Reet und dreht sie unter die Latten, so dass das Stroh nicht mehr rutscht. »Jetzt muss das Reet verdrahtet werden. Wir nähen es regelrecht auf dem Dach fest. Dazu haben wir diese Nadeln, die wir in unserer Werkstatt selbst anfertigen.«

Er zieht zwei lange Metallstäbe aus einer Halterung an seinem Gürtel und hält sie Leander und Tom so hin, dass sie die Unterschiede deutlich erkennen können. »Die krumme Nadel hier hat unten eine Öse. Da führe ich den dünnen Bindedraht hindurch und drehe ihn fest. Mit dieser Nadel stoße ich nun oberhalb der Dachlatte durch das Reet. Die gerade Nadel hier, die wir Zieher nennen, führe ich unter der Dachlatte schräg dagegen. Ihr seht, dass sie unten eine seitliche Kerbe hat. Damit muss ich den Bindedraht fassen und wieder hochziehen. Das ist am Anfang die schwerste Übung: den Draht unter dem Reet zu finden. Ich führe die krumme Nadel mit dem Draht in Richtung Zieher, bis sie metallisch aneinanderstoßen. Dann drehe ich den Zieher, fasse mit der Kerbe den Draht und hole ihn wieder zu mir hoch.«

Die leichte Bewegung, mit der der Dachdeckermeister den Handgriff vollzieht, erweckt in Leander den Eindruck, als sei das halb so wild und der Fachmann wolle nur vor den Laien angeben. »Nun wird der dünne Draht an dem dicken fest verrödelt, und schon ist das Bund verdrahtet und hält auch einem Orkan stand. Mit dem Klopfer schlage ich die Lagen nun vorsichtig hoch, bis das Dach eine absolut übergangslose Schräge bildet.«

Das Werkzeug sieht aus wie eine sehr kurzstielige gerade Schaufel oder ein Spaten aus Metall. Leander, der diese staubige Arbeit bereits vorhin bei den Gesellen beobachtet hat, muss nun ebenso wie Tom im Gegensatz zu ihnen stark husten, als sich der Strohstaub kratzend in seine Kehle setzt.

»Das machen wir jetzt mit mehreren Bündeln, bis wir oben am First ankommen. Ein Dach wird nämlich grundsätzlich von unten nach oben gedeckt, ganz egal ob mit Dachpfannen oder mit Reet. Am First haben wir dann den Abschluss. Den machen wir übrigens mit Heidekraut, das wir mit kleinen Holzpflöcken festschlagen und mit Maschendraht abdecken. So, und jetzt versucht es mal selbst.«

Nacheinander folgen Leander und Tom dem Beispiel des Dachdeckermeisters. Dabei haben sie beide deutlich Probleme damit, die Dachlatten loszulassen und beide Hände bei der Arbeit einzusetzen. Es dauert eine Weile, bis bei Leander der Gleichgewichtssinn aufhört zu rebellieren und er das Gefühl relativer Sicherheit bekommt. Das Glattklopfen der Reetkanten gelingt Tom deutlich besser. Bei Leander geraten die Schläge teilweise zu heftig, so dass er die zu weit nach oben getriebenen Strohhalme wieder zurückholen muss.

»Jetzt könnt ihr das Dach vernähen«, ordnet Thies Andreesen an, nachdem er mit schnellen Handgriffen die Unebenheiten, die die Laien angerichtet haben, ausgeglichen hat.

Diesmal ist es Leander, der deutlich mehr Gefühl für den Arbeitsschritt entwickelt. Während Tom Probleme hat, den dünnen Draht mit dem Zieher unter dem Reet zu finden, hat Leander Glück und fühlt immer sofort, wie die krumme Nadel gegen das Metall stößt.

»Nicht schlecht«, lobt Andreesen ihn. »Nur etwas fester anziehen musst du noch, sonst wird das Dach zu locker und der Wind kann später hineingreifen.«

Unten wird es nun wieder unruhig. Die Gesellen haben ihre Mittagspause beendet und wollen auf das Dach. Thies Andreesen klettert voraus, rutscht auf den Leiterholmen in Windeseile hinunter, und beobachtet lachend Tom und

Leander dabei, wie sie vorsichtig die Füße setzen, damit sie nicht abrutschen.

»Ihr müsst erst wieder Reet nachlegen«, weist der Dachdeckermeister Frerk an, als auch die beiden wieder auf sicherem Boden stehen.

Leander erkennt an dem Zittern seiner Beine, wie anstrengend es da oben auf dem Dach gewesen ist. Seine Beinmuskulatur war extrem angespannt, weil sie ja das Gleichgewicht des ganzen Körpers halten musste. Er hat jetzt sehr viel mehr Respekt, als er sieht, wie leichtfüßig und gelenkig die jungen Männer auf den Leitern und Dachlatten aufwärts klettern.

Frerk und Steffen stehen aufrecht auf der Dachschräge, die Füße in die Leitersprossenzwischenräume gestemmt, und versuchen, die Reetbündel aufzufangen, die Maik ihnen von unten zuwirft. Dabei stellt sich der Zimmermann derart dämlich an, dass Steffen mehrfach gefährlich weit nach unten greifen muss, um die Bündel zu fangen. Frerk wird deutlich ungehalten, als ihm schon zum dritten Mal eines entgleitet und er fast den Halt verliert.

»Mann, kannst du nicht besser zielen?«, brüllt Steffen nach unten. »Willst du, dass wir vom Dach stürzen?«

Maik lacht an Stelle einer Antwort, aber es ist ihm anzusehen, dass er tatsächlich Probleme damit hat, die unhandlichen Bündel auszutarieren und so zu werfen, dass sie in der vorbestimmten Flugbahn bleiben. Schließlich befiehlt Steffen ihm, aufzuhören und zu warten. Er klettert die Leiter hinunter und schickt Maik zum Fangen nach oben. Frerk ist das offensichtlich nicht recht, aber er hält sich zurück, da das Stroh schließlich auf das Dach muss und Meister Andreesen sie im Blick hat.

Steffens Würfe sind absolut präzise. Haben sich die Reetballen zuvor in der Luft gedreht, kommen sie nun ruhig und gerade bei den Männern auf dem Dach an. Allerdings hat Maik Probleme mit dem Fangen und verfehlt ein Bündel, so dass es seitlich abgeleitet wird und gegen Frerks Beine prallt.

»Pass auf, du Idiot!«, schimpft der und verhindert den Absturz des Ballens, indem er ihn fest gegen seine Oberschenkel presst und dann hochzieht.

Als das nächste an Maik gerichtete Bündel erneut abprallt, wird Frerk davon fast vom Dach geschleudert. Maiks Blick verrät, dass es diesmal nicht unbedingt aus Versehen geschehen ist.

»Hey, du Arsch, geht's noch?«, brüllt Frerk den Wandergesellen an, und sein Gesicht verfärbt sich vor Zorn feuerrot. »Ich trete dich gleich vom Dach, du Penner!«

»Das will ich sehen«, gibt Maik lachend zurück. »Du glaubst wohl, nur weil du deine Tussi schlagen kannst, würde ich mir das auch gefallen lassen. Aber da hast du dich geschnitten.«

Frerk schnauft vor Wut, greift nach einem der Knechte, die Thies Andreesen vorhin bei seinem Anschauungsunterricht für Leander und Tom in das Reetdach gesteckt hat, und zieht ihn heraus. Mit erhobener rechter Hand geht er mit dem Werkzeug auf den Zimmermann los, der zum Schutz nach einem der Reetbündel greift und den Dachdecker damit lachend auf Abstand hält.

Leander und Tom haben die Szene beunruhigt von unten aus verfolgt, und auch Thies Andreesen brüllt nun hinauf: »Aufhören, ihr Idioten. Seid ihr eigentlich total bescheuert? Kommt sofort da runter! Sofort!«

Frerk hält einen Moment inne und blickt unsicher auf seinen Meister. Diesen Augenblick der Unaufmerksamkeit nutzt Maik und stößt mit dem Reetbündel zu. Frerk strauchelt, wirbelt mit den Armen in der Luft herum und lässt den Knecht los, der gefährlich nah neben Leander und Tom auf den Boden aufschlägt. Andreesen rennt förmlich die Leiter hoch und greift nach dem Dachdeckergesellen, der auf dem Reet nach unten rutscht und in den fest zusammengeklopften Bündeln keinen Halt findet. Im letzten Moment bekommt der Meister ihn zu fassen, bevor er über die Dachkante schießt. Mühsam zieht Andreesen Frerk zur Leiter herüber, bis der selber wieder festen Tritt fassen kann. Dann klettern beide zu Leander und Tom hinab. Frerk lässt sich zitternd neben ihnen auf den Boden nieder und keucht schwer. Maik steht oben auf dem Dach und blickt triumphierend auf den Verlierer des Kampfes hinab.

»Runter vom Dach!«, brüllt Thies Andreesen ihn an.

Maik wechselt standsicher von einer kleinen Leiter auf die lange Hauptleiter, die der Dachneigung angepasst auf dem Reetdach liegt, und rutscht behende auf den Holmen hinab. Von der Unsicherheit, die er zuvor beim Werfen und Fangen gezeigt hat, ist nun nichts mehr zu entdecken. Mit einem hämischen Grinsen betrachtet er den auf dem Boden sitzenden Dachdeckergesellen, der immer noch zittert.

»Das war's, Maik«, brüllt Thies Andreesen ihn an. »Mach, dass du von der Baustelle kommst. Für den Rest der Woche will ich dich hier nicht mehr sehen. Und bis Montag überlegst du dir, ob du ab sofort im Team arbeitest, sonst brauchst du gar nicht mehr wiederzukommen.«

»Chef«, meldet sich Steffen kleinlaut zu Wort, aber Andreesen bringt ihn mit einer herrischen Handbewegung zum Schweigen.

»Totschläger kann ich auf meiner Baustelle nicht gebrauchen. Da oben hängt im Ernstfall dein Leben von deinem Kumpel ab. Rivalitäten werden am Boden ausgetragen, aber niemals auf dem Dach!«

Maik zwinkert Steffen belustigt zu und schlendert mit in die Hosentaschen versenkten Händen von der Baustelle. Steffen schaut ihm erschrocken nach, hebt schließlich die Schultern, lässt sie resigniert wieder sinken und kümmert sich um Frerk, der mühsam versucht, wieder auf die Beine zu kommen. »Geht's? Warte, ich helfe dir.«

Aber Frerk hält ihn mit der rechten Hand auf Abstand und wendet sich dann der Leiter zu, um wieder auf das Dach zu steigen.

»Findest du es richtig, dass der da jetzt schon wieder hochgeht?«, fragt Tom Brodersen den Dachdeckermeister.

»Das ist nicht nur richtig, das ist notwendig. Er muss sofort wieder festen Stand auf den Sparren fühlen, sonst setzt sich die Angst fest.«

Leander beobachtet, wie Frerk von Schritt zu Schritt auf dem Dach sein altes Selbstbewusstsein wiedererlangt und bald schon aufrecht auf einer kurzen Leiter steht und zusammen mit Steffen mit den Reetbunden hantiert, als wäre gar nichts vorgefallen.

»Ich muss dann mal«, meldet sich Thies Andreesen und gibt Leander und Tom die Hand. »Wie ihr gesehen habt, ist mir gerade ein Zimmermann ausgefallen. Hat mich gefreut, euch kennengelernt zu haben.«

»Danke für die Unterweisung«, antwortet Tom. »Vielleicht sehen wir uns einmal in *Mephistos Biergarten*, dann gebe ich einen aus.«

Thies Andreesen grüßt zum Abschied mit der Hand und schwingt sich wieder die Leiter hinauf, um auf dem noch nicht vorbereiteten Teil des Daches Maiks Arbeit fortzusetzen.

»Mann, war das knapp«, stellt Tom Brodersen fest, als Leander und er zu ihren Fahrrädern gehen. »Ich habe Frerk schon tot am Boden liegen gesehen. Dieser Maik ist ein echtes Arschloch.«

»Das finde ich nicht erst seit eben«, entgegnet Leander. »Der legt es auf Streit an. So wie der den Mädels den Kopf verdreht, ohne darauf zu achten, dass sie liiert sind, kann das auf Dauer nicht gutgehen. Warte mal, ich komme sofort zurück.«

Leander läuft hinüber zur Leiter, klettert auf das Dach und weiter zu Steffen, der gerade dabei ist, ein paar Bunde zu vernähen. Als er ihn erreicht hat, hockt er sich neben ihn. Steffen schaut ihn erstaunt an.

»Wenn du Hilfe brauchst«, beginnt Leander vorsichtig, »oder wenn einer von euch irgendwie in Schwierigkeiten gerät, kannst du mich anrufen.« Er zieht einen zerknüllten Supermarkt-Bon und einen Kugelschreiber aus der Tasche und notiert seine Telefonnummer.

Steffen nimmt den Zettel zunächst nicht an, überlegt einen Moment und steckt ihn dann doch in seine Cordhose. »Danke.«

»Oder willst du mir jetzt schon etwas sagen?«

»Ich wüsste nicht, was. Das mit Maik und dem Andreesen regel ich schon. Morgen ist der Chef wieder anders drauf, dann rede ich mit ihm.«

»Okay, aber wenn irgendetwas ist, zöger nicht, mich anzurufen.«

Als Leander das Dach wieder verlässt, wundert er sich über Steffens Reaktion. Wie würde er selbst auf das Angebot reagieren, wenn es für ihn keinen weiteren Anlass dafür gäbe als den Vorfall eben auf dem Dach? Würde er sich nicht fragen, was der Typ, der ihm so ein Angebot macht, von ihm wollte? Steffen aber hat so reagiert, als gäbe es da wirklich etwas, das er bislang verheimlicht. Oder ist Leander selbst jetzt schon ein Opfer seiner Ermittler-Fantasien?

»Was sollte das denn?«, fragt Tom verständnislos, als Leander wieder bei ihm ist.

»Klaus Lammers hat uns doch erzählt, wie wichtig es ist, dass er und seine Freunde sich anständig verhalten und ihre Bescheinigungen für ihre Arbeit bekommen«, versucht Leander eine Ausrede.

»Du meinst, dass sie sich zünftig nach ihren Artikeln benehmen und ihr Siegel bekommen«, korrigiert der Lehrer seinen Freund. »Und dabei kannst du ihnen helfen?«

»Ich habe Steffen nur meinen Rat angeboten, falls Maik ihn mit seinen Sperenzien in Schwierigkeiten bringt und ihn in irgendetwas hineinzieht.«

»Du kannst es nicht lassen, was?«, schimpft Tom, der seinem Freund offenbar kein Wort glaubt.

Leander antwortet nicht, und so radeln sie eine Weile schweigend nebeneinander aus Oldsum hinaus, an der Windmühle vorbei und weiter in Richtung Nieblum.

15

Die Einsatzpläne der *FrisiaSecur* sind wenig erhellend. Jens Olufs steht mit aufgestützten Händen vor seinem Schreibtisch und beugt sich über die kopierten Zettel, die er nach Datum nebeneinander angeordnet hat. Bei jedem Einbruch, der in einem von der Sicherheitsfirma überwachten Haus stattgefunden hat, hatte ein anderer Wachmann Dienst.

Olufs seufzt und beschließt, alle Fahrer zu überprüfen. Vielleicht ist ein schwarzes Schaf darunter, das als Ansatzpunkt für weitere Ermittlungen dienen kann. Also schreibt er die Namen der Sicherheitsleute auf einen Zettel und geht nach vorne in die Wachstube.

Dennis Groth telefoniert gerade und ist sichtlich genervt über die knappen Antworten, die er auf seine präzisen Fragen bekommt. Olufs wartet, bis Groth das Gespräch beendet.

»Das war Bengt Groothjahns, der Landwirt in Dunsum«, erstattet der Polizeiobermeister Bericht. »Er ist in der Nacht, in der bei Kopius eingebrochen wurde, beinahe von einem Auto überfahren worden, das aus Utersum kam. Das ist zwar nicht weiter verwunderlich, so besoffen wie Groothjahns immer nach Hause torkelt, aber er behauptet, der Pkw sei unbeleuchtet gefahren.«

»Wann war das genau?«

»Das weiß er nicht mehr. Er ist im Dorfgasthof eingeschlafen und irgendwann spät in der Nacht oder in den frühen Morgenstunden auf seiner Bank aufgewacht. Der Gastwirt kennt das schon, lässt ihn pennen und in der Tür von innen den Schlüssel stecken. Wenn Groothjahns wach wird, schließt er sich selber auf und torkelt nach Hause.«

»Mist. Hat er irgendetwas an dem Fahrzeug erkannt?« Nach dem Kennzeichen fragt Olufs gar nicht erst. Bei einem unbeleuchteten Auto ist das in der Nacht nicht zu erkennen.

»Nichts. Er kann nicht einmal sagen, um welche Marke es sich gehandelt hat. Nur dass es ein Kombi war, glaubt er zu wissen. Wenn du mich fragst, können wir die Aussage knicken.«

»Zumindest legt es den Verdacht nahe, dass die Einbrecher einen Pkw benutzen. Ein anderer fährt wohl kaum nachts ohne Licht über die Insel.«

»Und was haben wir von der Erkenntnis?«, zweifelt Dennis Groth. »Dass die nicht Fahrrad fahren mit den ganzen geklauten Bildern, ist doch klar.«

Jens Olufs nickt und wendet sich schon wieder seinem Büro zu, als ihm einfällt, weshalb er überhaupt herausgekommen ist. »Hast du schon etwas über Clemens Lüdecke herausgefunden?«

Groth greift hinter sich und zieht einen Stapel Papier aus dem Drucker. »Ist eben als E-Mail-Anhang aus Flensburg gekommen. Die Kripo da hat eine fette Akte über den ehemaligen Kollegen. Ich habe gemailt, dass sie uns alles schicken sollen, was sie haben. Und das hier ist das Ergebnis.«

Bei Olufs flackert ein kleiner Funken Hoffnung auf. Vielleicht findet er nun etwas, und das hofft er umso inständiger, als er damit dem Idioten Dernau eins auswischen kann. Er nimmt den Papierstapel und schiebt im Gegenzug seinen Zettel über die Theke. »Überprüf bitte mal diese Namen. Das sind alles Wachleute der *FrisiaSecur*. Es sollte mich nicht wundern, wenn über einige davon auch etwas zu finden ist. Lass sie durch den Computer laufen.«

Mit einem Nicken macht sich Polizeiobermeister Dennis Groth an seiner Tastatur an die Arbeit. Olufs trägt den Papierstapel zu seinem Schreibtisch und präpariert sich mit einem Pott Kaffee für die gründliche Lektüre. Er darf absolut nichts übersehen. Den Einlauf von Dernau möchte er sich gar nicht vorstellen.

»Wir sind doch erwachsene Menschen, verdammt. Das ist kein Sandkasten hier und auch kein Hühnerhof, auf dem die Hähne um ihre Position kämpfen. Jeder von euch hat seinen Job zugewiesen bekommen.«

Lena hat Mühe, ihren Zorn in Grenzen zu halten, der umso heftiger an ihren Eingeweiden zieht, je störrischer und verschlossener die Blicke der beiden Kollegen werden, die ihr gegenübersitzen.

»Vielleicht ist das ja das Problem«, erklärt Gerd Trienekens unbeeindruckt vom Auftreten seiner Vorgesetzten.

»Was?«

»Dass du uns unsere Positionen zuweist und keinerlei Rücksicht darauf nimmst, welche Posten wir sonst bekleiden.«

»Sven ist für die internationale Koordination zuständig. Da ist es ja wohl fast schon zwingend, dass er neben mir die Leitung der Soko übernimmt.«

Sven Schröter nickt.

»So langsam habe ich von deinem Führungsstil echt die Schnauze voll!«, entgegnet Gerd Trienekens wütend. »Ich schlage vor, ich verlasse die Soko und leite während deiner Abwesenheit das OK. Weshalb bin ich dort sonst dein Stellvertreter?«

Lena weiß, dass er recht hat, aber sie will nicht, dass Trienekens seine leitende Position nutzt, um in ihrem Dezernat Beschlüsse zu fassen und Veränderungen vorzunehmen, die sie anschließend nur schwer rückgängig machen kann. Einerseits versteht sie ihn, denn sie selbst würde sich an seiner Stelle in diesem Moment nicht anders verhalten, andererseits weiß sie keinen Ausweg, der nicht mit einer Gefahr für ihre eigene Stellung verbunden ist. Verfluchter Ahrenstorff! Ohne dessen Spiel, in dem sowohl Gerd Trienekens als auch sie nur Figuren sind, die er gegeneinander einsetzen und ausspielen kann, wäre diese Situation gar nicht erst entstanden. Sie muss handeln, und zwar sofort. So geht es jedenfalls nicht weiter. Wenn Trienekens und Schröter sich gegenseitig torpedieren, führt die Soko zu keinem Erfolg. Und damit scheitert Lena selbst.

»Gut«, gibt sie schließlich nach. »Du gehst zurück ins OK. Aber ich will über alle größeren Entscheidungen im Vorfeld informiert werden. Keine Alleingänge, für die ich hinterher den Kopf hinhalten muss.«

Trienekens grinst schief. Ihm muss klar sein, dass dieser kleine Sieg über seine Vorgesetzte gleichzeitig eine Niederlage in der Soko für ihn darstellt. Lena greift zum Telefonhörer, um einen Termin bei dem Kriminaldirektor zu machen, während die beiden Kollegen anwesend sind. Niemand soll hinterher sagen können, sie habe Trienekens gegenüber dem Leiter des LKA schlechtgemacht.

»Das trifft sich gut«, reagiert Kriminaldirektor Ahrenstorff überraschend erfreut. »Kommen Sie beide doch gleich mal zu mir herauf. Ich habe nämlich gute Neuigkeiten für Sie aus Wiesbaden.«

Irritiert legt Lena den Hörer wieder auf und unterrichtet die beiden Männer über das Gespräch.

»BKA?«, staunt Sven Schröter. »Lena, Lena! Wenn das mal für dich nicht der ganz große Durchbruch ist. Während wir hier sitzen und über deine Stellvertretung diskutieren, wird ein paar Stockwerke höher ein Stuhl für dich in Wiesbaden frei gemacht.«

Gerd Trienekens Gesicht hat sich verfinstert. Er schweigt und stiert mürrisch vor sich hin. Dieser Tag scheint sich für ihn zum Datum seiner größten Niederlagen zu entwickeln.

Kurz darauf laufen Lena und er zwei Stockwerke höher über den Teppichboden, den es nur in dieser Etage auf dem Flur gibt, bleiben schließlich vor dem Sekretariat des Behördenleiters stehen und klopfen an. Ahrenstorffs Sekretärin, Frau Altmeier, ist eine alterslose Dame, die innerhalb der Behörde einen ebenso legendären Ruf besitzt wie ihr Chef, allerdings mit umgekehrten Vorzeichen. Während der Kriminaldirektor als diplomatisch gilt, was so viel bedeutet wie niemals eindeutig in seiner Haltung und deshalb am Ende auf nichts festzunageln, ist seine Sekretärin als Beamtenfresserin bekannt. Wenn man erst einmal an ihr vorbei ist und ihre Maßregelungen überstanden hat, ist jedes Gespräch mit dem Leiter des Landeskriminalamtes ein Spaziergang.

»Sie müssen warten«, verkündet Frau Altmeier ohne jede Begrüßung, nimmt es aber kommentarlos hin, dass sich Lena und Trienekens auf die Stühle vor Ahrenstorffs Dienstzimmer setzen, ohne sie vorher um Erlaubnis gefragt zu haben.

Lena ärgert sich jedes Mal, wenn sie hier ist, über die devote Haltung, die sie automatisch im Umgang mit Frau Altmeier einnimmt. Erklären kann sie sich das nicht, und einer anderen Sekretärin gegenüber käme ihr diese Unterordnung niemals in den Sinn.

Während sie noch über Frau Altmeiers besondere Aura nachgrübelt, öffnet sich die Tür des Behördenleiters. Ein eleganter Mann von etwa fünfzig Jahren, dessen dunkelrote Krawatte mustergültig gebunden ist, tritt lächelnd heraus, woraufhin sich Frau Altmeiers Gesicht in einer Weise verändert, die Lena ihr niemals zugetraut hätte.

»Sind wir uns also einig«, sagt er und dreht sich zu Kriminaldirektor Ahrenstorff um, der ihm auf dem Fuße folgt.

»Ich freue mich.« Ahrenstorff nimmt die ihm angebotene Hand entgegen. »Und ich weiß Ihr Interesse sehr zu schätzen. Verlassen Sie sich ganz auf mich.«

Der Mann steuert nun Frau Altmeier an und reicht ihr zum Abschied ebenfalls die Hand, was die Sekretärin bescheiden lächelnd zur Kenntnis nimmt. Wo ist denn der Kettenhund geblieben, fragt sich Lena, der sonst in ihrem Gesicht einen Stammplatz zu haben scheint? Mit einem Nicken in Lenas Richtung und, wie Lena aus den Augenwinkeln wahrnimmt, auch zu Gerd Trienekens, verlässt er das Büro. Genauso schnell, wie sich die Gewitterwolken vor einigen Minuten auf Trienekens Gesicht ausgebreitet haben, verfliegen sie nun wieder.

Kennen die sich?, denkt Lena. Unsinn, du siehst ja schon Gespenster. Trienekens ist einfach ein Weichei. Wenn den jemand freundlich anlächelt, ist der Tag für ihn gerettet.

»Da sind Sie ja schon.« Ahrenstorff tritt zur Seite, um sie vorbeizulassen. »Frau Altmeier, keine Störung jetzt bitte.«

Er schließt die Doppeltür mit der Geräuschdämmung hinter sich und deutet auf die beiden Besucherstühle. An den Tassen und Wassergläsern in der bequemen Sitzecke erkennt Lena, dass der vorherige Gast deutlich zuvorkommender behandelt worden ist.

»Ich habe um dieses Gespräch gebeten«, eröffnet Lena, als sich ihr Vorgesetzter wieder hinter seinem Schreibtisch niedergelassen hat und sie herausfordernd anblickt, »weil ich den Kollegen Trienekens gerne wieder im Dezernat OK einsetzen möchte. Mein Stellvertreter in der *Soko Emil* ist Kriminalhauptkommissar Schröter, der für die internationalen Kontakte zuständig ist. Hauptkommissar Trienekens ist verständlicherweise mit der dadurch entstandenen Rangordnung nicht zufrieden.«

»Ich habe davon gehört«, entgegnet Kriminaldirektor Ahrenstorff, ohne allerdings zu erklären, wer ihm die Differenzen zwischen den leitenden Beamten zugetragen hat. »Da trifft es sich hervorragend, dass gerade eben ein hoher Beamter des BKA aus Wiesbaden bei mir war und uns um Unterstützung gebeten hat.« Er macht eine Pause, um seine Worte gebührend wirken zu lassen, denn es kommt nicht oft vor, dass der LKA-Chef vom BKA um seine Mitarbeit gebeten wird. Üblicherweise wird er in Kenntnis gesetzt und hat zu folgen oder die Ermittlungen abzutreten. »Das BKA ist genau wie wir höchst beunruhigt über die Entwicklungen auf dem internationalen Kunstschiebermarkt. Durch Ihre Anfragen in den letzten Tagen ist es auf unsere Soko aufmerksam geworden. Sie haben offensichtlich die richtigen Fragen gestellt, Frau Gesthuisen.«

»Jetzt sagen Sie nicht, dass Wiesbaden übernimmt«, wirft Lena erschrocken ein, aber Ahrenstorff schüttelt beruhigend den Kopf.

»Nein nein, keine Sorge. Man hat beim BKA erkannt, dass wir schon viel weiter sind als die Beamten dort, und lässt uns die Hoheit über den Fall. Allerdings haben Kriminaldirektor Kämmerer und ich verabredet, dass wir hier eine Verbindungsstelle einrichten, die ihn auf dem Laufenden hält. Dafür hat er mir seine uneingeschränkte Unterstützung bei allen Ermittlungen zugesagt. Und schließlich kann es sein, dass wir ihn am Ende brauchen werden, wenn es darum geht, zuzuschlagen.« Kriminaldirektor Ahrenstorff blickt selbstzufrieden von einem zum anderen, als wolle er sagen: Ja ja, ich bin in der Position, Bedingungen zu stellen.

Dann fährt er fort: »Da trifft es sich wirklich gut, dass Sie, Herr Trienekens, für diese Aufgabe gerade zur Verfügung stehen. Sie sind eingearbeitet und suchen ohnehin eine angemessene Verwendung. Ab sofort wird die Soko Sie über alle Entwicklungen unterrichten, und Sie werden den Kontakt nach Wiesbaden halten. Kriminaldirektor Kämmerer höchstpersönlich wird Ihr Ansprechpartner sein.«

Entgegen seiner sonstigen Gewohnheit nickt Gerd Trienekens zu allem, was der LKA-Leiter sagt, und macht sogar einen sehr zufriedenen Eindruck, was Lena wiederum skeptisch zur Kenntnis nimmt.

»Alles Weitere besprechen Sie bitte persönlich mit ihm. Dies ist seine Karte.« Der Kriminaldirektor reicht Trienekens ein schlichtes Stückchen beigen Karton über den Tisch und deutet dann mimisch an, dass das Gespräch für ihn beendet ist.

Als Lena und Trienekens sich erheben, sagt er allerdings: »Sie nicht, Frau Gesthuisen. Mit Ihnen muss ich noch sprechen.«

Trienekens verlässt mit einem höflichen Gruß das Dienstzimmer und schließt die Doppeltür hinter sich. Nun beugt sich Kriminaldirektor Ahrenstorff weit vor und blickt Lena tief in die Augen. »Und von Ihnen erwarte ich unbedingte Loyalität in dieser Sache.«

»Selbstverständlich!« Was auch sonst, denkt Lena. War ich bislang illoyal? Warum frage ich nicht einfach?

»Da warten große Aufgaben auf uns«, fährt Ahrenstorff fort. »Ich wollte das eben nicht so sagen, schließlich sind *Sie* die Leiterin der Sonderkommission. Wenn wir unsere Sache gut machen, und daran zweifle ich angesichts Ihrer Expertise keine Sekunde, dann bekommen wir einen leitenden Stuhl bei Europol. Ja, Sie haben richtig gehört. Der Kollege Kämmerer hat mir im Vertrauen erzählt, dass das BKA schon deshalb nicht übernimmt, weil es sich ohnehin nur um eine Übergangslösung handelt. Europol wird das Ganze demnächst richtig groß aufziehen, mit einem eigens dafür eingerichteten Dezernat. Und damit das politisch unterstützt wird, braucht das BKA Erfolge, das heißt uns und unsere Soko. Haben Sie verstanden, Frau Gesthuisen? Wenn Sie erfolgreich sind, besetzen wir einen hohen Posten auf europäischer Ebene.« Nun lehnt er sich wieder zurück und blickt Lena zufrieden an.

»Nur der Vollständigkeit halber«, entgegnet Lena. »Denken Sie selbst an diesen Wechsel?«

»Unsinn, nicht mehr in meinem Alter. Verstehen Sie das bitte noch nicht als offizielle Zusage, aber ich könnte mir vorstellen, dass eine erfolgreiche Beamtin Ihrer Altersstufe dort ganz hervorragende Perspektiven hätte.«

Europol, nicht schlecht, denkt Lena. Das ist dann wohl das, was man eine Blitzkarriere nennt.

Ahrenstorff erhebt sich, reicht Lena die Hand und erklärt in verschwörerischem Tonfall: »Ich erwarte selbstverständlich, dass diese Informationen unter uns bleiben.«

»Sie können sich auf mich verlassen«, verspricht Lena.

In ihrem Büro findet sie eine Nachricht von Jens Olufs vor, der dringend um Rückruf bittet. Einen Moment lang überlegt sie, ob sie die Verbindung durch ihre Sekretärin herstellen lassen soll, aber dann beschließt sie, selbst durchzuwählen und gegebenenfalls zu warten, bis sie Olufs am anderen Ende der Leitung hat. Es ist besser, wenn ihr direkter Draht nach Föhr nicht ganz so öffentlich ist.

Der Polizeihauptkommissar ist sofort selbst am Apparat und hat offensichtlich auf den Anruf gewartet: »Ich habe da ein paar heikle Informationen bekommen, die ich erst mit Ihnen durchsprechen möchte, bevor ich Hauptkommissar Dernau unterrichte. Ich weiß natürlich, dass das nicht dem Dienstweg entspricht, aber ...«

»Legen Sie los, Herr Olufs.«

»Also, ich habe mich um die Wachleute der *FrisiaSecur* gekümmert und Informationen einholen lassen. Dabei ist herausgekommen, dass einer der Wachleute, nämlich Hendrik Geerkens, der in der Nacht Dienst hatte, als in Utersum eingebrochen wurde, ein ehemaliger Kollege ist – Polizei Rostock. Allerdings hat er eine Personalakte, die ich bislang für unmöglich gehalten habe. Geerkens war in Rostock mit den Polizeieinsätzen bei Fußballspielen der *Hansa* betraut. Sie haben vielleicht schon davon gehört, dass es gerade in Rostock immer zu schweren Krawallen kommt, vor allem wenn die Mannschaft aus Dresden zu Gast ist. Geerkens war sehr erfolgreich. Niemand hat zuvor so viele Randalierer aus Dresden festgesetzt und so viele Geständnisse bekommen wie er. Allerdings haben sich auch die Anzeigen gegen ihn gehäuft. Er soll bei den Vernehmungen gegen auswärtige Hooligans besonders brutal vorgegangen sein. Am Ende konnte ihm mehrfache Körperverletzung im Amt nachgewiesen werden. Das hat allerdings fast zwei Jahre gedauert.«

»Weshalb so lange?«, wundert sich Lena.

»Es gab offiziell keine Zeugen. Keiner der Kollegen, die bei den Vernehmungen anwesend waren, wollte etwas von Körperverletzungen gesehen haben. Dass die Verdächtigen ohne Fremdeinwirkung von ihren Stühlen gefallen sind, haben sie anscheinend für glaubwürdiger gehalten. Irgendwann haben die Kollegen von der Internen dann einen Polizeianwärter in Geerkens' Mannschaft geschleust, der am Ende die nötigen Beweise geliefert hat. Arme Sau, der braucht jetzt auf keiner Dienststelle mehr aufzutauchen, auch wenn Geerkens es verdient hat. Dabei ist auch herausgekommen, dass Geerkens sich schmieren lassen hat. Er hat bei diversen Geschäften im Drogen- und Prostitutionsmilieu weggesehen und stand dafür auf der Gehaltsliste eines einschlägig bekannten Club-Besitzers. Geerkens ist unehrenhaft aus dem Dienst entlassen worden, zwei weitere Beamte, die ihn gedeckt haben, wurden versetzt. Einer von ihnen, Heinz Korff, ist heute ebenfalls Wachmann bei der *FrisiaSecur*. Er hat sechs Monate nach Geerkens dort angefangen. Seine Akte ist mit Ausnahme der Tatsache, dass er Geerkens' Handlungen gedeckt hat, sauber.«

»Gibt es Hinweise darauf, dass Geerkens etwas mit den Einbrüchen zu tun haben könnte?«

»Bisher nicht. Aber das heißt nichts. Der Kerl ist mit allen Wassern gewaschen und scheint ja auch keine Skrupel zu kennen. Jedenfalls hat er alle Möglichkeiten, an Informationen über die Kunden der *FrisiaSecur* zu kommen.«

»Weshalb können Sie dem Kollegen Dernau das nicht einfach so erzählen?«, wundert sich Lena.

»Das ist etwas heikel. Geerkens und Korff sind nicht die einzigen ehemaligen Polizisten bei der *FrisiaSecur*. Der Chef, Clemens Lüdecke, war auch bei der Truppe. Allerdings in Kiel. Auch er hat einige Dienstaufsichtsbeschwerden in seiner Akte, die aber alle niedergeschlagen worden sind. Kurz bevor die Internen gegen ihn offiziell Ermittlungen aufgenommen haben, hat er seinen Abschied genommen. Wenn Sie mich fragen, hat es da einen Deal gegeben: Wir lassen dich ungeschoren, dafür wird unser guter Ruf in der Öffentlichkeit nicht beschädigt. So in etwa stelle ich mir das vor. Rauskriegen wird man da nichts mehr. So ein Deal hat nur Sinn, wenn anschließend alle die Klappe halten.«

»Worum ging es bei Lüdecke? Auch Körperverletzung und Vorteilsnahme?«

»Schlimmer. Bei einigen seiner Einsätze im Drogenmilieu hat es eine undichte Stelle gegeben. Mehrere Versuche, die Drahtzieher der Kieler Drogenszene bei Übergaben zu schnappen, sind gescheitert. Beim letzten Mal haben sich die Dealer aber nicht aus dem Staub gemacht, sondern das Feuer auf die Beamten eröffnet. Ein Kollege Lüdeckes ist dabei ums Leben gekommen.«

»Stimmt«, erinnert sich Lena. »Das ist aber schon mindestens fünfzehn Jahre her. Ich war damals noch bei der Kripo in Lübeck, als das durch die Presse ging. Ich verstehe aber immer noch nicht, was Ihr Problem mit Dernau ist.«

»Dernau und Lüdecke kennen sich von früher. Ich habe zufällig mitbekommen, wie sie sich hier auf Föhr wiederbegegnet sind. Dernau hat mir zu verstehen gegeben, dass ich die Finger von Lüdecke lassen soll.«

»Jetzt wird mir alles klar. Trotzdem, Herr Olufs, Sie können nicht an ihm vorbei ermitteln. Das ist sein Fall.«

»Und was ist, wenn es sich bei den Einbrechern um ehemalige Polizisten handelt?«, wagt sich Jens Olufs nun vor. »Es ist doch auffällig, dass so viele schwarze Schafe ausgerechnet bei der *FrisiaSecur* arbeiten.«

»Es ist absolut nicht auffällig, dass bei einem Sicherheitsdienst ehemalige Kollegen arbeiten. Bei dem Gehalt, das man bei der Polizei hinnehmen muss, finde ich eher erstaunlich, dass nicht noch mehr Kollegen das Handtuch schmeißen und für das Doppelte bei den Privaten arbeiten. Verdammt, Herr Olufs, ein Netzwerk krimineller ehemaliger Polizisten, die bundesweit Einbrüche begehen! Das wäre der Overkill.«

»Was soll ich Ihrer Ansicht nach machen?«

»Mit dem Kollegen Dernau reden. Was bleibt Ihnen denn anderes übrig? Sollten Sie dann tatsächlich Probleme mit ihm bekommen, rufen Sie mich noch einmal an. Gibt es sonst irgendwelche Spuren im Fall des Museums-Einbruchs?«

»Nichts.«

»Halten Sie mich bitte direkt auf dem Laufenden, Herr Kollege.«

»Na bitte, Sie trauen Dernau auch nicht über den Weg.«

»Halten Sie die Ohren steif, Herr Olufs.«

Lena legt den Hörer auf und lässt sich in ihrem Bürostuhl zurücksinken. Dieser Jens Olufs ist ein verdammt ausgeschlafener Bursche. Ein Netzwerk krimineller ehemaliger Polizisten ist immerhin ein Ermittlungsansatz, wenn auch einer, der Lena nicht gefällt. Sie beschließt, die Kollegen in der Dienstbesprechung von den neuen Entwicklungen zu unterrichten. Ein Blick auf die Uhr zeigt, dass sie noch dreißig Minuten hat, um zu überlegen, wie sie Olufs' Erkenntnisse vorträgt, ohne sich zum Affen zu machen, falls doch nichts daran ist. Polizisten sind empfindlich, wenn es um Verdächtigungen in den eigenen Reihen geht. Gegen dieses Minimum an Korpsgeist kann sich wohl kein Beamter schützen.

»Kollegen?« Gregor Steffens ist sichtlich entrüstet. »Das glaubt ihr doch wohl selbst nicht!«

»Es geht nicht darum, was wir glauben«, entgegnet Lena in beschwichtigendem Tonfall. »Olufs hat lediglich auf einige auffällige Häufungen im Umfeld der *FrisiaSecur* hingewiesen. Und Kollegen hin oder her – ich finde, dass wir dem Verdacht nachgehen müssen.«

Sven Schröter nickt. Heiko Carstens dagegen schnauft wütend und schüttelt fassungslos den Kopf in Schröters und Lenas Richtung.

Auch Eberhard Stürmer hat Mühe, seine Emotionen unter Kontrolle zu halten. »Wisst ihr, was das bedeutet? Hat eigentlich schon mal jemand von euch mit den Internen zu tun gehabt, nur weil er sich nicht hundertprozentig korrekt verhalten hat? Nicht? Dann will ich euch mal erzählen, was es heißt, beim Staatsschutz zu arbeiten. Wir operieren häufig im Graubereich. Ich kenne in meiner Abteilung keinen Kollegen, der sich nicht immer mit einem Bein auf der falschen Seite des Gesetzes fühlt. Was glaubt ihr eigentlich, wie wir an unsere Informationen kommen sollen, ohne Kontakte zur rechtsextremen Szene aufzubauen? Da ergeben sich manche Chancen ganz plötzlich, und dann muss man entscheiden: Mache ich da jetzt mit, riskiere ich vielleicht sogar, ein Gesetz zu übertreten, oder lasse ich die Gelegenheit sausen? Wenn wir jedes Mal erst im Gesetzbuch nachschlagen müssen, wie man sich hundertprozentig korrekt verhält, dann können wir unsere Abteilung dichtmachen. Und erzählt mir nicht, dass das in der Wirtschaft oder beim Rauschgift anders aussieht. Wie kriegt ihr denn einen Junkie dazu, euch einen Dealer auszuliefern? Mit Druck, mit ein paar Scheinen, die er sofort wieder in Stoff umsetzt, oder direkt mit einem Tütchen H? Und dann kommen die *Kollegen* von der Internen Ermittlungsgruppe. Die wissen zwar nicht, wie man erfolgreich Verbrecher jagt, aber was man dabei alles nicht machen darf, das wissen die ganz genau. Das sind Korinthenkacker. Und jeder Scheiß, den die herausfinden, kommt in die Akten. Ich möchte nicht wissen, wie wir alle hier beurteilt würden, wenn wir bei der *FrisiaSecur* arbeiten und von diesem Olufs durchleuchtet würden.«

»Genau so ist das!« Heiko Carstens klopft mit den Fingerknöcheln auf die Tischplatte, während Gregor Steffens mit nach unten gerichteten Handflächen und pumpenden Bewegungen zu beschwichtigen versucht.

Lediglich Helene Conradi und Gandolf Pückler sitzen unvoreingenommen in der Runde und machen Gesichter, als wunderten sie sich über die Reaktion der Polizeibeamten.

»Mir gefällt das auch alles nicht«, entgegnet Lena, »aber der Verdacht ist nun mal ausgesprochen, und wir werden ihm nachgehen. Diskussion beendet! – Was hat die Abfrage bei den Polizeidienststellen ergeben, in deren Bereichen die übrigen Einbrüche stattgefunden haben?«

Stürmer lässt sich geräuschvoll an seine Stuhllehne zurückfallen und tauscht verzweifelte Blicke mit Heiko Carstens aus. Der schüttelt den Kopf, zuckt aber gleichzeitig resignierend die Achseln.

»Da gibt es interessante Erkenntnisse«, berichtet Gregor Steffens, dessen Stimme deutlich macht, wie froh er über den Themenwechsel ist. »Die Einbruchdaten in Deutschland bestätigen eine eindeutige Bewegungsrichtung von Süden nach Norden. Wenn man die Einbrüche hinsichtlich des Modus Operandi und der Spurenlage vergleicht, stellt man fest, dass anfangs, also in Süddeutschland, nur Profis am Werk waren. In Nordrhein-Westfalen gibt es dann zum ersten Mal gemischte Spuren, und in Niedersachsen und Schleswig-Holstein eine dritte Gruppe von Einbrüchen mit Spuren, die eindeutig auf Amateure hinweisen. Allerdings haben wir in Niedersachsen nur sehr wenige Einbrüche, davon zwei in Hannover. Das spricht für die Theorie von den drei Gruppen, kann aber auch Zufall sein, denn eingebrochen wird ja auch unabhängig von unserer Serie. Ich habe dann auch noch die Klebebandspuren abgefragt. In Bayern scheint man, was die Tatortarbeit angeht, noch etwas hinterwäldlerisch zu sein.«

Zustimmendes Gelächter macht sich breit, und Worte wie »Seppels« und »Bazis« machen die Runde.

»Jedenfalls«, fährt Steffens etwas lauter fort, worauf sich das

Gemurmel wieder legt, »mussten mehrere Kriminaltechniker noch einmal ausrücken und ihre Tatorte daraufhin untersuchen. Aber es hat sich gelohnt. An allen Einbruchsorten finden sich dieselben Spuren der Ausspähtechnik wie in Utersum. Das gilt auch für die professionellen Einbrüche in den anderen Bundesländern und für die Tatorte mit den gemischten Spuren, wenn ich das mal verkürzt so ausdrücken darf. Die Bagatelleinbrüche weisen keine Klebebandspuren auf, fallen also auch hier eindeutig aus dem Rahmen. Also, liebe Kollegen, haben wir zum ersten Mal einen eindeutigen Hinweis auf den Zusammenhang und damit auf eine bundesweite Serie.«

Erneut wird Zustimmung laut, diesmal gemischt mit Anerkennung für den Kollegen Steffens, der sich auch entsprechend zufrieden zurücklehnt.

»Gute Arbeit, Gregor«, lobt Lena. »Was hat der Datenbankabgleich in London ergeben, Frau Conradi?«

»Ich kann ebenfalls bestätigen, dass es sich um drei Einbruchsgruppen handelt. Bei der einen Sorte von Einbrüchen wurden gezielt international bekannte und damit handelbare Kunstwerke gestohlen. Bei der zweiten hatten es die Einbrecher offenbar vor allem auf Geld, Schmuck und andere Wertgegenstände abgesehen, aber eindeutig nicht auf Gemälde, denn die haben sie trotz zum Teil hoher Werte hängen gelassen. Und dann gibt es noch die Bagatelleinbrüche, die Kommissar Olufs auf Föhr bereits ausgeklammert hat. Bei den Leuten gab es eigentlich gar nichts zu holen. Entsprechend haben wir in London keinerlei Einträge, die man damit abgleichen könnte. Insgesamt bestätigen meine Informationen also diejenigen von Herrn Steffens.«

»Wunderbar. Endlich haben wir einen roten Faden. Wir sollten uns auf die Gruppen eins und zwei konzentrieren. Gruppe drei ist wohl eher Trittbrettfahrern und örtlichen Kleinkriminellen zuzuordnen, wahrscheinlich ohne jeden Zusammenhang«, fasst Lena zusammen. »Bleibt noch die heikle Thematik der ehemaligen Polizisten, mit der wir begonnen haben. Gregor, untersuche bitte alle Einbrüche bundesweit daraufhin, ob Sicherheitsdienste beauftragt waren. Und wenn ja, frag die ehemaligen Berufe der Wachleute ab. Glaubt mir, Kollegen, ich hoffe inständig, dass dabei nichts herauskommt.«

Eine der Sekretärinnen bringt ein paar Zettel herein, die sie Helene Conradi überreicht. Während sie den Raum wieder verlässt, blättert die Kunstexpertin die Unterlagen durch und überfliegt sie geübt.

»Bingo!«, meldet sie sich schließlich erfreut zu Wort. »Aus London wird mir gerade per Fax mitgeteilt, dass heute Morgen eine Reihe von Bildern aus den Einbrüchen auf Sylt wieder aufgetaucht sind. Es muss da eine Polizeiaktion, eine Razzia oder so etwas, in Frankfurt/Oder gegeben haben. Genaueres steht hier nicht, aber das herauszufinden, dürfte für Sie ja kein Problem sein.«

»Verdammt!«, flucht Lena. »Warum funktioniert der Informationsfluss bei uns nicht so schnell wie bei Ihnen?«

»Weil wir spezialisiert sind und nicht in einem föderalistischen Gewusel untergehen«, erklärt Helene Conradi mit selbstzufriedenem Lächeln.

»Frankfurt/Oder?«, wundert sich Zollamtsrat Pückler. »Polnische Grenze? Das geht nicht ohne uns.«

»Sven, kümmer dich bitte darum«, ignoriert Lena den Einwand. »Sieh zu, dass alle Einzelheiten umgehend an uns weitergeleitet werden.«

Sven Schröter nickt Lena zu und verlässt eilig den Raum. Gandolf Pückler folgt ihm. Während die anderen Beamten warten, nutzt Lena die Chance, die anwesenden Kollegen über die personelle Veränderung Gerd Trienekens betreffend zu informieren. Sie gibt Anweisung, dass alle neuen Erkenntnisse ihr oder Sven Schröter schriftlich zusammenzufassen sind, damit sie sie sichten und gegebenenfalls an den Verbindungsmann zwischen LKA und BKA weiterleiten können.

Wenig später kehrt Kriminalhauptkommissar Schröter mit resigniertem Gesichtsausdruck zurück. »Anfrage läuft«, meldet er mürrisch. »Es handelt sich um eine Gemeinschaftsaktion der Landeskriminalämter von Berlin, Brandenburg und Mecklenburg-Vorpommern. Beim LKA Brandenburg ist man sich nicht sicher, ob man jetzt schon Informationen über die Presseerklärung hinaus weitergeben darf. Die wollen sich erst mit Schwerin abstimmen. Scheiß Föderalismus!«

Zollamtsrat Pückler kommt ebenfalls zurück, wedelt beiläufig mit einem Zettel in der rechten Hand, während er sich setzt, und ordnet ihn dann in seine Unterlagen ein.

»Irre ich mich, oder waren wenigstens Sie erfolgreich?«, fordert Lena ihn auf, Bericht zu erstatten, weil er von selber wieder einmal keine Anstalten dazu macht.

Er sieht auf, als bemerke er erst jetzt, dass sich die Aufmerksamkeit aller auf ihn richtet, räuspert sich kurz und antwortet: »Ja ja, klar. Die Kollegen in Berlin haben die Aktion begleitet. Geht ja nicht ohne Zoll, sowas.«

»Und?« Irgendwann bringt sie die Schnarchnase um, das ist Lena klar.

»Es ist so, wie Frau Conradi eben gesagt hat. In Magdeburg, Berlin, Greifswald und Frankfurt/Oder hat es Wohnungsdurchsuchungen gegeben und zeitgleich bei den polnischen Kollegen in Stettin. Ihre Kollegen aus Meck-Pomm hatten einen ehemaligen Stasi-Offizier im Visier, der mutmaßlich mit Drogen handelt. Durch Telefonüberwachung und einen Trojaner auf seinem Rechner haben sie die anderen drei Adressen herausgefunden und dann zugeschlagen. Bezahlt hat er in letzter Zeit mit Kunstwerken, die, wie wir nun wissen,« – er deutet mit der rechten Hand durch die Runde – »aus Einbrüchen stammen. In Frankfurt/Oder war das Lager. So wie es aussieht, sind einige Bilder gefunden worden, die vor einem halben Jahr aus Villen auf Sylt gestohlen wurden.«

Helene Conradi macht sich eine Notiz, sicherlich um gleich nach der Sitzung ihren Arbeitgeber über die neue Entwicklung zu informieren. Lena seufzt angesichts der Tatsache, dass sie all das erst später erfahren hätte – wenn überhaupt in dieser Vollständigkeit.

»Wenn wir Glück haben, bekommen wir jetzt die entscheidenden Hinweise auf die Einbrecher«, hofft sie.

»Stasi«, sagt Sven Schröter entgeistert. »Mehr als zwanzig Jahre nach der Wende. Und dann auch noch bei Einbrüchen in ganz Deutschland.«

»Das wundert Sie?«, entgegnet Eberhard Stürmer. »Jeder macht das, was er am besten kann. Und die Stasileute hatten nach der Wende ja auch kaum eine andere Wahl, als ihre Kontakte für ihre Geschäfte zu nutzen. Logisch, dass es die heute noch gibt. Was glauben Sie wohl, womit wir uns beim Staatsschutz rund um die Uhr beschäftigen?«

»Ich dachte, ihr verbringt die Hälfte der Zeit damit, angestrengt nicht nach rechts zu schauen, und die andere Hälfte mit der Beobachtung der Linken«, wirft Gregor Steffens ein und zwinkert Heiko Carstens zu, der die kleine Provokation mit einem leisen Lachen bedenkt.

»Die Linken und die Stasi müssen ja kein Widerspruch sein«, entgegnet der Mann vom Staatsschutz leicht gereizt und macht sich sichtlich auf eine Diskussion gefasst.

»Die Stasi auf Föhr?«, zweifelt Lena stattdessen. »Das ist doch Quatsch.«

»Nur, wenn Sie den Namen heute noch verwenden«, meldet sich Gandolf Pückler unvermittelt. »Natürlich gibt es die Stasi nicht mehr. Aber die Leute, aus denen diese Behörde bestanden hat, die gibt es noch. Und unabhängig von der überholten Bezeichnung sind die hervorragend ausgebildet. Klar, dass manche davon sich heute als Kriminelle betätigen.«

»So ist es«, stimmt auch Helene Conradi zu. »Ich schlage vor, dass ich mich jetzt erst einmal um die beschlagnahmten Kunstwerke kümmere. Wenn wir da einen Überblick haben, wissen wir, ob sich die Sache auf Sylt eingrenzen lässt, oder ob wir es tatsächlich mit denselben Leuten zu tun haben, die bundesweit aktiv sind.«

Lena stimmt der Kunstsachverständigen zu und schickt die Beamten wieder an ihre Arbeit. Als alle den Raum verlassen haben, bemerkt sie, dass einer noch ganz unscheinbar an seinem Platz sitzt und vor sich hin grübelt. »Herr Pückler, haben Sie etwas auf dem Herzen?«

»Bitte? Nein, nein, ich denke nur gerade ... ich habe mir überlegt, dass ich vielleicht doch noch mal nach Föhr fahren sollte.«

»Wieso das? Gibt es da etwas, das ich wissen muss?«

»Nein, es ist nur so eine Ahnung, eine Idee. Ich kann dazu noch nichts sagen. Vielleicht ist es ja auch nichts.«

»Wenn Sie einen Verdacht haben ...«

»Verdacht? Nein, nein, kein Verdacht. Nur so eine ...«

»Idee, ich weiß. Fahren Sie nach Föhr, Herr Pückler. Wenn ich Sie brauche, erreiche ich Sie ja über Ihr Handy.«

Gandolf Pückler rafft seine Sachen zusammen, nickt leicht und ist schon wieder ganz in seine eigene Welt versunken, als er den Raum verlässt.

»Du hörst dich müde an«, stellt Leander fest, als Lena an diesem Abend anruft.

»War ein anstrengender Tag«, erklärt sie mit einem deprimierten Unterton in der Stimme.

»Willst du es loswerden?«

Lena zögert zunächst, erzählt aber dann, was sich heute alles zugetragen hat. Von Gerd Trienekens' neuer Verwendung erzählt sie, von dem Zwiespalt, in dem sie sich angesichts des Misstrauens befunden hat, das sie ihm entgegenbringt. Und von den Hoffnungen, die Kriminaldirektor Ahrenstorff ihr hinsichtlich einer neuen Aufgabe bei Europol gemacht hat, falls sie erfolgreich arbeitet. Zu der Erfolgsmeldung über die sichergestellten Kunstobjekte gratuliert Leander ihr, aber das scheint Lena auch nicht aufzurichten. Auf die Stasiseilschaften reagiert er genauso ungläubig wie seine Lebensgefährtin vor ein paar Stunden. Nur die Spuren, die zur *FrisiaSecur* führen, erscheinen ihm vielversprechend.

»Dieser Hendrik Geerkens scheint eine Ratte zu sein«, fasst er das Gehörte zusammen. »Allerdings ist nur schwer vorstellbar, dass er ohne das Wissen Clemens Lüdeckes arbeitet.

So wie du den schilderst, lässt er sich nicht einfach so von seinen Leuten hinters Licht führen. Daran sollten Dernau und Olufs arbeiten.«

»Leicht gesagt«, wendet Lena ein und erzählt Leander von Jens Olufs' Zwickmühle.

»Wenn Lüdecke Dreck am Stecken hat, wird Dernau ihn nicht decken«, meint Leander. »Er ist ein Arschloch, aber ich glaube nicht, dass er ein schlechter Polizist ist. Im Gegenteil: Als er noch mit Dieter Bennings zusammengearbeitet hat, ist er mir als sehr guter Spürhund aufgefallen.«

Lena schweigt, und Leander fühlt, dass sie am Ende ihrer Kraft ist. Er weiß aus eigener Erfahrung, wie groß der Druck ist, wenn man in einer Ermittlung steckt. Eine Sonderkommission ist noch eine Steigerung der Erwartungen und des Arbeitseinsatzes. Eine Zeit lang kann man das aushalten, aber schon bald greift man seine Reserven an. Wenn man nicht aufpasst, frisst einen der Job in solchen Phasen auf. Aber das weiß Lena genauso gut wie er. Wenn er ihr jetzt wieder rät, sich zurückzuziehen, wird er ihr damit nicht helfen, also lässt er es.

»Zumindest hast du jetzt ein paar vielversprechende Ansätze.« Er überlegt einen Moment lang, ob er ihnen noch einen weiteren hinzufügen soll, indem er Lena von seinem Verdacht gegen die Wandergesellen berichtet, verwirft den Gedanken aber gleich wieder. Einerseits sind auch sie durch ganz Deutschland gezogen, von Süden nach Norden. Andererseits sind sie mit Sicherheit keine Einbruchsprofis und schon gar kein internationales Netzwerk. Und doch bleibt da dieses Gefühl ...

»Du solltest Jens Olufs raten, Klaus Dernau zu informieren, und beide auf Clemens Lüdecke und Hendrik Geerkens ansetzen«, schlägt er stattdessen vor. »Sie sollen die beiden überwachen. Entweder erwischen sie die bei einem der nächsten Einbrüche, oder sie stoßen auf ihre Verbindungsmänner. Und wenn sie unschuldig sind, lässt sich das so auch klären.«

Lena stimmt ihm zu und hat offensichtlich nicht einmal mehr die Kraft, sich über Leanders Ratschläge und Einmischungen aufzuregen. Also wechselt er das Thema und spricht mit ihr lieber über einen ausgedehnten Urlaub, den sie machen werden, wenn sie ihren Fall demnächst abgeschlossen hat.

16

»Achtzehn«, reizt Götz Hindelang.
»Achtzehn habe ich immer!«, behauptet Mephisto schamlos.
»Zwanzig.«
»Zwanzig ist mein Spiel.«
»Du lügst doch. Zwei!«
»Bei Zwei fange ich gerade erst an.«
»Null auch noch?«
»Gaaanz weit weg.«
Hindelang blickt erwartungsvoll auf Leander, der weiter reizen muss, aber in Gedanken so weit weg ist wie Mephisto tatsächlich von Dreiundzwanzig. Er blickt in den langsam aufziehenden Sternenhimmel über seinem Garten und sieht Lena in Kiel alleine in ihrer Wohnung sitzen, als Hindelang ihn unsanft mit dem Ellenbogen anstößt.

»Wo wart ihr?«, findet er in die Runde zurück, als er merkt, dass alle nur auf ihn warten.

»Bei Null«, reagiert Hindelang genervt.

Leander blättert durch seine Karten und merkt jetzt selbst, dass er sie zwar automatisch sortiert, aber in Wahrheit gar nicht registriert hat. Er hat die beiden schwarzen Bauern auf der Hand und dann jeweils ein Bild und eine Lusche von den vier Farben: ein klassischer Rollmops. Wenn er jetzt reizt, bekommt er zwar schlechtestenfalls jeweils einen fünften Trumpf auf zwei Farben, bestenfalls sechs Trümpfe einer Farbe auf die Hand, aber damit hat er immer noch kein Beiblatt, mit dem er gewinnen kann. Selbst ein Ass im Stock würde angesichts seiner Trumpfschwäche zwangsläufig zu einem Trumpf-Ass. Also entschließt er sich, Hindelang spielen zu lassen und ihm ein gepflegtes Kontra entgegenzuschleudern. Mit vier Trümpfen auf allen Farben ist er stark. »Weg«, sagt er also mit einem Understatement, das den Kontrahenten nicht vorwarnen soll.

Götz Hindelang nimmt die beiden Karten aus dem Skat auf, macht ein angewidertes Gesicht und sortiert sie umständlich ein. Dann zieht er zwei Karten aus seinem Blatt, macht Anstalten, sie zu drücken, hält in der Bewegung kurz über dem Tisch inne und sortiert sie wieder ein. Mit zwei anderen Karten macht er es genauso.

»Scheiße!«, flucht er schließlich. »Ich kann mich drehen und wenden, wie ich will, der Arsch ist immer hinten.«

»Wenn das mit euch so weitergeht, komme ich heute gar nicht mehr ans Spielen«, beschwert sich Tom.

»Gerade du solltest ganz still sein«, entgegnet Leander. »Wenn ich mir deine Heimatforschung so ansehe, bist du ja wohl der wahre Entdecker der Langsamkeit.«

»Das liegt an dem miserabel ausgebildeten Personal, mit dem ich mich herumschlagen muss«, kontert Tom.

»*Personal?* Ich höre wohl nicht richtig.«

»Ich denke, *Handlanger* wäre der richtige Begriff, wenn ich mir Hennings Expertise so vorstelle«, mischt sich Mephisto ein und lenkt so Leanders Unmut auf sich.

»Manchmal glänzt unser ehemaliger Schwarzrock mit Menschenkenntnis, die man ihm sonst so gar nicht zutraut«, stimmt Tom dem Ex-Priester zu.

Götz Hindelang testet derweil weitere Kombinationen von je zehn Karten aus, indem er immer wieder zwei aus seinem Blatt zieht und den Rest auf Machbarkeit hin überprüft. Die Diskussion seiner Skatbrüder scheint er dabei gar nicht mitzubekommen.

»Wird das jetzt mal was?«, faucht Leander ihn an, da er sich den beiden Gesprächskontrahenten nicht gewachsen fühlt und eine Eskalation des Disputs vermeiden will.

»Wie meinen?«

»Jetzt drück zwei Karten und lass die Hosen runter, damit ich mein Kontra loswerden kann.«

»Kontra?«, fragt Mephisto hoffnungsvoll. »Du sagst Kontra? Worauf denn? Verfügst du vielleicht über Informationen, die bislang nicht einmal der Spieler hat?«

»Das würde mich jetzt auch interessieren.« Götz hält für einen Moment mit seinen Kartenexperimenten inne, als erwarte er von Leander den entscheidenden Tipp für seine Spiel-Entscheidung. »Weißt du etwas, das wir nicht wissen?«

»*Ich* weiß etwas«, erklärt Tom stöhnend. »Und zwar, dass ihr drei mir gerade ganz tierisch auf den Sack geht.«

Mephisto lacht meckernd, während sich Leander und Hindelang nun zwinkernd gegen den Lehrer verbünden. Schließlich drückt Götz Hindelang die beiden Karten, die er schon ganz zu Anfang in den Stock legen wollte, und verkündet: »Null!«

»Null?«, echot Mephisto. »Was mache ich denn jetzt mit meinen ganzen Assen?«

»Dasselbe wie ich mit meinen Bauern«, antwortet Leander und sortiert seine Karten zum Null um. »Wegwerfen, wenn sich die Gelegenheit ergibt.«

»Wolltest du nicht Kontra sagen?«, erkundigt sich Hindelang scheinheilig bei Leander, gibt sich aber als Antwort mit dem diensterprobten bitterbösen Blick seines Skatbruders zufrieden.

Tom scheint Hoffnung zu schöpfen, dass es endlich voran geht, als Mephisto nun eine Kreuz Acht aufspielt. Ein erleichtertes Lächeln umspielt seine Mundwinkel und gibt seinem Gesicht etwas Entspanntes. Götz Hindelang bedient mit der Sieben, Leander übernimmt mit dem König und spielt die Neun nach.

»Wegwerfen?«, hakt Mephisto nach und bedient mit dem Ass.

»Wenn sich die Gelegenheit ergibt, habe ich gesagt. Das hier ist keine solche.«

»Aber ich muss doch bedienen«, beschwert sich Mephisto scheinheilig.

»Seit wann machst du denn das?«, fällt Hindelang ihm in den Rücken und wirft die Kreuz Dame ab. »Jetzt bin ich sauber.« Er deckt sein Blatt auf, so dass alle seine Aussage bestätigt finden und stöhnend kapitulieren.

»Die ersten Pflaumen sind madig«, wird Mephisto seinen Standardspruch los, wirft seine Karten auf den Tisch und fügt seiner Weisheit noch eine Plattitüde hinzu: »Neues Spiel, neues Glück.«

»Du spielst jetzt gar nicht mit«, erinnert Tom ihn an die Regel, dass bei vier Skatspielern der Geber immer aussetzen muss. »Dafür zeige ich dir jetzt, wie man so spielt, dass man auch gewinnt.«

»Irre ich mich, oder habe ich das gerade schon vorgemacht?«, beschwert sich Hindelang. »Ich bekomme übrigens drei Mark von jedem.«

Während jeder drei Cent zu dem Maler hinüberschiebt, da sie um einen Zehntelcent pro Punkt spielen und dreiundzwanzig für Null auf drei Cent aufgerundet werden, mischt Mephisto die Karten.

»Wenn unser Denkwürden meine Kreuz Zehn oder den Bauern gehabt hätte, hättest du ganz alt ausgesehen«, versucht Leander Hindelangs Triumph zu mindern. »Du hattest einfach nur Glück.«

»Sag mal, Herr Lehrer«, erkundigt der sich bei Tom. »Hätte, das ist doch Konjunktiv II, oder?«

»Genauso ist es.«

»Und der Konjunktiv II heißt doch auch *Irrealis*, nicht wahr?«

»Auch das ist korrekt.«

»Dann brauche ich auf die Fantastereien unseres ehemaligen Bullen ja nicht weiter einzugehen.«

»Quod erat demonstrandum«, ergänzt Mephisto und erklärt auf die fragenden Blicke seiner drei Skatbrüder: »Sorry, ich wollte euch gleichtun und einfach auch mal klugscheißen. Und Latein kommt immer gut.« Dann lässt er Tom abheben und teilt die Karten aus.

Während der nächsten Stunde, in der Leander trotz größerer Getränkevorräte, die er an den Tisch schleppt, mehrfach in seinen Vorratsraum laufen muss, wechselt das Glück des Spiels beständig seine Günstlinge. Die Skatbrüder vollziehen jede denkbare Rochade sowohl des Zusammenspiels als auch des Zusammenhalts und sind sich darin absolut einig, sich niemals wirklich einig zu sein. Entsprechend inhaltslos sind die verbalen Schlagabtausche, die einzig dem Zweck dienen, auf keinen Fall klein beizugeben.

»Heute habe ich Karola gesehen«, berichtet Tom schließlich, und seinem Tonfall ist anzumerken, dass er wirklich besorgt ist. »Sie sah völlig zerschlagen aus, regelrecht vernichtet.«

»Es ist aber auch eine ganz schöne Schweinerei, was da im *Carl-Häberlin-Museum* passiert ist«, erregt sich Hindelang. »Höchste Zeit, dass diese Mistkerle endlich erwischt werden.«

Leander wundert sich einen Moment über die plötzliche Erregung des Malers, erklärt sie sich aber schließlich damit, dass er als Künstler sicher eine besondere Empfindsamkeit für die Zerstörung unwiederbringlicher Werke und Werte aufbringt. »Vielleicht wären wir bei den Ermittlungen schon weiter, wenn bestimmte Freunde kooperativer wären«, beschwert er sich in Toms Richtung.

»Jetzt fang nicht wieder mit den Jungs an. Die sind in Ordnung«, begehrt der Lehrer auf. »Wenn alle jungen Leute so zielstrebig und fleißig wären wie die drei, hätten wir bei uns in der Schule weniger Probleme.«

»Worum geht es?«, hakt Mephisto nach, dessen untrügliches Gespür für kriminalistische Zusammenhänge sich offenbar meldet.

Leander erklärt in kurzen Zügen den Disput, der ihn und Tom momentan entzweit, und freut sich, dass es in dem Kreis seiner Skatbrüder bei aller Frotzelei in entscheidenden Augenblicken immer sehr ernsthaft zugeht. Hindelang und Mephisto folgen dem Bericht mit ungeteilter Aufmerksamkeit und lassen auch die Karten ohne Widerspruch ruhen.

»Lena hat mir heute berichtet, dass es eine klare Bewegungsrichtung der Einbrecher von Süddeutschland nach Norddeutschland gibt. Das passt zur Route der Wandergesellen. Außerdem waren die Burschen während der Einbrüche auf Sylt auch auf unserer schönen Nachbarinsel, und als sie nach Föhr gewechselt haben, haben die Einbrüche da drüben aufgehört und hier angefangen.«

»Das sind doch keine Einbrecher-Profis«, wehrt Tom ab. »Und selbst du wirst ja wohl zugeben, dass solche Einbrüche wie in Utersum nicht von Laien oder Gelegenheitsganoven ausgeführt werden können.«

»Zugegeben, allerdings muss man für den Einbruch in das Museum nur etwas Übung haben und keine Spezialkenntnisse.«

Leander erzählt unter dem Siegel der Verschwiegenheit, was Lena ihm über den Ermittlungsstand in der Sonderkommission berichtet hat. Als die Rede auf den Sicherheitsdienst *FrisiaSecur* kommt, horcht Götz Hindelang auf. »Die sind auch für das *Museum Kunst der Westküste* zuständig. Meinst du, meine Bilder sind dort in Gefahr?«

»Ich kann mir nicht vorstellen, dass sich jemand an den Betonklotz herantraut«, urteilt Mephisto.

»Wieso Betonklotz?«, wundert sich Leander. »Ich denke, das ist eine alte Scheune.«

»Ach, Unsinn«, reagiert Mephisto abschätzig. »Mit einer alten Scheune hat das Gebäude genauso viel zu tun wie deine Fischerkate hier mit einer mittelalterlichen Burg. Nämlich rein gar nichts. Das ganze Museum ist aus Beton gegossen, sogar das Dach. Das Reet ist reine Fassade. Außerdem ist ja wohl davon auszugehen, dass dort die modernste Sicherheitstechnik eingebaut worden ist.«

»Erstens wäre ich mir da mal nicht so sicher«, widerspricht Hindelang. »Gerade Museen sind in der Regel ganz besonders schlecht ausgestattet, weil Sicherheitstechnik für so große Komplexe nahezu unbezahlbar ist. Und zweitens ist ja gerade für die Sicherheit die *FrisiaSecur* zuständig, von der Henning gerade gesagt hat, dass da zwielichtige Gestalten arbeiten.«

»Langsam, langsam. Ich habe nur gesagt, dass ehemalige Polizisten dort beschäftigt sind ...«

»Sag ich ja!«

»... deren Personalakten nicht so ganz blütenrein sind. Außerdem hat das LKA die jetzt im Blick. Deine Bilder sind bestimmt sicher.«

»Ich werde mich mal unauffällig umhören«, meldet sich nun Mephisto zu Wort. »Als ehemaliger Seelsorger kann man mit den Leuten reden, ohne schlafende Hunde zu wecken. Clemens Lüdecke, Hendrik Geerkens und Heinz Korff sagst du? Wenn das finstere Gestalten sind, kriege ich das raus. Und ihr, Tom und Henning, solltet wirklich der Spur in Sachen Wandergesellen weiter auf den Grund gehen.«

Tom stöhnt gequält auf und schüttelt den Kopf, sagt aber nichts mehr dazu. Leander allerdings ist für Mephistos Rückendeckung in der Sache dankbar.

»Wenn sie unschuldig sind, werden wir das feststellen«, verspricht er dem Lehrer. »Glaub mir, ich würde mich auch darüber freuen, obwohl ich diesen Maik nicht ausstehen kann.«

»Es gefällt mir einfach nicht, so hinterhältig zu sein. Die Jungs sind offen und ehrlich zu uns und erzählen uns alles, was wir für unsere Recherchen in Sachen Traditionsberufe wissen wollen. Und wir gaukeln ihnen Freundschaft vor, während wir gleichzeitig versuchen, ihnen Straftaten anzuhängen.«

»Nachzuweisen!«, korrigiert Leander.

»Ich wäre jedenfalls beruhigter, wenn die Einbrüche hier auf Föhr aufhören würden«, bekräftigt Hindelang. »Und deshalb solltet ihr jeder Spur folgen.«

»Was sagt Lena denn dazu, dass wir uns einmischen?«, erkundigt sich Mephisto mit für ihn ungewohntem Mitgefühl.

»Frag besser nicht«, winkt Leander ab. »Die Stimmung zwischen uns ist sowieso schon ziemlich gereizt, weil wir unterschiedliche Vorstellungen von unserem Zusammenleben haben. Wenn sie rauskriegt, dass ich ihr ins Handwerk pfusche, ist der Teufel los.«

»Das wird aber nicht ausbleiben, wenn wir auf etwas stoßen«, wendet Mephisto ein.

»Darüber mache ich mir Gedanken, wenn es so weit ist. Es hat jedenfalls keinen Sinn, Lena jetzt schon zu beunruhigen, solange wir gar nicht wissen, ob wir am Ende erfolgreich sind. Wenn an alldem nichts dran ist, wird sie nichts von unseren Ermittlungen erfahren.«

»So viel zum Thema Vertrauen«, höhnt Tom und greift nach dem Kartenstapel auf dem Tisch.

Leander spürt in der Magengegend, dass sein Freund damit einen besonders wunden Punkt angesprochen hat. Wenn die Sache schlecht läuft, steht seine Beziehung zu Lena nicht nur an einem Wendepunkt, sondern auf der Kippe. Kann er das riskieren? Will er das?

»Achtzehn!«, reißt Mephisto ihn aus seinen Gedanken.

17

Insel Amrum, Norddorf, außen, Nacht, Totale

Die Villa am Ende der Uasteraanj liegt am Rande des Dorfes, eingebettet zwischen weiteren Nobelherbergen im Süden, Westen und Osten und der Marsch im Norden. Der schwarze Riss der Deichoberkante rückt über dem darüber liegenden etwas helleren Himmelsstreifen in Blickweite. Der Mond hat sein Stichwort noch nicht bekommen, er verbirgt sich in der Wolkenkulisse.

Schnitt, Wohnzimmer

Der Bruch selbst ist ein Kinderspiel. Zwar ließen sich die Minikameras diesmal nicht im Kaminsims verstecken, denn es gibt in diesem Haus keinen, aber dafür ist der Tresor in eine Bücherwand eingebaut, so dass sich das Kästchen leicht hinter Buchrücken verbergen ließ. Erleichtert wurde das durch den Umstand, dass das gesamte Element im Bücherregal reine

Kulisse ist. Wenn auch für die Sache an sich unerheblich, so entbehrt es nicht einer geradezu dialektischen Form von Komik, dass sich die Planer dieses Möbels ausgerechnet die bislang erschienenen 59 Bände der Marx-Engels-Gesamtausgabe für die Staffage ausgesucht haben. Andererseits mag die Entscheidung auch zweckmäßige Gründe gehabt haben, denn es besteht in diesen Kreisen wohl kaum die Gefahr, dass ein Gast bei einer Party vor aller Augen einen Band herausnehmen und darin blättern würde.

Die ultraweitwinkelige Linse des Aufzeichnungsgerätes ist hinter der sogenannten *Zweiten Abteilung: Das Kapital* versteckt und hat dank der freien Sicht auf das Tastenfeld gute Arbeit geleistet, der Code ist ohne Mühe erkennbar gewesen. Als die drei Einbrecher das Haus verlassen und die Alarmanlage wieder aktivieren, tragen sie reiche Beute in ihren Rucksäcken. Auch bezüglich der Gemälde an den Wänden hat es diesmal keine Unstimmigkeiten gegeben, der Anführer hat zuvor Tacheles gesprochen, so dass seine Kumpane diesmal keinen Versuch gemacht haben, sich daran zu vergreifen.

Schnitt, Straße in nächtlicher Dunkelheit, Steadycam, bewegte Wackelbilder

Im Schatten von Hecken und Zäunen huschen die drei schwarz gekleideten Gestalten durch die letzten Meter *Boragwai*, dann weiter entlang der *Bideelen* und des *Miadwai* in Richtung Nordwesten. Der Anführer treibt zur Eile. Zwar liegen sie genau im Zeitplan, aber das Fenster zum Durchwaten des Priels ist doch relativ eng, zumal sie beschlossen haben, den Weg am Strand entlang zu wählen, nicht den kürzeren auf der Wattseite am Deich, weil man sich zwischen Strandkörben leichter verbergen kann, wenn Nachtwanderer in Sicht kommen.

Als sie den Bohlenweg unter ihren Füßen spüren, der schräg hinunter zum Badestrand führt, werden sie etwas langsamer. Alle drei atmen schwer unter ihren Strickmützen, dem Anführer juckt der Kopf, aber sie müssen vorsichtig sein. Niemand kann dafür garantieren, dass nicht in einem der Strandkörbe ein Liebespaar sitzt oder liegt. Je weiter sie in Richtung Wasser kommen, desto beschwerlicher wird das Laufen in dem feinpudrigen Sand unter ihren schweren Stiefeln.

Die drei Männer sind froh, als sie den Spülsaum erreichen und der Sand nasser und fester wird, so dass sie nicht mehr bei jedem Schritt zentimetertief versinken. Der Anführer schaut besorgt zu den dünnen Wolken hinauf, die im Begriff sind, sich gänzlich aufzulösen. Zwar wird damit die Gefahr geringer, dass sie später im Watt von einem Gewitter überrascht werden, aber gleichzeitig droht der durchbrechende Mond, die nächtliche Flucht unangenehm in Szene zu setzen. Der Mann ist froh, dass er sich im Vorfeld in der Diskussion um die Maskenfrage durchgesetzt hat. Seine Kumpane sind der Ansicht gewesen, dass sie ihre Sturmhauben spätestens am Strand vom Kopf ziehen könnten. Er jedoch hat mit dem Argument überzeugt, dass es schon gefährlich genug sei, am Strand gesehen zu werden, später jedoch, in der offenen Weite des Watts, habe man gar keinen Sichtschutz mehr. Da sollten dann wenigstens ihre Gesichter nicht zu erkennen sein. Mit sicherem Abstand zur Insel könne man ja dann neu entscheiden.

Der Anführer keucht hörbar. Die schwüle Luft von außen macht das Atmen in die Maske hinein noch schwerer erträglich. Die Edelmetalle und Juwelen hängen als ungeheure Last auf seinen Schultern.

Rechts zeichnet sich die dunkle Reihe der Strandkörbe vor dem Dünengürtel ab, links schwappt schwarz die Nordsee auf den Sand. Jetzt weitet sich der Strand in beide Richtungen. Wasser und Dünen weichen zurück, machen einer Wüste Platz.

»Scheiße!«, flucht einer seiner Kumpane nun laut und wedelt mit den Armen in der Luft, um nicht zu stürzen. Er ist über einen Holzpflock gestrauchelt, der zwanzig Zentimeter aus dem Sand ragt. Links und rechts davon zeichnen sich mehrere Reihen solcher schwarzer Stümpfe ab.

»Der alte Hafen«, erklärt der Anführer leise. »Das müssen die Reste der Holzanleger sein. Dann ist es nicht mehr weit.«

»Den Scheiß machen wir nicht noch mal«, schimpft einer der Männer.

Der Anführer könnte selbst nicht sagen, welcher seiner Kumpane es ist. Die Stimme klingt dumpf durch den Mützenstoff und ist vor Anstrengung verzerrt.

»Zwei Tage für einen einzigen Bruch, das ist doch bekloppt«, stimmt ihm nun der Zweite zu.

»Wir hätten das Zeug hier einbuddeln sollen, und dann hätten wir morgen die Fähre genommen«, steigert sich der Erste in Rage. »Kein Bulle könnte uns etwas, nur weil wir einen Ausflug zum *Kniepsand* gemacht haben. Zumindest würde uns dieser Gewaltmarsch erspart bleiben, um das ganze Zeug rüberzuschleppen.«

»Und die Daten auf den Fahrscheinen? Wie erklären wir die Übernachtung am Strand? Ausgerechnet in der Nacht des Einbruchs? Und selbst wenn sie die Fahrkarten nicht kontrollieren: Sie machen Personenkontrollen, halten die Namen fest und hätten uns ab sofort auf dem Schirm.«

Ein zweistimmiges Murren ist die Antwort. Jetzt bloß keine Revolte, denkt der Anführer. Mut machen! Gut zureden! »Bis jetzt hat uns niemand in Verdacht. Es ist besser, wenn uns erst gar keiner sieht. Der Bruch heute hat sich gelohnt. Da fällt für jeden so richtig was ab. Und jetzt haltet die Schnauze! Wir haben noch locker zehn Kilometer vor uns. Wenn einer von uns auf halber Strecke schlapp macht, ist es aus.«

Das war ein Fehler. Er weiß es in dem Moment, in dem er es ausgesprochen hat. Aber was hilft es? Passiert ist passiert. So unterdrückt er nur mühsam einen Fluch und konzentriert sich wieder auf den Weg.

Immer wieder von leisen Schimpftiraden unterbrochen, hasten die drei Männer möglichst lautlos durch den Sand. Plötzlich reißt die Wolkendecke auf. Der Mond beleuchtet entsetzlich hell die nächtliche Szenerie. Zum Glück tut sich jetzt rechts vor ihnen der Durchbruch durch die Dünen auf. Vielleicht ist es sogar ein Glück, dass gerade in diesem Moment das Mondlicht herauskommt, denkt der Anführer. Am Ende hätten sie den v-förmigen Durchbruch im Sandkamm der Norddorfer Dünen noch verpasst und wären bis ins Naturschutzgebiet an der Nordspitze getapert.

Beim nächsten Mal müssen wir die Örtlichkeiten vorher noch gründlicher checken, denkt er. Gar nicht auszudenken, wenn wir das Niedrigwasser verpasst hätten und nicht mehr von der Insel heruntergekommen wären.

Den Entschluss, die Villa in Norddorf zu knacken, haben sie in der letzten Woche relativ kurzfristig gefasst. Es ist seine Entscheidung gewesen, die Insel zu wechseln und sich nicht an die Anweisungen zu halten. Der Ring auf Föhr wird allmählich zu eng, ein Ortswechsel ist angesagt, bis sich die Lage wieder beruhigt hat.

Schwer keuchend hasten sie mit ihrer Last den feinen und rieselnden Sandgürtel hinauf, bis sie endlich wieder Holzbohlen unter ihren Füßen spüren. Der Bohlenweg führt schräg von der Düne hinab, dann ein ganzes Stück geradeaus, bis er in Höhe eines Toilettenhäuschens nach links abbiegt. Da stehen drei Fahrräder vor den Außen-Wasserkränen. Den Anführer durchzuckt ein Schreck. Was, wenn sie jetzt auf Leute treffen? Aber dann gewinnt sein Verstand wieder die Oberhand. Bestimmt sind die drei am Morgen durch das Watt nach Föhr gewandert, haben die Fähre zurück genommen und die Räder nur noch nicht wieder abgeholt. Wer treibt sich schon nachts in dieser Finsternis hier herum? Er muss lachen, als ihm die Antwort einfällt: Einbrecher.

Der Bohlenweg wirft Wellen auf dem unebenen Untergrund, verläuft aber geradeaus in Richtung Watt. Links weitet sich jetzt der Sandstreifen vor einer Treppe, die die Dünen hinauf führt. Große Fototafeln informieren über Meeresvögel und die Pionierpflanzen der Salzwiesen. Im Mondlicht ist das deutlich zu erkennen. Der Zugang zur Treppe wird von einer Kette versperrt, wahrscheinlich führt sie ins Vogelschutzgebiet und ist nur mit Führern zu begehen.

Der Anführer konzentriert sich wieder auf den Weg – und erstarrt. Da vorne kommen Leute: drei schwarze Schattenrisse. Die anderen beiden haben sie auch schon gesehen, bleiben abrupt stehen, blicken ihn fragend an.

»Da rüber«, zischt er und deutet auf die Treppe.

Die Männer laufen auf die Kette zu, klettern hinüber, hasten schnaufend die Holztreppe hinauf. Oben treten sie auf eine Plattform. Sie drehen sich um. Der Holzbohlenweg ist im diffusen Mondlicht nur noch schemenhaft zu erkennen.

»Hinlegen!«, befiehlt der Anführer leise und hofft inständig, dass die nächtlichen Wanderer nicht auch auf die Idee kommen, hier heraufzusteigen.

Unten kommen die Stimmen näher, werden immer lauter. Lachen. Dann die drei Schatten. Sie setzen sich auf Holzbalken, beugen sich vor.

»Das sollten wir öfter machen«, meint eine weibliche Stimme.

»Ganz schön unheimlich war das«, wendet eine männliche Stimme ein.

»Dieser Sand! Den kriegt man ja gar nicht mehr aus den Zehen«, beschwert sich eine zweite weibliche Stimme.

Die drei sitzen da unten und schubbeln sich den Sand von den Füßen, vermutet der Anführer. Wenn sie Strümpfe und Schuhe anhaben, gehen sie bestimmt weiter. Wird aber auch Zeit, verdammt!

»Was haltet ihr von einem Ausflug ins Vogelschutzgebiet?«, schlägt die erste weibliche Stimme vor.

Dem Anführer pocht der Puls in der Halsschlagader.

»Spinnst du? Wir sehen doch gar nicht, wo wir hintreten. Nachher zerstören wir noch ein Gelege oder so was.«

Guter Mann!

»So, das muss reichen.«

Die drei Gestalten erheben sich und machen sich lachend wieder auf den Weg in Richtung Fahrräder. Die Stimmen werden leiser, verklingen, nur hier und da dringt noch ein Lachen zu den drei Männern auf der Düne durch.

»Los! Weiter!« Der Anführer springt auf, hastet die Stufen hinab, wirft einen vorsichtigen Blick in beide Richtungen, ob da nicht noch mehr Leute durch die Nacht tapern, und setzt dann seinen Weg in Richtung Watt fort. Die beiden Kumpane folgen keuchend.

Der Weg schwenkt nach rechts, dann wieder nach links, wird abschüssig, geht in festen Sandboden über. Gleich da vorne muss die Stelle sein. Jetzt orientiert sich der Anführer an den Spuren im Sand, folgt dem Trampelpfad hunderter Füße von Wattwanderern, bis direkt vor ihm der Priel im blassen Mondlicht funkelt. Da vorne sind die Reisigbesen, die Pricken, die den Wanderern den Weg durch die gefährliche Sandebene weisen, die innerhalb von Minuten zur Wasserwüste wird, wenn die Flut kommt. »Schuhe aus, Hosen hochkrempeln.«

Die Männer folgen seinen Befehlen unmittelbar. Sie sind froh, wenn diese Nacht vorbei ist, der Weg durch das Watt von Amrum nach Föhr hinter ihnen liegt. Je weniger sie sich aufhalten, desto schneller sind sie am Ziel.

Der Anführer nimmt seine Socken und Schuhe hoch, hält sie schon über dem Kopf, obwohl das Wasser ihm nur bis zu den Waden geht. Eiskalt ist es und zieht kräftig nach rechts, in Richtung Amrum, nicht zwischen Amrum und Sylt hinaus. Also ist die Tide schon gekippt, das auflaufende Wasser setzt ein. Jetzt müssen sie sich beeilen.

Der Boden geht unter den Füßen weg, fällt steil ab, das Wasser schwappt bis an den Hintern, durchnässt die Hose. Egal, nur weiter. Jetzt wird der Boden gerade. Fünf, sechs Meter geht es geradeaus, dann steigt der Untergrund leicht an. Die Hose wird wieder frei, das Wasser fällt an den Waden hinab. Zwei Schritte noch, dann sind die Männer wieder auf dem Trockenen. Der Anführer steckt die Socken in die Stiefel, bindet sich diese mit den Schnürbändern an den Gürtel. Seine Kumpane machen es ihm nach. Dann gehen sie los, immer an den Pricken entlang, die an ihnen vorbeigleiten und hinter ihnen wieder verschwinden.

»Aua!«, beschwert sich einer der Kumpane. »Scheiß Muscheln!«

»Das sind Austern. Da musst du aufpassen, dass du keine Blutvergiftung kriegst.«

»Ach, ja, Klugscheißer? Und wie passt man da auf, wenn man sich schon geschnitten hat?«

Hämisches Kichern, dann befreites Lachen. Der Anführer sieht sich um. Die Insel verschwindet in der Dunkelheit. Jetzt kann man es wagen: Er zieht sich seine Sturmhaube vom Kopf. Das geht schwer, weil sie feucht ist und eng sitzt. Seine Kumpane folgen erleichtert seinem Beispiel. Luft! Endlich frische Luft!

Der Mond spielt Verstecken hinter Schleierwolken, taucht wieder auf, ist jetzt plötzlich voll da. Vor den Männern wird die helle, weitläufige Sandfläche erleuchtet. Von nun an befinden sie sich auf dem Präsentierteller. Aber wer soll sie hier draußen schon sehen, tief in der Nacht? Ist ja niemand mehr unterwegs, außer ...

... Einbrechern, denkt der Anführer wieder und lacht. Die beiden anderen lachen auch, wissen zwar nicht warum, aber das ist egal. Sie sind alle drei froh, Amrum hinter sich gelassen zu haben. Und Lachen befreit. Bald haben sie es geschafft. Zwei Stunden noch, zweieinhalb, dann werden sie Dunsum erreichen.

Es geht sich beschwingt jetzt hier draußen mit dem Ziel im Blick. Der Boden ist fest, reiner Sand, sogar die Muscheln werden weniger, verschwinden bald ganz. Hin und wieder sind flache Lachen zu durchwaten, Wasser spritzt erfrischend an die Waden. Die Männer erzählen sich den Bruch noch einmal nach, den Weg am Strand entlang, die Holzpflöcke des alten Hafens, die Beinahe-Kollision mit den Nachtwanderern. Sie lachen viel jetzt, wollen von Strapazen nichts mehr wissen, teilen schon die Beute auf, wagen Vermutungen über den Wert.

»Das sollten wir öfter machen«, ahmt der Anführer die weibliche Stimme von vorhin nach.

»Ganz schön unheimlich war das«, erinnert sich der Zweite an den männlichen Einwand.

»Dieser Sand! Den kriegt man ja gar nicht mehr aus den Zehen«, beschwert sich der Dritte mit weiblich verstellter Stimme.

Alle drei lachen schallend und befreit, jetzt, da sie sich immer mehr von Amrum entfernen und der Schattenriss Föhrs vor ihnen auftaucht. Sie laufen in einem großen Bogen nach links, immer an den Pricken entlang, die in regelmäßigen Abständen aus dem Wattboden ragen. Dabei patschen ihre Füße immer häufiger durch flaches Wasser. Der Anführer beobachtet leicht beunruhigt, wenn es über die Knöchel steigt, und atmet unbemerkt auf, sobald es wieder flacher wird. Er darf seine Angst vor der nahenden Flut nicht zeigen. Alles hängt davon ab, dass seine Kumpane glauben, er habe die Lage voll im Griff, sonst werden sie unruhig und machen Fehler. Aber sie haben Zeit verloren, eben in den Dünen. Der Umweg am Strand entlang hat ihr Kontingent schon strapaziert, doch da ist er auf Sicherheit gegangen. Die Begegnung mit den nächtlichen Wanderern war nicht eingeplant und eigentlich auch schon außerhalb der Toleranzgrenze. Entsprechend beschleunigt er jetzt den Schritt, weil er weiß, dass die entscheidende Stelle gleich das Tief vor Dunsum sein wird.

Der Mond beleuchtet das Watt nun unbehindert und wird von der hellen Sandfläche so reflektiert, dass man mehrere hundert Meter weit sehen kann. Halb links schwimmen die Lichter der Hochhäuser von Westerland auf Sylt wie eine Fata Morgana über der Sandwüste. Der Deich von Utersum liegt rechts von ihnen, sie laufen eine Zeit lang parallel dazu, immer an der Wasserkante entlang. Schafe liegen als helle Flecken im dunklen Gras, gelegentlich dringt ein dumpfes »Möh!« zu den drei Männern herüber. Die beiden Kumpane des Anführers unterhalten sich leise und lachen immer wieder, weil sie jetzt einfach alles lustig finden.

»Mist!«, flucht der Anführer plötzlich, denn in der Ferne nähert sich von links eine schwarze Gestalt.

Sie ist noch ganz klein, wird aber zügig größer. Bei diesem Licht kann man die Entfernung noch viel schlechter einschätzen, als das im Watt am Tag schon der Fall ist. Nun löst sich die Gestalt auf, teilt sich deutlich erkennbar. Es sind zwei Menschen, die da auf die drei Männer zulaufen. Rechts taucht jetzt die schmale Treppe auf, die auf den Deich von Dunsum führt. Glück gehabt! Gerade noch rechtzeitig, bevor es zu einer gefährlichen Begegnung kommen könnte.

Der Anführer kürzt den Weg schräg durch das Wasser ab, achtet nicht auf die Tiefe, teilt den Strom mit den Schienbeinen und spritzt sich und die beiden anderen, die links und rechts von ihm laufen, dabei nass. Niemand kümmert sich jetzt darum. Sie müssen weg hier, so schnell wie möglich, bevor sie gesehen werden. Sie hasten über die spitzen Herzmuscheln, versuchen sie zu ignorieren. Jetzt ist keine Zeit für Empfindlichkeiten.

Einer schreit auf: »Scheiße, jetzt habe ich mir den Fuß aufgeschnitten!«

»Beiß die Zähne zusammen«, bestimmt der Anführer. »Jammern kannst du, wenn wir im Auto sitzen.«

Nun sind sie am Ufer. Der Deich bietet einen dunklen Schutz, so dass ihre Silhouetten vielleicht nicht sichtbar sind für die beiden da draußen. Sie hetzen die Stufen hoch. Beinahe rutscht der Anführer auf dem nassen Holz aus, aber er kann sich im letzten Moment fangen. Die Schuhe ziehen sie nicht an, dazu ist keine Zeit mehr. Stattdessen hetzen sie den schrägen asphaltierten Aufgang hoch, müssen ein Stück über den Plattenweg oben auf der Krone laufen, bevor sie über das Tiergatter hechten und die Rückseite des Deiches erreichen. Hier oben sind sie deutlich sichtbar, das ist ihnen klar, aber es nützt nichts, da müssen sie jetzt durch. Nun geht es die Schräge wieder hinab. Ein weiteres Gatter noch. Der Verletzte hat Mühe, mitzukommen, humpelt auf der Hacke hinterher. Die Schottersteine auf der Zufahrt und dem Parkplatz geben ihm nun den Rest. Er flucht laut, bleibt stehen, hält sich am Zaun fest, der den Parkplatz von der Straße trennt. Als er seinen rechten Fuß anhebt, sickert Blut aus der brennenden Wunde und tropft auf den Schotter.

»Wir holen den Wagen«, sagt der Anführer und läuft gefolgt von seinem anderen Kumpan weiter zu dem Wäldchen, in dessen Schutz sie das Auto abgestellt haben, damit es abends auf dem leeren Schotterplatz nicht auffällt.

Der Verletzte kramt in seinen Hosentaschen, zieht zerknüllte und gebrauchte Tempos hervor, wischt sich das Blut vom Fuß und wirft das blutige Papier dann in den Papierkorb. Das letzte Taschentuch drückt er auf die Wunde. Unruhig blickt er sich um. Jetzt haben auch die beiden Wattwanderer die Deichkrone erreicht. Verdammt noch mal, wo bleiben die denn mit dem Auto?

Da hört er den Motor starten und sieht im nächsten Moment, wie der Wagen rückwärts mit hochtourigem Aufheulen auf die Straße schießt. Der Vorwärtsgang wird krachend eingelegt, Schotter spritzt nach allen Seiten, das Fahrzeug rast auf ihn zu. Neben ihm kommt es schlitternd zum Stehen, er reißt die hintere Tür auf, wirft seinen Rucksatz auf den Rücksitz und springt hinterher. Der Anführer gibt schon wieder Gas, als die Tür noch gar nicht geschlossen ist.

»Wo bleibst du denn?«, brüllt er seinen Kumpan an. »Suchst du erst die Papierkörbe ab? Bist du scharf auf Flaschenpfand, oder was?«

Der Mann antwortet nicht, flucht nur leise, als er mit Mühe die Tür ins Schloss zieht und dabei verbissen den rechten Fuß festhält. Im Rückspiegel erkennt der Anführer die beiden schwarzen Gestalten, die jetzt von der Deichkrone auf den Abgang wechseln.

»Das war knapp«, stellt er grimmig fest. »Fast hätten die uns jetzt doch noch gesehen.«

»Mir reicht's«, antwortet der Mann auf dem Rücksitz. »Scheiße, tut das weh! Ich hab die Schnauze voll, aber so richtig. Was machen wir, wenn die wirklich was gesehen haben? Wenn die uns beschreiben können? Dann suchen die Bullen ab morgen drei Leute und durchkämmen die ganze Insel nach uns.«

Einen Moment sagt der Anführer nichts dazu, denkt nach, erkennt, dass sein Kumpel recht hat. »Also gut. Allmählich wird es vielleicht wirklich zu gefährlich, wenn wir zusammen hier auf Föhr bleiben. Morgen wechselt ihr rüber nach Amrum. Wir treffen uns wieder, wenn es was zu tun gibt, aber in der Zwischenzeit halten wir die Füße still.«

Von der Rückbank kommt ein zustimmendes Brummen. Der Mann auf dem Beifahrersitz schweigt beharrlich.

Vor ihnen taucht Klein-Dunsum auf, nach der Biegung dann die Hauptstraße. In Richtung Süderende kann der Fahrer jetzt Gas geben. Erst als das Ortsausgangsschild hinter ihnen liegt, traut er sich, das Licht einzuschalten.

Die Rücklichter entfernen sich, das Motorengeräusch wird leiser – Schwarzblende.

18

Der Wyker Südstrand nähert sich direkt voraus, gleitet dann aber rechts an der Fähre vorbei und bleibt schnell zurück, als sie in der Fahrrinne nach links in Richtung Amrum abknickt. Lena blickt wehmütig auf das kleine Leuchtfeuer am Olhörn. Die vor ein paar Jahren neu gestaltete Strandpromenade übt eine magische Anziehung auf sie aus, und sie kann Leander immer besser verstehen, der die Insel zu seiner Heimat gemacht hat.

»Alles in Ordnung?«, erkundigt sich Helene Conradi, die neben ihr an der Reling der *Nordfriesland* lehnt und ihr Seufzen deutlich gehört hat.

Lena lacht. Natürlich ist nicht alles in Ordnung. Aber die Situation ist wirklich eher lächerlich. Da steht die Leiterin einer Sonderkommission des LKA Schleswig-Holstein, die sich mitten in internationalen Ermittlungen befindet, an der Reling einer Fähre und seufzt beim Anblick eines Leuchtturms wie ein siebzehnjähriges Mädchen, das Liebeskummer hat.

»Klar«, antwortet sie. »Alles in Ordnung. Ich bin nur etwas urlaubsreif.«

Sie fängt einen Blick auf, der Skepsis ausdrückt. Dann wendet sich Helene Conradi wieder dem Fahrwasser zu und beobachtet die Möwenscharen, die immer wieder auf das aufgewühlte Wasser hinunterstürzen, um kurz vor der Oberfläche abzudrehen und sich gleichsam mühelos in die Höhe zu schwingen. Lena versucht sich auf das zu konzentrieren, was heute vor ihnen liegt.

Polizeioberkommissar Carstensen von der Amrumer Polizeistation in Nebel hat geradezu panisch geklungen, als er von dem nächtlichen Einbruch in Norddorf berichtet hat. Nach seiner Meldung in der Zentralstation Wyk hat Jens Olufs ihn direkt telefonisch an Lena weitervermittelt und Hauptkommissar Dernau stattdessen selbst informiert. Der Polizeikommissar in Nebel ist mit solchen Fällen deutlich überfordert. Lena hat sich bei Olufs erkundigt: Carstensen leitet eine Dienststelle, die gerade einmal drei Beamte als Stammbelegschaft führt. Nur im Sommer wird der Bäderdienst durch zwei weitere Polizisten verstärkt. Natürlich hat er die Berichterstattung in den Medien verfolgt und wird nun von der Angst geplagt, die Einbruchserie könne sich auf seine Insel ausweiten und ihm Ermittlungen abverlangen, die bislang außerhalb seiner Vorstellungskraft gelegen haben.

Als die Fähre in Wittdün anlegt, findet Lena das Bild bestätigt, das sie sich von dem Leiter der Amrumer Polizei gemacht hat. Kommissar Carstensen steht selbst am Anleger und begrüßt den hohen Besuch aus Kiel. Er dreht nervös seine Dienstmütze in den Händen und zieht den Kopf zwischen die Schultern. Auch der Polizeihauptmeister an seiner Seite macht einen zerknirschten Eindruck.

»Schöner Mist«, berichtet Carstensen nach der Begrüßung. »Wir haben sofort die erste Fähre durchsucht, als heute Morgen der Anruf reinkam. Zum Glück sind die Oosterholts Frühaufsteher und haben den Einbruch rechtzeitig bemerkt. Aber da war nichts. Die paar Urlauber, die heute Morgen abgereist sind, haben mit dem Einbruch nichts zu tun.«

»Behalten Sie seitdem alle Fähren im Blick?«, erkundigt sich Lena.

»Die Kollegen aus Wyk verstärken uns«, bestätigt Carstensen nickend. »Wir haben leider nur zwei Mann übrig, schließlich muss die Sicherheit am *Kniepsand* und in den Dörfern weiterhin gewährleistet sein.«

»Natürlich. Sie sind für solche Einsätze nicht gerade gerüstet, wie ich von Hauptkommissar Olufs gehört habe.«

»Bei uns passiert ja sonst nichts.« Oberkommissar Carstensen hebt und senkt entschuldigend seine Schultern.

»Ist Hauptkommissar Dernau schon vor Ort?«

»Jawohl, ist er. Kommen Sie, ich bringe Sie direkt zu ihm.«

Diensteifrig öffnet Carstensen die Türen seines Fahrzeugs, lässt die beiden Frauen einsteigen und nimmt dann selbst auf dem Beifahrersitz Platz, während der Kollege fährt, dessen Namen Lena bislang noch nicht kennt.

Sie fahren die Hauptstraße Wittdüns entlang, passieren flanierende Urlauber vor den Geschäften und Familien mit Bollerwagen auf dem Weg zum Strand. Als sie den Ort hinter sich lassen, öffnen sich sofort die hohen Dünengürtel. Die Insel ist vollkommen anders als Föhr. Während die große grüne Schwester landwirtschaftlich geprägt ist, ist Amrum eine gewaltige Sandanhäufung mit Dünentälern und kleinen Waldflächen. Kiefern, Ginsterbüsche und Heidekraut bestimmen das Landschaftsbild.

Die Polizisten hängen schweigend jeweils ihren eigenen Gedanken nach. Lena erkennt die Mühle des Dörfchens Nebel, die sie einmal bei einem Ausflug mit der Fähre von Föhr nach Amrum mit Leander besichtigt hat. Häuser huschen vorbei, ein Lebensmittelladen, dann kommt wieder Wald und ganz viel Landschaft. Norddorf erreichen sie über die Hauptstraße namens *Lunstruat*. Bereits am Ortseingangsschild werden sie mit den sprachlichen Besonderheiten konfrontiert, denn unter der Bezeichnung Norddorf steht auch der Ortsname auf Öömrang: *Noorsaarep*. Im Ortskern biegen sie rechts ab, *Taft*, passieren die linker Hand hinter einem niedrig eingezäunten Rasenstück mit Strandkörben gelegene Kurverwaltung, biegen dann links ab in eine Gasse namens *Hoofstich* und fahren diese bis zum Ende durch. Nun befinden sie sich am Nordrand des Dorfes auf dem Straßenstück *Bideelen*. Diese Straßennamen könnte ich mir nie merken, denkt Lena. An der Ecke zur *Letj Jaat* stehen mehrere Autos, darunter Dienstfahrzeuge der

Polizei. Hier hält der Polizeihauptmeister an und lässt seine Passagiere aussteigen.

»Du fährst zurück nach Nebel. Stallwache. Wenn ich dich brauche, rufe ich an«, ordnet Oberkommissar Carstensen an und schlägt die Beifahrertür zu.

Sie betreten das Grundstück von der Rückseite aus, durch den Garten, der als Rasenfläche mit zwei Strandkörben gestaltet ist, eingefriedet durch eine hohe Hecke. Das Reetdachhaus wirkt bescheiden und trotz seiner Größe fast schlicht hinter der weiß gestrichenen Ziegelfassade und dem klassisch geformten Dach. Hier lassen keine baulichen Extras wie übergroße Fledermausgauben, Erker oder Säulen vermuten, dass die Besitzer reiche Leute sind. Die Familie Oosterholt scheint es nicht nötig zu haben, vor aller Welt zu protzen.

Im Garten suchen zwei Kriminaltechniker in weißen Overalls nach Spuren. Im Wohnzimmer ist Hauptkommissar Dernau gerade dabei, das Ehepaar zu vernehmen, während ein weiterer Kriminaltechniker Fingerabdrücke im Umfeld des offenstehenden Tresors in der Bücherwand sucht. Die beiden älteren Hauseigentümer sitzen auf ihrem Sofa, als sei bei ihnen der Blitz eingeschlagen und habe alles vernichtet, was sie sich ein Leben lang aufgebaut haben. Dernau grüßt Lena und Helene Conradi verhalten mit einem beiläufigen Nicken und fährt in seiner Befragung fort.

»Wie kann das denn sein, dass Sie oben schlafen und von alldem nichts mitbekommen?«

Beide zucken nur mit den Schultern. Sie wirken, als stünden sie unter Schock. Helene Conradi signalisiert Lena, dass sie sich ein wenig umsehen will. Die nickt und stellt sich dann unauffällig neben Hauptkommissar Dernau. Was sie jetzt mitbekommt, muss sie sich später nicht anlesen.

»Waren in letzter Zeit fremde Leute hier im Haus?«

»Fremde Leute?«, fragt Frau Oosterholt, als sei allein die Vorstellung schon unmöglich.

»Nein«, antwortet ihr Mann. »Nur Freunde am Wochenende. Ein befreundetes Ehepaar, das im *Fleegamwai* wohnt.

Familie Sonderbrook, beide im Ruhestand. Kai Sonderbrook war Kaufmann in Bremen, hatte eine kleine Kaffeerösterei, seine Frau Hanne war Schiffsmaklerin. Grundehrliche Leute.«

»Kai und Hanne Sonderbrook, mit zwei O?«, versichert sich Dernau und schreibt alles in einen kleinen Spiralblock. »Wir haben im Garten Stiefelabdrücke gesichert. Haben Sie in letzter Zeit, genauer gesagt in den letzten zwei Wochen, Gärtner beschäftigt?«

»Nein. Den Rasen mäht ein Junge aus der Nachbarschaft, verdient sich etwas dazu. Einen Gärtner beauftragen wir nur im Frühjahr, zum Saisonbeginn, und im Herbst für den Strauchschnitt.«

»Andere Handwerker?«

»Die Dachdecker«, erinnert Frau Oosterholt ihren Mann. »Andreesens Leute. Aber das ist gut zwei Wochen her.«

»Stimmt, die haben das Dach kontrolliert und eingesprüht. So ein Reetdach muss gut gepflegt werden, sonst vergammelt es und hält nicht lange dicht. Und eine Regenrinne haben sie erneuert, oben das kurze Stück am Krüppelwalm. Da waren die Schweißnähte gebrochen, und es hat an die Fassade durchgetropft.«

»Andreesen, sagen Sie? Von Föhr?«

»Ja ja, genau. Das ist auf den Inseln der Beste. Der hat vor dreizehn Jahren das ganze Dach eingedeckt und pflegt es seitdem regelmäßig.«

»Und sonst hatten Sie keine Handwerker hier? Heizungsbauer vielleicht? Den Schornsteinfeger? Überlegen Sie bitte genau, das kann für die Ermittlungen entscheidend sein.«

Die beiden Eheleute sehen sich an und schütteln dann die Köpfe. Lena ist angenehm überrascht, wie sensibel und freundlich Hauptkommissar Dernau ihnen begegnet. Bisher hat sie ihn für einen gefühllosen Klotz gehalten und bei den Ermittlungen in den beiden Fällen, in denen sie ihm begegnet ist, als hasardierende Wildsau erlebt. Leanders Urteil, er sei im Grunde ein guter Mann, fällt ihr wieder ein. Henning und seine Menschenkenntnis!

»Gut. Dann belassen wir es für den Moment dabei«, schließt Hauptkommissar Dernau die Befragung. »Wenn Ihnen noch irgendetwas einfällt, melden Sie sich bitte. Sie erreichen mich entweder heute noch in der Polizeidienststelle in Nebel oder in den nächsten Tagen in der Zentralstation in Wyk. Ich lasse Ihnen meine Karte hier. Und die Liste mit den gestohlenen Gegenständen geben Sie bitte so schnell wie möglich Kommissar Carstensen, damit er sie uns zufaxen kann.«

Wieder nicken die beiden nur und sind sichtlich erleichtert, dass sie jetzt erst einmal entlassen sind. Dernau verlässt das Wohnzimmer und bedeutet Lena, dass sie ihm auf die Terrasse folgen soll. »Schon bemerkt? Alles Reetdachhäuser. Utersum, das *Friesenmuseum* und hier jetzt auch. In Utersum wurde außerdem auch ein Schuhabdruck von einem Arbeitsstiefel sichergestellt. Und die Klebespuren haben wir hier auch wieder gefunden, an der Rückseite von ein paar Buch-Imitaten.«

»Hat der Stiefelabdruck eine deutliche Einkerbung?«, erkundigt sich Lena.

»Ja, wieso?«

»Wir haben die Spuren aus Utersum durch den BKA-Computer geschickt und einen Spur-Spur-Treffer genau dieses Abdrucks mit einem Einbruch in Düsseldorf gefunden. Ich gebe in Kiel Bescheid, dass die Kollegen Ihnen die Ergebnisse zumailen.«

»Sie wollen also immer noch nicht übernehmen?«

»Nein, wozu? Sie und der Kollege Olufs machen Ihre Sache gut. Ihre Zusammenarbeit scheint inzwischen auch zu klappen, und wie ich mich eben selbst überzeugen konnte, können Sie ganz vernünftig mit Menschen umgehen, wenn Sie das wollen. Außerdem können wir nicht jeden Einzeltatort selbst übernehmen. Sind Sie der Spur mit den Reetdächern schon nachgegangen?«

»Nein, das ist mir ja auch eben erst aufgefallen. Aber den Andreesen knöpfe ich mir vor. In Utersum sollen seine Leute ja sogar die Überwachungskameras verstellt haben, so dass es keine Videoaufnahmen aus der Tatnacht gibt. Jedenfalls keine, die irgendetwas außer Reet aufgezeichnet haben.«

Lena nickt, um anzudeuten, dass sie im Bilde ist, was die Sicherheitstechnik in Utersum angeht. »Was ist mit dem Sicherheitsdienst? Diese *FrisiaSecur*. Ist die hier auch im Einsatz?«

Dernau blickt sie etwas widerwillig an, antwortet aber dann »Moment« und geht noch einmal ins Wohnzimmer. Als er zurück kommt, nickt er nachdenklich. »Ja, die *FrisiaSecur* fährt hier auch die Häuser ab. Merkwürdig ist das schon, das muss ich zugeben.«

»Kann ein Zufall sein, genauso wie die Dachdecker-Firma. Auf den Inseln gibt es nicht so viele Spezialisten, da muss man den nehmen, der da ist. Und im Sicherheitsbereich ist das nur die *FrisiaSecur*. Auch Andreesen steht ja wohl in dem Ruf, der absolute Reetdach-Fachmann zu sein. Trotzdem müssen Sie dem nachgehen, das ist klar.«

»Den Chef der Sicherheitsfirma kenne ich persönlich«, wendet Hauptkommissar Dernau ein. »Clemens Lüdecke, ein ehemaliger Kollege. Für den lege ich die Hand ins Feuer.«

»Vorsicht, Herr Kollege, so ganz unbescholten ist der nicht. Ich habe seine Personalakte gelesen. Und Hendrik Geerkens, kennen Sie den auch?«

»Auch ein ehemaliger Kollege?«

Lena nickt.

»Nein. Aber wenn Sie so fragen, kennen Sie dessen Personalakte auch. Wieso haben Sie sich die Akten denn kommen lassen?«, erkundigt sich Denau, aber da taucht ein Funkeln der Erkenntnis in seinen Augen auf. »Olufs?«

»Nehmen Sie es ihm nicht übel. Hauptkommissar Olufs ist ein erfahrener und zuverlässiger Kollege. Klar, dass er dieser Spur nachgehen musste.«

»Was ist mit diesem Geerkens?«

Lena fasst die Erkenntnisse aus der Personalakte kurz zusammen und ergänzt sie um das, was sie von Lüdecke weiß.

Hauptkommissar Dernau grübelt eine Weile nach, dann schüttelt er den Kopf. »Glaube ich nicht. Nicht Clemens. Geerkens? Kann sein. Den kenne ich nicht. Aber Clemens Lüdecke war ein guter Kollege und ein hervorragender Kamerad.

Mit ihm konnte man sich immer sicher fühlen, auch wenn er manchmal etwas grob war. Vielleicht gerade deswegen.«

Dein Vorbild, denkt Lena, sagt es aber nicht. Rambo II. »Wenn ich Ihnen einen guten Rat geben darf, Herr Kollege, überlassen Sie Olufs die *FrisiaSecur*. Es sieht immer etwas merkwürdig aus, wenn man persönliche Kontakte zu Verdächtigen hat und sich da nicht raushält.«

Bevor er antworten kann, tritt Helene Conradi auf die Terrasse. »Haben Sie sich mal die Gemälde angesehen? Das Haus hängt voll von alten Meistern. Alles Originale. Sogar im Wohnzimmer hängen zwei Noldes und ein van Gogh. Das können nicht dieselben Täter gewesen sein wie in Utersum. Niemals hätten die solche Bilder hängen gelassen.«

»Sind Sie sicher, dass die echt sind?«, versichert sich Lena.

»Wer bin ich? Rumpelstilzchen?«

»Scheiße!«, flucht Dernau. »Kaum hat man einen Faden in der Hand, verliert man einen anderen. Aber die Schuhabdrücke stimmen doch überein.«

»Wir lassen das im Labor untersuchen. Schicken Sie die Daten so schnell wie möglich zu Woyke. Wo ist der überhaupt?«

»Einbruch nahe der dänischen Grenze. Das Museum der *Nolde-Stiftung* in Seebüll. Die Höhe des Schadens ist noch nicht bekannt.«

»Warum wissen wir das noch nicht?«, beschwert sich Helene Conradi.

Statt einer Antwort tritt Lena zur Seite und ruft mit ihrem Handy Sven Schröter an. Als sie den Anruf beendet hat, bestätigt sie die Information. »Unsere Leute sind schon dabei, die Daten auszuwerten. Wenn sie Genaueres wissen, meldet Sven sich.«

Oberkommissar Carstensen, der die ganze Zeit über im Garten aus einigem Abstand und mit hinter dem Rücken verschränkten Armen die Arbeit der Kriminaltechniker beobachtet hat, tritt nun vom Rasen auf die Terrasse und bleibt kleben. Als er den linken Schuh anhebt, löst der sich mit einem leisen Schmatzen von den Steinplatten, und Lena beobachtet, wie die langen, weißen Fäden eines Kaugummis versuchen, die Verbindung zwischen Schuh und Terrasse aufrechtzuerhalten.

»Scheiße«, flucht Carstensen leise und humpelt auf dem Absatz zum nächsten Blumenbeet. Aus dem Rindenmulch sucht er ein Stöckchen aus und macht sich daran, das weiße Klebezeug aus den Rillen seiner Absatzsohle zu prockeln.

»Bist du bekloppt, Mann?«, fährt Hauptkommissar Dernau ihn so laut und ohne Vorwarnung an, dass der Polizist zusammenzuckt. »Das könnte die DNA-Spur eines Täters sein.«

Mist, da hat er recht, ärgert sich Lena über ihre eigene Reaktionsblockade.

Dernau winkt einen der Kriminaltechniker herbei, der ein schmales Etui aus der Hosentasche zieht und ihm eine Pinzette und ein skalpellähnliches Messer entnimmt. Während Carstensen mühsam den Fuß hochhält wie ein Pferd, das beschlagen werden muss, löst der Techniker den Kaugummi so sauber und vorsichtig aus dem Absatz, wie der Oberkommissar es mit dem Holzstück niemals hinbekommen hätte. Auch die Anhaftungen an der Steinplatte kratzt er ab und versenkt alles in einer Plastiktüte.

»Wo haben Sie den Kaugummi ... äh ... gefunden?«, erkundigt er sich bei Carstensen.

»Weiß ich doch nicht«, gibt der Polizist sichtlich gekränkt zurück. »Irgendwo im Garten wahrscheinlich.«

Der Kriminaltechniker betrachtet das Fundstück durch die Plastikhülle und dreht es dabei in den Händen. »Erdanhaftungen und Gras«, murmelt er, als sei das etwas ganz Außergewöhnliches für einen im Garten gefundenen Kaugummi. Dann macht er mit dem Blick auf den Boden gerichtet ein paar vorsichtige Schritte in den Garten, bis er vor einem kleinen Blumenbeet stehen bleibt.

»Hier sind Sie reingelatscht«, verkündet er und verdunkelt damit das Rot in Carstensens Gesicht um einige Nuancen. »Wunderschöner Abdruck. Eigentlich sollte man den ausgießen. Wenn das jetzt auch noch Ihre DNA an dem Kaugummi ist, sieht es aber schlecht für Sie aus.«

Oberkommissar Carstensen steht der Sinn nicht nach Witzen. Mit einem kurzen Grunzen wendet er sich ab und verschwindet im Wohnzimmer.

»Füße abtreten!«, ruft der Techniker ihm noch nach und grinst mit Lena um die Wette.

Die wendet sich an den Mann im weißen Overall und ordnet an: »Nehmen Sie die DNA der Hausbesitzer, und machen Sie so schnell wie möglich einen Abgleich.«

Der Techniker nickt gleichmütig, als wolle er sagen: Na klar, was denn sonst?

»Von uns bekommen Sie morgen weitere Proben«, fährt Lena unbeirrt fort. »Schicken Sie dann alles an Sven Schröter nach Kiel, damit er es durch den BKA-Computer laufen lassen kann. Vielleicht gibt es Treffer mit anderen Tatorten.«

»Carstensen soll eine Liste aller Personen zusammenstellen, die in den letzten Tagen Zugang zum Grundstück hatten«, ergänzt Dernau. »Er kann dann hier auf Amrum bei den betreffenden Personen die Proben nehmen, und Olufs' Leute können auf Föhr dasselbe machen. Wie lange müssen wir zurückgehen?«

»Der Kaugummi ist relativ frisch«, stellt der Kriminaltechniker fest. »Bei den hohen Temperaturen momentan höchstens drei oder vier Tage alt, würde ich sagen.«

»Das heißt nicht viel«, wendet Lena ein. »Der Besitzer kann vor einiger Zeit schon einmal hier gewesen sein, zum Beispiel um irgendwelche Reparaturen vorzunehmen und dabei die Mini-Kamera anzubringen. Am besten gehen wir mit der Liste bis zur Pflege des Reetdaches zurück.«

Dernau nickt und verschwindet ebenfalls im Wohnzimmer, um Carstensen die nötigen Anweisungen zu geben.

»Glauben Sie, das bringt was?«, fragt Helene Conradi skeptisch.

»Jede Spur zählt«, antwortet Lena leicht resigniert. »Ich glaube, mehr ist hier für uns momentan nicht zu tun.«

Als Dernau wieder auf die Terrasse tritt, macht er einen zufriedenen Eindruck, der möglicherweise daher rührt, dass er Carstensen mit seiner Anweisung zum Laufburschen degradiert hat. »Falls Sie hier fertig sind ... ich fahre jetzt zurück nach Nebel«, bietet er an.

Sie besteigen eines der Dienstfahrzeuge, Dernau setzt sich selbst ans Steuer. Dann verlassen sie Norddorf durch den *Hoofstich* und fahren, diesmal am Watt entlang, zurück. Vor der Polizeidienststelle im *Sanghughwai* stellen sie das Fahrzeug ab und betreten das kleine, unscheinbare Dienstgebäude.

19

So könnte es immer sein, denkt Leander. Ein ungetrübter Sommerhimmel, der würzige Duft des Meeres in der Luft und eine hübsche Frau an meiner Seite.

Er radelt neben Eiken Jörgensen durch die Midlumer Marsch. Am Morgen sind sie sich zufällig bei Bäcker Hansen begegnet und haben spontan beschlossen, in der Galerie gemeinsam zu frühstücken. Eiken hat Urlaub und Leander hat ohnehin momentan nichts Besseres zu tun und kann freundschaftliche Nähe gebrauchen. Beim Frühstück hat er ihr ausführlich von der aufwändigen Restaurationstechnik erzählt, die Klaus Lammers ihm und Tom erklärt hat. Dabei ist er bei Eiken auf so großes Interesse gestoßen, dass sie beschlossen haben, zu Torge Hidding hinauszufahren und sich den Stein einmal gemeinsam anzusehen.

Als sie auf den Hof der Steinmetzwerkstatt einbiegen, ist die Luft von den typischen Geräuschen angefüllt, die entstehen, wenn Meißel unter den kräftig gesetzten Fäustelschlägen mehrerer Steinmetze auf Steine treffen. Torge Hidding arbeitet an einem schwarzen Granitblock, in dessen harte Fläche er mit kurzen, wohlgesetzten Schlägen die Umrisse eines Kutters treibt. Das Werkzeug wirkt in seinen groben Händen wie Spielzeug. Nur die sprunghaften Bewegungen seiner kräftig ausgearbeiteten Muskeln, die sich wie dicke Taue über die nackten Oberarme ziehen, lassen erahnen, welche Kräfte dort auf den Stein einwirken und ihn nach dem Willen des Künstlers formen.

»Klaus arbeitet an deinem Stein«, erfährt Leander vom Meister, als er sein Anliegen vorgetragen hat. »Du weißt ja, wo du ihn findest.«

Leander und Eiken wenden sich zur Längsseite der Halle, passieren große Holzgestelle, die denen auf dem Friedhof gleichen und auf denen einzelne überdimensionale Steinplatten ruhen, und stoßen im Schatten hoher Bäume auf den Steinmetzgesellen, der gerade dabei ist, die Buchstaben auf dem Grabstein der Urgroßeltern Leanders vorsichtig mit dem Meißel nachzuarbeiten.

»Na? Das kann sich doch schon sehen lassen«, begrüßt der junge Handwerker die Besucher und tritt von dem Stein zurück. »Ohne Moos und Flechten kann man schon richtig was erkennen.«

Eiken zeichnet die Buchstaben mit dem Zeigefinger nach: »... hier ruhen die Ge... Gebei... Gebeine des seel...seeligen Comm... und ... – das kann ich nicht entziffern – ... Chi... – Mist – Cordt Leander ... sei... Hilke Leander ... ich geb's auf.«

»Das könnte Commandeur heißen«, vermutet Leander. »Die Instrumente vom Dachboden deuten darauf hin. Außerdem könnte *Chi* Chinafahrer bedeuten. Zumindest steht so etwas auf dem Seidentuch, das ich gefunden habe. Danach muss mein Urgroßvater 1914 auf großer Fahrt gewesen sein, China und Japan. Den Rest kann ich mir auch nicht erklären. Ich hoffe, dass Karola von ihrem Bekannten etwas erfährt.«

»Der letzte Absatz ist völlig unleserlich«, bedauert Eiken.

»Das wird ein Bibelvers sein, oder irgendein Sinnspruch«, wirft Klaus Lammers ein. »Ich bezweifele, dass ich das wiederherstellen kann, aber ich versuche gerade, Konturen zu erkennen und nachzuarbeiten. Wer weiß, vielleicht bekommen wir so einen Anhaltspunkt und können das Ganze mit Hilfe der Bibel vervollständigen.«

Sie tauschen sich noch über die nächsten Arbeitsschritte aus, wobei Klaus Lammers Eiken die Konservierungsmethode mit der gleichen Begeisterung erklärt wie unlängst Leander und Tom. Eiken stellt gezielte Nachfragen und zeigt sich zu Leanders Erstaunen sehr verständig, wenn es um handwerkliche Schritte und chemische Reaktionen geht. Er selbst hat da am Sonntag deutlich mehr Schwierigkeiten gehabt, der fachkundigen Darstellung zu folgen.

Klaus Lammers ist in seinem Element. Seine Augen leuchten, das ganze Gesicht strahlt so viel positive Energie aus, dass Leander zu beobachten glaubt, wie zwischen Eiken und dem Wandergesellen ein regelrechter Energieaustausch stattfindet. Einen kurzen Augenblick empfindet er so etwas wie Eifersucht, ruft sich aber sofort zur Ordnung, als die Emotion zu seinem Verstand durchdringt.

»Ich habe gar nicht geahnt, wie spannend das alles ist«, wundert sich Eiken nun. »Es war eine verdammt gute Idee, heute hier rauszufahren.«

»Sag mal, Klaus«, wendet sich Leander an den Steinmetz-Gesellen, »ist mit Maik wieder alles in Ordnung?«

»Du meinst den Vorfall auf der Baustelle? Steffen hat mit Andreesen gesprochen, aber der ist noch nicht wieder zu beruhigen. Ich weiß auch nicht, wie das weitergehen soll. Manchmal verstehe ich Maik nicht. Er nimmt die Tippelei unheimlich ernst, aber dann baut er wieder so einen Scheiß.«

»Wie lange kennst du ihn denn schon?«

»Ein knappes Jahr. Er ist ein Jahr länger dabei als wir. Mann, der hat zwei Drittel rum und setzt jetzt sein Siegel aufs Spiel. Da muss man doch den Schuss nicht gehört haben.«

»Und ihr seid von Bayern aus über den Schwarzwald und Ostfriesland bis hier rauf gewandert, das ist doch richtig, oder?«

»Ja, klar. Aber das habe ich dir und Tom doch neulich schon erzählt.«

»Entschuldige, ich versuche nur, mir eine möglichst genaue Vorstellung davon zu machen, was es bedeutet, lang durch Deutschland zu wandern.«

Klaus Lammers blickt Leander misstrauisch an, entgegnet aber nichts.

»Maik nimmt es anscheinend mit Regeln nicht so genau«, setzt Leander noch einmal an. »Hat er schon öfter solchen Mist gebaut?«

»Was soll das?«, wird Klaus Lammers jetzt abweisend. »Willst du ihm etwas anhängen? Lass Maik in Ruhe, der ist in Ordnung, auch wenn er die Finger nicht von den Mädels lassen kann.«

»Unsinn, ich habe nichts gegen Maik. Ich denke nur, dass es ein Unterschied ist, ob jemand mit der Freundin eines anderen anbandelt, oder ob er den anderen vom Dach wirft. Und ich möchte nicht, dass du und Steffen da in etwas hineingezogen werdet. Ihr macht auf mich einen ehrlichen und ordentlichen Eindruck und habt hier auf Föhr eine Arbeit gefunden, die euch Spaß macht. Wer weiß, vielleicht übernehmen Andreesen und Hidding euch nach der Walz.«

Klaus Lammers schaut immer noch skeptisch und unfreundlich, sagt aber nichts mehr und macht sich wieder an seine Arbeit. Ein paar Minuten lang sehen Eiken und Leander ihm dabei zu, dann verständigen sie sich mit Blicken, dass es wohl besser ist, jetzt zu gehen.

»Nichts für ungut«, versucht Leander einen friedlichen Abschied und klopft dem Gesellen auf die Schulter. »Vergiss, was ich gesagt habe, es geht mich ja auch im Grunde nichts an.«

»Tschüß«, antwortet Klaus Lammers nur über die Schulter und arbeitet unbeeindruckt weiter.

Eiken zuckt mit den Schultern und wendet sich ab. Leander folgt ihr an der Werkstatt vorbei zu den Fahrrädern.

»Worauf wolltest du eigentlich hinaus?«, erkundigt sie sich, als beide wieder nebeneinander aus Süderende hinausradeln.

»Ich habe mich zu tölpelhaft angestellt.« Leander erzählt Eiken von der Übereinstimmung zwischen der Wanderroute der drei Gesellen und der Einbruchserie.

»Lena sucht eine internationale Profi-Einbrecherbande, und du verdächtigst einen Steinmetzgesellen, einen Dachdeckergesellen und einen Zimmermannsgesellen? Ich bin ja keine Kriminalistin, aber das ist doch Schwachsinn. Entschuldige bitte meine Offenheit.«

»Nein nein, schon gut. Du hast ja nicht unrecht. Aber irgendetwas ist da, das mich trotzdem auf dieser Spur hält. Nenn es Bauchgefühl oder Intuition.«

»Was sagt Lena zu deiner Theorie?«

»Sie weiß nichts davon. Und wenn sie es wüsste, würde sie genauso reagieren wie du. Außerdem wäre sie überhaupt nicht begeistert davon, dass ich auf eigene Faust in ihrem Revier wildere.«

»Dann lass es. Oder willst du Streit provozieren?«

»Wie kommst du denn darauf?«

»Ich habe den Eindruck, dass es im Moment nicht so gut läuft bei euch. Vielleicht willst du unbewusst eine Entscheidung herbeiführen: du oder der Beruf.«

Leander kämpft einen Moment mit dem Wunsch, das bestreiten zu können. »Vielleicht ist da was dran«, gibt er schließlich zu. »Wir haben uns im letzten Jahr einmal für zwei Wochen privat gesehen. Alle anderen Treffen waren beruflicher Natur, weil Lena hier auf Föhr ermittelt hat.«

»Und das reicht dir nicht.«

»Nein. Ich will keine Beziehung von einem Ende Schleswig-Holsteins zum anderen. Jetzt gerade habe ich die schönste Phase in meinem Leben. Ich habe Zeit und das Geld, sie nach meinen Vorstellungen zu nutzen. Aber statt das auch tun zu können, verplemper ich die Wochen und Monate alleine hier auf der Insel.«

»Du kannst Lena nicht dein Leben aufzwingen. Sie hat Erfolg im Beruf und sieht darin ihre Erfüllung. Wenn sie das für dich aufgibt, wird sie unglücklich. Willst du das?«

»Natürlich nicht. Ich weiß, dass es verrückt ist, aber ich wünsche mir, dass wir das Gleiche wollen: ein Leben zu zweit hier auf Föhr.«

»Tja, dann musst du dich entscheiden, nicht Lena. Es ist deine Zwickmühle, nicht ihre. Sie scheint sich mit der Situation arrangiert zu haben, sonst wäre sie hier und nicht in Kiel. Außerdem kann ich sehr gut verstehen, dass sie von dir nicht abhängig sein will. Stell dir vor, das mit euch geht auf Dauer nicht gut. Dann hat sie ihre Karriere geopfert und keinen Weg mehr zurück. Du kannst weiter hier von deinem Erbe leben, aber sie?«

»Du meinst, Lena vertraut unserer Beziehung nicht?«

Eiken lacht laut auf und schüttelt den Kopf. »Das fragst du doch nicht im Ernst. Hast du deiner Frau nicht anfangs auch ewige Liebe geschworen? Und wie sieht es jetzt damit aus? Wer weiß denn schon, was in den nächsten Jahren passiert und ob Lena und du auf Dauer zusammenleben könnt?«

»Was ist mit dir?«

»Du meinst, ob ich mit dir leben könnte?«, entgegnet Eiken neckisch lächelnd.

»Nein, natürlich nicht. Ich meine, hast du denn nie den Wunsch nach einer dauerhaften Beziehung?«

»Doch, schon.«

»Und würdest du dafür deinen Beruf nicht aufgeben, wenn es andere finanzielle Möglichkeiten gäbe?«

»Nein, niemals. Mein Beruf ist ein Stück von mir. Wenn mich ein Mann wirklich liebt, muss er das akzeptieren. Außerdem war ich so lange unabhängig, dass ich nicht mehr abhängig sein möchte.«

»Streunende Katze«, erinnert sich Leander.

»Wie?«

»Tom oder Götz, ich weiß es nicht mehr genau, jedenfalls einer von beiden hat anfangs gesagt, du seist wie eine streunende Katze. Das war damals, als ich auf die Insel kam und wir uns kennenlernten.«

»Da ist schon etwas Wahres dran«, erwidert Eiken lächelnd. »Katzen sind ungebunden, lieben ihre Freiheit, entscheiden immer nach ihrem Instinkt, lassen sich nicht erziehen. Allerdings läuft auch mir die Zeit davon.«

»Wieso? Du bist doch ungebunden. Wenn du nach Helgoland gehen willst, hält dich hier doch nichts.«

»Mein Großvater? Wilhelm ist alt, er kann nicht mehr allzu viel alleine.«

»Dafür gibt es Pflegedienste, die Caritas, Gemeindeschwestern. Du könntest ihn auch mitnehmen. Ich spreche von einem Partner.«

Eiken sieht ihn von der Seite an und antwortet nach einigen Minuten ernst: »Ich glaube, wenn da wirklich jemand wäre, bliebe ich hier. Meine Stellung als Leiterin der Schutzstation Wattenmeer ist unangefochten. Damit bin und bleibe ich unabhängig. Die Stelle auf Helgoland wäre nur eine neue Herausforderung.«

»Anstelle einer privaten Beziehung?«

»Wenn du so willst. Jeder hat doch etwas zu kompensieren. Es ist nur eine Frage, wohin man seine überschüssige Energie lenkt, ins Private oder in den Beruf. Und wenn privat nichts läuft ...«

»Ich würde mich freuen, wenn du auf Föhr bleiben würdest«, entgegnet Leander und würde sich dafür sofort am liebsten auf die Zunge beißen. Was rede ich eigentlich?, schilt er sich. Ich habe nicht das Recht, Eiken in ihr Leben hineinzureden, nur weil ich mich gerade langweile.

»Davon habe ich nichts, du hast Lena«, antwortet Eiken ernst, atmet dann tief ein und fährt fort: »Noch ist nichts entschieden. Lass uns von netteren Dingen reden. Wo bekommen wir zum Beispiel etwas zu trinken?«

Leander blickt sich um. Sie sind inzwischen, ohne es zu merken, von Süderende aus bis kurz vor Utersum geradelt. Die ersten Häuser liegen direkt vor ihnen, gleich hinter der *Rundföhrstraße*, die links nach Nieblum und rechts in den Ort führt. »In Utersum gibt es ein nettes Gasthaus, das ich mal bei einer einsamen Radtour entdeckt habe.«

»Eine einsame Radtour. Du Armer. Meinst du das *Ual Skinne*? Das kenne ich auch. Die haben eine schöne Terrasse und eine gute Küche. Und heute musst du deinen Kuchen ja nicht alleine essen.«

Sie biegen kurz vor der *Rundföhrstraße* nach rechts ab in

den *Greenstich*, überqueren den *Jaardenhuug*, radeln die schmale Dorfstraße *Bi Trentaft* bis zum Ende durch und dann rechts ein Stück *Tribergem* entlang, bis sie eine kleine Gasse im Ortskern mit dem Namen *Boowen Taarep* erreichen. Hier liegt das Gasthaus *Ual Skinne*, das ganz im nordfriesischen Stil mit rotem Backstein aufgemacht ist. Auf der kleinen Terrasse finden sie einen freien Tisch und bestellen nach kurzer Überlegung hausgemachten Obstkuchen, aus den dreißig zur Wahl stehenden Teesorten schlicht den Friesentee und Wasser.

Nachdem sie gut gegessen und sich ausgeruht haben, beschließen sie, einen Abstecher zum Strand zu machen. Der Parkplatz am *Kleinen Kurmittelhaus* ist übervoll. Entsprechend belebt ist der kleine Sandstrand, so dass Eiken und Leander ihren Plan aufgeben, am Spülsaum entlang durch den feinen Sand zu laufen, da hier überall Kinder spielen und Stolperlöcher gegraben haben.

Das Wasser läuft gerade wieder ab. Nur ein paar Unvernünftige schwimmen jetzt noch da draußen, obwohl der Sog bereits stark eingesetzt hat und die ungeübten Badegäste in wenigen Sekunden weit abtreiben lässt. Eiken erzählt, dass die Strömung hier durch das Tief, das direkt unterhalb der Insel verläuft, immer sehr stark ist und man deshalb niemals unbeschwert schwimmen kann.

»Utersum hat den Sandstrand und den Blick auf die Nachbarinseln, aber Wyk hat sichere Badestrände. Das ist etwas ungünstig verteilt.«

Amrum und Sylt scheinen heute zum Greifen nah. Vor allem die Nordspitze Amrums ist so klar zu erkennen, als wäre es nur ein Katzensprung dort hinüber.

»Mein Großvater hat erzählt, dass er als Kind noch mit dem Pferdewagen nach Norddorf gefahren ist, wenn Ebbe war. Damals verlief das Tief noch anders, aber die Bewegung hier im Wattenmeer ist so stark, dass man heute nicht mehr direkt von Utersum aus dort hinüber kommt. Man muss drüben in Dunsum loslaufen, dann einen großen Bogen bis in Sichtweite von Hörnum auf Sylt machen und schließlich vor Amrum ein weiteres Tief durchwaten. Je nach Strömung, Jahreszeit und Wetterlage muss man da auch schon mal schwimmen. Hast du schon einmal eine Wattwanderung nach Amrum gemacht?«

»Nein, aber ich habe es eigentlich schon lange vor.«

»Was hältst du davon, wenn wir zusammen rüberlaufen, sobald das Niedrigwasser wieder am frühen Vormittag ist? Von Norddorf fahren wir mit dem Bus bis zum Leuchtturm in Nebel und laufen dann zum Strand. Am *Kniepsand* kann man herrlich baden – tolle Wellen und manchmal sogar Seehunde, die direkt vor dir auftauchen. Und die wenigen Badegäste verteilen sich über den kilometerlangen Strand, der an der Stelle mehrere hundert Meter breit ist. Du darfst dich nur nicht wundern, dass die Leute da fast alle nackt sind. Das ist nämlich FKK-Gebiet. Abends fahren wir dann mit der Fähre zurück.«

Leander ist bei dem Gedanken, mit Eiken zum FKK-Strand zu gehen, zwar etwas unwohl, aber die Wattwanderung reizt ihn schon. Außerdem: Was soll der Quatsch? Schließlich sind sie keine Kinder mehr. »Ich bin dabei.«

Den Rückweg mit den Rädern wählen sie über die *Traumstraße* und dann durch die Godelniederung. Eiken kennt jeden Vogel, der auf einem der Zaunpfähle sitzt, mit Vornamen und erzählt begeistert von den Fortschritten der letzten Jahrzehnte beim Naturschutz. In Goting biegen sie zum Kliff ab. Auch das *Kliff-Café* und der Sandstrand hier sind heute extrem frequentiert. Das Wasser ist schon weit zurückgegangen. Die Strandkörbe im vorderen Bereich machen den Eindruck, als wären sie an den Anfang einer Wüste gebaut worden und hätten nicht normalerweise den Zweck, Badegäste nah am Wasser zu beherbergen. Die Wattfläche wirkt mit den Millionen von Kothäufchen, die die Wattwürmer hochgebuddelt haben, wie ein umgepflügter Acker und lädt mit ihrer schmutzig grauen Farbe nicht gerade zum Verweilen ein.

Von Nieblum radeln sie den Rad- und Wanderweg in Richtung Golfplatz entlang. Schließlich finden sich die Radfahrer im Wyker Grünstreifen wieder und folgen ihm über mehrere

Siedlungsstraßen hinweg bis ins Zentrum der Inselhauptstadt. Im Park an der Mühle beobachten sie noch eine Weile die Störche auf ihrem Nest, dann trennen sie sich in der Fußgängerzone. Allerdings schlägt Leander vor, am Abend in seinem Garten noch ein Glas Wein zusammen zu trinken. Bei der Gelegenheit könne er ihr ja auch das Seidentuch seines Urgroßvaters zeigen.

Oder die Briefmarkensammlung, denkt er und ärgert sich über sich selbst und seinen Vorschlag. Aber jetzt ist es zu spät.

Eiken zögert einen Moment, stimmt dann aber zu und schiebt ihr Rad durch die Mittelstraße in Richtung Westerstraße, wo sie mit ihrem Großvater in den Räumen über seiner Galerie lebt. Leander wendet sich nach links in die Wilhelmstraße und seinem Fischerhäuschen zu und beschließt, nach der Hitze des Tages erst einmal eine Dusche zu nehmen.

Als Leander gerade den Rotwein aus dem Vorratsraum holt und zu den Gläsern und dem Seidentuch auf den Gartentisch stellt, klingelt sein Telefon.

»Ich bin auf der Fähre nach Dagebüll«, meldet sich Lena.

»Wieso Dagebüll? Falsche Richtung.«

»In Norddorf auf Amrum ist letzte Nacht eingebrochen worden«, berichtet sie. »Wieder eine Villa, aber diesmal wurden nur Geld und Schmuck gestohlen. Wertpapiere sollen auch noch im Tresor gewesen sein und ein paar antike Münzen. Allerdings haben die Einbrecher diesmal ein paar sehr wertvolle Gemälde hängen gelassen.«

»Und? Gibt es Hinweise auf einen Zusammenhang mit unseren Einbrüchen hier?«

»Und ob!« Lena erzählt von der Kameratechnik in der Bücherwand, dem Schuhabdruck und der Tatsache, dass Andreesens Leute das Haus eingedeckt und das Reetdach kurz vor dem Einbruch gepflegt haben.

»Warum bist du dann nicht hier auf Föhr und verhörst Andreesen?« Leander kann einen leichten Vorwurf in der Stimme nicht unterdrücken.

»Das übernehmen Dernau und Olufs. Helene Conradi und ich werden in Seebüll gebraucht«, reagiert Lena empfindlich und etwas schroff. »Da ist letzte Nacht auch eingebrochen worden: ins *Nolde-Museum*.«

»Gebraucht wirst du hier auch, jedenfalls bei mir«, beschwert sich Leander. Er fühlt deutlich, wie sich seine Stimmung eintrübt und er eine Art innerer Distanz zu Lena aufbaut. Je mehr er sich in die Situation hineinsteigert, desto wütender wird er.

»Was machst du heute noch?«, hört er Lena betrübt am anderen Ende.

»Ich habe Eiken zu einem Glas Wein eingeladen.«

»In die *Alte Druckerei*?«

»Nein, zu mir in den Garten. Sie interessiert sich für meine Dachbodenfunde.« Und die Briefmarkensammlung, fügt er in Gedanken hinzu, was zu seinem Erstaunen nun eine gewisse Genugtuung in ihm auslöst.

Als ihm das Schweigen am anderen Ende zu laut wird, unterbricht er es: »Du weißt ja wohl noch nicht, wo du die Nacht verbringen wirst?«

»Ich habe jedenfalls nicht vor, in Seebüll zu bleiben. Wenn ich zurück in meiner Wohnung bin, kann ich mich ja noch einmal melden. Falls es nicht zu spät wird.«

»Mach das.«

»Dann wünsche ich dir einen schönen Abend mit Eiken.«

»Danke«, antwortet Leander schnippisch und legt auf, bevor er Lena auch etwas Gutes wünschen kann. »Scheiße!«

Eiken ist ehrlich begeistert von dem Zustand der nautischen Instrumente und des Seidentuchs. »1912 bis 1914 ... Das war doch noch Kaiserzeit, vor dem Ersten Weltkrieg. Gab es da nicht auch schon die Handelsmarine? Vielleicht ist dein Urgroßvater da gefahren?«

»Möglich. Ich erhoffe mir einige Informationen aus dem portugiesischen Schreiben, das Karola ihrem Bekannten geschickt hat, damit er es übersetzt.«

»Die Portugiesen hatten damals doch auch Kolonien in

Afrika«, setzt Eiken ihre Überlegungen fort. »*Portugiesisch Ostafrika* zum Beispiel, wenn ich mich nicht irre.«

»Was hat Portugiesisch Ostafrika mit der Kaiserlichen Kriegsmarine oder mit der Handelsmarine zu tun?«

»Keine Ahnung. Aber das müsste doch herauszubekommen sein.«

»Ehrlich, dieses Stochern im Dunkel der Geschichte ist nicht mein Ding. Da warte ich lieber erst einmal ab, was Karola herausfindet.«

»Wenn du dich so für die Seefahrt interessierst, hast du doch bestimmt schon die aktuelle szenische Lesung von Torsten und Michael in der *Alten Druckerei* gesehen: die Lebensgeschichte des Kapitäns Jens Jacob Eschels, der schon als Elfjähriger als Schiffsjunge im Eismeer gefahren ist und als Vierundzwanzigjähriger bereits Kapitän auf einem Handelsschiff nach Afrika und Westindien war.«

Leander verneint. Er hat zwar die Ankündigung bereits im Programm des letztjährigen *Föhrer Literatursommers* gelesen, ist aber bislang irgendwie nicht dazu gekommen, es sich anzusehen.

»Torsten schlüpft in die Rolle des jungen Eschels, Michael in die des alten. Klasse, wie lustig die beiden das Ganze aufziehen. Wenn du willst, besorge ich uns Karten für übermorgen Abend.«

»Ist das nicht ausverkauft? So kurzfristig bekommt man da doch nie etwas.«

»Unsinn. Ich kenne Torsten und Michael so gut, dass sie uns zwei Stühle an ihren Tisch stellen. Für ihre Freunde finden die beiden immer ein Plätzchen.«

»Klar. Wenn das so einfach geht, gehen wir übermorgen da hin.«

»Prima, ich springe gleich auf dem Weg nach Hause da vorbei.«

In diesem Moment klingelt das Telefon. Lena ist am Apparat. »Bist du allein?«

»Nein, Eiken ist noch hier.«

Die Vogelwartin macht Zeichen mit den Händen und dem Mund in Richtung Telefon.

»Ich soll dich von ihr grüßen«, übersetzt Leander für Lena.

»Danke. Grüß zurück«, kommt es wenig überzeugend aus dem Gerät.

»Hast du in Seebüll etwas erreicht? Oder bist du noch dort?«

»Nein, ich bin eben nach Hause gekommen. Helene Conradi ist aber vor Ort geblieben. Mit Paul Woyke habe ich auch kurz gesprochen. Dieselben Spuren wie an den anderen Tatorten, nämlich gar keine mit Ausnahme der Klebespuren, die vermutlich von der versteckten Videokamera stammen, mit der der Alarmcode ausspioniert worden sein könnte.«

»Das ist doch ein gutes Zeichen für uns. Dieselben Täter können unmöglich in derselben Nacht in Seebüll und in Norddorf eingebrochen haben. Und wenn die Profis nun wieder auf dem Festland zuschlagen, haben wir vielleicht ab jetzt Ruhe. Auf Sylt ist ja auch seit einem halben Jahr nichts mehr vorgekommen.«

»Das mag beruhigend für euch Insulaner sein, für uns von der Soko ist es egal, wo die Einbrüche stattfinden. Wir sind immer zuständig.«

»Was wurde denn gestohlen?«

»Naturgemäß Bilder von Emil Nolde. Zum Glück sind die kostbarsten aber zurzeit an mehrere Museen verliehen, einige davon nach Föhr, ins *Museum Kunst der Westküste*.«

»Dann sollte ich sie mir vielleicht ansehen, bevor sie gestohlen werden«, witzelt Leander. »Wäre es jetzt nicht angebracht, dass du das Museum hier überwachen lässt?«

»Du willst doch nur, dass ich bei euch ermitteln muss«, gibt Lena zurück. »Aber im Ernst: Wir können nicht alle gefährdeten Museen überwachen. Für ihre Sicherheit müssen die schon selber sorgen. Allerdings werden wir natürlich Warnungen an alle in Frage kommenden Museen herausgeben.«

Lenas Stimme klingt deprimiert und kraftlos, findet Leander. Er überlegt einen Moment lang, welchen Anteil er daran hat.

»Übrigens gibt es auch Neuigkeiten aus Wyk«, fährt sie fort.

»Heute Nachmittag hat sich bei Jens Olufs in der Zentralstation ein Wattführer gemeldet, ein Kapitän Fischer. Sagt dir der Name etwas?«

»Ja, klar. Der organisiert hier die größten Wattwanderungen. Kapitän Fischer ist eine Institution auf der Insel.«

Eiken signalisiert mit dem erhobenen rechten Daumen ihre Zustimmung und macht dann Zeichen, dass sie mal eben zur Toilette gehe.

»Mit dem sind immer so viele Leute unterwegs, dass er ein Megafon benutzt, um seine Informationen rüberzubringen«, erzählt Leander weiter.

Lena lacht.

»Wirklich. Das ist keine Übertreibung. Der benutzt tatsächlich so ein Ding. Und? Warum hat der sich bei Olufs gemeldet?«

»Er hat im Radio von den Einbrüchen in der letzten Nacht gehört. Und weil er selber auch nachts im Watt unterwegs war, hat er eine Beobachtung gemacht.«

»Was wollte Kapitän Fischer denn nachts im Watt?«

»Am Tag ist es ihm da wohl zu voll. Deshalb geht er manchmal nachts, wenn die Tide günstig ist, mit seiner Frau alleine raus zu den Seehundbänken vor Sylt.«

»Aha. Der Mann ist doch bestimmt schon siebzig. Brauchen alte Leute wirklich so wenig Schlaf? Und was hat er nun beobachtet?«

»Er will drei Männer gesehen haben, die von Amrum aus gekommen sind.«

»Mitten in der Nacht.«

»Henning, du nervst! Natürlich mitten in der Nacht. Sonst wären seine Beobachtungen ja nicht interessant für uns. Olufs hat ihm auf den Zahn gefühlt und glaubt ihm. Und ich vertraue Jens Olufs. Das habe ich heute Mittag auch dem Kollegen Dernau klargemacht. Der scheint sich jetzt wirklich zu bemühen, mit Olufs zusammenzuarbeiten. Es könnte nicht schaden, wenn sie endlich eindeutige Hinweise bekämen.«

In diesem Moment hat Leander eine Idee. Wenn der Wattführer drei Männer gesehen hat, wenn Andreesens Firma irgendwie mit der Sache zu tun haben könnte und wenn er das mit seinem Verdacht gegen die Wandergesellen abgleicht, dann bietet sich jetzt die Möglichkeit, diese Zusammenhänge zu beweisen oder zu widerlegen.

»Lena, ich glaube, ich habe da etwas für euch.« Er berichtet ihr ausführlich, was er bisher herausgefunden und welche Gedanken er sich dazu gemacht hat. Dabei verschweigt er auch nicht die merkwürdige Reaktion von Klaus Lammers am heutigen Mittag. Selbst von der Bereitschaft seiner Skatbrüder, über Clemens Lüdecke und Hendrik Geerkens Erkundigungen einzuholen, berichtet er nun.

»Moment mal«, wird Lena energisch. »Du willst mir aber jetzt nicht beichten, dass du tatsächlich auf Föhr ermittelst? Was heißt *ermitteln*? Du bist kein Polizist mehr, also pfuschst du uns dazwischen.«

»Lena, bitte.«

»Nein, nicht *Lena, bitte*! Was hättest du gesagt, wenn bei deinen Ermittlungen jemand herumgetapert wäre und die Leute aufgescheucht hätte? Du kennst doch Mephisto genau genug, um zu wissen, dass man dem nichts Ernsthaftes anvertrauen darf. Wenn Olufs und Dernau jetzt auftauchen, sind die schon gewarnt und hatten Zeit, alles zu vertuschen. Henning, wirklich, manchmal könnte ich dich …«

»Ist ja gut. Jetzt reg dich mal wieder ab. Du hast jetzt die Chance, zu überprüfen, ob die drei auf Amrum gewesen sein können. Wenn sie Alibis haben sollten, die wirklich wasserdicht sind, haben sie mit den Spuren in Utersum und Düsseldorf auch nichts zu tun und sind raus aus der Sache. Wenn sie es aber gewesen sein können, dann habt ihr jetzt den entscheidenden Ansatz, nach dem du so lange suchst. Zumindest die Einbrüche, bei denen keine Vollprofis beteiligt waren, könnten damit geklärt sein. Seebüll ist eine ganz andere Nummer, aber den Kleinkram habt ihr dann von der Brust.«

»Henning, tut mir leid, aber ich bin stinksauer. Egal wie man es betrachtet, du hast Scheiße gebaut. Entweder mischst du dich in Dinge ein, die dich nichts angehen, und ignorierst meine Anweisung, dich rauszuhalten ...«

»Habe ich gerade *Anweisung* verstanden?«, fährt Leander dazwischen.

»... oder du hast uns wichtige Informationen vorenthalten«, ergänzt Lena ohne Rücksicht auf Leanders Zorn. »Verdammt, du bist kein Anfänger. Du weißt genau, dass das so nicht geht.«

»Ich bin aber auch nicht dein Untergebener. Bei allem Verständnis, Lena, aber kann es sein, dass du die Bodenhaftung verloren hast, seit du auf dem Sprung zu Europol bist?«

»Jedenfalls mache ich mich nicht als Freizeitpolizist lächerlich, der nicht mehr die Eier hatte, den Job beim LKA auszuüben.«

»Danke, das war deutlich. Ich denke, wir belassen es dabei. Ich wünsche dir noch viel Erfolg bei deinen Ermittlungen.« Er drückt die rote Taste, ohne auf Lenas Reaktion zu warten, und wirft den Hörer auf den Tisch.

»Dicke Luft?«, erkundigt sich Eiken vorsichtig.

Sie ist vor ein paar Minuten aus dem Haus gekommen und hat sich wieder auf ihren Stuhl gesetzt, ohne dass Leander es wahrgenommen hat, so sehr war er in Rage. Jetzt winkt er unbestimmt ab.

»Na gut, ich gehe dann mal«, meint Eiken und erhebt sich.

»Nein, bleib ruhig noch. Mein Stress mit Lena soll uns den Abend nicht verderben.«

Schweigend nippen beide an ihrem Wein. Leander ist trotz anderer Vorsätze in Gedanken mit Lena, ihrer Wut und seinem eigenen Trotz beschäftigt. Und Eiken spürt offenbar genau, dass der Abend vorbei ist.

Schließlich erhebt sie sich aus ihrem Stuhl, stellt ihr leeres Weinglas auf den Tisch und klopft Leander leicht auf die Schulter. »Es ist spät. Wenn ich noch bei Torsten und Michael vorbei will, muss ich jetzt gehen. Oder willst du übermorgen nicht mehr in die *Alte Druckerei*?«

»Doch, natürlich will ich«, antwortet Leander so trotzig, dass Eiken leise lacht.

»Männer«, sagt sie. »Wenn ihr mal beleidigt seid, benehmt ihr euch wie kleine Kinder.«

Leander begleitet sie durch das Haus zur Tür. Auf der ersten Stufe dreht Eiken sich noch einmal zu ihm um.

»Das war ein sehr schöner Abend.« Sie haucht Leander zum Abschied einen Kuss auf die Wange. »Wenn ich mich nicht mehr melde, geht alles klar. Dann treffen wir uns übermorgen Abend um halb acht vor der *Alten Druckerei*.«

Sie springt die Stufen hinauf zur Straße, winkt Leander noch einmal zu und ist auch schon in Richtung Fußgängerzone verschwunden. Er schließt die Haustür und geht zurück in den Garten. In der Rotweinflasche ist noch ein Rest, den schüttet er in sein Glas und geht damit ein paar Schritte unter seinen Apfelbäumen.

Die Luft ist klar heute Abend, der Himmel ein einziges Lichtermeer von scheinbar Millionen kleiner Sterne. Nachtfalter flattern zwischen den Fruchtständen der Obstbäume durcheinander, hin und wieder tölpelt einer Leander vor die Stirn.

Das Gespräch mit Lena geht ihm nicht aus dem Kopf. Aber anstatt über die Beziehungsebene nachzugrübeln, beschließt er, die Informationen noch einmal zu rekapitulieren, die er eben bekommen hat. Seine Schlussfolgerung bezüglich der Wandergesellen scheint ihm überzeugend zu sein. Für die professionellen Einbrüche, bei denen Gemälde gestohlen wurden, die international als Tausch- und Garantieware eingesetzt werden können, sind sie demnach nicht verdächtig. Auch die Bagatelleinbrüche stehen nicht zur Debatte. Das sind Jugendliche, Kleinkriminelle oder Junkies, da ist sich Leander sicher. Aber die Einbrüche, bei denen Geld, Schmuck und andere Wertgegenstände gestohlen wurden, die kommen immer noch in Frage.

Außerdem hat ja auch der Einbruch ins *Carl-Häberlin-Museum* durch das Reetdach stattgefunden. Garantiert hat Andreesen auch hier gearbeitet. Und bei Andreesen arbeiten seit einem halben Jahr Maik und Steffen. Seit genau einem halben Jahr gibt es diese Einbrüche auf Föhr. Und vorher, als sie auf Sylt stattfanden, waren Maik und Steffen dort auch bei einem Dachdecker beschäftigt. So etwas nennt sich lückenlose Verdachtskette. Nur die Beweise fehlen noch, und die könnte er angesichts der Beobachtungen des Wattführers nun bekommen. Falls sich die Wandergesellen-Spur als Irrtum erweisen sollte, muss er Andreesen auf den Zahn fühlen. Außerdem gibt es da ja auch noch den Verdacht gegen Geerkens, Lüdecke und Korff, gegen die *FrisiaSecur*, dem er dann nachgehen kann.

Leander beschließt, am nächsten Tag diesen Kapitän Fischer aufzusuchen. Nach dem Streit mit Lena kann er nicht mehr damit rechnen, aus erster Hand informiert zu werden. Wenn er weitermachen will – und dass er das will, steht für ihn außer Frage – dann muss er ab sofort offensiv selber ermitteln. Auf diesen Entschluss nimmt Leander einen großen Schluck aus seinem Weinglas und fühlt dem fruchtigen Abgang nach, während er die unzähligen Leuchtpunkte am Himmel betrachtet.

20

Eiken ist sofort Feuer und Flamme, als Leander sie vom Frühstückstisch aufscheucht, um mit ihr nach Utersum zu fahren und sich Kapitän Fischer anzuschließen. Er hat bereits am frühen Morgen herausgefunden, dass die Tide günstig ist, und sie telefonisch für die heutige Führung angemeldet.

Der Parkplatz in Dunsum ist nahezu voll. Bei dem guten Wetter machen sich ganze Familien unter fachkundiger Führung auf den Weg nach Amrum. Busse der *Wyker Dampfschiff-Reederei* spucken ihre Horden direkt am Deichzugang aus, von wo aus mehrere Wattführer ihre zum Teil bis zu fünfzig Teilnehmer großen Gruppen über den Deich ins Watt führen.

Hans-Jürgen Fischer, ein kleiner und drahtiger Mann, den Leander auf gute siebzig Jahre schätzt, wartet mit einer Gräpe in der Hand am Deichzugang. Von hier aus geht es mit der großen Schar los, über die schräge Deichquerung auf die andere Seite, wo ein breiter Teerstreifen den Flutwall von der kleinen Treppe trennt, die hinunter ins Watt führt.

Kapitän Fischer läuft barfuß voran, mit kurzer, hellbeiger Hose und einem bunt gestreiften Poloshirt bekleidet, und trägt einen lustigen kleinen weißen Sommerhut auf dem Kopf. Als er einige Meter weiter im Watt wartet und die Gruppe sich um ihn herum im Kreis aufstellt, überragt den kleinen Mann der Stiel seiner in den Sandboden gesteckten Gräpe um gute dreißig Zentimeter. Er kündigt an, dass er viel Wissenswertes über den Wattwurm, die Pazifische Auster, die Herzmuschel und die Entstehung der Gezeiten erzählen werde. Dazu werde man sich immer wieder so wie jetzt im Kreis versammeln. Dann wandert er los, umringt von Kindern, die unentwegt nach kleinen Krebsen und Muschelschalen fragen, die sie in den flachen Wasserlachen finden.

Leander und Eiken sind ebenfalls sehr leicht bekleidet und haben sich auf Eikens Rat hin vorsorglich mit Sonnenmilch eingeschmiert, weil die Lichtintensität in der freien Wattfläche sehr stark ist. Sie folgen der Gruppe in leichtem Abstand, ebenfalls barfuß, und genießen die Kühle des Wassers an den Zehen und den festen Sand unter den Sohlen. Hier draußen bekommt man gleich eine ganz andere Vorstellung von Weite, als wenn man nur auf dem Deich steht und über die Fläche schaut.

Immer wieder bleibt der Wattführer stehen, hebt etwas auf, sticht seine Gräpe in den Boden, wühlt rote oder schwarze Würmer und zahlreiche Muscheln hoch, erklärt die Funktion der Tiere als Lunge, Leber und Nieren des Wattenmeeres, die das Wasser in kürzester Zeit mehrfach filtern und reinigen, und beantwortet genauso begeistert wie wortreich die Fragen seiner Zuhörer.

»Die Herzmuschel«, referiert Kapitän Fischer und hält einige der kleinen, von ihm gerade ausgegrabenen Schalentiere in der Hand, »lebt etwa einen bis drei Zentimeter unter der Oberfläche. Wenn sie sich eingräbt, verankert sie sich mit ihrem Grabfuß im Wattboden, richtet sich auf und zieht den Fuß dann ruckartig zusammen, so dass sie in kürzester Zeit im Boden versinkt. Sie hat eine Saugröhre, die sie ausfährt und mit der sie Wasser einsaugt. Das filtert sie dann, ernährt sich von dem Plankton und scheidet die Sedimente durch eine zweite Röhre, Siphon genannt, wieder aus. Eine einzige Herzmuschel filtert je nach Größe etwa einen bis dreieinhalb Liter Wasser pro Stunde. So eine Muschel kann bis zu acht Jahre alt werden. Die Weibchen legen im Mai zwischen fünftausend und fünfzigtausend Eier. Sie sehen, diese Tiere sind aufgrund ihrer Leistung und ihrer hohen Anzahl in der Lage, das Wasser des gesamten Wattenmeeres innerhalb kürzester Zeit komplett zu filtern. Deshalb ist die Herzmuschelfischerei in Deutschland inzwischen auch verboten. Jetzt sehen wir uns einmal an, wie sie sich innerhalb von Sekunden vollständig in den Wattboden eingraben. Dazu legen wir alle unsere Herzmuscheln in eine flache Wasserstelle und passen auf, dass wir möglichst wenig Sand aufwühlen, denn sonst sehen wir selber nichts mehr.«

Alle Wattwanderer, die in einem großen Kreis um die flache Lache herum stehen, beobachten nun fasziniert, wie die Muscheln sich nach wenigen Sekunden rühren, sich ruckartig aufrichten und durch fächernde Bewegungen unglaublich schnell im Sand verschwinden. Dabei begleiten vor allem die Kinder das Geschehen mit erstaunten Ausrufen wie »Guck mal, Mama, wie die sich eingräbt.« und »Meine ist schon weg!«

Eiken lacht über die allgemeine Begeisterung. »Von dem Mann kann ich auch noch etwas lernen.«

Auf halber Strecke nach Amrum rastet die Gruppe am Wrack eines englischen Kohlefrachters, von dem nur noch die kurzen Enden der Holz-Spanten wenige Zentimeter aus dem Sand ragen. Wattführer Fischer erzählt abenteuerliche Geschichten von dramatischen Schiffsuntergängen, die nicht selten von Strandräubern mittels falscher Lichtsignale im Sturm provoziert worden seien. Er betont, dass gerade die Amrumer sich vor einigen Jahrhunderten auf diese mörderische Weise finanziert hätten.

Als es weitergeht, zieht sich die Gruppe allmählich immer mehr auseinander, so dass Leander nun die Gelegenheit gekommen sieht, sich dem Wattführer zu nähern.

»Das ist unglaublich spannend, was Sie da erzählen«, lobt er den aufrecht über den festen Sand laufenden alten Mann. »Wie lange machen Sie das schon?«

»Über fünfundvierzig Jahre. Und es macht mir immer noch genauso viel Spaß wie am Anfang. Außerdem hält es fit.«

Leander stellt pro forma noch eine Frage zu Ebbe und Flut und sofort ruft Kapitän Fischer die Gruppe lautstark wieder zusammen und zieht mit seiner Gräpe vor den Füßen seiner Zuhörer einen Kreis in den Sand. »Ebbe und Flut entstehen nicht nur, wie immer behauptet, durch die Kraft des Mondes, sondern durch den Stand von Sonne und Mond zueinander.«

Er erklärt die unterschiedlichen Stände von Sonne und Mond, leitet davon Ebbe und Flut, Springtide und Nipptide ab und lässt auch die Sturmfluten nicht aus. Erst als sich aus der Lehrstunde eine Fragestunde ergibt, in der vor allem die größeren Kinder das eben Gehörte rekapitulieren sollen, entsteht eine Dynamik, die nachhaltig in Richtung Amrum strebt. So viel Unterricht muss in den Ferien denn doch nicht sein. Jetzt kann Leander sich weiter an den Mann heranpirschen, und von nun an achtet er peinlich genau darauf, dass er nicht wieder irgendein Stichwort für einen längeren Vortrag liefert.

»Mir war gleich klar, dass Sie sich eigentlich nicht in erster Linie für Ebbe und Flut interessieren«, gesteht der kleine Mann mit einem spitzbübischen Lächeln. »Sie sind doch der Kommissar, der jetzt im Haus des alten Hinnerk wohnt, nicht wahr?«

Leander muss zerknirscht einsehen, dass er einen Fehler mit möglicherweise schweren Folgen gemacht hat, denn es hätte ihm klar sein müssen, dass Kapitän Fischer und sein Großvater, der Krabbenfischer Heinrich Leander, sich gekannt haben.

»Und Sie wollen in Wahrheit etwas über meine Beobachtungen im Watt wissen, die ich bei der Polizei schon zu Protokoll gegeben habe.«

»Tja, stimmt. Und wenn wir schon bei der Wahrheit sind,

muss ich zugeben, dass ich keinen Einblick mehr in die Akten bekomme. Ich muss Sie also direkt bitten, mir alles noch einmal zu erzählen.«

»Das war mir klar«, erklärt der Wattführer lachend. »Ich wusste es schon, als ich Sie und meine Kollegin hier vorhin am Parkplatz gesehen habe. Für eine Wattführung brauchen Sie mich nämlich eigentlich gar nicht. Die kleine Jörgensen kann Ihnen das alles genauso gut erzählen.« Er zwinkert Eiken zu, die tatsächlich etwas rot wird.

»Dann haben Sie den Vortrag über die Tide also nur eingebaut, um uns auf die Folter zu spannen?«, vermutet Leander.

»Na und?«, freut sich Kapitän Fischer. »Dabei haben doch alle etwas gelernt, oder etwa nicht?«

Das könnte ein Bruder von Mephisto sein, denkt Leander. Dasselbe Schlitzohr. »Sie waren also in der vorletzten Nacht im Watt unterwegs?«

»Genau. Mit meiner Frau bei den Seehundbänken. Herrliches Wetter, klarer Himmel, das Licht war geradezu magisch da draußen. Waren Sie schon einmal da? Nicht? Dann wird es Zeit. Bei dem Licht und den Farben da draußen verstehen Sie den Werbeslogan von der *Friesischen Karibik*.«

»Und was haben Sie nun gesehen?« Leander hat langsam keine Lust mehr auf überlange Vorträge.

»Als wir zurückkamen, so etwa fünfzehn Minuten, bevor wir Dunsum erreicht haben, tauchten da drei Schatten über dem Watt auf. Drei Männer.«

»Sind Sie sich da absolut sicher?«

»Hundertprozentig. Die haben sich beeilt, als sie uns gesehen haben. Waren dann auch ein paar Minuten vor uns am Deich. Oben auf der Krone konnte man sie aber noch einmal ganz klar erkennen. Das waren ausgewachsene Männer. So richtig große, starke Kerle. Na ja, gegen mich ist ja jeder groß, was?« Kapitän Fischer lacht. »Aber einer von denen hat gehumpelt und ist zuletzt deutlich zurückgeblieben. Der muss sich auf den letzten Metern verletzt haben. Im Watt war er nämlich noch genauso schnell wie die anderen beiden Kerle.«

»Sie sind ein verdammt guter Zeuge«, lobt Leander den Wattführer. »Haben Sie vielleicht auch noch beobachtet, wo die Männer dann hingegangen sind?«

»Na klar, rüber zum Parkplatz, habe ich zuerst gedacht. Aber als wir den Deich dann überquerten, waren sie bis auf einen verschwunden. Der hat sich an einem der Abfallkörbe zu schaffen gemacht. Und dann sind die anderen beiden mit dem Auto aus dem Wäldchen gleich hinter der Deichstraße gekommen und haben ihn eingesammelt. Der hat kaum die Tür zugekriegt, so schnell sind die abgehauen.«

»Konnten Sie an dem Auto irgendetwas erkennen? Farbe? Modell?«

»Nee. Das war ein dunkler Kombi. Mehr habe ich nicht gesehen. Ich habe noch auf das Kennzeichen geachtet, aber die sind ohne Licht gefahren, und dann ist das ja auch nicht beleuchtet.«

»Haben Sie gesehen, was der Mann an dem Abfallkorb gemacht hat?«

»Wieder nee. Ich hab auch nicht nachgesehen. Wusste ja nicht, dass das wichtig war. Irgendwie verdächtig waren die Burschen schon, aber dass das Einbrecher sein könnten, daran habe ich natürlich nicht gedacht. Erst als ich davon im Radio gehört habe, kam mir der Verdacht. Ich bin dann gleich zu Olufs und habe eine Aussage gemacht.«

»Haben Sie ihm all das erzählt, was Sie mir auch erzählt haben? Oder hat der Kollege Olufs noch weitere Fragen gestellt?«

Das mit dem *Kollegen* ist Leander herausgerutscht, ohne dass er es beabsichtigt hat, aber zum Glück reagiert Kapitän Fischer gar nicht darauf. Stattdessen grübelt er und kratzt sich dabei am Hinterkopf, wodurch sein Hütchen leicht nach vorne rutscht.

»Wenn Sie so fragen, dann weiß ich jetzt gar nicht, ob ich ihm das mit dem Abfalleimer gesagt habe.« Zerknirscht schiebt er seinen Hut wieder zurück. »Ich glaube, den muss ich noch einmal anrufen.«

»Das können Sie mir überlassen«, bietet Leander schnell

an und denkt im gleichen Moment, dass es gewagt ist, seine Kompetenzen derart zu überschreiten. »Welcher Korb war das denn?«

»Gleich vorne an der Straße. Wissen Sie was, nach der Inselführung nehme ich die letzte Fähre um achtzehn Uhr nach Wyk. Wenn Sie die auch nehmen, fahren wir zusammen mit dem Bus nach Dunsum und holen da unsere Autos ab. Dann zeige ich Ihnen den Mülleimer.«

»Genau so machen wir's«, freut sich Leander und nickt Eiken zu, die ebenfalls zufrieden aussieht.

»Langsam da vorne jetzt!«, ruft der kleine Mann plötzlich und eilt mit der Gräpe in der Hand los. »Lassen Sie mich zuerst durch den Priel.«

Kurz vor dem Amrumer Dünenkamm strömt ein flussähnlicher Wasserlauf an ihnen vorbei, der gut fünfzehn Meter breit ist. Kapitän Fischer lenkt die Gruppe etwa zehn Meter von den Pricken entfernt zu einer Stelle, die seiner Erläuterung nach heute flacher ist als der markierte Weg. Dann ziehen alle ihre Hosen aus oder krempeln die Beine hoch, nehmen ihr Gepäck unter die Arme und zum Teil hoch über ihre Köpfe und folgen dem Wattführer ins Wasser. In der Mitte des Priels taucht er bis über den Bauchnabel unter. Leander und Eiken, die deutlich größer sind, kommen mit trockenen Hintern durch das Gewässer. Zwei Hunde schwimmen hindurch und werden ein ganzes Stück abgetrieben, erreichen das andere Ufer aber unbeschadet. Nur ein kleiner Junge verliert in der Mitte den Halt und muss von seinem Vater gerettet werden, der dadurch wesentlich nasser wird, als wenn er alleine gegangen wäre.

Drüben ziehen alle wieder ihre Hosen an oder krempeln die Beine herunter. Dann geht es weiter bis zu einem schmalen Sandstreifen vor den Dünen. Von hier aus folgen sie einem Bohlenweg bis zu einem Toilettenhäuschen, das von den Frauen und Mädchen sofort gestürmt wird.

»So, Leute«, ruft der Wattführer. »Das war's. Wir sind da. Von hier aus können diejenigen, die die Inselführung gebucht haben, mir nach Norddorf zur Bushaltestelle folgen. Den anderen empfehle ich einen Abstecher an den *Kniepsand* oder den historischen Friedhof in Nebel.«

»Bloß nicht schon wieder ein Friedhof«, stöhnt Leander.

Eiken lacht. »Komm mit.« Sie wendet sich nach rechts, läuft den Bohlenweg zu einem Durchbruch durch die Dünen hinauf, und einige Minuten später finden sie sich auf der Seeseite der Insel wieder. Der Strand ist hier breit und sehr feinsandig. Das Meer liegt offen vor ihnen und wird durch den leichten Seewind lebendig aufgekräuselt. Sie laufen am Wasser entlang in Richtung Norddorfer Hauptstrand. Dabei kommen sie an dem alten Hafen vorbei, das heißt an den spärlichen Überresten, die hier aus dem Sand ragen. Eiken erzählt von der Zeit, als das alles noch nicht versandet war und bevor der Hafen in Wittdün gebaut wurde.

Am Hauptstrand verlassen sie den Sandstreifen, durchqueren Norddorf bis zum Kurgasthaus, wo sie den Bus zum Leuchtturm in Nebel nehmen. Nun geht es erneut durch die Dünen, die hier nur schwer zu überwinden sind, weil der trockene Sand beim Laufen überhaupt keinen Widerstand bietet und der Holzweg komplett zugeweht ist. Der Leuchtturm steht auf einer hohen Düne und überragt die Sandberge und den dazwischen angelegten FKK-Campingplatz. Nach einer Aussichtsplattform, von der sie einen großen Teil des Amrumer *Kniepsandes* überblicken können, folgt der beschwerliche Rest des Weges ans Wasser: fast ein Kilometer Strandbreite, eine Wüste mit den unterschiedlichen Farbtönen der Verwehungen und Trocknungsgrade.

Dort angekommen, lässt sich Leander erschöpft in den Sand fallen. Eiken lacht und wirft ihre Kleidung ab. »Jetzt nur keine Müdigkeit! Los, ins Wasser!«

Er beobachtet, wie sie in die Wellen läuft und schon nach wenigen Metern einen Kopfsprung in einen der Wasserberge macht. Schwerfällig erhebt er sich wieder, entledigt sich auch seiner Kleidung und läuft ihr nach. Leander gibt sich Mühe, nicht so genau hinzusehen, als er nun neben Eiken durch die Dünung läuft und die heranrollenden Wellen erwartet. Er hat Angst, dass ihn sein körperlicher Reiz-Reaktions-Automatismus sonst dauerhaft ins kühle Wasser zwingen wird. Auch der Bauchansatz, den er in den letzten zwei Jahren unfreiwillig, aber auch ohne ernsthaft Widerstand zu leisten, herangezüchtet hat, ist ihm im direkten Vergleich mit Eikens durchtrainiertem Körper eher peinlich.

Nach dem Baden liegen beide nebeneinander auf ihren Handtüchern, die sie in ihren Rücksäcken mitgebracht haben.

»Merkst du, wie das sticht?«, fragt Eiken. »Das ist das Salz. Die Nordsee ist hier sehr salzhaltig, und so entsteht eine Kruste, wenn das Wasser in der Sonne verdunstet.«

»Ich weiß nicht, ob ich das so toll finden soll«, meint Leander, der sich schon seit ein paar Minuten ununterbrochen schubbelt, weil die Haut so piekst.

»Warte erst einmal ab, bis du dein T-Shirt anziehst«, unkt Eiken lachend. »Dagegen ist das jetzt noch gar nichts.«

Leanders Blick gleitet über die wellige Wasserfläche mit ihrer in der direkten Sonneneinstrahlung fast türkisen Färbung. In Verbindung mit dem endlos erscheinenden hellen Sandstrand, der so breit und weitläufig ist, dass sich die wenigen Badegäste auf Hunderte von Metern nicht in die Quere kommen, ist das fast schon paradiesisch. Hier und da erheben sich aus Treibholz gebaute Strandburgen aus der Sandwüste, aber die scheinen heute unbelebt zu sein. An der Wasserlinie läuft ein Jogger in kurzen Shorts vorbei, gefolgt von einem Golden Retriever, der immer wieder ausgelassen in Richtung der Wellen springt und dann kurz davor ausweicht und mit vorgerecktem Kopf und waagerechter Rute durch das flache Wasser zurückjagt. Nach wenigen Minuten verschwimmen Mann und Hund in der flimmernden Luft über dem Sand.

Eiken soll recht behalten. Als Leander Stunden später sein Shirt und die Shorts überzieht, stechen tausend Nadeln auf seine Haut ein. Hinzu kommt die unangenehme Ankündigung eines Sonnenbrandes. Mehrmals sind sie im Laufe des

Nachmittags in die Wellen gesprungen und haben sich anschließend bei kurzen Spaziergängen entlang der Wasserlinie von der Luft trocknen lassen. Durch die Wassertemperatur und den Wind haben sie gar nicht gemerkt, wie intensiv die Sonneneinstrahlung hier draußen ist.

Jetzt müssen sie ihre kleinen Rucksäcke mit den Handtüchern schultern, was wiederum nicht angenehm ist, und sich dann auf den Weg zurück zur Bushaltestelle machen. Bereits auf dem Dünenkamm schwitzt Leander schon wieder so, dass er am liebsten umkehren und ins Wasser springen würde. Aber Eiken treibt zur Eile. Die letzte Fähre um achtzehn Uhr sei meistens gut frequentiert, die Busse dahin übervoll, denn alle Wattwanderer, die heute herübergekommen sind, und auch die Tagesgäste, die am Morgen die Fähre gewählt haben, müssen wieder zurück. Da ist es gut, nicht gerade den letzten Bus zu erwischen.

Auf der Fähre finden sie noch zwei Plätze auf dem Oberdeck. Seit dem späten Nachmittag hat die Dunstschicht über dem Horizont kontinuierlich an Stärke zugenommen, so dass bei der Ausfahrt aus dem Wittdüner Hafen die Sonne trotz ihres noch hohen Standes bereits deutlich gelb eingefärbte Strahlen herunterschickt. Das sorgt für eine warme und weiche Atmosphäre über dem jetzt glatten Spiegel der Nordsee.

Leander sitzt neben Eiken im frischen Fahrtwind und genießt mit geschlossenen Augen die Kühlung. Dabei ziehen die Bilder des Nachmittages noch einmal vor seinem inneren Auge auf, und jetzt schaut er ganz genau hin – bekleidet kann er sich das ja erlauben. Eiken ist schon eine verdammt schöne Frau – eine Versuchung in jeder Beziehung, wenn er sich selbst gegenüber ehrlich ist. So wohl und völlig stressfrei hat er sich schon lange neben keinem Menschen mehr gefühlt. Nun erst merkt er, dass er an diesem Nachmittag sogar seine unerlaubten Ermittlungen vergessen hat, und selbst jetzt erscheinen sie ihm nahezu unwichtig.

Ein Schatten fällt auf Leanders Gesicht, und als er die Augen öffnet, erblickt er Kapitän Fischer, der direkt vor ihm an der Reling lehnt, den kleinen Rucksack und die Gräpe neben sich abgestellt. Er trägt jetzt leichte, weiße Leinenschuhe und blickt versonnen über den Wasserspiegel. Der kleine alte Mann macht nicht im Ansatz den Eindruck, als habe ihn der lange Tag mit Wanderung und Inselführung auch nur einen Deut seiner Kraft gekostet. Leander beneidet ihn um seine Kondition.

Als Kapitän Fischer bemerkt, dass er beobachtet wird, zwinkert er Leander zu. »Und? Wie gefällt Ihnen der *Kniepsand*?«

»Ist schon einen Ausflug wert«, antwortet Leander und freut sich über den spitzbübischen Seitenblick, den der alte Mann auf Eiken wirft.

»Haben Sie die Quallen bemerkt?« Der Wattführer beugt sich weit über die Reling. »Könnte sein, dass wir in ein paar Tagen Sturm kriegen. Kann aber auch vorbeiziehen, so sicher ist das heute alles gar nicht mehr, bei der starken Erwärmung der Nordsee.«

Leander stellt sich neben ihn und blickt ins Wasser. Tatsächlich, da wabern ganze Wolken dieser Schwabbeltiere durch das glasklare, grüne Element. So viele Quallen hat er noch nie auf einem Haufen gesehen. Er schaut zu Eiken hinüber, die mit geschlossenen Augen auf der Bank sitzen geblieben ist, und fragt sich, ob sie schläft, oder sich so wie er eben noch Wachträumen der besonderen Art hingibt. Ihrem Gesicht ist jedenfalls nichts anzusehen.

»Wie oft sind Sie im Watt unterwegs?«, fragt Leander den alten Mann und wendet sich dabei der Hallig Langeneß zu, die nun von links auftaucht und langsam an ihnen vorbeizieht.

»Wenn der Wasserstand es zulässt, jeden Tag. Zu jeder Jahreszeit.«

»Ist es im Winter nicht viel zu eisig da draußen?«

»Wenn man abgehärtet ist, macht das nichts. Und mal ehrlich: Wenn der unvermeidliche Tag demnächst kommt, was kann schöner sein, als draußen im Watt zu sterben und eins zu werden mit dem Meer?«

Leander kann diese Vorstellung nicht ganz nachvollziehen. Für ihn ist es bis jetzt ein Graus, dass sein Großvater vor ein paar Jahren im Sturm vor Amrum ertrunken ist.

»Wir legen an«, meldet sich Eiken.

Leander sieht, wie die Fähre links von Langeneß wegknickt, fühlt, dass sie stoppt, hört den Diesel dröhnen, als sie zurücksetzt und wendet, und muss sich umdrehen, um beobachten zu können, wie sie nun langsam rückwärts an den großen Anleger heranfährt. Mit einem Krachen stoppt das schwere Schiff an den Spundwänden. Kapitän Fischer wirft sich seinen Rucksack über die Schultern. Er nimmt seine Gräpe und federt Leander und Eiken voran, die Treppe zum Autodeck hinunter, dann die Schräge hinauf und hinüber zur Bushaltestelle, wo bereits ein Einsatzwagen auf die Wattwanderer wartet.

Kaum ist der Bus voll, geht es los, aus dem Hafenbereich hinaus und zügig die direkte Straße in Richtung Utersum entlang. Am Deichparkplatz in Dunsum verlassen sie den Bus und der Wattführer steuert direkt auf einen Abfallbehälter am Zaun vor dem Toilettenhäuschen zu. »Der war's. Wir haben Glück, dass er noch nicht geleert ist. Sagen Sie das dem Kommissar, oder soll ich das machen?«

»Das mache ich schon. Wo stand der Wagen, in den die Männer eingestiegen sind?«

»Da drüben. Sehen Sie die kleine Schneise im Wald? Wenn Sie mich nicht mehr brauchen, fahre ich jetzt. Das Abendessen wartet.«

»Natürlich, vielen Dank«, verabschiedet sich Leander.

»Bis zum nächsten Mal!« Kapitän Fischer nickt Eiken zu und geht zu seinem Fahrzeug.

Leander holt sich einen dünnen, kurzen Ast aus dem Wäldchen auf der anderen Straßenseite und nimmt dabei gleich die Schneise in Augenschein. Auf dem grasbewachsenen trockenen Untergrund gibt es absolut nichts zu entdecken. Schade, eine Reifenspur wäre jetzt nicht schlecht gewesen. Dann wechselt er wieder zu dem Papierkorb hinüber und stochert vorsichtig in dem vollen Behälter herum.

»Willst du nicht die Polizei informieren?«, fragt Eiken. »Nachher zerstörst du noch wichtige Spuren.«

»Rede ich dir in die Ornithologie hinein?«, verteidigt Leander seinen Expertenstatus. »Aber du hast natürlich recht. Dernau muss davon wissen.«

Er zieht sein Handy aus der Tasche, ruft in der Zentralstation an, lässt sich mit Kriminalhauptkommissar Dernau verbinden und informiert ihn in kurzen Sätzen. Dann legt er schnell auf, bevor Dernau begreifen kann, dass Leander in seinen Gewässern fischt, und ihm dies verbietet.

»Jetzt aber.« Mit dem Stöckchen angelt er leere Tüten und zerknülltes Papier heraus, in dem einstmals Butterbrote und Kuchenteilchen gewesen sein mögen. Vorsichtig legt er die Gegenstände, nachdem er sie in Augenschein genommen hat, ohne sie anzufassen, vor sich auf dem Boden ab: Apfelkitschen, ein halbes Bratwürstchen, ein paar blutige Papiertaschentücher.

Zwischen all den Sachen fallen Leander ein paar Papierfitzel auf. Es handelt sich um die Schnipsel einer Fährkarte. Er zieht ein sauberes Taschentuch aus der Hosentasche, sammelt sie aus dem Müll und schiebt sie so auf dem Boden nebeneinander, dass er das aufgestempelte Datum erkennen kann.

»Die ist von vorgestern«, sagt er. »Einfache Fahrt von Wyk nach Wittdün.«

»Das ergibt doch gar keinen Sinn«, wundert sich Eiken. »Wir sind heute Morgen hier losgelaufen und waren mittags drüben. Wenn man in der umgekehrten Richtung laufen will, muss man mit der Fähre nach Wittdün fahren, sofort mit dem Bus nach Norddorf und gleich wieder ins Watt nach Föhr. Wer ist denn so blöd? Da hat man ja gar nichts von Amrum.«

»Und wenn man den Tag am Strand verbringen will, wann kommt man dann, ohne die Fähre zu nehmen, wieder zurück?«

»Am nächsten Tag oder mitten in der Nacht. Zwischen den Tiefständen liegen ungefähr dreizehn Stunden.«

»Bingo«, freut sich Leander und erklärt auf Eikens verständnislosen Blick hin: »Möglicherweise stammt dieses Ticket von einem der Einbrecher. Ein normaler Urlauber fährt hinüber und läuft entweder sofort zurück nach Föhr, wie du es eben erklärt hast, oder er nimmt die Fähre. Dann löst er aber keine einfache Fahrt. Und er fährt von Wyk und hat mit diesem Parkplatz hier nichts zu tun. Niemand fährt morgens nach Amrum, um dann nachts im Dunkeln alleine durch das Watt zu laufen.«

»Es sei denn, er verübt vorher einen Einbruch und nutzt den Schutz der Dunkelheit für seine Flucht durchs Watt«, versteht Eiken nun. »Außerdem wird er dann auch nicht alleine gewesen sein.«

»So sehe ich das auch. Dank dieser Fahrkarte wissen wir nun, dass die Einbrecher von vorgestern Morgen bis gestern Morgen nicht auf Föhr gewesen sein können. Jetzt müssen wir nur noch überprüfen, ob Maik, Klaus und Steffen zu dem Zeitpunkt gearbeitet haben oder nicht. Dasselbe gilt für Lüdecke, Geerkens und Korff.«

»Du hast recht. Hat einer von ihnen kein Alibi, könnte das seine Karte sein. Aber warum hat er sie weggeworfen?«

»Das hat er sicher nicht mit Absicht getan«, antwortet Leander und betrachtet noch einmal den Müll auf dem Boden. »Er muss etwas anderes weggeworfen haben, und die Schnipsel waren einfach dazwischen. – Natürlich, die blutigen Taschentücher! Kapitän Fischer hat doch gesagt, dass einer der Männer gehumpelt habe. Vielleicht ist das sein Blut. Dann haben wir jetzt seine DNA. Zum ersten Mal ist einer der Kerle unvorsichtig geworden. Und dank Kapitän Fischers Vorliebe für nächtliche Wanderungen ist er dabei beobachtet worden.«

Als Kriminalhauptkommissar Dernau begleitet von Polizeihauptkommissar Olufs den Parkplatz erreicht, sind weder Leander noch Eiken verwundert über das Theater, das nun losbricht. Sie lassen eine Lawine von Vorwürfen Dernaus über sich ergehen, die darin gipfeln, dass die Sache für Leander ein ganz besonders unangenehmes Nachspiel haben werde, da er als Fachmann genau gewusst habe, wessen er sich da schuldig mache. Olufs begleitet den Ausbruch des Kriminalbeamten mit einem zerknirschten Gesicht und auf den Boden gesenktem Blick.

Nachdem sich Dernau ausgetobt hat und seinerseits wieder aufnahmefähig ist, berichtet Leander kurz, was er in dem Müll gefunden und welche Schlussfolgerungen er daraus gezogen hat.

»Ich kann natürlich nicht ausschließen, dass da noch mehr drin ist«, provoziert er den Kriminalisten. »Den Kleinkram habe ich für Sie übrig gelassen.«

Dernau zieht einen Müllsack und eine kleine Plastiktüte für Asservate aus seiner Tasche. Olufs reicht ihm Plastikhandschuhe, die Dernau grunzend entgegennimmt, um damit die Papierschnipsel und die blutigen Taschentücher in die kleine Tüte und den Rest des Mülls in den Sack zu stopfen.

»Brauchen Sie uns noch?«, erkundigt sich Leander grinsend, als Dernau den restlichen Müll aus dem Eimer kratzt und ebenfalls in den blauen Sack fallen lässt.

»Machen Sie bloß, dass Sie wegkommen«, ranzt Dernau ihn an.

»Ich an Ihrer Stelle hätte jetzt Danke gesagt«, stellt Leander fest und gibt Eiken grinsend ein Zeichen, ihm zu folgen.

Während die Polizeibeamten weitere Papierkörbe in Augenschein nehmen, fahren die beiden mit Leanders Auto vom Parkplatz in Richtung Wyk davon.

»Hunger?«, fragt Eiken, als sie den Wagen auf dem Großraum-Parkplatz am Heymannsweg abgestellt haben.

»Und wie!«

»Gehen wir zu dir oder zu mir?«, wechselt sie in Niveau und Tonfall zu Inga Lindström.

»Zu dir«, antwortet Leander etwas zu schnell, so dass er erklärend nachschiebt: »Dann kann ich gehen, wenn es mir zu gefährlich wird.«

»Und was ist mit meinem Fluchtweg? Aber im Ernst: Auch wenn du mich für eine streunende Katze hältst, ein Vamp bin ich nicht. Oder glaubst du wirklich, dass ich in eine bestehende

Beziehung einbreche? Lena und du, ihr habt Streit, mehr nicht. Das legt sich. Du brauchst also keine Angst vor mir zu haben.«

Angst habe ich auch eher vor mir selbst, denkt Leander und wird rot, weil er sich von Eikens wissenden Augen ertappt fühlt.

»Also noch mal«, sagt die Figur von Inga Lindström, »zu dir oder zu mir?«

»Zu dir«, bleibt Leander hartnäckig.

»Und wenn ich jetzt sage: *Bei mir ist aber mein Großvater*, verstehst du das dann falsch?«

»Natürlich.«

»Ich habe aber nur Nudeln zu bieten.«

»Nudeln sind klasse.«

»Also gut«, gibt Eiken seufzend nach. »Dann zu mir.«

Als Eiken sich spät in der Nacht im Eingang der Galerie wieder mit einem Kuss auf seine Wange von ihm verabschiedet, erwidert Leander die Liebkosung. Eiken lächelt ihn an, winkt noch kurz und verschwindet dann in der Galerie, während er den Weg durch die Westerstraße antritt.

Ich muss aufpassen, worauf ich mich da einlasse, denkt er, als er nun in die Mittelstraße wechselt, um kurz darauf in die Wilhelmstraße einzubiegen. Und ich muss mir darüber klar werden, ob ich das wirklich will.

Einen Augenblick macht ihn sein Gewissen auf Lena aufmerksam, aber wirklich nur kurz. Selber schuld, wirft er ihr in Gedanken vor und verdrängt jeden Vorstoß eines rationalen Korrektivs bereits im Ansatz. So weit kommt es noch, dass er sich den Zauber dieses Tages gleich wieder nehmen lässt!

21

Jens Olufs parkt seinen Streifenwagen in Oldsum am Straßenrand, zwei Räder im Gras dicht am Graben, steigt aus und schlendert über die Straße zur Baustelle. Nach der kurzen Dienstbesprechung mit Hauptkommissar Dernau am Morgen haben sie sich aufgeteilt: Olufs soll die Dachdecker befragen, Dernau den Steinmetzgesellen. Sie sind sich einig, dass es besser ist, die Burschen unabhängig voneinander zu sprechen und später die Aussagen zu vergleichen. Außerdem wollen sie keine schlafenden Hunde wecken und die Sache jetzt noch auf ganz kleiner Flamme kochen. Die Beobachtungen des Wattführers und ihre Funde in Dunsum wollen sie noch nicht ins Feld führen, damit die Gesellen, falls sie die Einbrecher sind, sich noch in Sicherheit wiegen, bis die Beweise gegen sie ausreichen.

Olufs ist angenehm überrascht über die Entwicklung der Zusammenarbeit mit Dernau, den er bislang nur als großkotziges Arschloch kennengelernt hat. Entweder hat der Mann Kreide gefressen, oder er hat tatsächlich aus seinen Fehlern gelernt. Abwarten!

Betont beiläufig schlendert Jens Olufs in der gleißenden Sonne zu einem Stapel alter Eichenbalken, setzt sich darauf, zupft einen langen Grashalm aus und steckt ihn sich zwischen die Zähne. Mit einer schützenden Handfläche über den zusammengekniffenen Augen blinzelt er durch das grelle Licht in die Höhe. Die Männer auf dem Dach arbeiten in der Hitze schweigend vor sich hin. Auf dem Haupthaus hocken Steffen und Frerk in einigem Abstand zueinander. Während der Wanderbursche das Reet unter den dicken Querdraht schiebt und bündig klopft, vernäht der stattliche Friese die verdichteten Lagen und pfeift dabei leise vor sich hin. Auf dem Garagendach arbeitet Andreesen selbst und führt alle Arbeitsschritte alleine aus. Von Maik ist weit und breit nichts zu sehen.

Jetzt geht dem Dachdeckermeister das Reet aus, so dass

er über die Dachschräge zur Leiter klettert, um Nachschub von unten zu holen. Olufs erkennt seine Chance, spuckt den Grashalm aus und springt auf. »Sekunde, Meister. Ich gebe Ihnen die Bunde an«, ruft er dem erstaunten Dachdecker zu, der ihn offenbar bislang noch gar nicht bemerkt hatte.

Olufs greift sich ein Reetbündel und wirft es mit der Schnittkante voran schwungvoll auf das Dach, so dass es gleich neben dem Dachdecker landet. Der räumt es beiseite und stapelt so nach und nach das Reet, das der Polizist ihm zuwirft. Als sich etwa fünfzehn Bunde angesammelt haben, nimmt er seine Kappe ab und wischt sich den Schweiß von der Stirn. Auch Olufs ist erheblich ins Schwitzen gekommen. Der Staub verwandelt das Taschentuch, mit dem er sich darüberwischt, geradezu in Sandpapier.

Andreesen schaut auf die Uhr, klettert die Leiter hinunter und ruft seinen Gesellen zu: »Pause, Leute. Bei der Hitze wollen wir es nicht übertreiben.«

Während die beiden Burschen sich ebenfalls an den Abstieg machen, geht der Meister zu einer Regentonne, die etwas abseits steht, und wäscht sich darin Hände und Gesicht.

Gute Idee, denkt Olufs, und folgt seinem Beispiel.

»Was sucht die Polizei auf meiner Baustelle?« Andreesen lässt sich auf dem Balkenstapel nieder, auf dem Olufs vorhin schon gesessen hat. »Sie kommen ja wohl nicht einfach so vorbei, um mir zu helfen.«

»Ich habe ein paar Fragen an einen Ihrer Gesellen«, erklärt Olufs so beiläufig wie möglich. »Nichts Gravierendes. Ich muss nur wissen, wo die Wanderburschen in den letzten Tagen gewesen sind.«

»Steffen war hier. Natürlich nur tagsüber. Sie sehen ja, dass ich momentan auf keinen Mann verzichten kann.«

»Und Maik?«

»Keine Ahnung. Ich habe ihn von der Baustelle gejagt, weil er sich nicht an die Regeln hält, die auf dem Dach gelten. Das kann mitunter gefährlich werden. Warum fragen Sie? Hat der Kerl wieder etwas ausgefressen?«

Olufs zuckt die Schultern. »Das versuche ich ja gerade herauszufinden. Bei der Gelegenheit fällt mir aber noch etwas anderes ein: Kennen Sie eigentlich die Villa der Familie Oosterholt in Norddorf auf Amrum?«

Andreesen blickt erstaunt auf. »Natürlich. Wir haben das Dach gemacht und warten es auch in regelmäßigen Abständen. Was ist damit?«

»Haben Sie es noch nicht gehört? Da ist vorletzte Nacht eingebrochen worden.«

»Das war bei den Oosterholts? Klar habe ich im *Inselboten* heute Morgen von dem Einbruch gelesen, aber da stand kein Name dabei und auch keine Adresse. Ich habe nur gedacht: Gut, dass es jetzt auf Amrum weitergeht, dann haben wir vielleicht endlich Ruhe.«

»Kennen Sie die Oosterholts näher?«

»Wie man seine Kunden so kennt. Sind nette Leute, trotz ihres Reichtums sehr bescheiden. Bis jetzt hatte ich mit denen nie Probleme, keine Reklamationen, keine spitzfindigen Abzüge von den Rechnungen. Wieso? Haben Sie die etwa selbst in Verdacht?«

»Wir müssen alles für denkbar halten und jedem noch so kleinen Verdachtsmoment nachgehen. Das Dach der Familie Kopius in Utersum haben Sie doch auch repariert, oder?«

Andreesen nickt nachdenklich. Seinen Augen sieht Olufs an, dass er nicht so recht weiß, wie er sich in diesem Gespräch verhalten soll. Einerseits scheint er selbst nichts zu befürchten und zu verheimlichen zu haben, andererseits reden sie hier über seine Kunden, und da sollte man als Geschäftsmann zurückhaltend sein.

»Sie scheinen eine gute Menschenkenntnis zu haben«, baut Olufs ihm eine Brücke. »Schätzen Sie die Kopius' genauso ein wie die Familie Oosterholt?«

»Also, der Kopius, ja, der ist nun wirklich über jeden Zweifel erhaben. Und seine Frau sowieso. Die beiden sind froh, dass sie hier auf Föhr ihre Ruhe haben und sich nicht mehr so sehr um die Reederei kümmern müssen.«

»Sie kennen das Ehepaar also näher?«

»Kennen ist zu viel gesagt. Sie sind sehr gastfreundlich, und bei unseren Besprechungen haben sie mir immer Kaffee und Kuchen angeboten. Da kommt man ins Gespräch und erfährt so einiges über seine Kunden. Ernsthaft, wenn Sie die verdächtigen, sind Sie auf dem Holzweg.«

»Ich weiß nicht. Wenn man als Geschäftsmann mit dem Rücken zur Wand steht, macht man vielleicht Sachen, die man sich selbst sonst niemals zutrauen würde.«

»Mit dem Rücken zur Wand? Davon weiß ich nichts. Ihre Rechnungen haben die jedenfalls immer sofort bezahlt. Da kenne ich ganz andere Leute.«

»Was ist mit der Sicherheitstechnik im Haus? Haben Sie die auch besprochen? Die Kameras auf der Terrasse und die Alarmanlage?«

Nun wird Andreesen hellhörig. So langsam scheint der Insulaner-Bonus, der zwischen ihnen für einen Vertrauensvorschuss gesorgt hat, aufgebraucht zu sein. Olufs merkt, dass er jetzt nicht zu weit gehen darf. Er hält Andreesen für seriös, und der Mann ist eine Informationsquelle, die man nicht ohne Not versiegen lassen sollte.

»So langsam ahne ich, worauf Sie hinauswollen. Sind wir etwa auch verdächtig? Was haben wir Ihrer Ansicht nach gemacht?«

»Gar nichts. Natürlich stehen Sie nicht unter Verdacht. Uns ist nur aufgefallen, dass die Kameras auf der Terrasse in Utersum alle so verstellt waren, dass sie in der Tatnacht nichts aufgezeichnet haben, was mit dem Einbruch zu tun hat. Ich nehme an, dass die Kameras bei Ihren Arbeiten auf dem Dach verstellt worden sind. Kontrollieren Sie das nicht hinterher immer?«

»Natürlich kontrollieren wir das. Wenn wir einen Auftrag abschließen, machen wir immer noch einmal eine gründliche Begehung der Baustelle.«

»Auch bei kleinen Ausbesserungs- und Wartungsarbeiten?«

Jetzt zögert der Dachdeckermeister ein wenig zu lange,

um noch glaubwürdig antworten zu können. Das bemerkt er offenbar selbst und erhebt sich stattdessen von den Balken.

»Steffen, komm doch mal her!«

Der Wandergeselle steht schwerfällig auf und stapft mit einer Wasserflasche in der Hand aus dem Schatten des Hauses herüber.

»Du hast doch die Villa von Kopius in Utersum abgenommen, als wir die Arbeit beendet haben.«

»Maik und ich, ja. Wieso, ist da was nicht in Ordnung?«

»Habt ihr bei den Kameras auf der Terrasse etwas bemerkt?«

»Bei den Kameras? Nö, was sollen wir denn da bemerkt haben?«

»Waren die verstellt?«

»Keine Ahnung. Hätten wir das kontrollieren müssen?«

»Scheiße! Natürlich hättet ihr das. Sieht so aus, Herr Kommissar, als hätten wir da wirklich schlampig gearbeitet.«

»Das kommt in den besten Firmen vor«, lenkt Olufs ein. »Nur schade, dass die Kameras den Einbruch so nicht aufzeichnen konnten. Bestimmt hätten wir die Ganoven längst, und der Einbruch auf Amrum wäre verhindert worden.«

»Auf Amrum?«, fragt Steffen erstaunt. »Etwa in Norddorf, wo wir vor Kurzem das Dach gewartet haben?«

Andreesen nickt verschlossen.

»Aber Sie glauben doch nicht etwa, dass wir absichtlich …« Langsam wird Steffen klar, wohin der Hase läuft.

»Natürlich nicht!«, geht Andreesen dazwischen. »So, genug jetzt. An die Arbeit, sonst werden wir hier gar nicht mehr fertig.« Er strebt entschlossen der Leiter zum Garagendach zu.

»Einen Moment noch«, hält Olufs den Wandergesellen auf, der seine Hände in die Hosentaschen steckt und ihn unsicher anblickt. »Ihr Meister hat mit erzählt, dass er Ihren Kumpel Maik von der Baustelle verwiesen hat. Was ist denn da passiert?«

»Ach, halb so wild. Maik und Frerk hatten auf dem Dach einen Streit, und so was kann der Andreesen nicht ab. Klar, ist ja auch nicht ungefährlich.«

»Und seitdem war Maik nicht mehr hier?«
Steffen nickt.
»Das heißt, Sie wissen nicht, wo er sich seit ein paar Tagen aufhält?«
»Doch, klar weiß ich das. Hier auf Föhr. Macht sich einen Lenz, bis er wieder hier arbeiten darf.«
»Wissen Sie das, oder vermuten Sie das nur?«
Steffen blickt Olufs unsicher an, antwortet aber nicht.
»Wenn Sie hier auf der Baustelle sind, kann Maik doch zum Beispiel nach Amrum fahren, ohne dass Sie das mitbekommen, oder?«
»Ja, klar, aber …«
»Das heißt, Sie wissen nicht, was Ihr Freund den ganzen Tag über so macht.« Olufs macht mit seinem Tonfall deutlich, dass er jetzt keine Ausflüchte hören will. »Also kann er durchaus in der vorletzten Nacht auf Amrum gewesen sein, ohne dass Sie davon wissen.«
»Nein«, fährt Steffen jetzt auf und schaut unsicher zu seinem Meister hinüber, der das Gespräch zwar außer Hörweite, aber mit einem missbilligenden Blick vom Dach aus beobachtet. »Abends treffen wir uns immer in unserer Unterkunft, Maik, Klaus und ich. Nachts ist Maik jedenfalls immer bei uns gewesen.«
»Und das können Sie bezeugen? Notfalls auch unter Eid?«
»Natürlich!«
»Wo haben Sie sich vorgestern Abend getroffen?«
»Hab ich doch gesagt: In unserer Unterkunft. In der Woche gehen wir kaum raus, da sind wir kaputt von der Arbeit. Außerdem ist Flaschenbier billiger als ein gezapftes im Biergarten oder in der Kneipe.«
Jens Olufs schaut dem Wanderburschen noch einen Moment in die Augen, sieht darin aber nur wachsende Sicherheit. »Gut, dann will ich Ihnen das mal glauben. Vielen Dank, das war's fürs Erste.«
Während Steffen sich wieder auf das Dach begibt, lässt Olufs unbemerkt die Wasserflasche, die der Wandergeselle neben

dem Holzstapel abgestellt hat, unter seiner Uniformjacke verschwinden. Dann winkt er Andreesen zu und verlässt die Baustelle.

»Herr Kommissar«, ruft der Dachdeckermeister ihm nach, und Olufs dreht sich noch einmal zu ihm um. »Sie dürfen gerne wiederkommen, wenn Sie mir helfen wollen. Aber wenn Sie Fragen haben, sagen Sie das beim nächsten Mal offen und ehrlich, und kommen Sie mir nicht wieder von hinten herum.«

Olufs nickt dem Dachdeckermeister zu, steigt mit einem schlechten Gewissen, das sich auch durch einen leichten Druck in der Magengegend bemerkbar macht, in seinen Streifenwagen und fährt davon.

›Tja.‹ Kriminalhauptkommissar Dernau klingt enttäuscht, nachdem Olufs ihm von seinem Gespräch mit Andreesen und dem Dachdeckergesellen berichtet hat. »Sieht so aus, als verliefe diese Spur im Nirwana. Dieser Steinmetzgeselle, Klaus Lammers, hat genau dasselbe ausgesagt. Sowohl sein Meister als auch der andere Geselle, dieser Jan Matzen, bestätigen, dass Lammers sowohl am Tag des Einbruchs als auch am Morgen danach in seiner Werkstatt gearbeitet hat. Das Ticket nach Amrum kann also nicht von ihm stammen.«

»Vielleicht ist es von Maik, und die beiden anderen sind abends passend zum Bruch nachgefahren. Dann sind sie zusammen durchs Watt zurückgekommen und waren am Morgen wieder pünktlich bei der Arbeit.«

»Beweise, Kollege Olufs. Vermutungen führen uns nicht weiter, wir brauchen Beweise. Außerdem hat auch Maik Schultheis durch die Aussagen seiner Kumpels ein Alibi.«

Olufs deutet auf die Wasserflasche von der Baustelle, die nun in einem Plastikbeutel auf seinem Schreibtisch steht. Daneben liegt ein kleines Beutelchen mit einer Zigarettenkippe, die Dernau von seinem Besuch bei Klaus Lammers mitgebracht hat. »Falls die DNA von den Papiertaschentüchern mit der von Steffen Betz oder Klaus Lammers übereinstimmt, haben wir den Beweis.

»Bleibt uns also nur, auf das Ergebnis der Analyse zu warten«, stimmt Kriminalhauptkommissar Dernau zu. »Und so lange warten wir auch mit dem Bericht an das LKA.«

»Was machen wir in der Zwischenzeit?«

»Schlagen Sie etwas vor.«

Olufs denkt einen Moment daran, die *FrisiaSecur* noch einmal ins Gespräch zu bringen, aber er weiß genau, wie Dernau darauf reagieren wird. Und er will die momentan friedliche Stimmung nicht gleich wieder gefährden. »Sieht so aus, als könnten wir im Augenblick nur Sackgassen untersuchen«, sagt er stattdessen. »Vielleicht sollten wir dann dem Verdacht gegen den Reeder Kopius nachgehen und ihn noch einmal befragen.«

»Gute Idee«, stimmt Dernau zu. »Aber diesmal lassen wir das Ehepaar hierher kommen. So eine Ladung auf die Polizeidienststelle schafft die richtige Atmosphäre. Und ich übernehme die Befragung. Was halten Sie davon, wenn Sie inzwischen den Herren Lüdecke, Geerkens und Korff auf den Zahn fühlen? Schließlich ist der Verdacht gegen die *FrisiaSecur* ja auch noch nicht aus der Welt, und ich gelte da an höherer Stelle als befangen.« Dabei grinst Dernau Olufs an, als wollte er sagen: Glaub bloß nicht, dass du mich hinters Licht führen kannst.

Olufs nickt ihm zu und nimmt seine Dienstmütze auf dem Weg aus dem Büro vom Haken. Als er die Zentralstation verlässt, hört er, wie Dernau Dennis Groth aufträgt, das Ehepaar Kopius sofort in die Wache zu beordern.

»Die Wandergesellen werden immer verschlossener«, erzählt Leander seinen Freunden Mephisto, Götz Hindelang und Tom Brodersen.

Er hat am Morgen telefonisch ein Treffen mit ihnen in *Mephistos Biergarten* verabredet, der jetzt um die Mittagszeit nur wenig besucht ist. Die meisten Urlauber sind tagsüber am Strand oder mit den Fahrrädern draußen in der Marsch unterwegs.

Die Skatbrüder sitzen im Schatten einer Buche und trinken Apfelschorle. Nur Mephisto ist es für ein Bier weder zu früh noch zu heiß. Leander hat den Vormittag mit einer Radtour nach Oldsum und nach Süderende verbracht, um die beiden Wandergesellen zu befragen, und ist nun niedergeschlagen, weil sie so wenig auskunftsfreudig gewesen sind.

»Beide haben nur bestätigt, dass weder sie noch Maik in den letzten Tagen die Insel verlassen haben. Vor mir sind Olufs und Dernau da gewesen und haben sie befragt. Deshalb waren sie ziemlich verschlossen und haben nur knapp auf meine Fragen geantwortet.«

»Du kannst froh sein, dass die überhaupt noch mit dir reden«, wirft Tom grimmig ein. »Außerdem hast du überhaupt keine Befugnisse. Ich an deren Stelle würde dich vom Hof jagen.«

»Was ist mit Maik?«, hakt sich Götz Hindelang ein. »Hast du den auch befragt?«

»Aussichtslos. Auf der Baustelle habe ich ihn nicht angetroffen, und ihn in seiner Unterkunft aufzusuchen, hat keinen Sinn. Der Kerl sagt sowieso nichts, der ist abgebrüht.«

»Das sehe ich auch so«, stimmt Mephisto zu. »Die Kerle geben sich gegenseitig ein Alibi, und dagegen kommen wir nicht an. Ich meinerseits habe mich mal vorsichtig und sehr diskret, wie es meine Art ist, über Hendrik Geerkens und Clemens Lüdecke erkundigt. Die beiden sind absolut unauffällig. Keines meiner ehemaligen Schäfchen hat irgendetwas Negatives über sie gesagt. Es sieht so aus, als ob Lüdecke erkannt hat, dass sein Sicherheitsdienst seine große Chance ist. Und er hat seinen Laden voll im Griff. Weder er noch Hendrik Geerkens haben in den letzten Tagen die Insel verlassen. Einer meiner Informanten, übrigens ein Mitarbeiter der *FrisiaSecur*, meint, Geerkens entwickle sich langsam zur rechten Hand seines Chefs. Er vermutet, dass sich da eine Partnerschaft anbahnt. Jedenfalls ist Geerkens bei seinen Kollegen weit weniger beliebt als bei Lüdecke, weil er sich deutlich von ihnen abhebt und sie sogar kontrolliert. Und Korff spielt fast gar keine Rolle in der Firma. Jedenfalls scheint er über seinen regulären Dienst hinaus nicht in Erscheinung zu treten und auch keine größeren Ambitionen zu haben.«

»Typen wie Geerkens liebe ich!«, kommentiert Tom. »Arschkriecher und Kameradenschweine.«

»Sag mal, Tom«, wendet sich Götz Hindelang an den Lehrer, »ist dir heute eine Laus über die Leber gelaufen? Vielleicht trinkst du erst einmal ein oder zwei Köm und kommst wieder runter.«

Tom Brodersen spart sich eine Antwort, blickt aber grimmig zu Leander über den Tisch, der ahnt, dass der Freund sauer auf ihn ist, weil er auf eigene Faust und noch dazu mit Eikens Hilfe dem Verdacht gegen die Wandergesellen nachgegangen ist.

»Also stehen wir wieder bei Null«, fasst Mephisto ihre Ergebnisse zusammen. »Den Wandergesellen ist nichts nachzuweisen, die Sicherheitsleute scheinen sauber zu sein.«

»Die Polizei hat immer noch die blutigen Taschentücher«, wendet Leander ein. »Mit der DNA daran wird sich erweisen, ob die Burschen wirklich eine saubere Weste haben.«

»Und damit liegt der Ball im Spielfeld der Polizei«, stellt Tom befriedigt fest. »Vielleicht können wir uns dann ja endlich wieder den wirklich wichtigen Dingen widmen. Zum Beispiel deinen Urgroßeltern, Henning. Hast du schon etwas von Karola gehört?«

»Nein, aber ich werde sie in den nächsten Tagen einmal aufsuchen.«

»Und zwar zusammen mit mir«, bestimmt Brodersen, der deutlich bemüht ist, die Missstimmung von vorhin wieder auszubügeln.

In diesem Moment kommt Eiken Jörgensen durch das Haus zu ihnen in den Garten. »Diana hat gesagt, dass ihr hier seid.«

»Und was tust du hier?«, erkundigt sich Hindelang mit einem vieldeutigen Seitenblick auf Leander.

»Ich habe einen Termin bei Diana für eine Aufstellung.« Eiken macht mit einem betonten Absenken der Stimme am Ende des Satzes deutlich, dass sie keine weiteren Auskünfte über die Art und den genauen Gegenstand dieser Aufstellung geben wird. Stattdessen lässt sie ihren Blick durch den sommerlichen Garten wandern und stutzt, als sie einen kleinen

Mann entdeckt, der abseits im Schatten vor einer Apfelschorle sitzt und zu ihnen herüberschaut. »Was macht der denn hier?«

Leander folgt ihrem Blick und erkennt den Zöllner, der vor ein paar Tagen in den Trümmern der Ausstellung im *Carl-Häberlin-Museum* herumgestapft ist. »Komisch, das ist einer von Lenas Leuten. Soweit ich weiß, ist der vom Zoll, er gehört zu der Sonderkommission, die die Kunstdiebstähle untersucht.«

»Kennst du ihn etwa auch?«, hakt Mephisto bei Eiken nach. »Oder warum bist du so erstaunt darüber, dass er hier ist?«

»Der Typ war heute Morgen gleich um neun bei uns in der Galerie. Er hat sich für die Bilder von Götz interessiert und wollte schließlich sogar die Adresse seines Ateliers haben.«

»Hast du sie ihm gegeben?«, fährt der Maler auf, macht aber sofort mit der linken Hand eine Geste der Entschuldigung.

»Natürlich nicht«, entgegnet Eiken leicht beleidigt. »Was denkst du denn von mir? Glaubst du, ich weiß nicht, dass du in deiner Enklave deine Ruhe haben willst? Außerdem achten mein Großvater und ich selbstverständlich den Datenschutz. Ich habe ihm angeboten, dir seine Telefonnummer zu geben, damit du ihn kontaktieren kannst, wenn du das für richtig hältst. Aber das hat er abgelehnt.«

»Ich kann mich irren«, sagt Götz Hindelang, »aber vorhin, als ich die Vorhänge im Atelier zugezogen habe, bevor ich hierher aufgebrochen bin, stand genau so ein Hobbit auf dem Deich und hat sich unsere Häuser in Greveling angesehen. Er war allerdings zu weit weg, um ihn eindeutig zu erkennen.«

»Du glaubst also, er ist dir hierher gefolgt?«, wundert sich Leander. »Weshalb sollte er das tun? Und warum spricht er dich nicht einfach an, wenn er etwas von dir will?«

»Weißt du, womit er sich beim Zoll befasst?«, erkundigt sich Hindelang statt einer Antwort.

»Irgendwas mit geschützten Kulturgütern, glaube ich. Lena hat gesagt, man sollte sich von seiner trotteligen Erscheinung nicht täuschen lassen. Der sei so etwas wie ein Fachmann für nationales Kulturgut.«

Hindelang nickt, und Leander hat den Eindruck, dass er bei dieser Information merklich geschrumpft ist. So passiv und geduckt hat er den Maler noch nie erlebt.

»Was ist? Sagt dir das etwas?«

»Mir? Nein. Was sollte mir das denn sagen?«

»Vielleicht ist er durch die Presse auf das *Museum Kunst der Westküste* aufmerksam geworden und hat da deine Aquarelle gesehen«, vermutet Tom. »Bestimmt ist er nur ein neuer Fan von dir und traut sich jetzt nicht, dich offen anzusprechen.«

»So wird es sein«, stimmt auch Mephisto zu. »Geh doch einfach hin und frag ihn.«

Aber der Maler schüttelt den Kopf und hebt sein halbvolles Glas.

»So, Leute, ich muss jetzt«, verabschiedet sich Eiken und winkt Diana zu, die schon ungeduldig in der Tür zum Haus steht. »Wir sehen uns heute Abend, Henning.«

»Wir sehen uns heute Abend, Henning«, äfft Tom sie nach. »Sollten wir da vielleicht etwas wissen?«

»Unsinn«, entgegnet der Gefoppte und bemerkt, wie Hindelang sich entspannt, als sich die Aufmerksamkeit nun von ihm abwendet. »Wir haben nur Karten für eine szenische Lesung in der *Alten Druckerei*.«

»Jens Jacob Eschels?«, zeigt sich Tom begeistert. »Mann, da mach dich mal auf etwas ganz Besonderes gefasst.«

Während sich vor allem Tom und Mephisto über die Lebensgeschichte des alten Föhrer Seefahrers austauschen, die sie in- und auswendig zu kennen scheinen, beschränkt sich Leander auf gelegentliche Einwürfe und Zwischenfragen. Dabei behält er unauffällig Götz Hindelang im Blick, der immer wieder unruhig zu dem kleinen Mann vom Zoll hinüberschaut und erst aufatmet, als der ein paar Geldstücke auf den Tisch legt und den Biergarten verlässt.

Jens Olufs betritt die Zentralstation genau in dem Moment, in dem Hauptkommissar Dernau kreidebleich aus seinem Büro stürmt und nach einem Glas Wasser ruft. Dennis Groth schlägt sich gerade am Telefon mit einem Anrufer herum, der offenbar partout nicht begreifen will, dass momentan niemand zur Verfügung steht, um einen etwa achtjährigen Apfeldieb abzuholen und in Gewahrsam zu nehmen, und macht bedauernde Zeichen in Dernaus Richtung.

»Ich komme«, ruft Olufs und schwingt sich über den Tresen in Richtung Waschbecken.

Mit einem Glas Wasser in der Hand läuft er in das Büro und findet eine aufgelöste Frau Kopius vor, die sich über ihren Mann beugt, der regungslos am Boden liegt. Hauptkommissar Dernau steht fassungslos daneben und murmelt: »Aber ich habe doch nur ... Ich wollte ... Das habe ich doch gar nicht ...«

Olufs drückt der Frau das Glas in die Hand und legt die Beine ihres Mannes hoch auf einen Stuhl. Sekunden später kommt der Reeder zu sich und versucht auch gleich wieder aufzustehen, während seine Augen flackernd in alle Richtungen huschen.

»Sie bleiben jetzt erst mal liegen«, befiehlt Jens Olufs und beobachtet zu seiner Befriedigung, dass der Geschäftsmann, der sonst am entgegengesetzten Ende der Befehlskette zu stehen gewohnt ist, augenblicklich gehorcht. »Und Sie, Frau Kopius, geben ihm kleine Schlucke zu trinken.«

Dann fasst er den immer noch unter Schock stehenden Kriminalhauptkommissar am Arm und zieht ihn hinaus in die Wachstube. »Was ist passiert?«, fragt er so nachdrücklich, dass Dernau plötzlich aufzuwachen scheint und ihn erstaunt ansieht.

»Ich weiß auch nicht.« Der Kriminalbeamte schüttelt den Kopf. »Ich hatte den Eindruck, dass er mauert, deshalb habe ich ihn damit konfrontiert, dass seine Firma kurz vor dem Konkurs steht und dass das ein Motiv für einen Versicherungsbetrug sein könnte. Der Mann hat sich furchtbar aufgeregt und ist plötzlich zusammengebrochen. Zuerst habe ich das für ein Schauspiel gehalten, aber als er nicht wieder zu sich gekommen ist ...«

»Na bravo. Lernt man das heute in den Psychologieseminaren für Angehörige des Gehobenen Dienstes? Sie können von Glück reden, wenn das kein Herzinfarkt ist.«

Wütend lässt Jens Olufs den Kriminalhauptkommissar stehen und eilt zurück in sein Büro. Malte Kopius sitzt inzwischen wieder auf seinem Stuhl, gestützt von seiner Frau, die ihm immer noch kleine Schlucke Wasser einflößt.

»Möchten Sie, dass wir einen Arzt holen?«, bietet Olufs an.

»Nein, geht schon. Kleiner Kreislaufkollaps. Das passiert schon mal, wenn ich mich zu sehr aufrege. Deshalb habe ich mich ja weitgehend aus dem Geschäft zurückgezogen.«

Die Stimme des Reeders ist dünn, aber Olufs hat nicht den Eindruck, dass er gleich wieder wegsackt. Während er sich dem Ehepaar gegenüber an seinen Schreibtisch setzt und die beiden beruhigend anlächelt, betritt Dernau fast lautlos den Raum und stellt sich mit dem Rücken an der Wand neben die Tür.

»Wie ist es Ihnen denn nach dem Einbruch ergangen?«, erkundigt sich Olufs sanft bei Frau Kopius. »Denken Sie, dass Sie die Sache verkraften werden?«

»Sie können sich ja gar nicht vorstellen, wie das ist«, antwortet die Frau resigniert. »Ich ekel mich vor allem, was die Kerle angefasst haben könnten. Nachts liege ich wach und höre Geräusche. Die können doch jederzeit wiederkommen. Bis zu dem Einbruch habe ich mich zu Hause sicher gefühlt, aber das ist jetzt vorbei. Ich fürchte, es wird auch nie wieder so sein, wie es einmal war.«

»Und dann dieses Gefühl, beobachtet zu werden!« Malte Kopius schiebt die Hand seiner Frau mit dem fast leeren Wasserglas von sich. »Die müssen uns doch vorher ausgekundschaftet haben. Stellen Sie sich das vor: Möglicherweise wochenlang haben die unser Haus und uns beobachtet, und wir haben nichts davon bemerkt. Wer sagt uns denn, dass uns nicht jederzeit wieder jemand überwacht? Jeden Schritt, den wir machen, jede ruhige Stunde im Gartenstuhl? Das ist, als hätte man uns den Boden unter den Füßen weggerissen.«

Jens Olufs nickt. Er hat davon gelesen, dass Einbruchsopfer

die Verletzung ihrer Privatsphäre wie ein Gewaltverbrechen erleben. Da ist die Angst vor einer Wiederholung, die so groß sein kann, dass sie sich bewaffnen und jede Nacht in ihrem Schlafzimmer verbarrikadieren. Manche bekommen sogar generalisierte Angststörungen und können nicht mehr alleine sein oder trauen sich nicht mehr, das Haus zu verlassen. Schlafstörungen sind da fast noch die harmlosesten Folgeerscheinungen, auch wenn einen die mit der Zeit vollkommen zermürben.

»Als unser Hausarzt am Nachmittag nach dem Einbruch bei uns war«, berichtet Frau Kopius, »stand ich immer noch so unter Schock, dass mir mein Geburtsdatum nicht mehr eingefallen ist. Kopfschmerzen, Magenschmerzen, am ganzen Körper gezittert habe ich noch bis abends.«

»Sie müssen das jetzt rational angehen«, beschwört Olufs die beiden. »Bei Ihnen ist eingebrochen worden, klar. Das kommt Ihnen vor wie ein Ausnahmezustand. Aber das passiert den meisten Menschen im ganzen Leben nicht, und wenn, dann nur einmal. Ich glaube nicht, dass Sie beobachtet wurden. Bestimmt sind die Einbrecher nur durch Ihre Kunstsammlung auf Sie aufmerksam geworden und haben Sie zum Ziel genommen, ohne dass Sie ihnen jemals begegnet sind. Das sind internationale Banden, die sich informieren können, ohne jemals in Ihre Nähe zu kommen.«

»Glauben Sie wirklich?«, schöpft Frau Kopius Hoffnung.

»Ich bin sogar sicher, dass es so ist. Überlegen Sie doch einmal, in welch kurzen Abständen die Einbrüche auf Sylt, auf Föhr und jetzt auch auf Amrum stattgefunden haben. Das ist von langer Hand geplant und wird generalstabsmäßig durchgezogen. Wahrscheinlich haben die Täter die Inseln längst wieder verlassen. Vorgestern ist das Nolde-Museum in Seebüll ausgeraubt worden. Wahrscheinlich geht die Serie jetzt in Skandinavien weiter oder ganz woanders.«

»Ich darf gar nicht daran denken, dass ich denen fast in die Arme gelaufen bin, als ich nachts in der Küche war«, zeigt sich der Reeder von Jens Olufs' Mutreden unbeeindruckt. »Was hätten die mit mir gemacht, wenn ich sie überrascht hätte?«

»Wahrscheinlich wären die abgehauen«, schwenkt nun auch Hauptkommissar Dernau auf Jens Olufs' Strategie der Beruhigung ein. »Wenn das skrupellose Gewaltverbrecher gewesen wären, hätten die sich nicht mit dem Erdgeschoss begnügt, nur weil Sie beide da oben geschlafen haben.«

»Sie meinen, die wären zu uns raufgekommen?«, schneidet Frau Kopius schrille Stimme entsetzt die stickige Luft in Scheiben. »Die hätten uns umgebracht?«

»Nein, so meine ich das doch gar nicht. Ich ...« Dernau weicht unter den wütenden Blicken seines Kollegen aus dem Büro zurück und zieht die Tür leise hinter sich zu.

»Kennen Sie einen Psychologen, dem sie vertrauen?«, wagt Olufs einen Vorstoß und achtet genau auf die Reaktionen der beiden. »Oder kann Ihnen Ihr Hausarzt jemanden empfehlen? Wenn Sie möchten, bitte ich unseren Polizeipsychologen in Flensburg, Sie einmal zu besuchen.«

»Carmen«, antwortet Malte Kopius und blickt seine Frau fragend an.

»Wer ist Carmen?«, erkundigt sich Jens Olufs.

»Eine gute Freundin«, antwortet Frau Kopius. »Sie ist Psychologin in Hamburg. Ich rufe sie gleich heute Abend an. Vielleicht kann sie ein paar Tage herkommen.«

»Das ist gut. Machen Sie das unbedingt. Glauben Sie mir, es ist absolut keine Schande, wenn man so etwas nicht alleine verarbeiten kann. Nehmen Sie jede Hilfe an, die Sie bekommen können.«

»Dürfen wir jetzt gehen?« Malte Kopius erhebt sich, bevor Olufs antworten kann. »Oder brauchen Sie uns noch?«

»Natürlich dürfen Sie gehen. Und was die Einbrecher angeht, können Sie ganz beruhigt sein. Wir sind ihnen dicht auf den Fersen. Sobald wir eindeutige Beweise haben, schlagen wir zu. Und Sie sind die Ersten, die ich informiere, wenn alles vorbei ist.«

»Sie verfolgen eine Spur?«, zeigt sich Frau Kopius nun schon wieder hoffnungsvoll. »Was sollte das denn dann alles hier? Wieso verhört man uns wie Verbrecher?«

»Das war kein Verhör, Frau Kopius. Nur eine Befragung. Und auch nur als Zeugen, nicht als Beschuldigte. Es tut mir leid, wenn Sie das in Ihrem Schockzustand missverstanden haben.«

»Missverstanden? Das konnte man doch nicht missverstehen«, kontert sie, lässt sich durch Olufs' beschwichtigende Gesten aber von weiteren Vorwürfen abhalten.

Der Kommissar begleitet die Eheleute aus dem Büro und bis zur Eingangstür der Zentralstation. Von Hauptkommissar Dernau ist weit und breit nichts zu sehen.

»Puh«, meint der Dienststellenleiter, als die beiden die Zentralstation verlassen haben. »Gut, dass wir uns mit so etwas nicht jeden Tag rumschlagen müssen. Wo ist eigentlich der Herr Kriminalhauptkommissar?«

Dennis Groth deutet grinsend mit dem Kopf auf das kleine Büro, das dem Mann aus Niebüll zugeteilt worden ist. Jens Olufs zieht die Augenbrauen hoch, schüttelt den Kopf und betritt nach zweimaligem kurzem Klopfen den Raum, ohne eine Antwort abzuwarten.

Dernau sitzt an seinem Schreibtisch und schlürft an einer Tasse Kaffee. Er wirkt einigermaßen gefasst, aber die zitternden Hände kann er vor dem geübten Blick des Polizeihauptkommissars nicht verbergen. Der zieht sich einen Stuhl heran, dreht ihn um und setzt sich rittlings so darauf, dass er seine Arme auf der Lehne ablegen kann und Dernau direkt in die Augen sieht. »Nun? Glauben Sie immer noch, dass es nur Versicherungsbetrug war?«

Dernau schlägt die Augen nieder. Wo ist nur der bissige, skrupellose Hund geblieben, den Olufs in den letzten Jahren hassen gelernt hat? Irgendetwas hat den Mann geschwächt und bestenfalls eine brüchige Schale übrig gelassen.

»Wenn Sie mich fragen, können wir die Möglichkeit jetzt ausschließen«, fährt Olufs fort. »Oder halten Sie das da eben für Theater?«

»Ist ja schon gut«, mault Dernau. »Ich habe es verstanden. Und Sie sollten die Sache jetzt nicht überreizen.«

»Na bitte«, lobt Jens Olufs grinsend. »Sie sind ja schon wieder fast der Alte. Wenn ich Sie noch ein bisschen reize, brüllen Sie wieder wie früher.«

»Was haben Sie bei der *FrisiaSecur* erreicht?«, erkundigt sich der Kriminalist brummig, kann aber ein Grinsen kaum unterdrücken.

»Die Dienstpläne sind wasserdicht. Geerkens und Korff waren zur Zeit des Einbruchs in Norddorf hier auf Föhr im Einsatz. Ihr Chef hat mir bestätigt, dass es keine Möglichkeit gibt, ihre Anwesenheit nur vorzutäuschen. Außerdem fahren die Sicherheitsleute seit dem Einbruch in Utersum jetzt immer zu zweit und müssen sich wechselseitig in regelmäßigen Abständen in der Zentrale melden. Die sehen da genau, ob der Funkruf aus dem Dienstwagen kommt oder von woanders her. Geerkens und Korff waren übrigens getrennt voneinander eingesetzt, so dass sie auch nichts getürkt haben können.«

»Also können Geerkens und Korff nachweislich nicht auf Amrum gewesen sein. Ist einer von ihnen in letzter Zeit schon einmal in Norddorf eingesetzt gewesen?«

»Nein. Der Firmenableger auf Amrum arbeitet mit eigenen Leuten. Da findet noch nicht einmal in der Urlaubszeit ein Austausch statt. Alle fünf Mitarbeiter wurden auf dem Sandhaufen direkt rekrutiert und von der Sicherheitsfirma selbst ausgebildet. Weder in ihrem Vorleben noch durch familiäre Verzweigungen gibt es irgendeinen Bezug zur Polizei. Das hat Dennis Groth umgehend überprüft. Schließlich wollen wir uns ja später nicht vorwerfen lassen, dass wir in unserem eigenen Umfeld nicht so genau hingesehen haben, oder? Personell ist die *FrisiaSecur* besser ausgestattet als wir. Kunststück, die verdienen ja auch gutes Geld mit ihren reichen Auftraggebern und kosten nicht nur Steuern.«

»Was ist mit Clemens Lüdecke?«

»Das ist fast schon witzig«, erzählt Jens Olufs. »Clemens Lüdecke war zum Tatzeitpunkt nicht im Einsatz, hatte also zunächst kein Alibi. Merkwürdigerweise war er anfangs der Ansicht, keines zu brauchen. Er muss da wohl irrigerweise den

Eindruck gehabt haben, von der Polizei nichts zu befürchten zu haben.«

»Ha ha!«, macht Dernau gequält und rudert mit der rechten Hand, damit Olufs in seinem Bericht fortfährt.

»Den Zahn habe ich ihm schnell gezogen. Wundern Sie sich also nicht, wenn er Ihnen in nächster Zeit weniger freundschaftlich begegnet. Ich habe dann den Druck erhöht und ihm mit einer Ladung gedroht, weil er für mich momentan der Hauptverdächtige sei. Tja, was soll ich sagen? Nachdem er ausgepackt hat, ist sein Alibi leider absolut wasserdicht: Die Frau unseres Tourismusmanagers riskiert allerdings mit ihrer Bestätigung nun ihre Ehe.«

Dernau lacht leise auf und schüttelt den Kopf, als wolle er sagen: Dieser Lüdecke, immer noch der alte Schwerenöter.

»Wenn ich das richtig sehe, fallen jetzt alle unsere Tatverdächtigen aus«, resümiert Olufs deprimiert. »Wir können nur hoffen, dass die Einbrüche auf Föhr nun aufhören. Dann sind wir hier raus aus der Nummer und das LKA kann alleine weitermachen.«

Wie dieser Hoffnung zum Hohn stürzt Dennis Groth mit einem Zettel in der Hand in das Büro. »Einbruch in Witsum. Die Täter sind von der Hausbesitzerin überrascht worden und getürmt.«

»Scheiße!«, flucht Jens Olufs. »Wo genau?«

»Dorfstraße. Familie Gehring.«

»Verdammt, hört das denn nie auf?«

»Was wollen Sie?«, widerspricht Dernau. »Jetzt sind wir ganz nah dran. Wenn wir keine Zeit vertrödeln, packen wir die Typen heute noch. Groth, rufen Sie Woyke an. Er soll mit seinen Leuten sofort in einen Hubschrauber springen und hierher kommen. Auf geht's, Olufs. Die Jagd hat begonnen!«

Er springt auf und stürmt durch die Tür. Jens Olufs schaut einen Moment lang fassungslos hinterher. Was ist das bloß für ein Typ? Wechselt seine Stimmung von einer Sekunde auf die andere. Eben noch am Boden zerstört, jetzt ein Jäger mit Killer-Instinkt. Olufs eilt dem Kollegen hinterher, der schon im Einsatzwagen auf dem Beifahrersitz Platz genommen hat und die Fahrertür von innen aufstößt, als der Polizeihauptkommissar aus der Zentralstation hetzt.

»Los, Mann, Ihre Trödelei können wir uns jetzt nicht erlauben!«, faucht er Olufs an, der auch prompt mit quietschenden Reifen den Hafenbereich verlässt. »Versetzen Sie sich mal in die Situation der Einbrecher: Sie sind überrascht worden und müssen damit rechnen, dass die Polizei schon unterwegs ist. Wo würden Sie langfahren, um uns auf der Flucht nicht zu begegnen?«

»Nun ja, raus aus der Godelniederung, vorbei an der Borgsumer Mühle bis rüber auf die andere Inselseite, dann von Alkersum aus auf dem Marschweg jenseits der Dörfer zurück nach Wyk. Vorausgesetzt, sie wollen überhaupt nach Wyk.«

»Irgendeine Annahme müssen wir ja voraussetzen. Also, Olufs, fahren Sie genau den Weg in entgegengesetzter Richtung.«

»Aber das ist ein Umweg. Wir kommen deutlich später an den Tatort.«

»Na und? Was sollen wir am Tatort? Die Einbrecher sind weg, wahrscheinlich wurde nichts gestohlen. Um die Einbruchsopfer können wir uns später kümmern, jetzt ist erst einmal wichtig, dass wir die Täter schnappen. So nah wie heute waren wir der Schweinebande noch nie auf den Fersen.« Dernau schnappt sich das Funkgerät, funkt die Zentralstation an und weist den leicht verdatterten Dennis Groth an, alles genau mitzuschreiben, was er nun durchgibt.

»Los geht's«, freut er sich, als Olufs in den Marschweg einbiegt und einen Kompromiss zwischen der angesagten Eile und der Rücksichtnahme auf die zahlreichen Fahrradfahrer sucht, unter denen sich auch viele kleine Kinder befinden. »Roter Audi, neueres Baujahr, Frau, etwa Mitte sechzig, Kennzeichen Heinrich Siegfried Kaufmann Strich Xanthippe drei null neun. Opel Astra Kombi, anthrazit, neueres Baujahr, Mann und Frau mittleren Alters, Kennzeichen Paula Berta Strich Berta Richard eins neun acht sechs.«

Nach diesem Muster diktiert der Kriminalhauptkommissar die Kennzeichen aller Kraftfahrzeuge, die ihnen begegnen. Gelegentlich muss er unvollständige Zeichenfolgen übermitteln oder kann wegen getönter Scheiben oder Sonnenreflexen keine genauen Angaben über die Fahrzeuginsassen machen. Derweil bemüht sich Jens Olufs darum, die Dörfer nah zu umfahren, und hofft inständig, dass die Einbrecher tatsächlich diesen Weg gewählt haben und nicht etwa auf der anderen Inselseite durch Nieblum oder jenseits der Marsch am Deich entlang gefahren sind. Dabei bewundert er Dernaus schnelle Auffassungs- und Kombinationsgabe.

Von Midlum aus wählt Olufs die Straße in Richtung Alkersum und weiter nach Borgsum, um schließlich an der Windmühle im *Malnstich* vorbei zu fahren. Hier geht es einigermaßen schleppend voran, da sich gegenüber der Mühle ein Café befindet, bei dem gerade so etwas wie ein Tischwechsel stattzufinden scheint. Zahlreiche Gäste strömen vor dem Einsatzfahrzeug der Polizei aus dem Garten durch das Tor auf die Straße und streben nur langsam dem Fahrradständer zu. Olufs ist wieder einmal erstaunt darüber, dass Menschen blöder gucken können als Schafe, vor allem wenn sie in Polizeifahrzeuge starren. Auch die Verbindung zwischen Augen und Gehirn scheint dann gekappt zu sein, denn niemand macht auch nur ansatzweise Anstalten, den Weg freizumachen. Hauptkommissar Dernau scheint vergleichbare Eindrücke zu gewinnen, denn Olufs spürt nicht nur die steigende Spannung, die sich auf dem Beifahrersitz aufbaut und offenbar kurz vor einer Entladung steht, er vernimmt auch zahllose zerquetschte Flüche und ist froh, dass Dernau sich erfolgreich bemüht, nicht loszuschreien. Auch wenn Olufs eher ein Gemütsmensch ist, verdenken könnte der Polizeihauptkommissar seinem Nebenmann das nicht.

Endlich stoßen die Polizisten durch den dumpfen Menschenklumpen und erreichen die *Traumstraße*. Dieser folgen sie aber nur wenige Meter, dann biegt Olufs nach links ab, fährt einen kleinen Hügel an einem Stück Wald entlang hinab schließlich durch ein Wiesengebiet, das von einem Flüsschen durchschnitten wird.

»Jetzt sind wir in der Godelniederung«, erklärt Olufs dem Ortsfremden. »Dort drüben liegt der Tatort.«

Die Straße macht einen Schwenk nach rechts und direkt darauf wieder nach links. Hier, in der *Dorfstraße*, liegt das Haus der Leute, die vor etwa zwanzig Minuten in der Zentralstation angerufen und einen Einbruch gemeldet haben. Es handelt sich um einen langgezogenen ehemaligen Bauernhof mit angeschlossener Deele, der zu einem zusammenhängenden Wohnhaus umgebaut worden ist. Das ehemalige Deelentor ist nun verglast und bietet einen eindrucksvollen Einblick in den dahinter liegenden Wohnbereich.

»Wir sind am Tatort«, meldet Dernau seiner Schreibkraft am Ende der Funkstrecke. »Machen Sie schon einmal Halterabfragen bei allen einheimischen Kennzeichen, die uns begegnet sind. Ende.«

»Alles klar«, entgegnet Dennis Groth unkorrekt. »Der Hubschrauber aus Flensburg ist in etwa einer halben Stunde am Flugplatz. Vedder wartet da und bringt die Kollegen zu euch raus.«

Olufs und Dernau verlassen ihr Dienstfahrzeug und steuern direkt auf die Haustür zu. Kaum haben sie den niedrigen Friesenwall passiert, der das Grundstück zur Straße hin abgrenzt, öffnet sich auch schon die grün-weiße Holztür, deren oberes Drittel von kleinen Sprossenfenstern ausgefüllt wird. Dahinter muss die aufgelöst wirkende junge Frau gewartet haben, an deren Beine sich ein etwa fünfjähriges verschrecktes Kind klammert, und die ihnen jetzt unsicher entgegenblickt.

»Da sind Sie ja endlich«, begrüßt sie die Beamten, als hätte sie Stunden warten müssen.

»Frau Gehring, nehme ich an. Sie haben uns angerufen?«, entgegnet Dernau überflüssigerweise, was Olufs vermuten lässt, dass dies genau die Art ist, mit der der Kriminalhauptkommissar Vorwürfe und Kritik von sich abprallen lässt: Angriff ist die beste Verteidigung.

»Vor einer halben Stunde. Was glauben Sie eigentlich, wie man sich fühlt, wenn man Opfer eines Einbruchsversuchs geworden ist und die Polizei nicht kommt.«

»Jetzt sind wir ja hier«, versucht Olufs sie mit sanfter Stimme zu beruhigen. »Was ist denn genau passiert?«

»Ich war im Bad oben und habe Tizian die Haare gewaschen.« Die junge Mutter deutet auf den Kopf des völlig verängstigten Kindes. »Plötzlich habe ich etwas an der Terrassentür gehört.«

»Von oben aus dem Bad? Bei laufendem Wasser?«, zweifelt Dernau.

»Quatsch! Wenn ich Tizian den Kopf einschäume, stelle ich das Wasser natürlich ab. Ist ja schon teuer genug, auch ohne Verschwendung. Außerdem will ich dem Kind doch mit gutem Beispiel vorangehen, damit es später auch sorgsam mit unseren Ressourcen umgeht.«

Bestimmt eine Lehrerin, denkt Dernau, oder so eine Mittelstandstussi, die keine anderen Sorgen hat und so lange die Grünen wählt, bis die ihr wieder fünf Euro für den Liter Benzin abknöpfen wollen. Er muss sich ein Grinsen verkneifen, als er sich vorstellt, wie Tizian mit vierzehn unter der Dusche steht, sich die Zähne putzt und dabei zwanzig Minuten lang vor allem die Wärme des Wassers genießt.

»Dann zeigen Sie uns doch mal die Terrassentür«, ordnet Dernau an.

Sie folgen der Frau, die Tizian, der immer noch an ihrem Bein hängt, unsanft hinter sich her schleift, durch den Flur und das Wohnzimmer auf die Rückseite des Hauses. »Hier«, sagt sie und deutet auf die weiße Kunststofftür.

Olufs und Dernau treten heran, beide mit hinter dem Rücken verschränkten Armen, können aber nichts entdecken. Die Tür ist ordnungsgemäß verschlossen.

»Was soll da sein?«, erkundigt sich der Kriminalhauptkommissar.

»Hier drinnen natürlich nichts. Draußen sind die Spuren.«

»Sie haben also oben im Bad ein Geräusch gehört«, knüpft

Jens Olufs an den Bericht der jungen Frau an. »Und das kam von der Terrassentür.«

»Genau.«

»Woher wussten Sie denn, woher das Geräusch kam?«

»Wusste ich ja nicht. Zuerst habe ich gedacht, Tizian sei heute früher nach Hause gekommen.«

»Der war doch bei Ihnen im Bad«, wundert sich der Polizeihauptkommissar.

»Quatsch, doch nicht mein Sohn, mein Mann heißt auch Tizian. Der ist Lehrer am Gymnasium in Wyk. Latein und Biologie.«

Bingo, denkt Olufs und gratuliert sich zu seiner Menschenkenntnis.

»Aber als ich die Treppe runterkam, hing die Terrassentür so komisch schräg ins Wohnzimmer, und ein Arm ragte durch den Spalt und versuchte, die Sicherung auszuhaken.«

»Wieso ist die Tür denn dann jetzt zu?«, meldet sich Dernau mit Unheil verheißendem Unterton.

»Weil ich sie zugemacht habe, natürlich. Glauben Sie, ich riskiere, dass die zurückkommen und dann freien Eintritt haben?«

»Scheiße! Das heißt, Sie haben den Griff angefasst.«

»Wie soll ich sonst die Tür zumachen?«, erhitzt sich die Frau, aber in dem Moment erkennt sie ihren Fehler. »Die Fingerabdrücke, oder?«

»Also, da ragte ein Arm durch den Türspalt«, verhindert Olufs, dass Dernau sich weiter aufregt. »Wie muss ich mir das mit der Sicherung vorstellen?«

»Die Tür hing schräg in den Raum. Aber sie ist nicht ganz aufgesprungen, weil ich diese Kette hier immer vorlege, wenn ich alleine bin.« Frau Gehring deutet auf eine dünne Sicherungskette, die alles andere als professionell aussieht. »Die hat Tizian angebracht, weil ich immer Angst habe, wenn er nicht da ist.«

»Wie hat der Einbrecher reagiert, als Sie den Raum betreten haben?«

»Er hat sich erschrocken. Weil ich so laut geschrien habe. Und dann hat er sofort den Arm zurück gezogen und ist mit seinem Kumpel weggelaufen.«

»Also waren es zwei.«

»Drei. Einer muss im Auto gewartet haben, denn als die beiden anderen über den Zaun da hinten gesprungen sind, startete ein Motor und dann ist da auch sofort ein Auto weggefahren. Da kann keiner von den beiden am Steuer gesessen haben, dafür ging das alles zu schnell.«

»Ich nehme an, dass Sie das Auto nicht gesehen haben?«

»Doch, ganz genau sogar. Zwischen den Büschen, als es weggefahren ist. Es war rot.«

»Hersteller?«, nagelt Dernau sie fest. »Modell?«

»Weiß ich nicht. Ein rotes Auto halt. Ein Kombi.«

»Ach, so genau haben Sie es dann doch gesehen«, faucht Dernau.

Die junge Frau blickt ihn verunsichert an, entgegnet aber nichts.

»Dann müssen wir jetzt auf die Spurensicherung warten.« Dernau setzt sich in einen hellen Ledersessel, was die Hausherrin wiederum besorgt auf seine Jeans blicken lässt.

»Ich mache mal ein Runde ums Haus«, meint Olufs, der sich nicht vorstellen kann, jetzt eine Viertelstunde lang neben Dernau zu sitzen und zu warten. Bleib du mal schön hier, denkt er, wird aber sofort enttäuscht, als Dernau sich ebenfalls erhebt und ihm folgt.

»Sie beruhigen jetzt erst einmal Ihren Sohn«, befiehlt der Kriminalhauptkommissar der jungen Mutter im Hinausgehen.

Sie verlassen das Haus durch den Haupteingang und umrunden es draußen auf einem schmalen Plattenweg, der zwischen niedrigen Büschen am Carport vorbei nach hinten in den kleinen Garten führt. Rundherum sind die Anpflanzungen gerade so hoch, dass sie einen Sichtschutz bieten. Zwischen Terrasse und Gartenzaun befindet sich eine Rasenfläche mit einer Schaukel, Klettergerüst und Sandkasten für Tizian Junior. Der Rasen ist kurz geschoren – zu kurz für Fußabdrücke. Während sich Dernau der Terrasse zuwendet, hofft Olufs auf Spuren im Beet, aber auch da wird er enttäuscht, denn zwischen den Büschen befindet sich eine dicke Schicht Rindenmulch – der Horror eines jeden Kriminaltechnikers.

Vorsichtig biegt Jens Olufs die Zweige auseinander und blickt über den Zaun auf die dahinter vorbeiführende Straße: nichts. Sorgsam untersucht er jeden Zwischenraum zwischen den Büschen und passt auf, dass er selbst keine Spuren erzeugt. In der Ecke des Grundstücks wird er schließlich fündig: An einem abgeknickten Ast hängt etwas, ein Gegenstand aus Wolle. Olufs zieht einen Kugelschreiber aus der Brusttasche seines Uniformhemdes und greift vorsichtig zwischen den Zweigen hindurch. Der Gegenstand lässt sich einfach von dem Ast nehmen, allerdings ist er nicht ganz leicht. Als Olufs ihn näher betrachtet, stellt er fest, dass es sich um eine Winterwollmütze handelt, in die jemand dilettantisch zwei Löcher für die Augen geschnitten hat, denn das Teil ist so groß, dass man es über den gesamten Kopf ziehen kann.

Jens Olufs trägt die Wollmütze auf seinem Kugelschreiber vor sich her, als er nun vom Beet aus den direkten Weg zur Terrasse zurückgeht. Sicherheitshalber betritt er die etwa viermal vier Quadratmeter große Fläche nicht.

»Anfänger«, ruft Dernau ihm zu und deutet auf die Hebelspuren an der Terrassentür, die Olufs sogar von seinem Standort aus gut sehen kann. »Drei Anläufe haben die Idioten gebraucht, um diese Plastiktür zu öffnen.«

Das waren keine Profis, so viel ist auch Jens Olufs klar. Also werden sie auch nicht extra vom Festland gekommen sein. Vermutlich sind es Gelegenheitseinbrecher direkt von der Insel. Der Polizeihauptkommissar greift nach seinem Handy und drückt die Kurzwahlnummer für die Zentralstation. Dennis Groth ist sofort am Apparat.

»Pass auf, Dennis. Frau Gehring will einen roten Kombi gesehen haben, mit dem die Täter geflüchtet sind. Wenn unter den Fahrzeugen, die Dernau dir durchgegeben hat, so ein

Fahrzeug ist, wahrscheinlich sogar eines von der Insel, dann gib mir mal den Halter durch.«

»Sekunde«, antwortet der Polizeiobermeister, und Olufs hört, wie er am anderen Ende auf seiner Computertastatur herumhackt, da er anscheinend Dernaus Diktat gleich in den Rechner getippt hat. »Nichts. Kein roter Kombi.«

»Dann guck generell nach roten Fahrzeugen oder nach Kombis.«

»So, da habe ich was«, meldet sich Groth nach wenigen Sekunden. »Orangener Passat Variant, amtliches Kennzeichen Nordpol Frida Strich Viktor Konrad vier vier vier vier. Halter ist ein gewisser Lorenz Hendricksen, wohnhaft in Wyk, Berliner Ring 346. Hast du das?«

»Alles klar. Haben wir über den etwas in der Datenbank?«

Geklapper grobmotorischer Finger auf Plastiktasten. »Oha. Das ist kein unbeschriebenes Blatt. Körperverletzung, Widerstand gegen die Staatsgewalt, dreimal wegen Verstoßes gegen das Betäubungsmittelgesetz festgenommen, allerdings ohne große Folgen, weil er da noch unter das Jugendstrafrecht fiel. Vor zwei Jahren dann eine Haftstrafe von sechs Monaten wegen räuberischer Erpressung. Er hat seinen Dealer in dessen Wohnung um sage und schreibe fünfzig Gramm Koks erleichtert, ohne zu bezahlen. Dafür hat er ihm versprochen, ihn nicht bei der Polizei anzuzeigen.«

»Lorenz Hendricksen?«, wundert sich Olufs. »Warum habe ich von dem noch nie etwas gehört, wenn das so ein Stinkstiefel ist?«

»Weil er erst vor einem halben Jahr auf die Insel gezogen ist. Er hat vorher in Heide gewohnt.«

»Das ist unser Mann«, schlussfolgert Olufs. »Zu dem Zeitpunkt haben hier die Einbrüche angefangen. Schick jemanden zu ihm nach Hause, der ihn aufs Revier bringt. Und seine Kumpels gleich mit, falls die bei ihm in der Wohnung sein sollten. Ach ja, noch etwas: Stell einen Mann vor sein Haus, damit niemand die Bude leerräumt, bevor wir sie durchsucht haben.«

»Alles klar, Chef. Das hört sich ja so an, als wäre der Spuk bald vorbei.«

»Abwarten«, schränkt Jens Olufs die Hoffnung seines Kollegen ein und drückt das Gespräch weg.

Paul Woyke kommt mit zwei Kollegen um das Haus herum und grüßt, indem er Zeige- und Mittelfinger der rechten Hand ausgestreckt an seine imaginäre Dienstmütze hält.

»Ich hab hier was«, sagt Olufs und reicht dem obersten Kriminaltechniker seinen Kugelschreiben mit der aufgespießten Mütze. »Wäre schön, wenn ihr da Haare drin finden würdet, damit wir die DNA des Täters haben.«

»Wenn nicht, basteln wir welche rein«, scherzt Paul Woyke todernst. »Sie müssen mir nur sagen, wen Sie loswerden wollen.«

»Geben Sie mir etwas Bedenkzeit«, entgegnet Olufs mit kurzem Seitenblick in Richtung Dernau, was ihm ein Grinsen des Kriminaltechnikers einträgt, und deutet dann auf die Ecke des Grundstücks. »Die hing da hinten in den Büschen an einem abgeknickten Ast. Vielleicht findet ihr ja da noch mehr.«

Woyke nickt und tütet die Mütze sorgfältig ein, während seine beiden Kollegen sich von Dernau schon die Spuren an der Terrassentür zeigen lassen und dabei aus dem Wohnzimmer von Tizian und seiner Mutter neugierig beobachtet werden. Einer der Techniker gibt Frau Gehring schließlich ein Zeichen, die Tür zu öffnen, damit er die Hebelspuren genau untersuchen kann.

»Was waren das denn für Luschen?«, ruft er dann zu Paul Woyke hinüber. »Die haben wie bescheuert mit einem großen Werkzeug herumgehebelt. Beim dritten Anlauf ist die Tür dann aufgesprungen. Also, Fachleute waren das nicht.«

Der Techniker holt eine Knetmasse aus seinem Koffer, bearbeitet sie mit seinen Händen, damit sie geschmeidig wird, und formt damit die Hebelspuren ab. »Eindeutig Schraubendreher«, stellt er mit Blick auf den Abdruck fest. »Schaufelbreite zwölf Millimeter mit einer leichten Kerbe in der Mitte.«

Während der Techniker die Abdrücke in seinem Koffer verwahrt, wedelt der zweite schon den Fensterrahmen und die Glasscheibe mit Rußpulver ab. »Was haben wir denn da?«, triumphiert er. »Wenn das mal kein Ohrabdruck ist. Ja ja, der Lauscher an der Wand, beziehungsweise an der Tür in diesem Fall. Soll man auch nicht machen, so was.«

»Ohrabdruck?« Olufs blickt Paul Woyke zweifelnd an.

»Das wäre allerdings ein Volltreffer«, bestätigt der die Freude seines Kollegen. »Ohrabdrücke sind genauso einmalig und unverwechselbar wie Fingerabdrücke. Es ist zwar ziemlich unwahrscheinlich, dass wir in der AFIS-Datei des BKA ausgerechnet diesen Abdruck finden, aber wenn ihr einen Verdächtigen habt, brauchen wir nur einen Abgleich mit dessen Hörmuschel, dann haben wir den Kerl bei den Eiern.«

Die beiden Techniker kleben die Abdrücke auf Rahmen und Scheibe mit einer Spezialfolie ab, die mit Gelatine bezogen ist. Olufs verfolgt interessiert jeden Handgriff.

»Die Folie wird in einem Querschnittsumwandler mit Schräglicht beleuchtet«, erklärt Paul Woyke, der sich über das offensichtliche Interesse seines Inselkollegen an der Kriminaltechnik freut. »Die dadurch hervortretenden Konturen werden dann digital abfotografiert und können mit Vergleichsspuren im Archiv abgeglichen werden. Spuren auf anderen Trägern, sogar auf Stoff, werden in einem Cylanschrank mit Cylanacrylat bedampft, der einen feinen, weißen Film erzeugt, in dem Abdruckspuren sichtbar werden, die der zuständige Daktyloskop dann nur noch abgleichen muss. Auf die Art gibt es kaum eine Chance, dass Spuren unentdeckt bleiben. Sogar auf der Haut von Opfern lassen sich inzwischen schon Fingerabdrücke des Täters sicherstellen.«

Als die Männer an der Terrassentür fertig sind, schickt Woyke sie in die Gartenecke, in der Olufs die Mütze gefunden hat, und begibt sich selbst mit Dernau ins Wohnzimmer. Olufs folgt ihnen und gibt dem Kriminalhauptkommissar ein Zeichen, um anzudeuten, dass er Informationen für ihn hat.

»Braucht ihr uns hier noch?«, erkundigt sich Dernau bei Paul Woyke, der nur gelassen den Kopf schüttelt. »Gut, dann hören wir von dir, wenn ihr fertig seid. Und Sie, Frau Gehring, kommen bitte morgen Vormittag in die Zentralstation in Wyk und unterschreiben das Protokoll Ihrer Zeugenaussage.«

Auf dem Weg zum Auto berichtet Jens Olufs von dem Treffer, den Dernaus Kennzeichendurchsage beim Abgleich mit der Zeugenaussage von Frau Gehring ergeben hat.

»Na bitte! War doch gar nicht so dumm, meine Idee. Geben Sie es zu, Olufs, Sie haben mich für bescheuert gehalten.«

»Bescheuert ist gar kein Ausdruck«, entgegnet Olufs und ist erstaunt, dass Dernau darüber lacht.

Sie fahren diesmal auf dem direkten Weg zurück nach Wyk und parken direkt vor dem Mehrfamilienhaus im Berliner Ring 346 hinter dem Streifenwagen, in dem ein Beamter sitzt und wartet. Als er Jens Olufs erkennt, steigt er aus und schlendert zu den beiden Hauptkommissaren hinüber.

»Alles ruhig. In der letzten halben Stunde hat niemand das Haus betreten oder verlassen.« Er reicht Jens Olufs ein Schlüsselbund. »Das haben wir dem Typen abgenommen, damit ihr es nicht so schwer habt.«

»Haben Sie einen Durchsuchungsbeschluss beantragt?«, erkundigt sich Dernau.

»Brauchen wir den? Schließlich könnte da jemand wichtige Beweise beiseite schaffen«, antwortet Jens Olufs und kneift Dernau ein Auge zu.

»Tja, wenn da doch jemand in der letzten halben Stunde das Haus betreten hätte und der Kollege hier das bestätigen könnte …«

»Wenn Sie mich so direkt fragen … Haus betreten? Ja, klar, aus den Augenwinkeln habe ich was gesehen; könnte sein, dass da vorhin eine Frau reingegangen ist. Aber wohin die gehört, weiß ich natürlich nicht.«

»Guter Mann«, lobt Dernau. »Auf geht's. Es besteht die Gefahr, dass da drin gerade jemand Beweise vernichtet.«

»Du bleibst hier und passt weiter auf, wer das Haus betritt oder verlässt«, ordnet Jens Olufs an, worauf der Polizeibeamte wieder zu seinem Fahrzeug schlendert und sich hinter das Lenkrad klemmt.

Dernau steuert auf die Haustür zu, orientiert sich kurz auf dem Klingelbrett, auf dem sich sechs Namensschilder befinden, und schließt dann auf. Lorenz Hendricksens Wohnung befindet sich im zweiten Stock, direkt unter der Dachschräge. Dernau probiert mehrere Schlüssel aus und öffnet schließlich die Wohnungstür. Ein dumpfer Geruch schlägt ihnen entgegen und bezeugt, dass Hendricksen schon lange kein Fenster mehr geöffnet hat. Olufs zieht die Tür wieder hinter sich ins Schloss und wendet sich auf Dernaus Zeichen hin dem ersten Zimmer auf der rechten Seite zu, während der Kriminalhauptkommissar geradeaus in die Küche geht.

Olufs findet sich in einem Wohn-Schlafraum wieder. Ein Schrankbett ragt aufgeklappt in das kleine Zimmer, darauf liegt ein zerknüllter Schlafanzug. Die Bettwäsche sieht aus, als wäre sie seit dem Einzug vor einem halben Jahr nicht gewechselt worden. Olufs kneift die Nasenflügel zusammen und macht gar nicht erst den Versuch, den Gestank zu identifizieren. Olfaktorisch ist dieser Raum sicherlich eine wahre Spielwiese für sensible Nasen, für übersensible wie die des Polizeihauptkommissars allerdings eine Zumutung. Nacheinander zieht er alle Schubladen des Schrankes auf, durchwühlt den Inhalt, lässt sie anschließend offen stehen, weil das an dem Gesamteindruck des Zimmers auch nichts mehr kaputt macht, und wendet sich den größeren Fächern zu. Außer Wäsche und ein paar Ordnern mit Rechnungen und sonstigen Unterlagen findet er nichts. Auch unter dem Bett – Olufs wagt es tatsächlich, sich auf den Boden hinunterzulassen und in die dämmerige Ekelnische zwischen Rahmen und Teppichboden zu schauen – finden sich nur zusammengeknubbelte Socken und Papier-Taschentücher.

Als er die Küche betritt, findet er auch dort das absolute Chaos vor und schaut Dernau missbilligend an.

»Das ist nicht *alles* von mir«, verteidigt der sich grinsend. »Das sah hier schon vorher ziemlich versypht aus.«

»Ich habe nichts gefunden«, berichtet Olufs und bezweifelt, dass Dernau tatsächlich so unschuldig ist, wie er tut.

»Dann ab in den Keller.« Der Kriminalhauptkommissar verlässt vor Jens Olufs die Wohnung.

Am Schlüsselbund findet sich ein Schlüssel, der zu einem der sechs Kellerräume passt. Als Dernau öffnet, rieselt ihnen schwaches Licht aus einem dreckigen kleinen Kellerfenster entgegen. Der winzige Raum bietet die gleiche Unordnung wie die Zimmer in Hendricksens Wohnung. Zwischen wild aufgestapelten Kartons steht ein alter Kleiderschrank, den Dernau ansteuert, während Olufs sich an den Kisten zu schaffen macht.

Außer Porzellan und sonstigem Kram, der bestenfalls noch für den Flohmarkt taugt, findet Jens Olufs nichts. Dafür wird Dernau fündig. Im Schrank entdeckt er ein paar Plastikboxen mit Gegenständen, die sich deutlich von dem übrigen wertlosen Kram hier im Keller und oben in der Wohnung unterscheiden. Sogar ein kleiner LCD-Fernseher und eine kompakte Stereoanlage von Bose finden sich in einem Karton im größeren Abteil des Kleiderschrankes.

»Woher hat so eine gescheiterte Kreatur eine Musikanlage für dreitausend Euro?«, fragt Dernau. »Geklaut natürlich. Das müssen wir ihm jetzt nur noch nachweisen.«

»Kein Werkzeug?«, erkundigt sich Olufs enttäuscht.

»Nichts. Wo könnte der Mistkerl das in der Kürze der Zeit verstaut haben?«

»Im Kofferraum des Autos«, schlägt Olufs vor. »Oder auf dem Dachboden. So etwas wird es hier im Haus doch geben.«

»Genau. Und Hendricksen wohnt ganz oben, also direkt unter dem Dachboden.«

»Nehmen wir sofort alles mit?« Olufs deutet auf die Gegenstände im Schrank.

»Nur die markanten Teile. Den Rest sichten wir, wenn Hendricksen sein Geständnis unterschrieben hat.«

Sie stapeln sich beide so viele Kartons und Kästen auf die Arme, wie sie tragen können. Dernaus Ladung schwankt bedrohlich, als er den Kellerraum umständlich wieder abschließt. Die beiden Polizisten stellen ihre Last im Flur neben der Haustür ab und gehen noch einmal nach oben. In der Flurdecke vor Hendricksens Wohnung sehen sie eine Dachbodenluke mit einer Metallöse. Die dazu gehörige Stange mit Haken lehnt in der Ecke an der Wand. Dernau zieht damit die Luke herunter und klappt die eingebaute Holzleiter auseinander.

Gleich oberhalb des Aufgangs befindet sich ein Lichtschalter an einem Dachsparren. Im schwachen Schein einer Sechzig-Watt-Birne entdecken die Polizeibeamten auf dem leergefegten Holzboden ein kleines Bündel, das offensichtlich hastig hierher geworfen worden ist. Dernau angelt es heran und entfaltet es vor Olufs' Augen. Es handelt sich um ein eingerolltes Handtuch mit Werkzeug, darunter ein breiter Schraubendreher. Selbstzufrieden deutet Dernau auf die Kerbe im abgeschrägten Ende des Werkzeugs.

»Wenn diese Geräte bei Einbrüchen hier auf der Insel verwendet wurden, dürften wir den Mistkerl überführen«, stellt er fest. »Also los. Machen wir den Sack zu.«

»Das müssen Sie mir erst mal beweisen!«, schimpft Lorenz Hendricksen und fährt sich mit seinen schmuddeligen Fingern durch die langen, fettigen Haare. »Wo soll ich heute Nachmittag gewesen sein? In Witsum? Das kenne ich gar nicht. Gibt's das überhaupt? Ihr könnt mir ja alles erzählen! Ich komme nämlich nicht von hier, und heute Nachmittag war ich mit zwei Kumpels zusammen, in Oldsum. Wir haben Schach gespielt.«

»Schach!«, höhnt Dernau. »Zu dritt. So einer wie du kann doch gar nicht Schach spielen. Dafür braucht man Grips, und du siehst nicht so aus, als hättest du viel davon.«

»Muss ich mir das gefallen lassen, dass der Bulle mich beleidigt?«, beschwert sich Hendricksen bei Jens Olufs.

»Im Moment ist hier nur einer beleidigend, und das sind Sie, oder habe ich mich da eben verhört, als Sie *Bulle* gesagt haben?«

Lorenz Hendricksens Augen huschen zwischen den beiden Beamten hin und her. Offensichtlich fühlt er sich nicht wohl in seiner Haut, und Olufs ist sicher, dass das nicht nur der Verhörsituation geschuldet ist. Dernau stützt sich vor Hendricksen mit beiden Händen auf den Tisch und beugt sich weit vor, so weit, dass sich beider Nasen fast berühren. Dabei grinst der Hauptkommissar diabolisch, und der Blick seines Opfers flackert Hilfe suchend in Olufs' Richtung. Der aber verschränkt die Hände hinter dem Rücken und lehnt sich gelangweilt an die Wand.

»Du warst da, du kleiner Mistkerl«, flüstert Dernau gerade so laut, dass Olufs es noch eben hören kann. »Du hast dein verkrüppeltes Ohr an die Glasscheibe gelegt und gehorcht, ob da drinnen einer ist. Und dann hast du die Tür aufgehebelt und durch den Spalt hineingegriffen. Wir haben Fingerabdrücke auf dem Hebel sichergestellt. Das dauert keine fünf Minuten, wenn der Daktyloskop sie mit deinen Fettprints abgleicht. Und wenn das nicht reicht, dann werden dich deine Schlappohren überführen. Du hast keine Chance.«

»Was soll denn das? Wer wohnt denn da überhaupt in diesem Witdingsbums? Ich kenne da gar keinen. Fragt doch meine Kumpels, verdammt noch mal!«

Olufs schiebt Hendricksen einen Block und einen Kugelschreiber über den Tisch. »Schreiben Sie die Namen auf. Wir werden Ihr Alibi überprüfen.«

Nachdem Hendricksen der Aufforderung gefolgt ist, reißt Olufs den Zettel vom Block und geht damit hinaus in die Wachstube zu Dennis Groth. »Lass diese beiden Typen auf die Wache bringen. Wir brauchen ihre Aussagen. Außerdem nimmst du ihnen bei der Gelegenheit ihre Fingerabdrücke ab und eine DNA-Probe. Woyke soll sie mit den Spuren aller Tatorte des letzten halben Jahres abgleichen.«

»Geht klar, Chef.«

Als Jens Olufs wieder im Verhörzimmer ist, sieht er gerade noch, wie Dernau sich von Hendricksen zurückzieht. Er will lieber gar nicht wissen, was der Kriminalhauptkommissar dem Tatverdächtigen ins Ohr geflüstert hat. Stattdessen nutzt er dessen Einschüchterung, um gleich den nächsten Angriff zu starten, und ist selbst über seine Skrupellosigkeit überrascht. »Die Sachen, die in dem Schrank in Ihrem Keller gelagert sind, gehören die Ihnen?«

Dernau kneift seinem Kollegen anerkennend ein Auge zu.

»Sachen? Was für Sachen?«, stellt sich Hendricksen unwissend.

Olufs greift nach einem Karton, den er in die Ecke gestellt hat, und holt einen silbernen Bilderrahmen heraus. »Der hier, zum Beispiel.«

»Wenn er aus meinem Schrank ist … klar, gehört er dann mir. Ist'n Erbstück von meiner Mutter. Hat schon meiner Oma gehört.«

»Der Oma, soso. Made in Italy. War wohl gerne auf Reisen, Ihre Oma. Und das hier?« Olufs hebt die kompakte Wave-Anlage von Bose aus dem Karton. »Hat die auch schon der Oma gehört?«

»Quatsch. Die gehört mir. Das heißt, einem Kumpel. Der schuldet mir noch Geld. Da hab ich das Ding erst mal genommen. Als Sicherheit, sozusagen.«

»Jetzt hör mal auf mit dem Scheiß!«, ergreift Dernau nun wieder das Wort. »Deine Kumpels sind genauso abgefuckte Typen wie du. Von denen hat keiner eine Musikanlage für dreitausend Euro. Die hätte der längst gegen Koks getauscht, oder knallt ihr euch heutzutage die Rübe mit Crystal weg?«

»Crystal?«

»Crystal, genau. Methylamphetamin. Nie gehört? Das Zeug zerfrisst das Gehirn. Und du scheinst schon eine ganze Menge davon abbekommen zu haben.«

»Ich weiß gar nicht, wovon der redet«, wendet sich Hendricksen wieder an Olufs. »Ich nehm keine Drogen. Wenn überhaupt, dann rauch ich mal'n Joint. Aber das ist ja nicht verboten, oder?«

Olufs verzieht den Mund und nickt leicht, um anzudeuten, dass er diese Aussage für den Höhepunkt von Klumpfüßchens Märchenstunde hält, sagt aber nichts. Lorenz Hendricksens Hände zittern, und er hat Mühe, das zu unterdrücken. Noch eine halbe Stunde und der Kerl ist auf Turkey, da ist sich Olufs sicher. Vielleicht ist das ja ein Weg, ihn weich zu kriegen.

»Herr Hendricksen, wenn Sie mit Drogen nichts am Hut haben – und davon gehe ich aus, wenn Sie das so betonen, denn Sie machen auf mich einen absolut vertrauenswürdigen Eindruck – dann macht Ihnen eine Nacht in einer unserer Zellen ja sicher nichts aus.«

»Zelle? Wieso Zelle? Ich denke, Sie haben Spuren. Vergleichen Sie die mit meinen Fingerabdrücken, und dann lassen Sie mich gehen.« Hendricksens Stimme hat jetzt etwas Gehetztes.

»Das können wir gar nicht«, belehrt Olufs ihn gleichmütig. »Selbst wenn wir wollten, wir haben hier gar nicht die Mittel, um solche Abgleiche vorzunehmen. Die Kriminaltechniker sind noch nicht zurück vom Tatort. Und wenn sie endlich heute Abend in Flensburg sind, dann machen die erst mal Feierabend und fangen morgen früh wieder an. Außerdem müssen wir Ihre DNA noch mit Spuren von anderen Tatorten vergleichen. Und das dauert. Tut mir leid, ehrlich. Aber ein oder zwei Tage müssen Sie schon bei uns bleiben.«

»Tage? Ein oder zwei Tage? Das geht nicht. Das dürfen Sie nicht. Dürfen Sie das?«

Olufs nickt selbstbewusst und Dernau grinst sein diabolisches Grinsen. »Geben Sie zu, Herr Hendricksen, dass Sie heute Nachmittag einen Einbruchversuch in Witsum unternommen haben?«

»Kann ich dann gehen, wenn ich das zugebe?« Hendricksens Fingernägel krallen sich inzwischen so in seinen Handballen, dass sich der Nagelbettansatz leicht rot färbt von dem Blut, das aus den Ritzen sickert.

Kriminalhauptkommissar Dernau lacht laut auf. »Sag mal, bist du eigentlich nur bekloppt? Wie kommen wir denn dazu, einen Einbrecher laufen zu lassen? Du kannst dir höchstens noch tagelange Verhöre sparen, wenn du ein Geständnis unterschreibst. Vorausgesetzt, du sagst uns, wer noch dabei war.«

»Was hab ich denn dann davon?«, wird Hendricksen jetzt weinerlich. »Wenn ich euch meine Kumpels ans Messer liefer, komm ich denn dann raus? Kann man da keinen Deal machen oder so was?«

»Das kommt auf den Staatsanwalt an«, heuchelt Dernau jetzt Entgegenkommen und tritt mit aufforderndem Blick wieder näher an Hendricksen heran.

Olufs überlegt einen Moment, ob er dazwischengehen soll, denn diese Art von Manipulation ist weder bei einer Befragung noch bei einem Verhör erlaubt. Aber dann hält er sich doch zurück. Schließlich gibt es keine Zeugen für das, was Dernau da eben gesagt hat. Er, Olufs, würde jedenfalls nichts gehört haben, wenn es hart auf hart ging. Vorsicht, Jens, denkt Olufs. Jetzt fängst du auch schon so an wie Dernau. Der Typ ist kein guter Einfluss.

»Sprechen Sie mit dem Staatsanwalt? Versprechen Sie mir das?«, jammert Hendricksen.

»Natürlich spreche ich mit dem Staatsanwalt«, verspricht Dernau zweideutig.

Hendricksen macht den Mund auf, schüttelt aber dann den Kopf und sagt heiser: »Scheiße, Mann. Die machen mich kalt, wenn ich nicht das Maul halte. Nee nee, Freunde, mit mir nicht. Ich habe heute Nachmittag mit meinen Kumpels Schach gespielt. In Oldsum. Fragt meine Kumpels.« Hendricksens Hände sind jetzt ganz ruhig. Die Angst vor seinen Freunden hat so viel Adrenalin in seinen Blutkreislauf gepumpt, dass er wie auf Droge ist. Für den Moment ist da nichts mehr zu machen.

»Unsere Kollegen sind schon auf dem Weg zu Ihren Kumpels«, erklärt Dernau achselzuckend. »Von jetzt an können Sie nur noch hoffen, dass die auch so loyal sind wie Sie. Wenn nämlich einer von denen auspackt, ist für Sie nichts mehr drin.«

Warte nur, Bürschchen, keine halbe Stunde in der Zelle, dann bist du ganz unten, denkt Olufs und öffnet die Tür, um Hendricksen von Dennis Groth abführen zu lassen.

»Jetzt heißt es abwarten«, meint Kriminalhauptkommissar Dernau, als sie wieder alleine in Olufs Büro sitzen. »Gute Arbeit, Kollege. Ehrlich. Ihr Vorgänger, dieser Hinrichs, war eine absolute Flachpfeife. Ich habe im letzten Sommer gedacht, man müsse wohl ein Totalausfall sein, wenn man sich bereit erklärt, ein Leben lang auf so einem Sandhaufen mitten im Watt Dienst zu tun. Aber da habe ich mich offensichtlich geirrt. An die Zusammenarbeit mit Ihnen könnte ich mich gewöhnen, Olufs. Was halten Sie von einem Versetzungsantrag nach Niebüll?«

»Für kein Geld der Welt!«, entfährt es dem Polizeihauptkommissar, der für einen Bruchteil zu spät registriert, wie Dernau das verstehen kann.

Doch bevor er diesen Ausbruch rechtfertigen und gerade biegen kann, lacht Dernau laut auf, klopft Olufs begütigend auf die Schulter, kneift ihm ein Auge zu und verlässt das Büro.

Den Typ soll einer verstehen, denkt Olufs. Dann greift er zum Telefon und bittet Dennis Groth, ihm eine Verbindung mit Ulf de Vries bei der *AxaArt* herzustellen. Die Wartezeit auf Paul Woyke kann er dazu nutzen, den Versicherungsdetektiv davon zu überzeugen, dass im Fall des Einbruchs bei der Familie Kopius garantiert kein Versicherungsbetrug vorliegt.

22

Leander und Eiken verbringen den Abend in der *Alten Druckerei* und lauschen gespannt der Geschichte des Jens Jacob Eschels. Diese erste Kapitäns-Autobiografie der Literatur-Geschichte dient zwei ebenfalls ungewöhnlichen Männern als Vorlage für eine szenische Lesung: Torsten Tews und Michael Steuer.

Während Torsten Tews den jungen Jens Jacob in seinem hellen Schiffsjungendress aus Leinen darstellt, der im Nordmeer auf Walfang geht, führt Michael Steuer ihn und die Zuschauer in aufwändiger Kapitänsuniform als alter, würdevoller Kapitän

Eschels mit dem Tagebuch in der Hand als Erzähler durch die Geschichte, an deren Ende er nun auf ein langes, erfolgreiches Leben zurückblickt.

Eiken und Leander sitzen direkt vor der kleinen Bühne. Bei dem Gedränge im Weinlokal ist es ein seltenes Glück, so hervorragende Plätze zu bekommen. Offensichtlich hat Eiken nicht übertrieben, als sie ihre guten Beziehungen zu den Weinhändlern, Gastronomen und Schauspielern betont hat. Leander jedenfalls ist angemessen beeindruckt und sagt seiner Begleiterin das auch, während sie Flammkuchen essen und dazu einen Wein nach dem anderen aus dem reichhaltigen Sortiment verkosten.

Dann gibt es eine Pause. Die erste Hälfte der Lesung war so spannend und lebensnah, dass nun überall an den Tischen über das harte Leben vor einhundertfünfzig Jahren diskutiert wird. Leander denkt an seinen Urgroßvater, der vermutlich als Steuermann zur See gefahren ist. Zwar muss das lange nach dem Tod Jens Jacob Eschels im Jahre 1842 gewesen sein, aber da die Entwicklung auf den Inseln nur sehr langsam vonstattengegangen ist, werden die Lebensumstände zu der Zeit nicht minder schwer gewesen sein.

Als er Eiken von seinen Gedanken erzählt, beugt die sich etwas vor und meint: »Seefahrtschulen gab es hier in der Gegend nicht so häufig. Wenn dein Urgroßvater ebenfalls auf einer gewesen ist, kann das doch durchaus die in Nieblum gewesen sein. Auf den Halligen gab es sicher keine, und nach Sylt wird er auch nicht gefahren sein.«

»Möglich. Das würde auch erklären, warum er später ganz hierher übergesiedelt ist.«

»Was sagt Tom denn dazu?«

»Wenig. Er hält sich momentan mir gegenüber etwas zurück. Wahrscheinlich ist er sauer, weil ich die Wandergesellen verdächtigt habe.«

»Gibt es da eigentlich etwas Neues?«

»Tja, wenn ich das wüsste. Die Laborergebnisse von den Spuren aus Dunsum müssten langsam da sein, aber mein

Kontakt zur Quelle ist leider momentan auch versiegt. Lena ist noch saurer als Tom – weil ich ihr ins Handwerk pfusche.«

»Du hast echt Talent, dir Feinde zu machen«, stellt Eiken lachend fest.

»Was muss ich tun, damit du dich nicht auch noch von mir zurückziehst?«

»Wein bestellen.«

»Schön, dass du so genügsam bist.«

»Das täuscht. Warte erst einmal ab, bis du weißt, welchen Wein ich haben möchte.«

Gerade noch rechtzeitig vor dem zweiten Teil der Lesung sind alle Gäste versorgt, so dass die beiden Bedienungen sich hinter der Theke fallen lassen können, während der alte Kapitän zufrieden über seine Brille hinweg auf die Zuschauer blickt, bevor er den zweiten Lebensabschnitt, den des *Kaufmanns* Jens Jacob Eschels, einleitet. Auch Torsten Tews ist jetzt kostümbedingt um Einiges gealtert und gesetzter und nicht mehr der abenteuerlustige Jungspund aus dem ersten Teil. Leander bewundert die Verwandlungskunst der beiden Schauspieler.

Während die Hamburger Zeit, die unter dem Regiment Dänemarks gestanden hat, auf der Bühne ihren Lauf nimmt, schweifen Leanders Gedanken ab zu dem Grabstein seiner Urgroßeltern, dessen rustikales Bild durch die altertümliche Sprache des Kapitäns vor sein geistiges Auge gerufen wird. Einen solchen Steinblock auf dem Friedhof zu sehen, ist eine Sache. Ihn aber vor dem Hintergrund der Lebensumwelt seiner Entstehungszeit zu betrachten, ja, durch das Schauspiel auf der Bühne geradezu in diese Zeit zurückversetzt worden zu sein, ist etwas ganz anderes. Dadurch entsteht eine emotionale Verbindung. Zeit scheint gar keine Rolle mehr zu spielen, so, als wäre sie keine reale Kategorie, kein Abstand und schon gar nicht unüberbrückbar. Leander sieht seinen Urgroßvater Cordt in seiner Uniform vor dem kleinen Häuschen in Nieblum in die Kutsche steigen, die schon seine große Seekiste hinter der Kabine trägt. Urgroßmutter Hilke tritt verweint unter die niedrige Tür, auf dem Arm ein kleines Kind, und sieht zu, wie ihr Mann aufbricht und sie für Monate alleine lässt – vielleicht sogar für immer. Der Kutscher verschließt den Schlag, steigt auf den Bock und greift nach seiner Peitsche, mit der er das Pferd sanft auffordert, sich in Bewegung zu setzen. Cordt Leander blickt über den Schlag hinweg und winkt. Sein Gesicht zeigt keine Regung, die Augen wirken entschlossen. Es muss sein, da gibt es keine Alternative. Hilke winkt noch, als die Kutsche schon um die nächste Biegung verschwunden ist, dann tritt sie unter dem niedrigen Türstock zurück in das dunkle Innere ihres Häuschens und drückt die abgeblätterte Holztür langsam ins Schloss. Zurück bleibt eine verwaiste Straße, in deren Sand die Spuren der Kutschenräder aus dem Dorf hinausführen.

»Henning? Erde an Henning!«, wird Leander unsanft aus seinen Träumen gerissen, und er merkt erst jetzt, dass um ihn herum Applaus aufbrandet.

Eiken blickt ihn lachend und kopfschüttelnd an. »Da träumt der Kerl mit offenen Augen. Ich hoffe, es war wenigstens schön.«

»Traurig war's«, entgegnet Leander und berichtet von der Reise ins neunzehnte Jahrhundert, die er gerade hinter sich hat. »Und so nah, als wäre ich wirklich dabei gewesen.«

»Wenn du Diana davon erzählst, wird sie dir erklären, dass du tatsächlich da gewesen bist. Nach ihrer Theorie gibt es eine Sphäre, in der die Dimensionen von Raum und Zeit überhaupt keine Rolle spielen. In dieser Sphäre bist du als Reisender unterwegs gewesen, und wer weiß, vielleicht hast du damals ja wirklich gelebt, vielleicht warst du dein Urgroßvater oder das kleine Kind auf dem Arm deiner Urgroßmutter. Und vielleicht ist das die Erklärung dafür, warum du dich so sehr für die Geschichte interessierst, die ja wohl offensichtlich etwas in dir zum Klingen bringt.«

»Tut mir leid, aber das ist mir zu esoterisch. Außerdem kann ich das Kind auf Hilkes Arm gar nicht gewesen sein, denn das dürfte ja wohl mein Großvater Heinrich gewesen sein, und den habe ich noch gekannt.«

Am Nebentisch wird jetzt begeistertes Stimmengewirr laut, als sich Torsten Tews und Michael Steuer – wieder in ihrer normalen Kluft – zwischen ihren Freunden niederlassen. In Leanders Ohr hebt auch prompt das altbekannte Pfeifen an, in dessen Folge er nicht einmal mehr verstehen kann, was Eiken gerade zu ihm sagt. Jetzt ist es also wieder so weit: Er kann die Stimmen um sich herum nicht mehr voneinander trennen.

»Was ist los?«, ruft Eiken etwas zu laut direkt neben seinem Ohr und blickt erschrocken auf sein verkniffenes Gesicht.

»Lass uns gehen«, antwortet er. »Ich erkläre es dir draußen.«

Als die beiden schließlich durch die Fußgängerzone in Richtung Mittelbrücke schlendern und Leander Eiken von seinen Tinnitus-Problemen berichtet, hakt sie sich bei ihm ein, legt sanft ihren Kopf auf seine Schulter und hört einfach nur zu. Leander ist erstaunt, wie gut das tut. Außerdem wird ihm klar, dass ihm genau das schon so lange fehlt.

»Du solltest zu Diana gehen«, rät Eiken schließlich. »Es ist kein Zufall, dass du den Hörsturz hattest, nachdem dein Vater gestorben war und du den ersten Kontakt zu deinem Großvater bekamst. Jetzt wühlst du die Verbindung zu deinem Urgroßvater auf, und schon ist der Tinnitus wieder da.«

»Aha, und was für einen Zusammenhang soll es da deiner Ansicht nach geben?«, zweifelt Leander.

»Das weiß ich nicht, aber ich weiß, dass du die Erklärung von Diana bekommen kannst.«

»Sei mir nicht böse, aber für mich ist das alles Spinnerei. Ich kann mit so etwas nichts anfangen.«

Eiken lächelt ihn an, als wolle sie sagen: Lass nur, wenn die Zeit reif ist, begreifst du das auch noch alles.

Er denkt an seine erste Begegnung mit Diana im letzten Sommer. In Mephistos Biergarten hat sie sich neben ihn gesetzt und ihn nach dem Pfeifen in seinem Ohr gefragt, als könne das jeder laut und deutlich hören. Aber den leisen Zweifel, der nun tief in seinem Inneren an ihm nagt, lässt er nicht zu. Blödsinn, das alles. Bestimmt hat Mephisto ihr von seinem Hörsturz erzählt. Den Rest konnte sie sich denken, denn ein Pfeifen im Ohr ist nach so einer Erkrankung schließlich normal.

»Und was ist mit dir?«, erkundigt er sich bei Eiken. »Hat deine Aufstellung bei Diana etwas gebracht?«

»Zumindest weiß ich jetzt, wo meine Prioritäten liegen.«

»Aha, und wo liegen sie?«

Eiken lächelt ihn an, sagt aber statt einer direkten Antwort: »Das war ein wunderschöner Abend. Allerdings ist mir der Wein etwas zu Kopf gestiegen.«

Vor ihnen liegt jetzt die Mittelbrücke über dem sanft schwappenden dunklen Wasser. Als Leander auf sie zusteuert, zieht Eiken ihn leicht zur Seite in Richtung Strand. »Lass uns etwas am Wasser entlanggehen.«

Auf der Schräge des Spülsaums weicht sie etwas von seiner Seite, fasst ihn dafür aber an die Hand. Schweigend schlendern sie so an der Wasserlinie entlang, vorbei am runden Bau des *Café Valentino*, das hell erleuchtet an der Promenade liegt. Hinter dem Wellenbad lichten sich die Strandkorbreihen und werden erst wieder dichter, als das erste Strand-Café in Sichtweite kommt. Der Mond steht groß und rund über dem spiegelglatten Wasser, zahllose Sterne bevölkern den schwarzen Himmel, ein leichter Luftzug geht. Eiken zieht Leander hinüber zu einem Strandkorb, der von dem zuständigen Strandwärter beim Verschließen aller Körbe mit einem Holzgitter wohl vergessen worden ist. Sie setzen sich hinein, lehnen sich zurück, blicken über den Spiegel des nächtlichen Sternenhimmels an der Wasseroberfläche, schweigen.

Wie lange sie so sitzen, weiß Leander nicht. Er fühlt nur, dass sich zwischen ihnen etwas verändert hat, dass es schön ist und dass er schon so lange keinen derart harmonischen Abend mehr gehabt hat. Lena würde er jetzt in den Arm nehmen und küssen. Warum macht er das bei Eiken nicht auch? Hat er Angst, dass sie ihn zurückweist? Nein. Er spürt, dass sie das nicht machen wird. Was also hält ihn zurück? Lena? Lena ist an diesem Abend so weit weg wie schon lange nicht mehr. Und das ist nicht nur räumlich zu verstehen. Und zeitlich auch nicht. Wie aber dann?

Was sind schon Raum und Zeit, wenn man sich in diesen Sphären befindet?, denkt Leander und lacht.

»Was ist?«, fragt Eiken. »Was findest du so lustig?«

»Ach, nichts«, antwortet Leander und drückt sanft ihre Hand.

23

»Na bitte!«, frohlockt Kriminalhauptkommissar Dernau und schiebt Jens Olufs das Fax aus Flensburg über den Tisch.

Der greift danach und überfliegt die Ergebnisse aus dem Labor der Kriminaltechnik. Woykes Männer haben zweifelsfrei nachweisen können, dass Lorenz Hendricksen und zumindest einer seiner Kumpels am Tatort in Witsum gewesen sind. Der Ohrabdruck stammt von Hendricksen, die Fingerabdrücke auf dem Griff der Innenseite der Tür ebenfalls. Die übrigen Treffer hat der Computer-Abgleich ergeben: Zwei Haare, die in der Mütze gefunden worden sind, stammen von Nils Frerich, einem der beiden jungen Männer, die Hendricksens Alibi bestätigt und angeblich mit ihm Schach gespielt haben. Außerdem gibt es mehrere weitere Spur-Spur-Treffer beim Abgleich mit anderen Einbrüchen auf der Insel. Mehrmals tauchen die Fingerabdrücke des zweiten Kumpels von Hendricksen, Sören Ropers, auf. Das Alibi ist damit endgültig geplatzt. Nahezu alle Bagatelleinbrüche des letzten halben Jahres auf Föhr können den drei Männern nachgewiesen werden.

»Warum machen Sie so ein Gesicht?«, stichelt Dernau. »Freuen Sie sich. Ihre Inselkriminellen sind gefasst.«

»Schon, aber die haben nur die kleinen Einbrüche begangen«, wendet Olufs ein. »Keine Übereinstimmung mit der DNA aus Dunsum. Das heißt, dass sie den Bruch in Norddorf nicht begangen haben. Außerdem deutet es darauf hin, dass sie dann auch nicht für die anderen großen Einbrüche verantwortlich sind. Das finde ich nicht gerade erfreulich.«

»Mein Gott, Olufs, was erwarten Sie denn? Haben Sie ernsthaft geglaubt, dass diese Idioten die Villeneinbrüche begangen und Millionenbeute gemacht haben? Sie haben ihre erste Einbruchserie aufgeklärt, für die Sie ganz alleine verantwortlich sind. Die dicken Dinger überlassen wir den Kollegen vom LKA.«

Jens Olufs blickt seinen Kollegen aus Niebüll zweifelnd an, aber der scheint das ernst zu meinen. Und er hat ja auch recht. Damit, dass sie die drei Möchtegern-Einbrecherkönige gefasst haben, kommt ein gutes Stück Klarheit in die bisher unübersichtliche Gemengelage. Für internationale Banden ist ein Dienststellenleiter auf Föhr nun wirklich nicht zuständig. Was glaubt er eigentlich, wer er ist? Chefermittler bei Scotland Yard?

»Dann wollen wir mal«, fordert Dernau ihn auf und erhebt sich aus seinem Stuhl. »Oder sollen wir warten, bis die beiden anderen abgehauen sind?«

Natürlich, Frerich und Ropers sind ja noch auf freiem Fuß. Olufs hatte keinerlei Handhabe, sie festzuhalten, nachdem er ihre Aussagen aufgenommen hat. Wahrscheinlich glauben die noch immer, dass sie nur schweigen müssen, damit ihnen niemand etwas anhaben kann. *Hoffentlich* glauben sie das noch und sind nicht längst über alle Berge. Olufs schnappt sich seine Dienstmütze und folgt Dernau aus dem Büro.

»Dennis, wir brauchen zwei Streifenwagen und vier Mann«, ruft er dem diensthabenden Beamten hinter dem Tresen zu. »Schick einen davon zu der Adresse von Nils Frerich und einen zu Sören Ropers. Die kaufen wir uns jetzt.«

Lena resümiert in ihrem Büro die Ergebnisse von Föhr, Amrum und Seebüll, die sie vor wenigen Minuten in der Lagebesprechung der Sonderkommission referiert bekommen hat. Alle waren sich einig, dass sie nun davon ausgehen können, es mit einer international operierenden Bande zu tun zu haben. Helene Conradi hat sämtliche Daten sofort an das *Art Loss Register* in London weitergeleitet, und die

Kriminaltechniker haben die DNA-Spuren mit den Spuren der anderen bundesweiten und internationalen Einbrüche verglichen.

Die am Tatort in Norddorf sichergestellte DNA stammt von keinem der Männer aus den zuvor hypothetisch aufgestellten potenziellen Täterkreisen. Der Abgleich der von Leander abgelieferten Taschentücher aus Dunsum mit dem Kaugummi aus Norddorf weist zwar eine achtundneunzigprozentige Übereinstimmungswahrscheinlichkeit auf, was eigentlich keinen ernsthaften Zweifel mehr zulässt, aber dummerweise haben weder die Wandergesellen noch Lüdecke oder Geerkens das Erfrischungsgetränk geleert. In Kombination mit der darin versenkten Fahrkarte und ihren Alibis heißt das: Sie waren es nicht.

Bleibt also nur noch die Theorie von der international operierenden Bande, möglicherweise mit Verbindungen nach Osteuropa. Dafür sprechen die weiteren eben referierten Ergebnisse: Neben dem Spur-Spur-Treffer bezüglich der Schuhabdrücke aus Düsseldorf, Utersum und Norddorf gibt es nun ebenfalls einen aus dem Abgleich der DNA an den Taschentüchern aus Dunsum mit einer DNA-Spur, die vor etwa einem Jahr in Hannover sichergestellt worden ist. Die Einbrecher aus Norddorf sind demnach dieselben wie die aus Hannover. Außerdem ist das ein weiterer Hinweis darauf, dass sich die Täter an einen festen Routenplan lang und quer durch Deutschland halten.

Gregor Steffens hatte daraufhin die Idee, eine Liste aller in Schleswig-Holstein lebenden Kunstsammler anzulegen, da man nun davon ausgehen könne, dass sich die Bande nach Seebüll entweder weiter Richtung Norden, also nach Dänemark, oder aber wieder Richtung Süden, also lang durch Schleswig-Holstein arbeiten würde. In letzterem Fall könnte man ihnen durch den Einsatz zusätzlicher und von den Alarmanlagen unabhängiger Überwachungstechnik vielleicht auf die Spur kommen. Lena bezweifelt zwar, dass ein solcher Aufwand realistisch durchführbar ist, aber es kann ja nicht schaden, wenn Gregor Steffens und Sven Schröter es zumindest einmal als Planspiel durchexerzieren.

Helene Conradi hat sich bereit erklärt, ihre Kontakte zu nutzen, um auch die Namen der Sammler beizutragen, die eher inkognito ihrem Hobby nachgehen und Käufe und Verkäufe durch Makler und Strohmänner vornehmen, um eben nicht Ziel von Verbrechern zu werden. Ulf de Vries wird seinerseits Warnungen an alle in Frage kommenden Versicherten herausgeben und sich darüber hinaus aus der Ermittlungsarbeit der Sonderkommission zurückziehen. Er hat keinerlei Anhaltspunkte dafür gefunden, dass es sich bei den Einbrüchen der letzten Zeit um Versicherungsbetrug handeln könnte. Damit ist zumindest seiner direkten und aktiven Mitarbeit in der SoKo der Boden entzogen.

Der Einbruch in Seebüll hat allerdings keine verwertbaren Spuren geliefert, wenn man einmal von den obligatorischen Klebstoffresten absieht. Lena hat in der Sitzung durchgesetzt, dass ab sofort detaillierte Warnungen an alle öffentlichen und privaten Sammlungen und Museen herausgehen, indem die Einrichtungen gezielt über die Ausspürtechniken informiert werden. Wer daraus keine Schlüsse zieht, keine entsprechenden Sicherheitsmaßnahmen folgen lässt und dann Opfer der Einbrecherbande wird, ist selber schuld.

Lena hat das Gefühl, keinen Faden mehr in der Hand zu halten. Auch wenn sie Leanders Einmischungen aufs Schärfste ablehnt, hat sie bis gestern wenigstens die Tatsache zu schätzen gewusst, Verdächtige zu haben. Jetzt hat sich aber gezeigt, dass Leander falsch gelegen hat. Offensichtlich hat er in seinem blinden Eifer und mangels Übung sein Gespür, über das er früher zweifelsfrei verfügt hat, inzwischen verloren. Wenn die Einbrecher in Utersum, Norddorf und Seebüll ein und dieselben sind, können die Wandergesellen nicht die Täter sein. Die haben für Norddorf ein Alibi, die DNA von den Taschentüchern stammt von keinem der drei, und für den Einbruch in Seebüll können sie gar nicht erst in Betracht gezogen werden.

Lena ist über sich selbst erschrocken, als sie bemerkt, mit wie viel Häme sie über die aktuellen Defizite ihres Freundes nachdenkt. Wie konnte es nur passieren, dass sie sich so schnell dermaßen auseinanderentwickelt haben? Bewahrheitet sich hier die Binsenweisheit, dass Beziehungen auf Distanz auf Dauer nicht funktionieren? Wenn das so ist, welche Konsequenz wird das haben, wenn sie jetzt auch noch international Karriere macht? Bei dieser Frage wird Lena klar, dass sie vor einer eindeutigen Antwort zurückschreckt. Es wird Zeit, dass sie Urlaub bekommt und die Sache mit Leander zusammen klärt. Am Ende, das ist ihr allerdings bewusst, wird sie um eine eigene Entscheidung nicht herumkommen. Und im Grunde tut Leander Lena ja sogar ein bisschen leid. Jetzt, da feststeht, dass sie den richtigen Riecher gehabt hat, kann sie das ruhig zulassen.

Ihre Bürotür öffnet sich und Sven Schröter tritt ein. »Entschuldige, ich habe geklopft, aber du hast das offenbar nicht gehört.«

Er klingt besorgt, doch Lena geht nicht darauf ein und nutzt die Störung, um sich aus ihren trüben Gedanken zu befreien. Nur der Kloß im Hals und das Gefühl, etwas schnüre ihr die Brust ein, bleiben zurück, als sie Sven Schröter auffordernd ansieht.

»Ein Fax von Föhr.« Er lässt einen Zettel vor Lena auf den Schreibtisch segeln. »Dieser Olufs meldet, dass er drei Tatverdächtige festgenommen hat. Die Kerle haben eine ganze Reihe von Einbrüchen gestanden. Scheinen zu singen wie die Nachtigallen, weil sie sich wohl Strafmilderung erhoffen, wenn sie kooperativ sind. Leider sind auf der Liste nur die kleinen Einbrüche ohne nennenswerte Beute verzeichnet.«

»Weiß ich.« Lena überfliegt das Fax aus Wyk. Dernau und Olufs sind zu denselben Ergebnissen gekommen wie die Mitarbeiter der SoKo in Kiel. Respekt, Kollegen, denkt Lena. Ihr schafft zu zweit das, was bei mir ein ganzer Stab mühsam zusammenträgt.

»Wo ist eigentlich dieser Typ vom Zoll?« Sven Schröter lässt sich Lena gegenüber auf einem Stuhl nieder. »Nicht dass ich den vermisse, aber ich wüsste schon gerne, was die Leute machen, die man unserer SoKo zugeteilt hat.«

»Der treibt sich auf Föhr herum. Frag mich nicht, was er da genau ermittelt. Seit dem Einbruch in das *Friesenmuseum* folgt er jedenfalls irgendeiner Spur.«

»Wäre schön, wenn er wenigstens zwischendurch einmal Bericht erstatten würde«, erregt sich Schröter. »Wo kommen wir denn hin, wenn jeder nur sein eigenes Ding abzieht? Vielleicht weiß er etwas, das für uns entscheidend sein könnte. Und wir ermitteln uns hier einen Wolf!«

»Beruhige dich, Sven. Sobald ich Kontakt zu ihm bekomme, kriegt er einen Einlauf. Allerdings glaube ich kaum, dass unser Freund Pückler ganz alleine den Fall löst, während wir im Nebel stochern. Wenn du darauf bestehst, beordere ich ihn hierher. Aber ehrlich gesagt bin ich froh, dass uns kein unnützer Ballast am Bein hängt.«

»Lass gut sein, Lena. Ich will nur das Gefühl haben, über alle Informationen zu verfügen, die zurzeit greifbar sind.«

Einen Moment lang sitzen sich die beiden Leiter der Sonderkommission schweigend gegenüber und hängen jeder seinen Gedanken nach.

»Gut, dann will ich mal alles zusammenfassen und an den Kollegen Trienekens weiterleiten.« Sven Schröter erhebt sich. »Ehrlich gesagt stinkt mir, dass der Idiot jetzt als Mittelsmann zum BKA fungiert. Ich finde, das ist eigentlich deine Aufgabe.«

»Auch in dem Fall bin ich froh, dass ich ihn zwischen den Füßen weg habe.«

»Du nimmst das zu leicht, Lena. Pass auf, dass Trienekens dir am Ende nicht den Rang abläuft. Das ist dein Fall.«

»Was soll schon passieren? Ahrenstorff hat Gerd abgeräumt und aufs Abstellgleis geschoben. Im Grunde ist er raus aus den Ermittlungen. Keine Angst, Sven, den Tannenzweig stecken wir beide uns am Ende an den Hut.«

»Hoffentlich hast du recht«, zweifelt er, grüßt kurz mit der Hand und verlässt den Raum.

Lena sieht ihm nach und lehnt sich zurück. Dann faltet sie ihre Hände hinter dem Kopf und hebt den Blick zur Decke. Sie spürt förmlich, wie die Energie aus ihrem Körper entweicht. Trouble an allen Ecken und Enden: Henning pfuscht ihr ins Handwerk und traut ihr offenbar nichts zu; Gerd Trienekens geht offen auf Konfrontationskurs; Gandolf Pückler hält es nicht einmal für nötig, sie über seine Alleingänge zu informieren; das BKA fuhrwerkt im Hintergrund herum und lässt sich nicht in die Karten schauen. Und bei alldem ist Lena klar, dass sie alleine am Pranger stehen wird, wenn ihre Ermittlungen nicht den gewünschten Erfolg haben. Scheiß-Job!

Da steht Sven Schröter erneut in der Tür und berichtet von der Katastrophe, die sich im gerade einmal 150 Kilometer entfernten Alkersum ereignet hat.

24

»Hier sind sie reingekommen.« Museumsleiter Frieder Nykerk deutet auf das Doppelfenster am Ende des Galerieganges im ersten Stock, das durch den leichten Luftzug locker in seinen Angeln pendelt.

Lena tritt an die Nische heran und blickt über eine winzige Dachterrasse hinweg auf die Dorfstraße. »War das Fenster denn nicht gesichert?«, fragt sie ungläubig.

Helene Conradi zieht missbilligend die Augenbrauen hoch und erwartet offensichtlich ebenso gespannt wie Lena die Antwort von Frieder Nykerk.

Der hebt die Schultern und lässt sie langsam wieder sinken, erkennt aber augenscheinlich, dass das keine hinreichende Antwort ist. »Irgendwie haben sie die Sicherung ausgeschaltet. Wie die Kerle das Alarmsystem umgehen konnten, ist mir ein Rätsel.«

Lena sucht nach Anzeichen, dass mit diesem Einbruch etwas

nicht stimmt, aber der Mann macht einen ehrlich betroffenen Eindruck. Er ist etwa fünfundvierzig Jahre alt, trägt schwarze Lederschuhe zu einer verwaschenen blauen Jeans und einem ebenfalls blauen Fischgrät-Sakko über einem fein hellblau-weiß gestreiften Hemd ohne Krawatte. Insgesamt bekommt er das Kunststück hin, ebenso elegant wie lässig zu erscheinen, was Lena nicht ohne Gefallen zur Kenntnis nimmt. Sie müsste sich schon sehr täuschen, wenn dieser Mann einen groß angelegten Versicherungsbetrug begehen würde, zumal bislang nicht einmal geklärt ist, welchen Nutzen er davon haben sollte und ob die gestohlenen Bilder überhaupt versichert sind.

Lena sieht sich in dem ungewöhnlichen Raum um, der eigentlich nicht mehr ist als ein Balkon oder eine offene Galerie in U-Form. In der Mitte, zwischen den Geländern, fällt ihr Blick tief hinunter in einen Speiseraum von *Grethjen's Gasthof* mit nobel gedeckten Tischen wie in einem Sternerestaurant. An den drei zugänglichen Wänden der Galerie-Etage hängen etwa dreißig bis fünfunddreißig Aquarelle mit inseltypischen Motiven, die zum Teil geradezu fotorealistisch anmuten, zum Teil aber auch fantastisch verfremdet sind.

»Hier fehlt ja gar kein Bild«, stellt sie erstaunt fest.

»Natürlich nicht«, bemerkt Nykerk etwas abfällig. »Hindelang klaut doch keiner. Viel zu unbedeutend. Unten in den anderen Räumen sieht das ganz anders aus. Alle Noldes sind weg.«

»Hindelang? Götz Hindelang?«

»Unser Inselmaler. Ganz kleines Licht im Vergleich zu dem, was wir hier sonst so ausstellen.«

Lena geht nicht auf diese Wertung ein, schließlich gehört Götz Hindelang zu ihren Freunden hier auf der Insel. Und über Kunstgeschmack lässt sich bekanntlich streiten; darüber, was überhaupt Kunst ist, sowieso. »Weshalb stellen Sie seine Bilder dann überhaupt aus?«

»Eine Gefälligkeit. Hindelang ist in der Kunstsammlerszene auf der Insel so etwas wie ein Geheimtipp. Gesellschaftlich schmückt man sich gerne mit dem vielversprechenden Maler.

Wenn dann hochkarätige Mitglieder unseres Fördervereins an mich herantreten und fragen, ob ich nicht einmal eine Ausstellung für ihn organisieren will, kann ich das unmöglich ablehnen. Außerdem nutzen wir selbst gelegentlich Hindelangs Sachkenntnis. Er ist ein erstklassiger Kunsthistoriker, als Maler ist er bestenfalls zweitrangig. Deshalb klaut auch keiner seine Bilder. Das könnten wir auch gut verschmerzen. Der Verlust unseres Noldes ist dagegen eine Katastrophe.«

»Dann zeigen Sie uns mal die ganze Bescherung.«

Lena und Helene Conradi folgen dem Leiter des *Museums Kunst der Westküste* über die Treppe hinunter durch den Gastraum des Restaurants in das Foyer, wo er einer jungen Frau winkt, ihnen zu folgen. »Meine Assistentin«, erklärt er knapp. »Kay-Sölve Jannings.«

Frau Jannings nickt den Beamten freundlich-distanziert zu. Sie hebt sich deutlich von dem legeren Auftreten ihres Vorgesetzten ab. Zu einem dunkelblauen Kostüm der oberen Preiskategorie trägt sie elegante hochhackige Schuhe, aber nicht so hoch, dass sie darin nicht absolut sicher laufen könnte. Außerdem ist sie deutlich geschminkt, allerdings nicht so stark, dass es künstlich oder gar billig wirken würde. Insgesamt ist sie eine betont elegante Erscheinung, ohne in der Betonung die Grenze zur Aufdringlichkeit zu überschreiten. Eine Meisterin der Gratwanderung, denkt Lena anerkennend.

Durch eine matte Glastür betreten sie einen weitläufigen Saal, dessen Wände ungewöhnlich dicht mit Bildern behängt sind. Im Gegensatz zu Hindelangs leichten Aquarellen wirken die Gemälde hier wie alte Schinken in dunklen Brauntönen und schweren Rahmen, die einem schlicht den Atem nehmen.

»Das sieht ja ganz schön gequetscht aus«, bemerkt Lena.

Die Bilder hängen in mehreren Reihen über- und nebeneinander, wobei die unterschiedlichen Formate nicht einmal in der Höhe aufeinander abgestimmt sind. Das Ganze erinnert eher an eine Natursteinmauer als an eine Vernissage.

»Salon-Hängung«, erklärt Kay-Sölve Jannings unter dem zustimmenden Nicken des Museumsleiters. »So bekommen wir mehr Bilder an die Wände, als wenn wir sie einfach mit Abstand nebeneinander hängen würden. Das ist modern heute und wird in vielen Museen der Welt so gemacht.«

Der Raum sieht aus wie das Innere einer riesigen Fabrikhalle, ganz in kaltem Weiß gehalten, ohne eingezogene Zwischendecke und damit offen bis in den spitz zulaufenden Betongiebel. Licht fällt nur durch sehr schmale horizontale Fensterschlitze in den Dachschrägen herein und in der linken Wand durch zwei schmale doppelflügelige Fenster mit Milchglasscheiben. In der Mitte des Raumes laden breite Sitzbänke mit schwarzem Lederbezug die Besucher dazu ein, sich hinzusetzen und die Kunst um sich herum auf sich wirken zu lassen.

»Komisch«, wundert sich Lena. »Von außen sieht das Gebäude doch eher wie eine Scheune aus. Irre ich mich, oder hat es nicht sogar ein Reetdach?«

»Das ist reine Fassade«, winkt Frieder Nykerk ab. »Wir haben eine Reetschicht über den Beton decken lassen, weil das uriger aussieht und den Charakter der Scheune aufnimmt, die hier früher einmal stand. Das passt auch besser ins Ortsbild. Aber selbstverständlich würden wir Millionenwerte wie die meisten unserer Bilder niemals in eine Scheune hängen. Allein die Brandgefahr! Von der Einbruchsicherung ganz zu schweigen.«

»Die ja in diesem Betonklotz wunderbar funktioniert hat«, stichelt Helene Conradi und erntet dafür ein Stirnrunzeln des Museumsleiters und einen finsteren Blick seiner Assistentin.

»Gut, dann zeigen Sie uns mal, welchen Weg die Einbrecher Ihrer Ansicht nach genommen haben«, ordnet Lena an.

»Von der Galerie bis hier genau den, den wir auch gegangen sind. Dieser Raum war für sie offensichtlich relativ uninteressant. Hier hängen die Gemälde aus dem 19. Jahrhundert; überwiegend Bilder von den Nordfriesischen Inseln und Halligen, wie zum Beispiel gleich hier die *Bergung eines Wracks am Kliff von Morsum auf Sylt* von Emil Neumann aus dem Jahre 1880. Oder dort hinten …«

»Danke, Herr Nykerk, fürs Erste reicht uns eine thematische Einordnung. Zu den Einzelbildern fragen wir Sie, falls das nötig ist«, unterbricht Helene Conradi, der der smarte Museumsleiter sichtlich auf die Nerven geht.

»Tja, nun gut. Wie Sie wünschen. Ich wollte auch nur darauf hinweisen, dass die Maler in diesem Raum durchaus regionale Bedeutung haben, aber keine, die auf dem internationalen Kunstmarkt einen Run auslösen würde.«

Lena nickt ihm lächelnd zu, was ihn offenbar wieder versöhnt, denn er fährt übergangslos fort: »Unsere Ausstellung trägt den Titel *Von Bergen bis Bergen*. Gemeint sind das holländische und das norwegische Bergen. Entsprechend beschränken wir uns wirklich auf regionale Künstler aus allen Epochen. Rembrandts und Da Vincis finden Sie bei uns nicht. Mit ganz wenigen Ausnahmen, wie ich zugeben muss. Kommen Sie, gleich im nächsten Durchgang haben wir die ersten Verluste.«

Der Durchgang ist tatsächlich nur ein solcher, schmal, lang und eigentlich zu eng für Bilder, vor denen man stehen bleiben kann, wenn gleichzeitig andere Besucher vorbei wollen. Entsprechend verwundert ist Lena, dass gerade hier bedeutendere Bilder gehangen haben sollen als im geräumigen Salon. Nykerk bleibt stehen und gibt seiner Assistentin ein Zeichen. Die schlägt einen kleinen Ringblock auf und tippt mit ihrem Kugelschreiber auf die erste Seite.

»Hier haben drei Noldes gehangen: die *Nordfriesische Landschaft mit Bauernhaus*, die *Küstenlandschaft*, beide undatiert, und *Marschlandschaft, Abbruchkante, Sielzug und Mühle* von 1920. Alle drei weg!« Die Assistentin blickt erwartungsvoll auf, als müsse nun ein anerkennender Kommentar folgen.

Stattdessen seufzt Frieder Nykerk leise und zieht auf seine eigentümliche Art die Schultern hoch. »Unbezahlbar«, murmelt er. »Gar nicht auszudenken, wenn Sie die Kerle nicht kriegen, bevor die die Bilder abgestoßen haben.«

Sie gehen weiter in den nächsten Raum, der durch eine abgehängte Decke deutlich niedriger wirkt als die stilisierte Scheune. Die Bilder werden hier indirekt und künstlich aus Spalten zwischen Deckenabhängung und Wänden beleuchtet.

»Jahrhundertwende«, erklärt Nykerk. »Erstaunlicherweise haben die Diebe hier nichts gestohlen, obwohl das da drüben ein Piet Mondrian ist, die *Broeksijdse Mühle* von 1905. Ausgesprochen wertvolles Stück, und Mondrian ist ein Künstler von internationalem Rang. Aber kommen Sie, so langsam erreichen wir echte Highlights unserer Sammlung.«

Der folgende Durchgang wird erweitert durch zwei schmale Gänge, die in seiner Mitte nach links und rechts abgehen. Durch stoffverhängte Fenster an den Stirnseiten, die von der Decke bis zum Boden reichen, fällt weiches Licht.

»Sind die Fenster hier ähnlich schwach gesichert wie die oben auf der Galerie?«, erkundigt sich Lena.

»Wo denken Sie hin?«, erregt sich Frieder Nykerk. »Hier kommt keiner rein. Die Rahmen sind feste Elemente aus Stahl mit absolut einbruchsicherem Glas. Sogar schussfest ist es. Wir haben uns da gut beraten lassen.«

»Und warum ist die Dachterrasse nicht vergleichbar gut abgesichert?«

»Das ist sie ja. Jedenfalls was die Alarmanlage angeht. Die Fenster sind natürlich keine festen Elemente. Man muss sie ja öffnen können, und genau das scheinen die Einbrecher gewusst zu haben. Wer ahnt denn auch, dass die so dreist sind und von der Straßenseite her einsteigen? Normalerweise kann man dort nicht hinaufgelangen, ohne dass man von der Hauptstraße her gesehen wird. Zusätzlich wird die Terrasse mit Videokameras überwacht. Nicht mal eine Regenrinne führt da hinunter, an der man hochklettern könnte. Aber wir hatten leider im letzten Monat einen Sturmschaden auf dem Reetdach, und die Dachdeckerfirma hat ihr Gerüst noch nicht abgebaut, weil wir bei der Gelegenheit gleich unsere großformatigen Transparente für die kommende Ausstellung an der Fassade anbringen lassen wollten. Ich nehme an, dass die Kerle da raufgeklettert sind.«

»Das sehen wir uns nachher einmal genauer an«, meint Lena, an Helene Conradi gewandt.

»Sehen Sie nur …« Der Museumsleiter deutet mit beiden

Händen auf die Gemälde an den Wänden. »Edvard Munch: das *Selbstportrait mit Bart*, die *Strandlandschaft mit Wäscherinnen*, *Mondschein I*, *Alphas Tod*, *Omegas Flucht*, *Badende Frauen* und *Strandlandschaft*. Jetzt erklären Sie mir mal, wie man solche Schätze hängen lassen kann.«

Das muss an den Namen liegen, denkt Lena, *Alphas Tod* und *Omegas Flucht*, puh. Sie sagt aber lieber nichts, denn der Museumsleiter scheint ehrlich entrüstet zu sein über die künstlerische Ignoranz der Einbrecher.

»Es wurden nur Noldes gestohlen«, stimmt Kay-Sölve Jannings ihrem Chef zu und schaut genauso verwundert wie er.

»Das deutet auf Auftragsarbeit hin«, vermutet Helene Conradi. »Die Auftraggeber haben offenbar konkrete Abnehmer für Nolde-Bilder. Das macht uns die Suche eventuell leichter, weil es den Sammlerkreis deutlich einschränkt.«

»Außerdem passt es zu dem Einbruch in Seebüll«, stimmt Lena ihr zu. »Sagen Sie, sind alle Räume mit solchen Kameras ausgestattet?« Sie deutet auf die Videoanlagen in den Ecken direkt unterhalb der Decke.

»Natürlich. Sonst müssten wir ja dauerhaft Aufsichtspersonal in allen Räumen haben.«

»Es gibt also Aufzeichnungen aus der letzten Nacht? Von der Dachterrasse und hier aus den Räumen? Sagen Sie jetzt bitte nicht, dass Ihre Kameras nur am Tag laufen.«

»Natürlich nicht! Wir sind ja nicht blöd. Selbstverständlich gibt es Aufnahmen. Frau Jannings wird Ihnen die Dateien nachher kopieren.«

Wenigstens etwas, denkt Lena. Am liebsten würde sie sich die Filme sofort ansehen, aber der Rundgang ist noch nicht beendet. Sie durchwandern einen langen Gang, an dessen rechter Seite sich Fenster zu einem Binnenhof erstrecken und an dessen linker Seite aufwendige Videoinstallationen zwischen Vitrinen mit moderner Kunst abgespielt werden. Zumindest vermutet Lena, dass es sich bei den Müllsammlungen hinter Glas um Kunst handeln soll, denn das Strandgut, das hier verarbeitet worden ist, trägt tatsächlich Namen wie

Buddelschiffe. Und Müll gibt man ja nun mal gewöhnlich keinen Namen.

»Hier hätte selbst ich nichts geklaut«, flüstert Helene Conradi Lena zu und schüttelt nur fassungslos den Kopf über so viel Trash.

In einem weiteren Raum mit dem Thema *Innenwelten* holt Frieder Nykerk tief Luft, bevor er an Lena gewandt erklärt: »Jetzt folgt unser größter Verlust. Hier« – er deutet auf eine kahle Stelle an der Wand – »hing bis gestern Noldes *Figuren und Blume* von 1915. Das war eine Leihgabe aus dem *Courtesy Kunstmuseet* in Tønder. Ich weiß gar nicht, wie ich das jetzt dem Kollegen dort erklären soll.«

»Nicht versichert«, vermutet Helene Conradi.

»Natürlich nicht. Wissen Sie, was uns das kosten würde?«

»Klar, weiß ich. Aber ich weiß auch, was Sie der Verlust jetzt kostet, und dagegen wäre eine Versicherungsprämie ein Fliegenschiss gewesen.«

»Nachher ist man immer schlauer«, erregt sich Frieder Nykerk. »Wenn wir vorher wüssten, dass bei uns eingebrochen wird, würden wir die Sammlung natürlich versichern.«

»Es ist aber auch unfair, dass die Einbrecher ihre Tat vorher nicht ankündigen«, höhnt Helene Conradi.

»Waren Ihre anderen Noldes etwa auch nicht versichert?«, erkundigt sich Lena.

»Haben Sie nicht zugehört?« Nykerk ist jetzt offensichtlich sauer. »Die Versicherungen verlangen derart horrende Beträge, dass wir unsere Eintrittspreise verzehnfachen müssten, wenn wir noch etwas verdienen wollten. Und jetzt frage ich Sie: Wären Sie etwa bereit, für einen Besuch unseres Museums vierzig oder fünfzig Euro Eintritt zu bezahlen? Pro Person, versteht sich.«

Lena spart sich eine Antwort, kann sich aber des Eindrucks nicht erwehren, dass die Kunstszene in vielerlei Hinsicht außerhalb jeder Vernunft agiert. Da werden einzelne Bilder für Millionenwerte ersteigert, aber die Versicherung kann man sich nicht leisten.

»War's das?«, erkundigt sich die Kriminalhauptkommissarin kopfschüttelnd.

»Das reicht ja wohl.« Frieder Nykerk hat in der letzten halben Stunde eindeutig an Fasson verloren. Der Rundgang ist ihm merklich an die Nieren gegangen. Auch Kay-Sölve Jannings macht einen leicht derangierten Eindruck.

Sie gehen denselben Weg zurück, den sie gekommen sind, und lassen sich schließlich in Nykerks Büro führen. Jannings öffnet mit einem Seitenblick auf ihren Chef einen Wandschrank und erstarrt, als sie hineinblickt. Frieder Nykerk erfasst die Lage ebenfalls sofort und sackt förmlich in seinen Bürosessel.

»Was ist los?«, fragt Lena alarmiert.

»Die Festplatten«, stammelt Kay-Sölve Jannings mit zitternder Stimme. »Von der Videoanlage. Sie sind weg.«

»Was heißt weg?«

»Weg! Hier stand gestern noch eine kleine Serverstation mit zwei großformatigen Festplatten. Zweimal zwei Gigabyte. Jetzt sind sie weg.«

»Das wäre ja auch zu schön gewesen«, murmelt Lena und wendet sich dann an den Museumsleiter, bevor der einen Herzinfarkt erleidet und zu keiner Aussage mehr in der Lage ist. »Wer hat Zugang zur Alarmanlage und zu diesem Schrank hier?«

»Nur Frau Jannings und ich.«

Die Assistentin räuspert sich leicht, als wolle sie Einspruch erheben. Lena sieht sie erwartungsvoll an, während die Blicke der jungen Frau hektisch zwischen ihrem Chef und der Kriminalbeamtin hin und her fliegen.

»Ja, Frau Jannings?«, fordert Lena sie auf.

»Das ist so«, beginnt die junge Frau. »Letzte Woche hatte noch jemand Zugang zu unserer Alarmanlage.«

»Wer?«, fährt Frieder Nykerk sie an.

»Die Dachdecker«, gesteht sie und weicht nun dem bedrohlichen Blick ihres Chefs aus. »Ich hatte zu viel mit der neuen Ausstellung zu tun und du … ich meine Sie ja auch. Ich konnte doch nicht alle paar Minuten einen anderen Teil der Anlage freischalten, also habe ich einem der Dachdecker den Schlüssel gegeben. Ich habe ihn aber sofort zurückbekommen, als die Männer fertig waren. Und die haben das Gelände ja auch nicht verlassen.«

Der Museumsleiter sagt nun nichts mehr. Stattdessen versenkt er sein Gesicht in seine Handflächen.

»Die Anlage wird also mit einem Schlüssel freigeschaltet?«, hakt Lena nach. »Nicht mit einer Zahlenkombination?«

»Genau«, antwortet Kay-Sölve Jannings so kleinlaut, als sei das ein Geständnis.

»Dann werden wir hier keine Klebespuren finden«, vermutet Lena, an Helene Conradi gewandt, und erkundigt sich dann weiter: »Und wer hat Zugang zur Galerie?«

»Eigentlich jeder, das ist ja ein offener Bereich für alle Museumsbesucher. Da muss man theoretisch nicht mal Eintritt zahlen. Aber in den letzten zwei Wochen waren da eigentlich nur die Mitarbeiter des Museums und Götz Hindelang, weil er ja seine Ausstellung dort einrichten musste. Für Besucher war der Bereich offiziell gesperrt.«

»Haben Sie abends kontrolliert, ob die Fenster auf der Galerie verschlossen waren?«

Die beiden Manager blicken sich an, antworten aber nicht, da sie momentan offensichtlich nichts mehr beschwören können.

»Dann müssen wir mit Götz Hindelang und mit den Dachdeckern sprechen«, beschließt Lena das Gespräch. »Welches Unternehmen haben Sie beauftragt?«

»Andreesen. Der hat seinen Betrieb in …«

»Danke, wir kennen Herrn Andreesen.«

»Götz Hindelang müsste eigentlich längst hier sein«, wundert sich Kay-Sölve Jannings. »Wir wollten heute Morgen gemeinsam die Ausstellungseröffnung durchgehen. Er muss uns noch erklären, nach welchen Schwerpunkten und nach welchem Leitgedanken er seine Bilder angeordnet hat.«

»Gut, dann sehen wir uns noch einmal die Fenster auf der

Galerie an. Wenn Herr Hindelang eintrifft, schicken Sie ihn bitte gleich zu uns rauf.«

»Uns brauchen Sie jetzt nicht mehr?«, hofft der Museumsleiter, dessen Gesicht in den letzten Minuten einen Stich ins Graue angenommen hat.

»Danke, Herr Nykerk, wir melden uns, wenn wir noch weitere Fragen haben. Die Kriminaltechniker müssen ebenfalls gleich eintreffen. Schicken Sie sie direkt hinauf.«

Lena und Helene Conradi treffen im Kassenbereich auf Jens Olufs, der etwas verloren mit zwei weiteren Polizeibeamten herumsteht und sofort auf sie zusteuert, als er sie erblickt.

»Herr Olufs, sichern Sie bitte draußen das Gerüst zur Hauptstraße ab. Niemand darf sich daran zu schaffen machen, bevor Paul Woyke und seine Leute es untersucht haben. Das könnte nämlich der Zugangsweg für die Einbrecher gewesen sein. Und lassen Sie Herrn Andreesen holen. Seine Handwerker haben auch hier mal wieder das Dach repariert. Das kann doch kein Zufall mehr sein. Herr Olufs? Geht es Ihnen nicht gut?«

»Doch, doch. Ich hatte nur gehofft, dass die Einbrecher endlich weg sind, weil sie doch bei den letzten Malen auf Amrum und in Dänemark zugeschlagen haben.«

»Kopf hoch, Herr Olufs. Lange wird das nicht mehr dauern. Oder haben Sie hier auf Föhr noch viele bedeutende Kunstsammlungen?«

»Nicht dass ich wüsste, aber ich kenne mich da auch nicht wirklich gut aus«, meint der Polizeihauptkommissar kleinlaut.

Lena und Helene Conradi steigen die Treppe zur Galerie hinauf und nehmen Fenster und Dachterrasse noch einmal unter die Lupe. Aber sie können nichts daran entdecken. Einbruchspuren gibt es hier nicht, jedenfalls nicht für die bloßen Augen der Nichtfachleute. Das Fenster steht einfach nur offen.

»Unglaublich, wenn die Einbrecher tatsächlich von der Museumsleitung ein Gerüst aufgestellt bekommen haben und man ihnen dann noch das Fenster offen gelassen hat«, flachst Helene Conradi. »Ich finde, dieser Service entbehrt nicht der Komik.«

»Haha«, antwortet die LKA-Beamtin, muss aber dann doch selber auch grinsen.

»Lena?«, dringt es von hinten an ihr Ohr, und als sie sich umdreht, kommt Götz Hindelang aufgeregt auf sie zu. »Sag mir bitte, dass das nicht stimmt.«

»Ich bin mir zwar nicht sicher, was du meinst, aber ich fürchte, es stimmt doch. Guten Morgen, Götz.«

Der Maler reicht ihr die Hand, wendet sich an Helene Conradi, um auch sie zu begrüßen, stutzt aber einen Moment, bevor er ihr die Hand schüttelt.

Auch Helene Conradi wirkt irritiert und betrachtet Götz Hindelang aus schmalen Augenschlitzen. »Sagen Sie, kennen wir uns nicht irgendwo her?«

»Nicht dass ich wüsste«, beeilt sich der Maler und wendet sich wieder Lena zu. »Zum Glück sind meine Bilder unversehrt. Aber ich habe gehört, dass alle Noldes weg sind. Stimmt das?«

»Leider ja. Götz, wir müssen dich als Zeugen befragen, weil du Zugang zu dieser Galerie hattest und weil die Einbrecher nach unseren bisherigen Erkenntnissen hier hereingekommen sind.«

»Bitte, nur zu.«

»Hast du von der Museumsleitung einen Schlüssel für die Alarmanlage bekommen?«

»Nein, wozu? Meine Bilder sind nicht separat gesichert.«

»Vielleicht weil du das Fenster zwischendurch geöffnet hast?«

»Das habe ich nicht. Hier drin ist es nicht so warm, dass ich das hätte machen wollen.«

»Auch nicht, als Sie all die Bilder hier heraufgetragen haben?«, mischt sich nun Helene Conradi ein. »Da kommt man doch ins Schwitzen.«

»So schlimm war das nicht. Außerdem hatte ich Hilfe von zwei Freunden.«

»Namen?«, wird Lena hellhörig.

»Tom Brodersen und Henning Leander.« Hindelangs Grinsen gerät nun so breit, dass Lena ihn gern geohrfeigt hätte.

»Waren die beiden alleine hier oben?«, fragt Helene Conradi.

»Klar. Ich habe die Bilder aus dem Auto nach draußen gegeben und die beiden schleppen lassen. Zwischendurch waren sie natürlich alleine hier. Was soll das alles, Lena?«

»Schon gut, Götz«, beschwichtigt die Kriminalhauptkommissarin und erklärt in Richtung ihrer Kunstsachverständigen: »Leander und Brodersen sind nicht verdächtig. Der eine ist selbst viele Jahre beim LKA gewesen, und der andere interessiert sich nur für verstaubte Bücher und alte Grabsteine. Das war ein reiner Freundschaftsdienst.«

Helene Conradi sieht nicht überzeugt aus, stellt aber keine weiteren Fragen.

»Wollen wir hoffen, dass Henning und Tom ebenfalls kein Fenster geöffnet haben«, wendet Götz Hindelang ein. »Aber das kannst du sie ja selber fragen. Du wohnst doch sicher bei Henning?«

»Ich weiß noch nicht, wie lange ich diesmal auf der Insel bleiben kann«, weicht Lena aus. »Hast du in den letzten Tagen irgendetwas oder irgendjemanden beobachtet, der dir jetzt nach dem Einbruch verdächtig erscheint?«

»Nein, nichts. Wenn man hier oben Bilder aufhängt, hört und sieht man nichts von dem, was unten im Museum passiert.«

»Gut, das war's dann erst mal. Wenn dir noch etwas einfällt, melde dich bitte bei mir.«

Götz Hindelang nickt ihr zu und dreht sich so um, dass er Helene Conradi den Rücken zukehrt. Ohne ein weiteres Wort verlässt er die Galerie in Richtung Treppe.

»Kennen Sie Hindelang schon lange?«, erkundigt sich die Kunstexpertin.

»Ein paar Jahre. Er ist, wie gesagt, ein enger Freund meines früheren Vorgesetzten Henning Leander.«

»Mit dem Sie liiert sind?«

»Wenn Sie darauf anspielen wollen, dass ich dann befangen wäre, kann ich Sie beruhigen. Für Leander würde ich auch meine Hände ins Feuer legen, wenn er nicht mein Freund wäre. Der hat nicht die Seiten gewechselt.«

»Und Hindelang?«

»Das kann ich mir beim besten Willen nicht vorstellen.«

»Frau Hauptkommissarin«, hört sie Jens Olufs' Stimme von der Treppe herüber. »Der Dachdecker Andreesen ist jetzt da. Ich habe ihn unten warten gelassen, weil ich ja nicht weiß, ob er hierher …«

»Das war absolut richtig, Herr Kollege. Wir kommen.«

Thies Andreesen wartet auf dem Vorplatz vor dem Museumseingang und wechselt nervös von einem Bein aufs andere, als Lena direkt auf ihn zusteuert. Sie begrüßt den Mann wie einen alten Bekannten und kommt dann gleich zur Sache. »Sie haben das Dach hier repariert.«

»Ja, Sturmschaden. Nykerk hatte es ziemlich eilig damit. Wir haben sogar unsere Arbeit auf einer anderen Baustelle unterbrechen müssen, obwohl das ja eigentlich völlig unwichtig war, weil es sowieso nur Show ist. Das Reet muss nicht dicht sein, darunter ist ein Betondach.«

»Frau Jannings sagte uns, dass Sie einen Schlüssel für die Alarmanlage bekommen haben.«

»Was? Das ist doch Quatsch!«

»Heißt das, Sie haben keinen Schlüssel bekommen?«

»Natürlich nicht. Warum auch? Ich war ja nicht mal hier auf der Baustelle. Das haben alles meine beiden Gesellen gemacht. War ja nur eine kleine Stelle, an der das Reet weggeflogen ist. Ärgerlich, dass wir dafür den Aufwand mit dem Gerüst treiben mussten.«

»Kann es denn sein, dass Ihre Gesellen einen Schlüssel bekommen haben?«

»Das kann ich mir beim besten Willen nicht vorstellen. Aber ausschließen kann ich es natürlich auch nicht.«

»Gut, Herr Andreesen. Wo finden wir Ihre Gesellen jetzt?«

»In Oldsum auf einer Baustelle. Das heißt, einer der beiden ist seit ein paar Tagen nicht mehr aufgetaucht. Ich habe ihm Baustellenverbot gegeben. Warten Sie, ich schreibe Ihnen seine Adresse auf.«

Thies Andreesen zieht einen karierten Block aus einer

Tasche an seiner Arbeitshose und notiert mit einem breiten Zimmermannsbleistift Namen und Adresse.

»Da wohnt Maik Schultheis mit zwei anderen Wanderburschen. Frerk Thönissen finden Sie, wie gesagt, auf der Baustelle. Wenn Sie mich nicht mehr brauchen, fahre ich da jetzt auch wieder hin.«

»Ist gut. Wir sehen uns dann später in Oldsum. Und, Herr Andreesen, sagen sie Ihren Leuten bitte noch nichts über den Einbruch; auch nicht, dass wir kommen und sie sprechen möchten.«

Der Dachdeckermeister nickt und macht sich dann wieder auf den Weg zu seinem kleinen Lastwagen, der direkt vor dem Museumseingang an der Straße steht. In diesem Moment kommt Paul Woyke mit seinem Team in einem Streifenwagen vorgefahren.

»So langsam reicht mir die Hin- und Herkurverei aber«, begrüßt er Lena und Helene Conradi. »Wird Zeit, dass ihr die Mistkerle packt. So schön ist die Nordsee auch nicht, dass ich ständig übers Wasser schippern oder fliegen muss.«

»Wie schnell wir diesmal sind, hängt von eurer Arbeit ab«, kontert Lena die Beschwerde.

Lena zeigt ihm Frieder Nykerks Büro, besonders den Server-Schrank, die Stellen, an denen die gestohlenen Bilder gehangen haben, das Fenster auf der Galerie und das Gerüst an der Außenwand. Routiniert und ohne viele Worte machen sich die Kriminaltechniker dann arbeitsteilig am Gerüst und auf der Galerie ans Werk, während der Leiter der Spurensicherung gleich in Nykerks Büro beginnt.

Als Lena und Helene Conradi schließlich in ihrem Auto sitzen, ist die Kunstexpertin auffallend schweigsam. Lena vermutet, dass es etwas mit ihrer Verbindung zu Henning Leander und Götz Hindelang zu tun hat. Wenn sie weiterhin vertrauensvoll zusammenarbeiten wollen, muss Lena die Bedenken zerstreuen, das ist ihr klar. »Was beunruhigt Sie?«, fragt sie deshalb.

Helene Conradi schüttelt nur leicht den Kopf und fragt

dann statt einer Antwort: »Macht es Ihnen etwas aus, wenn Sie mich nachher an der Fähre absetzen?«

»Was haben Sie denn vor?«

»Ich möchte etwas nachprüfen, und dazu muss ich nach London fliegen.«

»Wollen Sie jetzt auch noch auf eigene Faust ermitteln wie unser Freund vom Zoll?«

»Natürlich nicht. Sobald ich Klarheit habe, unterrichte ich Sie selbstverständlich. Aber im Moment ist das nur so ein Gefühl, nichts Handfestes.«

»Warum rufst du denn vorher an und kommst nicht einfach vorbei?«, wundert sich Leander über Lenas Anruf aus der Zentralstation.

Damit hat sie gerechnet, und sie hat beschlossen, gleich mit offenen Karten zu spielen. »Ich wusste nicht, ob es dir recht ist, nachdem ich von Amrum aus keinen Abstecher nach Föhr gemacht habe. Außerdem komme ich diesmal nicht nur privat zu dir, sondern auch für eine Befragung.«

Leander schweigt einen Moment, da Lenas Tonfall deutlich kühler und distanzierter ist als sonst. »Komm, wann immer es dir passt. Ich bin zu Hause«, sagt er dann und ist froh, als das Gespräch beendet ist.

Ist die Atmosphäre auch von Lenas Seite derart abgekühlt? Oder bildet er sich das nur ein, weil er momentan an ihrer Beziehung zweifelt und das nicht verbergen kann? Und was soll der Blödsinn mit der Befragung? Vielleicht ist an Leanders Verdacht gegen die Wandergesellen ja doch ein Funken Wahrheit und Lena will die Sache mit ihm besprechen. Das wäre aber dann keine offizielle Befragung, und da muss sich Leander gar nichts vormachen: Terminologisch ist jede Führungskraft bei den Strafverfolgungsbehörden so sattelfest, dass derartige Begriffe nicht ohne Bedacht verwendet werden.

Als Lena dann schließlich vor der Tür steht, fällt es Leander schwer, sie herzlich zu empfangen. Das merkt sie offensichtlich, denn auch sie geht emotional in Deckung.

»Ist etwas passiert, dass du wieder auf der Insel bist?«, eröffnet er das Gespräch, als beide im Garten unter dem Apfelbaum sitzen und Leander sie mit Apfelschorle versorgt hat.

Lena berichtet kurz von dem Einbruch in das *Museum Kunst der Westküste* und wie Götz Hindelang Leanders Namen ins Spiel gebracht hat.

»Ach so«, meint Leander. »Jetzt verstehe ich das mit der Befragung.«

»Götz sagt, er habe euch die Bilder aus dem Auto angereicht und ihr hättet sie nach oben gebracht.«

Leander nickt bestätigend.

»Das heißt, Tom und du wart zeitweilig alleine auf der Galerie.«

»Klar. Aber was soll das alles? Glaubst du allen Ernstes, Tom oder ich hätten etwas mit dem Einbruch zu tun?«

»Quatsch, natürlich nicht. Es geht nur darum, ob vielleicht einer von euch das Fenster geöffnet hat oder ob ihr gesehen habt, dass Götz es getan hat.«

»Nein. Von uns hat keiner den Einbrechern das Fenster geöffnet.«

»Jetzt sei nicht eingeschnappt. Ihr könnt das Fenster ja vielleicht geöffnet haben, weil es zu heiß und stickig war, nachdem ihr die Bilder hinaufgetragen hattet. Und dann habt ihr einfach vergessen, es wieder zu schließen.«

»Nein, Lena. Weder Tom noch ich haben das Fenster geöffnet. Folglich konnten wir auch nicht vergessen, es wieder zu schließen. Und dass Götz es geöffnet hat, habe ich nicht gesehen. Jedenfalls hat er es nicht getan, während wir mit ihm im Museum waren. Und überhaupt: War dieses verdammte Fenster denn nicht alarmgesichert?«

»Doch, war es.«

»Und wie, bitte schön, sollen wir es dann geöffnet haben?«

»Die Alarmanlage wird mit einem Schlüssel ein- und ausgeschaltet. Die Assistentin des Museumsleiters scheint mit diesem Schlüssel etwas fahrlässig umzugehen. Den Dachdeckern hat sie ihn auch geliehen, um nicht immer parat stehen zu müssen.«

»Was heißt denn hier *auch*? Ich habe dir bereits mehrfach gesagt, dass wir das Fenster nicht geöffnet haben. Also haben wir uns auch keinen Schlüssel für die Alarmanlage geliehen.«

»Bitte, Henning, lass uns vernünftig über die Sache reden. Du weißt, dass ich dich das fragen muss. Ich habe ohnehin schon Schwierigkeiten, weil dein Name in dem Zusammenhang gefallen ist. Verstehst du denn nicht, dass ich jeden Anschein vermeiden muss, nicht objektiv und mit persönlicher Rücksichtnahme zu ermitteln?«

»Das gelingt dir in der Tat hervorragend. Sollte Kriminaldirektor Ahrenstorff irgendwelche Zweifel haben, soll er mich anrufen. Ich bestätige ihm gerne, dass du keinerlei Rücksicht auf mich genommen hast.«

Lenas Blick zeigt Leander, dass er jetzt zu weit gegangen ist. Da sind keine Wut und kein Trotz. Stattdessen liest Leander nur Verletzung und Traurigkeit in Lenas Augen. »Entschuldige. Aber merkst du nicht auch, dass in letzter Zeit zwischen uns nichts mehr stimmt? Dass du keine Zeit hast, weil dir dein Beruf so wichtig ist, kann ich zur Not akzeptieren, zumal mir ja auch gar nichts anderes übrig bleibt. Aber du hältst es nicht einmal für nötig, wenigstens auf einen Abstecher vorbeizukommen, wenn du einen Tatort auf der Nachbarinsel besuchst. Und dann tauchst du plötzlich hier auf und behandelst mich wie einen Verdächtigen. Von unseren Freunden will ich gar nicht reden. Tom und Götz! Lena, ich bitte dich!«

Sie schlägt den Blick nieder und schweigt. Leander hat den Eindruck, seine Position deutlich genug gemacht zu haben, und wartet, bis sie das verdaut hat. Er lehnt sich zurück und blickt in den wolkenlosen blauen Himmel. Komisch, denkt er, dass es jetzt kein Gewitter gibt. Im Film werden solche Streitigkeiten immer gleich von der Natur kommentiert. Aber vielleicht ist das zwischen ihnen ja auch gar nicht so grundsätzlich. Vielleicht ist er einfach nur übersensibel.

»Gut, vergessen wir Götz, Tom und dich«, lenkt Lena schließlich ein, was ihr deutlich schwerfällt. »Dann werde ich mich auf die Dachdecker konzentrieren.«

»Andreesen?«, horcht Leander auf, und Lena nickt. »Sag bloß, dass seine Leute auch am Museum gearbeitet haben. Etwa dieser Maik?«

»Allerdings. Nur bringt uns das nicht wirklich weiter, denn wir haben bei den letzten Einbrüchen eher einige Hinweise darauf gefunden, dass sie nicht daran beteiligt waren. Denk an die DNA-Analysen.«

»Trotzdem, Lena, anstatt unsinnigen Spuren zu folgen und Freunde zu verdächtigen, solltest du lieber an den Wandergesellen dranbleiben. Du kannst mich gerne für verstockt halten, aber ich habe das deutliche Gefühl, dass da etwas dran ist – Spurenlage hin oder her. Andreesen hat an allen Häusern gearbeitet, in die in letzter Zeit eingebrochen wurde, abgesehen von den Bagatellfällen, die ihr ja inzwischen geklärt habt. Zumindest habe ich das heute Morgen so in der Zeitung gelesen. Und wenn ich Andreesen sage, dann meine ich damit vor allem Maik und seinen Kumpel Steffen. Sie haben die Videoüberwachung in Utersum außer Gefecht gesetzt. Auch wenn sie das als dummes Versehen darstellen, passt es doch ins Bild. Garantiert hatten sie auch an allen anderen Tatorten irgendwann die Gelegenheit, die Einbrüche vorzubereiten. Außerdem geben sie sich ihre Alibis gegenseitig, das ist nichts wert.«

»Andreesen hat das Alibi für den Tatzeitpunkt auf Amrum bestätigt, Hidding ebenfalls«, wendet Lena ein.

Leander weiß, dass dagegen nichts zu sagen ist, und trotzdem ist da so ein Gefühl ... »Wir übersehen etwas, Lena.«

»Wenn überhaupt, dann übersehe *ich* etwas«, stellt Lena richtig. »*Du* ermittelst nicht!«

»Du hast gesagt, die Dachdecker hätten den Schlüssel für die Alarmanlage gehabt?«, überhört Leander den Vorwurf. »Was sagen die Gesellen denn dazu?«

»Frerk Thönissen und Maik haben das Gerüst aufgebaut und das Dach ausgebessert. Frerk sagt, Maik habe den Schlüssel bekommen und die Erschütterungssensoren in den jeweiligen Bereichen ausgeschaltet, während er selbst oben auf dem Dach gearbeitet habe. Das ist ja auch nachvollziehbar.«

»War Maik mal für längere Zeit alleine im Museum?«

»Frerk Thönissen bestreitet das. Ich habe den Eindruck, er würde seinem Arbeitskollegen gerne etwas am Zeug flicken, wenn es möglich wäre. Er hat seine entlastenden Aussagen nur widerwillig gemacht, aber immerhin hat er Maik Schultheis entlastet. So lange habe das ja alles nicht gedauert. Die meiste Arbeit hätten sie mit dem Gerüst gehabt, und das hätten sie zusammen aufgebaut.«

»Musste dafür auch die Alarmanlage abgeschaltet werden?«

»Logisch. Das Gerüst musste ja am Mauerwerk verankert werden. Das wird in den Fensternischen gemacht, und die Fenster sind alle alarmgesichert.«

»Hast du nur mit Frerk gesprochen oder auch mit Maik?«

»Den habe ich noch nicht ausfindig gemacht. Er ist seit Tagen nicht auf der Baustelle aufgetaucht. Da muss etwas vorgefallen sein, so dass Andreesen ihn rausgeworfen hat.«

Leander bestätigt das und erzählt Lena von dem Vorfall auf dem Dach, bei dem Frerk fast abgestürzt wäre.

»Das muss ja ein übler Bursche sein«, stellt Lena fest.

»Sag ich ja. Dem ist alles zuzutrauen. Du musst ihn unbedingt unter die Lupe nehmen. Irgendwo muss er doch auf der Insel wohnen.«

»Bei Hidding in Süderende«, berichtet Lena. »Thies Andreesen hat mir die Adresse gegeben. Auf dem Firmengelände des Steinmetzes befindet sich ein altes Bauernhaus. Die Scheune benutzt Hidding als Lager, aber das Haus selbst ist unbewohnt. Das heißt, im Moment leben die drei Wandergesellen darin. Sie arbeiten ja gegen Kost und Logis. Ich bin da gewesen, aber Maik war nicht zu Hause. Hidding sagt, er habe Maik ebenfalls schon seit ein paar Tagen nicht mehr gesehen. Ich habe dann seinen Gesellen Klaus Lammers gefragt. Der sagt, Maik tauche immer mal wieder auf, aber wo er sich im Moment rumtreibe, wisse er nicht. Er hat so Andeutungen gemacht, als sei da irgendein Mädchen im Spiel.«

»Jenny, die Freundin von Frerk. Deshalb haben sie sich ja

gestritten. Vielleicht solltest du ihren Namen und ihre Adresse herausfinden und da nachsehen.«

»Sei mir nicht böse, Henning, aber das bringt doch alles nichts. Den Wanderburschen hätte ich vielleicht die kleinen Einbrüche zugetraut. Aber Kunstraub in Höhe Hunderter von Millionen? Das ist doch viel zu groß für solche Hanswurste. Sie selber haben weder in der Kunstszene noch als Sicherheitstechniker das nötige Know-how. Und dass irgendjemand ihnen derartige Aufträge gibt, glaubst du doch selber nicht. Wir reden hier über internationale Kunstschieberbanden, nicht über Kleinkriminelle auf Abwegen. Zugegeben, die Übereinstimmung der Wanderroute mit den Einbrüchen ist verdächtig, aber ich tippe doch eher auf Zufall. Nein, Henning, so leid es mir tut, aber ich fürchte, dass ich schlicht und einfach im Dunkeln tappe.«

Leander muss sich eingestehen, dass Lenas Argumentation nicht von der Hand zu weisen ist. Wenn ihm jemand mit solchen Verdächtigungen käme, für die es keinerlei Ansätze gibt, würde er wahrscheinlich genauso urteilen – Gefühle hin oder her. »Was ist eigentlich mit deinem Zöllner, diesem Catweazle-Verschnitt? Warum turnt der immer noch auf Föhr herum?«

»Keine Ahnung. Ich bin eigentlich ganz froh, dass ich den nicht auch noch bespaßen muss. Wieso? Hast du ihn gesehen?«

»Götz hat ihn auf dem Deich vor seinem Atelier in Greveling gesehen. Der Typ scheint ihn zu beschatten. Sogar bis in *Mephistos Biergarten* ist er ihm nachgelaufen.«

»Gandolf Pückler beschattet Götz?« Lenas Stimme schwankt zwischen Unglauben und Irritation, was bei Leander gleich wieder die Alarmglocken läuten lässt.

»Hast du ihn etwa auf Götz angesetzt?«

»Sag mal, hast du sie nicht alle? Ich habe dir eben gesagt, dass ich nicht weiß, was er auf der Insel treibt!«

»Ist ja schon gut.«

»Was ist eigentlich los mit dir? Vertraust du mir inzwischen so wenig?«

Leander antwortet nicht. Er würde Lena gerne beruhigen,

aber wenn er ehrlich ist, kann er ihre Frage im Moment gar nicht beantworten. Lena merkt das offenbar, denn von einem Moment auf den anderen weicht die Wut in ihren Augen wieder diesem Gemisch aus Traurigkeit und Argwohn. Vielleicht ist es besser, das Thema zu wechseln, denkt Leander. Aber welches Thema ist momentan zwischen ihnen unverfänglich?

Schließlich erzählt er von dem Abend in der *Alten Druckerei*, von der Lebensgeschichte des Jens Jacob Eschels und von den spannenden Fragen, die diese Geschichte bezüglich Leanders Urgroßvater aufgeworfen hat. Lena horcht einmal auf, als von Eiken die Rede ist, aber offensichtlich will auch sie heute Abend keinen weiteren Kriegsschauplatz eröffnen. Und so hört sie Hennings Erzählung einfach zu.

Kurz vor zweiundzwanzig Uhr meldet sich Paul Woyke über Lenas Handy. Sie macht erst Anstalten, sich zu erheben und etwas zur Seite zu treten, bleibt aber dann doch sitzen und telefoniert in Leanders Gegenwart. Aus dem Gesprächsverlauf kann er entnehmen, dass die Kriminaltechniker bereits auf dem Rückweg nach Flensburg sind, um die Spuren auszuwerten, die sie am Tatort gefunden haben.

»Das ist wirklich interessant«, sagt Lena. »Gut, melden Sie sich bitte morgen, sobald Sie gesicherte Ergebnisse haben. ... Nein, ich bleibe vorerst auf Föhr. ... Ja, Ihnen auch, bis morgen.«

»Und?«

»Die Kriminaltechniker haben etwas Interessantes entdeckt. Das Fenster auf der Galerie ist manipuliert worden: Die Sicherheitsanlage wurde überbrückt. Dadurch konnten die Täter in der Nacht einsteigen, ohne befürchten zu müssen, dass jemand auf sie aufmerksam wird. Sie mussten bloß das Fenster aus dem Schloss hebeln. Die Überbrückung hat dafür gesorgt, dass es für die Alarmanlage dennoch geschlossen blieb. Im Museum selbst müssen sie aber dann einen Schlüssel für die Alarmanlage in der Ausstellung verwendet haben.«

»Vielleicht hat deine Direktionsassistentin einen Ersatzschlüssel im Schreibtisch liegen. Sie scheint ja nicht gerade zuverlässig zu sein, was sicherheitsrelevante Dinge angeht.«

»Nein. Paul Woyke hat sie danach gefragt. Er glaubt eher, dass jemand einen Nachschlüssel benutzt hat.«

»Nachschlüssel für Sicherheitsschlösser dieser Kategorie?«, zweifelt Leander. »Wer sollte in der Lage dazu sein, so etwas herzustellen?«

»Eben. Ich sage ja, wir haben es hier mit einer hochkarätigen Bande zu tun, nicht mit hergelaufenen Dachdeckern, Zimmerleuten und Steinmetzen.«

»Aber Maik Schultheis war zeitweilig im Besitz des Schlüssels und könnte einen Abdruck gemacht haben. Oder deine Direktionsassistentin sagt nicht die Wahrheit. Und dann stellt sich die Frage: warum?«

25

Nieblum, außen, Nacht, halbnah, zwei Männer kauern im Gebüsch

»Verdammt, was macht der denn so lange?«

Der Anführer ist schon seit mindestens zehn Minuten weg. Dabei wollte er nur wie üblich kurz auf der Vorderseite des Hauses nachsehen, ob alles in Ordnung ist, bevor sie über die Terrassentür einsteigen.

»Wir hätten heute nicht herkommen sollen. Ich habe ein Scheißgefühl bei der Sache.«

»Du immer mit deiner Unkerei. Was soll schon schiefgehen? Bisher ist immer alles glattgelaufen.«

»Einmal ist immer das erste Mal. Die Reifenpanne vorhin hat uns eine Dreiviertelstunde gekostet. Das heißt, wir haben, wenn es hoch kommt, eine gute halbe Stunde für den gesamten Bruch. Und jetzt ist er schon fast eine Viertelstunde weg. Das heißt, dass wir noch fünfzehn, vielleicht zwanzig Minuten haben. Die erwischen uns, wenn wir uns jetzt nicht vom Acker machen. Und was die dann mit uns machen, will ich mir lieber nicht vorstellen. Mit denen ist nicht zu spaßen.«

»Da ist er!«

Der Anführer schleicht jetzt um das Haus in Richtung Terrasse und macht das vereinbarte Zeichen, dass alles in Ordnung ist und sie nun ebenfalls kommen sollen.

»Ich geh da nicht rein.«

»Jetzt scheiß dir nicht ins Hemd, Mann. Willst du uns etwa alleine da reingehen lassen? Wer soll dann deinen Job machen?«

»Das ist mir egal. Ich sage dir, heute Nacht geht es schief. Ich hab das im Urin. Lass uns ein Zeichen geben und abhauen.«

»Du kommst jetzt mit! Und nachher werden wir uns mal gründlich unterhalten, das kann ich dir flüstern. Entweder du kneifst jetzt die Arschbacken zusammen, oder das ist der letzte Bruch, an dem du teilnimmst.«

»Von mir aus. Ich hab sowieso die Schnauze voll. Im Watt neulich, das war schon beschissen genug. Dieser Typ, der da vor Utersum rumgelaufen ist, hat uns doch bestimmt gesehen. Wir sollten machen, dass wir von der Insel verschwinden, bevor es zu spät ist. Spätestens seit dem Kunstmuseum haben die bestimmt alles auf Föhr zusammengezogen, was die zur Verfügung haben. Ich sage dir, die packen uns, wenn wir nicht sofort abhauen.«

Der Anführer hat inzwischen die Terrassentür aufgehebelt, ist kurz im Haus verschwunden, um die Alarmanlage auszuschalten, und steht jetzt ungeduldig winkend wieder an der Tür. Dann macht er heftige Zeichen mit der rechten Hand in Richtung seiner Armbanduhr. Das Signal ist klar: Sie haben keine Zeit zu verlieren.

»Los jetzt. Ich warne dich: Ich reiße dir den Arsch auf. Diesmal hält mich keiner davon ab, dich kaltzumachen, wenn du die Sache verbockst.«

»Ich verbocke die Sache? Ich? Wer riskiert denn hier Kopf und Kragen? Kriegt ihr nie den Hals voll? Muss es immer noch mehr sein?«

»Jetzt reicht's. Kommst du freiwillig, oder muss ich dich am Kragen hinter mir her schleifen?«

»Sei mal still! Was war das?«

»Ja, klar, jetzt hörst du auch noch Stimmen, oder was? Lass den Scheiß und komm!«

»Nein, wirklich. Hör doch, da ist wer!«

Der Anführer ist seit ein paar Minuten wieder im Haus verschwunden. Irgendwo bellt in der Ferne ein Hund, eine Katze kreischt wie ein Baby, dann ist alles wieder still. – Und dann hören es beide: Links von ihnen raschelt etwas im Gebüsch, leise Stimmen dringen an ihre Ohren, ohne dass sie etwas verstehen können. Sie drücken sich eng an den Boden und hoffen beide, dass die Büsche ihnen Schutz genug bieten. Eine Gestalt huscht mit wenigen Metern Abstand an ihnen vorbei, verharrt dicht vor ihnen am Rande der Rasenfläche. Sie halten die Luft an. Zwei weitere Gestalten folgen der ersten.

Dann eine Stimme, leise, tief und heiser, aber doch deutlich, mit osteuropäischem Einschlag: »Na bitte, was habe ich gesagt? Die verarschen uns.«

Eine andere Stimme, heller, aber in der Wahrnehmung der beiden am Boden Liegenden nicht weniger gefährlich: »Ich hatte ja schon lange das Gefühl, dass die auf eigene Rechnung arbeiten, aber seit Utersum und Norddorf bin ich mir sicher.«

»Die Tür steht offen, da ist schon jemand drin. Los, die packen wir uns!«

Drei dunkle Schatten huschen über die Rasenfläche, teilen sich, machen jeder einen kleinen Bogen auf die Terrasse zu, zwei drücken sich links und rechts neben der Tür an die Hauswand, der dritte schiebt langsam den halb offenen Flügel weiter auf, schleicht geduckt ins Haus, die beiden anderen folgen ihm.

»Scheiße, was machen wir denn jetzt?«

»Halt's Maul. Oder willst du, dass die uns auch noch erwischen?«

Ein unterdrückter Schrei, deutlich genug, um ihn bis hier draußen zu hören. Kurze Stille, im Dachgeschoss geht Licht an.

Dann laute Stimmen aus dem Wohnzimmer, durcheinander, hier draußen nicht zu entwirren. Klar ist nur, dass die Dinge im Haus aus dem Ruder laufen.

»Scheiße! Scheiße! Scheiße!«

»Los, weg hier, wir können jetzt eh nichts mehr machen.«

Sie robben rückwärts zwischen den Büschen hindurch, springen dann auf, rennen auf den Friesenwall zu, der das Grundstück umgibt, hechten hinüber. Einer verfängt sich in den Heckenrosen auf der Mauerkrone, schlägt lang hin, schreit unterdrückt auf. Der andere zieht ihn hoch. Dann laufen sie weiter, die Straße entlang, hinüber zu der Nische zwischen den Hecken, wo sie ihr Auto abgestellt haben. Einer sprintet auf die Fahrerseite, reißt die Tür auf, schlägt sich beim Einsteigen die Stirn an, flucht leise. Der andere sitzt schon auf dem Beifahrersitz, reißt den Kopf herum, starrt aus Augenschlitzen angestrengt in die Finsternis.

»Wo sind sie jetzt?«

»Keine Ahnung. Ich kann nichts erkennen. Los, mach schon, wir müssen hier weg. Gleich sind die Bullen da.«

»Wir können doch nicht einfach abhauen. Maik ist noch da drin.«

»Maik ist am Arsch. Hast du nicht kapiert, wer das da eben war? Die machen uns kalt, wenn sie uns kriegen.«

Der Motor startet beim ersten Versuch, der Rückwärtsgang kratscht herein, der Wagen macht einen heftigen Sprung nach hinten, schießt auf die Straße hinaus. Vorwärtsgang rein. Kratsch! Und Gas! Sie schießen durch die Nacht, schlingern durch die engen Kurven. Nur kein Licht jetzt, das ist zu riskant.

»Wohin? Scheiße, wo können wir denn jetzt noch hin? Wenn die Maik haben, wissen die gleich, wo sie uns finden.«

»Meinst du, er packt aus?«

»Der quatscht, das garantiere ich dir. Die reißen ihm einen Fingernagel nach dem anderen aus oder brechen ihm die Finger, dann packt der aus. Die Typen sind gefährlicher als die Bullen, die schrecken vor keiner Folter zurück.«

»Scheiße, Mann! Ich habe euch doch gesagt, wir sollen es

lassen. Habe ich das nicht gesagt? Als der Reifen geplatzt ist, habe ich es gewusst. Das war kein gutes Omen, verdammt. Dadurch haben wir zu viel Zeit verloren.«

»Red keinen Scheiß! Hast du eben nicht zugehört? Die hatten uns auf dem Kieker. Wir haben es übertrieben. Auch wenn wir eine halbe Stunde eher da gewesen wären, hätten die uns erwischt.«

»Wir dürfen auf keinen Fall zurück ins Lager. Wenn Maik quatscht, sind wir in einer Stunde tot.«

»Wir schlagen uns jetzt erst einmal in die Marsch und warten bis morgen früh. Dann hauen wir ab.«

»Und wohin? Nach Amrum können wir nicht mehr.«

»Erst mal aufs Festland, und dann sehen wir weiter. Wir stellen uns morgen früh in die Schlange am Anleger. Auf der ersten Fähre ist immer Platz. Wenn wir erst mal drüben sind, kriegen die uns nicht so leicht.«

»Meinst du, wir können dann endlich wieder nach Hause?«

»Bist du bescheuert? Die kriegen doch raus, wer wir sind und wo wir wohnen.«

»Scheiße, hoffentlich lassen sie meine Eltern in Ruhe und meine Schwester.«

»Meine Alten können mir gestohlen bleiben. Die haben sich auch nie um mich gekümmert. Warum, glaubst du, bin ich weg damals?«

Vor ihnen liegt jetzt die Marsch. Weit und dunkel streben die Weiden tief in die Nacht hinaus. Etwas huscht vor ihnen über die Straße. Der Fahrer weicht aus, dann schaltet er endlich das Licht ein. Das fehlte noch, dass sie jetzt im Graben landen! Sie fahren ein paar Kilometer geradeaus, biegen nach rechts in einen Schotterweg, dem sie langsam folgen. Da vorne ist eine Bucht mit einer Bank. Der Fahrer schwenkt rechts ran, hält, stellt den Motor ab. Hier werden sie den Rest der Nacht verbringen, die wenigen Stunden bis zum Morgengrauen.

Schwarzblende

26

Lena kann nicht schlafen. Sie wälzt sich hin und her neben Leander, der ununterbrochen laut schnarcht. Wer schnarcht, will sich seiner Vergangenheit nicht stellen, seinen überkommenen Ansichten nicht abschwören. Wo hat sie das gelesen? Wo auch immer: Das ist doch Schwachsinn. Obwohl, in Leanders Fall ... Lena dreht sich auf den Bauch, schiebt einen Zipfel des Kopfkissens unter ihren Hals, damit der nicht durchhängt und steif wird. Sie muss aufpassen, dass sie morgen nicht wieder mit Kopfschmerzen aufsteht. Das passiert immer öfter in letzter Zeit. Und dann wird ihr schlecht, das kennt sie. Migräne, sagt der Arzt. Aber Lena glaubt das nicht. Sie ist überarbeitet, findet keine Ruhe. Kein Wunder, wenn sie ihren Fall nicht lösen kann. Und dann dieses Theater mit Gerd Trienekens. Helene Conradi macht jetzt offenbar auch, was sie will, jedenfalls hat sie sich noch nicht gemeldet, seit sie nach London abgereist ist.

Leander stöhnt leise, dreht sich auf die Seite, mit dem Rücken zu ihr. Einen Moment ist es still, dann fängt er wieder an zu schnarchen. Der schläft den Schlaf des Gerechten. Lena stiert mit offenen Augen in die Dunkelheit. Eine Katze müsste man sein, dann könnte man das Restlicht so verstärken, dass man selbst in diesem Zimmer noch etwas sieht. Was soll das?, fragt das Unterbewusstsein. So leicht lenkst du mich nicht ab. Lass uns über deine Misserfolge reden!

In der linken Wade kündigt sich ein Krampf an. Auch das noch! Lena springt aus dem Bett, stemmt den Fuß auf den Boden. Es brennt in der Wade, aber der Krampf lässt nach.

»Was ist los?«, fragt Leander in ihrem Rücken.

Erst jetzt bemerkt sie, dass das Schnarchen aufgehört hat.

»Wadenkrampf.«

»Warte, ich helfe dir.«

Er steht auf, kommt um das Bett herum auf ihre Seite. Sie lässt von der Wand ab, setzt sich auf das Bett. Sofort feiert die Wade den Landgewinn. Er nimmt ihren Fuß in die linke Hand, drückt die Zehen nach hinten, massiert dabei heftig mit der rechten Hand ihre verkrampfte Muskulatur. Lena schreit vor Schmerz auf, aber Leander lässt nicht nach. Sie hält es kaum aus, will ihm schon das Bein entreißen, da zieht sich der Krampf langsam zurück. Morgen wird sie Muskelkater in der Wade haben, im schlimmsten Fall eine Zerrung, aber das ist ihr in diesem Moment egal.

»Geht's wieder?«, fragt Leander.

Sie nickt, drückt ihm einen Kuss auf die Wange.

»Dann komm zurück ins Bett.«

»Ich kann nicht schlafen.«

»Wenn du hier rumspringst, natürlich nicht. Leg dich hin, mach die Augen zu, denk an was Schönes. Urlaub auf Föhr zum Beispiel«

Er ist schon wieder auf seiner Seite, legt sich ins Bett und schnarcht bereits, bevor er noch richtig die Augen zu hat. Deinen Schlaf möchte ich haben, denkt Lena.

In diesem Moment klingelt ihr Handy.

»Einbruchversuch in Nieblum«, meldet Jens Olufs. »Wir sind schon unterwegs. Dernau zieht wieder seine Nummer mit den Kennzeichen ab.«

Lena hört Dernau laut lachen. Die beiden scheinen ja inzwischen ein Herz und eine Seele zu sein. »Wo genau?«

»*Bi de Meere* 137.«

»Gut. Ich komme.« Sie drückt die Taste mit dem roten Hörer und seufzt leise.

»Musst du weg?«

»Mhm. Einbruch in Nieblum.«

»Warte, ich fahre dich.«

Die Straße *Bi de Meere* liegt zwischen dem Hauptort und dem Nieblumer Sandstrand. Entsprechend bevorzugt ist die Wohnlage, demgemäß hochkarätig sind die Häuser und Grundstücke. Hier ist etwas zu holen, das sieht Lena sofort. Als sie in die Straße einbiegen, herrscht bereits allgemeine

Aufregung. Die gesamte Nachbarschaft ist zusammengelaufen und belagert den etwa einen Meter hohen Friesenwall, der das Grundstück umgibt und so etwas wie eine künstliche Brandungsmauer gegen die anströmende Menschenwoge darstellt. Leander folgt Lena durch die Menge und wird auf ihr Zeichen hin auch nicht von Dennis Groth aufgehalten.

Sie folgen dem Plattenweg durch den Garten und betreten das Haus durch die offenstehende Friesentür. Dernau und Olufs sind schon im Wohnzimmer und lauschen dem wechselnden aufgeregten Bericht eines Ehepaares von etwa Mitte vierzig.

Jens Olufs dreht sich zu ihnen um und begrüßt sie mit einer Kopfbewegung, die auf halbem Wege stockt, als er Leander erkennt. Stirnrunzelnd blickt er Lena an, sagt aber nichts, als sie beruhigend kurz die Augen schließt und wieder öffnet.

»Was wurde gestohlen?«, erkundigt sich Lena leise bei dem Polizeihauptkommissar.

»Nichts. Die Kerle wurden rechtzeitig gestört. Allerdings ist die Geschichte etwas seltsam.«

Er gibt Lena einen Wink, ihr auf die Terrasse zu folgen. Leander fragt gar nicht erst, er geht mit hinaus, bevor jemand auf die Idee kommt, ihn des Tatorts zu verweisen.

Olufs' Blick sagt: Eigentlich haben Zivilisten hier nichts zu suchen!, aber sein Mund beschränkt sich auf einen Kurzbericht: »Die Bewohner des Hauses haben einen Schrei gehört und sind davon aufgewacht. Weil sie seit Längerem wegen der Einbruchserie besorgt sind, hat der Mann sofort reagiert und ist die Treppe hinuntergestürmt. Dabei hat er absichtlich viel Lärm gemacht, und das scheint funktioniert zu haben. Als er ins Wohnzimmer gekommen ist, war der ganze Spuk schon vorbei. Die Tür hier zum Garten hat offen gestanden. Er glaubt, noch ein paar dunkle Schatten an der Rückseite des Grundstücks gesehen zu haben, aber das ist auch schon alles.«

»Gibt es Hinweise darauf, warum einer der Einbrecher geschrien hat?«, erkundigt sich Leander.

»Wir haben bisher nichts entdecken können, aber vielleicht findet Woyke ja etwas. Er ist schon benachrichtigt.«

»Da wird er aber begeistert sein«, kann sich Lena ein Grinsen nicht verkneifen.

»Frau Kollegin?« Kriminalhauptkommissar Dernau tritt zu ihnen heraus. »Ach, sieh an, der ehemalige Kollege. Na, wollen Sie uns mal wieder auf die Sprünge helfen?«

»Das kommt darauf an, wie dämlich Sie sich diesmal anstellen, Herr Dernau«, antwortet Leander leichthin und vermeidet dabei absichtlich die Nennung des Dienstgrades. Ihm ist klar, dass der Kriminalist nicht gut auf ihn zu sprechen ist, denn immerhin hat Leander vor zwei Jahren bei den Ermittlungen im Todesfall seines Großvaters mit seiner Deutung der Sachlage recht gehabt und Dernau wie einen dummen Jungen aussehen lassen. Auch im letzten Jahr, im Fall des Kojenmordes, hat Dernau sich nicht mit Ruhm bekleckert, während Leanders Einsatz die Ermittlungen ihres Kollegen Bennings entscheidend vorangebracht hat.

Dernau blickt ihn nur herablassend an, wendet sich dann wieder an Lena und sagt mit einem Kopfnicken in Leanders Richtung: »Ich hoffe, Sie wissen, was Sie tun.«

»Was gibt's, Herr Kollege?«, ignoriert Lena die Kritik. »Haben Sie etwas Interessantes erfahren?«

»Und ob. Kommen Sie.« Er läuft voran und geht offensichtlich einfach davon aus, dass die LKA-Beamtin ihm folgt, denn er blickt sich kein einziges Mal zu ihr um. Im Wohnzimmer ignoriert er die unsicheren Blicke des Ehepaares auf dem Sofa, in der Diele bleibt er im Windfang vor dem Schaltkasten der Alarmanlage stehen. Er deutet auf ein kleines Kästchen, das hinter dem Schirmständer am Boden liegt, und dann zu der genau dem Schaltkasten gegenüber hängenden Garderobe. »Altes Muster. Da oben über der Hutablage muss die Minividokamera angebracht gewesen sein. Wenn man genau hinsieht, kann man Kleberreste erkennen. Idealer Platz, gut verdeckt durch die Holzstrebe da an der Seite. Ausgerichtet war sie hier auf das Tastenfeld der Alarmsteuerung. Und jetzt liegt sie da unten auf dem Boden.«

»Was schließen Sie daraus?«

»Bis jetzt haben wir immer nur die Klebespuren gefunden. Die Kamera haben die Kerle jedes Mal wieder mitgenommen. Dass das Teil jetzt hier auf dem Boden liegt, kann nur zweierlei bedeuten: Entweder hat einer der Einbrecher es verloren, als er durch die Hausbesitzer gestört wurde, oder, und das halte ich für die viel interessantere Erklärung, er wurde von einer dritten Partei überrascht. Das würde auch den Schrei erklären.«

»Streit zwischen den Einbrechern?«, vermutet Lena.

»Oder Konkurrenz zwischen zwei Einbrecherbanden«, ergänzt Leander, was bei Dernau zu einem unwillig verzogenen Gesicht führt, bei Lena zu einem erstaunten, aber nicht minder ungläubigen.

»Du meinst, hier sind sich zeitgleich zwei Einbrecherbanden ins Gehege gekommen?«, zweifelt sie. »Das wäre aber ein merkwürdiger Zufall. Ich meine, sie müssten ja nicht nur zur selben Zeit unterwegs gewesen sein, sie müssten auch zufällig dasselbe Haus ausgesucht haben. Findest du das nicht etwas zu weit hergeholt?«

»Das identische Ziel der Einbrecher muss kein Zufall sein«, drückt sich Leander etwas kryptisch aus.

»Schwachsinn«, ist Dernaus kurzer Kommentar.

»Oder jemand hier auf der Insel, der ebenfalls Einbrüche begeht, hat die Schnauze davon voll, dass ihm ständig jemand zuvorkommt«, spinnt Olufs ungerührt von Dernaus und Lenas Kritik Leanders Faden fort. »Er ist den Konkurrenten auf die Spur gekommen, hat ihnen aufgelauert und heute Nacht zugeschlagen.«

»Mann, Olufs«, fährt Dernau ihn an. »Ich war nah dran, Sie für einen guten Polizisten zu halten. Jetzt saugen Sie sich doch nicht so einen Stuss aus den Fingern. Reicht es nicht, wenn einer hier spinnt, der noch dazu überhaupt nichts an einem Tatort verloren hat?«

»Jetzt warten Sie doch mal«, zeigt sich Jens Olufs unbeeindruckt und richtet bei seinen weiteren Überlegungen den Blick auf Leander. »Wir haben drei Einbrecher gefasst, die für die

Bagatelleinbrüche verantwortlich sind. Und wir sind uns inzwischen einig, dass die großen Kunstdiebstähle auf die Kappe einer Profi-Bande mit internationalem Hintergrund gehen. Richtig? Gut, dann ist da aber immer noch der Einbruch ins *Friesenmuseum*. Der ist anders als die anderen. Außerdem haben wir bei Hendricksen keine Beute aus dem *Friesenmuseum* gefunden. Und wenn wir diesem Gedanken genauer folgen, finden wir die Theorie von den drei Einbruchsgruppen bestätigt. Wir haben uns doch von Anfang an gewundert, dass an manchen Tatorten wertvolle Gemälde einfach zurückgelassen worden sind. Das spricht eindeutig für eine dritte Gruppe von Einbrechern, die im Windschatten der Profis operiert und deren Geschäfte stört. Wenn Sie mich fragen, kann da durchaus das Potenzial für einen Bandenkrieg liegen.«

Dernau stöhnt laut auf und schüttelt den Kopf. »Sind Sie jetzt eigentlich größenwahnsinnig, Mann? Sie haben verdammtes Glück, dass sich zwei Einbrechergruppen gleichzeitig Ihren erbärmlichen Sandhaufen ausgesucht haben. Geben Sie sich damit zufrieden, Olufs. Ich verstehe ja, dass Sie sich an dem Fall aufgeilen. So viel wie im Moment wird hier für den Rest Ihrer Dienstzeit nicht mehr los sein. Aber deshalb müssen Sie nicht noch eine dritte Einbrecherbande erfinden.«

Dieser Dernau ändert sich nicht mehr, denkt Leander und muss schmunzeln. Das grenzt an Schizophrenie: Einerseits ist der ein verdammt guter Bulle, der Spuren schon riecht, bevor andere sie sehen; andererseits ist er manchmal absolut verbohrt und lässt keine Möglichkeiten zu, die ihm nicht in den Kram passen.

»Sie waren schon immer ein guter Mann«, lobt Leander Olufs in deutlicher Abgrenzung zu dem Kriminalbeamten und klopft ihm demonstrativ auf die Schulter. »Bleiben Sie dran, und lassen Sie sich von den Kleingeistern um Sie herum nicht ausbremsen.«

Er nickt Dernau grinsend zu und sagt an Lena gewandt: »Ich warte am Auto.« Dann verlässt er das Haus durch die Eingangstür.

»Bei allem Verständnis«, hört er Dernau noch zu Lena sagen und hindert die Tür kurz mit seinem Fuß daran, ins Schloss zu gleiten, »aber ich kann es nicht dulden, dass sich Unbefugte an Tatorten aufhalten und in meine Ermittlungen einmischen.«

Interessiert wartet Leander auf Lenas Reaktion, die dann sehr zu seiner Genugtuung ausfällt: »Dann wird es höchste Zeit, dass ich jetzt und hier für Klarheit sorge, Herr Kollege. Ab sofort ist das nur noch ein Fall für das LKA. Es steht Ihnen frei, weiter mit mir zusammenzuarbeiten. Sollten Sie es aber vorziehen, sich wieder in Ihre Dienststelle in Niebüll zurückzuziehen, überlasse ich diese Entscheidung Ihnen. Darüber hinaus versichere ich Ihnen, dass ich Sie gerne weiterhin an meiner Seite habe, sofern die Kompetenzen klar sind.«

Leander lacht laut auf und ist sich sicher, dass Dernau das hört. Dann zieht er den Fuß aus der Tür, schlendert den Plattenweg entlang zurück zur Straße, grüßt Dennis Groth gutgelaunt und bahnt sich einen Weg durch die gaffende Nachbarschaft. Auf halbem Weg bleibt er stehen, dreht sich wie ein Schaulustiger in Richtung Grundstück um und spricht den neben ihm stehenden Mann an, der sich fast den Hals verrenkt, um vorne etwas zu sehen. »Das war ja man knapp.«

»Bitte?«, wundert sich der Mann.

»Nichts geklaut worden«, verrät Leander augenzwinkernd. »Offensichtlich sind die Kerle gestört worden.«

»Ernsthaft?« Der Mann scheint geradezu enttäuscht darüber zu sein, dass seine Nachbarn nicht bestohlen worden sind. »Da haben die Paulsens aber Glück gehabt.«

»Das kann man wohl sagen.« Leander lässt das einen Moment sacken, dann fährt er fort: »Haben Sie auch etwas von dem Theater mitbekommen?«

»Ich nicht, aber der Gerold. Gerold, komm mal her.«

Der Gerufene drängt sich aus ein paar Metern Entfernung durch die Nachbarn und steht schließlich vor ihnen. »Was gibt's?«

»Du hast doch was gehört, als die Einbrecher abgehauen sind.«

»Wer ist denn das?«, fragt Gerold skeptisch und deutet mit dem Kopf auf Leander.

»Der? Keine Ahnung.«

»Waren Sie nicht eben mit der Polizei im Haus?«, hakt Gerold nach. »Sind Sie'n Bulle?«

»Quatsch. Ich hab mich da nur mit reingeschlichen. War ganz schön interessant da drin, das kann ich Ihnen sagen. Aber dann haben die mich entdeckt und rausgeschmissen«, lügt Leander.

»Presse?«, fragt Gerold mit immer noch skeptischem Blick.

Leander kneift ihm ein Auge zu und schweigt mehrdeutig.

»Was gab's denn da drin?«, erkundigt sich Gerold.

»Nee, nee«, winkt Leander ab. »Ich hab zuerst gefragt.«

»Kommt das auch in die Zeitung, wenn ich Ihnen was sage?«

»Das kommt darauf an, ob Sie wirklich etwas Interessantes beobachtet haben.«

»Und ob. Das war nämlich so: Ich war mit dem Hund draußen im Garten, weil ich keine Lust mehr hatte, mit ihm einen Spaziergang zu machen. Meine Frau mag das zwar nicht, aber selber geht die nachts ja auch nicht mehr mit dem Köter.«

»Und da haben Sie etwas gesehen?«, beschleunigt Leander den Bericht.

»Nö, gehört. Einen Schrei. Das war so ein unterdrückter Schrei, sagt man das so?«

Leander nickt anerkennend und macht einen hochinteressierten Eindruck.

»Und dann sind da zwei weggerannt. Direkt vor meiner Nase sind die über den Friesenwall. Mich haben die gar nicht gesehen, ich stand ja im Dunkeln. Außerdem hab ich mich absolut still verhalten. Man weiß ja nie, wie solche Typen reagieren, wenn die einen erwischen.«

»Und Ihr Hund? Hat der nicht gebellt?«

»Der Kasper?« Gerold lacht laut. »Der kneift doch schon den Schwanz ein, wenn er ein Karnickel sieht. Das Vieh war lange vor mir wieder im Haus.«

»Aber Sie haben ausgehalten«, hofft Leander.

»Klar. Wann passiert hier schon mal was? Kurz nach dem Schrei ging bei Paulsens oben das Licht an, da sind die zwei weg. Keine Minute später sind noch drei aus dem Haus gekommen und weggerannt.«

»Das haben Sie alles so genau gesehen? Ich denke, es war stockdunkel.«

Gerold zieht als Antwort sein rechtes unteres Augenlid herunter und grinst siegessicher.

»Und dann?«, fragt Leander voller Bewunderung für den Helden der Nacht weiter.

»Nichts mehr. Wie gesagt, die drei sind weggerannt. Doch, etwas war komisch: Der eine von denen, den hatten sie in der Mitte. Sah aus, als müssten sie dem helfen. Irgendwie hat der zwischen den anderen beiden gegangen, als hätte er sich verletzt oder so. Hat die ganz schön ausgebremst.« Er lacht schadenfroh.

»Sind die auch hinten über den Friesenwall abgehauen? So wie die beiden anderen?«

»Nee, nee, die sind da an der Seite weg, nicht nach hinten raus.«

»Toll. Ehrlich, wenn die Bullen Leute hätten, die so gut beobachten können wie Sie, dann wären die den Kerlen längst auf die Spur gekommen.«

»Jetzt sind Sie aber dran«, lässt Gerold sich nicht einlullen. »Was war da drin los?«

»Keine Ahnung.«

»Wie, keine Ahnung? Sie waren doch mit im Haus. Da müssen Sie doch was mitgekriegt haben!«

»Leider nein. Nur, dass nichts gestohlen wurde. Aber ich habe Ihnen ja gesagt, dass die mich dann rausgeschmissen haben.«

»Scheiße, Mann, wollen Sie mich verarschen?«

Leander zuckt bedauernd mit den Schultern und macht ein ehrlich betroffenes Gesicht.

»Kommt das wenigstens in die Zeitung, was ich Ihnen erzählt habe?«

Gerold ist jetzt richtig grimmig. Es wird Zeit, dass Leander sich zurückzieht, bevor der Mann die Nachbarn auf ihn hetzt.

»Bestimmt«, meint er und klopft ihm auf die Schulter. »Ganz bestimmt. Aber Sie sollten auch den Bullen etwas über den Zaun werfen. Sonst tappen die ja völlig im Dunkeln. Die Kommissarin da drin sollte erfahren, was Sie beobachtet haben. Wer weiß, vielleicht ist das der entscheidende Hinweis.«

»Ist denn eine Belohnung ausgesetzt?«

»Das weiß ich nicht. Aber wenn, dann sind Sie ganz vorne dabei mit dem, was Sie da beobachtet haben. Dafür müssen Sie aber mit der Kommissarin sprechen.«

Gerold macht eine nachdenkliche Miene und nickt schließlich leicht. Leander nutzt die Chance, wendet sich ab und zieht sich zu seinem Auto zurück.

»Puh«, stöhnt Lena und lässt sich auf den Beifahrersitz fallen. »Ich komme hier noch nicht weg. Fahr du nach Hause und schlaf noch etwas. Vielleicht kann ich im Laufe des Vormittags kurz zu dir kommen. Jetzt muss ich auf Woyke warten, und dann ist da noch ein Nachbar, der was gesehen haben will.«

»Kann Dernau das nicht machen?«

»Nach deinem Auftritt eben? Außerdem kann ich nicht die Ermittlungen an mich ziehen, Dernau ausbooten und ihm dann die Arbeit zuschieben.«

Leander fügt sich in das Notwendige. Nachdem Lena wieder in das Haus zurückgekehrt ist, fährt er seinen Wagen zurück nach Wyk auf den Großraumparkplatz im Heymannsweg und macht sich durch die nächtlich stille Fußgängerzone auf den Weg nach Hause und ins Bett.

27

»Gut, lasst uns sehen, was wir haben.«

Paul Woyke macht einen übernächtigten Eindruck. Man kann erahnen, dass die tiefen Ringe unter seinen Augen nicht nur von dem aktuellen nächtlichen Einsatz herrühren. Auch die Nächte zuvor hat er wenig Schlaf bekommen, weil sein Labor unter Hochdruck steht. Die Einbrüche folgten zu kurz aufeinander, als dass man die Spuren in Ruhe auswerten könnte.

»Am besten gehen wir chronologisch vor. Die DNA an den Taschentüchern, die wir dem Einbruch in Norddorf zuordnen, könnte ebenso wie die von dem Kaugummifund jetzt von Bedeutung sein. In Nieblum haben wir letzte Nacht eine Blutspur sichergestellt, die nicht von den Hauseigentümern stammt, und zwar in der Diele in der Nähe der Alarmanlagensteuerung. Wenn die von einem der Täter stammt, haben wir eine gute Chance auf einen Treffer.«

»Sofern die Blutspur im Haus nicht von einem der beiden hinzugekommenen Männer stammt, von denen dieser Nachbar uns berichtet hat«, wendet Lena ein.

»Jetzt malen Sie doch nicht gleich wieder den Teufel an die Wand!«, beschwert sich Paul Woyke gereizt. »Außerdem sind denen nach Olufs' Theorie auch ein paar Einbrüche zuzuordnen.«

Lena hebt beschwichtigend beide Hände, während Klaus Dernau den Kopf schüttelt.

»Weiter. Zum ersten Mal haben wir eine dieser kleinen Videoaufzeichnungseinheiten, mit denen die Alarmcodes ausgespäht worden sind. Und das Teil ist ausgesprochen interessant. Es handelt sich um modernste Technik mit Bauteilen, die so klein sind, dass sie heute vor allem in der Scimming-Hardware Verwendung finden.«

»Bankomat-Attrappen?«, wundert sich Jens Olufs.

»Genau. Die hier verwendeten Chips stecken üblicherweise

in den Blenden, die von Ganoven über Bankautomaten gelegt werden. Die müssen so winzig und flach sein, weil sie dort sonst auffallen würden. Aber das ist noch nicht das Spannende an der Sache. Viel aufschlussreicher scheint mir zu sein, dass auf dem Gebiet des Scimming vorwiegend osteuropäische Banden vertreten sind. In erster Linie Rumänen und Bulgaren. Damit könnte – ich betone: *könnte!* – die Spur endgültig nach Osteuropa führen. Gerade in Sachen Abhör- und Ausspähtechnik sind die ganz weit vorne. Kunststück: Der KGB, die Stasi und die Securitate haben da Pionierarbeit geleistet.«

»Gibt es denn tatsächlich Anzeichen dafür, dass da letzte Nacht zwei konkurrierende Banden aufeinandergetroffen sein könnten?«, erkundigt sich Kriminalhauptkommissar Dernau mit unverhohlener Häme.

»Nicht auszuschließen«, bleibt Paul Woyke vage. »Die Blutspur könnte dafür sprechen. Auch die Tatsache, dass nichts gestohlen wurde, obwohl die Einbrecher mehrere Minuten im Haus gewesen sein müssen, bevor sie entdeckt wurden, spricht für diese Theorie. Die Vorbereitungen für den Einbruch sind eindeutig genauso gründlich verlaufen wie bei den anderen Einbrüchen bisher. Trotzdem sind die Kerle diesmal nicht zum Zuge gekommen. Wenn alles glatt gelaufen wäre, hätten die Paulsens oben im Haus von alldem nichts mitbekommen und die Bude wäre heute Morgen leer gewesen. Immerhin gibt es dort ein paar durchaus wertvolle Gemälde zu holen, und auch der Safe, an dem wir übrigens kein Videoaufnahmegerät gefunden haben, nur die üblichen Kleberspuren, ist gut gefüllt.«

»Wie erklären Sie sich, dass das Gerät am Safe mitgenommen wurde, das in der Diele aber nicht?«, wundert sich Lena.

»Tja, das ist wohl der entscheidende Hinweis auf irgendeinen Konflikt zwischen den Einbrechern. Ich vermute, dass das Gerät in der Diele unbemerkt fallen gelassen wurde – vielleicht im Handgemenge. Das am Safe wurde schnell entfernt, als die Einbrecher flüchten mussten, weil Paulsen lautstark die Treppe heruntergekommen ist. Die Typen hatten keine Zeit, nach dem Gerät in der Diele zu suchen.«

Lena blickt Klaus Dernau zufrieden an, der hat seine Augen auf den Boden gerichtet und schmollt regelrecht vor sich hin. Jens Olufs ist besonders aufmerksam bei der Sache. Auch ihm sieht man an, dass er sich über die Bestätigung seiner Vermutung freut.

»So, das war's für's Erste. Jetzt mache ich mich auf die Socken nach Flensburg. Wir müssen mit der DNA-Analyse vorankommen, dann haben wir hoffentlich endgültig Klarheit.« Er drückt sich schwer mit den Händen auf den Oberschenkeln hoch, grüßt müde und verschwindet aus dem Büro.

»Also führt die Spur eindeutig nach Osteuropa«, fasst Lena zusammen. »Ich werde gleich eine Mail nach Kiel schicken, damit meine Leute schwerpunktmäßig dieser Spur folgen. Sagen Sie mal, Kollege Olufs, haben Sie eigentlich eine Ahnung, wo unser Herr Pückler vom Zoll sich herumtreibt? Jetzt könnten wir ihn gut gebrauchen. In Sachen Osteuropa wird er sich ja auskennen.«

Olufs zuckt mit den Schultern. »Ich habe keine Ahnung. Ist er denn überhaupt auf der Insel?«

»Zumindest wurde er in den letzten Tagen des Öfteren hier gesichtet«, formuliert Lena nicht ohne Belustigung in der Stimme. »Er soll in der Nähe des Malers Götz Hindelang mehrfach aufgefallen sein.«

»So so.« Auch Jens Olufs kann sich ein Grinsen nicht verkneifen. »Dann fragen Sie doch einmal denjenigen, dem er aufgefallen ist. Irre ich mich, oder kennen Sie den näher?«

»Danke für den Tipp!«

Eine gute Stunde später ist Gandolf Pückler gefunden. Ein Anruf Lenas bei Leander und ein weiterer von Leander bei Götz Hindelang haben zielsicher zu dem Mann geführt, der auf dem Deich zwischen Wyk und Nieblum, in der Höhe der Siedlung Greveling, verkehrt herum auf einer Bank gesessen und statt des Watts Hindelangs Haus im Blick behalten hat. Jens Olufs hat Polizeihauptmeister Vedder losgeschickt, um den Zollbeamten in die Zentralstation zu bringen.

»Sagen Sie mal, Herr Pückler, was treiben Sie eigentlich hier auf der Insel?«, erkundigt sich Lena, ohne ihre Verärgerung zu unterdrücken.

»Observationen«, ist die knappe Antwort.

»Aha. Und die Zielperson Ihrer Observationen ist der Maler Hindelang?«

»Hat er das bemerkt, ja?«

»Nicht nur er. Ihre Ausbildung als Zielfahnder scheint ein paar Tage her zu sein. Genauso gut könnten Sie sich direkt bei Hindelang an den Küchentisch setzen«, faucht Klaus Dernau, der in dem Mann vom Zoll ein willkommenes Opfer für den Kompensationsdruck gefunden zu haben glaubt, der ihn seit der Abfuhr von Lena in der letzten Nacht gefangen hält.

»Vielleicht sollte er mich ja bemerken«, reagiert Gandolf Pückler unbeeindruckt.

»Was wollen Sie von dem Mann?« Lena bemüht sich um Versachlichung.

»Hat Ihre Frau Conradi Ihnen das noch nicht verraten?«

»Was hat Frau Conradi damit zu tun?«

»Hat Sie Ihnen also noch nichts gesagt?«

»Herr Pückler, Sie können jetzt weiter jede Frage durch eine Gegenfrage beantworten, aber ich befürchte, dass uns das nicht voranbringt. Ich bin die Leiterin der Sonderkommission, der Sie zugeordnet wurden. Und ich möchte von Ihnen nun einen klaren und eindeutigen Bericht. Das sollte auch bei der Bundeszollbehörde zum täglichen Geschäft gehören.«

Gandolf Pückler überlegt einen Moment, wobei er sie aus zusammengekniffenen Augen anblickt, als wolle er abschätzen, ob er ihr trauen kann. »Gut«, fasst er sich schließlich ein Herz. »Ich kenne zwar die Beziehung nicht, die Sie zu Frau Conradi haben, aber ich unterstelle, dass Sie selbst gegenüber engen Freunden professionelle Distanz wahren können.«

»Wenn du dich da mal nicht täuschst«, murmelt Klaus Dernau gerade so laut, dass Lena es hören kann.

Die funkelt den Kriminalhauptkommissar kurz an, richtet ihre Aufmerksamkeit dann aber wieder auf den Kollegen vom

Zoll. »Warum denken Sie, dass Frau Conradi mir etwas über Götz Hindelang zu sagen hätte?«

»Weil die beiden sich sehr gut und seit Langem kennen.«

»Wie bitte?«

»Götz Hindelang ist von Beruf Kunsthistoriker, genau wie Helene Conradi.«

»Aha. Und deshalb sollen sie sich kennen? Ist die Gilde der Kunsthistoriker so übersichtlich?«

»In der DDR war sie das.«

»Wieso DDR?«

»Beide stammen aus der ehemaligen Deutschen Demokratischen Republik und haben dort studiert.«

»Das grenzt die Sache allerdings tatsächlich ein«, zeigt sich Klaus Dernau jetzt hellwach und interessiert. »Bei unseren Schwestern und Brüdern jenseits von Mauer und Stacheldraht hat es nicht allzu viele Universitäten gegeben. Und kaum welche, an denen man Kunstgeschichte studieren konnte.«

»Eben.« Gandolf Pückler nickt inhaltsschwer. »Beide haben an der Hochschule für Bildende Künste in Dresden studiert, nicht absolut zeitgleich, aber ihre Studienzeiten haben sich schon deutlich überschnitten.«

»Gut, sie könnten sich damals also tatsächlich über den Weg gelaufen sein. Aber woher nehmen Sie die Sicherheit, dass sie sich hier und heute hätten wiedererkennen müssen? Die DDR gibt es seit über zwanzig Jahren nicht mehr.«

»Die beiden haben nicht nur zusammen Kunstgeschichte studiert, sie hatten auch anschließend denselben Arbeitgeber.«

»Ha!«, ruft Dernau laut dazwischen. »Jetzt sag aber nicht…«

»Doch. Die Stasi.«

»So ein Quatsch«, rutscht es Lena heraus, was ihr auch sofort peinlich ist.

Gandolf Pückler blickt sie siegesgewiss an. Er ist sich seiner Sache offensichtlich absolut sicher.

»Götz Hindelang soll beim Staatssicherheitsdienst gewesen sein? Und Helene Conradi auch? Was haben die denn da Ihrer Ansicht nach gemacht?«

»Hier geht es nicht um Ansichten, Frau Hauptkommissarin Gesthuisen. Die beiden Kunsthistoriker haben sich in meinem Fachgebiet betätigt: nationale Kulturgüter. Deshalb habe ich sie auch sofort wiedererkannt. Wir standen uns im Kalten Krieg quasi am Eisernen Vorhang gegenüber – bildlich gesprochen. Die DDR brauchte dringend Devisen, weil sie mit ihren wertlosen Alu-Chips im Westen nicht einkaufen konnte. Deshalb hat die Regierung nicht nur das Wirtschaftsunternehmen KoKo unter Alexander Schalck-Golodkowski gegründet, sondern sie hat auch auf einen viel größeren Schatz zurückgegriffen, der ihr nach dem Ende des Zweiten Weltkriegs quasi in den Schoß gefallen ist: Beutekunst. Die Nazis, allen voran Hermann Göring, haben in ganz Europa Kunstwerke von unermesslichem Wert gestohlen. Göring hat in Carinhall eine gigantische Privatsammlung aufgebaut, deren Bedeutung man heute mit den größten Kunstmuseen der Welt vergleichen könnte. Waren Sie mal da, bei den Resten dieser germanischen Trutzburg in der Schorfheide mit weitläufiger Jagd?«

Pückler nimmt Lenas widerwilliges Kopfschütteln sichtlich als Bestätigung. »Trotz der Sprengung 1945 ist das immer noch sehr eindrucksvoll. Als dann alles zu Ende ging und Berlin regelrecht unter Dauerbombardement lag, haben die Nazis angefangen, ihre Schätze in Sicherheit zu bringen. Sie kennen bestimmt die Geschichten über all die Nazischätze, die heute noch in bayerischen und österreichischen Seen schlummern sollen. Das meiste davon ist Unsinn. In Wahrheit wurden die Kunstwerke in aufwändigen Transporten in Richtung Osten verfrachtet und sind dort zum größten Teil bis heute verschollen. Das liegt nicht daran, dass niemand sie gefunden hätte. Im Gegenteil, die Rote Armee hat unermessliche Werte in die Sowjetunion geschafft. In den Museen dort lagern bis heute Kunstwerke in Milliardenwert aus ehemals deutschem oder anderweitig europäischem Besitz. Alle Bundesregierungen bisher haben über die Herausgabe verhandelt. Vieles liegt bislang unentdeckt in den Archiven und Kellern der Museen. Und einen nicht unerheblichen Teil der Beutekunst hat auch die DDR gehortet und bei Bedarf gegen wertvolle Devisen verkauft. Dafür war eine Sonderabteilung der Stasi zuständig. Und Götz Hindelang, der eigentlich Georg Heinbach heißt, und Helene Conradi waren Mitglieder dieser Sonderabteilung.«

»Götz Hindelang und Helene Conradi haben zusammen Beutekunst für die Stasi verkauft?« Lena hat den Eindruck, in die Hände eines besonders fantasiebegabten Krimiautors geraten zu sein. Mit der Realität des Einundzwanzigsten Jahrhunderts hat das alles für sie jedenfalls nicht viel zu tun.

»Nicht ganz. Heinbach alias Hindelang war für das Sichten und die Restauration alter Gemälde und für die Kontakte und den Verkauf in Richtung Warschauer Pakt bzw. RGW-Gebiet zuständig. Helene Conradi, die ihren Namen nach der Wende übrigens nicht geändert hat – oder nicht ändern musste, weil sie angesichts ihrer Qualifikation im Westen gleich wieder gebraucht wurde – war mit dem Aufspüren verschollener Kunstwerke beschäftigt. Sagt Ihnen der Begriff Bernsteinzimmer etwas? Ja? Natürlich. Aber Sie halten es für eine Legende, nicht wahr? Die Geschichte vom Bernsteinzimmer ist nicht einfach nur eine schöne Erfindung wie Hitlers Tagebücher. Das hat es wirklich gegeben. Und es ist bis heute verschwunden. Helene Conradi hat lange vor und sogar noch nach der Wende in staatlichem Auftrag danach gesucht und dabei vor nichts, aber auch gar nichts zurückgeschreckt.«

»Was wollen Sie damit sagen?«

»Ich war schon in den letzten Jahren des Kalten Krieges von der Bundesrepublik aus auf der Spur der im Osten verschwundenen Beutekunst. Und natürlich habe ich die Suche nach dem Bernsteinzimmer in der DDR von hier aus genauestens verfolgt, soweit überhaupt Informationen aus dem Arbeiter-und-Bauern-Staat zu uns durchgedrungen sind. Als die militärische Lage im Frühjahr 1944 aussichtslos wurde, wurde zusammen mit zahlreichen anderen Kunstgegenständen damals auch das Bernsteinzimmer ›in Sicherheit gebracht‹. Vor allem der Vorstoß der Roten Armee führte den Nazis vor Augen, dass

Eile geboten war, wenn man die geraubten Kunstwerke nicht wieder verlieren wollte. Der Korridor, durch den der Abtransport aus dem Osten noch möglich war, führte am Schloss Hubertusburg in Wermsdorf vorbei. Dort und in umliegenden Burgen und Bergwerken wurden Auslagerungsdepots angelegt. Zuständig dafür war ein gewisser Dr. Reimer, der offiziell für die Staatliche Gemäldegalerie in Dresden arbeitete. In Wahrheit hatte er während des Krieges ganze Sammlungen überall im besetzten Europa beschlagnahmt. Im Dezember 1944 verbrachte er sämtliche Kunstschätze aus Ostpreußen hierher, zum Beispiel das gesamte Kulturgut des Königsberger Schlosses. Dabei gingen die Nazis sehr gründlich und ganz im Geheimen vor. Der Stasi-Schatzjäger Paul Enke entdeckte zum Beispiel mit Hilfe eines Burgverwalters erst 1986 den Schatz des Königsberger Schlosses in einem über drei Stockwerke reichenden zugemauerten Kamin. Kurt Neiber, Mielkes Stellvertreter, leitete in der DDR die Suche nach dem sagenumwobenen Bernsteinschatz und erfuhr bei seinen Recherchen, dass im März 1945 eine Bau-Pionier-Einheit für längere Zeit im Schloss Hubertusburg in Wermsdorf untergebracht war und mit unbekanntem Auftrag in den Schlosskellern und im nahe gelegenen Steinbruch gearbeitet hatte. Er vermutete, dass diese Einheiten die verschwundenen Schätze verstecken sollten, und ließ alle verfallenen Bergwerke in der Umgebung öffnen. Als das zu nichts führte, untersuchte er den Schlosskeller. Schließlich setzte er sogar Bernsteinhunde ein – Schäferhunde, die Bernstein riechen können. Und wirklich, Ende 1989 fanden die Hunde eine Spur. Dann fiel die Mauer.«

»Und was hat das alles mit Götz Hindelang und Helene Conradi zu tun?«, erkundigt sich Lena, die sich wundert, dass Klaus Dernau Pücklers Bericht ungewöhnlich interessiert und ruhig lauscht.

»Die kommt jetzt ins Spiel. Sie hat für Neiber gearbeitet und war vollkommen informiert. 1990 nahm sie die Suche wieder auf und schaltete diesmal sogar die Kriminalpolizei in Leipzig ein. Dort, im Bezirkskriminalamt, gab es nämlich ein Dezernat, das genau für diesen Bereich zuständig war: das Dezernat 13 für den Schutz von Kunst und Kulturgut. Kollegen von mir, wenn Sie so wollen. Und diese Kollegen, genauer gesagt ein Kriminalrat namens Wolfgang Marx und ein Kriminaloberkommissar namens Reimann, ordneten an, dass die Kellerwände an den Stellen, an denen die Hunde anschlugen und winzige Bernsteinteilchen gefunden wurden, aufgestemmt wurden. Das ging der Conradi nicht weit genug. Sie ließ Kernbohrungen vornehmen, und so stieß man auf versteckte Gewölbe, die erahnen ließen, dass die Kelleranlagen viel weitläufiger waren, als man bislang angenommen hatte. Die Conradi fühlte sich bestätigt: Ihrer Ansicht nach hatten die Pioniereinheiten ungeheure Schätze in den Gewölben versteckt und dann die Zugänge zugemauert. Mit Sonden untersuchte sie diese Gewölbe durch Wände und Decken hindurch, Geophysiker ließ sie mit einem Bodenradar das ganze Schloss millimetergenau abscannen. Schließlich musste sogar das Munitionsräumungskommando aus Dresden anrücken und die Wände sprengen. Sie können sich vielleicht vorstellen, was für einen Schutthaufen die Dame, die vorgibt, am Erhalt von Kunstschätzen interessiert zu sein, aus dem denkmalgeschützten Schloss gemacht hat. Gefunden hat sie dabei nichts, das diese Schändung und Zerstörung in irgendeiner Weise rechtfertigen würde. Das meine ich, wenn ich sage: Helene Conradi ist jedes Mittel recht, notfalls geht sie über Leichen. Und wenn sie an einer Sache nicht interessiert ist, dann ist das der ideelle Wert von Kunst.«

»Angenommen, all das, was Sie uns hier erzählen, stimmt«, zweifelt Lena, »warum hat sich Helene Conradi dann nicht sofort aus der SoKo zurückgezogen, als Sie beide aufeinandergetroffen sind? Sie muss uns nicht unterstützen, das macht das *Art Loss Register* freiwillig.«

»Ich glaube nicht, dass sie mich kennt. Für die Stasi stellte der bundesdeutsche Zoll keinerlei Gefahr dar, weil wir nur mit rechtsstaatlichen Mitteln arbeiten durften. Also musste man sich mit uns nicht befassen. Aber ich habe sie sofort erkannt, als sie in Kiel in Ihrer Sonderkommission aufgetaucht ist. Allerdings wusste ich nicht einzuschätzen, in welchem Verhältnis *Sie* zu der Conradi stehen, also habe ich nichts gesagt. Die alten Netzwerke sind heute noch genauso aktiv wie zu Wendezeiten, vielleicht sogar international noch viel verzweigter und effektiver. Und finanziell sind sie mehr als abgesichert. Während der Wendejahre wurden Milliardenbeträge beiseitegeschafft.«

Gandolf Pückler hat sich derart in Brand geredet, dass sein Gesicht feuerrot angelaufen ist und ihm die Schweißperlen auf der Stirn stehen. Lena sieht sich in dem Eindruck bestätigt, den sie bereits bei der einen oder anderen Dienstbesprechung gehabt hat: Diesen Mann darf man nicht unterschätzen.

»Verstehen Sie jetzt, mit was für Gegnern wir es in diesem Kampf zu tun haben? Mit Geld kann man heutzutage alles kaufen, weltweite Netzwerke lassen sich damit unterhalten, politischer Einfluss lässt sich damit sichern, und gerade an Geld mangelt es denen überhaupt nicht. Außerdem geht es hier um Summen, gegen die ein Menschenleben völlig unbedeutend ist. Entsprechend gefährlich sind die Drahtzieher. Ich kenne einige Ihrer Kollegen beim BKA, die sich die guten alten Zeiten mit der italienischen Mafia zurückwünschen. Die war zwar auch skrupellos und mörderisch, aber in gewisser Weise zu verorten und berechenbar. Die Leute, mit denen wir es hier zu tun haben, kontrollieren inzwischen ganze Staaten und Armeen.«

»Und Sie glauben, dass Götz Hindelang ...«

»Georg Heinbach!«, fällt Gandolf Pückler Lena ins Wort.

»... Georg Heinbach alias Götz Hindelang und Helene Conradi ebenfalls zu diesen Verbrechern gehören? Die beiden haben doch gar nicht das Format für solche Verschwörungsszenarien.«

»Heinbach hatte Zugang zu allen Tatorten. Ich habe das überprüft. Zeit genug hatte ich in den letzten Tagen ja dazu, während Sie und Frau Conradi im Nebel gestochert haben. Er ist Mitglied im Förderverein des *Museums Kunst der Westküste* und verfügt über Fachwissen, das sich die Museumsleitung häufig zunutze macht, indem sie ihn als Berater hinzuzieht. Ebenfalls im Förderverein sind die meisten der Geschädigten hier auf der Insel, Vorsitzender ist der Reeder Kopius. Heinbach geht in den Häusern der Kunstsammler ein und aus. Er ist als Künstler und Kunsthistoriker ein gern gesehener Gast. Außerdem lebt er hier unter falschem Namen und war in seiner aktiven Zeit genau für die internationalen Kontakte zuständig, über deren Kanäle die gestohlenen Kunstwerke heute verschoben werden. Das ist kein Zufall! Und Helene Conradi sitzt an der Schlüsselstelle der internationalen Ermittlungen. Ohne das *Art Loss Register* in London stochern die Ermittlungsbehörden in ganz Europa im Dunkeln. Zudem führt sie schließlich sogar die Verhandlungen zwischen den geschädigten Museen und den Dieben und sorgt so dafür, dass Gemälde, nachdem sie ihren Nutzen als Sicherheiten im internationalen Drogen- und Waffenhandel erfüllt haben, wieder gegen einen zusätzlichen Betrag zurückgegeben werden. Auf die Art wird der Kreislauf geschlossen, und das System kann dauerhaft funktionieren. So, und jetzt ist es Ihre Aufgabe, Frau Gesthuisen, diesen Schweinen das Handwerk zu legen.«

Lena denkt einen Moment nach, ohne den Blickkontakt zu Gandolf Pückler abreißen zu lassen. Die Geschichte klingt in ihren Ohren so irrsinnig, dass sie es lieber hätte, sie als Unsinn abtun zu können. Aber der Mann vom Zoll hat ihr einiges voraus. Er ist der absolute Fachmann in dieser Runde und verfügt über Informationen und Sachkenntnisse, die sie nicht einfach von der Hand weisen kann. Nur: Reicht das aus, um Götz Hindelang und womöglich auch noch Helene Conradi festnehmen zu lassen? Überhaupt: Helene Conradi! Warum lässt die Frau nichts von sich hören? Ist sie vielleicht schon untergetaucht, weil sie nach dem Zusammentreffen mit Götz Hindelang damit rechnen muss, enttarnt zu werden? Möglicherweise ist sie inzwischen schon dabei, alle Spuren zu verwischen und die Hintermänner zu warnen, so dass Lenas SoKo bald schon überhaupt keine Chance mehr hat, sie einzukassieren. Lena wird klar, dass sie handeln muss. So schnell wie möglich. Vielleicht ist Hindelang auch schon längst auf dem Festland und gerade dabei, unterzutauchen. Und doch kann sie nicht einfach Haftbefehle beantragen, ohne Gandolf Pücklers Angaben zu überprüfen.

»Herr Olufs, telefonieren Sie die Einbruchsopfer ab und fragen Sie nach, ob Götz Hindelang tatsächlich Zugang zu ihren Sammlungen hatte«, ordnet sie deshalb an. »Sven Schröter soll von Kiel aus die betreffenden Akten von der Stasi-Unterlagen-Behörde in Berlin besorgen. Herr Dernau, können Sie Kontakt zu ihm aufnehmen? Lassen Sie sich von Herrn Pückler noch einmal Namen und Orte nennen, nach denen Schröter sich erkundigen soll. Sagen Sie ihm, es sei verdammt eilig, und berufen Sie sich dabei auf mich. Ich werde inzwischen versuchen, Helene Conradi ausfindig zu machen. Wir müssen wissen, wo sie jetzt ist und was sie macht.«

Jens Olufs ist bereits auf dem Weg nach draußen, als Lenas Handy klingelt. Im Türrahmen bleibt er stehen, aber Lena gibt ihm ein Zeichen, seine Telefonate zu erledigen. Dann drückt sie die Anruf-Annahme-Taste. »Gesthuisen?«

»Conradi. Ich bin in Dagebüll und nehme die nächste Fähre. In etwa einer Stunde bin ich bei Ihnen. Sorgen Sie bitte dafür, dass alle anwesend sind, wenn ich komme. Ich glaube, nein, ich bin mir sicher, dass ich den Fall gelöst habe.«

»Können Sie schon etwas Genaueres dazu sagen? Soll ich irgendetwas vorbereiten?«

»Das kommt darauf an, wie schnell Sie einen Haftbefehl besorgen können.«

»Wenn Gefahr im Verzug ist, brauche ich keinen. Aber auch sonst kann ich innerhalb von Minuten einen beantragen und mir zufaxen lassen.«

»Gut, dann reicht es, wenn Sie auf mich warten. Sie sollen sich selbst ein Urteil bilden. Aber eines kann ich Ihnen jetzt schon verraten: Das ist ein Hammer!«

Als Lena die rote Hörertaste gedrückt hat, blickt sie in die erwartungsvollen Augen Kriminalhauptkommissar Dernaus.

»Eine Stunde«, sagt sie. »Dann ist Frau Conradi hier. Sie hat mir die Lösung des Falles angekündigt. Sagen Sie mir, Herr Kollege: Was soll ich von der ganzen Sache halten?«

»Die Frage müssen Sie sich selbst beantworten. Sie sind die Leiterin dieser Ermittlungen.« Dernaus Antwort klingt nur noch ein bisschen beleidigt. Insgeheim scheint er nun froh zu sein, die Verantwortung in diesem Fall nicht tragen zu müssen. »Ich bin ja mal gespannt, was sie zu den Schauergeschichten unseres Zollkollegen hier zu sagen hat«, ergänzt er. »Würde mich nicht wundern, wenn das eben alles Schwachsinn war.«

Lena würde ihn gerne für seine unkollegiale Haltung zurechtweisen, aber sie ist sich nach Helene Conradis Anruf selbst nicht sicher, was sie von der ganzen Sache halten soll. Gandolf Pückler beobachtet die Verwirrung, die er ausgelöst hat, mit einem selbstzufriedenen Lächeln. Er scheint sich schon auf die Konfrontation mit der früheren Konkurrentin aus der Zeit des Kalten Krieges zu freuen, die in einer Stunde sicher nicht zu verhindern sein wird.

Als Helene Conradi das Büro betritt, berichtet Jens Olufs gerade von dem Ergebnis seiner Telefonate. Alle Einbruchsopfer, bei denen Gemälde gestohlen wurden, haben Gandolf Pücklers Darstellung bestätigt: Götz Hindelang hatte Zugang zu allen Tatorten und wusste genau, welche Werte dort zu holen waren.

»Das passt zu dem, was uns der Leiter des *Museums Kunst der Westküste*, dieser Nykerk, erzählt hat«, erinnert Dernau Lena.

»Und erst recht zu dem, was ich hier habe.« Helene Conradi wirft eine Akte mit senfbraunem Deckel auf den Tisch. Diagonal über den Aktendeckel ist ein roter Streifen gedruckt. Unten rechts in der Ecke steht *MfS*.

»Was ist das?«, erkundigt sich Lena.

»Götz Hindelangs Personalakte.«

»Sag ich doch«, meldet sich Gandolf Pückler selbstzufrieden zu Wort. »Allerdings heißt er Heinbach, Georg Heinbach, und nicht Hindelang.«

»Richtig, Herr Pückler.« Helene Conradi berichtet nun im Wesentlichen das, was sie schon von dem Zollbeamten über Götz Hindelang erfahren haben.

»Wie kommen Sie an die Akte?«, hakt Lena nicht ohne Nebengedanken nach.

»Kontakte zur Stasi-Unterlagen-Behörde«, antwortet die Kunstsachverständige knapp.

»Klar, so unter Genossen hilft man sich ja gerne mal ganz unbürokratisch«, stichelt Gandolf Pückler.

Helene Conradi verengt ihre Augen zu Schlitzen und faucht zurück: »Was wollen Sie damit andeuten?«

»Ganz einfach, Frau Conradi, dass bei der Stasi-Unterlagen-Behörde sicher noch eine ganze Reihe IMs und auch hauptamtliche Mitarbeiter durch die Aktenregale stöbern. Da kennt man sich von früher und leiht sich gerne mal eine Akte. Vielleicht lässt man auch die eine oder andere verschwinden. Auch unter Genossen wäscht halt eine Hand die andere.«

Bevor Helene Conradi darauf reagieren kann, geht Lena mit einem entschiedenen Handzeichen dazwischen. »So, Herr Pückler, das reicht jetzt. Wir ziehen hier alle an einem Strang, und da sollte Frau Conradi wenigstens die Gelegenheit haben, uns ihre Version der Geschichte zu erzählen.«

Sie legt der Angestellten des *Art Loss Register* kurz dar, was sie von Gandolf Pückler vor gut einer Stunde erfahren haben, ohne dabei auf die Einzelheiten einzugehen, was die Suche nach dem Bernsteinzimmer angeht.

»Ich war Kunstsachverständige der Regierung der DDR, das ist wahr«, erklärt die derart Beschuldigte schließlich aufgebracht. »Daran ist nichts Ehrenrühriges, zumal ich hervorragend ausgebildet bin. Und meine Akte ist absolut sauber. Sonst hätten mich staatliche Stellen nach der Wende auch nicht so ohne Weiteres weiterbeschäftigt. Mein Wechsel zum *Art Loss Register* ist freiwillig erfolgt, weil ich dort im Kampf gegen die Kunstschieber viel effektivere Mittel zur Verfügung habe.«

»Soso, Kunstsachverständige der Regierung, ja?« Offensichtlich findet Gandolf Pückler die Darstellung wenig glaubhaft.

»Sagen Sie doch die Wahrheit: Sie waren hauptamtliche Mitarbeiterin des Staatssicherheitsdienstes. Sie haben engstens mit Paul Enke und Kurt Neiber zusammengearbeitet. Und Sie haben Ihre Arbeit ohne Rücksicht auf Verluste ausgeführt. Und jetzt wollen Sie sich hier aus der Verantwortung lügen, indem Sie Ihren damaligen Kollegen Georg Heinbach hinhängen.«

Wenn Lena geglaubt hat, dass Helene Conradi angesichts des Stasi-Vorwurfs in die Knie gehen würde, sieht sie sich eines Besseren belehrt. Die Frau ist nicht im Geringsten in der Defensive. Im Gegenteil: Schon allein mit ihrem Gesichtsausdruck und der aufrechten Körperhaltung geht sie direkt zum Angriff über. »Lieber Herr Kollege, sparen Sie sich Ihre herablassende Art. Sie haben doch einfach nur Glück gehabt, dass Sie ihren Beruf im Westen ausüben konnten. Wenn man in der DDR studieren wollte, musste man sich arrangieren. Und wenn man Kunstgeschichte studieren wollte, erst recht, denn diese Fachrichtung wurde so selten gebraucht, dass man kaum eine Chance hatte, für ein solches Studium zugelassen zu werden. Nach dem Studium konnte mir überhaupt nichts Besseres passieren, als für den Staat zu arbeiten. Nirgendwo sonst hätte ich eine solche Vielfalt an Kunstwerken jemals zu Gesicht bekommen. Und ja, für den Staat als Kunstsachverständige zu arbeiten, hieß nun einmal, dem Ministerium für Staatssicherheit zugeordnet zu werden. Dabei hatte ich großes Glück, verschollene Kunstwerke suchen zu dürfen und nicht, wie Georg Heinbach, für die Verschiebung von Beutekunst zuständig zu sein. Das hat mich in die Archive aller großen Museen und Galerien des Ostblocks geführt, während Heinbach internationale Schieberkontakte aufbauen musste und so nicht selten mit Verbrechern zusammengearbeitet hat.«

»Wer in der DDR die Verbrecher waren, will ich jetzt mal dahingestellt sein lassen«, greift Lena in den Diskurs ein. »Für uns zählt heute nur eines: Sind Sie der Ansicht, dass Götz Hindelang alias Georg Heinbach diese Kontakte immer noch aufrechterhält und nutzt, um Diebesgut europaweit zu verschieben?«

»Weltweit«, korrigiert Helene Conradi und nickt. »Genau der Ansicht bin ich. In der Akte finden Sie die Belege. Georg Heinbach war in streng geheimem Auftrag für die Staatssicherheit tätig – OIBE, das heißt *Offizier im besonderen Einsatz*. Entsprechend hat er in der DDR eine Legende gehabt. Offiziell diente er als Major im Wachregiment Feliks Dzierzynski, beim Kommando 1 in Berlin Adlershof. Das Regiment war zuletzt direkt der Arbeitsgruppe des Ministers Erich Mielke unterstellt und damit quasi der militärische Arm der Stasi. Heinbachs Posten dort hatte den Vorteil, dass niemandem auffiel, wenn er im Rahmen seiner internationalen Geschäfte häufig für längere Zeit unterwegs war. Offiziell hatte er Wach- und Sicherheitsdienst, und der war so geheim, weil er Regierungstreffen und Dienstobjekte hoher SED-Kader betraf, dass sich ohnehin niemand traute, da näher nachzufragen. 1990 wurde das Wachregiment nach der Wiedervereinigung aufgelöst. Als direkt Mielke unterstellter Offizier hatte Heinbach natürlich keine Chance, in irgendeiner Weise rehabilitiert und in den Dienst der Bundeswehr übernommen zu werden. Alle Einzelheiten zu seiner DDR-Vergangenheit und seinen Beschäftigungsfeldern finden Sie dort in der Akte. Ich habe ihn damals völlig aus den Augen verloren und erst hier auf Föhr wiedergesehen. Aber als er im Museum vor mir stand, war mir sofort klar, was hier gespielt wird. Mit Heinbach haben wir die Lösung des Falles nun direkt in der Hand. Wir müssen nur noch zuschlagen.«

»Und wer sagt uns, dass Sie nicht selber mit in der Sache stecken?«, lässt Gandolf Pückler nicht locker. »Heinbach war bei der Stasi und Sie auch. Sie beide haben Kunstgeschichte studiert und im Bereich der Beutekunst gearbeitet. Da liegt es ja wohl nahe, dass sich Ihre Arbeitsfelder zumindest überschnitten haben. Sie haben genau dieselben Möglichkeiten wie Heinbach. Und ich wette, dass Sie die auch nutzen und da mit drinhängen!«

»Haben Sie mir nicht zugehört?«, fährt Helene Conradi den kleinen Mann mit zornrotem Gesicht an.

»Oh doch, ich habe Ihnen zugehört. Und ich sage Ihnen: Ihre Variante stinkt. Ich bin Ihnen und Ihrem Verbrecherverein in der DDR seit über dreißig Jahren auf der Spur. Erzählen Sie mir nicht, dass es bei Ihnen auch gute Stasi-Leute gab. Die gab es nämlich nicht. Schon gar nicht in den Sphären, in denen Sie sich bewegt haben. Heinbach und Sie sind ein Team. Ich weiß, was gespielt wird, seit ich Ihnen in der Sonderkommission zum ersten Mal begegnet bin. Und Heinbach habe ich nicht mehr aus den Augen gelassen, seit ich ihn zufällig auf der Insel gesehen habe. Sie beide mögen bei der Stasi ja Experten im Verschleiern von Identitäten gewesen sein, aber mich führen Sie nicht hinters Licht.«

»Muss ich mir diesen Unsinn eigentlich anhören?«, beschwert sich Helene Conradi bei Lena. »Wenn ich etwas mit der Sache zu tun hätte, dann wären Heinbach und ich längst über alle Berge. Und ich garantiere Ihnen, dass Sie uns niemals finden würden. Aber ich bin hier. Und ich liefere Ihnen die Beweise, die Sie brauchen, um eine ganze internationale Organisation zu überführen. Der Schlüssel liegt bei Heinbach. Worauf warten wir noch?«

Lena blickt zwischen den beiden Kontrahenten hin und her. Was soll sie glauben? Vor allem: *Wem* soll sie glauben? Verdammt noch mal, warum kann sie es nicht mit stinknormalen Verbrechern zu tun haben? Muss der ganze alte Stasi-Mist unbedingt jetzt und in ihrem Fall hochkochen? Sie schüttelt den Kopf, als könne sie sich von einem Albtraum befreien. Aber es nützt nichts, sie muss da durch. Sie muss mit den Tatsachen leben, die sie hat. Egal wer recht hat, Götz Hindelang taucht in allen Varianten auf. Und da ist ja auch die Bestätigung durch die Auskünfte, die Jens Olufs eingeholt hat.

»Also gut«, beschließt Lena. »Ich beantrage sofort einen Haftbefehl gegen Götz Hindelang alias Georg Heinbach. Herr Olufs, schnappen Sie sich zwei Männer und kassieren Sie ihn ein. Der Haftbefehl ist Formsache. Wenn Sie bei Hindelang eintreffen, haben wir ihn hier auf dem Faxgerät. Und Sie, Kollege Dernau, stellen Hindelangs Atelier auf den Kopf.

Ich komme nach, sobald ich hier fertig bin. Uns interessieren vor allen Dingen Hinweise auf Auslandskontakte. Tickets, Konten auf ausländischen Banken, Adressenlisten, Stempel im Reisepass. Nehmen Sie Herrn Pückler mit, damit wir nichts übersehen, was mit irgendwelchen Kunst- und Kulturgütern in Zusammenhang stehen könnte. Ich werde Sven Schröter über den aktuellen Stand informieren. Er soll seine Kontakte zu den Dienststellen im Ausland nutzen. Vielleicht haben die etwas, das sie bisher nur nicht eindeutig zuordnen können. Los, Kollegen, machen wir den Sack zu. Aber passen Sie auf. Achten Sie auf den Buchstaben des Gesetzes. Wenn wir jetzt Mist machen, werden die Verantwortlichen von ihren Rechtsanwälten schneller rausgepaukt, als wir sie festnageln können.«

»Sind Sie sicher, dass Heinbach noch da ist?«, zweifelt Helene Conradi. »Es würde mich nicht wundern, wenn dieser Hobbydetektiv hier« – sie deutet angewidert auf Gandolf Pückler – »ihn in seiner tölpelhaften Art aufgeschreckt hätte.«

Das lässt der Mann vom Zoll nicht auf sich sitzen. »Sie haben doch nur Angst davor, dass er nicht bereitwillig das Opfer spielt und Sie ans Messer liefert. Sie haben recht, ich wollte Heinbach aufschrecken. Ich bin ihm auf die Pelle gerückt, um ihn zu verunsichern, damit er in Panik gerät und einen Fehler macht. Dann hätten wir nur noch zuschlagen müssen. Aber der Kerl hat Nerven, das muss man ihm lassen. Der ist absolut ruhig geblieben, hat zu niemandem Kontakt aufgenommen oder versucht, sich abzusetzen.«

»Hoffen wir's«, murmelt Lena und gibt ihren Kollegen ein unzweideutiges Zeichen mit der rechten Hand, nun endlich aufzubrechen.

»Ich fahre mit«, bestimmt Helene Conradi und macht Anstalten, Hauptkommissar Dernau und Gandolf Pückler zu folgen.

»Nein«, hält Lena sie zurück, um nicht zu riskieren, dass der Streit in Hindelangs Atelier fortgeführt wird. »Sie bleiben bei mir. Vielleicht brauche ich noch Informationen von Ihnen, wenn ich mit dem Staatsanwalt telefoniere.«

28

Als Lena an diesem Abend das Friesenhaus betritt und Leander fröhlich in der Küche pfeifen hört, bekommt sie gleich ein schlechtes Gewissen, denn ihr ist klar, dass seine gute Stimmung nicht lange anhalten wird. Einen Moment fühlt sie den Impuls, einfach wieder zu gehen. Aber was soll das bringen, wenn sie vor der Verantwortung flieht? Er wird es erfahren, es ist nur eine Frage von Stunden. Außerdem ist es besser, wenn *sie* es ihm sagt und ihm die Sachlage klarmacht.

Leander rührt in einem Topf, aus dem es herrlich frisch nach Tomaten, Olivenöl und Basilikum duftet. Er hat sich eine alte Schürze umgebunden und trinkt sporadisch aus einem Glas Rotwein, das er während des Rührens in seiner linken Hand hält. Zwischendurch pfeift er unmelodisch irgendeine selbst fabrizierte Kakophonie, die wunderbar zu dem Durcheinander und Matsch auf dem Küchentisch passt, auf dem er offensichtlich die Zutaten für die Tomatensoße zerschnetzelt und noch irgendetwas mit Mehl angestellt hat, das nun für eine Puderschneelandschaft zwischen Tomatenwasser-Seen sorgt – ein Stillleben der Gemütlichkeit.

»Das tut gut«, sagt Lena zur Begrüßung.

Leander dreht sich zu ihr um, hat sie bisher gar nicht bemerkt, lächelt sie an. »Was meinst du?«

»Nach einem beschissenen Arbeitstag nach Hause zu kommen. Vor allem, wenn es da so toll duftet.«

»Nichts Besonderes«, winkt er ab. »Nur selbstgemachte Tomatensoße zu selbstgemachten Nudeln.« Er deutet auf ein Holzgestell, auf dem eine nicht unerhebliche Menge schmaler Nudelstreifen trocknet.

»Selbstgemachte Pasta«, staunt Lena. »Hat Mephisto dich mit seinem Zurück-zur-Natur-Spleen infiziert?«

»Wieso? Er hat doch recht. Außerdem habe ich genügend Zeit für so etwas, wenn du den ganzen Tag arbeitest. Das ist etwas Produktives, das Ergebnis kann man hinterher direkt bewundern und genießen. Man kann zufrieden sein mit seiner Leistung – eine ganz neue Erfahrung. Warte mal ab, vielleicht kaufe ich mich als Kompagnon in *Mephistos Biergarten* ein: *Hennings Pasta* oder so. Was hältst du davon?«

Im Topf rührend reicht er Lena sein Weinglas und deutet auf die Flasche auf der Fensterbank, deren Inhalt schon verdächtig reduziert ist. »Ein bisschen was ist auch in der Soße«, erklärt Leander entschuldigend.

Lena gießt ihm nach und bedient sich dann selber am Wein. Sie beschließt, Leander erst nach dem Essen über Götz Hindelangs Verhaftung zu informieren, um die Stimmung nicht zu versauen.

Er füllt inzwischen einen großen Nudeltopf mit Wasser, stellt ihn auf den Herd und streut Salz hinein. »Wenn das Wasser kocht, noch gut fünf Minuten. Bringst du schon einmal Teller und Besteck in den Garten? Und hol vorsorglich noch eine Flasche Wein aus dem Vorratsraum.«

Zwanzig Minuten später sitzen sie unter den Apfelbäumen und genießen das schlichte und doch ganz besondere Essen. Leander hat bei Bäcker Hansen ein Baguette gekauft, von dem beide nun ganz rustikal Stücke abbrechen. Dabei lassen sie sich ausgiebig über die Vorzüge der mediterranen, speziell der italienischen Lebensart aus und rufen sich gegenseitig Erinnerungen an den letzten gemeinsamen Urlaub auf Sardinien ins Gedächtnis. Leanders blendende Stimmung und die Erinnerungsbilder weißer, abgeschiedener Sandstrände vor blauem, kristallklarem Wasser schaffen es in kürzester Zeit, dass Lena sich fallen lassen kann. Jetzt erst wird ihr die psychische Belastung des heutigen Arbeitstages so richtig bewusst, aus der Distanz. Die Sardinienbilder bekommen einen Stich pastellfarbener Melancholie und drohen wie im Weichzeichner wegzusacken.

In diesem Moment klingelt das Telefon. Der schnurlose Hörer hat inzwischen schon einen Stammplatz auf dem Gartentisch, so dass Leander das Gespräch annimmt, bevor Lena noch so richtig in die Realität aufgetaucht ist.

»Tom, alter Knabe. Lange nichts von dir gehört. Ich habe schon gedacht, du schmollst, weil ich deinen Lieblingshandwerker nicht in Ruhe gelassen habe.« Leander lauscht der Reaktion, seine Miene wechselt von weinseliger Freude in ahnungsvolle Aufmerksamkeit. »Was soll ich schon gehört haben? ... Doch, Lena ist hier, sie sitzt direkt neben mir. ... Was soll sie mir gesagt haben? ... Verdammt, Tom, jetzt mach es nicht so spannend. ... Was? ... Das glaube ich nicht. ... Wann? ... Und woher weißt du das dann schon? ... Ja, klar, vergesse ich immer, dass Föhr eine Insel ist. ... Nein, das kann nur eine Verwechslung sein. ... Klar, Tom, ich melde mich.«

Als Leander die rote Hörertaste drückt, fällt es ihm sichtlich schwer, seine aufschäumende Wut im Zaum zu halten. Er schluckt einmal hart und atmet tief durch, bevor er Lena direkt in die Augen blickt. »Wann hattest du vor, es mir zu sagen?«

»Nach dem Essen. Ich wollte deine gute Stimmung nicht zerstören.«

Leander wirft den Telefonhörer auf den Gartentisch und schnauft wütend.

»Hör mir bitte erst einmal zu, Henning. Ich konnte nicht anders.«

Er kämpft offensichtlich gegen den Impuls an, aufzuspringen und auf und ab zu laufen. »Also gut, was hast du mir zu sagen?«

Lena findet nur mit Mühe in einen klaren und geordneten Bericht, aber da Leanders Reaktion wesentlich davon abhängen wird, ob es ihr gelingt, seine professionelle Distanz wiederzubeleben, konzentriert sie sich auf eine Chronologie, die die Berichte Gandolf Pücklers und Helene Conradis möglichst schlüssig ineinandergreifen lässt. Schließlich malt sie ihre eigenen Zweifel quasi stellvertretend für eine gemeinsame Basis mit Leander aus und schildert dann enttäuscht die erdrückenden Auskünfte, die Jens Olufs für sie eingeholt hat.

»Was sagt Götz dazu?«, zeigt sich Leander unbeeindruckt von Lenas Dramaturgie.

»Er bestätigt seine Stasi-Vergangenheit und auch die Aufgabe, die er für die roten Socken übernommen hat. Aber er bestreitet, etwas mit den Einbrüchen zu tun zu haben.«

»Na bitte«, erklärt Leander, als sei das Beweis genug für Götz Hindelangs Unschuld.

»Hast du mir nicht zugehört? Götz heißt nicht Götz Hindelang. Er lebt unter falschem Namen hier auf der Insel, weil er Stasi-Offizier gewesen ist. Und er hat mit Beutekunst gehandelt – im Auftrag einer verbrecherischen Regierung und eines Ministeriums, das für Folter und Mord an den eigenen Staatsbürgern steht. Was glaubst du wohl, warum er seine Identität gewechselt hat? Seine Legende ist perfekt. Es ist reiner Zufall, dass die Conradi ihm hier begegnet ist und ihn enttarnt hat.«

Leander kann und will wohl nicht glauben, was er da hört. Aber Lenas Bericht entgegenzusetzen hat er auch nichts.

»Ich sage ja nicht, dass er der Drahtzieher all der Einbrüche ist«, lenkt Lena in der Hoffnung ein, dass sie seine Rationalität an die Leine nehmen kann. »Aber ich kann es momentan auch nicht ausschließen. Du weißt, dass ich in so einem Fall keine Wahl habe. Ich musste ihn festnehmen.«

»Wie kannst du nur glauben, dass Götz zu so etwas fähig ist?«

»Hättest du geglaubt, dass er dazu fähig war, mit Beutekunst zu handeln? Hättest du auch nur im Traum die Idee gehabt, er könnte Stasi-Offizier gewesen sein? Hat er dir, Tom und Mephisto – seinen Freunden! – jemals die Wahrheit erzählt? Woher nimmst du also die Gewissheit, dass er nichts mit der ganzen Sache zu tun hat?«

»Weil er mein Freund ist«, sagt Leander eindringlich. »Und deiner ist er auch. Er wird seine Gründe gehabt haben, uns nichts zu erzählen. Was weiß ich? Wahrscheinlich hat er einfach ein neues Leben anfangen wollen. Ich kann verstehen, dass man dann nicht ständig mit dem alten Kram konfrontiert werden will. Lena! Dein ganzes Indizien-Gebäude basiert auf den Aussagen zweier Leute, die du gar nicht wirklich kennst, zumal eine davon selbst Stasi-Mitarbeiterin war. Weshalb ist die Conradi glaubwürdiger als Götz? Oder hast du Beweise gegen ihn?«

»Bis jetzt noch nicht. Sven überprüft mit unseren Leuten von Kiel aus die ganze Sache. Er nimmt Kontakt zur Stasi-Unterlagen-Behörde auf und fragt die Erkenntnisse unserer ausländischen Kollegen ab. Wenn einer sicher etwas zur Glaubwürdigkeit Helene Conradis und Götz Hindelangs sagen kann, dann die Fahnder der *Carabinieri Tutela Patrimonio Culturale* in Rom und das *Art Crime Team* des FBI. Niemand ist so nah an den internationalen Netzwerken wie die.«

»Du hast also keine Beweise!«, insistiert Leander. »Dann lass Götz frei.«

»Tut mir leid, aber das werde ich nicht machen. Ich kann es gar nicht, ohne mich verdächtig zu machen, voreingenommen zu sein. Also werde ich die Möglichkeiten ausschöpfen, die der Rechtsstaat mir gibt, während ich versuche, Götz' Unschuld zu beweisen – oder seine Schuld. Auch wenn er unser Freund ist, Henning, werde ich meinen Job machen – so rücksichtsvoll wie möglich und so emotionslos wie nötig.«

Nun springt Leander doch auf und tigert wütend auf und ab. »Ich weiß doch, wie das läuft! Ich war lange genug dabei und kann dir ganz genau sagen, wie es jetzt weitergeht. Ihr werdet nicht eher ruhen, bis ihr eure Beweiskette lückenlos geschlossen habt. Und Götz bleibt dabei auf der Strecke. Mach dir doch nichts vor, Lena!«

»Falls es uns gelingen sollte, die Beweiskette lückenlos zu schließen, dann ist Götz kein Opfer, sondern ein Täter«, stellt Lena leise klar, und sie weiß, welches Risiko sie mit dieser Feststellung eingeht.

Leander sieht sie lange an, sucht wohl den Funken Vertrautheit in ihren Augen, der das Letzte verhindern könnte – aber er findet ihn nicht. Da ist nichts als Entschlossenheit. »Gut, dann weiß ich jetzt, woran ich bin. Aber eines sage ich dir: Während du alles tust, um Götz hinter Gitter zu bringen, werde ich alles tun, um seine Unschuld zu beweisen. Auch ich habe immer noch gute Kontakte.«

»Henning! Du hältst dich da raus. Du bist kein Polizist mehr. Ich sage dir, wenn du mir ins Gehege kommst …«

»Was ist dann? Sperrst du mich auch ein? Sperrst du uns jetzt alle ein? Götz? Tom? Mephisto? Mich? Mein Gott, Lena, ist dir der Erfolg so wichtig, dass du Feind und Freund nicht mehr unterscheiden kannst?«

»Und du? Hast du schon alles vergessen, was unseren Beruf ausmacht? Verdammt noch mal, Henning, jetzt schalt endlich deinen Kopf ein. Wie hättest *du* denn reagiert in meiner Situation? Hättest du dir von Gefühlen den Verstand vernebeln lassen? Ich mag Götz genauso wie du, aber ich bin Polizistin und darf die Tatsachen nicht ignorieren.«

»Und Tatsache ist, dass Götz kein Einbrecher ist. Ich schwöre dir, Lena, ich werde alles tun, um ihn da rauszuholen.«

Lena sieht ihn an, ihr Blick ist traurig, aber auch entschlossen. »Tut mir leid, Henning, das habe ich alles nicht gewollt«, sagt sie und deutet dann auf die Reste ihres Abendessens. »Vielen Dank für die Pasta.« Sie wendet sich ab und geht auf das Haus zu.

»Wo willst du hin?«

»Ich hole meine Sachen und versuche, ein Zimmer im Hotel zu bekommen. Zur Not schlafe ich auf der Wache.«

»Grüß Götz von mir«, ruft Leander ihr verletzt nach.

Lena verharrt einen Augenblick, um ihm Gelegenheit zu geben, sie aufzuhalten. Aber er hat sich schon weggedreht, steht mit dem Rücken zu ihr, als betrachtete er die heranreifenden Äpfel auf einem tief hängenden Ast vor sich.

29

Lena versteht erst gar nicht, was Polizeiobermeister Dennis Groth von ihr will. Verlegen steht er in der Bürotür, den Blick halb abgewandt, und wartet darauf, dass sie zu sich kommt. Das ist gar nicht so leicht, wenn man die Nacht auf einer unbequemen Pritsche im Büro verbracht hat. Natürlich hat Lena gestern Abend kein Hotelzimmer mehr gefunden, es ist Hochsaison auf der Nordseeinsel. Also ist sie in die Zentralstation gegangen und hat Groth gebeten, ihr irgendeine Schlafmöglichkeit herzurichten. Im Zellentrakt wollte sie dann doch nicht übernachten. Wo Groth das Feldbett aufgetrieben hat, ist ihr egal. Wahrscheinlich gibt es hier in der Zentralstation geheime Reservoirs für unvorhergesehene Fälle.

»Noch mal von vorne, Herr Kollege.« Lena reibt sich die übermüdeten Augen. »Wer ist tot?«

»Dachdecker Andreesen hat angerufen und gesagt, dass Maik Schultheis tot auf der Baustelle liegt.«

»Weiß Hauptkommissar Dernau schon Bescheid?«

»Ist auf dem Weg hierher, um Sie abzuholen.«

»Gut, geben Sie mir fünf Minuten.«

Polizeiobermeister Groth schließt die Tür besonders rücksichtsvoll hinter sich. Lena stöhnt leise auf, als sie sich von dem Feldbett erhebt. Der Rücken schmerzt, der Nacken ist übel verspannt. Dazu kommt das Gefühl, völlig übernächtigt zu sein. Sie kramt Zahnbürste und Zahnpasta aus ihrer Tasche und schleicht zu dem kleinen Waschbecken in der Ecke. Was sie da im Spiegel sieht, lässt sie einen Moment lang überlegen, ob sie so etwas dem Rest der Welt überhaupt zumuten kann. Aber was soll's? Dernau hat nichts Besseres verdient, und Andreesen ist heute Morgen schon mit jemandem konfrontiert worden, der tatsächlich tot ist und nicht nur so aussieht. Kurz entschlossen dreht sie den Wasserkran auf, um zu schauen, was da noch zu retten ist.

Der Tote liegt auf dem Bauch, das Gesicht leicht zur Seite verdreht und mit der linken Wange im Sand der Baustelle. Das rechte Bein ist angewinkelt, das linke merkwürdig in sich verdreht lang ausgestreckt. Beide Arme liegen eng am Körper, mit den Handflächen nach oben. Hinter dem Kopf hat eine große Menge Blut den Sand rotbraun gefärbt. Der Grund dafür steckt in der rechten Halsschlagader: eine etwa vierzig Zentimeter lange Stahlnadel mit einem quer angebrachten Holzgriff am oberen Ende.

Während die Inselpolizei mit Flatterband die Baustelle weiträumig absperrt, betrachten Lena und Kriminalhauptkommissar Dernau die Leiche aus geringer Distanz. Dernau geht dabei in die Knie und legt seinen Kopf so schief, dass er direkt in die starren toten Augen blicken kann. Lena begutachtet die Nadel im Hals des Toten und winkt schließlich den Dachdeckermeister, der kreidebleich in gut zehn Metern Abstand steht, zu sich. »Ist das eines Ihrer Arbeitsgeräte?«

Andreesen nickt und erklärt dann, als Lena zu ihm aufsieht, weil sie sein Nicken nicht bemerkt hat: »Ja, mit solchen Nadeln vernähen wir das Reet am Dachstuhl.«

»Hat jeder Ihrer Dachdecker eigenes Werkzeug, oder gibt es mehrere Sätze Nadeln für alle?«

»Nein nein, davon hat jeder seinen eigenen Satz. Wir stellen unsere Nadeln selber her, jeder seine eigenen.«

»Also kann man schnell feststellen, wessen Nadel das hier ist?«

»Ich denke schon. Dazu müssten wir aber die anderen Gesellen befragen. Die warten drüben in der Garage. Ich dachte, es ist bestimmt nicht gut, wenn wir uns hier frei bewegen und Spuren verwischen.«

»Das haben Sie ganz richtig gemacht«, lobt Lena. »Haben Sie die Leiche selber gefunden?«

»Nein, ich bin heute etwas später zur Baustelle gekommen, weil ich eigentlich in Alkersum einen Schaden an einem Reetdach begutachten wollte. Auf der Fahrt dahin hat mich mein Geselle Frerk angerufen. Er und Steffen haben Maik gefunden. Ich bin dann sofort hierher gefahren.«

»Gehen Sie bitte auch in die Garage. Wir kommen dann gleich zu Ihnen«, ordnet Lena an und wendet sich wieder dem Toten zu.

Klaus Dernau blickt zu ihr auf und meint: »Nach Selbstmord sieht das nicht aus. Und Unfall würde ich auch ausschließen. Es sei denn, er hat versucht, sich mit dem Ding im Ohr zu kratzen und sich dabei absolut dämlich angestellt. Ergo: Mord und damit ein Fall für das K1 in Flensburg. Rufen Sie Bennings an, oder soll ich das machen?«

Lena hält sich erst gar nicht an dem abrupten Kumpelton auf. Stattdessen schüttelt sie den Kopf, murmelt »nicht so voreilig« und zieht ihr Handy aus der Tasche. Während sie auswendig eine Nummer wählt, wendet sie sich ab und entfernt sich ein paar Schritte von Dernau.

Leander reagiert auffallend verhalten auf ihren Anruf. Offensichtlich trägt er ihr den Auszug am vergangenen Abend schwer nach.

»Kannst du bitte so schnell wie möglich auf der Baustelle von Dachdecker Andreesen in Oldsum sein?« Trotz der syntaktisch eindeutigen Frage klingt das eher wie eine Anordnung. »Wir haben hier einen Leichenfund, und du hast mir doch neulich von einem gefährlichen Streit hier auf dem Dach berichtet. Ich möchte mir das gerne noch einmal vor Ort anhören. Und bring Tom bitte mit.«

Klaus Dernau ist inzwischen neben sie getreten und sieht sie unwillig an. »Haben Sie gerade mit Ihrem Leander telefoniert?«

Lena nickt. »Er wird in etwa einer Viertelstunde hier sein.«

»Gut, Frau Hauptkommissarin, dann muss ich jetzt mal deutlich werden. Das hier ist nicht unsere Sache, es sei denn, das LKA hält sich ab jetzt für alles zuständig. Dann können Sie von mir aus auch in diesem Fall ermitteln, aber ohne mich. Mord gehört nicht in meinen Beritt. Und ich werde mir vor allen Dingen nicht noch einmal von Ihrem Freund dazwischenfunken lassen, nur weil er in grauer Vorzeit mal bei unserem Verein gewesen ist.«

»Langsam, Kollege. Es kann sein, dass dieser Mord hier doch unser Fall ist oder zumindest mit unserem Fall zu tun hat. Der Tote ist nämlich einer der drei Wandergesellen, die sich momentan hier auf Föhr aufhalten.«

Sie berichtet Dernau von Leanders Vermutungen gegen die drei Handwerker und von dem Streit, den Maik mit einem anderen Gesellen auf dem Dach gehabt hat.

»So wie Henning es geschildert hat, war das lebensgefährlich. Es könnte also sein, dass wir den Fall geklärt haben, bevor Dieter Bennings auch nur einen Fuß auf die Fähre gesetzt hat. Sollte aber etwas an dem Verdacht sein, dass die Wandergesellen an den Einbrüchen beteiligt sind, dann könnte dieser Mord auch in direktem Zusammenhang damit stehen. Und dann ist das eindeutig unser Fall. Überhaupt werden Sie ja wohl nicht verlangen, dass sich jetzt auch noch eine dritte Dienststelle damit befasst. Für meinen Geschmack sind schon viel zu viele von uns hier auf der Insel.«

Klaus Dernau legt die Stirn in Falten und knetet nachdenklich seine Unterlippe zwischen Daumen und Zeigefinger. Dann wendet er sich wieder der Leiche zu, die nun in etwa fünf Metern Abstand zu ihnen liegt. »Das da ist also ein Wandergeselle?«

»Genauso ist es.«

»Aha. Und dann fällt Ihnen nichts auf?«

»Nein. Was sollte das sein?«

»Er trägt keine Kluft.«

Tatsächlich trägt Maik Schultheis leichte schwarze Baumwollsachen, die eher nach Trainingsanzug aussehen als nach Arbeitskleidung.

»Das ist doch kein Wunder bei der Hitze in den letzten Tagen«, wendet Lena ein.

»Von wegen! Diese Wandertypen haben ein knallhartes Reglement. Die müssen immer ihre Kluft tragen, egal bei welchem Wetter. Und diese Sachen hier sehen mir eher nach klassischen Einbrecherklamotten aus: schwarz, leicht, wendig. Da stellt sich doch die Frage, warum er so gekleidet hier auf die Baustelle gekommen ist. So blöd, in einen offen stehenden Rohbau einzubrechen, wird er ja wohl nicht gewesen sein.«

»Also ist der Auffindeort nicht der Tatort«, schlussfolgert Lena.

»Exakt!«

»Sie halten also Hennings Theorie für stichhaltig?«

»Warum nicht?« Dernau ist anzusehen, wie widerwillig er das zugibt. »Wir suchen doch noch nach den Einbrechern ins *Friesenmuseum* und in ein paar von den Häusern hier auf der Insel. Und wer weiß, vielleicht arbeiten diese Wandergesellen ja tatsächlich für die Kunstdiebe. Liegt uns für gestern Abend irgendeine Meldung bezüglich eines Einbruchs oder wenigstens eines versuchten vor?«

»Nein.«

»Dann ist er auf dem Weg dahin getötet worden, und es ist gar nicht erst zu dem Einbruch gekommen. Geplant war er aber, die Klamotten sprechen dafür.«

»Warten wir, was Henning uns noch zu sagen hat. Bis er hier ist, kümmern wir uns um Andreesen und seine Leute.«

Sie gehen hinüber in die offene Garage. Da sitzen Dachdeckermeister Andreesen und seine beiden Gesellen auf einem Stapel Dachlatten und warten. Die Gesichtsfarbe des Meisters ist immer noch nicht lebhafter geworden, und auch Steffen, der in seiner Wanderkluft da sitzt, ist kreidebleich. Nur Frerk macht einen geradezu unbeteiligten Eindruck.

»Wer von Ihnen hat den Toten gefunden?«, eröffnet Lena die Befragung.

»Ich«, meldet sich der Wandergeselle. »Als ich heute Morgen auf die Baustelle kam, lag er da.«

»Haben Sie ihn berührt?«

»Nein. Zuerst wusste ich gar nicht, was ich machen sollte, aber Maik war so offensichtlich tot, dass ich lieber nichts angefasst habe.«

»Und Sie?«, wendet sich Lena an Frerk. »Wann sind Sie zur Baustelle gekommen?«

»Kurz danach, schätze ich. Oder, Steffen?«

»Ja, ungefähr fünf Minuten nach mir.«
»Und Sie haben auch nichts angefasst?«
»Nö. Ich habe den Meister angerufen. Den Dreckskerl da draußen hätte ich nicht angefasst, als er noch gelebt hat. Da fasse ich ihn jetzt erst recht nicht an.«
»Sie mochten sich nicht?«, erkundigt sich Lena scheinbar überflüssigerweise, aber sie hat gelernt, wie man Zeugen dazu bringen kann, von sich aus zu erzählen.
»Ich konnte das Arschloch nicht ab!«, erhitzt sich Frerk. »Wenn Sie mich fragen, hat der nur gekriegt, was er verdient hat.«
»Langsam, junger Freund«, ruft Dernau ihn zur Ordnung, aber Lena berührt ihren Kollegen leicht am Arm und hält ihn so zurück.
»Was hat er denn getan, dass er Ihrer Ansicht nach den Tod verdient hat?«
Jetzt erst erfasst Frerk die Tragweite seines Ausbruchs und wird merklich verlegen und zurückhaltender. »Nee, nicht den Tod. Also, ich meine, verstehen Sie mich nicht falsch. Der hat eben so richtig was aufs Maul verdient.«
»Und weshalb?«
»Maik hat mit Frerks Freundin rumgemacht«, meldet sich nun Steffen zu Wort.
»Was heißt rumgemacht?«, erkundigt sich Klaus Dernau. »So richtig rumgemacht oder nur geflirtet?«
»Natürlich nur geflirtet«, fährt Frerk wieder auf. »Meine Freundin ist schließlich keine Nutte.«
Steffen ist auffallend verlegen, sagt aber nichts mehr dazu. Lena beschließt, ihn später alleine zu vernehmen, wenn Frerk außer Hörweite ist. »Herr Andreesen, noch einmal zu dem Werkzeug«, wendet sie sich an den Dachdeckermeister.
»Tja, Frau Kommissarin, das ist so«, druckst der herum. »Ich habe das eben natürlich sofort geklärt. Die Nadel gehört Frerk.«
Der Dachdeckergeselle blickt ängstlich in die Runde und fährt sich hektisch mit der Hand über das verschwitzte Gesicht. »Aber

ich war das nicht. Ich war doch gar nicht hier. Den Maik hab ich schon seit ein paar Tagen nicht mehr gesehen.«

»Wo waren Sie denn heute Nacht?«

»Zu Hause natürlich.«

»Mit Ihrer Freundin?«

»Ja, ja, na klar«, stammelt Frerk.

»Gut, die wird das ja dann bestätigen können. Geben Sie meinem Kollegen gleich den Namen und die Adresse.«

Draußen fährt ein Auto auf die Baustellenzufahrt. Lena und Klaus Dernau verlassen die Garage und kommen gerade dazu, als Leander den beiden Inselpolizisten an der Absperrung zu erklären versucht, dass Hauptkommissarin Gesthuisen sie erwartet.

»Ist gut, Kollegen, ich habe die beiden Herren hierher gebeten«, ruft Lena hinüber und beobachtet, wie Leander und Tom Brodersen durchgelassen werden, das Flatterband anheben und darunter hindurchschlüpfen.

Leander wirft einen fachkundigen Blick auf Maiks Leiche, ohne ihr zu nahe zu kommen, während sich Tom wegdreht. Lena stellt sich neben Leander und lässt ihn eine Weile in Ruhe, bis er sich ihr von selbst zuwendet.

»Sieht eindeutig aus«, meint er. »Das ist eine Drahtnadel. Andreesen hat uns vor ein paar Tagen gezeigt, wie man damit arbeitet. Der Täterkreis lässt sich bestimmt leicht eingrenzen.«

»Die Nadel gehört dem Gesellen, mit dem sich Maik Schultheis vor ein paar Tagen gestritten hat. Deshalb habe ich dich hergebeten. Schildere uns doch bitte noch einmal, was sich auf dem Dach abgespielt hat.«

Leander berichtet Lena und Dernau von dem Streit, wobei er hier vor Ort gut zeigen kann, wie und wo sich das Ganze abgespielt hat. Tom ergänzt die Darstellung, und auch Andreesen, der hinzugeholt wird, bestätigt das Gefahrenpotenzial des Angriffs auf dem Dach. Auch von den Streitereien, die Leander und Tom beim Feuerwehrfest beobachtet haben, berichten sie.

»Sieht ja ganz eindeutig aus«, fasst Lena schließlich zusammen. »Maik Schultheis bändelt mit Frerks Freundin an, der versucht es erst mit Handgreiflichkeiten und Drohungen, und als das alles nichts nützt, ersticht er seinen Kontrahenten hier auf der Baustelle. Wenn der andere Wanderbursche uns jetzt noch bestätigt, dass mehr zwischen Maik und dem Mädchen war als ein bloßer Flirt, haben wir ein handfestes Motiv. Die Gelegenheit zur Tat hatte er allemal, die Mittel auch, und sein Alibi für letzte Nacht ist noch nicht überprüft.«

»Das kannst du gleich nachholen«, meint Leander, als hinter ihnen ein spitzer Schrei ertönt, und deutet mit dem Kopf auf ein junges Mädchen, das mit vor dem Gesicht zusammengeschlagenen Händen fassungslos von der Absperrung her auf die Leiche schaut. »Das ist Jenny, Frerks Freundin.«

»Scheiße, wo kommt die denn her?« Lena eilt zu dem Mädchen hinüber, fasst es leicht am Arm und bugsiert es so etwas abseits. »Mein Name ist Gesthuisen, ich bin Kriminalhauptkommissarin beim LKA. Kennen Sie den Toten?«

»Klar, das ist der Maik. Ein Arbeitskollege von meinem Freund Frerk.«

»Frau …«

»Lornsen. Jenny Lornsen.«

»Frau Lornsen, hatten Sie ein Verhältnis mit Maik Schultheis?«

»Schultheis? Heißt er so? Verhältnis? Nein, natürlich nicht. Wir haben nur geflirtet, mehr war da nicht.«

»Sicher? Wir sind jetzt unter uns, Sie können frei reden.«

»Ich habe alles gesagt«, reagiert Jenny jetzt trotzig.

»Gut, Frau Lornsen. Können Sie uns sagen, wo Ihr Freund Frerk Thönissen in der vergangenen Nacht gewesen ist?«

»Bei mir, das heißt, nicht bei mir, ich war bei ihm.«

»Also, was jetzt?«

»Wir waren zusammen bei Frerk. Er hat eine eigene Wohnung, da sind wir ungestört und müssen keine Rücksicht auf meine Eltern nehmen.«

»Sagen Sie mal, woher wussten Sie eigentlich, dass hier etwas los ist? Sie kommen doch nicht zufällig vorbei.«

»Frerk hat mich eben angerufen.«

»Verdammte Handys«, ärgert sich Lena, weil sie an die Möglichkeit nicht gedacht hat, dass Frerk sich telefonisch sofort um sein Alibi kümmern könnte. »Na gut, dann verlassen Sie jetzt bitte wieder diese Baustelle. Ich melde mich bei Ihnen, wenn ich noch etwas wissen möchte.«

»Kann ich nicht zu Frerk?«

»Nein, tut mir leid, das geht jetzt nicht. Wir haben noch ein paar Dinge mit Ihrem Freund zu klären. Und wenn Sie mir doch noch etwas zu sagen haben, erreichen Sie mich über die Zentralstation.«

Mit einem letzten Blick auf den Toten verlässt Jenny leicht gebeugt den Tatort. Lena gibt Klaus Dernau ein Zeichen und geht wieder hinüber zur Garage.

»Das haben Sie ja toll hingekriegt, Herr …«, wendet sie sich an Frerk.

»Thönissen.«

»Herr Thönissen. Können Sie sich erklären, wie der Täter an Ihr Werkzeug gelangen konnte?«

»Nö, keine Ahnung.«

»Wo bewahren Sie das denn auf?«

»In einem Schrank in der Firma.«

»Auf das Werkzeug achten wir alle ganz besonders«, ergänzt Andreesen. »Es macht viel Mühe, diese Nadeln herzustellen. In der Firma hat jeder seinen eigenen Spind, in dem er seine Sachen sicher aufbewahren kann. Schlamperei gibt es in meinem Laden nicht.«

»Na, dann werden wir uns den Spind mal ansehen«, fordert Lena Frerk auf.

»Das müssen wir nicht«, wendet der kleinlaut ein und bleibt mit gesenktem Kopf auf dem Lattenstapel sitzen. »Ich habe mein Werkzeug hier auf der Baustelle gelassen. Das spart jeden Morgen fast eine Viertelstunde, die ich länger schlafen kann.«

»Bist du nicht ganz dicht?«, fährt Meister Andreesen seinen Gesellen an.

»Wer wusste davon?«, erkundigt sich Lena bei Frerk.

»Keine Ahnung. Keiner eigentlich. Ich habe die Sachen im Haus versteckt.«

»Zeigen Sie mir, wo.«

Frerk erhebt sich und schlurft mit in den Hosentaschen versenkten Händen vor ihr her in Richtung Haus. Direkt hinter der Haustür befindet sich ein kleiner Raum, offensichtlich die zukünftige Gästetoilette, denn aus der Wand kommen zwei Abflussrohre und Wasserleitungen.

»Hier.« Er deutet mit dem Kopf in eine Ecke, in der ein paar Werkzeuge und ein Dachdeckergürtel mit dem obligatorischen Hammer auf einem Haufen liegen.

»Tolles Versteck«, entfährt es Lena. »Sagen Sie mal, wollen Sie mich verschaukeln?«

»Wieso? Da liegt doch noch die andere Nadel. Und mein Gürtel ist da auch.«

»Sie begleiten uns jetzt auf die Wache, Herr Thönissen«, ordnet Lena an und führt Frerk Thönissen an Klaus Dernau vorbei in Richtung Auto.

Sie weist die Polizisten an, niemanden auf die Baustelle zu lassen, bis die Spurensicherung da ist, und steigt zusammen mit Dernau ins Auto. Dann fahren sie ab, ohne sich weiter um die anderen Anwesenden zu kümmern.

»Wie finde ich das denn?«, wundert sich Tom Brodersen. »Habt ihr Stress?«

»Das ist eine lange Geschichte«, antwortet Leander und wendet sich der Garage zu. Als er eintritt, findet er Andreesen und Steffen in einem heftigen Disput vor.

»Das haben wir jetzt von eurer Scheiße!«, brüllt der Dachdeckermeister den Gesellen an. »Wie soll ich den Termin halten, wenn ihr euch gegenseitig die Köpfe einschlagt und einer nach dem anderen ausfällt? Und das mitten in der Saison!«

»Was kann ich denn dafür? Ich habe nicht mit dieser Tusse gepennt. Und ich habe Maik auch nicht ermordet. Wenn Sie auf einen sauer sein wollen, dann auf Frerk!«

Leander geht beschwichtigend dazwischen und fordert Andreesen auf: »Lässt du uns bitte mal einen Moment alleine?«

Der Dachdeckermeister sieht ihn unwillig an, fügt sich aber dann und verlässt die Garage. Tom Brodersen, der im Torbogen steht, beachtet er gar nicht, so sauer ist er über den Zwischenfall auf seiner Baustelle.

»Steffen«, beginnt Leander und setzt sich neben den Wandergesellen auf den Lattenstapel. »Wann hast du Maik zuletzt gesehen?«

Steffen sieht ihn unsicher an, überlegt sichtlich, was er sagen kann und was nicht, und antwortet dann: »Vor zwei Tagen.«

»Nach dem Streit auf dem Dach?«

»Nee, später noch. Maik hat in der Nacht zu vorgestern in unserer Bude gepennt.«

»Hast du eine Ahnung, was er seitdem gemacht hat?«

»Nee. Ich weiß nur, dass er irgendwann am letzten Wochenende für zwei Tage auf Amrum war. Zum Baden, hat er gesagt. Aber wer weiß schon, ob er da nicht auch irgendeine Tussi hatte?«

»Also doch. Und du und Klaus, ihr wart nicht mit auf Amrum?«

»Nein. Wir hatten Streit mit Maik.«

»Warum das denn?«

»Weil er unseren Aufenthalt hier in Gefahr gebracht hat mit seinen Weibergeschichten. Was machen wir denn, wenn Andreesen mich rausschmeißt, weil Maik nur Unruhe auf die Baustelle bringt? Für die Friesen hier sind wir doch eine Gruppe. Ich will aber nicht weg von der Insel. Mir gefällt es hier, und nach der Walz will ich weiter für Andreesen arbeiten.«

»Du hast eben gesagt, zwischen Maik und Jenny sei mehr gewesen als nur ein Flirt. Was war da genau?«

»Maik hat sich nachts heimlich mit Jenny getroffen. Hinterher hat er dann damit angegeben, wie heiß die Friesinnen im Bett seien. ›Dieser Frerk ist die absolute Null im Bett‹, hat er gesagt. ›Der hab ich erst mal gegeben, was sie wirklich braucht‹. Scheiß Angeber!«

»Wusste Frerk davon?«

»Bist du bescheuert? Der hätte Maik sofort...« Steffen blickt Leander erschrocken an. »Ich meine ... also ... Quatsch, das kann gar nicht sein, der ist doch erst nach mir gekommen. Und der war auch total erschrocken, als er Maik gesehen hat. Nee, Frerk war das nicht.«

»Wo haben sich die beiden denn nachts getroffen, Maik und Jenny?«

»Keine Ahnung.«

»Sicher?«

Steffens Gesicht bleibt ausdruckslos, er antwortet nicht.

»Gut, dann zeig uns jetzt bitte eure Unterkunft.«

»Ich kann doch hier nicht weg. Andreesen kreuzigt mich, wenn ich jetzt auch noch abhaue.«

»Auf dieser Baustelle wird heute nicht mehr gearbeitet«, stellt Leander fest. »Die bleibt für die Spurensicherung gesperrt.«

Er steht auf und wendet sich dem Ausgang zu, wo Tom immer noch wartet und missmutig das Gespräch verfolgt hat. Andreesen ist damit beschäftigt, eine Leiter an das Hausdach anzulegen, und blickt Leander ungeduldig entgegen.

»Das lässt du mal besser«, rät der. »Wenn die Spusi sieht, dass hier weitergearbeitet wird, ist der Teufel los. Wann hast du Maik denn zuletzt gesehen?«

»Seitdem ich ihn von der Baustelle geworfen habe, nicht mehr«, antwortet Andreesen.

»Gut, dann nehmen wir Steffen jetzt erst mal mit. Morgen früh wird es sicher hier weitergehen, dann ist er wieder da. Und du solltest jetzt auch gehen. Wenn die Kriminaltechniker anrollen, stehen Laien nur im Weg.«

Andreesen nickt und macht sich daran, die Leiter wieder abzubauen, während Leander Tom und Steffen ein Zeichen gibt, ihm zum Wagen zu folgen. Die beiden Inselpolizisten blicken ihnen mürrisch nach, weil noch nicht abzusehen ist, wie lange sie hier in der Hitze stehen und aufpassen müssen.

Als Leander seinen Wagen auf das Betriebsgelände von Torge Hidding lenkt, flimmert die Luft über dem hellen Pflaster des Hofes vor der Werkstatt. Von dem Steinmetzmeister und seinen Gesellen ist weit und breit nichts zu sehen – es ist Mittagszeit.

Steffen steigt aus dem Wagen und deutet auf das alte Wohnhaus neben der Werkstatt. »Da drüben.« Er geht voraus.

Im Haus ist es relativ dunkel, weil fast alle Fensterläden geschlossen sind. Nur in die Küche diffundiert das Sonnenlicht durch schmutzige Fensterscheiben. Staub tanzt in der Luft und macht die Strahlen sichtbar. Auf dem Tisch herrscht Chaos, die Kochstelle sieht aus, als hätte da seit Monaten niemand die übergekochte Milch weggewischt, ranzige Pfannen lehnen schräg an verkrusteten Töpfen, in der Spüle stapelt sich schimmeliges Geschirr.

»Lecker«, kommentiert Tom. »Hier fassen wir besser nichts an, sonst fangen wir uns noch wer weiß was ein.«

»Wo sind Maiks Sachen?«, drängt Leander, der damit rechnet, dass Lena und Klaus Dernau in Kürze hier auftauchen werden.

»Oben. Kommt mit.«

Sie durchqueren den Flur und steigen die schmale knarrende Treppe hinauf ins Obergeschoss. Von unten kommt nur wenig Licht, was Leander angesichts des Allgemeinzustandes dieses Hauses eher vorteilhaft findet. Steffen wendet sich einer der drei ehemals weißen Türen zu, die ihre vergilbte Farbe in großen Placken preisgeben, und schiebt sie auf. Durch einen halb geschlossenen Fensterladen sickert grelles Tageslicht und zieht einen breiten senkrechten Balken durch die staubige Luft des Zimmers, das nahezu leer ist. Auf dem Fußboden liegt eine fleckige Matratze, in der Ecke steht ein Stuhl vor einem kleinen Tisch. Auf der Stuhllehne türmt sich ein Kleiderstapel, abgedeckt von der schweren Zimmermannsjacke. Auf dem Tisch stehen und liegen leere Bierflaschen und Konservendosen durcheinander.

»Jetzt sag nicht, Jenny hat sich in diesem Drecksloch mit Maik getroffen«, zeigt sich Tom entsetzt.

»Das hätte noch gefehlt«, erregt sich Steffen, und Leander verfällt einen Moment lang dem Irrglauben, auch der Geselle könne das auf den Zustand dieser Wohngemeinschaft beziehen, »dass der seine Weibergeschichten hier bei uns abzieht. Ich habe doch schon gesagt, dass ich nicht weiß, wo die es miteinander getrieben haben.«

»Weshalb liegen Maiks Wanderklamotten denn hier?«, wundert sich Leander. »Ich denke, ihr seid verpflichtet, die immer und überall zu tragen.«

»Keine Ahnung. Als ich ihn das letzte Mal gesehen habe, hatte er sie an.«

»Also muss er nachher noch mal hier gewesen sein. Letzte Nacht hat er jedenfalls andere Sachen getragen. Hat er sich öfter nicht an die Kleiderordnung gehalten?«

»Kam schon mal vor. Er wollte halt in seiner Freizeit nicht immer als Wandergeselle erkannt werden. Klar, bei dem Stress, den er überall angezettelt hat.«

»Hatte er auf Amrum auch andere Klamotten an?«

»Ja. Die Sachen, die da unter dem Tisch liegen.«

Leander angelt eine kurze Hose und ein verschwitztes T-Shirt vom Boden, lässt das Shirt aber gleich wieder fallen. Tom hat recht, hier fasst man besser so wenig wie möglich an. »Wie könnt ihr eigentlich in so einem Syph leben?«

»Da solltest du mal sehen, in was für Schweineställen wir schon gepennt haben. Dagegen ist das hier absoluter Luxus.«

Leander kramt in den Taschen der Shorts herum und ist jeden Moment darauf gefasst, ein vollgerotztes Taschentuch in den Fingern zu halten oder etwas noch Schlimmeres. Aber er hat Glück, wahrscheinlich besaß Maik gar kein Taschentuch. Er findet ein paar Papierkugeln und ein Päckchen Kaugummis. Als er die Knäuel auseinanderfummelt und den Aufdruck liest, ist er hellwach.

»Guck dir das mal an«, sagt er zu Tom und reicht ihm einen der dicken Papierstreifen. »Eine Fahrkarte nach Amrum – einfache Fahrt!«

Tom betrachtet die Fahrkarte und pfeift durch die Zähne. »Hast du das Datum gesehen?«

»Klar. Passt genau zu dem Einbruch in Norddorf. Sieht tatsächlich so aus, als wäre er einer der Einbrecher, die durch das Watt zurückgekommen sind.«

Der zweite Papierstreifen, eine rechteckige Karte mit dem Aufdruck einer Frau in einer friesischen Tracht, trägt den Aufdruck *Carl-Häberlin-Museum*.

»Und noch ein Volltreffer«, bewertet Leander den Fund.

»Auffallend viele Treffer«, meint Tom kleinlaut. »Sieht so aus, als hättest du doch recht gehabt.«

»Also, Steffen«, wird Leander nun energisch. »Jetzt wird es ja wohl Zeit, dass du auspackst.«

Doch der sieht ihn nur verständnislos an.

»Was ist?«, fährt Leander auf. »Die Indizien sind eindeutig. Ihr drei habt die Einbrüche begangen.«

»Was haben wir? Spinnst du?«

»Auf Amrum wurde in eine Villa eingebrochen. Die Einbrecher kamen mit der Fähre von Föhr und sind nachweislich nachts durch das Watt zurückgelaufen. Dafür gibt es Zeugen und auch ein paar Spurenträger, die die drei am Tatort und in einem Mülleimer am Parkplatz in Dunsum zurückgelassen haben. Ins *Friesenmuseum* in Wyk wurde ebenfalls eingebrochen. Und jetzt finden wir hier eine Fahrkarte nach Amrum – ohne Rückfahrt – und eine Eintrittskarten ins *Friesenmuseum*. Das reicht ja wohl. Oder willst du behaupten, dass Maik das alleine gemacht hat? Dann sage ich dir: Wir wissen, dass es drei Personen waren.«

»Du tickst doch nicht richtig. Ich war doch gar nicht mit auf Amrum. Und Klaus auch nicht. Wir waren auf Föhr, hier in unserer Bude. Der Meister vom Klaus, der Torge, kann das bezeugen. Der hat uns doch gesehen.«

»Das lässt sich leicht überprüfen. Aber wenn ihr das nicht wart, wer war dann mit Maik auf Amrum?«

»Keine Ahnung, Mann. Bestimmt ist das reiner Zufall, dass Maik ausgerechnet an dem Tag drüben war. Der war doch kein Einbrecher! Und Klaus und ich auch nicht. Verdammt noch mal, verstehst du das nicht, dass wir nur in Ruhe arbeiten wollen? Wir setzen doch unsere Jobs nicht aufs Spiel.«

»Was ist denn hier los?«, tönt eine Stimme vom Flur herein. Als Leander sich umdreht, steht Klaus Lammers in der Tür.

»Scheiße, Klaus, der Maik ...« Steffen wird von einem heftigen Schluchzen geschüttelt.

»Was ist mit Maik? Wo ist er denn?«

»Maik ist tot«, antwortet Tom leise.

»Tot? Der Maik? Quatsch!«

»Doch, Klaus«, bestätigt Leander. »Jemand hat ihn umgebracht. Steffen hat ihn heute Morgen auf der Baustelle in Oldsum gefunden.«

Klaus Lammers steht einen Moment da, als dringe die Information gar nicht zu ihm durch. Dann bewegt er sich wie ein Automat auf Steffen zu und nimmt ihn in den Arm. »Das kann doch nicht sein«, flüstert er und schüttelt den Kopf. »Umgebracht? Wer macht denn so was? Hat etwa dieser Frerk ...?«

»Die Möglichkeit besteht. Kann aber auch sein, dass jemand anderer dahintersteckt.« Leander hält Klaus die beiden Papierstreifen hin und achtet genau auf dessen Mimik.

Der Geselle nimmt die Karten in die Hand, fächert sie leicht auseinander und schüttelt wieder den Kopf. »Ja und, was soll das? Was ist denn damit?«

Leander erklärt ihm die Zusammenhänge, die er eben Steffen dargelegt hat, und lässt beide Gesellen nicht aus den Augen, um mitzubekommen, wenn sie sich auf irgendeine Art austauschen. Steffen steht inzwischen am Fenster, stützt sich schwer auf das Fensterbrett und fixiert mit den Augen den Staub zwischen seinen Fingern. Klaus Lammers weiß offenbar nicht, ob er lachen oder die Sache ernst nehmen soll. »Einbrecher? Wir? Der Maik? Das ist doch totaler Blödsinn.«

»Leider nicht, Klaus«, meldet sich Tom jetzt zu Wort. »Es sieht jedenfalls alles danach aus, als hätte Maik etwas mit den Einbrüchen zu tun. Weißt du, ob er außer euch und Jenny noch andere Kontakte auf Föhr hatte?«

»Nein. Der hat ... hatte sonst niemanden. Wollte doch keiner was mit dem zu tun haben, weil er immer nur für Stunk gesorgt hat. Ihr habt das doch selber mitgekriegt. Außer uns kannte Maik hier niemanden.«

»Das stimmt nicht ganz«, widerspricht Torge Hidding, der plötzlich in der Zimmertür steht. »Vor ein paar Tagen waren zwei Typen hier auf dem Hof, die ich vorher noch nie gesehen habe. Maik hat mit ihnen gesprochen. Für mich sah das so aus, als würden die sich gut kennen. Jedenfalls haben sie sich sehr kumpelhaft voneinander verabschiedet. Und dann waren da noch ein paar Kerle, irgendwann in der letzten Woche, abends. Wer das war, weiß ich nicht. Sind hier ums Haus geschlichen. Als sie mich bemerkt haben, sind sie abgehauen. Sahen irgendwie russisch aus, oder polnisch, keine Ahnung. Ich wollte Maik darauf ansprechen, habe ihn aber in den letzten Tagen nicht mehr gesehen.«

»Du weißt schon, was passiert ist?«, erkundigt sich Tom bei Torge Hidding.

»Ihr wart ja laut genug. Ich wollte gucken, wo Klaus bleibt, und da habe ich alles mit angehört. Für Klaus lege ich meine Hände ins Feuer. Der hat mit der Sache nichts zu tun. Und Steffen auch nicht.«

»Du kannst also bestätigen, dass die Jungs am letzten Wochenende hier waren und nicht auf Amrum gewesen sein können?«, setzt Leander seine Befragung fort.

»Kann ich«, bestätigt Torge Hidding und nickt energisch. »Da ist jeder Zweifel ausgeschlossen.«

»Diese Osteuropäer, von denen du gesprochen hast, haben die mit Maik geredet?«

»Keine Ahnung. Gesehen habe ich Maik nicht mit ihnen. Glaube ich aber auch nicht. Die sind da draußen rumgeschlichen, als wenn sie wen gesucht hätten. Und dann waren sie, wie gesagt, auch ganz schnell wieder weg, als ich auf sie zugegangen bin.«

»Na gut, das soll dann erst mal reichen. Die Polizei wird auch gleich hier sein, dann müsst ihr das alles noch einmal erzählen. Und ihr tut gut daran, alles zu sagen. Maik ist tot, den müsst ihr nicht mehr schützen.«

Leander dreht sich zu Tom und nickt ihm auffordernd zu. Zusammen gehen sie in Richtung Zimmertür. Im Rahmen dreht sich Leander noch einmal um, als wäre ihm da gerade etwas eingefallen, das er fast vergessen hätte. Die meisten Menschen haben in den wenigen Sekunden, nachdem sich die Polizei verabschiedet hat, bereits ihre Spannung abgebaut und rechnen nicht mehr damit, dass sie noch einmal gefordert sein könnten. Auf die Art lassen sich Zeugen und Verdächtige häufig überrumpeln.

»Eine Frage noch: Klaus, weißt du, wo sich Maik immer mit Jenny getroffen hat?«

Klaus schaut überrascht auf, blickt kurz zu Steffen hinüber, von dem aber keine Unterstützung zu erwarten ist, weil er immer noch auf das Fensterbrett starrt, und schüttelt dann den Kopf. »Nein. Er hat mal was von Heu erzählt. Er wolle mit Jenny ins Heu, hat er gesagt. Aber vielleicht war das nur so eine Redensart.«

»Hat er euch mal in einem anderen Zusammenhang etwas über eine Scheune erzählt, oder hat er euch mal eine gezeigt, als ihr zusammen unterwegs wart?«

Jetzt schauen sich Steffen und Klaus doch kurz an, blicken aber beide sofort wieder weg, als sie Leanders aufmerksamen Blick bemerken. Der Steinmetzgeselle schüttelt wieder nur mit dem Kopf und kneift dabei seine Lippen zusammen – ein eindeutiges Zeichen, dass er etwas weiß und sich den Mund verbietet. Allerdings spürt Leander auch, dass er jetzt nicht weiterkommen wird.

»Wenn ihr Hilfe braucht, solltet ihr nicht zögern, euch an uns zu wenden«, bietet er abschließend an. »Steffen, du hast ja meine Telefonnummer. Diese Typen sind gefährlich. Wenn Maik etwas mit den Einbrüchen zu tun hatte und die ihn umgebracht haben, dann kommen sie vielleicht wieder. Und ob die euch glauben, dass ihr von nichts wisst, ist mehr als fraglich. Maiks Tod zeigt, dass die nicht lange fackeln.«

Klaus Lammers' Augen flimmern deutlich, aber er steht immer noch mit zusammengepressten Lippen da. Steffen blickt jetzt aus dem Fenster und hat die Arme vor der Brust verschränkt. Leander nickt Torge Hidding zu und verlässt, gefolgt von Tom, der etwas unsicher guckt, als müsse er doch jetzt hier bleiben und helfen, den Raum. Auf der Treppe hört Leander, wie Hidding eindringlich auf die beiden Gesellen einredet, allerdings bleibt das offenbar ein Monolog. Hiddings Worte sind jedoch zu leise, um sie zu verstehen.

Als sie das Haus verlassen und in die Hitze auf dem Hof hinaustreten, fährt ein Streifenwagen auf das Gelände: Lena und Klaus Dernau. Leander fühlt in der Magengegend, dass es jetzt wieder Ärger gibt. Um dem vorzubeugen, geht er offensiv auf das Fahrzeug zu und begrüßt Lena gleich, als sie aussteigt, mit den Worten: »Ich hab hier was für dich.«

Lena funkelt ihn an und beißt sich auf die Lippen. Leander reicht ihr die Karten und berichtet in knappen Worten, was sie eben herausbekommen haben. »Hidding und die Jungs sind noch oben im Haus. Sie rechnen mit eurem Besuch.«

Lena nickt und unterdrückt offensichtlich ihren Unmut. Klaus Dernau ist deutlich anzusehen, dass er Leander am liebsten sofort festnehmen und wegen Behinderung der Ermittlungen oder Amtsanmaßung einsperren würde. Ohne einen Gruß wendet sich Lena ab und eilt auf das Wohnhaus zu. Klaus Dernau funkelt Leander noch einmal gefährlich an und folgt ihr dann. Leander blickt ihnen nach und seufzt.

»Verlang jetzt bloß kein Mitleid von mir«, zischt Tom ihn an. »Du überschreitest ja wohl ganz gewaltig deine Kompetenzen. Was heißt Kompetenzen? Du hast ja gar keine! Klar, dass Lena da sauer ist.«

»Da kann ich leider keine Rücksicht drauf nehmen«, antwortet Leander leise und eher an sich selbst als an seinen Freund gewandt. »Was ist jetzt? Kommst du, oder willst du nach Hause laufen?«

Auf dem Weg in Richtung Wyk schweigt Tom lange und sehr laut. Leander ist sich nicht sicher, ob bei seinem Freund die

Enttäuschung überwiegt, sich in den Wanderburschen – zumindest in Maik – getäuscht zu haben, oder ob er aufs Neue sauer ist, weil Leander einfach nicht aufhören kann, sich in Dinge einzumischen, die ihn nichts angehen. Schließlich sagt Tom in deutlich unterkühltem Ton: »Du kannst mich am *Friesenmuseum* absetzen. Ich habe Karola gestern versprochen, ihr heute bei den Aufräumarbeiten zu helfen. Wir wollen sehen, ob für die Ausstellung wenigstens noch etwas zu retten ist.«

Leander überlegt einen Moment, welche Schritte seine nächsten sein müssen. Allerdings muss er sich eingestehen, dass er außerhalb der Polizeibehörde im Augenblick nichts weiter machen kann. Klar, er könnte Jenny auf die Bude rücken, aber das wird Lena ebenfalls nach den Aussagen von Steffen und Klaus machen, und der will er heute lieber doch nicht noch einmal in die Quere kommen. Also beschließt er, ebenfalls Karola de la Court-Petersen zu helfen. Schließlich unterstützt sie ihn ja auch völlig selbstlos in seiner Ahnenforschung, über die er nach seinem Geschmack schon viel zu lange nichts mehr gehört hat.

Staubig und verschwitzt schlägt Leander am Abend den Weg vom Großraumparkplatz im Heymannsweg zur Wyker Fußgängerzone ein. Es ist unglaublich, welch eine Menge Schutt Einbrecher fabrizieren können, wenn sie Schauräume in einem Museum zerstören. Karola, Tom und er haben alles in Eimern die enge Treppe hinunter ins Erdgeschoss schleppen müssen, um es draußen auf dem Gelände auf einen Haufen zu schütten. Da die kleinen Fenster nur wenig Luft in die Innenräume transportieren und die Luft eher aufwirbeln als austauschen, ist das Atmen immer schwerer und die Arbeit immer unerträglicher geworden. Schließlich war das Gröbste entfernt, so dass Karola an das Reinigen der Trachten gehen konnte, während Tom und Leander die Holzelemente des Ausstellungsraumes und die Schaukästen so weit wie möglich zu reparieren versucht haben. Den Rest würde ein Tischler machen müssen.

Karola ist den ganzen Nachmittag über still und deprimiert gewesen, was sie damit begründet hat, dass Trachten ohne den traditionellen Silberschmuck einiges von ihrem Zauber einbüßen. Und an eine Wiederbeschaffung des Silberschmucks ist ja nicht zu denken. Entsprechend zurückhaltend ist Leander dann auch in Bezug auf seine eigenen Belange gewesen. Er konnte unmöglich nach dem Stand der Erforschung seiner Familiengeschichte fragen, während die Museumskuratorin um die ideelle Existenz ihrer Brauchtumsabteilung fürchten musste.

Leander biegt in Höhe des Glockenturms von der Großen Straße halb rechts in die Mittelstraße ein und steuert direkt auf die *Insel-Buchhandlung* zu, als sein Blick auf den Reiter der *Alten Druckerei* fällt. Kurz entschlossen wendet er sich der kleinen Gasse zu, die zu dem Weinladen führt. Zielstrebig sucht er die Regale nach bekannten Etiketten ab und trifft in dem Moment, in dem er fündig wird, auf ein vertrautes Augenpaar. Eiken Jörgensen steht vor eben dem Regal, das auch Leander gerade ansteuert. Etwas verlegen erwidert sie seinen Gruß, ist aber nach kurzem Zögern und etwas längerem Blick auf Leanders äußere Erscheinung mit einer Einladung zu einem Glas Wein gleich hier im Laden einverstanden. Sie suchen sich einen kleinen Tisch, der abgelegen genug ist, um den anderen Kunden bei ihrer Suche nicht im Wege zu stehen.

Nachdem sie in der Karte einen leichten Rosé ausgesucht und bestellt haben – Leander besteht darauf, gleich eine Flasche zu nehmen –, treffen sich ihre Blicke erneut. Er hat den Eindruck, so etwas wie Mitleid in Eikens Augen zu sehen, die nun wieder an seinem Outfit hinabstreifen. »Du siehst verschwitzt aus. Hast du im Garten gearbeitet?«

Leander berichtet von den Aufräumarbeiten im Museum und überlegt einen Moment, ob er Eiken nicht nach dieser Flasche direkt zu sich nach Hause einladen soll – zur Fortsetzung der Weinverkostung. Aber in ihren Augen ist etwas, das er nicht deuten kann; eine Mischung aus Misstrauen, Traurigkeit, Verletztheit, vielleicht sogar Wut?

»Wo hast du denn in den letzten Tagen gesteckt?«, erkundigt er sich. »Ich habe dich vermisst.«

»Wieso? Lena ist doch auf der Insel.« Eikens Tonfall macht klar, dass das für sie eine hinreichende Antwort ist – und wahrscheinlich ist sie das ja auch.

»Das heißt doch nicht, dass du dich rarmachen musst, du bist eine gute Freundin«, versucht Leander die Situation zu entspannen. »Ich freue mich immer, wenn du mich besuchst. Und Lena auch.«

Eiken sieht ihn lange aus tiefen, dunklen Augen an. Bislang ist zwischen ihnen nichts passiert, was Leander ein schlechtes Gewissen geben müsste – weder Eiken noch Lena gegenüber. Und doch rührt sich eben dieses schlechte Gewissen. Zudem erzählen Eikens Augen die Geschichte ihrer Freundschaft anders als sein Rechtfertigungsreflex.

»Ihr dürft mich gerne hin und wieder zum Essen einladen, Lena und du.« Irrt sich Leander, oder klingt das etwas verletzt? »Aber bei dir als gute Freundin ein und aus zu gehen, ist mir zu wenig.«

Jetzt ist es Leander, der zwischen ihnen für ein Schweigen sorgt und dessen Augen die Tischplatte studieren, weil er nicht weiß, wie er reagieren soll. Die Bedienung kommt und schenkt ihnen Wein ein. Beide prosten sich wortlos zu und probieren den trockenen portugiesischen Rosé. Dann setzen sie ihr Schweigen fort.

»Ich habe in den nächsten Tagen einen Vorstellungstermin beim Alfred-Wegener-Institut in Bremerhaven«, verkündet Eiken schließlich mit belegter Stimme.

»Für dieses Meeresforschungsinstitut auf Helgoland?«

»Mhm.«

»Und wie schätzt du deine Chancen ein?«

»Sieht eigentlich sehr gut aus. Sie suchen eine Ornithologin mit Kenntnissen in Meereskunde. So eine Kombination ist selten, und ich passe mit meiner Ausbildung und Erfahrung genau auf das Anforderungsprofil.«

»Wirst du die Stelle annehmen, wenn sie dich haben wollen?«

»Reizvoll ist es schon. Sehr sogar. Das Institut plant ein neues Forschungsprojekt von internationaler Bedeutung, und ich kann von Anfang an dabei sein. So eine Chance bekommt man höchstens einmal im Leben.«

»Dann musst du zusagen.«

»Im Moment weiß ich noch gar nicht, ob ich überhaupt zu dem Vorstellungstermin rüberfahre.«

»Wovon hängt das ab?«

Eiken antwortet nicht. Da ist nur wieder dieser lange und tiefe Blick in Leanders Augen. Dann wendet sie sich ab und greift nach der Weinflasche. Wortlos gießt sie beiden nach. »Wie kommt Lena bei der Einbruchserie voran?«, wechselt sie das Thema.

»Sieht so aus, als wäre heute eine Wende eingetreten. Du weißt ja, dass ich schon lange diese drei Wanderburschen im Verdacht habe, etwas mit der Sache zu tun zu haben. Heute Morgen ist der Zimmermannsgeselle Maik tot aufgefunden worden – eindeutig Mord. Jetzt muss Lena ihm und seinen Kumpanen anhand der Spurenlage die Einbruchbeteiligung nachweisen. Ich schätze, das ist angesichts der DNA-Funde nur eine Frage von ein bis zwei Tagen.«

»Na prima, dann haben wir ja hoffentlich bald wieder Ruhe. Allmählich wird es etwas ungemütlich auf der Insel. Gestern ist es wieder auf einem Dorffest in Borgsum zu Beschimpfungen und Handgreiflichkeiten gegenüber den Russlanddeutschen gekommen. Wäre gut, wenn sich herausstellte, dass das nur Vorurteile sind.«

Leander antwortet nicht und nippt an seinem Wein.

»Und für euch wäre es auch gut, wenn Lena endlich Urlaub bekäme«, fährt Eiken fort.

»Zwischen uns ist es etwas schwierig zur Zeit.« Leander schildert die Missstimmung, die zwischen ihnen herrscht.

»Und da wunderst du dich?« Eiken lacht auf. »An Lenas Stelle würde ich dir was anderes erzählen! Merkst du gar nicht, wie verletzend das ist, wenn du ihr immer zeigen willst, wie sie deiner Ansicht nach zu arbeiten hat?«

»Ich kann sie doch nicht in die Irre laufen lassen, wenn ich sehe, dass sie auf dem falschen Weg ist.«

»Du arrogantes Arschloch! Wie kommst du auf die Idee, dass dein Urteilsvermögen besser ist als Lenas?«

»Das denke ich ja gar nicht. Aber ich weiß, wie das ist, wenn man eine so groß angelegte Sonderkommission leitet. Da verliert man leicht den Blick für das Nächstliegende, weil man so vieles gleichzeitig bedenken muss. Und ich habe die nötige Distanz. Ich weiß zwar noch nicht, wie so unbedeutende Gesellen groß angelegte Kunstdiebstähle organisieren sollen, aber ich sehe, dass da etwas nicht stimmt. Sie sind zumindest ein Glied in der Kette. Außerdem kann ich es ja wohl nicht hinnehmen, wenn einer meiner besten Freunde verhaftet wird, während solche Spuren nicht verfolgt werden.«

»Was für ein Freund?«

»Götz. Sag bloß, du weißt das noch gar nicht!«

»Götz verhaftet? Wieso das denn?«

Leander erzählt Eiken von den ungeheuren Vorwürfen, die Helene Conradi Götz Hindelang gegenüber geäußert hat.

»So ein Unsinn!«, reagiert Eiken halb belustigt, halb bestürzt. »Götz bei der Stasi? So ein Quatsch! Der Mann ist Künstler und ein guter noch dazu. Jemand, der so sensibel mit Farbe und Pinsel umgehen kann, ist doch gar nicht in der Lage, derart menschenverachtende Taten zu begehen wie die Stasi-Schweine.«

Leander huscht durch den Sinn, dass viele KZ-Kommandanten liebevolle Väter und Ehemänner und noch dazu Musikliebhaber gewesen sind, und dass sie abendliche Konzerte nicht davon abgehalten haben, tagtäglich Tausende wehrloser Menschen zu ermorden. Aber das sagt er lieber nicht, denn es ist klar, wie Eiken auf diesen Vergleich reagieren würde. Zudem kommt er ihm jetzt, nachdem er ihn gedacht hat, selbst wie Verrat an einem guten Freund vor. Leander spürt, wie sein Gesicht heiß wird. »Es ist stickig hier drin. Was hältst du davon, wenn wir die Flasche mitnehmen und den Wein zu Hause zu Ende trinken?«

Wieder dieser lange, durchdringende Blick. Dann schüttelt Eiken den Kopf, sagt aber nichts. Leander winkt der Kellnerin, ordert einen Karton von dem Rosé und einen Karton mit venezianischem Rotwein und bezahlt dann die komplette Rechnung. Vor dem Lokal verabreden sie, dass jeder den anderen informiert, wenn er etwas Neues erfährt. Dann gehen sie gemeinsam bis zur Mittelstraße durch die kleine Gasse und trennen sich: Leander wendet sich mit einem Weinkarton unter jedem Arm nach rechts zur Wilhelmstraße, Eiken nach links in Richtung Westerstraße, wo die Galerie ihres Großvaters liegt.

Nach dem Duschen beschließt Leander, heute Abend mal wieder fernzusehen. Im Ersten Programm wird ein Schwedenkrimi gezeigt, aber er hat eigentlich keine Lust darauf, gleich in den ersten zehn Minuten drei Morden beizuwohnen, von denen einer blutrünstiger als der andere ist. So zappt er durch die Sender, bis er auf ein Schauspiel der ganz besonderen Art trifft: Auf SAT 1 werden die letzten Minuten des Fußballländerspiels Deutschland gegen Irland gezeigt.

Es steht 3:1, der Feind ist längst besiegt. Und so ruht die Kamera immer wieder auf dem eigentlichen Star des Spiels: Bundestrainer Jogi Löw. Leander bieten sich Szenen eines Generals am Spielfeldrand. Mit gespitzten Lippen verfolgt der Meister die Spielzüge seiner Männer, die Augen unbewegt. Das sind gar keine Augen. Das sind schwarz verspiegelte Scanner, direkt an einen Präzisionsrechner unter der Stahlhelmfrisur angeschlossen. Das sind auch keine Haare, sondern ein Hochleistungsteleskop aus schwarz glänzendem Hightech-Material. Selbst den Abpfiff nimmt die Bundessphinx regungslos hin, dreht sich weg, speichert das Gesehene auf seiner gigantischen Festplatte.

Und dann, nur wenige Minuten nach dem Spiel, hat er die unglaublichen Datenmengen schon ausgewertet und tritt vor die Kamera. Jetzt kommt die große Stunde des Bundes-Jogi, nun seziert er das Erlebte mit einer Präzision wie kein Zweiter. Leander lauscht fasziniert dem Sprachgenie, das nicht nur einmal in jedem Satz »eben auch« sagt. Das klingt bei ihm wie »ebn au«, und dieses sinnlose Füllsel baut er bei jeder sich bietenden unsinnigen Gelegenheit in seinen punktlosen Redefluss ein. Zwischendurch zieht er lautstark Luft durch die Zähne, was wie ein schlürfendes Zischen klingt. Schließlich steigert er sich in einem grandiosen Furioso Brutale zur inhaltsschwangeren Darlegung der großen Lehre, die er aus diesem Spiel gezogen hat und die er orakelgleich auf alle weiteren Länderspiele überträgt: »Un wenn mir dann ebn au drei Tore schießen und die annern nur zwei, oder ebn au nur eins, schschschsch, dann liegen mir ebn au zwei Tore vorn, oder au eins, aber das reicht dann ja au, schschschschsch, und dann gewinnen mir ebn au drei zu eins oder drei zu zwei, und dann sin mir ebn au die Sieger.«

Nicht auszudenken, wenn der Bundes-Jogi mit Prinz-Eisenherz-Frisur, königsblauem V-Ausschnitt-Kaschmir-Pullover und Ebn-au-Tourette-Syndrom sein Genie und Kommunikationstalent nach Beendigung seiner Trainerkarriere ARD oder ZDF als Kommentar-Experte bei Länderspielen zur Verfügung stellen sollte! Das wäre in der Tat selbst zu Günter Netzer noch eine Steigerung. Diese Vorstellung gibt Leander den Rest, und so beschließt er, den Fernseher kurzerhand abzuschalten und heute einmal etwas früher ins Bett zu gehen. Er isch ebn au rechtschaffen müde. Seine schweren Knochen begrüßen den weisen Entschluss ebn au und tragen ihn mühsam die Treppe hinauf, schschschschsch.

30

Lenas Nächte sind unruhig. Die Pritsche ist so unbequem, dass jede Veränderung der Liegeposition zu einem kurzzeitigen Erwachen führt. Stimmen aus der Wache, das Knistern des Polizeifunks, ein betrunkener Randalebruder auf dem Weg zur Ausnüchterungszelle: kein Wunder, dass sie morgens wie gerädert aufsteht. Klaus Dernau hingegen ist bester Laune, wenn er aus seinem Hotelzimmer nach einem ausgiebigen Frühstück in die Zentralstation kommt. Nach dem ersten Unmut scheint er sich in seine untergeordnete Rolle gefügt zu haben; jedenfalls lastet auf ihm nicht der Druck der Verantwortung, der Lena zu schaffen macht, das ist ihm deutlich anzusehen. Als sie gestern gemeinsam im Restaurant *Alt Wyk* zu Abend gegessen haben, hat er ihr schließlich sogar bei einem Glas Wein das Du angeboten und war geradezu gelöst.

Die allmorgendliche Sitzung zusammen mit Jens Olufs steht heute unter dem Zeichen der Ungeduld, denn man erwartet die Untersuchungsergebnisse der KTU aus Flensburg. Lena versucht, das Gefühl, auf der Stelle zu treten, so gut wie möglich beiseitezuschieben, indem sie von Klaus Dernau ihre Erkenntnisse des Vortages zusammenfassen lässt. Dabei gehen alle drei davon aus, dass sowohl eine Beteiligung des Mordopfers an der Einbruchserie in Frage kommt als auch ein Eifersuchtsdrama.

»Frerk Thönissen scheint ein absoluter Choleriker zu sein«, berichtet Dernau. »Seine Freunde müssen ihn häufig zur Raison bringen, wenn er wegen Kleinigkeiten ausrastet.«

»Na ja, wenn deine Freundin fremdgeht, ist das ja wohl keine Kleinigkeit«, wendet Lena ein.

»Zugegeben, aber er ist auch in anderen Dingen leicht zu provozieren. Kritik verträgt er nicht. Außerdem soll er recht brutal sein.«

»Das kann ich bestätigen«, meldet sich Jens Olufs zu Wort. »Vor allem mit seiner Jenny soll er ziemlich schroff umgehen.

Die hat sich wohl schon so manche Ohrfeige eingefangen, wenn sie anderen Jungs hinterhergesehen hat. Thönissens Eifersucht ist legendär. Würde mich nicht wundern, wenn es zwischen ihm und Maik Schultheis wieder zum Streit gekommen wäre und er den Wandergesellen in seiner Wut erstochen hätte.«

»Und in seiner Panik ist er dann weggelaufen, nachdem er begriffen hat, was er da getan hat?«, zweifelt Lena.

»Das Tatwerkzeug bringt uns auch nicht weiter«, ergänzt Dernau. »Natürlich sind da Thönissens Pranken drauf. Ist ja auch kein Wunder, schließlich ist es seine Nadel. Allerdings sind die Prints stark verwischt, als hätte jemand nach ihm das Ding mit Handschuhen in der Hand gehabt. Das spricht eher gegen Thönissen als Täter.«

»Was sagt denn seine Freundin zu der Sache?«, erkundigt sich Olufs.

»Sie bleibt bei ihrer Darstellung, dass ihr Freund die Nacht zusammen mit ihr verbracht hat. Zwischen ihr und Maik Schultheis sei nicht mehr gewesen als ein Flirt«, berichtet Klaus Dernau. »Sie will ihren Freund einfach nur für seine ständige Eifersucht bestraft haben. Aber ich glaube ihr nicht. Außerdem sprechen die Aussagen der anderen beiden Wandergesellen dagegen.«

»Und wenn Maik Schultheis vor seinen Freunden nur angegeben hat? Vielleicht hat er die Treffen mit Jenny als Vorwand benutzt, um sich mit den anderen beiden Einbrechern zu treffen«, bringt Lena eine neue Variante ins Spiel.

»Das heißt, du gehst erstens davon aus, dass Schultheis tatsächlich einer der Einbrecher ist, und zweitens davon, dass seine Kollegen nicht daran beteiligt sind?«, wundert sich Dernau. »Muss das sein, dass du es noch komplizierter machst, als es ohnehin schon ist? Wenn schon Einbrecher, dann doch wohl alle drei Wandergesellen.«

»Dagegen spricht deren Alibi zumindest im Falle des Einbruchs auf Amrum.«

Die Tür öffnet sich ohne ein vorheriges Klopfen, und Dennis Groth bringt ein paar Zettel herein. »Fax für Sie, aus

Flensburg. Und dann noch eins aus Kiel.« Er reicht Lena den Stapel über den Tisch und verlässt den Raum so beiläufig, wie er ihn betreten hat.

Lena blättert schnell durch die Zettel und blickt dann triumphierend auf. »Bingo! Maik Schultheis ist einer der Einbrecher. Seine DNA wurde an drei Tatorten sichergestellt: in Hannover, auf Amrum und zuletzt in Nieblum.«

Sie reicht Dernau die obersten Zettel, der ebenfalls aufmerksam nachliest und sie dann an Olufs weitergibt.

»Das Blut am Tatort in Nieblum stammt also von ihm«, stellt Dernau fest. »Entweder hat er sich dort selbst verletzt, oder es hat einen Zwischenfall gegeben ...«

»... in dessen Folge er später ermordet wurde«, vervollständigt Lena den Satz. »Ganz genau. Maik Schultheis war also einer der Einbrecher auf Amrum. Wir wissen, dass drei Männer durch das Watt geflüchtet sind und dass die anderen zwei nicht die beiden Wandergesellen sein können, weil sie ein wasserdichtes Alibi haben. Torge Hidding hat von zwei Männern berichtet, die er zusammen mit Maik Schultheis gesehen haben will. Entweder sind das die beiden Kumpane oder die Osteuropäer, die er angeblich ebenfalls im Umfeld des Hauses gesehen hat, sind die fehlenden Einbrecher. Bestätigt wird das auch dadurch, dass die DNA, die am Parkplatz in Dunsum sichergestellt wurde, nicht von Steffen Betz oder Klaus Lammers stammt. Kollegen, wir haben jetzt den Beweis dafür in Händen, dass die Einbrüche auf Föhr und Amrum zu der Serie gehören, die sich lang durch Deutschland erstreckt. Von Süden nach Norden, entlang der Wanderroute der drei Gesellen. Und einer der Täter ist nachweislich Maik Schultheis. Unter den Habseligkeiten, die wir gestern in seiner Unterkunft sichergestellt haben, ist auch sein Wanderbuch. Die Stadtsiegel bestätigen die Übereinstimmung der Wanderroute mit den Einbruchsorten.«

»Dann sollten wir Betz und Lammers vorladen und sie noch einmal nach Beobachtungen hinsichtlich dieser anderen Gestalten befragen. Es kann nicht sein, dass man Monate und Jahre zusammen auf der Walz ist und nichts davon mitbekommt, wenn sich einer ständig mit denselben fremden Typen trifft«, fasst Klaus Dernau zusammen.

Lena überfliegt kurz das Fax aus Kiel und legt dann ihre Stirn in Falten. »Das ist ja wieder klar. Kaum haben wir ein stimmiges Bild, kommt auch schon eine neue Information und wirbelt es durcheinander.«

Klaus Dernau sieht sie fragend an und greift nach den Zetteln in Lenas Hand, aber die sortiert sie vor sich auf dem Tisch und berichtet lieber Dernau und Olufs gleichzeitig, was Sven Schröter und seine Leute in Kiel herausgefunden haben. Dabei versucht sie, im Rahmen einer strukturierten Darstellung doch noch so etwas wie ein Bindeglied zu den Wandergesellen hinzubekommen.

»Sven hat seine ausländischen Kontakte abgefragt. Dabei hat sich ein roter Faden herauskristallisiert. Sowohl die Kollegen in Italien als auch das FBI haben im Laufe der letzten Jahre immer wieder Hinweise auf Bandenkriminalität in Deutschland und in Osteuropa bekommen. Dabei spielen ehemalige Stasi-Seilschaften eine nicht unbedeutende Rolle. Lange Zeit soll Rostock so etwas wie eine Gelenkstelle oder zentraler Verschiebehafen gewesen sein. Das FBI hat besonders eine Firma aus dem Werttransportbereich im Visier: die *EuroSecur*. Der Inhaber ist ein ehemaliger Stasi-Oberst namens Karl-Heinz Röder. Beweisen konnten sie ihm bis jetzt nichts. Ein Ableger der *EuroSecur* ist die *InterSecur* in Kiew und Moskau, Geschäftsführer der beiden osteuropäischen Dependancen ist ein mutmaßlicher ehemaliger KGB-Offizier namens Grigorij Borreljew. Die *InterSecur* ist spezialisiert auf Kunsttransporte. Wenn das mal ein Zufall ist.«

Klaus Dernau macht einen nachdenklichen Eindruck und legt seinen rechten Zeigefinger über die Lippen. Schließlich deutet er damit auf und ab wedelnd auf Jens Olufs. »Kollege Dienststellenleiter, überprüfen Sie doch bitte nachher mal, ob einer unserer Sicherheitsleute von der *FrisiaSecur* eine Verbindung zur *EuroSecur* hat. Diese Namensgleichheit der

Firmen ist zu frappierend, das kann kein Zufall sein. Clemens Lüdecke halte ich zwar für unverdächtig, außerdem kommt er aus Kiel, aber ich will mir da nicht nachsagen lassen, dass ich auf dem Auge blind war. Hendrik Geerkens hingegen kommt aus Rostock. Zufall? Und holen Sie eine Auskunft beim Amtsgericht über die Gesellschaftsverhältnisse ein. Vielleicht ist Geerkens ja Teilhaber und in Wahrheit Röders Strohmann – oder umgekehrt.«

Jens Olufs nickt und folgt dann wieder Lenas Ausführungen.

»Das FBI hat alles versucht, um den Machenschaften der Transportfirmen auf den Grund zu gehen, aber der Einfluss unserer amerikanischen Freunde ist in der ehemaligen Sowjetunion immer noch äußerst begrenzt. Nach Svens Darstellung hat der Kollege vom FBI das als einen Sumpf beschrieben, in dem man versinkt, wenn man vom Weg abkommt. Die Italiener waren in einem Fall erfolgreich. Sie haben in Serbien ein Gemälde ausfindig gemacht, das bei einem Einbruch in Warschau gestohlen wurde. Zuvor war es mit einem Transport der *InterSecur* aus einem Moskauer Museum als Leihgabe nach Warschau gebracht worden. Dummerweise konnte niemand festgenommen werden. Das Bild lag in einem Zollschuppen inmitten anderer wertloser Kunstobjekte, die bereits für die Ausfuhr nach Ankara zollabgefertigt waren.«

»Wie haben sie es dann gefunden?«, wundert sich Jens Olufs.

»Es hat einen anonymen Hinweis gegeben.«

»Bringt uns das irgendwie weiter?«, fragt Klaus Dernau ungeduldig.

»So direkt nicht«, gibt Lena zu. »Aber es zeigt uns die Verbindungslinien auf und vor allem den Umfang dieser internationalen Organisation. Interessant ist allerdings die Auskunft, die Sven bezüglich Götz Hindelang alias Georg Heinbach von den italienischen Kollegen bekommen hat. Sie hatten ihn ebenfalls auf dem Schirm, aber ihre intensive Überprüfung hat absolut nichts ergeben. Übrigens haben sie auch die Kollegin Conradi unter die Lupe genommen: ebenfalls negativ.«

»Wo ist die Conradi überhaupt?«, wundert sich Dernau.

»In Berlin, bei der Zentralstelle für die Stasi-Unterlagen. Sie hofft, aus den Akten weitere Verbindungsleute ausfindig zu machen.«

»Traust du ihr? Immerhin war sie auch eine von denen.«

Lena zieht die Schultern hoch und lässt sie wieder sinken.

»Wer garantiert dir, dass sie wirklich nach Spuren sucht und sie in Wahrheit nicht vernichtet?«, bleibt Dernau hartnäckig.

»Niemand. Aber was bleibt uns anderes übrig, als das zu riskieren?«

»Du solltest deine eigenen Leute darauf ansetzen, nicht eine ehemalige Stasimitarbeiterin.«

»Vielleicht hast du recht. Ich werde mit Sven Schröter darüber sprechen. Allerdings bezweifel ich, dass das zu etwas führen wird. Jedenfalls haben uns die bisherigen Auskünfte und Erkenntnisse auch der ausländischen Kollegen keine stichhaltigen Beweise geliefert.«

»Heißt das jetzt, wir müssen Hindelang wieder freilassen?«, erkundigt sich Jens Olufs.

»Wenn wir keine weiteren Beweise oder zumindest handfeste Indizien mehr finden, wird uns nichts anderes übrig bleiben.«

»Scheiße!«, flucht Klaus Dernau. »Jeder neue Stein in dem Puzzle sorgt dafür, dass ein alter nicht mehr passt.«

»Genau das habe ich eingangs gemeint!« Lena muss sich jedoch insgeheim eingestehen, dass sie im Falle Götz Hindelangs gar nicht so traurig über die Entwicklung ist. »Aber so ist das nun einmal. Herr Olufs, Sie kümmern sich jetzt bitte um die Überprüfung von Hendrik Geerkens und dieser Firma *EuroSecur*. Und wir beide, lieber Klaus, nehmen uns noch einmal die Wandergesellen vor.«

»Aber jetzt ist Schluss mit dem Kuschelkurs. Diesmal wird Tacheles geredet!«, kündigt er an.

»Was machen wir denn jetzt mit Frerk Thönissen?«, ruft Jens Olufs den Hauptkommissaren nach, als die schon halb aus dem Büro hinaus sind.

Klaus Dernau dreht sich noch einmal um und grinst ihn

breit an. »Den lassen wir noch etwas schmoren. Reicht doch, wenn wir ihn heute Abend auf freien Fuß setzen.«

»Kommt nicht in Frage«, widerspricht Lena. »Lassen Sie ihn gehen, Herr Olufs.«

»Weißt du, was er von uns will?«, erkundigt sich Leander bei Tom Brodersen, als sie ihre Räder vor *Mephistos Biergarten* in Oevenum abstellen.

»Mit uns reden, mehr hat er nicht gesagt. Der Wortlaut war ungefähr so: ›In einer halben Stunde bist du hier bei mir; und bring den Bullen mit.‹ Also lassen wir uns überraschen.«

Während sie das Haus auf dem direkten Weg in den Garten umrunden, kaut Leander an Mephistos unverschämten Formulierungen herum. Der kleine Mann ist offenbar durch seinen früheren Beruf dermaßen deformiert, dass er immer noch glaubt, in allen Bereichen die Definitionsgewalt zu haben.

Mephisto ist gerade damit beschäftigt, die Tische abzuwischen. Noch ist früher Vormittag, aber man kann nie wissen, ob sich nicht doch mittags eine Gruppe auf ihrer Radtour hierher verirren wird, zumal es in der Weite der Marsch nur noch eine einzige Fahrrad-Rast gibt.

»Da seid ihr ja«, begrüßt er sie ohne die sonst übliche freundliche Lässigkeit. »Wir müssen miteinander reden.«

»Das sagtest du schon am Telefon«, entgegnet Tom. »Wo brennt's denn?«

»Setzt euch. Bier?«

»So früh am Morgen?«, zeigt sich Leander verständnislos. »Ich nehme ein Wasser.«

»Ich auch.« Tom lässt sich neben Leander auf einer der Bänke nieder.

Mephisto verschwindet im Haus und kommt Minuten später mit drei Gläsern und einer Liter-Flasche Mineralwasser wieder heraus. Er sagt kein Wort, während er die Gläser füllt und vor seinen Freunden auf den Tisch stellt, und das ist so gar nicht seine Art.

»Nun sag schon«, fährt Leander ihn gereizt an. »Was ist los?«

»Es geht um Götz. So geht das nicht.«

»Was geht so nicht?«

Tom ist als Lehrer offenbar dergleichen gewohnt, denn er zeigt wesentlich mehr Geduld mit Mephistos Leerformeln als Leander, der nur mühsam an sich halten kann.

»Was seid ihr eigentlich für Freunde?«, explodiert Mephisto nun. »Götz sitzt im Gefängnis, und ihr nehmt das einfach so hin.«

»Nun mal langsam«, entgegnet Leander gereizt. »Götz wurde festgenommen, das ist richtig. Aber warum denn? Er ist doch selber schuld daran. Warum lebt er unter einer falschen Identität hier auf der Insel?«

»Unsinn! Selbst wenn Götz beim Staatssicherheitsdienst war: Das waren doch viele. Willst du die jetzt alle verhaften, wenn irgendwo in der Republik eine Banane gestohlen wird? Ich würde meinen rechten Arm für Götz' Unschuld verwetten. Verdammt noch mal, ihr kennt ihn. Seit Jahren spielen wir zusammen Skat. Seid ihr ernsthaft der Ansicht, jemand wie er könnte ein Verbrecher sein? Ein international gesuchter Einbrecher und Kunstschieber? Und Lena kennt ihn auch seit Jahren. Wie kann sie einen Freund verhaften, nur weil sie keine andere Spur hat?«

»Das stimmt doch so gar nicht«, wird auch Leander jetzt lauter. »Lena hat gar keine andere Wahl. Glaubst du, sie hat Spaß daran, Freunde festzunehmen? Aber Götz heißt nicht Götz Hindelang, er heißt Georg Heinbach. Und er war Stasi-Offizier, noch dazu in einem Bereich, der ihn im Falle der Einbrüche verdächtig macht. Lena muss den Indizien folgen. Wenn sie es nicht täte, nur weil Götz ein Freund ist, würde sie sich strafbar machen.«

»Aber wir können anders«, zeigt sich Mephisto unbeeindruckt.

»Was willst du damit sagen?«

»Dass wir etwas tun müssen. Wenn Lena Beweise für seine Schuld sucht, müssen wir Beweise für seine Unschuld suchen.«

»Und wie stellst du dir das vor?«

»Das weiß ich noch nicht. Deshalb wollte ich ja mit euch reden. Lasst uns gemeinsam überlegen, was wir tun können. Du warst doch selber Bulle, Mann. Lass dir gefälligst etwas einfallen.«

»Steffen und Klaus«, meldet sich Tom leise zu Wort, und erst jetzt fällt Leander auf, dass sein Freund bis gerade geschwiegen hat.

»Sprich Klartext«, fährt Mephisto ihn an.

»Henning hat von Anfang an Maik, Steffen und Klaus verdächtigt. Jetzt ist Maik tot, und wenn Frerk ihn nicht getötet hat, dann könnte Henning recht gehabt haben. Also müssen wir uns an Steffen und Klaus halten.«

»Ach nee«, wundert sich Leander. »Auf einmal hältst du die beiden doch für verdächtig? Wer hat mir denn die ganze Zeit die Hölle heißgemacht, als ich ihnen auf den Zahn gefühlt habe?«

»Nein, ich halte sie nicht für verdächtig. Torge Hidding hat ihnen ein Alibi gegeben. Aber sie müssen etwas wissen, und das müssen wir aus ihnen herauskriegen.«

»Wir haben nur zwei heiße Spuren: Frerk und die Wanderburschen«, fasst Mephisto zusammen. »Wenn wir etwas herausbekommen wollen, müssen wir loslegen, bevor die Spuren kalt werden. Ist doch so, Bulle, oder?«

»Wenn du noch einmal *Bulle* zu mir sagst, verliert dieser Biergarten seinen Namensgeber, Pfaffe!«

Jetzt schleicht sich ein Grinsen auf Mephistos Gesicht. »Na bitte, du hast ja doch noch Gefühle. Also gut. Wie gehen wir vor?«

»Zuerst befragen wir Jenny«, schlägt Tom vor. »Sollte die bei ihrer Version bleiben, dass Frerk nicht der Mörder gewesen sein kann, nehmen wir uns noch einmal Steffen und Klaus vor.«

»Und du glaubst, die sagen dir dann, wie alles zusammenhängt?«, höhnt Leander. »Einfach so?«

»Wir beschatten sie«, verkündet Mephisto und erntet daraufhin fragende Blicke. »Wenn die beiden etwas mit der

Sache zu tun haben, müssen sie handeln. Entweder müssen sie verschwinden, weil Maiks Mörder seine Gründe gehabt haben wird, ihn umzubringen, und sie selber nicht mehr sicher sind. Oder sie führen uns irgendwann zu dem Diebesgut. In beiden Fällen wäre Götz' Unschuld bewiesen. Und wenn sie nichts mit der Sache zu tun haben, tauchen vielleicht wenigstens die anderen Typen noch einmal bei ihnen auf.«

»Und wie stellst du dir das vor?«, zweifelt Leander. »Sollen wir drei Hanseln rund um die Uhr zwei junge Kerle beschatten?«

»Wie sonst? Oder hast du eine bessere Idee?«

»Eiken«, sagt Tom. »Wir fragen Eiken, ob sie mitmacht. Soweit ich weiß, hat sie Urlaub. Was ist mit Diana?«

»Kommt nicht in Frage«, wehrt Mephisto ab. »Der Laden hier muss weiterlaufen. Und wenn ich auf die Pirsch gehe, kann nur Diana den Biergarten machen. Ich schlage vor, wir teilen zwei Schichten ein: Henning und Eiken fangen gleich heute Nachmittag an und beschatten die Jungs, während Tom und ich Jenny auseinandernehmen. Heute Abend um zehn lösen wir euch ab.«

»Nun mal langsam«, wehrt sich Leander gegen diese dilettantischen Schnellschüsse. »Du weißt doch gar nicht, ob Eiken mitmacht. Und zwei Leute brauchen wir für die Observation, weil die Jungs nicht zusammenarbeiten.«

»Eiken macht mit«, entgegnet Tom entschieden und steht auf. »Verlass dich drauf. Schließlich ist Götz auch ihr Freund. Ich rufe sie an und beorder sie her.« Er verschwindet im Haus, gefolgt von den Blicken seiner beiden Freunde.

»Sieh an«, stichelt Mephisto. »Unser Pauker. Ich wusste gar nicht, dass so viel Leben in diesen Schul-Zombies steckt.«

Leander antwortet nicht. Ihm ist nicht wohl bei dem Gedanken, Lena schon wieder in die Quere zu kommen.

Als Tom wieder zu ihnen stößt, ist er sichtlich zufrieden. »In zwanzig Minuten ist sie da. Ich musste sie gar nicht groß überzeugen. Wer weiß, was das Modell dem Meister schuldig ist.«

Leander mag diese Anspielungen auf die Tatsache nicht,

dass Eiken Götz früher für Aktmotive Modell gestanden respektive gelegen hat. Ihrer eigenen Darstellung zufolge ist nichts Anstößiges an der Sache, zumal die Bilder ihr Gesicht nicht zeigen und zudem in der für Hindelang typischen Weise märchenhaft verfremdet sind. Und doch regt sich in Leander ein mulmiges Gefühl, wenn seine Freunde so abfällig über Eikens Beziehung zu Götz sprechen.

»Gut«, übernimmt Mephisto wieder die Regie. »Entwickeln wir eine Strategie. Deine Spezialität, Henning, also lass hören!«

Eiken übernimmt die Beschattung von Klaus Lammers, der momentan in der Werkstatt von Torge Hidding arbeitet, während Leander Steffen auf der Baustelle in Oldsum im Auge behält. Der Dachdeckergeselle arbeitet neben seinem Meister auf dem Dach. Frerk hat nun die Garage übernommen. Wahrscheinlich hat Andreesen es für sicherer gehalten, die beiden getrennt arbeiten zu lassen. Von Leanders Position sieht es so aus, als redeten die drei auf dem Dach kein Wort miteinander.

Es ist geradezu unerträglich heiß an diesem Tag. Leander hat sein Fahrrad in einiger Entfernung vor dem *Oldsumer Krug* abgestellt und sich dann vorsichtig der Baustelle genähert. Im Schatten einer alten Platane ist er vor neugierigen Blicken geschützt und kann einigermaßen sicher sein, dass auch die Handwerker auf dem Dach ihn nicht bemerken werden. Gegen Mittag steigen die drei herunter, um Pause zu machen. Dadurch geraten sie aus Leanders Blickfeld, und er überlegt, ob er seinen Standort wechseln soll. Aber was kann in dieser halben Stunde schon passieren? Die Dorfstraße hat Leander im Blick, die Rückseite des Grundstücks ist durch weitere Gärten begrenzt. Steffen kann die Baustelle nicht verlassen, ohne von ihm gesehen zu werden. Also beschließt er, sich schnell im *Oldsumer Krug* mit etwas zu essen und einer Flasche Wasser zu versorgen.

Als Leander wieder auf seinem Posten ist und sich ins Gras am Straßenrand setzt, bemerkt er die Stille, die über dem ganzen Dorf liegt. Sind bis vor Kurzem noch einzelne Radfahrergrüppchen an ihm vorbeigeradelt, liegt die Dorfstraße nun wie ausgestorben da. Die Hitze flimmert über dem Asphalt. Selbst den Vögeln scheint es heute zu heiß zu sein, um Laut zu geben. Leander fühlt die Rinnsale, die sich ihre Bahn auf seiner Stirn und seinen Wangen suchen. Seufzend beißt er in das Schnitzelbrötchen, das der Wirt ihm schnell zubereitet hat.

Er erinnert sich an die Anfänge seiner beruflichen Laufbahn. Damals hat er häufig bei Observationen tage- und nächtelang in seinem Auto gesessen und immer auf den gleichen Punkt gestarrt. Das war ein Teil seiner Arbeit, den er nie gemocht hat. Andere Kollegen waren froh, wenn sie auf die Art der Hektik und vor allem den Augen ihrer Vorgesetzten entfliehen konnten. Leander aber hat während seiner ganzen beruflichen Laufbahn nie die nötige Ruhe dazu entwickeln können.

Auch jetzt hat er das Gefühl, die Zeit rinne nur mühsam wie in einer überdimensionalen Sanduhr dahin. Von der Baustelle ist kein Laut zu hören. Das sind die Momente, vor denen es Leander am meisten graut. Dann kommen nämlich die Gedanken, denen man am liebsten ausweichen möchte, die sich aber nicht dauerhaft zurückdrängen lassen und nur auf ihre Chance gelauert zu haben scheinen. Leander müsste eigentlich froh darüber sein, dass Lena momentan im Vordergrund steht und nicht wieder die abgerissene Verbindung zu seinen Kindern, an der er selber so gar nichts ändern kann.

Aber auch die Gedanken an Lena sind zurzeit alles andere als angenehm. Leander ertappt sich dabei, dass er nicht mehr mit dem bis vor Kurzem noch allgegenwärtigen liebevollen Gefühl an seine Freundin denkt. Das lässt sich auch nicht übertünchen, nur weil er sich dazu zu zwingen versucht. Was ist nur zwischen ihnen passiert? Und welche Rolle spielt Eiken dabei? Die Einsamkeit, die sie ihm kürzlich geschildert hat, lässt ihn jedenfalls nicht kalt. Bahnt sich da etwas Ernsthaftes an, oder ist es nur das Neue, das ihn reizt? Schmeichelt ihm die Tatsache, dass außer Lena noch jemand etwas für ihn empfindet? Hat er diese Bestätigung wirklich nötig, befindet er sich vielleicht einfach nur in der Midlife-Crisis? Quatsch! Midlife-Crisis! So ein Blödsinn! Aber was ist es dann? Warum setzt er seine Beziehung zu Lena derart aufs Spiel? Oder gibt es diese Beziehung schon gar nicht mehr? Wie eng ist eine Beziehung zwischen zwei Menschen noch, wenn man erst einmal anfängt, darüber nachzudenken?

Leander ist froh, als sich auf dem gegenüberliegenden Dach endlich wieder etwas tut. Er kennt diese verfluchten gedanklichen Endlosschleifen, aus denen er alleine nicht herausfindet. Seufzend öffnet er die Wasserflasche, die ihren Druck zischend freigibt.

Steffen und Andreesen stehen nun wieder in etwa zwei Metern Abstand voneinander auf dem Dach und fangen abwechselnd Reetballen auf, die Frerk ihnen von unten zuwirft. Dann hocken sie sich hin und vernähen schweigend eine Lage Reet nach der anderen. Leander schaut auf seine Armbanduhr: Wenn die Handwerker um vier Uhr Feierabend haben, hat er noch geschlagene dreieinhalb Stunden vor sich. An Überstunden will er jetzt lieber noch nicht denken. Ob Eiken sich gerade genauso langweilt wie er? Wahrscheinlich nicht, denn sie ist stundenlanges Stillsitzen vom Vögelbeobachten gewohnt.

Im Augenwinkel nimmt Leander eine Bewegung wahr. Vorsichtig blickt er um den dicken Stamm der Platane herum. In etwa zwanzig Metern Entfernung stehen zwei junge Männer, die er nie zuvor gesehen hat, und blicken zu dem Reetdach hinauf, auf dem die Dachdecker arbeiten. Sie flüstern heftig miteinander, scheinen sich nicht einig zu sein. Dann greift der eine des anderen Arm und zieht ihn weg in Richtung *Oldsumer Krug*. Die Gegenwehr ist gering und fällt bald in sich zusammen. Wenige Minuten später verschwinden die Männer in der Tür des Wirtshauses. Auf dem Dach scheint niemand sie bemerkt zu haben, dort oben ist man neugierige Blicke von Urlaubern gewohnt.

Gegen Viertel vor vier fängt Steffen damit an, seine Werkzeuge zusammenzusuchen und an seinem Gürtel zu befestigen.

Auch auf dem Garagendach beginnt die Vorbereitung auf den Feierabend. Frerk schiebt die wenigen noch verbliebenen Reetbunde so zusammen, dass sie nicht vereinzelt von einem Gewittersturm vom Dach gefegt werden können. Nur Andreesen selbst macht noch keine Anstalten, das Dach zu verlassen.

Steffen klettert jetzt auf die Rückseite des Daches und entschwindet so wieder Leanders Blick. Er schaut zur Garage hinüber, aber die ist schon verwaist. Wenige Minuten später taucht Steffen mit einem Fahrrad an der Seite des Hauses auf, vergewissert sich kurz, dass die Straße frei ist, und schwingt sich dann auf den Sattel. Schwerfällig tritt er in die Pedale. Wie furchtbar heiß muss es in seiner schweren Kluft sein!

Leander will gerade sein Versteck verlassen, als Frerk auftaucht und auf seinen schwarzen VW Golf zu geht. Er wirft seinen Gürtel mit dem Werkzeug in den Kofferraum und steigt dann in den Wagen. Sekunden später heult der Motor auf, und der Golf rast in Richtung Dorfausgang davon. Andreesen blickt kopfschüttelnd hinterher. Erst als sich der Dachdeckermeister wieder auf seine Arbeit konzentriert, kann Leander seine Deckung verlassen. Er läuft zum *Oldsumer Krug* hinüber und schließt sein Fahrrad auf. Von Steffen ist schon weit und breit nichts mehr zu sehen. Hoffentlich fährt er direkt zu seiner Unterkunft, sonst hat Leander keine Chance, ihn wiederzufinden. Er springt auf sein Fahrrad und tritt mehrfach im Stehen in die Pedale, um richtig Fahrt aufzunehmen. Dann schlägt er den Weg in Richtung Süderende ein.

Eiken sitzt in ihrem kleinen Nissan Micra, den sie im Schatten eines Baumes geparkt hat. Leander schiebt sich schnaufend auf den Beifahrersitz. Sie sieht aus wie der junge Frühling, als habe die Hitze keinerlei Einfluss auf sie. Überhaupt macht sie einen absolut entspannten Eindruck.

»Alles klar?« Er wischt sich mit einem Taschentuch den Schweiß von der Stirn.

»Natürlich. Alles ruhig. Klaus hat den ganzen Nachmittag an dem Grabstein gearbeitet. Übrigens ist Steffen schon vor einiger Zeit hier angekommen. Hast du ihn etwa verloren? Oder konntest du sein Tempo nicht halten?«

»Haha! Fahr du mal bei dieser Hitze mit dem Fahrrad durch die Marsch.«

»Ich kann mich beherrschen. Wie war es denn bei dir?«

»Stinklangweilig. Sag mal, hat die Karre hier eine Klimaanlage?«

»Natürlich, aber die funktioniert nur, wenn der Motor läuft. Und das sollten wir vermeiden, oder?«

Leander fühlt, wie zu der ohnehin schon beklemmenden Hitze in seinem Gesicht jetzt auch noch die Schamröte für ein paar Grad mehr sorgt. Zum Glück wird Eiken in diesem Moment abgelenkt: Gegenüber der Zufahrt zum Firmengelände hält ein schwarzer BMW. Die verdunkelten Scheiben lassen keinen Blick auf die Insassen zu, aber schon wenige Augenblicke später steigt auf der Beifahrerseite ein junger Mann aus und überquert die Straße.

»Den kenne ich«, sagt Leander. »Der war heute Mittag zusammen mit einem anderen Typen in Oldsum an der Baustelle.«

Nun steigt auch der Fahrer aus, sichert sich mit einem kurzen Blick in beide Richtungen und folgt seinem Kollegen auf die andere Straßenseite. Sie beraten kurz, dann betreten sie das Firmengelände und wenden sich gleich nach rechts in Richtung Haus.

»Los, komm«, sagt Leander und verlässt ebenfalls das Fahrzeug.

Gefolgt von Eiken läuft er im Schutz einer Hecke zur Werkstattzufahrt. Die beiden Männer stehen jetzt vor dem Haus, in dem Klaus und Steffen wohnen, und beraten kurz. Dann greift einer nach der Türklinke, aber es scheint abgeschlossen zu sein, denn er lässt sie wieder los und redet auf seinen Kollegen ein. Der nimmt einen kleinen Stein auf und wirft ihn gegen ein Fenster im Obergeschoss. Hinter der Scheibe taucht das Gesicht von Klaus Lammers auf. Dann öffnet er das Fenster und blickt erwartungsvoll herunter.

»Mach auf, wir müssen mit euch reden«, ruft einer der beiden hinauf.

»Wieso? Wer seid ihr denn?«

»Freunde von Maik. Jetzt mach schon auf, verdammt noch mal.«

Klaus überlegt einen Moment, dann nickt er. »Wartet, wir kommen raus.«

Er schließt das Fenster wieder und tritt eine Minute später zusammen mit Steffen aus der Haustür. Vor den beiden Männern bleiben sie stehen und sehen sie erwartungsvoll an. Leander versteht kein Wort von dem, was jetzt gesprochen wird, dafür sind Eiken und er zu weit entfernt. Aber dann scheint Streit aufzukommen, und einer der Männer greift nach Steffens Arm.

Der schlägt die Hand weg und ruft: »Verdammt noch mal, ich weiß von keiner Scheune. Wie oft soll ich das denn noch sagen?«

»Das glaube ich dir aber nicht!«, entgegnet der andere nun ebenfalls lautstark. »Ihr wart zusammen auf der Walz. Da hat man keine Geheimnisse voreinander.«

»Und warum hat Maik uns nie von euch erzählt?«, kontert Klaus Lammers. »Wenn ihr doch so enge Freunde wart? Wer sagt uns denn, dass das stimmt, was ihr sagt?«

»Na gut, ihr wollt es nicht anders«, schreit der zweite Mann die Wandergesellen an und platziert völlig ohne Vorwarnung seine Faust in Klaus Lammers' Gesicht.

Der schreit auf, greift nach seiner Wange und geht in die Knie.

»Spinnst du?«, brüllt Steffen den Schläger an, aber da wird er schon von seinem Gegenüber gegriffen und in Richtung Haustür gedrängt.

Der Schläger zieht Klaus Lammers am Kragen hoch und stößt ihn ebenfalls in die Richtung.

»Aufhören!«, brüllt Leander und springt aus seiner Deckung hervor.

In diesem Moment erscheint Torge Hidding vor der Werkstatt und erfasst mit einem Blick, was da los ist. Leander und Hidding laufen auf die Gruppe zu, die beiden Männer lassen die Wandergesellen los, sehen sich kurz an und stürmen dann in Leanders Richtung. Der rettet sich mit einem Sprung zur Seite, überlegt kurz, ob er ihnen folgen soll, setzt dann aber seinen Weg zu den Wandergesellen fort. Als er dort ankommt, betrachtet Steffen gerade die Wange von Klaus Lammers. Torge Hidding blickt Leander fragend an, aber der kann auch nur eine Geste der Unkenntnis machen.

»Was wollten die von euch?«, erkundigt sich Hidding, als Klaus Lammers sich wieder einigermaßen gefasst hat.

»Sie haben gesagt, dass sie Freunde von Maik sind«, antwortet Steffen. »Und dass er noch Sachen von ihnen hätte.«

»Was für Sachen?«

»Das haben sie nicht gesagt. Aber sie wollten wissen, wo Maiks Scheune ist.«

»Maiks Scheune? Was denn für eine Scheune?«

»Etwa die Scheune, in der sich Maik und Jenny getroffen haben?«, hakt Leander nach. »Ich denke, ihr wisst nichts von einer Scheune.«

»Kann sein. Keine Ahnung. Ich weiß wirklich von keiner Scheune.«

»Und du?«, wendet sich Leander an Klaus Lammers.

»Ich auch nicht. Scheiße, sind die bekloppt oder was? Ich kenne die Typen gar nicht, und die hauen mir einfach eine rein.«

»Waren das die Männer, die schon einmal hier waren?«, erkundigt sich Leander bei Torge Hidding.

»Ja, die habe ich mit Maik zusammen gesehen. Aber das sind nicht die, die hier vor ein paar Tagen ums Haus geschlichen sind.«

»Ich habe das Kennzeichen.« Eiken reicht Leander einen Zettel. »Von dem BMW, mit dem die abgehauen sind.«

Leander ärgert sich, dass er nicht selbst daran gedacht hat. Vor ein paar Jahren hätte er jeden seiner Leute, der so nachlässig gewesen wäre, in Grund und Boden gestampft. »Vielleicht sollten wir doch noch einmal miteinander reden«, sagt er grimmig zu Steffen und Klaus und schiebt sie in Richtung Haustür. »Wird Zeit, dass ihr alles sagt, was ihr wisst. Sonst sind wir beim nächsten Mal vielleicht nicht rechtzeitig zur Stelle.«

Als Eiken und Leander wieder in ihrem Nissan Micra sitzen, sind sie nicht schlauer als vorher. Steffen und Klaus haben immer dasselbe gesagt: dass Maik damit angegeben habe, mit Jenny im Heu gewesen zu sein, aber dass sie das für Spinnerei gehalten hätten; dass sie nichts von einer Scheune wüssten; dass sie die beiden Männer nie zuvor gesehen hätten. Wenigstens geben Steffen und Klaus jetzt zu, dass das Alibi, das sie Maik für die Nacht des Einbruchs auf Amrum gegeben haben, nicht stimmt. Maik ist nicht zu Hause gewesen. Er war für mehr als zwei Tage verschwunden. Als er wieder aufgetaucht ist, hat er erzählt, er sei die ganze Zeit über bei Jenny gewesen, und sie sollten nichts davon verraten, weil Jenny sonst Theater mit Frerk bekäme. Natürlich haben sie ihm nicht geglaubt, aber ausliefern wollten sie ihn auch nicht.

»Glaubst du, sie sagen die Wahrheit?«, zweifelt Eiken.

»Keine Ahnung. Aber wenn sie etwas wissen, sind sie abgebrühter, als ich dachte. Jedenfalls spricht alles dafür, dass die beiden Typen mit Maik eine offene Rechnung hatten. Wir müssen Lena informieren. Vielleicht findet sie die beiden Kerle von vorhin mit Hilfe des Kennzeichens.«

Eiken reicht Leander wortlos ihr Handy. Der steigt aus dem Auto, geht ein paar Schritte die Straße entlang und wählt Lenas Nummer. Er berichtet ihr kurz, was sich ereignet hat, und liest ihr das Kennzeichen vor.

»Ich werde das überprüfen«, antwortet Lena tonlos. »Bleibt, wo ihr seid, ich schicke jemanden, der die Fingerabdrücke von der Türklinke abnimmt.«

Leander ist, obwohl er eigentlich nichts anderes erwarten konnte, irritiert über ihren geschäftsmäßig kühlen Ton. Wortlos reicht er Eiken das Handy, als er wieder neben ihr auf dem Beifahrersitz Platz genommen hat.

»Und?«

Leander erzählt ihr in knappen Worten von dem Telefonat.

»War sie sauer?«

»Natürlich. Dabei kann sie froh sein, dass wir zur Stelle waren. Wer weiß, ob sie sonst nicht zwei weitere Morde an den Hacken hätte und keine verwertbaren Spuren.«

»Du meinst, das könnten Maiks Mörder gewesen sein?« Eiken sieht jetzt etwas blass aus.

»Das kann ich mir zwar eigentlich nicht vorstellen, aber auf jeden Fall sind es brutale Typen. Wir müssten wissen, worum es geht. Was sind das für Sachen, die Maik von ihnen hat?«

»Das Diebesgut«, vermutet Eiken wie selbstverständlich. »Die Beute aus den Einbrüchen.«

»Das würde heißen, die Bilder sind noch auf der Insel. Klar, da kommen Millionen zusammen. Dafür kann man schon mal einen umbringen.«

»So, du hast Verständnis dafür. Da bin ich ja froh, dass ich so eine arme Vogelwartin bin.«

»Abwarten, ihr habt eine Menge Hindelangs in eurer Galerie. Wer weiß, zu welch zweifelhafter Berühmtheit Götz in diesem Fall noch gelangen wird. Dann steigen die Preise ins Unermessliche, und du wirst zu einer guten Partie oder zumindest zu einem hervorragenden Opfer.«

»Aha, eine gute Partie. Und bin ich nicht willig, so gebrauchst du Gewalt, was?«

Leander bleibt eine Antwort erspart, da in diesem Moment ein Streifenwagen auf den Hof der Steinmetz-Werkstatt einbiegt. Er schält sich aus dem Micra und folgt dem Wagen bis vor das Wohnhaus. Jens Olufs und Klaus Dernau steigen aus. Leander ist enttäuscht, dabei hätte er sich denken können, dass Lena nicht selber kommen wird.

»Diese Türklinke?« Dernau deutet auf die Haustür.

»Genau. Einer der Kerle hat sie angefasst, um zu sehen, ob die Tür offen ist. Was hat die Halterabfrage ergeben?«

Dernau sieht Leander einen Moment abschätzig an, dann zuckt er mit den Schultern. »Was soll's, Sie werden es ja doch erfahren. Das Kennzeichen ist gestohlen. Ursprünglich gehört es zu einem Opel Insignia aus Preetz.«

»Schade«, entgegnet Leander. »Aber das wäre ja auch etwas zu leicht gewesen.«

Dernau antwortet nicht. Stattdessen pudert er die Türklinke sorgfältig ab und sichert dann mit Hilfe mehrerer kleiner Klebefolien die Spuren, die sichtbar geworden sind. »Sonst noch etwas?«

»Nein«, antwortet Leander. »Den Rest habe ich Lena schon berichtet.«

»Gut, dann war's das für's Erste. Wenn wir noch Fragen haben, haben wir ja Ihre Telefonnummer. Sie können dann jetzt gehen.«

Während Dernau und Olufs das Haus betreten, um die Wandergesellen selbst noch einmal zu vernehmen, schlendert Leander zu Eikens Wagen zurück.

»Und?«, erkundigt sie sich.

»Nichts. Das Kennzeichen ist geklaut. Aber vielleicht bringen die Finderabdrücke ja etwas. Dernau und Olufs nehmen jetzt Steffen und Klaus in die Mangel. Sollte mich wundern, wenn die mehr herauskriegen würden als wir.«

»Na, dann können wir es uns ja wieder bequem machen. Wann kommt die Ablösung?«

Leander blickt auf die Uhr und verzerrt widerwillig das Gesicht. »In vier Stunden.«

Er folgt Eikens Beispiel, dreht seinen Sitz weiter zurück und macht es sich so bequem, wie das kleine Auto es zulässt.

Als Mephisto mit der Faust auf das Autodach schlägt, schreckt Leander hoch. Er hat zwar nicht geschlafen, aber seinen Gedanken nachgehangen und nicht bemerkt, dass sich die Freunde nähern.

»Na, ihr habt ja einen Lenz hier«, begrüßt Tom Leander und Eiken. »Guck dir das an, Mephisto: Liegesitze. Und das im Dienst, Herr Kriminalhauptkommissar a. D.? Was seid ihr beim LKA eigentlich für ein Haufen?«

»Ist ja schon gut«, gibt sich Leander genervt. »Jetzt bemüh dich mal nicht um Originalität oder gar um Komik. Das klappt sowieso nicht. Geh lieber mal einen Schritt zur Seite, damit ich aussteigen und mir die Beine vertreten kann.«

»Irgendetwas passiert?«, erkundigt sich Mephisto bei Eiken.

Eiken schildert die Geschehnisse des Nachmittags. Als sie berichtet, wie Dernau und Olufs schon eine Viertelstunde, nachdem sie gekommen waren, wieder abgefahren sind, lacht Mephisto sich leise ins Fäustchen. »Wetten, die haben weniger aus den Typen herausbekommen als ihr beide? Na, das war ja durchaus nicht so langweilig hier bei euch, wie ich befürchtet habe. Aber wir haben auch etwas zu berichten.«

»Jenny?«, fragt Leander.

»Jenny«, bestätigt Mephisto. »Wir haben der Dame auf den Zahn gefühlt. Zuerst wollte sie uns erzählen, zwischen ihr und Maik sei eigentlich gar nichts gewesen. Unser Lehrkörper hier hat dann versucht, ihr semantisch den Sinn der Einschränkung *eigentlich* deutlich zu machen, aber da ist er auf Granit gestoßen, respektive auf Holz. Nun ja, meine direkte Art hat sie dann schließlich verstanden.«

»Kunststück, ihr Pfaffen habt das Fegefeuer im Angebot und beherrscht die peinliche Befragung, wir Lehrer sind dagegen verdorben von der Kuschelpädagogik, die seit Jahren angesagt ist. Ich kann euch sagen, das ist schon beeindruckend, wie wenig Nächstenliebe so ein ehemaliger Priester auszustrahlen in der Lage ist. Die kleine Jenny hat mir am Ende fast leid getan.«

»Jetzt übertreib aber mal nicht«, ruft Mephisto ihn zur Ordnung. »Du hast doch sonst auch kein Gefühl für Kinder.«

»Ich sage ja: nur fast. Jedenfalls wissen wir jetzt, dass sich Jenny und Maik tatsächlich in den letzten Wochen beinahe täglich …«

»Nächtlich«, korrigiert Mephisto.

»… beinahe nächtlich zum Schäferstündchen in einer Scheune getroffen haben. Gegenüber Frerk hat sie uns allerdings zum Stillschweigen verdonnert. Wir haben ihr diesen kleinen Dienst zugesagt, sonst hätte sie nicht ausgepackt.«

»Nun denn, ihr Meisterdetektive«, lobt Leander seine stolzen Freunde. »Wo ist denn jetzt die besagte Scheune?«

»In der Nähe von Midlum«, fährt Tom fort. »Ziemlich abgelegen am Rande der Marsch. Eigentlich ideal für derartige Zwecke. Jenny hat sich bereit erklärt, sie uns morgen zu zeigen.«

»Und was ist mit Frerks Alibi für die Mordnacht?«

»Geplatzt. Er war am frühen Abend bei ihr, aber es ist ziemlich schnell zu einem Streit gekommen. Eifersucht, man kennt das ja, und die war ja auch durchaus berechtigt. Jenny hat ihn schließlich rausgeschmissen. Jetzt macht sie sich natürlich Vorwürfe.«

»Also ist sie nicht in Frerks Wohnung gewesen«, stellt Leander fest.

»Das heißt doch, dass sie auch davon ausgeht, dass Frerk Maiks Mörder ist«, schlussfolgert Eiken. »Weshalb sonst die Vorwürfe?«

»Tja, sieht so aus. Jedenfalls hat Frerk ein Motiv und er hatte die Gelegenheit. So heißt das doch bei euch Kriminellen, äh, Kriminalen, oder?«, antwortet Mephisto.

»Da hast du recht, genauso heißt das. Wenn aber Frerk der Mörder ist, was sollte dann dieser rabiate Auftritt der beiden Kerle heute Nachmittag?«

»Ganz einfach«, erklärt Tom. »Maik war der Anführer der Einbrecher und hat die Beute irgendwo versteckt – wahrscheinlich in der Scheune. Frerk hat ihn ermordet, bevor er seinen Einbrecherkumpels das Versteck verraten konnte. Jetzt hoffen die Ganoven, dass er seinen Arbeitskollegen wenigstens andeutungsweise etwas anvertraut hat, das sie auf die Spur ihres verdienten Lohns bringen könnte.«

»Ja, kann sein.« Leanders Tonfall drückt wenig Überzeugung aus. »Kann aber auch sein, dass Frerk – Motiv und Gelegenheit hin oder her – Maik doch nicht umgebracht hat. Seine Ganovenkumpels waren es. Er ist ihnen schlicht unter der Folter weggestorben, bevor er auspacken konnte. Zur Tarnung haben sie ihm dann die Nadel in den Hals gesteckt. Oder: Keiner von ihnen hat es getan.«

»Wer dann? Der große Unbekannte? Jetzt erfinde bloß nicht noch einen Verdächtigen. Mir reicht das Durcheinander jetzt schon«, beschwert sich Tom.

»Überlegt doch mal: Maik ist Zimmermann, aber kein Kunstexperte. Und in so jungen Jahren bist du auch noch kein Einbrecherkönig. Angenommen, er ist gar nicht der Organisator, sondern selber nur ausführendes Organ. Zusammen mit den beiden Ganoven von heute Nachmittag. Und weiter angenommen, die drei haben auf eigene Faust gearbeitet und etwas von der Beute abgezweigt, für schlechte Zeiten sozusagen, oder für ein eigenes Geschäft nach der Walz. Dann kämen die Drahtzieher der Einbrüche, die wir bisher noch nicht kennen, ebenfalls als Mörder in Frage. Dafür spricht, dass eine derartige internationale Organisation nicht von Grünschnäbeln wie Maik und diesen beiden Hanseln aufgebaut werden kann. Ich tippe auf die beiden Osteuropäer, die Torge Hidding ums Haus schleichen gesehen hat.«

»Henning hat recht«, unterstützt Eiken ihn. »Die Einbrecher haben nach einem genauen Plan gearbeitet und nur bestimmte Kunstwerke gestohlen. Jedenfalls stand das so in der Zeitung. Wenn Maik einer der Einbrecher war, hat er nur detaillierte Aufträge ausgeführt.«

»Spielverderber«, schimpft Tom. »Wir waren sooo dicht dran, und jetzt mischt ihr alles wieder auf.«

»Tut mir leid, Tom.« Leander klopft seinem Freund auf die Schulter. »Aber so ist das in unserem Geschäft. Wenn die Sache leichter wäre, brauchten sich nicht derart ausgewiesene Koryphäen wie wir vier damit zu befassen. Dann hätte Dernau die Täter längst verhaftet.«

»Bevor ihr uns den Rest des Tages noch ganz vermiest«, mischt sich nun Mephisto ein, »schlage ich vor, dass ihr abzieht und uns die Nachtschicht überlasst. Macht euch doch einen lauschigen Abend, ihr zwei.«

Leander und Eiken haben dem nichts entgegenzusetzen. Also wechseln Tom und Mephisto in Eikens kleinen Micra, während sich Leander mit seinem und Eiken mit Toms Fahrrad auf den Weg nach Wyk machen. Unterwegs hängen beide ihren jeweils eigenen Gedanken nach. Leander wälzt das Problem der unbekannten Dritten und die Frage, wie er ihnen beikommen kann, ohne dabei jedoch auf ein Ergebnis zu kommen. Woran Eiken denkt, weiß er nicht. Und er fragt auch nicht, weil er für heute genug Komplikationen zu verarbeiten hat.

31

Als Lena an diesem Vormittag den roten Backsteinbau in Kiel betritt, der zwar nach Behörde, nicht aber nach der obersten Polizeibehörde des Landes aussieht, hat sie das Gefühl, nach Hause zu kommen. Seit sie Leanders Haus in Wyk verlassen hat, ist Föhr anders für sie, keine Wahlheimat mehr. Hier in Kiel, in diesen kalten Mauern ihrer Dienststelle, wird ihr klar, dass Heimat nichts mit Orten zu tun hat, auch nicht mit denen, an denen man geboren ist. Heimat hat mit Menschen zu tun. Heimat ist nichts anderes als ein Gefühl für die Menschen, die dort wohnen. Sind diese Menschen fort, oder spielen sie im eigenen Leben keine Rolle mehr, ist auch das Gefühl für den Ort weg. Dann hält einen dort nichts mehr, außer vielleicht eine wehmütige Erinnerung an Situationen.

Ihr Büro wirkt verwaist, aber das wird sich ändern, sobald die Ermittlungen in eine Richtung gehen, für die ihre Anwesenheit auf Föhr nicht mehr notwendig ist. Lena stützt ihre Tasche auf der Lehne des Schreibtischstuhls ab und zieht die Unterlagen heraus, die sie für die anstehende Sitzung mitgebracht hat. Dann setzt sie sich und beginnt damit, die Reihenfolge noch einmal zu überprüfen. Dabei schaltet sie ganz auf den Kopf um, folgt der Logik einer distanzierten Ermittlerperspektive. Ein Blick auf die Uhr verrät ihr schließlich, dass es langsam Zeit wird.

Sven Schröter hat den Konferenzraum schon vorbereitet.

Die Kollegen sind vollständig versammelt, der Beamer summt und wirft das Logo des LKA Schleswig-Holstein auf das Smartboard. Etwas seitlich versetzt steht ein Flip-Chart mit einem unbeschriebenen Deckblatt. Sven begrüßt sie herzlich und mit Nachdruck im Handschlag und erkundigt sich, ob sie den Vorsitz übernehmen möchte.

»Mach du das«, winkt Lena ab. »Sieht so aus, als wärest du ganz in deinem Element.«

Er lacht. »Da könntest du recht haben. Fühlt sich verdammt gut an, die Fäden in der Hand zu halten.«

Lena setzt sich etwas seitlich an den Tisch, so dass sie die Leinwand gut im Blick hat. Sven räuspert sich kurz und eröffnet dann die Sitzung.

»Ich möchte zunächst unsere Ermittlungsergebnisse zusammenfassen, bevor Lena uns über die neuesten Entwicklungen auf Föhr unterrichten wird.« Mit einem Seitenblick auf sie vergewissert er sich, dass diese Vorgehensweise in ihrem Sinne ist. »Wir haben sämtliche Spuren, die uns über die Kriminaltechnik in Flensburg zugeschickt worden sind, mit den bereits abgespeicherten Spuren sämtlicher Tatorte abgeglichen. Fangen wir mit den neuesten Fingerabdrücken an, die gestern an der Unterkunft der drei Wandergesellen sichergestellt worden sind. Der Computer hat eine neunundneunzigprozentige Übereinstimmung zu Fingerabdrücken festgestellt, die vor eineinhalb Jahren an einem Tatort in Frankfurt gesichert wurden. Damals sind neben dem Familienschmuck und einigen wertvollen Goldmünzen auch Gemälde im Gesamtwert von etwa 1,5 Millionen Euro gestohlen worden. Die Auflistung erspare ich mir jetzt, ihr findet sie in den Unterlagen, die vor euch liegen, genauso wie alle anderen bislang gestohlenen Kunstwerke und sonstigen Wertgegenstände. Leider ist der Besitzer dieser Fingerabdrücke bislang nicht polizeilich in Erscheinung getreten und deshalb nicht registriert. Gestern Abend wurde der BMW mit den gestohlenen Kennzeichen im Wyker Hafen aufgefunden. Von den Männern, die ihn benutzt haben, fehlt jede Spur. Wir vermuten, dass sie sich aufs Festland abgesetzt haben. Das Fahrzeug haben sie zurückgelassen. Am Fahrersitz haben die Kollegen Haare sichergestellt, deren DNA – das Ergebnis habe ich soeben zugefaxt bekommen – identisch ist mit der DNA, die am Deichparkplatz in Dunsum gesichert werden konnte. Damit ist klar, dass die jungen Männer, die gestern Nachmittag in Süderende die beiden Kollegen des toten Maik Schultheis bedroht haben, die Einbrüche sowohl in Frankfurt als auch in Norddorf auf Amrum begangen haben. Wenn wir davon ausgehen, dass es sich um drei Einbrecher handelt – und die Aussagen der Augenzeugen im Watt vor Föhr lassen das als gesichert erscheinen –, dann sind dies Maik Schultheis und die beiden flüchtigen jungen Männer.«

Wieder ein Seitenblick auf Lena, diesmal etwas länger, weil die Kriminalhauptkommissarin ihre Skepsis nicht verbergen kann.

»Siehst du das anders?«

»Ja und nein«, antwortet Lena. »Ich glaube auch, dass Schultheis und die beiden Flüchtigen Einbrecher sind. Das Alibi, das Schultheis für den Bruch auf Amrum hatte, ist übrigens geplatzt. Aber ich halte sie für zu kleine Lichter, um das alles geplant zu haben.«

»Gut. Darauf kommen wir später zurück. Jetzt erst einmal zu den Flüchtigen: Volker, stellst du bitte kurz dar, was wir in die Wege geleitet haben?«

Der Zielfahnder erhebt sich von seinem Stuhl. »Aus Dagebüll ist uns heute Vormittag der Diebstahl eines silbernen BMW gemeldet worden. Die Fahrzeugdaten findet ihr in der Mappe. Die Fahndung läuft, aber sicherlich werden die Diebe das Fahrzeug wieder mit gestohlenen Kennzeichen ausgestattet haben. Ich habe sofort eine Abfrage an alle Polizeistationen des Landes und auch an die Dienststellen in Niedersachsen, Hamburg und Mecklenburg-Vorpommern gestellt, um während der nächsten Tage alle gestohlenen Kennzeichen gemeldet zu bekommen. Sobald wir ein Kennzeichen haben, haben wir die Typen an den Eiern – Entschuldigung, Frau Hauptkommissarin. Bis dahin können wir nur noch warten. Es sei denn, auf

Föhr hat es Entwicklungen gegeben, von denen wir bislang noch nichts wissen.«

Volker Dietels setzt sich auf seinen Stuhl. Auch Sven Schröter blickt Lena nun erwartungsvoll an, damit sie übernimmt.

»Guten Morgen, Kollegen. Zunächst einmal möchte ich sagen, dass ich froh bin, wenn ich sehe, wie gut Sie hier ohne mich zurechtkommen.«

In der Runde erhebt sich leises Gelächter.

»Nein, wirklich, ich meine das ganz ernst. Ich habe den Eindruck, dass ich mich auf Sie alle und natürlich besonders auf den Kollegen Schröter voll und ganz verlassen kann. So, nun genug der warmen Worte; lasst uns zu den Entwicklungen auf Föhr kommen, von denen du gerade gesprochen hast, Sven. Der Kollege Olufs hat die Verbindung zwischen dem Sicherheitsmann Hendrik Geerkens von der *FrisiaSecur* auf Föhr und der *EuroSecur* in Rostock überprüft, weil Geerkens aus Rostock kommt. Dabei hat sich herausgestellt, dass Geerkens tatsächlich über den Geschäftsführer der *EuroSecur*, Karl-Heinz Röder, seine Anstellung auf Föhr bekommen hat. Mehr ist da aber offensichtlich auch nicht gewesen. Geerkens hat unserem Kenntnisstand nach nie direkt für Röder gearbeitet. Möglicherweise können wir ihn damit von der Liste der Hauptverdächtigen streichen. Röder selbst ist allerdings nach wie vor interessant. Auf ihn sollten wir uns bei der Suche nach den Kontakten in Richtung Osten konzentrieren.«

»Da sind wir schon dran«, wirft Sven Schröter ein. »Im Moment verfolgen wir Terminübereinstimmungen bei Karl-Heinz Röder und Grigorij Borreljew, dem Geschäftsführer der *InterSecur*.« Er steht auf und schlägt das weiße Deckblatt des Flip-Charts zurück, so dass ein Organigramm der Sicherheitsdienste auf Föhr, in Rostock, Kiew und Moskau zu sehen ist. Vor allem zwischen Rostock und Moskau gibt es zahlreiche Verbindungslinien, nach Föhr ergänzt Schröter nun eine weitere mit dem Vermerk *Geerkens*, setzt den Namen aber in Klammern. Von Rostock und Moskau aus reichen jeweils zwei Striche auf Städtenamen.

»Es gibt da interessante gemeinsame Aufenthalte in Budapest und Prag«, erläutert er die Darstellung und kreist mit dem roten Punkt des Laser-Pointers der Beamer-Fernbedienung die Namen der Städte ein. »Allerdings sind die beiden keine Dilettanten: Sie wissen genau, wie man Spuren verwischt und dafür sorgt, dass es keine Beweise oder direkte Verbindungen gibt – gut geschulte Stasi- und KGB-Agenten eben. Würde mich nicht wundern, wenn wir denen nie etwas beweisen könnten. Übrigens sind die First Ladies auch immer dabei, wenn es auf Luxustour geht, zwei extravagante Tussen Marke Neureich.«

Sven Schröter bedient den Laptop vor sich auf dem Tisch, woraufhin im Abstand von fünfzehn Sekunden mehrere Bilder zweier Paare auf dem Smartboard erscheinen. »Die Fotos haben wir von den Kollegen aus Italien zugemailt bekommen. Ehrlich, Lena, ich frage mich, warum ausländische Dienste über Material verfügen, das wir eigentlich haben müssten, aber eben nicht haben. So langsam zweifle ich an der Qualität der Bundesbehörden und Verfassungsschutzämter.«

Lena schweigt dazu mit hochgezogenen Augenbrauen vielsagend und betrachtet stattdessen die Bilder, die in einer Art Dia-Schau in Endlosschleife über das Smartboard laufen. Auf einigen erkennt sie die Prager Burg im Hintergrund und das Budapester Parlamentsgebäude. Im Vordergrund sind immer zwei Männer und zwei Frauen zu erkennen, zum Teil in der Seitenansicht, zum Teil von vorne. An der perspektivischen Verengung erkennt Lena, dass die Fotos mit Teleobjektiven aus großer Entfernung aufgenommen worden sind.

Die Männer sind durchtrainierte Muskelpakete, deren maßgeschneiderte Anzüge reichlich deplatziert wirken. Sie haben die Ausstrahlung skrupelloser Bodyguards, nicht aber seriöser Geschäftsleute. Einer hat deutlich osteuropäische, fast schon tatarische Gesichtszüge. Das muss Borreljew sein, denkt Lena. Der andere hat ein Allerweltsgesicht, was bekanntlich beim Staatssicherheitsdienst der DDR ein Auswahlkriterium gewesen ist, da die Hauptaufgabe der dort Beschäftigten die

Überwachung der Bürger des eigenen Landes war. Bei den beiden Frauen hat Sven Schröter nicht übertrieben: Sie tragen nicht nur schwer an ihrem protzigen Schmuck, sondern auch an dem dick aufgetragenen Make-up, das vor allem aus einer der beiden, die am Arm des Tataren hängt, geradezu ein Schneewittchen macht. Auch was ihre aufgespritzten Botox-Lippen und ihren Brustumfang angeht, scheint der Tatar ausgiebige Erweiterungsinvestitionen getätigt zu haben. Keine der beiden Frauen sieht so aus, als hätte sie ihr Geld selbst verdient, und schon gar nicht mit dem Kopf.

»Wenn Röder und Borreljew so ausgefuchst sind, müssen wir uns darauf konzentrieren, Geschäftspartner oder ehemalige Angestellte zu finden, die gegen sie aussagen«, schlussfolgert Lena. »Die Kronzeugenregelung könnte eine Chance sein.«

Aber Sven Schröter schüttelt den Kopf und urteilt entschieden: »So lebensmüde ist keiner. Guck dir die beiden doch an: Dagegen ist die italienische Mafia eine Kindergartengruppe.«

»Auf jeden Fall müssen wir davon ausgehen, dass Geerkens tatsächlich unschuldig sein könnte«, fährt Lena fort, nachdem sie sich von den Bildern losgerissen hat. »Was den Mord angeht, können wir inzwischen als gesichert annehmen, dass die Täter aus dem Umfeld der Kunstschieber stammen. Die Spur in Sachen Eifersucht sah zwar zunächst vielversprechend aus, zumal das Alibi des Verdächtigen, Frerk Thönissen, geplatzt ist. Wir behalten ihn auch weiterhin in Haft. Aber die beiden gesuchten Männer mit dem BMW könnten ihm auch zuvorgekommen sein. Wir haben auf Föhr noch keinerlei Anhaltspunkte dafür gefunden, wer sie sind und in welchem Verhältnis sie zu den Auftraggebern der Einbrüche stehen. Vielleicht hilft uns das Wanderbuch von Maik Schultheis weiter. Immerhin scheinen die Einbrüche entlang seiner Wanderroute stattgefunden zu haben.«

Sven Schröter wirft das Bild einer Deutschlandkarte auf das Smartboard. Überall stecken kleine rote und orangene Fähnchen in der Karte. »Das sind die Einbrüche, die uns gemeldet wurden. Bei den roten Fähnchen wurden Kunstwerke, Geld,

Schmuck und so weiter gestohlen, bei den orangenen nur Geld, Schmuck und andere Wertgegenstände, aber keine Gemälde. Es handelt sich ausnahmslos um bedeutende Schadenshöhen, bereinigt um die Bagatelleinbrüche. Wie ihr seht, gibt es im Süden Deutschlands überhaupt keine orangefarbenen Fähnchen. Je weiter es nach Norden geht, desto zahlreicher werden sie allerdings.«

»Wir dürfen wohl vermuten, dass es sich um zwei Tätergruppen handelt, die aber irgendwie miteinander in Verbindung stehen«, ergänzt Gregor Steffens, der Zuständige für Bandenkriminalität. »Wie, kann ich beim besten Willen noch nicht sagen. Wenn wir das Rätsel geknackt haben, haben wir die Lösung des Falles, da bin ich mir ganz sicher.«

»Die Software ist übrigens klasse«, fährt Sven Schröter fort. »Wenn wir die Orte aus Schultheis' Wanderbuch eingeben und sie, sagen wir mal, grün darstellen lassen, blinken die grünen Fähnchen bei allen Übereinstimmungen mit den Einbruchsorten auf.«

»Na dann los.« Lena zieht das Wanderbuch aus dem Stapel Papier vor sich auf dem Tisch und diktiert Sven Schröter die Städtenamen, die sie den Siegeln entnehmen kann. Das sind eine ganze Menge, da sich Schultheis bereits seit über zweieinhalb Jahren auf der Walz befunden hat. Nacheinander blinken nun fast alle Aufenthaltsorte des Wandergesellen auf der Karte auf.

»Volltreffer«, urteilt Sven Schröter. »Das ist ja schon fast zu schön, um wahr zu sein. Natürlich müssen wir davon ausgehen, dass Schultheis nicht der Drahtzieher ist, sondern bedeutende Hintermänner die Fäden in der Hand halten; vielleicht Röder und Borreljew. Wie Gregor eben schon ausgeführt hat, gehen wir von zwei Tätergruppen aus. Wie beurteilst du die Rolle von diesem Maler, den ihr da auf Föhr festgesetzt habt. Wie heißt der doch gleich? Götz ...«

»Hindelang«, antwortet Lena. »Alias Georg Heinbach. Ich glaube nicht, dass der etwas mit der Sache zu tun hat.«

»Aber er war bei der Stasi«, meldet sich jetzt zum ersten Mal Eberhard Stürmer vom Staatsschutz zu Wort. »Und er ist Kunstexperte. Vielleicht ist er das fehlende Bindeglied zu den Herren Röder und Borreljew.«

»Das glaube ich nicht«, widerspricht Lena. »Hindelang alias Heinbach lebt seit vielen Jahren auf Föhr. Er hat die Insel in der ganzen Zeit nicht ein einziges Mal verlassen, das habe ich überprüft. Und fast alle Einbrüche bis auf ganz wenige Ausnahmen, die man an einer Hand abzählen kann, haben im übrigen Bundesgebiet stattgefunden. Wenn er einer der Drahtzieher wäre, müsste er wenigstens hin und wieder unterwegs gewesen sein und Kontakte in Sammlerkreisen geknüpft haben.«

»Vielleicht steht er uns ja als Zeuge gegen Röder zur Verfügung«, schlägt Heiko Carstens vor. »Die beiden waren bei derselben Firma, da werden sie ja sicherlich miteinander zu tun gehabt haben. Im Bereich der Wirtschaftskriminalität haben wir unsere größten Erfolge immer dann, wenn einer die Seiten wechselt und auspackt. Zumindest kann er uns die nötigen Kontakte knüpfen.«

»Also erstens hatte der Staatssicherheitsdienst Tausende von Mitarbeitern, und die DDR war groß genug, um nicht jeden kennen zu können«, kontert Lena mit leichter Belustigung über die naive Vorstellung von der Überschaubarkeit des zweiten deutschen Staates. »Und zweitens glaube ich kaum, dass Hindelang sich der Gefahr aussetzt, auch wenn er mit seiner Vergangenheit abgeschlossen zu haben scheint. Die Nachfolgeorganisationen von Stasi und KGB mögen konzernartige Strukturen aufgebaut haben, aber sie funktionieren nicht wie ein reiner Wirtschaftsbetrieb.«

»Oh, ja«, bestätigt Eberhard Stürmer. »Das kann man wohl sagen. Ein Wirtschaftskapitän muss im Ernstfall einen Killer anheuern, Typen wie Röder und Borreljew nicht, das *sind* Killer.«

»Und die Conradi?«, wagt sich Sven Schröter vorsichtig vor. »Die war auch bei dem Laden, und sie kennt Heinbach von früher. Wenn er nichts mit der Sache zu tun hat, wie weit traust du ihr denn?«

»Gute Frage«, gibt Lena zu.

Eberhard Stürmer und Gregor Steffens blicken sich irritiert an, haken aber nicht weiter nach.

»Und was macht unser Mann vom Zoll?«, erkundigt sich Volker Dietels. »Spielt der immer noch Kalter Krieg?«

»Das kann man wohl sagen. Der lässt sich nicht so leicht in die neue Zeit überführen«, entgegnet Lena lachend. »Er hat sich bereit erklärt, Hindelang, äh, Heinbach zu observieren, wenn Dernau ihn heute entlässt. Wie ich den kenne, sitzt er mit einem Fernglas auf dem Deich und lässt die Rote Gefahr nicht aus den Augen.«

»Das heißt aber doch, dass er ihn immer noch für einen möglichen Täter hält«, überlegt Sven Schröter. »Wieso behaltet ihr Heinbach dann nicht noch in Haft?«

»Du weißt doch, wie das ist: Ohne stichhaltige Beweise ist das nicht möglich. Wir würden uns strafbar machen. Und für einen Strafverteidiger wäre das ein gefundenes Fressen und in einem nachfolgenden Verfahren ein Formfehler.«

»Hat er denn einen Rechtsanwalt eingeschaltet?«

»Noch nicht. Aber wenn wir ihn weiter in Untersuchungshaft behalten, wird ihm gar nichts anderes übrig bleiben.«

»Ich dachte, auf so einer Insel mitten im Schlamm der Nordsee käme es auf den Buchstaben des Gesetzes noch nicht so an«, stichelt Volker Dietels.

»Tja, da irren Sie sich, Herr Kollege«, bedauert Lena. »Wir werden Hindelang aber nicht aus den Augen lassen. Die Kollegen auf Föhr werden für eine Rund-um-die-Uhr-Bewachung sorgen. Und dann ist da ja auch noch unser Herr Pückler. Gut, gibt es sonst noch etwas Neues?«

Alle SoKo-Mitglieder schütteln den Kopf, als Sven Schröter sie der Reihe nach ansieht. Entsprechend beendet er die Sitzung und begleitet Lena dann in ihr Büro.

»Gute Arbeit, Sven, wirklich«, lobt die ihn, als er die Tür hinter ihnen geschlossen hat.

»Du sagst das, als wärest du darüber erstaunt.«

»Quatsch. Jetzt sei doch nicht so empfindlich. Ich freue mich einfach, dass nach den anfänglichen Schwierigkeiten zwischen dir und Gerd Trienekens jetzt alles so reibungslos läuft. Hast du von Gerd eigentlich schon mal wieder etwas gehört?«

»Nein. Ich erstatte ihm, wie angeordnet, regelmäßig per E-Mail Bericht, sobald es etwas Neues gibt. Aber er hat sich bislang noch nicht gerührt. Wer weiß, ob er die Berichte überhaupt liest.«

»Oh doch, das wird er, da bin ich mir absolut sicher. Aber dass er nichts von sich hören lässt, gefällt mir noch weniger als die Zeit, in der er uns zwischen den Füßen herumwieselte. Glaub mir, Sven, mit Gerd ist nicht zu spaßen. Wenn der sich still verhält, kocht der sein eigenes Menü.«

»Vermutest du etwas Bestimmtes?«

Lena schüttelt nachdenklich den Kopf. »Nein. Gerd ist unberechenbar. Vielleicht sollten wir unser Mitteilungsbedürfnis in nächster Zeit etwas einschränken.«

»Ich soll ihn nicht mehr über den Ermittlungsstand auf dem Laufenden halten? Das geht nicht. Du weißt doch, was Ahrenstorff angeordnet hat.«

»Doch, informieren müssen wir ihn. Aber muss das immer so zeitnah sein? In Zukunft sind wir uns bei unseren Ergebnissen eben nicht sicher genug, um sie sofort weiterzugeben. Denk dir nur, es stellte sich später heraus, dass wir uns geirrt und Gerd in die Irre geführt haben. Der meldet doch immer alles gleich weiter ans BKA. Überhaupt nicht auszudenken, wenn wir die Arbeit der Bundeskollegen in die falsche Richtung lenkten.«

»Lena, eins muss ich dir lassen: Du hast einen Sinn für das gerade noch Machbare.«

»Du auch, Sven, du auch. Was glaubst du, warum ich dich zu meinem Stellvertreter gemacht habe?«

»Bei dir weiß man nie, wann du etwas ernst meinst und wann du nur ironisch bist«, beschwert sich Sven Schröter schmunzelnd.

»Vorgesetzte müssen unberechenbar sein. Hat man dir das noch auf keinem Führungsseminar beigebracht?«

Während Lena in Kiel damit beschäftigt ist, den polizeilichen

Ermittlungen Richtung und Struktur zu geben, befinden sich Leander und Mephisto mit Leanders altem Volvo auf dem Weg nach Midlum. Jenny hat sich bereit erklärt, ihnen die Scheune zu zeigen, in der sie sich häufiger mit Maik getroffen hat. Das Mädchen sitzt schweigend im Heck des Wagens und starrt durch die Seitenscheibe in die Marsch hinaus.

»Du hast dich heute Morgen gar nicht gemeldet, als ihr die Observation beendet habt«, beschwert sich Leander bei Mephisto.

»Gab ja auch nichts zu berichten«, ist die knappe Antwort.

»Auch das wäre eine Meldung gewesen.«

»Nun denn, Herr Hauptkommissar: Kriminalhilfsrat Mephisto meldet keine besonderen Vorkommnisse. Die Jungs sind sehr spät schlafen gegangen. Haben bestimmt noch den Besuch dieser Typen besprochen. Ich kann mir vorstellen, dass denen der Arsch gewaltig auf Grundeis geht. Heute Morgen ist Klaus dann wieder an deinen Grabstein gegangen – Pardon, an den deiner Urgroßeltern natürlich – und Steffen ist zur Baustelle geradelt. Hat sich ständig in alle Richtungen umgesehen, ob er auch nicht verfolgt wird. Wir sind natürlich unentdeckt geblieben. Als er schließlich neben Andreesen auf dem Dach gesessen hat, haben wir Feierabend gemacht.«

Leander nimmt den späten Bericht unbeeindruckt entgegen und lässt dabei Jenny im Rückspiegel nicht aus den Augen. Sie macht einen verletzten Eindruck, den er sich nur dadurch erklären kann, dass sie nun den Beweis für ihre Untreue liefern wird und nicht abschätzen kann, welche Folgen das für sie haben wird. Vielleicht trauert sie aber auch um Maik. Leander und Mephisto haben ihr noch einmal hoch und heilig versichern müssen, dass sie nichts ihrem Freund verraten und auch sonst Stillschweigen bewahren werden.

»Frerk ist manchmal ein Idiot«, hat sie gesagt. »Aber deswegen will ich ihn doch nicht verlieren. Das mit Maik war schön. Es hat gut getan, dass mir mal einer den Hof macht und ich nicht immer nur herumkommandiert werde. Aber Maik ist tot, und Frerk liebt mich, das weiß ich.«

Leander weiß genau, wie sie sich fühlt, so zwischen zwei Stühlen. Aber auch für Frerk ist die Sache wenig schmeichelhaft – schließlich ist er nur die zweite Wahl. Die Parallele zu seiner Situation und zu der Eikens und Lenas verdrängt Leander in dem Moment, in dem sie durch sein Gehirn zuckt. Derartige Gefühlsverwirrungen kann er jetzt nicht gebrauchen.

»Da vorne ist es«, meldet sich Jenny von der Rückbank und deutet auf eine fast von Bäumen und Büschen zugewachsene Scheune, die am Rand einer ehemaligen Weidefläche vor ihnen auftaucht.

Jetzt ist die Weide von Wasserstellen durchbrochen und mit Seggen bewachsen. Leander erinnert sich an die Inselführung, die er im letzten Jahr mit Günter Wiese, dem Vorsitzenden des Naturschutz-Vereins *Elmeere*, unternommen hat, als er im Fall des Kojenmordes im sogenannten Inselkrieg ermittelt hat. Offenbar ist dies eine der renaturierten Flächen, die jetzt nicht mehr Kühen zum Grasen, sondern Wasservögeln als Brut- und Zufluchtstätte dienen. Das erklärt auch, warum die Scheune nicht mehr genutzt wird. Ein idealer Ort für Treffen zweier junger Leute, die nicht gestört werden möchten.

Er stellt sein Auto am gegenüberliegenden Straßenrand auf dem schmalen Grünstreifen vor dem Entwässerungsgraben ab. Mephisto und Leander folgen dem Mädchen über das Weidegatter zum Scheunentor. Hier bückt sich Jenny und greift durch ein Katzenloch in der Scheunenwand direkt über der Erde hindurch. Sie tastet an der Innenseite der Wand herum und hält Sekunden später einen Schlüssel in der Hand.

»Den hat Maik da versteckt. Falls ich mal vor ihm hier war. Aber das ist selten vorgekommen.«

»Das hört sich ja doch nach einer größeren Anzahl von Treffen an«, formuliert Mephisto eine Feststellung, die Leander auch durch den Kopf gegangen ist, die er sich aber aus Rücksicht auf Jenny verkniffen hat.

Mephisto, der von derartigem Feingefühl nicht behindert wird, ignoriert dann auch folgerichtig Jennys peinlich berührten Gesichtsausdruck und deutet mit einer kreisenden

Handbewegung an, sie solle nun endlich das Tor aufschließen. Das Vorhängeschloss besitzt zwar einen Sicherheitszylinder an der Unterseite, aber das Gestänge, mit dem die beiden Flügel des Scheunentores zusammengehalten werden, ist rostig und das Holz morsch. Leander ist sicher, dass es beim ersten festen Tritt nachgeben würde.

Jenny zieht das Tor auf und tritt zur Seite. Leander und Mephisto machen ein paar Schritte an ihr vorbei und betreten das Innere der Scheune. Dank der zahllosen Ritzen und Spalten in den verwitterten Holzwänden dringt überall Tageslicht in breiten Streifen herein und schleicht sich über den staubigen Lehmboden. In den Ecken liegt zum Teil hoch aufgeschichtetes Heu, überall dazwischen lehnen alte rostige landwirtschaftliche Geräte an den Wänden. Mitten im Raum steht ein verrotteter roter Heuwender. Von der Südseite wird die Scheune besonders grell beleuchtet, da das Sonnenlicht blendend weiß durch die Ritzen dringt. Staub wirbelt in den Lichtstreifen durch die Luft.

»Na, da hattest du ja gleich mehrere Gründe, dich zu duschen, wenn du wieder zu Hause warst«, stellt Mephisto lapidar fest und sorgt damit erneut für eine mehr als gesunde Röte in Jennys Gesicht.

»Ich nehme an, ihr wart da drüben im Heu«, kann auch Leander dem Mädchen jetzt keine Details ersparen und fährt fort, als sie mit Tränen in den Augen und auf den Wangen nickt: »Dann brauchen wir in *der* Ecke wohl nicht zu suchen. Mephisto, nimm du dir die linke Seite vor, ich suche da rechts. Aber pass auf, dass du nicht zu viele Spuren zerstörst. Lena reißt uns den Kopf ab, wenn hier tatsächlich Diebesgut gelagert ist, und überall sind nur deine fetten Tatzen und Pranken zu finden.«

»Du weißt doch, wie vorsichtig und geradezu jungfräulich sensibel ich bin«, entgegnet Mephisto unbeeindruckt und verstärkt damit Leanders Befürchtungen eher noch.

Vorsichtig untersuchen die beiden Männer die Scheune. Leander arbeitet sich langsam durch einen Stapel Strohballen, die schon halb aufgelöst leise vor sich hin rieseln. Einzeln nimmt er sie herunter und setzt sie so sanft wie möglich gleich hinter sich wieder ab. Die aufwirbelnden Staub- und Strohteilchen finden ihren Weg direkt in Nase und Bronchien und lösen heftige Hust- und Niesreize aus, die bald in einen Wettstreit mit vergleichbaren Geräuschen aus Mephistos Ecke treten. Leander will schon aufgeben, als er in der untersten Lage eine Holzkiste entdeckt, ordentlich eingefasst von Strohballen, deren Zwischenräume mit losen Halmen zugestopft worden sind. Sie sieht aus wie ein alter Futterkasten mit einem schrägen Klappdeckel, wie man ihn früher zur Aufbewahrung von Mehl und Schrot zur Schweinemast verwendet hat. Leander hebt ihn an und fühlt sich im nächsten Moment an Ali Baba aus *Tausend und einer Nacht* erinnert. In den beiden Kammern im Inneren des Kastens funkeln Edelmetalle und Edelsteine in Folien und durchsichtigen Kunststoff-Kassetten im einströmenden Sonnenlicht.

»Ich hab's gefunden«, ruft er krächzend in Mephistos Richtung und räuspert sich, um das Kratzen im Hals loszuwerden.

Der kleine Mann taucht aus einer Staubwolke auf, die sich bei dem Versuch, ein Regal näher zu untersuchen, über ihn ergossen hat. Schnaubend taumelt er zu Leander herüber und wischt sich den Dreck aus den Augen. Dem Heuwender weicht er im letzten Moment aus. Seine Haut ist grau bepudert, seine buschigen Augenbrauen starren wie Mehlpinsel aus dem kleinen runden Gesicht.

»So stelle ich mir eine anständige Sore vor«, tönt er in angemessen tiefem Bass, kann aber dann doch nicht ganz ernst bleiben: »Aber Bilder sind das keine, wenn du mich fragst. Auch wenn ich kein Kunstexperte bin.«

»Die habe ich auch, ehrlich gesagt, hier nicht vermutet. Ich halte Maik nicht für einen Kunstdieb. Wenn meine Theorie stimmt, dann ist er zweigleisig gefahren, und genau das könnte ihm das Genick gebrochen haben.«

Jenny steht jetzt auch neben ihnen und bekommt den Mund nicht mehr zu, als sie den wertvollen Inhalt der Kiste sieht. »Stammt das von den Einbrüchen?«

»Nee«, antwortet Mephisto. »So sieht der standesgemäße Tageslohn eines Dachdeckers aus. Komm, Mädchen, steh hier nicht rum und trampel Spuren in den Staub, sonst nehmen dich die Bullen nachher als Mittäterin fest. Obwohl: Spuren von dir werden die hier ja reichlich finden, da machen die paar Tapser auch nichts mehr aus.«

Leander nimmt den kleinen Mann zur Seite. »Jetzt reicht's, Mephisto. Das Mädchen hat schon genug mitgemacht. Und wenn ihr Freund mitkriegt, was sie hier getrieben hat, möchte ich nicht in ihrer Haut stecken.«

»Was hast du jetzt vor?«, ignoriert Mephisto geübt den Rüffel. »Willst du Lena Bescheid sagen?«

»Das muss ich wohl. Bleib du hier bei der Beute, ich gehe raus und telefoniere.«

Leander schiebt Jenny vor sich her nach draußen und fordert sie auf, die Scheune nicht mehr zu betreten. Dann zieht er sein Handy aus der Tasche und tippt die Nummer der Zentralstation ein. Als er erfährt, dass Lena in Kiel ist und an ihrer Stelle Klaus Dernau nach Midlum kommen wird, ist er zu seinem eigenen Erstaunen enttäuscht, anstatt froh darüber zu sein, auf die Art dem nächsten Streit über Zuständigkeiten und Anmaßungen zu entgehen.

Tom Brodersen ist gerade dabei, Knabbereien aus Tüten in Glasschüsseln zu überführen, laut kauend von Mephisto begleitet, der den Inhalt jeder Tüte auf Qualität hin persönlich zu überprüfen gedenkt, als Leander zum heutigen Skatabend eintrifft.

»Sagt mal, Freunde, wollt ihr jetzt ernsthaft Skat spielen?«, begrüßt er die beiden Männer.

»Natürlich«, entgegnet Mephisto. »Für Doppelkopf sind wir einer zu wenig. Oder ist deine Frau heute Abend zu Hause, Tom?«

»Elke ist geflüchtet. Sie hat gesagt, du wärst schon so nur schwer zu ertragen, im Zusammenhang mit Skat gehe das gar nicht.«

»Die Frau hat Menschenkenntnis«, lobt Mephisto. »Nur einmal hat ihr Instinkt versagt. Oder wie erklärst du dir, dass sie auf dich hereingefallen ist?«

»Sie haben Götz entlassen«, geht Leander dazwischen, bevor Tom den Unsinn weiterspinnen kann.

»Woher weißt du das? Hat Lena dich angerufen?«, wundert sich Mephisto.

»Nein.« Gerade das ist es, was Leander nicht verstehen kann, und es macht ihn wütend. »Dernau hat es beiläufig erwähnt, als ich eben auf der Polizeiwache war, um das Protokoll zu unserem Fund heute Nachmittag zu unterschreiben.«

»Soso, Lena hat nicht angerufen«, stellt Mephisto leise fest. »Das ist kein gutes Zeichen.«

»Vielleicht konnte sie nicht«, versucht Leander eine Erklärung. »Sie ist in Kiel. Morgen wird sie allerdings wieder hier sein, um unseren Fund in Augenschein zu nehmen.«

»Götz ist also wieder frei«, greift Tom die wichtige Neuigkeit auf. »Also los, meine Herren, worauf wartet ihr noch?«

»Darauf, dass du endlich die Karten auspackst!«, fährt Mephisto ihn theatralisch an.

»Was seid ihr eigentlich für Freunde?« Nun ist es Tom, der kurz davor steht, aus der Haut zu fahren. »Götz sitzt jetzt alleine zu Hause, und ihr kommt nicht auf die Idee, dass er uns vielleicht brauchen könnte?«

»Sage ich doch!«, wehrt sich Leander. »Vielleicht erinnerst du dich gnädig an meine eingangs gestellte Frage: Wollt ihr jetzt ernsthaft Skat spielen?«

»Du meinst, der Kerker habe ihn schwer traumatisiert und er benötige seelischen Beistand?«, mutmaßt Mephisto im Tonfall des Priesters mit schräg geneigtem Kopf, wird aber gleich wieder ernst, als er Toms Gesichtsausdruck bemerkt. »Schon gut, du hast ja recht. Wofür hat man Freunde, wenn sie einen in der Not hängen lassen? Also los, packen wir alles ein. Henning, du schulterst die Kiste Gerstenkaltschale. Wie ich den Schöngeist kenne, hat der keinen Tropfen Bier zu Hause.«

Eilig füllen Tom und Mephisto den Inhalt der Glasschalen

wieder in die ursprünglichen Tüten um und stecken sie in große Einkaufstaschen. Tom kritzelt noch schnell eine Nachricht für seine Frau auf einen Zettel und legt ihn mitten auf den Tisch. Dann greift er seinen Autoschlüssel vom Haken neben der Haustür und eilt seinen Freunden nach, die schon neben dem Carport auf ihn warten.

Götz Hindelangs Haus liegt inmitten der Siedlung Greveling, auf halber Strecke zwischen dem Wyker Flugplatz und Nieblum. Alle Häuser hier liegen auf Warften, weil es im Herbst und im Winter nicht selten vorkommt, dass der Blanke Hans den Deich direkt hinter den Gärten erklimmt und sich in die Niederung der Siedlung ergießt.

Als Tom seinen Wagen vor Götz Hindelangs Haus abstellt, bemerkt Leander den Streifenwagen, der trotz seiner Markierung relativ unauffällig zwischen anderen Fahrzeugen in etwa einhundert Metern Entfernung steht. Also mussten sie den Maler zwar gehen lassen, aber sie halten ihn immer noch für hinlänglich verdächtig, um ein Observationsteam abzustellen. Dass Dernau dafür kein neutrales Fahrzeug ausgewählt hat, muss nichts bedeuten. Vielleicht will er Hindelang nur einschüchtern. Andererseits hat es gerade im Falle der Überwachung eines ehemaligen DDR-Bürgers einen üblen Beigeschmack, wenn sich die Staatsmacht so auffällig vor seinem Haus postiert. Leander traut Dernau zu, dass er sich dessen absolut bewusst ist.

Nach der Betätigung der Klingel an der Haustür tut sich erst mal nichts. Im Haus ist es ruhig, es gibt keinerlei Anzeichen dafür, dass der Hausherr anwesend ist. Erst als Mephisto seinen feisten Zeigefinger dauerhaft auf den Klingelknopf rammt, wird durch die Glasscheibe der Haustür Bewegung sichtbar.

Götz Hindelang öffnet und bleibt mit gesenktem Kopf mitten in der Türöffnung stehen. »Tut mir leid, Freunde, aber heute steht mir nicht der Sinn nach Besuch. Vielleicht ist es besser, wenn ihr mich in Zukunft in Ruhe lasst.«

Während sich Tom und Leander noch ratlos ansehen, schiebt

sich Mephisto rigoros an dem Maler vorbei und drückt ihn dabei mit seiner massigen Gestalt zur Seite. »Quatsch keine Opern, Mensch«, fährt er Götz Hindelang grimmig an. »Lass uns endlich rein. Henning hebt sich sonst noch einen Bruch an der Bierkiste. Als Beamter ist er derartige Belastungen ja gar nicht gewohnt.«

Tom und Leander nutzen die Lücke, die Mephisto aufgerissen hat, und folgen ihm in das Innere des Hauses. Götz Hindelang leistet keinerlei Widerstand. Er schließt die Haustür hinter ihnen und folgt seinen Freunden in Richtung Atelier.

Leander, der trotz seiner jahrelangen Freundschaft zu dem Maler noch nie hier gewesen ist, sieht sich verhalten um. Mutete das Haus von außen wie ein friesisches Landhaus aus weißem Klinker an, in dem reiche Hamburger Kaufleute ihre Wochenenden verbringen, so bietet sich im Inneren ein komplett anderes Bild. An die kleine Diele, von der eine geschwungene Treppe ins Obergeschoss führt, schließt sich ein geräumiges Wohnzimmer an. Die Fensterfront ist durch einen wintergartenähnlichen Anbau weit in den Garten hineingezogen und vergrößert den Raum nicht nur optisch erheblich. Unter dem Glasdach und vor Fensterelementen, die bis zum Boden reichen, steht eine Staffelei mitten im Raum. Insgesamt ist von dem ursprünglich angedachten Nutzen als Wohnzimmer nichts mehr zu erkennen. Jetzt handelt es sich eindeutig um ein Maleratelier mit überall an den Wänden abgestellten Bildern und Regalen, auf denen Farbdosen und -tuben neben Gläsern mit Pinseln stehen und liegen. Nur an der Seite befindet sich ein runder Tisch, der nicht von Malutensilien okkupiert ist, sondern offensichtlich als Esstisch dient.

Mephisto steuert darauf zu und stellt seine Plastiktüten auf einem der Stühle ab. Dann nimmt er Leander ungeduldig die Bierkiste aus den Händen und stellt sie auf den Boden. Auch in Tom kommt jetzt Bewegung. Er folgt Mephistos Beispiel und inszeniert Normalität, während Götz Hindelang immer noch mit gesenktem Kopf in der Tür steht.

»Das ist keine gute Idee«, stellt er mit belegter Stimme fest.

»Im Gegenteil: Das ist eine hervorragende Idee«, widerspricht Mephisto. »Los, Meister Klecks, Schüsseln, Gläser und einen siebzehner Schlüssel. Oder sollen wir die Flaschen mit den Zähnen öffnen.«

Götz Hindelang ergibt sich nach kurzem Zögern in das Unabwendbare und verlässt den Raum in Richtung Küche.

»Was ist?«, fährt Mephisto nun Leander an. »Hilfst du mit, oder willst du unserem Künstler Modell stehen?«

Erst jetzt merkt Leander, wie befangen ihn die Situation gemacht hat. Mephisto hat recht, Götz ist ihr Freund und braucht Aufmunterung. Scheue Distanz ist da völlig fehl am Platz. Er rafft sich auf und beteiligt sich an den Vorbereitungen, die im Wesentlichen darin bestehen, die Knabbersachen wieder aus den Plastiktüten in die Schalen zu kippen, die Götz nun auf den Tisch stellt. Tom öffnet vier Bierflaschen und verteilt sie mit vier Biergläsern so, dass sich die Skatbrüder im Quadrat gegenübersitzen. Dann wirft Mephisto die Skatkarten auf den Tisch, die er offenbar bei Tom zu Hause eingesteckt hat.

»So, mein Freund, du hast jetzt die Wahl: Entweder spielen wir Skat, als wenn nichts gewesen wäre, oder du erzählst uns von deiner Stasi-Vergangenheit, und wir überlegen gemeinsam, wie wir dir helfen können.«

»Ich weiß nicht, was ich sagen soll«, beginnt Götz, als alle außer ihm am Tisch sitzen.

»Erst mal setzt du dich jetzt hin und stößt mit uns auf deine Entlassung an. Dann schreitest du zur großen Lebensbeichte«, bestimmt Mephisto mit einem Tonfall, der keinen Widerspruch duldet. »Prost, Skatbrüder!«

Er erhebt sein Glas und gibt damit das Signal für die anderen drei. Götz macht nun einen erleichterten Eindruck auf Leander. Jedenfalls traut er sich wieder, seine Freunde der Reihe nach anzusehen.

»Also«, fordert Mephisto ihn auf, nachdem alle ihre Gläser wieder abgestellt haben. »Was wirft diese Tante, die da mit Lena zusammenarbeitet – wie heißt die noch gleich?«

»Conradi«, hilft Leander aus.

»Genau, was wirft die Conradi dir vor? Du sollst für den Staatssicherheitsdienst gearbeitet haben?«

»Sie hat recht«, antwortet der Maler so leise, dass Leander Mühe hat, ihn zu verstehen. »Ich war Offizier beim Staatssicherheitsdienst.« Er sitzt auf der vorderen Kante seines Stuhls, den Oberkörper kraftlos vorgebeugt, die Hände ineinander verkrampft. »Es gibt auch keine Entschuldigung«, fährt er mit nun etwas festerer Stimme fort. »Ich habe mich damals ganz bewusst für die Firma entschieden.«

»Das glaube ich dir nicht«, entgegnet Tom, als wolle er die Realität einfach nicht akzeptieren, weil nicht sein kann, was nicht sein darf.

»Es ist aber so. Glaub mir, ich habe mich in den letzten Jahren selbst oft gefragt, wie ich so blind sein konnte. Aber ich bin halt mit der roten Milch aufgezogen worden. Mein Vater war ein hoher Parteikader. Träger des Großen Vaterländischen Verdienstordens, weil er maßgeblich an der Niederschlagung des Aufstandes am 17. Juni 1953 mitgewirkt hat. Die *Konterrevolution* hieß das nur bei uns zu Hause. Westagenten hätten die *konterrevolutionären Kräfte* in der DDR aufgewiegelt. Und die Beteiligung des RIAS damals in Westberlin hat das aus unserer Sicht ja auch eindeutig belegt.«

Götz atmet tief ein und aus und fährt dann mit gesenktem Blick fort: »Überhaupt war bei uns zu Hause immer der faschistische und imperialistische Klassenfeind in der Bundesrepublik schuld, wenn in der DDR etwas nicht so lief, wie es sollte. In dem Glauben bin ich aufgewachsen. Wir haben überall Sabotage gewittert, und mein Vater war für mich ein Held im Kampf für die richtige Sache. Bei uns zu Hause gingen die ganz Großen der Parteiführung ein und aus. Ihr könnt euch nicht vorstellen, wie stolz ich schon als kleines Kind darauf war. Dann kam mit vierzehn die FDJ, und als Sohn meines Vaters war ich schnell in der Führungsriege. Dabei ging es mir nicht nur darum, zum Abitur zugelassen zu werden; ich war wirklich mit Überzeugung dabei. Natürlich habe ich auch miterlebt, wie Schulfreunde vom Abitur ausgeschlossen und von der Schule verwiesen wurden, weil sie keine Parteimitglieder werden wollten. Aber das waren für mich Querulanten. Der Sozialismus ist nicht die Endstufe; er ist immer im Aufbau, und da braucht es jede Hand. Zerstörerische Kräfte müssen rücksichtslos bekämpft werden. Schließlich geht es um die gute Sache. So ist es mir zu Hause eingeimpft worden, und so habe ich es damals auch gesehen.«

Während Hindelang nun verlegen nach einem Glas greift und einen Schluck trinkt, hat Leander Mühe, in der Geschichte, die er da hört, seinen Freund wiederzuerkennen. Auch Tom scheint es so zu gehen, denn er wirft Leander einen Hilfe suchenden Blick zu, während Mephisto sichtlich ungeduldig auf den Fortgang der Erzählung wartet.

»Nach dem Schulabschluss kam die NVA, ich habe mich freiwillig für zwei Jahre zum Grenzdienst gemeldet. Natürlich war ich da längst Mitglied der SED, und so war es für mich überhaupt kein Problem, zum Studium zugelassen zu werden. Kunstgeschichte an der Hochschule für Bildende Künste in Dresden. Da habe ich auch Helene Conradi kennengelernt. Heute weiß ich, dass meine Karriere vorgezeichnet war«, fährt Hindelang fort, »von meinem Vater und den Parteikadern vorbestimmt. Die Stasi brauchte Kunsthistoriker für ihre illegalen Geschäfte. Mein Vater hat seine Verbindungen genutzt, um mich sofort nach dem Abschluss in der Firma unterzubringen. Eigentlich wollte ich an einem der großen Museen arbeiten, aber mein Vater hielt es für meine Pflicht, dem Staat zu danken, indem ich mich in den Dienst der Staatssicherheit stellte. ›Sei stolz‹, hat er gesagt. ›Nicht jeder bekommt die Chance, seinem Staat zu dienen. Der Staatssicherheitsdienst ist Schild und Schwert der Partei im Kampf gegen den Imperialismus und den Klassenfeind‹. Und ich habe damals auch keinen Moment daran gezweifelt, das Richtige zu tun, auf der richtigen Seite zu stehen. Der Job war für einen Kunsthistoriker ein Traum. Wer hat schon das Glück, Werke aller großen Meister in seinen Händen halten zu können? Beutekunst aus dem Zweiten

Weltkrieg, die wir aufgearbeitet und gegen harte Devisen an Sammler in der ganzen Welt verkauft haben. Wir haben im illegalen internationalen Handel das ganz große Rad gedreht.«

Er greift nach seinem Bierglas und nimmt einen großen Schluck. Leander, Mephisto und Tom hören ihm gebannt zu. Keiner traut sich, ihn mit Zwischenfragen zu unterbrechen.

»Das waren unbeschwerte Jahre für mich. Dann habe ich Nancy kennengelernt. Sie war Malerin, lebte in Dresden und kam im Gegensatz zu mir aus einer freigeistigen Familie. Ihren Freundeskreis hätte mein Vater wohl nur als verkommen und vom Klassenfeind unterwandert abgelehnt. Aber zu dem Zeitpunkt lebte er schon nicht mehr – was vielleicht ein Glück war, ich weiß nicht, welche Steine er uns in den Weg gelegt hätte. Nancy wusste natürlich nicht, dass ich bei der Firma war. Niemand wusste das. Offiziell war ich Major im Wachregiment Feliks Dzierzynski, beim Kommando 1 in Berlin-Adlershof. Allerdings war das Regiment zuletzt direkt der Arbeitsgruppe Erich Mielke unterstellt und damit quasi der militärische Arm der Stasi. Das wusste aber außerhalb der Truppe niemand. Durch meine Legende fiel auch niemandem auf, wenn ich häufig für längere Zeit unterwegs war. Offiziell hatte ich Wach- und Sicherheitsdienst bei Regierungstreffen und hohen SED-Kadern. Höchste Geheimhaltungsstufe. Da traute sich niemand, näher nachzufragen. Nancy war nicht begeistert darüber, dass ich Offizier der NVA war, aber wir haben uns geliebt. Außerdem hat sie mich in eine Welt eingeführt, die ich bis dahin nicht gekannt habe und die für einen Kunstbesessenen wie mich absolut faszinierend war. Wir haben geheiratet, bekamen eine Tochter, Winona, und haben uns in Pankow ein schönes altes Haus mit großem Garten für Winona und einem Atelier für Nancy gekauft. Bei uns ging jetzt nicht mehr die Parteiprominenz ein und aus, dafür aber Künstler aus allen Bereichen: Maler, Bildhauer, Schauspieler, Schriftsteller. Und da wurde offen diskutiert. Die Ausbürgerung Wolf Biermanns lag schon ein paar Jahre zurück, aber seitdem herrschte Unruhe in der Republik.«

»Wie konntest du denn in solche Kreise einheiraten?«, wundert sich Tom. »Brauchtest du als hoher Offizier nicht die Genehmigung deiner vorgesetzten Behörde?«

»Doch. Damals habe ich mich selbst gewundert, wie leicht das ging. Erst später habe ich begriffen, warum ich die Genehmigung für diese Heirat von meinen vorgesetzten Dienststellen bekommen habe. Aus meiner Stasi-Akte habe ich nach der Wende erfahren, dass ich durch meine Familiengeschichte und durch meine tadellose Arbeit für den Staat als völlig linientreu gegolten habe. Die Genossen von der Firma *Horch und Guck* haben mir voll und ganz vertraut und gehofft, durch mich in die inneren Kreise des intellektuellen Widerstands vorzustoßen. Und sie haben das verdammt geschickt angestellt. Meine engsten Freunde, die ich in der Firma zu haben glaubte, schienen ehrlich interessiert zu sein und mir mein privates Glück zu gönnen. Regelrecht konspirativ haben sie getan, wenn wir uns über Künstler unterhielten, die ich von da an kennenlernte. Ich kann heute selbst nicht mehr verstehen, wie ich so naiv sein konnte. Allerdings habe ich nie etwas wirklich Verfängliches berichtet. Ich nehme an, dass meine Liebe zu Nancy das verhindert hat.« Einen Moment lang hängt Götz Hindelang den alten Zeiten nach und blickt dabei gedankenverloren aus dem Fenster.

Auch Leanders Blick schweift nun durch den Atelieranbau in den Garten, der sich etwa fünfzig Meter lang bis zum Schutzdeich zieht. Auf dieser Seite des Deiches haben sich Sanddünen aufgetürmt, die bis knapp unterhalb der Deichkrone mit Wildrosen bewachsen sind. Leanders Augen folgen dem Dünengürtel, bis sein Blick von einer Bank auf der Deichkrone eingefangen wird. Dort steht jemand, dem Haus zugewandt, und blickt durch ein Fernglas geradewegs in das Atelier. Natürlich, wenn vor dem Haus die Polizei das Grundstück observiert, muss auch hinter dem Haus jemand postiert sein. Und dieser jemand hat die vier Freunde genau im Blick. Jetzt hebt er leicht die rechte Hand und winkt. Er muss mit seinem Fernglas direkt in Leanders Augen geschaut haben. Aber wer ist das? Welcher der Polizisten würde ihn, Leander, grüßen? Oder will er damit nur sagen: Macht euch keine Illusionen, ihr entkommt mir nicht? Ist es vielleicht Dernau, der da sein Spielchen mit Leander treibt?

»Dann haben sie Nancy abgeholt«, unterbricht Götz Hindelang Leanders Gedanken mit belegter Stimme. »Sechs Stasi-Leute standen morgens um sechs vor unserem Haus. Drei davon waren Frauen. Ich bekomme heute noch Angst, wenn ich an deren Gesichter denke. Eiskalt waren die, knallhart. Nancy kam in Untersuchungshaft nach Hohenschönhausen. Drei Wochen lang habe ich nichts von ihr gehört. Dann kamen sie mit einem Papier zu mir, in dem Nancy republikfeindlicher Umtriebe beschuldigt wurde. Ich sollte das bezeugen. Natürlich habe ich mich geweigert. Nancy hat ihr Geständnis irgendwann selbst unterschrieben. In ihrer Akte habe ich später gelesen, was sie in Hohenschönhausen mit ihr gemacht haben. Mithäftlinge haben das nach der Wende in Zusammenhang mit den Gerichtsverhandlungen gegen Vernehmer und Wachpersonal zu Protokoll gegeben. Gleich in der ersten Nacht nach der Verhaftung ist sie mehrfach vergewaltigt worden. Dann Einzelhaft, Vernehmungen, Dunkelzelle – das volle Programm. Ich habe alle meine Kontakte eingeschaltet, aber vergeblich. Nachdem ich nicht gegen Nancy aussagen wollte, war ich als Spitzel verbrannt, und niemand wollte mehr mit mir in Verbindung gebracht werden. Winona haben sie schließlich auch abgeholt und in eine Pflegefamilie gegeben. So etwas lief damals reibungslos in der DDR und war an der Tagesordnung. Tausende Kinder *staatsfeindlicher Elemente* wurden zur Zwangsadoption freigegeben. In der Regel haben die Eltern nie wieder etwas von ihnen gehört. Ich bin fast krepiert damals.«

Er öffnet sich eine zweite Flasche Bier und trinkt diesmal gleich direkt daraus. Dann atmet er tief durch.

»Meine Karriere war natürlich damit beendet. Nancy hat in Hohenschönhausen Selbstmord begangen. Manchmal bin ich sogar froh, dass sie nicht auch noch erfahren musste, dass ich bei der Stasi war. Zumindest hoffe ich, dass sie es ihr nicht gesagt haben und das der Grund für ihren Selbstmord war. Ich könnte über mich selber kotzen, wenn ich darüber nachdenke. Kurz nach Nancys Tod habe ich einen Ausreiseantrag gestellt. Alle unsere Freunde waren da schon abgetaucht. Keiner der strammen Revoluzzer, die unser Haus zuvor bevölkert hatten, war für mich erreichbar. In Nancys Stasi-Akte stand dann auch, wer von ihnen regelmäßig über Nancy und mich berichtet hat. Ihr würdet staunen, wenn ihr die Namen hören würdet. Viele von denen sind heute in der Bundesrepublik hoch angesehene Künstler, und niemanden stört es, dass er nun für den Klassenfeind arbeitet. Mein Ausreiseantrag wurde natürlich abgelehnt, ich war ja Geheimnisträger. Da habe ich dann gedroht, über die Westmedien auszupacken, falls ich meine Tochter nicht zurückbekäme und mit ihr zusammen ausreisen dürfte. Westkontakte, über die ich die Presse in der BRD einschalten konnte, hatte Nancy durch die Kunstszene und die ausgereisten und ausgebürgerten Künstler ja zur Genüge gehabt. So bin ich dann selbst nach Hohenschönhausen gekommen.«

Hindelang blickt unsicher in die Runde, und Leander kann deutlich den Schmerz in seinen Augen sehen. Er trinkt einen Schluck, um den Kloß in seinem Hals zu bekämpfen, der von Minute zu Minute größer zu werden scheint.

»Hohenschönhausen muss die Hölle gewesen sein«, lässt sich Mephisto zum ersten Mal vernehmen.

»Anfangs waren sie noch etwas vorsichtiger, da haben sie noch nicht gewusst, wie viel Rückendeckung ich durch meine Herkunft noch hatte«, fährt Hindelang mit leichtem Nicken fort. »Als sich aber niemand von den höheren Chargen gerührt hat, wurde ihnen schnell klar, dass ich zum Abschuss freigegeben war. Ich war nicht nur ein Staatsfeind, ich war ein Verräter. Und da ist jede Form von Rache erlaubt. Ich erzähle das alles nicht, damit ihr Mitleid habt. Das habe ich ja nicht mal mit mir selbst. Mir ist damals nur klar geworden, welchem System ich so viele Jahre gedient hatte. Ich hätte es vorher sehen können, klar, aber das habe ich nicht. In Hohenschönhausen habe ich erkannt, dass ich mich mitschuldig gemacht habe – nicht nur mit den fragwürdigen Kunstgeschäften, auch an Nancys Tod und Winonas Zwangsadoption und an den Tausenden anderer Menschen, denen das Gleiche passiert ist. Mit den Devisen, die ich beschafft habe, haben sie ihr Terrorregime finanziert und ihre Folterknechte bezahlt. Heute weiß ich, dass ich meine Seele nicht erst in den Kellern von Hohenschönhausen verloren habe, sondern in dem Moment, in dem ich sie dem Staat verschrieben habe.«

»Konntest du denn nicht vom Westen freigekauft werden?«, will Tom wissen, dessen belegter Stimme Leander deutlich anhört, dass er von Götz Hindelangs Bericht genauso erschüttert ist wie Leander selbst.

»Es hat mehrere Versuche gegeben, klar, der Westen war an einem wie mir ja sehr interessiert. Aber gerade weil ich zu viel wusste, haben sie mich nicht gehen gelassen. Erst im Zuge der Wende bin ich dann freigekommen. Ich habe mich sofort auf die Suche nach Winona gemacht, und als ich sie schließlich tatsächlich mit Hilfe der freigegebenen Akten gefunden habe, wollte sie nichts von mir wissen. Ihre Pflegeeltern haben sie ganz im Geiste des Sozialismus erzogen, und ich war ja ein Vaterlandsverräter. Jahre später haben wir dann doch Kontakt zueinander bekommen. Aber da hat sie mir vorgeworfen, verantwortungslos gewesen zu sein. Wenn man eine Familie hat, kann man sich nicht mit dem Staat anlegen, hat sie gesagt. Dann muss man die Klappe halten und dafür sorgen, dass der Familie nichts passiert. Und damit hat sie ja auch nicht unrecht. Seitdem haben wir keinen Kontakt mehr. Ich weiß nicht einmal, wo sie heute lebt, ob sie verheiratet ist, Kinder hat.«

»Wie bist du denn dann nach Föhr gekommen?«, erkundigt sich Leander, nachdem alle einige Minuten geschwiegen haben, mit einem dicken Kloß im Hals.

»Nach der Wende wollte ich nur noch weg aus dem Teil Deutschlands, der mein Leben zerstört hat. Die DDR war ein Unrechtsstaat, und ich kann das Selbstmitleid bis heute nicht ertragen, mit dem viele Menschen in den neuen Bundesländern rumlaufen und erzählen, wie toll doch eigentlich alles gewesen sei. Von Westdeutschland habe ich mir Freiheit versprochen, eine neue Heimat. Föhr habe ich mir ausgesucht, weil das damals auf mich wie der äußerste Zipfel der Bundesrepublik gewirkt hat, schön abgelegen. Hier bestand nicht wie auf Sylt die Gefahr, auf alte Genossen und Parteikader zu treffen. Außerdem habe ich hier die nötige Ruhe gefunden, um in meinem alten Bereich weiterzuarbeiten. Ich habe selbst angefangen zu malen; als Kunsthistoriker zu arbeiten, war zu gefährlich. Natürlich bin ich nicht so gut wie Nancy, aber zum Überleben reicht's. Erst als die Conradi im Museum vor mir stand, wusste ich, es ist aus: Mehr als zwanzig Jahre nach der Wende zerstört die Stasi zum zweiten Mal mein Leben.«

»Welche Rolle hat Helene Conradi gespielt?«, erkundigt sich Leander.

»Was meine Geschichte angeht, gar keine. Ich bin ihr nach dem Studium ein paarmal begegnet. Sie hat genau wie ich Beutekunst aus den Archiven gekramt und gegen Devisen verschoben. Am Ende soll sie dem Bernsteinzimmer auf der Spur gewesen sein. Ich habe die ganze Sache für eine reine Legende gehalten, aber Mielke hat das ernst genommen. Und da soll ja auch durchaus etwas gefunden worden sein, irgendeine Bernsteinspur. Mein Eindruck war jedenfalls immer, dass der Conradi jedes Mittel recht ist, wenn es nur Erfolg verspricht. So skrupellos bin ich nie gewesen, so viel ist sicher. Es wundert mich überhaupt nicht, dass sie gleich nach der Wende im neuen System genauso erfolgreich untergekommen ist wie vorher im Terrorsystem von SED und Staatssicherheitsdienst. Ich glaube, aus Überzeugung hat die Conradi noch keinem Herrn gedient.«

»Ich frage mich, was besser ist«, meldet sich Tom zu Wort. »Wenn man mit Überzeugung das Falsche tut oder ohne.«

»Was soll das denn heißen?«, zeigt sich Mephisto verständnislos. »Wir müssen über die Mittel urteilen, nicht über den Zweck.«

»Aber du kannst doch nicht ernsthaft der Ansicht sein, dass jemand, der von der falschen Sache auch noch überzeugt ist, genauso beurteilt werden muss wie jemand, der nur seinen Vorteil daraus ziehen will, obwohl er weiß, dass falsch ist, was er tut.«

»Wie willst du das beurteilen? Für das Opfer ist es egal, ob der Henker ihn aus Überzeugung oder nur für Geld hinrichtet.«

»Für mich ist jedenfalls eines klar«, mischt sich Leander entschieden in den Disput. »Wenn zwei Leute für die Stasi gearbeitet haben, noch dazu im selben Bereich, dann kann nicht der eine im Nachhinein verurteilt werden, während man dem anderen alles nachsieht. Ich weigere mich, Götz zu *miss*trauen, weil er beim Staatssicherheitsdienst war, und Helene Conradi zu *ver*trauen, obwohl sie beim Staatssicherheitsdienst war. Was ist denn das für eine Logik?«

»Mir sind die Wendehälse suspekter als die, die zu dem Blödsinn stehen, den sie gemacht haben«, meint Tom. »Götz hat seine Konsequenzen aus seiner Vergangenheit gezogen. Er ist nie wieder offiziell in Erscheinung getreten und hat angefangen, ganz im Stillen und Abgeschiedenen Bilder zu malen. Die Conradi aber tritt auf, als hätte sie nie etwas falsch gemacht. Sie hat damals für ihren Staat gearbeitet, und heute macht sie es wieder. Dass der heutige Staat der Feind von damals ist, scheint ihr überhaupt nichts auszumachen. Tut mir leid, aber so jemandem vertraue ich nicht.«

»Außerdem kann ich Leute nicht ausstehen, die immer wieder auf die Füße fallen, weil sie überhaupt keine Überzeugung haben, die sie verraten könnten«, ergänzt Leander. »Götz dagegen hat seine Fehler mit dem Teuersten bezahlt, das er hatte: mit seiner Familie.«

»Eines möchte ich noch wissen«, wendet Mephisto ein. »Was soll das mit der falschen Identität?«

»Götz Hindelang ist mein offizieller Künstlername«, erklärt der Maler. »In meinem Personalausweis stehen beide: Georg Heinbach und Götz Hindelang. Aber ihr werdet mir doch sicher nicht vorwerfen, dass ich euch nicht ohne Not meine

Lebensgeschichte erzählt habe, zumal ich sie selber ja hinter mir lassen wollte.«

Leander weiß im Moment nicht, was er von dieser Erklärung halten soll. Aber trotz allem ist klar, dass jemand, der so grauenhafte Jahrzehnte hinter sich hat, endlich damit abschließen und ein normales Leben führen möchte. Und das muss auch Lena begreifen. Wie kann sie in ein und derselben Sache derart unterschiedlich urteilen? Die Conradi lässt sie vertrauensvoll für sich arbeiten, Götz Hindelang sperrt sie ein, weil sie so jemandem nicht trauen kann.

Es klopft laut an die Terrassentür. Leander zuckt vor Schreck zusammen, und auch die anderen sind sichtlich erschrocken. Da steht jemand, der Mann, den Leander zuvor auf dem Deich gesehen hat. Er muss während Götz' Bericht seinen Beobachtungsposten aufgegeben haben und durch den Garten gekommen sein. Und jetzt erkennt Leander ihn: Gandolf Pückler, der seltsame kleine Mann vom Zoll, den er vor ein paar Tagen im *Friesenmuseum* kennengelernt hat.

Einen Moment rührt sich niemand am Tisch, dann kommt Leben in Götz Hindelang. Der Maler schaut unsicher auf seine Freunde, erhebt sich aber und geht zur Terrassentür. Als er den Zollbeamten hereinlässt, nickt der nur leicht in die Runde und steuert direkt auf den Tisch zu, ohne um Erlaubnis gebeten zu haben.

»Guten Abend, meine Herren.« Er setzt sich auf einen der freien Stühle und stellt sein Fernglas vor sich auf den Tisch. »Sie werden bemerkt haben, dass wir Sie beobachten.«

Götz Hindelang schaut erstaunt auf den Beamten, und Tom fragt: »Beobachtet? Wer denn?«

»Ein Polizeibeamter vor dem Haus«, antwortet Leander, »und Herr Pückler auf dem Deich dort hinten.«

»So ist es.« Der Mann vom Zoll nickt ihm anerkennend zu.

»Warum beobachten Sie Herrn Hindelang?«, zeigt sich Tom ungehalten. »Sie mussten ihn gehen lassen, weil er unschuldig ist.«

»Das sehen Frau Gesthuisen, Herr Dernau und vor allem

Frau Conradi anders. Wir haben keine Beweise, aber sie halten es immerhin für möglich, dass Ihr Freund in die Sache verwickelt ist, vielleicht sogar die nötigen Kontakte nach Osteuropa geknüpft hat.«

»Und Sie?«, hakt Leander nach, weil er einen Zwischenton herausgehört zu haben glaubt. »Sie sind nicht der Meinung, dass Herr Hindelang schuldig ist?«

»Säße ich dann jetzt hier bei Ihnen? Nein, ich stünde weiter auf dem Deich und behielte ihn im Blick, damit er nicht unbemerkt von der Insel verschwinden kann.«

»Was wollen Sie von mir?«, fährt Götz Hindelang den Eindringling an.

»Ihnen helfen«, erklärt Gandolf Pückler wie beiläufig. »Und Sie bitten, mir zu helfen. Ich sagte ja bereits, dass ich nicht der Ansicht von Frau Conradi bin. Aber solange wir keine Beweise für Ihre Unschuld erbringen können, sitzt die Dame am längeren Hebel.«

»Meine Rede!«, freut sich Mephisto. »Allerdings weiß ich nicht, welches Interesse Sie daran haben könnten, Götz zu helfen.«

»Ich kenne Herrn Heinbach seit über dreißig Jahren. Ja ja, mein Lieber, ich hatte Sie schon im Blick, als Sie noch für den Staatssicherheitsdienst gearbeitet haben. Und die Conradi auch. Ich würde Sie zwar gerne für die Verschiebung von Beutekunst drankriegen, aber das ist mit dem Einigungsvertrag und über zwanzig Jahre nach der Wiedervereinigung leider nicht mehr möglich. Dennoch glaube ich nicht, dass Sie noch etwas mit den alten Genossen zu tun haben. Bei der Conradi bin ich mir da nicht so sicher, und es fuchst mich, dass sie heute fester im Sattel sitzt als je zuvor und ungestört ihr Saubermann-Image pflegen kann. Deshalb bin ich hier: Ich helfe Ihnen, indem Sie mir helfen?«

»Wie kann ich das?«, wundert sich Götz Hindelang.

»Sie kennen Leute von früher, mit Ihnen werden sie vielleicht reden. Helfen Sie mir, die Hintermänner der Kunstdiebstähle ausfindig zu machen und die Handelswege aufzudecken.

Wenn Sie mir das zusagen, bringe ich Sie von der Insel und begleite Sie.«

»Wie soll das gehen?«, erkundigt sich Leander.

»Nun, ich übernehme auch morgen Abend die Observation auf dem Deich. Sobald es dunkel wird, verschwinden wir zu Fuß in Richtung Hafen. Natürlich können wir nicht einfach die Fähre nehmen. Ich weiß noch nicht, wie, aber ich werde ein Boot auftreiben, das uns nach Dagebüll bringt. Von da aus fahren wir mit meinem Auto, das dort auf dem Parkplatz steht, in Herrn Heinbachs alte Heimat. Ich glaube kaum, dass man mich zur Fahndung ausschreiben wird. Sie bringen mich mit den Leuten zusammen, die etwas wissen können, und sobald wir die nötigen Informationen haben, informieren wir das LKA. Den Zugriff sollen die machen, das ist mir selbst zu gefährlich. Wichtig ist, dass die Conradi bis dahin nichts mitkriegt, damit sie niemanden warnen kann.«

Einen Moment lang herrscht Schweigen, und alle denken über den Vorschlag nach. Gandolf Pückler blickt abwartend von einem zum anderen, seine Hände auf dem Tisch gefaltet, den Oberkörper bequem zurückgelehnt.

»Zu gefährlich«, erklärt Tom schließlich. »Denk an Maik, Götz. Sie werden auch dich umbringen, wenn du ihnen zu nahe kommst.«

»Nicht unbedingt«, wendet der Maler ein. »Alles hängt davon ab, dass die Kunstschieber nichts von meinen Erkundigungen mitbekommen. Ich muss mich eben an vertrauenswürdige Leute wenden. Und einige meiner alten Genossen sind mir noch verdammt viel schuldig. Die sitzen heute zum Teil sicher in ihren Ministerien und können kein Interesse daran haben, dass ihre Vergangenheit publik wird. Und genau das werde ich gegen sie ausnutzen. Also gut, Pückler, ich helfe Ihnen. Aber dann sorgen Sie dafür, dass ich ein für alle Mal in Ruhe gelassen werde.«

»Weißt du, was du da riskierst?«, zeigt sich nun auch Mephisto besorgt. »Mit wem du dich anlegst?«

»Ja, das weiß ich. Aber es ist auch für mich eine Chance,

etwas wiedergutzumachen. Ich mache das für Nancy und Winona. Allerdings werde ich alleine fahren. Wenn jemand Fremdes dabei ist, packen die Genossen nicht aus.«

»Das kommt überhaupt nicht in Frage. Entweder fahren wir zusammen, oder Sie bleiben hier. Wie wir dann vor Ort verfahren, können wir im Einzelfall entscheiden.«

Götz Hindelang schaut dem kleinen Mann in die Augen, der einen entschlossenen Gesichtsausdruck hat. Leander hat den Eindruck, dass Pückler ganz genau geplant hat, wie es weitergehen soll, und dass jeder Änderungsvorschlag zwecklos ist. Dieses Augenduell kann der Maler nicht gewinnen.

Schließlich nickt Götz. »Unter einer Bedingung: Ich heiße jetzt Hindelang, nicht mehr Heinbach, und Sie werden mich ab sofort so anreden!«

»Na bitte«, meint der Zollamtsrat erfreut. »Dann sind wir uns ja einig, Herr Hindelang. Gleich morgen früh werde ich mich um ein Boot kümmern.«

»Das übernehme ich«, widerspricht Leander. »Eiken und ich werden die Krabbenfischer aufsuchen, die früher mit meinem Großvater gefahren sind. Bestimmt ist einer von ihnen bereit, uns zu helfen.«

»Du weißt, was du da tust?«, wendet Tom ein. »Das macht es Lena unmöglich, dir deine Einmischungen zu verzeihen.«

Leander hält dem Blick stand. Er weiß, dass sein Freund recht hat, aber er kann jetzt nicht so tun, als hätte er mit der Sache nichts zu schaffen. Dies hier ist eine Gemeinschaftsaktion, ein Freundschaftsdienst, da kann er sich nicht einfach ausklinken. Entweder Lena akzeptiert das, oder …

»Wunderbar«, freut sich der Zollbeamte. »Also, ich habe folgenden Plan …«

32

Paul Woyke hebt die Schultern und lässt sie resigniert wieder fallen. Die Situation in der Scheune ist alles andere als ermutigend. Gerichtsverwertbare Spuren inmitten all des Staubes und Heus zu finden, ist selbst für ihn und seine Spitzentruppe so gut wie unmöglich. Lediglich einige achtlos weggeworfene Kondome dürften angesichts ihres Inhalts und der äußeren Sekretanhaftungen eindeutig Maik Schultheis und Jenny Lornsen zuzuordnen sein. Der Anzahl nach zu urteilen, haben sich die beiden nicht nur gelegentlich hier getroffen. Auf den sichergestellten Beutestücken sind die meisten Spuren verwischt; offensichtlich haben die Einbrecher sie niemals ohne Handschuhe angerührt, so dass die verwischten Prints wohl von den Eigentümern stammen dürften.

Lena ergibt sich seufzend in den entmutigenden Bericht des Kriminaltechnikers. Tröstlicherweise wird aufgrund der anderen Spuren und Indizien kein Richter einen Zweifel daran haben, dass Maik Schultheis einer der drei Täter gewesen ist. Aber Schultheis ist tot, und so muss sich das Ziel der Ermittlungen nun auf die anderen beiden jungen Männer richten.

Zum Glück ist wenigstens der größte Teil der auf Föhr und Amrum erbeuteten Wertgegenstände nun sichergestellt – abgesehen von den Bildern. Und was Karola de la Court-Petersen glücklich machen wird: Dem ersten Überblick nach ist der gesamte Silberschmuck aus dem Einbruch ins *Carl-Häberlin-Museum* dabei. Lena betrachtet einzelne besonders wertvoll aussehende Stücke, während Jens Olufs und Polizeihauptmeister Jörn Vedder die Funde mit den Meldungen der Geschädigten abgleichen.

»Nur das Bargeld aus den Tresoren fehlt«, stellt Olufs abschließend fest. »Da wir in Maik Schultheis' Unterkunft keine größeren Mengen davon gefunden haben, müssen wir wohl davon ausgehen, dass die beiden Flüchtigen es bei sich haben.«

»Sofern es sich tatsächlich vor den Einbrüchen in den Tresoren befunden hat«, zweifelt Klaus Dernau. »Ich halte es nach wie vor für möglich, dass die feinen Herrschaften die Gelegenheit für einen Versicherungsbetrug nutzen.«

Für Lena gibt es andere Unklarheiten, die ihr wichtiger sind und über die sie nachgrübelt. »Es ist doch eher unwahrscheinlich, dass die beiden Flüchtigen Maik Schultheis getötet haben. Wenn Klaus Lammers und Steffen Betz nicht gelogen haben, waren die beiden auf der Suche nach der Beute. Warum sollten sie den Einzigen töten, der das Versteck kannte?«

»Unfall«, mutmaßt Klaus Dernau. »Sie wollten das Versteck aus ihm herausprügeln und sind dabei zu weit gegangen.«

Doch Lena schüttelt den Kopf. »Nein, Klaus, da steckt mehr dahinter. Die Leiche von Maik Schultheis weist keine Folterspuren auf, sondern lediglich die tödliche Verletzung. Der Stich wurde zielgerichtet ausgeführt, da ist der Bericht der KTU eindeutig. Für mich heißt das: Der Mörder hatte gar kein Interesse an der Beute der Einbrüche. Er wollte Schultheis töten – vermutlich aus Rache oder als Strafe.«

»Strafe? Wofür?«

»Das eben weiß ich noch nicht.«

»Hältst du jetzt doch Frerk Thönissen für den Täter? Glaubst du, dass er seinen Nebenbuhler gezielt ausschalten wollte oder dass es Totschlag im Affekt war? Aus Eifersucht?«

»Nein, ich glaube, das können wir tatsächlich ausschließen. Schade eigentlich – wäre eine saubere Lösung. Ich komme nicht über die Beobachtung Torge Hiddings weg. Wer waren die beiden Osteuropäer? Hidding hat sie als ausgesprochen bedrohlich beschrieben. Nehmen wir einmal an, sie sind die Auftraggeber der Einbrecher und hatten es nur auf die Bilder abgesehen. Immerhin war Maik Schultheis aufgrund seines Berufes prädestiniert für die Vorbereitung der Tatorte. Als Dachdecker hatte er freien Zugang zu allen Häusern, in die später eingebrochen wurde. Er konnte die Aufnahmegeräte platzieren und auch die Videoüberwachung verstellen. Die Osteuropäer haben dank dieser Vorbereitung ihre Einbrüche verübt und die Bilder gestohlen. Aber dann haben sie aus der Zeitung erfahren, dass weit mehr als nur die Kunstwerke als gestohlen gemeldet wurden. Im Einzelfall hätte ein Einbruchsopfer der Versicherung gegenüber einfach seine Chance genutzt haben können, aber so gehäuft? Ergo haben sich Maik Schultheis und seine Komplizen selbst bereichert, und das hat den Auftraggebern nicht gefallen.«

»Wieso? Es kann ihnen doch egal sein, wenn Schultheis und Konsorten Geld und Schmuck abräumen, solange die anderen ihre Gemälde bekommen«, meint Jörn Vedder.

»Nein, Herr Vedder, das kann es eben nicht. Der Schmuck ist ein zusätzliches Risiko, denn Schultheis und seine Kumpane müssen ihn irgendwann verkaufen. Wenn sie dabei an einen Hehler geraten, der mit uns zusammenarbeitet oder von den Kollegen vom Raub überwacht wird, platzt die ganze schöne Organisation. Vor allem der Einbruch ins *Friesenmuseum* muss ihnen gestunken haben, denn das war klar Eigeninitiative von Schultheis und seinen Kumpels und eine enorme Gefährdung des geplanten Einbruchs ins *Museum Kunst der Westküste*, der zu dem Zeitpunkt ja noch bevorstand. Ich vermute, dass sie Maik Schultheis bei dem Bruch in Nieblum aufgelauert und auf frischer Tat ertappt haben. Dafür spricht, dass er seit der Nacht nicht mehr aufgetaucht ist. Sie haben ihn vom Tatort entführt und auf der Baustelle getötet, um Zeit zu gewinnen, indem sie uns zunächst auf die falsche Fährte geschickt haben.«

»Sie konnten aber doch nicht wissen, dass Schultheis und Thönissen derart zerstritten sind, dass wir zunächst ihn verdächtigen würden.«

»Vielleicht haben sie ihn im Vorfeld überwacht. Die beiden Handwerker sind doch bei jeder sich bietenden Gelegenheit aneinandergeraten. Außerdem müssen sie auch gar nichts davon gewusst haben. Es reicht doch, wenn wir als Erstes im Berufsumfeld ermitteln. Das verschafft ihnen Zeit und hat außerdem den Vorteil, dass der Mord mit etwas Glück nicht im Zusammenhang mit den Einbrüchen gesehen wird. Hätten sie Maik Schultheis am Einbruchsort in Nieblum ermordet, wären wir gleich auf die richtige Spur gekommen. So aber hatten sie genügend Zeit, um abzutauchen.«

»Du meinst also, die Osteuropäer suchen sich lieber neue Komplizen, als zu riskieren, dass Schultheis gefasst wird und plaudert?«, fasst Klaus Dernau zusammen. »Möglich. Für uns heißt das aber, dass wir mit Hochdruck nach diesen Osteuropäern suchen müssen. Haben wir Personenbeschreibungen von Hidding?«

»Nein. Er hat die Männer nur kurz gesehen. Für genaue Angaben, nach denen wir Phantombilder erstellen könnten, reicht das nicht. Aber wir haben ja noch zwei weitere Verdächtige: Karl-Heinz Röder und Grigorij Borreljew. Deren Aktivitäten erstrecken sich nach Osteuropa, und sie stehen durch die *FrisiaSecur* in Verbindung zu uns hier auf den Inseln. Auf die werden wir uns jetzt konzentrieren. Meine Leute haben die beiden von Kiel aus unter ständiger Überwachung. Und nebenbei läuft die Fahndung nach den beiden Flüchtigen im BMW.«

»Also sind wir hier eigentlich am Ende«, stellt Klaus Dernau zufrieden fest. »Jedenfalls ist nicht damit zu rechnen, dass wir auf Föhr zu weiteren Erkenntnissen kommen werden. Oder hältst du es für möglich, dass hier weitere Einbrüche stattfinden werden?«

»Kaum. Ich schätze, das *Museum Kunst der Westküste* war der traurige Höhepunkt. Selbst wenn Schultheis und seine Komplizen nicht die einzigen Einbrecher sein sollten, wird sich bei der aktuellen Polizeipräsenz jeder Ganove eine Weile ruhig verhalten. Vermutlich gibt es hier ohnehin nur noch ein paar kleine Kunstsammler, und die sind relativ uninteressant für Leute, die auf der großen Bühne spielen.«

»Gut«, schlussfolgert Dernau. »Dann schreiben wir unseren Abschlussbericht und packen zusammen. Du fährst zurück nach Kiel, und ich bin ohnehin froh, wenn ich wieder nach Niebüll zurück kann. Da ist es deutlich ruhiger als hier. Außerdem fehlen mir meine Untergebenen, die ich schikanieren kann.« Die letzte Bemerkung begleitet er mit einem süffisanten

Grinsen, aber Lena beschleicht die unangenehme Ahnung, dass das nicht nur ironisch gemeint war.

Polizeiobermeister Dennis Groth betritt den Raum und räuspert sich verlegen.

»Herr Groth, was gibt's denn?«, erkundigt sich Lena.

»Ich weiß nicht recht, ob es wichtig ist«, beginnt er vorsichtig. »Aber ich dachte mir, weil doch die beiden jungen Männer flüchtig sind ...«

»Mensch, Groth«, fährt Dernau ihn an, »jetzt mach's nicht so spannend. Was ist los?«

»Die Kollegen auf Amrum haben eine Meldung von dem FKK-Campingplatz am Leuchtturm in Nebel reinbekommen«, beginnt der Polizeiobermeister, durch den Anranzer zusätzlich verunsichert. »Zwei junge Männer, die bis vor Kurzem noch da gezeltet haben, sind verschwunden. Das heißt, ihr Zelt steht noch da, aber die beiden hat seit ein paar Tagen niemand mehr gesehen. Könnte doch sein, dass das unsere Flüchtigen sind.«

»Und ob das sein könnte«, stimmt Lena mit einem aufmunternden Nicken zu. »Haben Sie die Namen?«

Dennis Groth nickt erleichtert und reicht Lena einen Zettel.

»Volker Carow und Kevin Kowallek«, entziffert Lena das Gekrakel. »Beide haben angegeben, aus Wittenberge zu kommen.«

»Wo liegt das denn?«, wundert sich Jens Olufs.

»In den Neuen Bundesländern«, antwortet Lena vage, wendet sich dann ihrem Laptop zu, ruft Google Maps auf und konkretisiert: »An der Grenze zwischen Sachsen-Anhalt und Brandenburg.«

»Kaum anzunehmen, dass die Namen stimmen«, dämpft Klaus Dernau die Freude. »Oder lassen sich die Nudisten auf Amrum die Pässe vorlegen, wenn jemand Neues auf den Campingplatz kommt?«

»Danach habe ich auch gefragt«, antwortet Dennis Groth. »Leider Fehlanzeige. Außerdem spricht eine Information dagegen, dass es sich um die Täter handelt: Die beiden sind erst einen Tag nach dem Einbruch in Norddorf dort angereist.«

»Scheiße«, meint Dernau.

»Das muss nicht unbedingt etwas heißen«, wendet Lena ein. »Sie können genauso gut einfach nur ihren Aufenthaltsort auf der Insel gewechselt haben. Danke, Herr Groth, das ist wirklich eine wichtige Spur. Geben Sie gleich die Namen an alle Fahndungsabteilungen raus, die Sie über die Flüchtigen informiert haben. Und kontaktieren Sie die Kollegen in Wittenberge. Fragen Sie an, ob die etwas zu den Namen haben.«

Dennis Groth nickt und geht hinaus.

»Deshalb hat die also hier auf der Insel niemand außer Torge Hidding gesehen«, schlussfolgert Klaus Dernau. »Gar nicht dumm, die Kerle. Zelten drüben auf Amrum und kommen immer nur passend zu den Einbrüchen hier rüber. Auf die Art bekommen selbst Steffen Betz und Klaus Lammers nichts von ihnen mit. Fragt sich nur, warum die dann nach dem Einbruch in Norddorf mit nach Föhr gewandert sind.«

»Wegen der Beute«, mutmaßt Lena. »Für Maik Schultheis war es zu viel, um es alleine zu schleppen. Und auf Amrum konnte das Zeug nicht bleiben, das wäre zu gefährlich gewesen. Warten wir auf die Informationen aus Ostdeutschland, dann sind wir vielleicht einen entscheidenden Schritt weiter. Herr Olufs, informieren Sie bitte die Kuratorin des *Friesenmuseum*s, dass ihre Schätze wieder aufgetaucht sind, und sagen Sie ihr, dass sie die zurückbekommt, sobald der Fall abgeschlossen ist. Wenigstens eine soll sich schon einmal so richtig freuen können.«

Jens Olufs schnappt sich seine Dienstmütze und springt auf. »Da fahre ich persönlich hin. Den Anblick der Kurt will ich mir nicht entgehen lassen, wenn sie die gute Nachricht bekommt. Oder brauchen Sie mich im Moment hier?«

»Nein, fahren Sie ruhig. Wir können momentan sowieso nur warten.«

Als Olufs den Raum verlassen hat, sieht Klaus Dernau Lena auffordernd an, als wollte er fragen: Und was machen wir zwei Hübschen so lange?

»Was hältst du davon, wenn wir uns die Papiere noch einmal

vornehmen, die wir bei Schultheis gefunden haben?«, schlägt Lena vor.

»Wenn's sein muss«, seufzt Dernau und zieht sich einen Karton heran, in dem die Habseligkeiten des Mordopfers aufbewahrt werden.

Lena lächelt zufrieden darüber, dass es inzwischen keinerlei Gerangel um die Kompetenzen mehr gibt. Während Dernau die Kiste durchsucht, zieht sie das Wanderbuch aus ihrer Aktentasche und blättert es langsam durch. Neben den Stadtsiegeln, die Schröter ja bereits in Kiel mit den Einbruchsorten abgeglichen hat, finden sich ein paar spezifische Einträge zu Besonderheiten des Wanderburschendaseins. Zum Beispiel die Mitgliedschaft in einem Schacht ist hier verzeichnet, ebenso Maiks Funktion als Erwanderer von Steffen Betz und Klaus Lammers. Lena stutzt und blättert ein paar Seiten zurück. Wenn das Buch derart genaue Angaben enthält, könnte auch eine andere, für sie wichtige Information darin zu finden sein. Na bitte! Da steht es!

»Sieh mal hier.« Sie schiebt Klaus Dernau das aufgeschlagene Buch über den Tisch und tippt auf eine bestimmte Stelle. »Dreimal darfst du raten, von wem Maik Schultheis erwandert worden ist.«

»Bingo«, freut sich der Kollege aus Niebüll. »Volker Carow und Kevin Kowallek. Also ehrlich, für so blöd hätte ich die beiden nicht gehalten. Ich hätte gewettet, dass die Namen falsch sind.«

»Vielleicht wollten sie nur sichergehen, falls sie tatsächlich mal in eine Personenkontrolle geraten. Dann wären sie aufgeflogen, wenn sie auf Amrum unter falschem Namen gelebt hätten.«

Dennis Groth stürmt sichtlich erregt herein. »Die Kollegen in Wittenberge haben tatsächlich etwas über Carow und Kowallek. Bis vor etwa fünf Jahren waren sie Dauergäste im Polizeipräsidium, weil sie einer rechtsextremen Gruppe angehört und ständig Ausländer aufgemischt haben. Sie standen mehrfach wegen schwerer Körperverletzung vor dem Jugendrichter. Allein die Tatsache, dass sie sich in der Ausbildung zum Dachdecker befanden, hat längere Haftstrafen verhindert. Da drüben konnte man ja froh über jeden Jugendlichen sein, der nicht arbeitslos war. Aber seit fünf Jahren ist plötzlich Ruhe. Ihre Kumpels sind inzwischen so radikal geworden, dass viele von ihnen im Gefängnis sitzen, nur Carow und Kowallek sind seitdem nicht mehr aktenkundig geworden.«

»Und wir wissen jetzt auch, wieso«, erklärt Lena. »Sie sind auf Wanderschaft gegangen. Drei Jahre und einen Tag. Im letzten Jahr ihrer Wanderschaft haben sie Maik Schultheis erwandert. Und wenn unsere Theorie stimmt, haben die drei damals gemeinsam mit den Einbrüchen begonnen. Das kommt ungefähr hin, wenn ich das mit der Serie vergleiche, die sich von Süddeutschland aus hier rauf zieht. Nach ihrer Wanderschaft haben sie einfach weitergemacht. Schultheis musste noch zwei Jahre weiter durch das Land ziehen, und die beiden sind ihm nachgezogen. Ein eingespieltes Team eben. Er hat Lammers und Betz erwandert und zieht seitdem mit ihnen zusammen herum. Fällt der Verdacht nach einem Einbruch auf die drei Wandergesellen, liefern Lammers und Betz das Alibi dafür, dass sie es nicht gewesen sein können. Damit ist auch Schultheis jedes Mal aus dem Schneider. Genial einfach, aber eben auch einfach genial.«

»Die Kollegen in Wittenberge sollen die alten Adressen von Volker Carow und Kevin Kowallek aufsuchen.« Dernau lässt sich nicht von Lenas Begeisterung anstecken. »Vielleicht sind sie inzwischen wieder zu Hause. Wenn ja, sollen die Kollegen sie festnehmen und uns umgehend informieren.«

Wieder nickt Dennis Groth diensteifrig und eilt hinaus.

»Sieht so aus, als stünden wir wirklich kurz vor der Lösung des Falles«, meint Dernau zufrieden.

»Sofern wir die Osteuropäer fassen«, wendet Lena ein. »Denk bitte daran, dass es mir und meiner SoKo nicht nur um die Einbrüche in deinem Dienstbereich geht.«

Klaus Dernau macht eine wegwerfende Handbewegung über die Schulter, als sei ihm das völlig egal. Allerdings schleicht sich dabei ein freundliches Lächeln in sein Gesicht, das im Widerspruch zu der so cool gedachten Geste steht.

Einige Zeit später kommt Jens Olufs mit esoterisch entrückt wirkendem Lächeln in die Zentralstation zurück. Lenas Frage ruft ihn in die Realität zurück: »Ich musste erst einmal Ströme von Tränen über mich ergehen lassen und der Kurt beistehen. Sie war so erleichtert über meine Nachricht, dass sie regelrecht zusammengeklappt ist. Unglaublich, wie sehr sie der Einbruch mitgenommen hat. Jetzt verstehe ich erst, dass die Ausstellungen im Museum so etwas wie ihr Lebenswerk sind.«

»Und es kommt noch besser«, verspricht Lena und setzt den Dienststellenleiter über die neuesten Entwicklungen in Kenntnis.

Der ist sichtlich erfreut, wenn auch etwas irritiert darüber, wie schnell sich plötzlich die Knoten entwirren, die sie bislang vergeblich in ihren Hirnen aufzulösen versucht haben.

Wieder steckt Dennis Groth seinen Kopf durch die Tür. »Das gesuchte Fahrzeug ist in Schwerin gefunden worden. Auf einem Parkplatz am Bahnhof abgestellt. Ohne Parkschein übrigens, deshalb gehen die Kollegen davon aus, dass die Flüchtigen es da einfach zurückgelassen haben. Schwerin ist zwar noch Meck-Pomm, aber von da ist es nicht mehr weit bis nach Wittenberge. Vermutlich sind sie mit dem Zug weitergefahren. Die Kollegen in Wittenberge haben die Typen nicht zu Hause bei ihren Eltern angetroffen. Eigene Wohnungen haben sie nicht mehr, deshalb werden sie über kurz oder lang dort auftauchen. Die Kollegen observieren die elterlichen Wohnungen und die einschlägig bekannten Unterkünfte der rechtsextremen Kameraden von früher.«

»Also ist es nur noch eine Frage der Zeit, bis wir sie haben«, freut sich Lena. »Geben Sie die Informationen bitte sofort an Sven Schröter in Kiel weiter. Helge Bauer soll mit seinen Leuten das Fahrzeug sicherstellen und untersuchen lassen.«

Den Rest des Tages verbringen Lena und Klaus Dernau damit, den aktuellen Stand der Ermittlungen in die vorgeschriebene

Berichtsform zu gießen, um in dem Fall, dass Lena in Kiel gebraucht wird, keine Zeit zu verlieren. Außerdem benachrichtigen sie die Einbruchsopfer und beordern sie in die Zentralstation, um das sichergestellte Diebesgut von ihnen identifizieren zu lassen. Mit Ausnahme des Bargeldes und natürlich der Gemälde fehlt etwa die Hälfte der gestohlenen Schmuckstücke und Münzen. Diebesgut vom Festland ist nicht unter den Funden. Lena und Dernau sind sich einig, dass das sicher längst an einen Hehler in Hamburg, Bremen oder Kiel verkauft worden ist.

Nach einem gemeinsamen Abendessen in *Klatt's gute Stuben*, bei dem sich Klaus Dernau unter Alkoholeinfluss als unerwartet lustiger Geselle erweist, macht Lena sich alleine auf den Weg in die Zentralstation zu ihrer unbequemen Pritsche. Ganz schön bescheuert, denkt sie. Nur wenige Straßen von hier entfernt wartet ein bequemes Bett auf mich. Wir benehmen uns wie unreife Teenies. Aber, verdammt noch mal, Henning muss endlich begreifen, dass er sich mir gegenüber nicht alles herausnehmen kann.

Ein junger Polizeibeamter hat in dieser Nacht Stallwache, während zwei weitere Männer gerade im Einsatz unterwegs sind. In Utersum hat es eine Wirtshausschlägerei gegeben, sonst liegen keine besonderen Meldungen vor.

Lena macht notdürftig ihr Lager für die Nacht zurecht und lässt sich auf die quietschende Liege nieder. Sie spürt jede Feder durch die dünne Matratze – das wird von Nacht zu Nacht schlimmer, weil sie schon geradezu darauf wartet, dass es unbequem ist. Sie fühlt sich an die Zeit ihrer Ausbildung erinnert, als sie zusammen mit den anderen Anwärtern für den Gehobenen Polizeidienst in Polizeikasernen auf Feldbetten schlafen musste. Damals hat sie in so mancher schlaflosen Nacht einsame Runden um das Gelände gedreht und nur nach besonders anstrengenden Trainingseinheiten überhaupt schlafen können.

Auch in dieser Nacht bekommt sie kein Auge zu, obwohl es in der Zentralstation mit Ausnahme der Funkgeräusche aus der Wachstube absolut still ist. Lena stiert durch die Dunkelheit an die schemenhaft zu erkennende Decke, die Hände unter dem Hinterkopf verschränkt, und versucht, die ineinander verschachtelten Gedanken über den Fall und über ihre Beziehung zu Henning Leander zu vertreiben. Dabei ist sie hellwach.

Schließlich steht sie seufzend auf, zieht sich etwas Leichtes über und beschließt, dem alten Rezept zu folgen und einen kurzen Spaziergang durch den Hafen zu machen. Vielleicht hat sie ja anschließend die nötige Bettschwere. Sie verlässt die Zentralstation unter den verwunderten Blicken des jungen Beamten, der mit seinen Händen etwas verlegen ein Magazin abdeckt, in dem Lena zwischen den Fingern Brüste entdecken kann. Draußen wählt sie den Weg nach rechts und dann um das innere Hafenbecken herum. Vor dem Sturmflutpfahl bleibt sie stehen, versucht im Licht der nahen Laterne die Jahreszahlen auf den Messingringen zu entziffern und stellt sich bei einem Blick in die Runde vor, wie hoch hier im Jahre 1634, im Jahr der *Zweiten Großen Mandränke* nach der *Marcellusflut* von 1362, das Wasser gestanden hat.

Als ihre Augen über die Kutter streifen, die dicht gedrängt am Kai liegen, nimmt sie im Lichtkreis einer Bordlaterne eine Bewegung wahr. Da hantiert doch jemand auf einem der Kutter, einem roten Boot, das in zweiter Reihe nicht am Kai, sondern an einem Baggerschiff festgemacht ist. Sie blickt verwundert auf ihre Armbanduhr: 1.37 Uhr. Machen sich die Fischer denn jetzt schon für den nächsten Fangtag bereit? Der Kennung an der Bugwand nach zu urteilen, ist es jedenfalls ein Krabbenkutter aus Wyk.

Von hier aus kann sie das Geschehen nicht genau genug beobachten, deshalb beschließt sie, so unauffällig wie möglich zur Treppe vorzustoßen, die zum Gebäude der *Wyker Dampfschiff-Reederei* hinaufführt. Schnell und lautlos umrundet sie den letzten Teil des Hafenbeckens und huscht im Schutz der Mauer zur Treppe hinüber. Mit wenigen Sprüngen ist sie oben und im Eingangsbereich des Fährgebäudes, in dessen

Schutz sie nun einen kompletten Überblick über den inneren Hafenbereich hat.

Auf dem Kutter ist zunächst wieder alles ruhig, dann startet ein Dieselmotor. Da will tatsächlich jemand auslaufen. Vielleicht ist das ja normal, denkt Lena. Wenn man morgens vor den anderen die besten Fanggründe erreicht haben will, muss man halt zeitig dran sein. Aber noch legt der Kutter nicht ab, sondern er bleibt mit gleichmäßig tuckerndem Motor an dem Nebenschiff vertäut liegen.

Aus den Augenwinkeln nimmt Lena nun eine andere Bewegung wahr, weiter links, an der Mauer, die den Hafen vom Strand trennt. Angestrengt blickt sie in die Richtung. Da huscht tatsächlich ein Schatten vom Strand her durch den Mauerdurchbruch und dann ein Stück im schwachen Licht der Straßenlaternen an der Mauer entlang. Der Mann – denn dass es sich nicht um eine Frau handelt, steht für Lena anhand der Bewegungen von vornherein außer Frage – ist so vermummt, dass seine Identität trotz der relativ guten Ausleuchtung des Hafens nicht zu erkennen ist.

Aber doch ist da etwas, das Lena vertraut vorkommt: Die Gestalt weckt ein bekanntes Bild in ihr. Sie kennt diese typischen Bewegungsabläufe. Das ist Henning! Was macht der denn hier, nachts, im Hafen? Einem instinktiven Impuls folgend löst sich Lena aus dem Schutz des Gebäudeeingangs und macht einen Schritt nach vorn, um auf ihren Freund zuzugehen. Aber dann ist da eine professionelle Stimme in ihr, die sie zurück hält. Irgendetwas stimmt hier nicht. Nach einem kurzen unentschlossenen Moment gleitet Lena lautlos zurück in die dunkle Nische.

Der Mann bleibt jetzt zwischen der Mauer und dem Hafenbecken stehen und blickt sich in alle Richtungen um. Dabei horcht er angestrengt in die Nacht. Dann gibt er mit der Hand ein Zeichen in Richtung Strandmauer auf der anderen Seite der Hafenzufahrt. Von dort lösen sich jetzt zwei weitere Schatten aus dem Dunkel der Mauer und huschen zu ihm hinüber. Die eine Gestalt ist klein und schmächtig und macht unbeholfene Bewegungen: Ist das etwa Gandolf Pückler? Unmöglich! Die zweite Gestalt ist groß gewachsen und flink: Götz Hindelang? Natürlich, das muss der Maler sein. Aber der steht doch unter häuslicher Bewachung! Klar, unter anderem durch Pückler, und der scheint dann ja wohl doch dabei zu sein. Verdammt noch mal, was geht hier vor?

Die drei Männer huschen zum Anlegeplatz des Kutters hinüber. Dort angekommen, reichen Pückler und Hindelang Leander die Hände, springen auf das Deck des Baggerschiffes und von dort weiter auf den Kutter. Als sie Sekunden später im Führerhaus verschwinden, ist Leander bereits an Deck des Baggerschiffes und löst die Taue, um sie auf den Krabbenkutter zu werfen, der sofort danach ablegt. Leander winkt dem langsam durch das Hafenbecken gleitenden Boot nach, klettert zurück auf den Kai und zieht sich schnell in den Schatten der Hafenmauer zurück. Nun befindet er sich direkt unter Lenas Standort, aber außerhalb ihres Sichtfeldes.

Was soll sie jetzt machen? Soll sie ihn zur Rede stellen? Soll sie Hindelangs unerlaubte Abfahrt melden, ihm ein Einsatzfahrzeug in Dagebüll auf den Hals schicken? Was hat das alles zu bedeuten, und warum ist Pückler mit von der Partie? Lena weiß, dass ihre und Leanders Zukunft davon abhängt, wie sie sich jetzt verhält.

Ihre Gedanken überschlagen sich: Verflucht noch mal, Henning, was mutest du mir da zu? Wenn ich Götz laufen lasse, verstoße ich gegen meine Dienstpflicht. Wenn ich ihn festnehmen lasse, durchkreuze ich eure Pläne, was immer ihr da auch gerade abzieht. Das wäre das endgültige Aus für unsere Beziehung. Nur, was ist das für eine Beziehung, in der der eine den anderen derart hintergeht? Kann ich dir noch trauen, Henning? Weißt du noch, auf welcher Seite du stehst? Ist das noch dieselbe Seite, auf der auch ich stehe?

Bei diesen Gedanken begehrt etwas in ihr auf, wehrt sich gegen das Misstrauen gegenüber Leander. Lena weiß, dass er mit seinen Ermittlungsmethoden immer schon hart an der Grenze des gerade noch Zulässigen gesegelt ist. Aber etwas eindeutig Illegales hat er ihrer Kenntnis nach nie getan, auch wenn er den Buchstaben des Gesetzes am Ende häufig nicht konsequent umgesetzt hat. Leander liebt das Risiko. Auch jetzt wird er genau wissen, was er da unterstützt. Außerdem ist da ja auch noch Gandolf Pückler im wahrsten Wortsinne mit im Boot. Und der Mann vom Zoll mag noch so merkwürdig sein, eines ist er auf alle Fälle: gesetzestreu. Und er ist ein nicht zu unterschätzender Fachmann auf seinem Gebiet. Oder sollte sie ihn dermaßen falsch eingeschätzt haben? Macht er vielleicht sogar gemeinsame Sache mit den Kunstschiebern? Unsinn!

Lena beschließt abzuwarten. Niemand weiß von ihren nächtlichen Beobachtungen. Spätestens wenn der Observationstrupp vor Götz Hindelangs Haus auf dessen Verschwinden aufmerksam wird, ist hier ohnehin die Hölle los. Aber wann das sein wird, ist angesichts der mangelnden Übung der Inselpolizei in solchen Aufgabenbereichen nicht vorhersehbar. Bis dahin werden Pückler und Hindelang längst das Festland erreicht und Schleswig-Holstein verlassen haben. Hoffentlich geht das gut! Ihre Karriere kann Lena jedenfalls abschreiben, wenn herauskommt, dass sie heute Nacht geschwiegen hat.

Sie seufzt leise und macht einen vorsichtigen Schritt aus dem Dunkel des Reedereigebäudes hinaus. Langsam bewegt sie sich auf die Treppe zum inneren Hafenbecken zu. Am Geländer beugt sie sich leicht nach vorn, blickt hinunter, sucht den Mauerschatten ab. Aber da ist niemand mehr. Leander muss den Hafen unbemerkt verlassen haben, während sie unschlüssig über ihre Handlungsalternativen nachgedacht hat. Schnell läuft Lena die Treppe hinunter und am Hafenbecken vorbei. Sie muss in die Zentralstation zurückkehren, bevor jemand mitbekommt, dass sie heute Nacht Götz Hindelangs Flucht beobachtet hat, ohne Alarm zu schlagen.

Henning Leander steht im Schutz der Mauer zwischen der Hafenausfahrt und dem Strand und beobachtet, wie Lena den Eingangsbereich des Hafengebäudes verlässt, kurz am Geländer innehält, dann die Treppe hinunter hastet und am

Sturmflutpfahl vorbei das innere Hafenbecken umrundet. Es ist klar, dass sie alles beobachtet hat. Was wird sie nun tun? Wird sie Alarm schlagen und den Kutter in Dagebüll abfangen lassen? Mit an Sicherheit grenzender Wahrscheinlichkeit hat sie auch ihn erkannt und weiß, was eine Meldung ihrer Beobachtung für ihn bedeuten würde. Von nun an liegt nicht nur der Erfolg von Pücklers und Hindelangs Aktion entscheidend in ihren Händen, sondern auch Leanders Zukunft. Und er wird ihr einiges zu erklären haben – falls er dazu überhaupt noch die Gelegenheit bekommen wird.

33

Die beiden Polizeibeamten, die die Nacht vor Götz Hindelangs Haus in Greveling verbracht haben, sind heilfroh, als endlich die Ablösung kommt. Diese Nächte ohne jedes Ereignis sind stinklangweilig, und auch die Gesprächsthemen zwischen Kollegen, die sich seit Jahren kennen, gehen schnell aus, wenn man Stunden über Stunden nebeneinander im Auto sitzt. Da nützt auch die Regelung wenig, die die beiden gestern Abend getroffen haben: Zu jeder vollen Stunde sind sie abwechselnd durch die Seitenstraßen um Hindelangs Haus patrouilliert und jedes Mal auf dem sandigen Übergang zum Seedeich umgedreht. Dort oben ist der Mann vom Zoll eingeteilt, und mit dem merkwürdigen Vogel findet man noch weniger ein gemeinsames Thema als mit dem Partner.

Im Laufe der Nacht wurde es naturgemäß immer dunkler, was am Deichzugang zwischen den mannshohen Heckenrosen trotz der Mondsichel zu nahezu totaler Finsternis führte. Hatten die Polizeibeamten zunächst noch einen kurzen Blick zwischen roten Blüten hindurch auf den Mann vom Zoll erhaschen können, der auf der Bank hoch oben auf der Deichkrone ausharrte, so war das bald nach Mitternacht nicht mehr möglich gewesen. Und bei der letzten Runde am Morgen lag die Bank verwaist da.

»Alles ruhig«, meldet der Dienstälteste dem ablösenden Polizeihauptmeister Jörn Vedder, der heute die Tagschicht übernehmen soll. »Im Haus hat sich nichts gerührt. Was ist mit dem Kollegen auf dem Deich? Ist der schon abgelöst worden?«

»Soweit ich weiß, nicht«, antwortet Vedder. »Funk ihn doch mal an, ob da auch alles in Ordnung ist. Auf der Wache könnt ihr Olufs ja dann Bescheid sagen, dass jemand zum Deich geschickt wird.«

Der Polizist greift zum Funkgerät und drückt auf die Sprechtaste. »Föhr 2 an Föhr 3, bitte kommen!«

Auf der Gegenseite rührt sich nichts.

»Föhr 2 an Föhr 3, bitte kommen! Pennst du, Mann, oder was?«

Als sich immer noch nichts tut, gibt Jörn Vedder dem zweiten Polizisten ein Zeichen, ihm zu folgen und weist den Mann im Fahrzeug an, am Funkgerät zu warten. Die beiden Beamten laufen den schmalen Weg entlang dem Hindelangschen Grundstück bis zum dünenartigen Strand-Übergang hinauf. Die rot lackierte Holzbank steht verwaist einige Meter vor ihnen an der Rückseite des Malergrundstückes. Von Gandolf Pückler ist nichts zu sehen.

»Bestimmt ist der pinkeln«, vermutet der Streifenpolizist. »Oder er vertritt sich mal die Beine.«

»Habt ihr ihn denn heute Morgen schon gesehen?«

»Keine Ahnung. Andy war zuletzt vor einer knappen Stunde am Deichübergang. Sekunde, ich frag ihn mal.« Der Polizeibeamte funkt den Kollegen im Fahrzeug an und erfährt, dass der den Kollegen vom Zoll vorhin ebenfalls nicht gesehen hat. Polizeihauptmeister Vedder zieht die Augenbrauen hoch, bekommt als Reaktion von seinem Kollegen aber nur ein Schulterzucken. Merkwürdig, denkt er und wendet sich wieder der Bank zu.

»Herr Pückler!«, ruft Jörn Vedder laut mit Blick über die

Heckenrosen und das Schilf jenseits der Grundstücksgrenze.
»Herr Pückler, sind Sie hier irgendwo? Bitte antworten Sie!«
Nichts. Keine Antwort aus den Heckenrosen.

»Wenn du mich fragst, ist der heute Nacht abgehauen«, vermutet der Streifenpolizist. »Hat bestimmt die Faxen dick gehabt. Sind ja nichts gewohnt, die Kollegen von den anderen Zünften. Vielleicht sitzt der aber auch bei diesem Maler im Haus und trinkt Kaffee mit dem, während wir uns hier draußen die Ärsche platt sitzen.«

»Glaube ich nicht«, antwortet Jörn Vedder kurz und knetet seine Unterlippe zwischen Daumen und Zeigefinger, während er angestrengt überlegt, was nun zu tun ist.

Dann gibt er seinem Kollegen ein Zeichen, ihm zu folgen, und läuft im Joggingtempo zurück den Deich entlang, über die Düne und am Grundstück Hindelangs vorbei zum Streifenwagen. Er winkt den anderen Kollegen heraus und setzt sich selber hinter das Steuer, greift nach dem Funkgerät und stellt eine Verbindung zur Zentralstation her. »Föhr 1 an Zentrale, Föhr 1 an Zentrale, bitte kommen.«

»Zentrale hört!«

»Vedder hier. Der Pückler ist verschwunden, zumindest sitzt er nicht mehr auf seiner Bank auf dem Deich. Wisst ihr da Genaueres?«

»Moment, ich frage einmal nach.«

Einen Moment lang ist es still, dann meldet sich der Kollege in der Zentrale wieder: »Die Frau Hauptkommissarin sagt, ihr sollt mal bei Hindelang klingeln und euch dann wieder melden.«

»Verstanden. Föhr 1 Ende.«

Jörn Vedder springt aus dem Fahrzeug und läuft den Weg zu Götz Hindelangs Haustür entlang. Er betätigt anhaltend den Klingelknopf, aber auch da tut sich nichts. Der Gong ist bis hier draußen zu hören, sonst gibt es im Haus keinerlei Geräusche. Jörn Vedder umrundet das Gebäude und wirft durch die halb zugezogenen Vorhänge des Ateliers einen Blick in das Innere. Auch da ist niemand zu entdecken. Die Jalousien der

Fenster im Obergeschoss sind nicht zugezogen. Der Maler scheint nicht zu Hause zu sein, und das lässt angesichts der Observation nur den Schluss zu, dass er in der Nacht unbemerkt von der Streife auf der Straße durch den Garten getürmt ist. Möglicherweise ist er dabei von Gandolf Pückler erwischt worden und hat den kleinen schwächlichen Kerl überwältigt, so dass der jetzt vielleicht irgendwo verletzt und hilflos liegt und sich nicht bemerkbar machen kann. Vedder rennt durch den Garten in Richtung Bank, durchsucht das Schilf an der Grundstücksgrenze und die flachen Heckenrosen, findet aber niemanden. Also sprintet er zum Auto zurück und meldet seine Beobachtung an die Zentrale.

»Dann sollt ihr wieder reinkommen«, ist die Antwort, nachdem sich der Kollege dort rückversichert hat. »Die Hauptkommissarin sagt, da draußen könntet ihr jetzt nichts mehr tun. Zentrale Ende.«

»Merkwürdig«, murmelt Vedder und traktiert wieder seine Unterlippe, um schließlich die Kollegen anzuweisen: »Also, ihr habt's gehört. Abflug nach Hause!«

Lena ist ins Schwitzen gekommen, als die Meldung des Observationstrupps eingegangen ist, obwohl sie damit natürlich gerechnet hat. Hoffentlich geht ihre Ausweichtaktik auf. Offiziell darf sie ja nichts von Hindelangs und Pücklers nächtlicher Flucht wissen und muss jetzt sehen, dass sie unauffällig die Ereignisse abfedert. Klaus Dernau, der ihr am Schreibtisch gegenüber sitzt, schaut sie fragend an.

»Ausgeflogen«, stellt Lena fest.

»Und jetzt? Fahndung?«

»Unnötig. Die tauchen schon wieder auf.«

»Aber das kann man doch als Schuldeingeständnis werten«, zeigt sich Dernau verständnislos. »Und wenn der Pückler nirgendwo zu finden ist, dann macht der mit Hindelang gemeinsame Sache. Logisch, deshalb hat er auch darauf bestanden, die Observation auf dem Deich zu übernehmen. Ich hab mich schon gewundert. Sowas tut sich doch sonst keiner freiwillig an. Aber jetzt wird mir einiges klar. Du *musst* die beiden zur Fahndung ausschreiben.«

»Die sind doch längst über alle Berge. Und daran, dass Hindelang doch an den Einbrüchen beteiligt war, glaube ich nicht. Außerdem: Was gibt das für ein Bild ab, wenn wir einen Kollegen suchen lassen; auch wenn er nur vom Zoll ist.«

»Lena, was ist los? Irgendetwas stimmt doch hier nicht.«

Klar, dass Dernau den Braten riechen muss. Der Mann ist schließlich ein erfahrener Kriminalbeamter und alles andere als dumm. Was bleibt ihr also übrig, als ihm reinen Wein einzuschenken? »Versprich mir, dass das unter uns bleibt«, beginnt sie ihren Bericht und erntet dafür ein paar skeptisch heraufgezogene Augenbrauen. »Letzte Nacht habe ich mir die Beine im Hafen vertreten …«

Lena berichtet, was sie bei ihrem nächtlichen Spaziergang beobachtet hat, und erklärt ihrem Kollegen, warum sie die Sache nicht sofort gemeldet hat. »Verstehst du? Henning und der Kollege Pückler würden niemals einen Einbrecher unterstützen. Hindelangs Flucht muss andere Gründe haben.«

»Hoffentlich irrst du dich da nicht. Du weißt, was das für dich bedeuten würde?«

»Das weiß ich. Und glaub mir, mir geht der Arsch auf Grundeis, wenn ich daran denke, was alles passieren kann.«

»Wir müssen deinen Freund befragen«, stellt Dernau fest.

»Lass mich das bitte alleine machen. Du kannst dann hinterher immer noch sagen, du hättest von alldem nichts gewusst.«

»Wofür hältst du mich eigentlich?«, fährt Klaus Dernau sie an. »Ich habe manchmal einen rüden Umgangston. Und Kriminelle behandle ich so, wie sie es verdient haben. Aber ich habe noch niemals einen Kollegen hängen gelassen. Wir fahren zusammen die Erfolge ein, und die Schwierigkeiten stehen wir auch zusammen durch.«

»Danke, Klaus, ich weiß das zu schätzen. Aber trotzdem möchte ich mit Henning alleine reden.«

»Dann tu, was du nicht lassen kannst. Aber pass auf, dass du dich nicht verrennst.«

Lena nickt ihrem Kollegen dankbar zu und steht auf, um Henning Leander einen Besuch abzustatten.

»Hoffentlich geht das gut«, sagt Eiken gerade am Frühstückstisch in der Küche zu Leander, als es an der Haustür klopft. »Wer kann das sein? Erwartest du Besuch?«

»Vielleicht Tom oder Mephisto, die wissen wollen, wie alles gelaufen ist.« Leander eilt durch den Flur zur Haustür.

Als er Lena davor findet, die vor Verlegenheit, vielleicht auch Wut seinem Blick ausweicht, weiß er, dass es jetzt Probleme geben wird.

»Komm rein, Eiken ist auch zum Frühstück da.« Er tritt zur Seite, so dass Lena an ihm vorbei und durch den Flur in die Küche voraus gehen kann.

Leander folgt ihr und findet in dem kleinen Raum zwei Frauen vor, die sich schweigend gegenüberstehen.

»Setz dich«, fordert er Lena auf. »Kaffee und Brötchen sind reichlich da.«

»Ich bin nicht hier, um mit euch zu frühstücken«, fährt Lena ihn an. »Ich will wissen, was hier gespielt wird. Und ich meine nicht nur dich und Eiken.« Offensichtlich ist sie über die Offenheit des letzten Satzes selber erschrocken, denn sie senkt sofort wieder den Blick.

»Dann lass uns alle drei hinaus in den Garten gehen«, schlägt Leander vor und geht voraus, bevor ein Einwand kommen kann.

Sie setzen sich an den Tisch unter dem Apfelbaum, Eiken verlegen auf die Tischplatte starrend, Lena wütend in Richtung des Obstes über ihr und Leander mit dem Gefühl, jetzt bloß nichts Falsches sagen zu dürfen, obwohl alles, was er sagen kann, auf jeden Fall falsch sein wird.

»Götz ist auf dem Festland, wie du weißt«, beginnt er seine Darstellung.

»Wieso soll ich das wissen?«, fährt Lena erschrocken auf.

»Ich weiß, dass du uns gestern Nacht beobachtet hast, und ich nehme an, dass du deshalb hier bist.«

»Ich habe keine Meldung gemacht, wenn du das meinst. Obwohl ich sofort die Fahndung hätte rausgeben müssen.«

»Gut, dann vertraust du mir also. Götz ist mit deinem Pückler in seine alte Heimat unterwegs, um über frühere Kontakte etwas über die Kunstschieber herauszubekommen.«

Leander erzählt Lena von Gandolf Pücklers Besuch und von dem Vorschlag, den Fall mit Hilfe der alten Seilschaften zu lösen. Dabei lässt er auch nicht unerwähnt, dass sich der Mann vom Zoll wegen Lenas aus seiner Sicht unklarer Beziehung zu Helene Conradi zu dieser Aktion gezwungen gesehen hat. Lena hört mit wachsender Unruhe zu und beißt sich dabei auf die Lippen, unterbricht den Bericht aber nicht. Eikens Augen sind während der ganzen Zeit angespannt und forschend auf Lena gerichtet.

»Du willst also sagen, du vertraust einem ehemaligen Stasi-Mann mehr als mir«, schlussfolgert Lena, als Leander mit seinem Bericht am Ende ist.

»Das machst du doch auch. Oder ist das bei Helene Conradi etwas anderes?«

»Allerdings ist es das, denn die Conradi arbeitet seit über zwanzig Jahren mit den Ermittlungsbehörden zusammen, während Götz untergetaucht ist. Woher soll ich wissen, ob er nicht aus der Deckung heraus für die falsche Seite arbeitet?«

»Na prima!«, fährt Leander sie an. »Für dich zählt ein Wendehals also mehr als ein Freund. Und falls du das eben nicht richtig verstanden haben solltest: Götz arbeitet gerade für die richtige Seite und bringt sich dabei mehr in Gefahr, als deine rote Helene das jemals getan hat. Außerdem ist Pückler dabei, und dem solltest du ja wohl vertrauen können, denn der arbeitet seit über dreißig Jahren für die *richtige Seite*, wie du das nennst.«

»Hoffen wir, dass das so ist. Und wenn es so ist, wie du sagst, weißt du hoffentlich auch, dass die Sache für Götz tödlich enden kann. Denk an Maik Schultheis.«

»Was glaubst du, worüber wir uns hier schon den ganzen Morgen Gedanken machen?!«

Leander begegnet Eikens Blick und ahnt, wie unwohl die sich in ihrer Haut fühlt, während zwischen ihm und Lena dieses Streitgespräch abläuft. Als er seine Freundin wieder ansieht, bemerkt er, dass sie seinen Augen gefolgt sein muss, denn da ist etwas tief Verletztes in ihrem Blick.

»Wie geht es denn nach eurem Plan jetzt weiter?«, erkundigt sie sich mit belegter Stimme. »Werdet ihr auf dem Laufenden gehalten?«

Leander schüttelt den Kopf. »Das ist zu gefährlich. Götz kommt zurück, wenn er etwas herausgefunden hat. Ich denke doch, dass Pückler euch dann ebenfalls informieren wird.«

Ein paar Minuten quälenden Schweigens senken sich über die drei. Eiken hat Tränen in den Augen, sagt aber nichts.

»Ich hoffe für dich, dass das gutgeht«, stellt Lena mit drohendem Unterton fest. Dann steht sie von ihrem Stuhl auf und wendet sich ab. Kurz vor der Tür dreht sie sich noch einmal um. »Sag mal, Henning, würdest du dich auch so verhalten, wenn Götz nicht für die Stasi, sondern für die Gestapo gearbeitet hätte? Wenn er nicht nur indirekt, sondern direkt von Juden gestohlene Kunstwerke verschoben hätte?«

Leander öffnet den Mund, um zu antworten: ›Das ist doch ganz was anderes!‹, aber irgendetwas hindert ihn daran.

»Siehst du?«, stellt Lena fest. »Ich sage dir eines: Wenn das schiefgeht, dann ist es mit meiner Karriere vorbei. Und dann gnade dir Gott! Glaub nicht, dass ich deine Extratouren noch einmal decken werde.«

Mit diesen Worten verlässt sie den Garten, ohne sich von Leander oder Eiken zu verabschieden. Leander hört noch, wie die Haustür laut ins Schloss knallt, dann ist Ruhe im Haus. Eiken legt ihre Hand auf seinen Arm, sieht ihn dabei aber nicht an.

»Jedenfalls weiß jetzt jeder, woran er ist«, stellt Leander fest und versucht, den dicken Kloß in seinem Hals hinunterzuwürgen, aber das gelingt nicht.

Lena ist zu wütend, um direkt in die Zentralstation zurückzugehen. Stattdessen nimmt sie den Weg durch die Mittelstraße und wühlt sich durch die Urlauberströme. Die Insel scheint heute regelrecht mit Tagesgästen geflutet worden zu sein, so eng ist es hier. Da bekommt man ja Platzangst! Lena spürt den Drang, um sich zu treten, weil sie nur zentimeterweise vorwärtskommt. An das Schneckentempo dieser flanierenden Faulpelze wird sie sich nie gewöhnen, vor allem nicht daran, dass die plötzlich einfach stehen bleiben, wenn sie etwas Interessantes entdeckt haben, ohne auf die nachfolgenden Menschen zu achten.

Bei Bäcker Hansen steht eine Schlange bis weit in die Fußgängerzone hinaus, als gäbe es hier etwas geschenkt. Es ist ja schön, wenn sich der Ruf dieses Bäckers über die Inseln und Halligen hinaus verbreitet, aber für die Insulaner muss es doch die Hölle sein, wenn sie ihre Tagesration einkaufen müssen. Wie Leander das nur aushält! Für den ist doch schon ein Einkaufsbummel in der Kieler Fußgängerzone ein Horror. Aber hier auf der Insel scheint das ja alles anders für ihn zu sein. Hier regt ihn scheinbar gar nichts mehr auf. Nur sie, Lena, ist noch ein Grund für Wutausbrüche, wie es scheint.

Als sie an der Mittelbrücke vorbei auf den Spülsaum zugeht und dabei den ausgelegten Handtüchern und aufgestellten Strandmuscheln ausweicht, atmet sie die leichte Meeresbrise tief ein. Sie zieht ihre Schuhe und Strümpfe aus und macht ein paar Schritte in das Wasser, das ihr leicht um die Beine plätschert.

Auf der Höhe des Wellenbades zieht sich ein tiefer Graben weit den Strand hinauf, weil hier durch ein Rohr Wasser aus dem Park hinter dem Schwimmbad abgeleitet wird. Dieses Hindernis nimmt Lena zum Anlass, um den Strand zu verlassen. Am Park an der Mühle macht sie Halt, öffnet das kleine Gittertor und sucht sich einen Platz auf einer schmiedeeisernen Bank, die hinter einem Bogentor mit Märchenmotiven steht. Von hier aus hat sie freie Sicht auf den kleinen Teich mit seiner bunt blühenden Uferzone, den Seerosen, den kreisenden

Libellen und dem Spiegelbild des Galerieholländers, dessen Original sich auf der anderen Straßenseite aus den hohen Sträuchern eines Gartens erhebt.

Lena lehnt sich zurück und atmet ruhig und tief ein und aus. Hier im Park, der von einem Künstler nach energetischen Gesichtspunkten angelegt worden ist, kommt sie schnell wieder zur Ruhe. Das hat sie bereits im letzten Jahr gemerkt, als sie im Fall des Kojenmordes auf Föhr ermittelt hat. Überall um sie herum plätschert Wasser, langstielige bunte Staudenpflanzen wiegen sich im Lufthauch, Insekten summen durch die Sommerluft, hoch über ihr im Storchennest klappern drei Jungstörche. Wenn es auf der Insel nur Plätze wie diesen gäbe, fiele ihr die Entscheidung leicht: Dann wollte sie an keinem anderen Ort der Welt leben.

Als Lena nach gut einstündiger Rekonvaleszenz die Zentralstation betritt, herrscht dort rege Betriebsamkeit. Jens Olufs leitet sie durch heftige Handzeichen direkt in das Büro, das sie sich mit Klaus Dernau teilt.

»Nachrichten aus Kiel«, begrüßt der sie übergangslos. »Die Kollegen in Wittenberge haben heute Nacht Volker Carow und Kevin Kowallek festgenommen, als die durch den Garten in das Haus von Kowalleks Eltern wollten. Die beiden sind direkt nach Kiel überführt und da heute Morgen schon von deinen Leuten vernommen worden. Willst du selber lesen, oder soll ich die Ergebnisse zusammenfassen?« Dernau schiebt Lena ein mehrseitiges Fax über den Tisch.

»Bitte nicht lesen.« Lena lässt sich auf ihren Stuhl sinken. »Erzähl mir das Wichtigste.«

»Also: Zuerst haben die Kerle alles geleugnet und behauptet, sie kämen mit dem Zug direkt aus München und seien im letzten halben Jahr in Bayern und Österreich unterwegs gewesen. Adressen oder Zeugen konnten sie natürlich nicht benennen. Als die Kollegen sie dann mit unseren Ermittlungsergebnissen konfrontiert haben, vor allem mit den Spuren, die die KTU gesichert hat, sind sie relativ schnell eingeknickt, haben aber alles auf Maik Schultheis geschoben. Der Kollege Schröter konnte ihnen mit deinen Entdeckungen im Wanderbuch beweisen, dass die Einbruchserie schon begonnen hat, als Schultheis noch gar nicht dabei gewesen ist. Sie haben sich dann darauf verständigt, dass er relativ schnell die Führung übernommen habe. Von ihrer eigenen Unschuld war von da an nicht mehr die Rede. Am Ende haben sie sogar zugegeben, dass sie aus Angst vor zwei Russen von Föhr geflohen seien, die ihren Kumpel Schultheis ermordet hätten. Auf die Frage, wer ihre Auftraggeber gewesen seien, haben beide geschwiegen. Allerdings hat dein Kollege Schröter etwas sehr Interessantes herausgefunden: Die Frau von Karl-Heinz Röder ist eine geborene Kowallek, die Schwester von Kevin Kowalleks Vater. Schröter vermutet, dass der erste Kontakt und auch die späteren Aufträge über diese Schiene gelaufen sind. Der Bengel schweigt dazu; wahrscheinlich will er seine Familie nicht reinreiten. Aber das kriegen wir auch noch raus. – Na, was sagst du?«

»Was soll ich sagen?« Lena ist auf einmal gleichermaßen müde und erleichtert. »Erstklassige Arbeit. Meine Leute eben!«

»Und jetzt zu Hindelang: Was hast du in Erfahrung gebracht?«

Lena fasst Hindelangs und Pücklers Plan kurz zusammen und rechnet damit, dass ihr Kollege nun aus der Haut fahren und Konsequenzen auch für Henning Leander fordern wird. Aber da hat sie sich in Klaus Dernau getäuscht. »Alter Falter!«, meint er und nickt anerkennend. »Das hätte ich diesem Wurzelsepp vom Zoll gar nicht zugetraut. Der hat ja richtig Eier in der Hose.«

»Jetzt krieg dich mal wieder ein«, beschwert sich Lena, allerdings weniger wegen der Wortwahl erbost als wegen der Tatsache, dass Dernau ihre Situation offenbar völlig aus dem Blick verloren hat.

»Was willst du? Wenn die Sache schiefgeht, gibt es ein Stasi-Schwein und einen Zöllner weniger auf der Welt. Ich kann mir Schlimmeres vorstellen, und ein bisschen Verlust musst du schon einkalkulieren.«

»Wenn ich dich nicht inzwischen etwas besser kennengelernt

hätte«, stellt Lena fest, »würde ich dich jetzt für das letzte Arschloch halten.«

»Aber du tust es nicht, und das ist doch die Hauptsache. Lass mich ruhig etwas an meinem Image arbeiten, das hat nämlich durch die Zusammenarbeit mit dir erheblich gelitten. – So, was ist jetzt? Packen wir ein und reisen ab, oder willst du hier auf die Rückkehr des verlorenen Malers warten?«

»Wir brechen unsere Zelte ab«, bestimmt Lena. »Hindelangs Haus kann Olufs unter Beobachtung halten und den Kerl festnehmen, sobald er wieder auftaucht. Alles Weitere kann ich von Kiel aus regeln.«

Außerdem gibt es hier auf Föhr nichts mehr, das mich hält, denkt Lena, aber sie sagt es nicht.

»Nichts Neues?«, begrüßt Eiken Leander, Tom und Mephisto und setzt sich zu der ungewöhnlich schweigsamen Männerrunde an den Tisch.

Wie unter einer Glocke drückt die Schwüle an diesem Abend auf *Mephistos Biergarten*.

»War ja auch nicht zu erwarten«, versucht Tom die Stimmung zu entspannen. »Götz ist gerade einmal einen Tag unterwegs. Wer weiß, wie lange es dauert, bis er einen Kontakt hergestellt hat. Der kann ja nicht einfach nach über zwanzig Jahren bei seinen alten Genossen auftauchen und sagen: ›Hey, da bin ich wieder, jetzt verratet mir mal, wer von den Genossen gestohlene Kunstwerke verschiebt.‹«

»Die haben sich nicht mit ›Hey‹ begrüßt«, korrigiert Mephisto, »sondern mit ›Freundschaft‹.« Dabei macht er das bekannte Segelzeichen mit der rechten Hand auf dem Kopf.

»Erbsenzähler.« Tom grinst Leander zu.

»Was schätzt ihr denn, wie lange wir nichts von ihm hören werden?«, hakt Eiken nach.

»Schwer zu sagen«, meint Leander. »Aber er kann sich ja denken, dass wir hier auf heißen Kohlen sitzen. Selbst wenn er noch nichts erreichen kann, wird er sich sicher zwischendurch mal melden.«

Diana kommt mit einem Tablett und setzt vier Krüge Bier vor ihnen ab. »Wenn ihr eine Trauerfeier abhalten wollt, dann geht rein oder ins *Kleine Versteck*«, schimpft sie. »Ihr vergrault mir ja die Gäste mit euren Gesichtern.«

»Recht hast du.« Mephisto hebt seinen Krug an, um den anderen zuzuprosten. »Wem nützt das, wenn wir uns jetzt schon Sorgen machen. Das können wir immer noch, wenn die Sache schiefgeht.«

»Alte Unke!«, tadelt Diana ihren Freund. »Es wird nicht schiefgehen – es sei denn, du redest es herbei. Jetzt reißt euch mal zusammen und sendet etwas positive Energie aus. Das hilft Götz mehr, als wenn er auch noch gegen eure trüben Gedanken ankämpfen muss.« Sie greift nach ihrem Tablett und rauscht in Richtung Haus ab.

»Das ist auch wieder so eine ihrer Theorien«, erklärt Mephisto. »Gedanken sind reine Energie und gelangen ungehindert ins Universum. Tja, und da wirken sie dann. Schlechte Gedanken haben folglich eine negative Auswirkung.«

»Dann sollten wir ab sofort wieder positiv denken«, schlussfolgert Eiken.

Leander hält das für esoterischen Unsinn, aber trotzdem bekommt er ein mulmiges Gefühl, wenn er sich vorstellt, wie Götz gerade von ehemaligen Stasileuten in die Mangel genommen wird. Sollte das wirklich passieren, will er sich zumindest keine Vorwürfe machen lassen, also versucht er, seine Gedanken in eine andere Richtung zu lenken. Schaden kann das ja wenigstens nicht.

»Torge Hidding hat mich heute angerufen«, erzählt er, an Tom gewandt. »Der Grabstein meiner Urgroßeltern ist fertig restauriert und soll morgen Vormittag neu gesetzt werden.«

»Das ging ja schnell«, staunt der Lehrer und Heimatforscher.

»Klaus Lammers hat seine ganze Zeit darauf verwendet. Hidding sagt, das sei die beste Lehre gewesen, die seine Gesellen seit ihrer Ausbildung bekommen hätten.«

»Und? Bist du dabei, wenn der Stein gesetzt wird?«

»Darüber habe ich ehrlich gesagt noch gar nicht nachgedacht.«

»Dann mache ich das jetzt für dich und entscheide hiermit, dass wir morgen Vormittag nach Nieblum radeln und der Grabsteinsetzung beiwohnen«, bestimmt Tom und ergänzt mit theatralisch überzeichneter Stimme. »Beschlossen und verkündet!«

»Ich komme mit«, schließt sich Eiken an. »Das bringt uns wenigstens auf andere Gedanken. Außerdem bin ich schon gespannt, was da jetzt alles zu lesen sein wird.«

»Wir sollten Karola ebenfalls Bescheid geben«, ergänzt Tom.

»Die hat doch mit ihrem Museum im Moment genug zu tun.« Leander denkt an die Trümmerwüste, die sie vor ein paar Tagen ein bisschen entrümpelt haben.

»Irrtum, mein Lieber. Karola hat mich heute angerufen. Sie hat ihre Puppen wieder angekleidet und wartet jetzt auf den Silberschmuck. Der ist zwar gefunden, wird aber noch nicht wieder freigegeben, weil Lena ihren Fall noch nicht abgeschlossen hat.« In wenigen Sätzen informiert Tom Brodersen seine Freunde über das, was Karola de la Court-Petersen ihm berichtet hat.

»Deshalb ist Lena wohl heute auch wieder aufs Festland abgereist, nehme ich an?« Toms Frage richtet sich an Leander, der ihn aber nur erstaunt ansieht, weil sich Lena seit dem Morgen nicht wieder bei ihm gemeldet hat.

»Hoppla, da hat unser Pauker wohl mal wieder in ein Fettnäpfchen getreten«, kommentiert Mephisto Leanders Gesicht. »Sollte da so etwas wie eine handfeste Krise zwischen euch zwei Turteltäubchen herrschen?«

»Themenwechsel«, versucht Leander auszuweichen, kann sich dann aber eine gezielte Nachfrage doch nicht verkneifen: »Woher weißt du überhaupt, dass Lena abgereist ist?«

»Ich habe Elke und die Kinder vorhin zur Fähre gebracht. Besuch bei den Schwiegereltern, drei Tage. Das heißt, ich habe jetzt Zeit. Na ja, und da stand beim Abschiedwinken plötzlich Lena neben Elke an der Reling. Ich konnte ja nicht wissen, dass ihr nicht mehr miteinander sprecht. Obwohl, verdenken kann ich es Lena, ehrlich gesagt, nicht. Ich an ihrer Stelle wäre auch sauer.«

Nun folgt peinlich berührtes Schweigen. Leander sieht gar nicht ein, seine Beziehungsprobleme hier in aller Öffentlichkeit zu diskutieren, und die anderen haben keinen Ansatzpunkt, solange Leander sich nicht äußert. Diana, die drei Aufschnittplatten an ihrem Tisch vorbei trägt, schüttelt missbilligend den Kopf über die immer noch deprimierte Stimmung der Runde.

Erst Minuten später unterbricht Eiken mit leicht künstlich klingender Fröhlichkeit die dumpfe Atmosphäre: »Was ist denn nun? Radeln wir morgen nach Nieblum?«

»Also gut«, lenkt Leander ein. »Sagst du Karola Bescheid, Tom? Hidding hat von zehn Uhr gesprochen. Da reicht es ja wohl, wenn wir uns um halb zehn bei dir treffen.«

Tom Brodersen nickt.

»Kommst du bei mir vorbei?«, fragt Eiken Leander. »Um Viertel nach neun? Oder sollen wir vorher zusammen bei mir frühstücken?«

Mephisto lacht laut auf und klopft Leander auf die Schulter. »Deine Beziehung zu Lena scheint ja wirklich am Ende zu sein«, stellt er fest und ergänzt mit einem Zwinkern in Eikens Richtung: »Irre ich mich, oder kreisen da schon die Geier?«

»Quatsch!«, erhitzt sich Leander und bestätigt Eiken, dass er um Viertel nach neun bei ihr sein werde. Während er sich noch darüber ärgert, dass er sich in seinen Entscheidungen so von den Frotzeleien seiner Freunde beeinflussen lässt, da er ja einem gemeinsamen Frühstück sonst sicher zugestimmt hätte, ergötzen sich Mephisto und Tom an der Gemütswallung, die sie an seinem Gesicht ablesen können.

»Na bitte, geht doch«, kommentiert Diana die aufgelockerte Stimmung, als sie nun mit leeren Bierkrügen in der Hand an ihrem Tisch vorbeikommt. »Im Übrigen wäre es nett, wenn mir der Herr und Namensgeber dieses Biergartens ein wenig zur Hand gehen könnte. Ich werde hier nämlich nicht als Kellnerin bezahlt.«

Zu der immer drückender werdenden Schwüle gesellen sich bald schon Gewitterwürmchen, die sich überall auf Gesichter und Arme setzen und nervtötend jucken. Als dann auch noch ein fernes Grummeln die drohende Entladung der Atmosphäre ankündigt, beschließen Leander, Tom und Eiken, schleunigst aufzubrechen. Sie verabreden mit Mephisto, sich am kommenden Abend wieder hier im Biergarten zu treffen, in der Hoffnung, dass es dann Nachrichten von Götz Hindelang gibt.

In der Nacht zieht ein heftiges Gewitter über die Nordfriesischen Inseln, dessen Zentrum zwar nördlich von Sylt liegt, das aber dennoch für eine angenehme Entspannung der Atmosphäre, starke Regengüsse und leichte Abkühlung sorgt.

34

»Der ist ja wie neu!« Tom fährt mit den Fingerkuppen über den Schriftzug auf dem Grabstein.

Torge Hidding steht strahlend daneben und klopft Klaus Lammers lobend auf die Schulter. Auch der Wandergeselle ist sichtlich stolz auf seine Meisterleistung, während Jan Matzen etwas abseits steht und auf einem Grashalm kaut, als ginge ihn das alles nichts an. Die erhabenen Buchstaben sind nun deutlich zu entziffern:

Allhier ruhen die Gebeine des seligen Commandeurs und Chinafahrers Cordt Leander und seiner Gemahlin Hilke Leander aus Nieblum.

Ersterer ist den 4ten März Anno 1882 auf Langeneß geboren, in den Ehestand mit Hilke Riewerts aus Witsum Anno 1903 den 9ten Mai getreten und wurde den 22ten März 1927 von seinem Herrn abberufen.

Letztere ist den 15ten Mai 1883 in Witsum geboren und den 17ten Juli 1967 nach langer Witwenschaft entschlafen. Ihre Ehe war mit einem Sohn gesegnet.

Der Tag, wenn einer stirbt, ist besser als die Nacht, in welcher man aufs Meer der Welt hineingebracht. Wohl dem, der bei den Stürmen bewahret ist vor Stranden und in den stillen Port der Seligen kann landen.«

»Wunderschön«, sagt Eiken mit belegter Stimme.

»Der Steinmetz hat den Grabstein 1927 dem Stil der Steine aus der Zeit der Walfangkapitäne angepasst«, erklärt Torge Hidding die altertümliche Sprache. »Das sollte wohl eine besondere Ehrung für die seefahrerische Leistung des Steuermannes sein. Der erste Teil, der von deinem Urgroßvater, war entsprechend stark verwittert. Immerhin hat der Stein wohl viele Jahre halb vergraben vor sich hin gegammelt. Da hat Klaus wirklich ganze Arbeit geleistet. Der zweite Teil ließ sich relativ leicht wiederherstellen, nicht wahr, Klaus?«

Der Steinmetzgeselle nickt geschmeichelt. Leander selbst kann im Moment noch gar nichts sagen, und auch Tom und Karola sind sichtlich gerührt. Lebensgeschichten auf friesischen Grabsteinen sind immer etwas Besonderes, aber wirklich bewegend wird es erst, wenn die eigene Familie derart verewigt ist.

»Also kommen die Leanders wirklich von Langeneß.« Tom nickt Karola zu, die ja bereits bei der Entdeckung des Grabsteines diese Vermutung geäußert hat.

»Das hat sich auch bestätigt, als ich im Archiv des Museums nachgeforscht habe«, ergänzt die Kuratorin. »Die Leanders sind von da aus in die ganze Welt gezogen. Ein Bruder Cordts soll sogar nach Amerika ausgewandert sein. Es wäre sicher interessant, dem dortigen Zweig der Familie nachzugehen. Auf der Hallig lebt heute allerdings kein Nachfahre mehr. Mit deinem Urgroßvater, Henning, setzt sich deine Familie auf Föhr fort.«

»Und Hinnerk war der einzige Sohn von Cordt und Hilke«, stellt Leander fest. »Demnach bin ich der einzige lebende Verwandte, weil Hinnerk und seine Frau Wencke ja auch nur ein Kind hatten: meinen Vater Bjarne.«

»Von wegen einziger lebender Nachfahre«, korrigiert Tom. »Du verdoppelst die Linie ja schon mit deinen Kindern, und damit seid ihr zu dritt in der Nachfolge.«

»Dann habe ich den Sinn des Lebens für meine Familie ja erfüllt«, nimmt Leander den leicht frotzelnden Tonfall seines Freundes auf.

»Nämlich?«

»Die Erhaltung der Art!«

»Na, ein bisschen mehr Sinn sollte dein Leben ja schon haben.« Eiken stößt ihn mit dem Ellenbogen in die Seite.

»Stimmt das denn jetzt eigentlich mit dem ›Chinafahrer‹?«, fragt Tom.

»Das erfahren wir hoffentlich von Karola.« Leander blickt die Museumskuratorin auffordernd an.

Die nickt. »Ich habe das Foto von Hennings Seidentuch an einen befreundeten Professor geschickt, der Spezialist für die Kaiserliche Kriegsmarine ist. Das lag nahe, weil die Jahreszahlen 1912 und 1915 in das Tuch gestickt sind. Damals, so die Auskunft meines Freundes, hat zwar nicht die Kaiserliche Kriegsmarine, wohl aber die Handelsmarine einen Stützpunkt in Deutsch-Ost-Afrika unterhalten und von dort Dampfschiffe, sogenannte Linien-Post-Dampfer, nach China eingesetzt. Da unterhielt das Kaiserreich die Kolonie Kiautschou. Ein solches Schiff war auch der Linien-Post-Dampfer *Lübtow*, deshalb die Typbezeichnung *LPD*. Eine Anfrage beim Schiffahrtsregister von Lloyds hat ergeben, dass dein Urgroßvater Cordt Leander tatsächlich als Steuermannsmaat in den angegebenen Jahren auf diesem Schiff gefahren ist. Ergo ist er in der Tat ein Chinafahrer. Ich habe aber noch mehr herausgefunden, und das ist wirklich sensationell. Nur schlage ich vor, dass wir uns für den weiteren Bericht einen bequemeren Ort suchen.«

»Einen, an dem es etwas zu trinken gibt«, ergänzt Tom,

und so beschließen sie, die Steinmetze alleine in ihrer Arbeit fortfahren zu lassen und zu *Witt's Gasthof* auf der anderen Straßenseite zu wechseln.

»Also«, fährt Karola fort, als sie an einem der Bistrotische vor dem Gasthof sitzen und alle etwas zu trinken vor sich stehen haben. »Was jetzt kommt, wollte auch mein Freund – besagter Professor – zuerst nicht glauben, aber der Brief, den du in der Truhe gefunden hast, war dann der schlagende Beweis für die Richtigkeit der Geschichte. Auf der Rückfahrt von China nach Deutsch-Ostafrika im Jahre 1915 konnte die *Lübtow* wegen der Kriegshandlungen zwischen England und Deutschland nicht in einen von den Deutschen kontrollierten Hafen einlaufen und hat deshalb in einem Hafen der Nachbarkolonie Portugiesisch-Ostafrika festgemacht. Die Engländer haben davon Wind bekommen und eines Nachts den Hafen abgeriegelt, woraufhin der Kapitän den Befehl gegeben hat, das Schiff zu versenken, damit es nicht in Feindeshand kommt. Die Mannschaft ist dann mit der Hilfe schwarzer Träger ins Landesinnere aufgebrochen. Ziel des Marsches soll die Suche nach Lettow-Vorbeck und seinen Truppen gewesen sein, denen man sich anschließen wollte. Allerdings war der sagenumwobene Kriegsheld mit seinen Soldaten immer in Bewegung und nicht ausfindig zu machen. So irrten die Seeleute durch Afrika, gerieten schließlich doch in Kriegsgefangenschaft und wurden in ein Gefangenenlager auf den Azoren transportiert. Von dieser Geschichte wusste in der Fachwelt bislang niemand etwas, und deshalb hat mein Bekannter es auch zunächst nicht glauben wollen. Und jetzt, Henning, kommt dein Schreiben als Beweis ins Spiel. Es handelt sich dabei nämlich um eine Bestätigung der Kriegsgefangenschaft auf Portugiesisch, ausgestellt von der Äbtissin eines Klosters auf den Azoren. Offensichtlich hat dein Urgroßvater diese Bescheinigung Anfang der zwanziger Jahre erbeten, um sie an seine Rentenversicherung weiterzuleiten. Entsprechend muss es auch noch eine Übersetzung aus der Zeit geben, zumindest im Archiv der Rentenversicherung.«

»Das ist ja eine unglaubliche Geschichte«, zeigt sich Tom begeistert, während Leander einen Moment braucht, um nachzuvollziehen, was er da gerade gehört hat. »Dem musst du unbedingt nachgehen. Das musst du aufschreiben!«

»So sehe ich das auch«, stimmt Karola zu. »Immerhin hat mein Bekannter, der sich seit vielen Jahren mit der Kaiserlichen Marine befasst, vorher niemals von dieser Geschichte gehört. Ich soll dir sagen, dass er an deinen Original-Materialien sehr interessiert sei.«

»Das kommt ja überhaupt nicht in Frage«, erregt sich Tom. »Das machen wir selber, oder, Henning? Jetzt sag doch mal was dazu! Du gibst so eine Story doch wohl nicht aus der Hand!«

»Und was soll ich deiner Ansicht nach tun?«

»Na, was schon? Hinfahren und nachforschen!«

»Nach Afrika?«

»Natürlich. Und auf die Azoren. In dieses Kloster. Mann! Weißt du eigentlich, was ich für so eine Familiengeschichte gäbe?«

»Du hast doch den Schuss nicht gehört«, winkt Leander ab. »Ich soll wohl in irgendwelchen alten Kolonialarchiven graben, oder was?«

»Na, was denn sonst?« Tom schüttelt über so viel Ignoranz den Kopf. »Du hast doch Zeit. Außerdem kannst du das ja mit einer Besichtigung dieses Kinderheims verbinden, das deine Stiftung da unten aufgebaut hat.«

»Kommt gar nicht in Frage«, zieht Leander einen heftigen Schlussstrich unter die Diskussion.

»Dann gib deine Sachen wenigstens an meinen Bekannten weiter«, bleibt Karola hartnäckig. »Die Geschichte könnte eine Sensation sein.«

»Jetzt warte erst mal«, geht Tom aufgebracht dazwischen. »Das diskutieren wir noch aus. So schnell geben wir gar nichts aus der Hand.«

»Was heißt denn hier *wir*?«, fährt Leander ihn an. »Das ist immer noch *meine* Familiengeschichte.«

»Das denkst auch nur du. Solche historischen Geschehnisse

gehören der Allgemeinheit, und die hat ein Recht darauf, dass sie erforscht werden.«

»Schluss jetzt, Freunde!«, geht Eiken plötzlich bestimmt dazwischen. »Das muss ja alles nicht sofort entschieden werden. Zunächst einmal sollten wir uns mit Henning über den wunderschönen alten Grabstein freuen. Lasst uns anstoßen auf Cordt und Hilke Leander.« Sie erhebt ihr Glas und funkelt Tom drohend an.

»Also gut«, gibt der schließlich nach und hebt ebenfalls sein Glas. »Um des lieben Friedens willen. Aber nur für den Moment.«

Lena sitzt an ihrem Schreibtisch und nimmt Korrekturen in ihrem Abschlussbericht vor, den sie zusammen mit Klaus Dernau auf Föhr geschrieben hat, als es klopft und Sven Schröter eintritt. Er schließt die Tür hinter sich, wirft einen Aktendeckel auf den Tisch und setzt sich Lena gegenüber.

»Was ist das?« Die SoKo-Leiterin schiebt ihren Laptop zur Seite.

»Das Protokoll der Befragung von Carow und Kowallek. Die Sachlage ist eindeutig, und beide sind geständig. Allerdings gibt es noch ein paar offene Fragen. Carow und Kowallek haben übereinstimmend ausgesagt, dass die Wanderschaft nach ihrer Ausbildung für sie die Chance gewesen sei, aus der Sackgasse in ihrem Heimatort zu entkommen. In Wittenberge wäre durch ihre braunen Kameraden der Weg in den Knast vorbestimmt gewesen. Aus solchen Kreisen kann man sich nicht einfach ausklinken. Die Idee stammt von Karl-Heinz Röder, dessen Frau, wie wir wissen, eine geborene Kowallek ist. Angeblich wollte er seinen Neffen aus dem braunen Sumpf herausholen. Das geben beide bereitwillig zu. Etwa ein Jahr später wurden sie aus der Obhut ihrer älteren Wanderkameraden entlassen und gingen auf eigene Faust auf die Walz. Ungefähr zu der Zeit ist angeblich jemand an Kowallek herangetreten und hat ihm den Vorschlag gemacht, die Häuser, an denen sie arbeiteten, auszukundschaften und die Sicherheitsanlagen außer Gefecht zu setzen. Carow gibt immerhin zu, dass es Osteuropäer gewesen seien; zwei Männer, deren Namen er aber nicht kenne. Kowallek sagt nichts dazu. Er bestreitet beharrlich, dass es sich in Wirklichkeit um Röders und Borreljews Leute gehandelt hat.«

»Ich denke, wir können davon ausgehen, dass Röder und Borreljew die Drahtzieher sind. Durch Lüdeckes Geschäftsberichte der *FrisiaSecur* wussten sie schließlich auch, wo auf Föhr und Amrum etwas zu holen ist.«

»So sehe ich das auch, aber bislang ist Lüdecke keine Beteiligung nachzuweisen. Und auch Röder und Borreljew können wir noch nichts anhaben. Aber weiter: Nach einem Jahr haben sie Maik Schultheis zugeteilt bekommen, um ihn zu erwandern, wie sie das nennen. Schultheis ist ihnen schnell auf die Spur gekommen und war sofort Feuer und Flamme. Skrupellos genug dafür war er ja, und das Risiko war ziemlich gering: Sie mussten nur die Sicherheitsanlagen manipulieren und die Miniaufnahmegeräte anbringen, die Einbrüche haben ihre Auftraggeber selber ausgeführt. Dafür gab es immer eine dicke Prämie. Es hat nicht lange gedauert, da hat Schultheis die Regie komplett übernommen. Kurz darauf haben Carow und Kowallek ihre Wanderzeit beendet.«

»Nach drei Jahren und einem Tag«, wirft Lena ein.

»Genau.«

»Eines verstehe ich noch nicht: Wenn die Gesellen nur die Sicherheitsanlagen manipuliert haben und nicht selber einbrechen mussten, wozu brauchte Schultheis dann anschließend noch Carow und Kowallek? Oder haben die ihn erpresst?«

»An der Stelle kommen unsere Auflistungen der Einbrüche ins Spiel. Wir haben doch verschiedene Gruppen herausgearbeitet: Einbrüche, bei denen wertvolle Gemälde gestohlen wurden, und solche, bei denen nur Geld und Schmuck verschwunden ist. Schultheis hatte schnell die Idee, dass die Gesellen zweigleisig fahren sollten. Sie haben weiterhin für ihre Auftraggeber gearbeitet und denen die Häuser mit den Kunstwerken überlassen. Gleichzeitig haben sie andere Häuser, in denen Geld, Schmuck und andere Wertgegenstände zu holen waren, auf eigene Faust geknackt. Die nötigen technischen Hilfsmittel hatten sie ja dazu. Auch nach der Wanderschaft haben Carow und Kowallek an diesen Einbrüchen weiterhin teilgenommen. Das Geschäft lief zu gut, um es einfach aufzugeben, hat Kowallek ausgesagt. Aber jetzt war Schultheis am Drücker. Selbst als er Klaus Lammers und Steffen Betz zugeteilt bekommen hat, um die beiden zu erwandern, haben Schultheis, Carow und Kowallek heimlich weiter ihre Einbrüche begangen. Carow und Kowallek sind den Wanderburschen einfach nachgereist und haben sich nur für die Brüche mit Schultheis getroffen. Am Anfang ist das alles glatt gegangen, aber dann hat Schultheis den Hals nicht vollgekriegt. Die Häuser, die für die Osteuropäer uninteressant waren, haben ihm nicht mehr gereicht. Er war der Meinung, dass das Geld und der Schmuck aus den Häusern mit den wertvollen Kunstgegenständen ein gutes Zubrot wären. Und jetzt kommt's: Es ist kaum zu glauben, aber die drei sind immer direkt vor den Osteuropäern eingestiegen, in derselben Nacht, und haben rausgeholt, was sie vermarkten konnten. Nach ihnen kamen dann die Kunstdiebe und haben die Gemälde abgeräumt und das, was die drei ihnen zur Tarnung zurückgelassen haben.«

»Ganz schön raffiniert. Wir haben ihnen solche Einbrüche nicht zugetraut und waren deshalb nur hinter den internationalen Diebesbanden her. Die Burschen sind einfach im Windschatten ihrer großen Auftraggeber gesegelt. Und Lammers und Betz haben für Schultheis' Alibis gesorgt, ohne etwas von ihrer Rolle in dem Spiel zu ahnen.«

»Stimmt, raffiniert ist das, aber auch verdammt riskant. Natürlich hat es nicht lange gedauert, bis die Osteuropäer ihnen dahintergekommen sind. Es ist ja schon ziemlich auffällig, wenn am Anfang gefüllte Tresore abzuräumen waren und später nur noch die Bilder an den Wänden. Immerhin hat Schultheis jedes Mal etwas in den Tresoren liegen gelassen und Carow und Kowallek haben auch nicht alle Vitrinen ausgeräumt. Trotzdem sind ihnen ihre Auftraggeber auf die Spur gekommen. Sie haben offenbar stillgehalten, bis die Sache auf Föhr eskaliert ist. Durch Schultheis Eigenmächtigkeit, vor allem durch den Einbruch in das *Carl-Häberlin-Museum*, geriet der ganz große Coup in Gefahr: der Einbruch ins *Museum Kunst der Westküste*. Als Andreesen den Auftrag für das Dach bekam, war das der Moment, auf den die Hintermänner nur gewartet hatten. Und dann klauen diese Idioten das Silber von den Trachtenpuppen und sorgen dafür, dass wir unseren Einsatz auf Föhr verstärken. Tja, da war das Maß voll. Bei ihrem nächsten Einbruch in Nieblum haben die Osteuropäer sie abgepasst. Carow und Kowallek hatten nicht mehr mitmachen wollen, ihnen wurde die Sache zu gefährlich, aber Schultheis hat nicht auf sie gehört. Er ist alleine eingestiegen, und da haben die Osteuropäer ihn gehabt. Carow und Kowallek haben noch beobachtet, wie sie ihn abtransportiert haben, und am nächsten Tag lag er tot auf der Baustelle.«

»Da sind sie dann von der Insel geflüchtet und uns schließlich ins Netz gegangen«, schlussfolgert Lena.

»Ganz genau. Und das auch nur deshalb so schnell, weil sie nach der nächtlichen Wattwanderung und dem Zusammentreffen mit dem Wattführer und seiner Frau sicherheitshalber nicht mehr auf Föhr direkt gewohnt haben, sondern auf diesem FKK-Campingplatz auf Amrum. Dahin sind sie nach der Sache in Nieblum dann gar nicht erst zurückgekehrt, was zu der Meldung der Campingplatz-Leitung an die Polizei geführt hat.«

»Mensch, Sven, das alleine ist schon ein tolles Ergebnis. Warum müssen wir jetzt noch diese verdammten Osteuropäer auf der Liste haben?«, beschwert sich Lena nicht ganz ernst.

»Keine Sorge, die kriegen wir auch noch. Interpol ist da dran, und das BKA auch.«

»Gerd Trienekens?«, bezweifelt Lena die Aussicht auf eine erfolgreiche Ermittlungsarbeit des BKA.

»Der ist ja nur unser Mittelsmann. Die wirkliche Arbeit machen da andere. Und ich bin ehrlich gesagt heilfroh, dass uns der Idiot nicht mehr im Weg herumsteht und für schlechte Stimmung sorgt.«

»Gute Arbeit, Sven.« Lena lehnt sich lächelnd zurück.

»Du bist die Leiterin der SoKo«, gibt ihr Stellvertreter das Lob zurück.

»Nein, nein, Sven, ohne einen Partner wie dich hätte ich das nicht geschafft.«

»So, ich weiß nicht, was du jetzt machst, aber ich sehe einmal zu Hause nach, was meine Familie so treibt. Die haben mich in letzter Zeit ohnehin viel zu selten gesehen.«

»Ich mache das hier noch fertig.« Lena zieht ihren Laptop wieder heran.

»Na gut, wenn es Neues gibt und du mich brauchst, weißt du ja, wo du mich findest.« Sven Schröter stemmt sich mit beiden Händen auf seinen Oberschenkeln hoch und verlässt mit einem Winken über die Schulter den Raum.

Lena blickt ihm noch nach, als die Tür längst wieder geschlossen ist. Sie hat das Gefühl, jetzt ganz knapp vor der endgültigen Lösung des Falles zu stehen. Hoffentlich machen ihr so kurz vor Schluss nicht noch Henning und Götz einen Strich durch die Rechnung.

»Noch ein Glas Wein?« Leander hält Eiken die Flasche schräg entgegen.

Die Vogelwartin hat interessiert die Schwarz-Weiß-Fotos aus Afrika betrachtet und legt sie nun zur Seite. »Ich steige jetzt lieber auf Wasser oder Apfelschorle um. Immerhin ist gerade einmal Nachmittag, da ist es noch etwas früh für einen Rausch.«

Leander tauscht die Weinflasche mit der Wasserflasche, gießt Eikens Glas halb voll und greift dann nach einem Tetra-Pack. »Ich war wohl etwas ruppig heute Vormittag«, entschuldigt er sich, während er Eikens Glas mit Apfelsaft auffüllt.

»Etwas, ja.«

»Es stinkt mir einfach, dass Tom mich in seinem Eifer so verplant.«

»Das verstehe ich. Aber wenn du einmal selber darüber nachdenkst, hat er doch nicht unrecht.«

»Ach, Eiken, ich bitte dich. Was soll ich denn alleine in irgendeinem Archiv in Ostafrika? Mit sowas kenne ich mich doch gar nicht aus. Tom hat überhaupt keine Zeit, mich zu begleiten. So viele Ferien haben ja selbst Lehrer nicht.«

»Erstens musst du nicht alleine dahin fahren, und zweitens kann Tom uns vorher sagen, worauf man da achten muss.«

»Uns? Wieso uns?«

»Ja nun, mich interessiert die Sache auch. Außerdem war ich noch nie in Afrika und würde gerne einmal hinfahren.« Sie deutet auf die Fotos. »Wäre doch spannend, da unten nach den Orten zu suchen, an denen diese Fotos gemacht worden sind. Und dann ist da ja auch noch das Kinderheim deiner Stiftung, das ich mir gerne einmal ansehen würde.«

»Das heißt also, du würdest mich begleiten?«

»Wenn du das möchtest.«

»Und was ist mit deinem neuen Job auf Helgoland?«

»Noch habe ich nicht zugesagt.«

»Aber das ist doch eine einmalige Chance. Du hast selber gesagt, dass man so eine Gelegenheit nur einmal im Leben bekommt.«

»Das stimmt auch. Aber es gibt eben manchmal mehrere Gelegenheiten, die man nur einmal im Leben bekommt. Und dann muss man Prioritäten setzen.«

Leander blickt Eiken einen Moment verwirrt an, dann sickert die Bedeutung ihres Angebotes endgültig zu ihm durch. Er lächelt geschmeichelt und dankbar und greift nach ihrer Hand.

»Hast du einen Atlas im Haus?«, fragt Eiken, lässt ihre Hand aber unter der seinen. »Lass uns nachsehen, wohin es uns da verschlägt.«

35

»Also doch!«, dröhnt Tom und schlägt vor Begeisterung mit der Faust auf den Tisch, so dass selbst die schweren Bierkrüge gefährlich wackeln und Mephisto hastig nach seinem greift. »Mann, Henning, da würde ich gerne mit dir tauschen. Nur schade, dass ich nur so wenige Ferien habe, sonst käme ich mit.«

»Jetzt schlägt's aber dreizehn«, höhnt Mephisto und deutet mit heftig wippendem Zeigefinger auf den Lehrer. »Da beklagt sich der Mensch über zu wenige Ferien. Mann, du hast drei Monate im Jahr und bekommst sogar dein Gehalt weiter. Was sollen arme ausgebeutete Gastwirte wie ich denn da erst sagen?«

»Dein Los ist wirklich dramatisch«, bestätigt Eiken ihm. »Zumal dein Ausbeuter einer der ganz üblen Sorte ist.«

Diana, die gerade Käse- und Aufschnittplatten am Tisch vorbei trägt, lacht und nickt.

»Ach ja, ich vergaß«, dreht Mephisto den Spieß um. »Henning hat ja zu alldem auch noch eine ganz besondere Begleitung. Da störst du ohnehin nur, Tom.«

Während Eiken leicht errötet und Leander nicht so recht weiß, ob vor Scham oder Zorn, breitet sich ein Grinsen auf dem Gesicht des Lehrers aus, das die Sache nicht gerade verbessert. Leander spürt ein Zucken in seiner rechten Faust, verbunden mit einem starken Drang in Richtung Toms Gesicht. »Allmählich wird mir das echt zu dämlich mit euch«, bringt er gepresst hervor.

»Der Bulle ist aber auch wieder empfindlich heute«, kommentiert Mephisto, an Tom gewandt, macht aber gleichzeitig beschwichtigende Bewegungen mit seiner Hand in Leanders Richtung. »Besser, wir reden von etwas anderem. Im Moment müssen wir zusammenhalten, streiten können wir uns später, wenn Götz wieder bei uns ist.«

»Na dann mal los«, dringt eine Stimme von außerhalb der Tischrunde dazwischen. Noch ehe alle begriffen haben, dass

Götz Hindelang wieder da ist, lässt sich der Maler zwischen ihnen auf der Bank nieder, als wäre er gar nicht weg gewesen.

»Mann, habe ich einen Durst. Und eine deiner Aufschnittplatten könnte jetzt auch nicht schaden, Mephisto. Oder ist die Küche schon zu?«

Mephisto blickt auf Götz Hindelang, als sei gerade Jesus persönlich direkt nach der Auferstehung vor ihm erschienen und erbitte eine Wegzehrung für seine Himmelfahrt.

Eiken ist die Erste, die sich fangen kann. Sie fällt dem Maler um den Hals, was in der Runde zu einem befreiten Lachen führt. Tom klopft ihm heftig auf die Schulter, Leander schüttelt ihm die Hand, Mephisto springt auf und eilt in die Küche, um die Bestellung auszuführen.

Als er mit einem Bierkrug, Brotkorb und Aufschnittplatte an den Tisch zurückkommt, hat sich die erste Aufregung gelegt, und alle warten darauf, dass Götz von seiner gefährlichen Expedition in die Tiefen der östlichen Provinz berichtet.

»Jetzt lasst mich erst einmal etwas essen und zur Ruhe kommen.« Er nimmt einen tiefen Schluck aus seinem Bierkrug.

»Nichts da!«, schimpft Eiken. »Jetzt erzähl schon.«

»Was soll ich erzählen?«, gibt sich Götz Hindelang schwerfällig. »Viel gibt's da eigentlich gar nicht zu berichten.«

»Hast du etwas erreichen können?« Auch Leander wird allmählich ungeduldig.

»Wie man's nimmt.« Der Maler hebt seinen Bierkrug an, blickt hinein und kommentiert enttäuscht. »Oh, schon leer. Davon hätte ich gerne noch eins.«

Den nun folgenden Ansturm vielstimmiger Entrüstung wehrt er lachend mit beiden Händen ab. »Ist ja schon gut. Also, Pückler und ich sind zunächst nach Berlin gefahren. Ich kann euch sagen, der Zöllner hat mich keine Sekunde aus den Augen gelassen. Am Prenzlauer Berg wohnt ein ehemaliger Kamerad vom Regiment Feliks Dzierzynski, den ich schon seit der Grundausbildung kenne. Später im Regiment war Alexander im selben Bereich tätig wie ich, nur hat er schneller Karriere gemacht und war dann mein Vorgesetzter. Er hat den internationalen Kunsthandel quasi logistisch organisiert. Der war mir noch etwas schuldig, weil ich ihn seinerzeit gedeckt habe, als er einmal ein besonders wertvolles Kunstobjekt für sich selbst abgezweigt hat. Alexander hat schon immer für schlechtere Zeiten vorgesorgt und sich in alle Richtungen abgesichert. Der Mann ist nach der Wende vom Handel mit Kunst auf Waffen aus NVA-Beständen umgestiegen. Connections hatte er ja genug. Heute handelt er mit Immobilien, und in dem Bereich wird eine Menge Geld geparkt, das aus undurchsichtigen Quellen stammt. Da wäre es nicht gerade hilfreich, wenn nun etwas über seine Vergangenheit zur Presse durchsickerte, wenn ihr versteht, was ich meine. Jedenfalls hat er niemals die alten Kontakte verloren, und das war ausgesprochen nützlich für uns. – Jetzt hätte ich aber wirklich gerne noch ein Bier, Mephisto.«

Der Gastwirt gibt seiner Lebensgefährtin ein Zeichen, und alle warten, bis jeder wieder einen vollen Bierkrug vor sich stehen hat.

»Weiter, Götz! Was hat dein Bekannter dir erzählt?«, drängt Tom, während der Maler einen Schluck trinkt und sich dann mit dem Arm über den Mund streicht.

»Also, Alexander hatte tatsächlich interessante Informationen für mich ...«

Lena erreicht die Nachricht von Gandolf Pücklers Rückkehr mitten in der Nacht. Sven Schröters Anruf reißt sie aus dem Tiefschlaf, deshalb dauert es einen Moment, bis sie die ganze Tragweite erfasst hat.

»Ich habe dein Einverständnis vorausgesetzt und sofort alle SoKo-Mitglieder zu einer Sitzung zusammengetrommelt«, berichtet ihr Stellvertreter. »Wir treffen uns um vier. Pückler hat den Durchbruch angekündigt.«

»Alles klar, Sven, ich bin gleich da.«

War Lena eben noch im Halbschlaf, sorgt das Adrenalin nun dafür, dass sie bereits hellwach ist, noch bevor sie unter dem kalten Wasserstrahl der Dusche steht. Wenn Gandolf

Pückler tatsächlich zurückgekehrt ist, nachdem er klar gegen die Dienstvorschriften und seinen Einsatzbefehl gehandelt und die observierte Zielperson an den Einsatzkräften vorbei von der Insel geschmuggelt hat, muss er tatsächlich wichtige Ergebnisse im Gepäck haben. Andernfalls dürfte ihm klar sein, dass sein Handeln disziplinarrechtliche Konsequenzen nach sich ziehen wird.

Eine halbe Stunde später stellt Lena ihren Wagen auf dem Parkplatz des Polizeizentrums Eichhof in der Mühlenstraße, in dem das LKA untergebracht ist, ab. Pünktlich um vier Uhr betritt sie den Besprechungsraum und blickt in müde Gesichter. Sven Schröter hat tiefe dunkle Ränder unter den Augen und macht einen so übernächtigten Eindruck, dass Lena vermutet, dass er noch gar nicht geschlafen hat, als Pückler wieder aufgetaucht ist. Auch Helene Conradi ist anwesend. Die Kunstexpertin macht einen skeptischen Eindruck und nickt Lena verhalten zu.

»Tja, Herr Pückler, dann will ich mal für Sie hoffen, dass ihre Informationen den Einsatz der Kollegen zu so früher Stunde rechtfertigen«, eröffnet Lena die Sitzung.

Missmutiges Gemurmel signalisiert Zustimmung. Der Zollamtsrat vermeidet den Blick in die Runde und konzentriert sich abwechselnd auf Lena und Sven Schröter, als er nun mit seinem Bericht beginnt: »Ich will nicht lange drumherum reden. Sie werden alle informiert sein, dass ich die Insel Föhr zusammen mit dem Maler Götz Hindelang alias Georg Heinbach vor zwei Tagen verlassen habe.«

Lena wehrt fragende Blicke und erstaunte Nachfragen mit einer Handbewegung ab und fordert Gandolf Pückler in gleicher Weise auf, mit dem Bericht fortzufahren.

»Herrn Heinbachs Vita ist ja allen hier bekannt, deshalb spare ich mir eine Wiederholung. Jedenfalls habe ich ihn gebeten, seine alten Kontakte aus der DDR-Zeit zu reaktivieren und zu versuchen, etwas über die international agierende Kunstschieberbande herauszubekommen.«

Helene Conradi lacht leise auf und schüttelt den Kopf, enthält sich aber eines Kommentars.

»Unsere letzte Vermutung war, dass Karl-Heinz Röder und Grigorij Borreljew die Drahtzieher oder zumindest wichtige Personen innerhalb der Organisation sind«, fährt Gandolf Pückler fort. »Leider konnten wir ihnen absolut nichts beweisen. Ohne Georg Heinbachs Hilfe wäre das mit an Sicherheit grenzender Wahrscheinlichkeit auch weiterhin so geblieben, wenn Sie mir diese ungeschminkte Einschätzung gestatten.«

Ungeduldiges Gemurmel macht sich breit, das der Mann vom Zoll mit auf und ab fächelnden Bewegungen der rechten Hand zu besänftigen versucht. »Georg Heinbach und ich haben gezielt eine Person aufgesucht, die in Zollkreisen einschlägig bekannt ist, der wir aber bisher keine Gesetzesverstöße nachweisen konnten. Alexander Eisinger operiert auf dem internationalen Waffenmarkt hart an der Grenze der vom *Bundesamt für Wirtschaft und Ausfuhrkontrolle* vorgegebenen Regelungen, hat aber offensichtlich ein sehr gutes Gespür für das gerade noch Machbare. Er ist Georg Heinbach offenbar in irgendeiner Form verpflichtet – Heinbach wollte dazu keine näheren Auskünfte geben. Jedenfalls hat er auf Heinbachs Bitten hin Erkundigungen eingezogen, deren Ergebnisse mir sehr glaubhaft erscheinen.«

»Jetzt komm zur Sache, Mann!«, wird Gregor Steffens langsam ungehalten.

»Und die Ergebnisse seiner Erkundigungen machen eine so schnelle Reaktion unsererseits erforderlich, dass ich Ihnen diese nächtliche Strapaze leider nicht ersparen konnte«, ignoriert Pückler die Attacke. »Die Drahtzieher der Einbrüche in das *Museum Kunst der Westküste* und in das Museum der *Nolde-Stiftung* in Seebüll sind tatsächlich Karl-Heinz Röder und Grigorij Borreljew. Außerdem sind die beiden für alle großen Kunstraube unserer Einbruchserie verantwortlich.«

»Das behauptet Alexander Eisinger.« Helene Conradi scheint absolut nicht überzeugt. »Was, bitte schön, ist daran jetzt neu? Sie haben selbst gesagt, dass wir diese Vermutung schon vor Ihrer Exkursion nach Berlin hatten.«

»Das stimmt.« Gandolf Pückler bleibt gelassen. »Allerdings haben wir jetzt die Gelegenheit, es auch zu beweisen. Alexander Eisinger hat aus, wie er sagt, absolut zuverlässiger Quelle erfahren, dass in der kommenden Nacht in Istanbul der Austausch einiger der gestohlenen Bilder gegen einen bedeutenden Posten Kokain geplant ist. Die Drogen sollen ihrerseits ein großes Waffengeschäft finanzieren, das in Zusammenhang mit der Krise zwischen Israel und dem Iran steht. Genaueres war da leider nicht zu erfahren. Eisinger konnte uns Ort und Zeit der Übergabe nennen, so dass wir nun nur noch zugreifen müssen. Ich wollte allerdings zunächst Rücksprache mit Ihnen halten, bevor ich meine Behörde einschalte.«

»Das war auch gut so, Herr Pückler«, übernimmt Lena nun wieder die Gesprächsführung. »Solch ein Einsatz fällt nämlich nicht in die Zuständigkeit des Zolls.«

»In unsere allerdings auch nicht«, wendet Volker Dietels ein. »Für uns von der Fahndung enden die Einsätze immer an den Landes- und in Absprache mit anderen Landeskriminalämtern spätestens an den Bundesgrenzen.«

»Wofür haben wir einen Kontaktmann zum BKA?«, widerspricht Lena leicht spöttisch. »Wir müssen ohnehin den Dienstweg einhalten und Gerd Trienekens informieren. Das BKA wird die Sache an Interpol weitergeben, und die werden den Zugriff organisieren. – Sven, leite bitte sofort alles in die Wege. Der Kollege Pückler wird dir zur Seite stehen, falls es noch Fragen gibt«, ordnet sie an. »Für Interpol sollte es kein Problem sein, den Zugriff schon in der kommenden Nacht zu organisieren. Wenn die Aktion erfolgreich verläuft, sind wir vielleicht übermorgen um diese Zeit schon am Ziel unserer Ermittlungen angekommen. Sven, wenn du zusätzliche Unterstützung brauchst, sprich die Kollegen bitte selber an. Jeder von uns steht dir ab jetzt jede Minute zur Verfügung, bis wir am Ziel sind. Ich selber stoße natürlich umgehend dazu.«

»Ich hätte Gregor und Frau Conradi gerne dabei«, nimmt Sven Schröter das Angebot umgehend an.

Lena fängt einen Seitenblick Schröters auf Gandolf Pückler auf, der zufrieden zurücknickt. Sieh an, denkt sie, die beiden haben sich abgesprochen. Offensichtlich trauen sie der Conradi nicht und wollen verhindern, dass sie in letzter Minuten noch etwas unternimmt, das die Aktion gefährdet. »Frau Conradi? Sind Sie einverstanden?«

»Natürlich, wenn ich helfen kann«, antwortet sie leicht pikiert. »Allerdings habe ich die größten Zweifel, dass etwas dabei herauskommt. Alexander Eisinger war immer schon ein Windhund. Würde mich nicht wundern, wenn er sich einen Spaß daraus machte, alle Ermittlungsbehörden gleichzeitig aufzuscheuchen.«

»Keine Sorge«, winkt Gandolf Pückler ab. »Er weiß, dass das auch für ihn sehr unangenehme Folgen hätte.«

Lena nickt Sven Schröter zu, der sich erhebt und mit Gregor Steffens, Gandolf Pückler und Helene Conradi den Raum verlässt.

»Gut, Kollegen«, resümiert Lena. »Wir alle sind ab sofort in Bereitschaft. Sollten wir im weiteren Verlauf der Ermittlungen gebraucht werden, dürfen wir nicht an einer zeitlichen Verzögerung schuld sein. Noch Fragen? Keine? Gut, dann beende ich hiermit die Sitzung.«

36

»Interpol ist in der vergangenen Nacht ein empfindlicher Schlag gegen die Organisierte Kriminalität gelungen«, berichtet Claus Kleber im *Heute-Journal* mit dem für ihn typischen Blick direkt in die Kamera und damit in die Augen des Zuschauers. »In einer Aufsehen erregenden internationalen Aktion zusammen mit den türkischen Polizeikräften haben die Beamten bei einem Einsatz in Istanbul fünfhundert Kilogramm Kokain und mehrere sehr wertvolle Gemälde beschlagnahmt, die zuvor aus deutschen Museen und Privatsammlungen geraubt wurden. Nach Angaben des BKA, das die entscheidenden Hinweise für diesen Einsatz gegeben haben soll, sollte mit diesem Drogengeschäft ein Waffendeal in erheblicher Größenordnung finanziert werden. Verhaftet wurden unter anderen die Geschäftsführer einer deutsch-russischen Sicherheitsfirma mit Zweigstellen in Norddeutschland und mehreren osteuropäischen Hauptstädten. Gleichlautenden Meldungen von Interpol und Bundeskriminalamt zufolge ist dies der bislang größte Erfolg im Kampf gegen die Organisierte Kriminalität in Europa.«

»Kein Wort von Lena und ihrer SoKo!« Eiken schaltet den Fernseher im Hinterzimmer der Galerie aus und blickt Leander entrüstet an.

»Das ist leider normal«, erklärt der. »Am Ende schöpfen immer die den Rahm ab, die am wenigsten zum Erfolg beigetragen haben.«

»Na ja, wenigstens wird Götz nicht auch noch erwähnt. Nicht auszudenken, wenn sein Name in dem Zusammenhang fiele.«

»Das wäre sein Todesurteil«, stimmt Leander zu.

»Hoffentlich hält sein alter Kollege, dieser Alexander, auch den Mund und verpfeift ihn nicht.«

»Der wird sich hüten«, verspricht Leander. »Damit würde er sich ja selbst ans Messer liefern. Schließlich ist Götz nicht der

Einzige, der seine Rolle bei der Aufklärung des Falles kennt.«

»Mit diesem Erfolg wird Lena jetzt sicher richtig Karriere machen«, vermutet Eiken nach einer kurzen Pause.

»Abwarten. Wenn alles so läuft, wie sie sich das vorstellt, soll sie eine neue Abteilung bei Europol aufbauen.«

»Zweifelst du daran?«, wundert sich Eiken über Leanders skeptischen Unterton.

»Ich traue in den Führungsetagen unserer Behörden niemandem mehr. Das sind in erster Linie Taktierer mit Parteibüchern, die dort sitzen. Und die Geschichte von Europol glaube ich erst, wenn es so weit ist.«

»Uns kann es ja auch egal sein. Aber Lena gönne ich den Erfolg schon, schließlich hat sie hart dafür gearbeitet. Hast du eine Ahnung, wie es mit den Wandergesellen jetzt weitergehen wird?«

»Klaus Lammers hat so hervorragende Arbeit geleistet, als er den Grabstein meiner Urgroßeltern restauriert hat, dass Torge Hidding ihn auf jeden Fall nach der Wanderschaft behalten wird. Das hat er jedenfalls zu Tom gesagt. Und Andreesen wäre ja bescheuert, wenn er Steffen Betz nicht ebenfalls übernehmen würde. Die Arbeit ruft doch geradezu nach ihm, bei der Auftragslage.«

»Das haben die beiden aber auch verdient.« Eiken zieht den Atlas wieder näher heran, den sie mit Beginn der Nachrichten weggelegt hat und in dem eine Karte Ostafrikas aufgeschlagen ist.

Leander fragt sich, was Lena jetzt wohl macht, da die Arbeit ihrer SoKo beendet ist. Einen Moment lang überlegt er, ob er sie anrufen und ihr zu ihrem Erfolg gratulieren soll. Aber das vertagt er lieber auf später. Bestimmt schläft sie sich in dieser Nacht erst einmal richtig aus. Er weiß aus eigener Erfahrung, in was für ein Loch man fällt, wenn ein Fall, auf den man seine ganze Kraft und Konzentration aufgewendet hat, abgeschlossen ist.

»Jedenfalls wird jetzt hier bei uns wieder Ruhe einkehren«, stellt er fest. »Olufs wird froh sein, dass die Kripo und das

LKA endlich abgezogen sind und er seine Zentralstation wieder für sich hat.«

»Das Wichtigste ist, dass Götz aus dem Schneider ist. Der hat mir echt leid getan, als deine Kollegen ihn in der Mangel hatten.«

»Ganz unschuldig ist er daran ja nun nicht«, wendet Leander ein. »Mit dem Lebenslauf!«

»Das ist doch Schnee von gestern. Lass uns von unseren Plänen reden. Wenn wir noch in diesem Herbst nach Afrika reisen wollen, müssen wir uns schleunigst darauf vorbereiten.«

»Eiken!«, ruft eine brüchige Stimme aus der oberen Etage.

»Ja, Großvater, ich komme!«, ruft sie zurück und erklärt an Leander gewandt: »Wahrscheinlich schafft er es wieder nicht alleine ins Bett. Für ihn müssen wir auch jemanden besorgen, wenn ich wochenlang weg bin.«

Sie verlässt den Raum, und Leander verfolgt ihre Schritte auf der Treppe nach oben. Dann lehnt er sich im Sofa zurück und lässt seine Gedanken wieder nach Kiel und zu Lena schweifen.

»Ich gratuliere!«, dröhnt Kriminaldirektor Ahrenstorff und stürmt auf Lena und Sven Schröter zu, kaum dass die sein Büro betreten haben. Er schüttelt ihnen heftig die Hände und deutet dann auf die Leder-Sitzecke. »Sie kennen Kriminaldirektor Kämmerer vom Bundeskriminalamt?«

Lena erblickt den Mann, den sie bereits aus Ahrenstorffs Büro kommen gesehen hat, als der Kriminaldirektor Gerd Trienekens und sie seinerzeit zu sich bestellt hat, um ihr Verhältnis zueinander zu klären. Auch heute trägt er wieder einen maßgeschneiderten dunklen Anzug und eine perfekt sitzende Krawatte.

Er erhebt sich lässig und schüttelt Lena und Sven Schröter ebenfalls die Hände. »Auch ich gratuliere Ihnen zu Ihrem grandiosen Erfolg. Da haben Sie ja gleich drei Einbrecherbanden auf einmal geschnappt und uns obendrein noch einen entscheidenden Hinweis gegeben. Nein, nein, Frau Gesthuisen, ich weiß das schon richtig einzuschätzen. Ohne Ihre Arbeit wäre uns dieser durchgreifende Schlag in Istanbul nicht gelungen. Gar nicht auszudenken, zu welchen internationalen Verwicklungen das geführt hätte, wenn der damit verbundene Waffendeal geklappt hätte. Das hätte die diplomatischen Bemühungen der Bundesregierung im Nahen Osten um Jahre zurückgeworfen.«

Lena, die gar nicht daran gedacht hat, das Lob abzuwehren, weiß, dass diesem Lackaffen überhaupt kein Schlag gelungen wäre, wenn er ihre Informationen nicht gehabt hätte. Dann würde er noch immer völlig im Dunkeln tappen! Aber das sagt sie nicht. Stattdessen lächelt sie ihn unverbindlich an und wartet auf das, was da kommen wird. Denn dass so wichtiger Besuch aus Wiesbaden nicht ohne Grund hier ist, ist ihr klar.

»Nehmen Sie doch Platz, bitte.« Ahrenstorff deutet auf die Ledergarnitur. »Darf ich Ihnen etwas bringen lassen? Kaffee vielleicht, oder Wasser?«

Lena und Sven Schröter lehnen dankend ab, während Kriminaldirektor Kämmerer zu seiner Kaffeetasse greift und einen kleinen Schluck trinkt. Dabei behält er die beiden Kriminalbeamten immer im Blick.

»Nun«, beginnt er, nachdem er seine Tasse wieder abgesetzt hat, »Kriminaldirektor Ahrenstorff und ich haben eben, bevor Sie dazugekommen sind, noch einmal den Verlauf des Falles rekonstruiert. Da ist ja nicht immer alles streng nach Vorschrift gelaufen. Aber wen kümmert das schon, wenn am Ende solch ein Erfolg zu verzeichnen ist.« Er wartet einen Moment auf eine Reaktion, aber weder Lena noch Sven Schröter machen Anstalten dazu, also fährt er fort: »Wie Sie sicher wissen, planen wir die Einrichtung einer neuen Abteilung bei Europol. Das heißt, im Grunde sind wir gerade dabei, Europol zu einer schlagkräftigen Behörde auszubauen und sie mit weitreichenden Kompetenzen auszustatten. Gerade Ihr Fall hat wieder einmal gezeigt, wie dringend notwendig das ist. Die Gegenseite ist längst international vernetzt.«

Es klopft, und Gerd Trienekens betritt den Raum. Er grüßt Kriminaldirektor Ahrenstorff mit einem Händedruck und wendet sich dann Kriminaldirektor Kämmerer zu. »Paul!« Er schüttelt ihm mit einem herzlichen Lächeln die Hand. »Gratuliere zu dem Erfolg.«

»Danke, Gerd.«

Dann setzt sich Trienekens nach einem kurzen Nicken in Lenas und Sven Schröters Richtung in einen freien Sessel.

Sieh an, der Gerd, denkt Lena, der weiß, wie es geht. Erst im zweiten Moment stutzt sie: Paul? Gerd? Habe ich da etwa was verpasst?

»Ich habe eben von der neuen Abteilung bei Europol berichtet«, erklärt der BKA-Mann Gerd Trienekens. »Deshalb ist es absolut passend, dass du gerade dazukommst.« Dann richtet er seine Augen wieder auf Lena und Sven Schröter. »Die Zusammenarbeit zwischen Ihrer Sonderkommission und Herrn Trienekens war vorbildlich. Durch diese Verbindungsstelle, die Kriminaldirektor Ahrenstorff und ich kurzfristig eingerichtet haben, ist der Informationsfluss in der Effektivität erst möglich gewesen. Sie werden mir sicher zustimmen, Frau Gesthuisen, dass Herr Trienekens maßgeblich dazu beigetragen hat, dass wir beim BKA und bei Interpol so schnell reagieren konnten. Ich weiß nicht, ob der Einsatz in Istanbul innerhalb eines Tages sonst möglich gewesen wäre.«

Was geht denn hier ab?, denkt Lena und ahnt, dass Kämmerer da gerade etwas vorbereitet, das ihr nicht gefallen wird.

»Deshalb haben Kriminaldirektor Ahrenstorff und ich uns dazu entschlossen, Herrn Trienekens an Europol zu empfehlen, wo er zum nächsten Ersten mit dem Aufbau der neuen Abteilung betraut wird.«

Gerd Trienekens, den das offensichtlich nicht überraschend trifft, nickt Kriminaldirektor Kämmerer lächelnd zu.

»Ich bin sicher, dass seine Erfahrung auch dort von unschätzbarem Wert für uns sein wird«, setzt Kämmerer die Lobeshymne fort. »Und Sie, werte Frau Gesthuisen, sollen die Verbindungsstelle zwischen dem Bundeskriminalamt und der Abteilung des Herrn Trienekens bei Europol personell verstärken. Der zuständige Abteilungsleiter in unserem Hause ist bereits darüber informiert, dass er eine höchst kompetente Fachkraft hinzugewinnen wird.«

Der werten Frau Gesthuisen verschwimmt gerade alles vor den Augen. Sie kämpft gegen das Schwindelgefühl und die Übelkeit an, die sie zu überschwemmen drohen.

Ahrenstorff, der offenbar mitbekommt, was da gerade in ihr vorgeht, springt auf und klopft ihr auf die Schulter: »Gratuliere, liebe Frau Gesthuisen. Das ist ein großer Karriere-Sprung. Aber den haben Sie sich auch redlich verdient. Und Sie, lieber Herr Schröter, habe ich als Nachfolger für Frau Gesthuisen vorgesehen. Sie werden die Leitung der Abteilung OK übernehmen. Ihren Stellvertreter bestimmen Sie bitte selbst; da möchte ich Ihnen gar nicht hineinreden.«

Arschloch, denkt Lena, du verdammtes, scheinheiliges Arschloch.

»Nun, Frau Gesthuisen«, übernimmt Kriminaldirektor Kämmerer wieder die Führung des Gesprächs. »Das ist natürlich nur ein Angebot, das wir Ihnen da machen. Ihre Position hier im Hause ist selbstverständlich unbestritten – da sind Kriminaldirektor Ahrenstorff und ich uns absolut einig. Aber bedenken Sie, welche Möglichkeiten sich Ihnen in Ihrer neuen Aufgabe eröffnen. Das kann ein Sprungbrett für Ihre weitere Karriere sein.«

Er erhebt sich aus dem Sofa und reicht zunächst Lena und dann Sven Schröter die Hand. »Überlegen Sie sich die Sache in Ruhe. Sie müssen sich nicht aus dem Stand entscheiden. Allerdings werden Sie verstehen, dass ihr neuer Abteilungsleiter in absehbarer Zeit wissen muss, woran er ist; schließlich müssen wir im Falle Ihrer Ablehnung nach einem Ersatz für Sie Ausschau halten.«

Auch Kriminaldirektor Ahrenstorff erhebt sich nun und reicht seinen beiden Beamten die Hand. »Ich erwarte dann Ihre Entscheidung«, verkündet er und öffnet seine Bürotür, um Lena und Sven Schröter hinauszulassen.

Frau Altmeier, Ahrenstorffs Sekretärin, hackt wie üblich auf ihrer Computertastatur herum und beachtet die beiden

Beamten nicht, die mit hängenden Schultern ihr Vorzimmer verlassen und auf den Flur hinaustreten.

»Sauerei«, kommentiert Sven Schröter, der jetzt erst seine Sprache wiederzufinden scheint. »Das ist doch ein abgekartetes Spiel. Oder was sagst du dazu?«

Lena ist im Moment nicht zu einer Antwort in der Lage. Sie fühlt sich, als wäre ihr gerade der Boden unter den Füßen weggezogen worden. Wie ein geprügelter Hund, denkt Lena und verfolgt wie im Traum und von außen gesehen ihren Weg durch den Flur in Richtung Aufzug.

Als sie und Sven Schröter Lenas Büro betreten, flucht der Mann, der für die Internationale Zusammenarbeit zuständig gewesen ist, leise vor sich hin: »Dieser verdammte Trienekens. Scheiße, Mensch, den habe ich echt unterschätzt.«

Lena sagt immer noch nichts. Wie ein leerer Sack lässt sie sich auf ihren Schreibtischstuhl fallen und dreht ihn so, dass sie zum Fenster hinaussehen kann. Urlaub, schießt es ihr durch den Kopf, ich brauche dringend Urlaub.

»Jetzt sag doch auch mal was!«, fährt Sven Schröter sie aufgebracht an. »Willst du dir das etwa gefallen lassen?«

Lena wendet sich ihrem Stellvertreter zu und muss lachen, als sie sein rotes Gesicht erblickt. Aber das Lachen bleibt ihr sofort im Hals stecken, und sie kann im letzten Moment verhindern, dass ein Schluchzen daraus wird. Ihre Enttäuschung ist schon so groß genug, da muss sie nicht auch noch völlig die Fassung verlieren. Stattdessen steht sie wieder auf, greift nach ein paar Papieren, die auf der Schreibtischplatte liegen, zieht die oberste Schublade auf, lässt die Papiere hineinfallen und schließt die Schublade wieder. Mit einem Blick durch ihr Büro vergewissert sie sich, dass hier alles in Ordnung ist. Dann geht sie auf die Tür zu.

»Was ist los?«, ruft Sven Schröter ihr nach. »Wo willst du hin?«

»Ich habe noch eine Menge Urlaub zu kriegen«, antwortet sie mit schwacher Stimme. »Da kommen mindestens zehn Wochen zusammen, wenn ich den Resturlaub vom letzten

Jahr und die Überstunden dazurechne. Und die nehme ich jetzt. Mach's gut, Sven.«

Sie verlässt ihr Büro, geht zum Aufzug, fährt ins Erdgeschoss hinunter und durchquert das Foyer des Landeskriminalamtes Schleswig-Holstein. Als sie wenige Augenblicke später das Polizeizentrum Eichhof verlässt, ist sie sich gar nicht sicher, ob sie jemals wieder hierher zurückkehren wird.

37

Leander sitzt im Garten unter seinem Apfelbaum und beobachtet, wie die untergehende Sonne im Zusammenspiel mit dem Dunst in der Atmosphäre die Äpfel immer orange-gelber einfärbt. Das Summen der Insekten und das Zwitschern der Vögel in den Sträuchern und Bäumen um ihn herum liefern den passenden Soundtrack dazu. Er gießt sich Rotwein ins Glas, schwenkt es vor seiner Nase, atmet den schweren, weichen Duft von Trauben und Beeren und will gerade einen Schluck nehmen, als von der Haustür her der schwere Messingklopfer laut und vernehmlich durch den Flur in den Garten dröhnt.

»Mist!« Er überlegt einen Moment, nicht hinzugehen, denn es könnte Frau Husen sein, und die muss er heute Abend nicht mehr ertragen.

Andererseits könnte auch Eiken Lust auf ein gemeinsames Glas Rotwein haben. Also erhebt sich Leander aus seinem bequemen Gartenstuhl und eilt durch den Flur zur Haustür. Lena steht da, einen großen Koffer und eine Reisetasche neben sich, und sie macht einen jämmerlichen Eindruck mit ihren hängenden Schultern und den tiefen dunklen Ringen um die Augen.

»Asyl?«, fragt sie, als Leander nicht gleich reagiert.

»Komm rein.« Er macht ihr den Weg frei.

Dann nimmt er den Koffer und die Reisetasche und folgt

Lena in den Hausflur. Sie steht neben dem Treppenaufgang wie jemand, der nicht weiß, ob er willkommen ist. Wie ein getretener Hund, denkt Leander und bekommt Mitleid. »Hol dir ein Weinglas aus der Küche«, sagt er. »Wein steht draußen auf dem Gartentisch. Ich bringe deine Sachen rauf, dann komme ich nach.«

Als er Lenas Gepäck im Schlafzimmer abgestellt hat und wieder die Treppe hinunterkommt, fällt ihm Eiken ein. Sie weiß ja nichts. Unvorstellbar die Situation, wenn sie jetzt hier auftauchen würde, unvorstellbar für alle drei. Also geht er nicht gleich hinaus in den Garten, sondern er greift zum Telefonhörer und wählt Eikens Nummer.

Nach dem zweiten Klingeln ist sie am Telefon. Wahrscheinlich hat sie seine Nummer auf dem Display erkannt und sich beeilt. Ihre fröhliche und unbeschwerte Stimme versetzt Leander einen Stich ins Herz, schnürt ihm die Kehle zu.

»Lena ist hier«, sagt er unvermittelt. »Sie ist eben angekommen. Es geht ihr nicht gut.«

»Natürlich«, sagt Eiken.

»Verstehst du das?«, fragt Leander und merkt selbst, wie bescheuert die Frage ist.

»Natürlich«, sagt Eiken. »Du musst dich um sie kümmern.«

»Sehen wir uns morgen?«, fragt Leander.

»Ich weiß nicht«, sagt Eiken. »Morgen ist Dienstag. Donnerstag früh habe ich den Termin beim *Alfred-Wegener-Institut* in Bremerhaven, wegen der Stelle auf Helgoland. Ich muss mich jetzt entscheiden. Wenn ich da hinfahre, muss ich morgen alles vorbereiten, dafür sorgen, dass sich jemand um Großvater kümmert, und Mittwochnachmittag die Fähre nehmen.«

»Natürlich«, sagt Leander jetzt.

»Wenn ich bis morgen Abend nichts von dir höre, fahre ich nach Bremerhaven«, sagt Eiken.

»Meldest du dich, wenn du wieder zurück bist?«

Eiken schweigt für einen langen Moment. »Grüß Lena von mir«, sagt sie dann tonlos und legt auf.

Erst Minuten später merkt Leander, dass er immer noch

den Hörer in der Hand hält. Er legt ihn auf die Station und macht ein paar Schritte durch den Flur auf die Gartentür zu. Aber statt hinauszugehen, biegt er in die Wohnstube ab und tritt ans Fenster. Er braucht einen Moment, bevor er zu Lena geht, bevor er Eiken loslassen kann.

Mittwoch, denkt er. Ich habe Zeit bis Mittwoch.

Aber da ist etwas, das sich diesem Gedanken widersetzt. Irgendetwas in ihm schneidet ihn einfach ab. Das lose Ende hängt in der Luft, wartet darauf, wieder aufgegriffen zu werden. Aber das geht nicht. Hilflos muss Leander zusehen, wie sich der Abstand vergrößert, je länger er zögert, weiterzudenken.

Er tritt ans Fenster, schaut hinaus in die orange-gelbe Sonnenuntergangs-Atmosphäre.

Mittwoch, denkt er verzweifelt und fühlt, dass dieser Mittwoch über ihm hängt wie ein Stück Hoffnung und ein Damoklesschwert zugleich.

Lena sitzt da draußen am Tisch, blickt versunken in ihr Rotweinglas. Das zweite – seines – steht gefüllt neben der Flasche auf dem Tisch. Lena sieht krank aus, völlig zerschlagen. Leander erinnert sich daran, wie es ihm selbst vor drei Jahren gegangen ist, damals, bevor dieses Haus ihn gerettet hat. In diesem Moment weiß er, dass er den Mittwoch verstreichen lassen wird.

Er atmet tief ein, kämpft gegen das Eisenband, das sich um seine Brust gelegt hat, und geht hinaus in den Garten. Lena bemerkt ihn erst, als er sich neben sie setzt und sein Glas in die Hand nimmt.

»Ich habe mich an deinem Wein bedient«, sagt sie. »Ich hoffe, das war in Ordnung.«

Leander legt seine Hand auf ihren Arm und lässt sie da liegen, als er sich nun in seinen Gartenstuhl zurücklegt.

»Du bist hier zu Hause«, sagt er und blickt in die orange eingefärbten Schlieren am tiefblauen Abendhimmel.

*** ENDE ***

Nachwort zum Verhältnis von Realität und Fiktion

Vor ein paar Jahren wurden die Polizeibeamten der Insel Föhr für längere Zeit von einer Einbruchserie in Atem gehalten. Dies und die Tatsache, dass in dem Dörfchen Alkersum das überregional bedeutende *Museum Kunst der Westküste* beheimatet ist, verbindet der Roman zu einer Geschichte über organisierten Kunstraub.

Dabei mag die Schilderung der Einbrüche in international bedeutende Museen und Privatsammlungen während der Soko-Sitzungen im 6. Kapitel ziemlich unwahrscheinlich klingen; sie entspricht aber in allen Einzelheiten den durch die Medien transportierten Tatsachen.

Weiterführende Hintergrundinformationen, Quellenangaben und Links finden interessierte Leser auf meiner Homepage: www.Breuer-Krimi.de.

Auch die mit den Ermittlungen betrauten international operierenden Strafverfolgungsbehörden, auf die Sven Schröter zurückgreift, existieren in genau der dargestellten Form. Dass sie nicht immer so ganz erfolgreich sind, liegt an der mangelhaften Vernetzung und an den nationalen Gesetzen, die eine Zusammenarbeit erschweren. Vor allem deutsche Fahnder stoßen immer wieder an ihre Grenzen, die dem Umstand geschuldet sind, dass ihre Möglichkeiten durch den Föderalismus nicht einmal im Ansatz denen der Kriminellen entsprechen.

Die in Kapitel 27 dargestellte Problematik der Beutekunst entspricht dem aktuellen Forschungsstand. Das gilt auch für das legendäre Bernsteinzimmer. Die Informationen Helene Conradis zum Wachregiment Feliks Dzierzynski lassen sich im Internet und in der einschlägigen Fachliteratur nachprüfen.

Götz Hindelangs alias Georg Heinbachs Lebensgeschichte ist so fiktiv wie wahr. Sie setzt sich aus Elementen mehrerer Biografien zusammen. Angeregt wurde ich dazu durch die atemberaubende Fluchtbiografie und Haftgeschichte

Karl-Heinz Richters, die er in einem schmalen Bändchen veröffentlicht hat:

Richter, Karl-Heinz: »Mit dem Moskau-Paris-Express in die Freiheit. Eine Flucht von Ost nach West.« Hrsg.: Stiftung zur Aufarbeitung der SED-Diktatur, Berlin 2003.

Dass ich Götz Hindelangs Lebenslauf mit weiteren Elementen versehen habe, um die Dramaturgie der Figur mehrschichtig zu gestalten, möge Karl-Heinz Richter mir verzeihen. Eine Relativierung seines Leidensweges und der Schwere der Schuld auf Seiten der Stasi-Verbrecher ist damit grundsätzlich nicht intendiert.

Helene Conradi, Gandolf Pückler, Götz Hindelang alias Georg Heinbach und Alexander Eisinger sind frei erfundene Figuren. Sollten sich zu ihnen Parallelen in der Wirklichkeit finden, wäre dies rein zufällig und selbstverständlich nicht beabsichtigt. Davon unberührt bleibt die moralische Dimension im differenzierten Umgang mit ehemaligen Stasi-Mitarbeitern, auf die jeder selbst eine Antwort finden muss.

Zugegebenermaßen recht abenteuerlich klingen die Darstellungen im Zusammenhang mit den Kriegserlebnissen des alten Wilm Braren beim Feuerwehrfest in Kapitel 12 und die Geschichte von Leanders Urgroßvater als Steuermann der LPD Lübtow. Beide Geschichten verdanke ich einem alten Freund, der sich mir gegenüber für die Wahrheit verbürgt hat und über die dargestellten Belege verfügt. Im Falle der Luftwaffensoldaten in Schleswig-Holstein in den letzten Tagen des Zweiten Weltkriegs ist es seine eigene Geschichte, im Falle der LPD Lübtow die seines Vaters.

Auch die Inschrift auf dem Grabstein Cordt und Hilke Leanders, den es als solchen natürlich nicht gibt, ist nicht einfach frei erfunden. Ich habe mich bei der Formulierung an tatsächlich existierenden Grabsteinen orientiert. Wer gerne mehr über die sprechenden Steine auf Föhrer Friedhöfen erfahren möchte, dem seien hier folgende spannenden Darstellungen empfohlen:

»Die ganz alten Grabsteine auf dem Friedhof von St. Johannis in Nieblum auf Föhr«, herausgegeben von der Ev.-Luth. Kirchengemeinde St. Johannis / Föhr

»Der Kirchhof St. Laurentii in Süderende auf der Insel Föhr«. Ein Friedhofsführer, herausgegeben von der Ev.-Luth. Kirchengemeine St. Laurentii in Süderende

Danksagung

Ich möchte mich an dieser Stelle bei allen bedanken, die mich bei meinen umfangreichen Recherchen und der Arbeit an dem Roman unterstützt haben. Stellvertretend nenne ich hier:

– meinen Skatbruder Artur Liepold für seine eigene Geschichte aus dem Zweiten Weltkrieg und die Geschichte seines Vaters aus der Kaiserlichen Handelsmarine;

– Regierungsrat Thomas Adebar vom Hauptzollamt Bielefeld, der mich bei dem einen oder anderen Landbier in die komplexe Materie des Zollrechtes und der Zollfahndung eingeführt hat;

– Karin de la Roi-Frey für ihre lebendigen Führungen zu den Föhrer Grabsteinen und dafür, dass ich die Lebensgeschichte ihrer Ururgroßmutter in diesem Roman verwenden durfte;

– Karl-Heinz Richter für die ebenso fesselnde wie erschütternde Führung durch das Untersuchungsgefängnis des Ministeriums für Staatssicherheit in Berlin Hohen-Schönhausen und für die bemerkenswerte Offenheit, mit der er mir von seinem Lebens- und Leidensweg in der Diktatur des real existierenden Sozialismus berichtet hat;

– Anna Schröder für die kritische Lektüre des Manuskripts. Ihre Anmerkungen waren immer dann besonders hilfreich, wenn Leander wieder einmal zu männlich-borniert auftrat. Wenn er am Ende aber doch nicht ganz aus seiner Haut kann, liegt das nicht an Anna;

– meine Verlegerin Heike Gerdes für ihr Vertrauen und ihre Unterstützung;

– meine unermüdliche Lektorin Maeve Carels für ihr Fingerspitzengefühl, ihren sicheren Umgang mit komplexen Plots und ihre Unnachgiebigkeit selbst in kleinen Dingen;

– Carsten Tiemeßen für die Covergestaltung und die Treffsicherheit, mit der er die vielschichtigen Handlungsstränge gekonnt grafisch einfängt

Abschließend und ganz besonders bedanke ich mich bei

meiner Frau Susanne und meinen Kindern Patrick und Sina, die meine Arbeit mit großer Begeisterung und unendlicher Geduld begleiten. Wie immer mussten sie bei meiner fast zweijährigen Schreibarbeit an diesem Buch ungezählte Stunden auf mich verzichten. Und wenn ich mir dann doch mal Zeit genommen habe, war ich nicht immer so richtig ansprechbar, sondern gedanklich gefangen in der Handlung und den Figuren meiner Parallelwelt.

Büren im Februar 2014

Thomas Breuer,
geboren 1962 in Hamm/Westf., hat in Münster Germanistik und Sozialwissenschaften studiert und arbeitet seit 1993 als Lehrer für Deutsch, Sozialwissenschaften und Zeitgeschichte an einem privaten Gymnasium im Kreis Paderborn. Seit 1994 lebt er mit seiner Frau Susanne, seinen Kindern Patrick und Sina, Streifenhörnchen Fridolin und Katze Lisa im ostwestfälischen Büren.

Er liebt die Fotografie, die Nordseeinseln und den Darß. Seine zweite Heimat ist Föhr, wo er regelmäßig im Auftrag seiner Hauptfigur Henning Leander neue Kriminalfälle recherchiert, in denen dieser dann ermitteln darf.

Mit *Leander und der tiefe Frieden* legte er 2012 seinen Debüt-Roman im Leda-Verlag vor, 2013 folgte *Leander und die Stille der Koje*. Weitere Projekte sind in Arbeit und in Planung.

 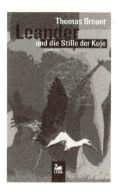 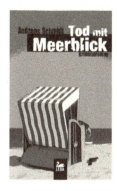

Thomas Breuer
Leander und der tiefe Frieden
Inselkrimi Föhr
978-3-86412-006-0

Thomas Breuer
Leander und die Stille der Koje
Inselkrimi
978-3-939689-82-9

Andreas Schmidt
Tod mit Meerblick
Kriminalroman
Schleswig-Holstein
978-3-939689-67-6

Böker/Vollbrecht
Berits Bild
Kriminalroman
Schleswig-Holstein
978-3-939689-70-6

Dietrich Petersen
Strandraub
Inselkrimi
Fehmarn
978-3-934927-96-4

Dietrich Petersen
Todesbelt
Inselkrimi
Fehmarn
978-3-86412-069-5

Ellen Puffpaff
Dachbodenfund
Kriminalroman
Schleswig-Holstein
978-3-86412-009-13

Anette Hinrichs
Die fünfte Jahreszeit
Kriminalroman
Hamburg
978-3-86412-005-3

Anette Hinrichs
Das siebte Symbol
Kriminalroman
Hamburg
978-3-86412-005-3

Manthey/Peterssen
Pfingstschmerz
Kriminalroman
Hamburg
978-3-86412-003-9

H. & P. Gerdes (Hrsg):
Mordkompott
Meerumschlungen
SchleswigHolstein
978-3-939689-68-3

Barbara Wendellen
Tod an der
Blauen Balje
Inselkrimi
978-3-939689-78-2

Peter Gerdes
Zorn und Zärtlichkeit
Kriminalroman
978-3-939689-64-5

Maeve Carels
Nur ein Schatten
Kriminalroman
978-3-939689-81-2

Ulrike Barow
Baltrumer Maskerade
Inselkrimi
978-3-86412-070-1

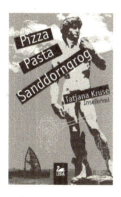  

Tatjana Kruse
Pizza, Pasta, Sanddorngrog
Inselkrimi
978-3-86412-001-5

Monika Detering
Langeooger Liebestöter
Inselkrimi
978-3-86412-002-2

Peter Gerdes
Langeooger Lügen
Inselkrimi
978-3-86412-067-1